The Arthur: The Winter King
by Bernard Cornwell

亚瑟王

卷一 凛冬王

[英]伯纳德·康威尔 著

孟汇一 译

The Arthur: The Winter King
Copyright © 1997 by Bernard Cornwell
Published in agreement with Toby Eady Associates Ltd.
Via The Grayhawk Agency
Simplified Chinese Translation Copyright © 2016 by Chongqing Publishing House Co.,Ltd.
All rights reserved.

版贸核渝字（2013）第259号

图书在版编目(CIP)数据

亚瑟王. 第1卷, 凛冬王/(英) 康威尔著; 孟汇一译.
—重庆：重庆出版社, 2016.7（2019.1重印）
书名原文：The Arthur: The Winter King
ISBN 978-7-229-10668-3

Ⅰ.①亚… Ⅱ.①康… ②孟… Ⅲ.①长篇小说—英国—中世纪 Ⅳ.①I561.43

中国版本图书馆CIP数据核字（2015）第269586号

亚瑟王（卷一）：凛冬王
YA SE WANG（JUAN YI）：LINDONG WANG

[英] 伯纳德·康威尔 著　孟汇一 译

责任编辑：邹　禾　肖　飒　方　媛
装帧设计：小　年
封面插图：张　帆
责任校对：胡　琳

重庆出版集团 出版
重庆出版社

重庆市南岸区南滨路162号1幢　邮政编码：400061　http://www.cqph.com
重庆出版集团艺术设计有限公司 制版
重庆青松实业公司印刷厂 印刷
重庆出版集团图书发行有限责任公司 发行
E-mail:fxchu@cqph.com　邮购电话：023-61520646
全国新华书店经销

开本：880mm×1230mm　1/32　印张：14.75　字数：363千
2016年7月第1版　2019年1月第2次印刷
ISBN：978-7-229-10668-3
定价：63.80元

如有印装问题，请向本集团图书发行有限公司调换：023-61520678

版权所有　侵权必究

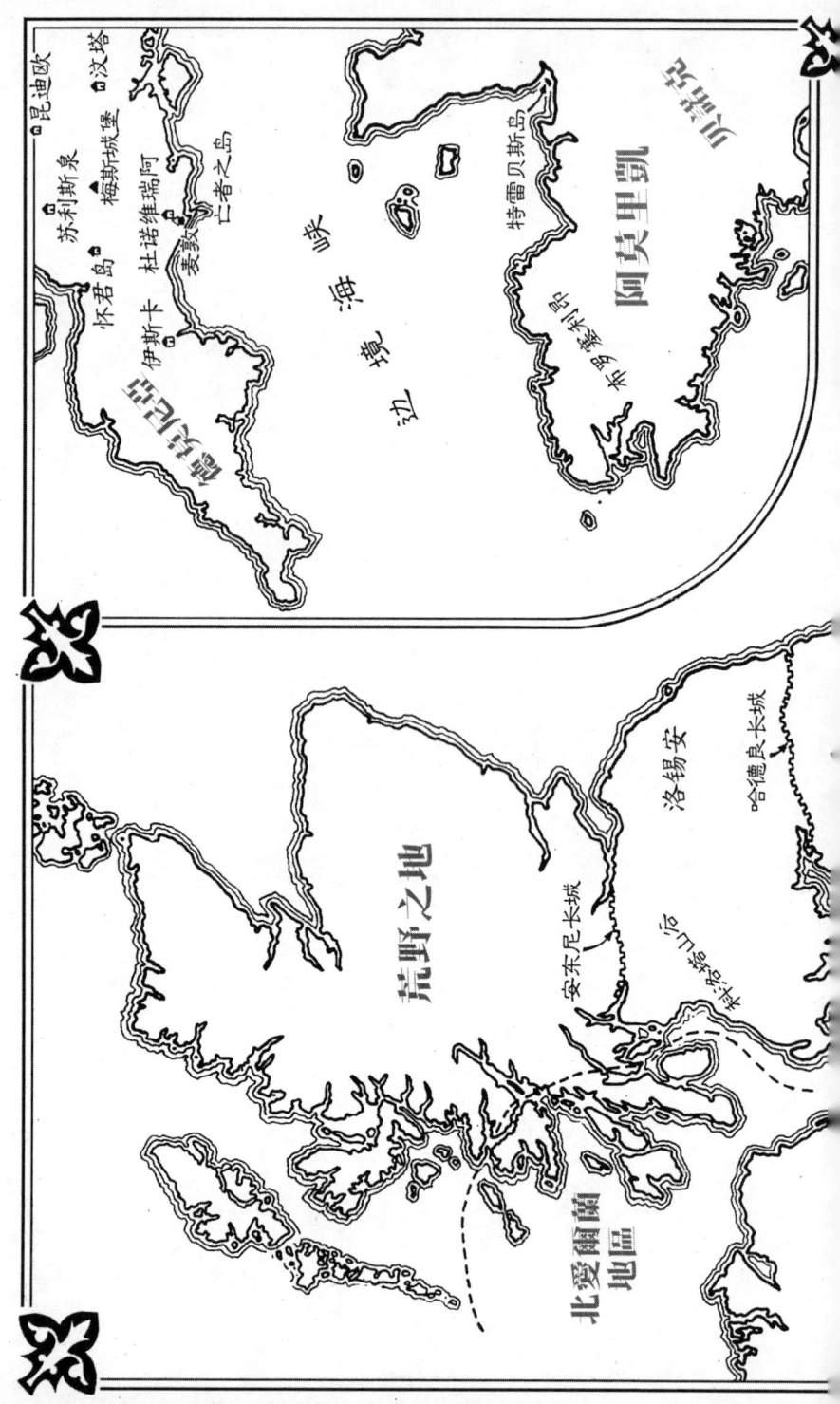

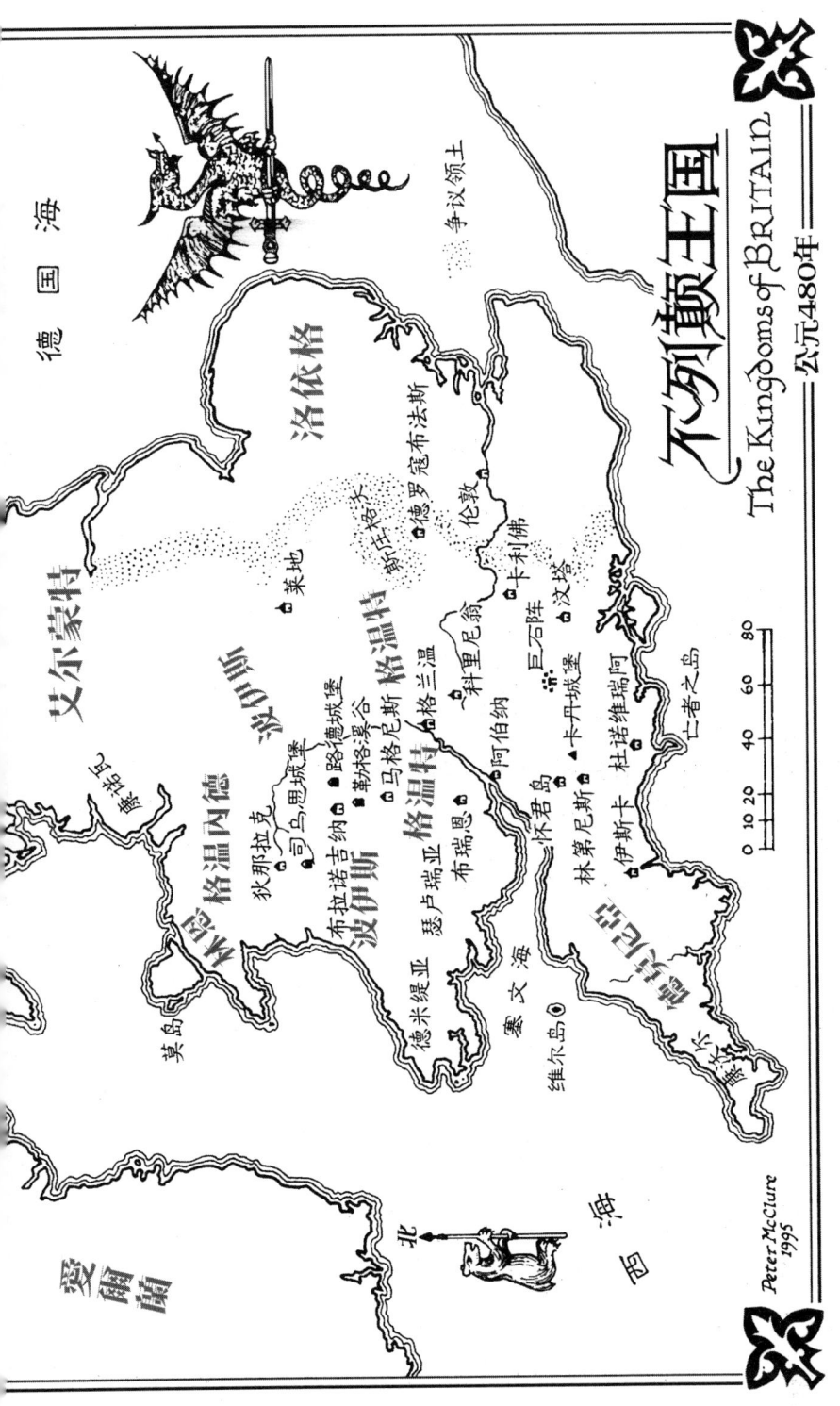

目　录

第一部　冬之子 / 001

第二部　公主新娘 / 097

第三部　梅林归来 / 193

第四部　亡者之岛 / 283

第五部　盾墙 / 389

后记 / 455

第一部　冬之子

很久很久以前,在一块名为不列颠的土地上,发生过这样的故事。所有已逝或健在的圣徒中,最受主蒙恩的桑森主教曾说,有些回忆,应随那些肮脏堕落的人类一同深埋。因为,这些故事发生在那最后的时刻,发生在吾主耶稣基督以光芒驱散无边黑暗之前;这些故事发生在被我们称为"洛依格"——失落之地——的土地上,这片土地曾经属于我们,现在却被我们的敌人称为"英格兰"。这是亚瑟的故事,他是战神,是无冕之王,是上帝之敌,同时也是——愿吾主耶稣和桑森主教原谅我——我所认识的最好的男人。我为他流下的眼泪何其之多。

今日天寒,山丘死寂苍白,天上乌云密布。日暮之前,应该就会下雪,但桑森定不会赐予我们炉火。这也好,圣人说,汝需禁欲。我已年老,但桑森——愿上帝保佑他长命百岁——比我更老。这让我无法借口年迈去开启柴火间。桑森总是会说,我们所受的苦难是对吾主的献祭,吾主所遭受的苦难远胜于我们所有人,所以我们这六位教友就应在半梦半醒间颤抖。而明日,若井水冻结,马格文兄弟得沿着链子爬下,用石头敲开冰,我们才可饮水。

然而,我们冬日里最大的烦恼并不是寒冷,而是结冰的道路让伊格莲无法探访修道院。伊格莲是我们的王后,是布洛奇维尔国王的妻子。她黝黑苗条,非常年轻,活泼得犹如冬日里的暖阳。她来此祈子,但与我交谈的时间,倒比向圣母与圣子祈祷的时间还长。她之所以与我交谈,是因为喜爱听亚瑟的故事。上个夏天,我把自己记得的所有故事都告诉了她;当我挖空记忆之后,她带给我一堆羊皮纸、装在角制瓶中的墨水,以及一束用作为笔的鹅毛。亚瑟的头盔上就曾装饰着鹅毛。这些翎毛不似其大也未

亚瑟王

如其白，但昨日，当我迎着冬日天空高高举起一束翎毛时，在既感光荣又觉愧疚的一瞬间，却好像在那束羽毛下看见了他的脸。那一瞬间，龙与熊又一次咆哮于不列颠，让异教徒胆战心惊。但之后，我打了个喷嚏，发现自己握着的仅仅是一把沾着鹅屎、用来写字几乎都不够格的羽毛。墨水也很糟，就只是灯油混着苹果树皮上弄来的树胶。纸要好些，它们由羊皮制成，自罗马人统治时期遗留至今，上面曾经覆盖着我们没人能看懂的手迹，但伊格莲的侍女们将它们刮得干净洁白。桑森说，如果能把这么多羊皮做成鞋子就更好。但刮过的羊皮纸太薄，无法用作缝补；另外，桑森也不敢冒犯伊格莲，进而失去布洛奇维尔国王的友谊。这所修道院距离敌人的枪兵不过半天行程，如果没有布洛奇维尔的战士时刻严阵以待，即使我们那小小库房也足以引诱敌人穿过黑溪，登上山丘，前来狄那拉克峡谷。然而我也知道，即使是为了布洛奇维尔的友谊，桑森也不可能同意让德瓦教友为上帝之敌亚瑟立传。所以伊格莲和我向这位圣人谎称，我是在将吾主耶稣基督的福音翻译为撒克逊语。这位被祝福的圣人不会说也看不懂敌人的语言，所以我们应当能瞒着他，直到写完这个故事。

我也必须向他说谎。我刚动笔在这张羊皮上书写没多久，桑森圣人就进了房间。他站在窗边，凝视着暗淡天空，揉搓自己干瘪的双手。"我喜欢寒冷。"他说道，明知我不喜欢。

"我感觉很糟，"我礼貌回答，"尤其是这只断手。"我失去了左手，写字时，是用疙瘩不平的手腕假肢来固定羊皮的。

"所有的痛苦都是恩赐，提醒我们不忘吾主曾受难。"一如我所料，主教如此说道。接着，他靠上桌子，查看我的文章。"告诉我，这些文字是什么意思？德瓦。"他命令道。

"我正在写，"我撒谎，"圣子诞生的故事。"

他盯着羊皮，然后用肮脏的手指甲指着自己的名字。他能猜出几个字母，自己的名字在羊皮纸上凸显出来，就好比雪地上的渡鸦那么明显。他像个顽童一般喋喋不休,用手指绕着我的一缕白发把玩。"圣子诞生之时,我可不在场,德瓦,但那确是我的名字。是不是在写什么异端邪说,你这地狱杂碎?"

"大人。"我低声下气地说,被他扯着头发,低着头,脸被迫贴近文稿。"在福音起始我写了,只因为吾主耶稣基督的慈悲与其圣徒桑森的允许,"说到此,我将手指移至他的名字处,"我才得以写下耶稣基督之善闻。"

他猛地拉我头发,扯下几根,然后就走开了。"你是个撒克逊婊子生的,"他说,"撒克逊人都不值得信任。小心点,撒克逊人,别得罪我。"

"仁慈的主。"我对他说,但他并没有留下来听。曾经,他跪在我的面前,亲吻我的宝剑;但如今,他是位圣徒,而我只是一名最凄惨的罪人,还是名冻坏了的罪人。墙外的日光冰凉、灰暗、充满威胁,第一场雪即将落下。

亚瑟的故事开始时亦有雪。那是很久之前,至尊王乌瑟统治的最后一年。那一年,按照罗马人的历法,是他们建都后的 1233 年;但在不列颠,我们习惯以黑暗之年为始,来计算年月,也就是罗马人在莫岛战胜德鲁伊①的那一年,按此计算方法,亚瑟的故事始于 420 年;然而桑森——愿上帝保佑他——则是以吾主耶稣基督的诞生为始来纪年,在他的信仰中,吾主的诞生日之后再过 480 个冬天,才是亚瑟这故事开始之时。但不论你如何计算时间,这都已是很久以前的故事,很久很久以前,在一块名为不列颠的土地上发生之事,而我就在那里。

故事是这样的。

---

① 古代不列颠人与高卢人的一种宗教。德鲁伊宗教崇敬自然之力,橡果是他们的圣物。本书也以"德鲁伊"直接指代德鲁伊教徒。下同。

亚瑟王

故事始于一个婴儿的诞生。

在一个严寒刺骨的夜晚,残月之下,整个王国万籁俱寂,银装素裹。大厅中,诺维娜正在尖叫。

一直尖叫。

已是午夜。夜空澄霁,群星闪耀。大地冰封,有如铁铸,其上溪流亦被冻结。不祥的残月阴沉地照耀着广阔的西方大地,使其看似闪耀着苍白冰冷的微光。已经三天没有下雪,但积雪未消,整个世界一片银白,只有被风吹落枝头积雪的黑色树木,还缠结着对抗荒凉的冬日大地。在这个清朗无风的午夜,我们呼出的雾气迟迟不散。大地看来死气沉沉、一片寂静,就好像是被太阳神贝勒诺斯所遗弃,随意地抛在了几个世界之间寒冷的无尽空虚中。这寒冷,是刺骨、死寂的严寒。长长的冰锥从卡丹城堡大厅的屋檐垂下。今天早些时候,在纷飞大雪中,至尊王的侍从艰难地将我们的王妃送来了这个属于王者的至高处所。卡丹城堡是王室的基石所在,是国王登基之处,也是唯一一处,至尊王坚持自己的王储应当出生的地方。

诺维娜再次尖叫起来。

我从没有见过孩子的诞生,上帝保佑,愿将来也别目睹。我见过母马下崽,看过小牛犊滑进这个世界,听过分娩中母狗的轻声牢骚,也见识过生产时母猫的痛苦翻滚,但我从没有见过伴随着女人尖叫的鲜血和黏液。诺维娜竭力压抑,但尖叫依然可怖,女人们在事后这么说道。有时尖叫声会突然停止,整个城堡中仅余下忽来的寂静,这时至尊王就会从一蓬毛领中抬起他那伟大的头颅,细细倾听,就好像他正在一丛灌木中听见了撒克逊人逼近。只不过他现在的聆听充满希望,希望突然的安静意味着生产的瞬间,他的王国将再一次拥有继承人。他就这么听着,在这片冻结混乱的静止中,能听见他儿媳那尖锐可怕的喘息声,有那么一次,仅仅只有一次,一声可怜的呜咽传来,至尊王半转过身像是要说些什么,但接着尖叫又起,他将头埋回了厚实的皮毛中,在厚重毛领与兜帽形成的阴影下,只能看见他闪烁的双眼。

"您不应该站在壁垒这儿,陛下。"白德文主教说道。

乌瑟挥了挥戴着手套的手,就好像示意白德文可以到燃着火炉的屋里去,但他,至尊王乌瑟,不列颠的潘德拉贡,则不会离开。他想要站在卡丹城堡的壁垒上,如此便能一眼望越冻土,直至恶魔潜伏的空中。但白德文是对的,至尊王不应该在如此艰难的夜晚成为守卫,抵抗恶魔。乌瑟已年老体衰,但王国的安全依旧系于他浮肿的身躯和迟钝悲观的头脑。仅仅六个月前,他还精力充沛,但接着,嗣子去世的噩耗来临了。莫德雷德,他最心爱的儿子,他由婚姻所得的唯一仅存的孩子,被撒克逊阔斧砍倒,在白马丘山麓流血至死。死亡夺去了这个王国的储君,而没有继承人的王国是被诅咒的王国。但今晚,如果上帝保佑,莫德雷德的遗孀将会产下乌瑟的继承人。除非这孩子是个女孩,当然,这所有的痛苦就白费了,王国也将灭亡。

乌瑟从覆盖着冰霜的毛领中抬起了头,呼出的气体在皮毛上凝聚。"该做的都做了吗,白德文?"乌瑟问。

"是的,陛下,全部。"白德文主教说。他是国王最信任的顾问,与诺维娜王妃一样是基督徒。诺维娜拒绝从林第尼斯附近暖和的罗马别墅搬出,她朝自己的公公大喊,除非他保证不让旧神的女巫们靠近,否则她不会去卡丹城堡。她坚持要以基督教的方式分娩,而渴望继承人的乌瑟答应了她的要求。现在,白德文的神父们正在房中咏唱祷词,就在圣水泼洒之处的旁边,产床床头挂着一个十字架,诺维娜的身体下放着另一个十字架。"我们正在向蒙福的圣母玛利亚祈祷,"白德文解释道,"她圣洁的身体没有被任何肉欲玷污,就成为了基督的圣母,而且……"

"够了!"乌瑟咆哮道。至尊王不是基督徒,也不喜欢任何人劝说他皈依。虽然他的确认同,基督教的神也许和旧教诸神一样强大。今晚就是测

亚瑟王

试他忍受程度的时刻。

  这是我为何在那里的原因。我是个快要成年的孩子，嘴上无毛的跑腿听差，在卡丹城堡壁垒中国王的座椅旁伺候。我来自怀君岛，梅林修筑于北境的城堡。我的任务是，如果国王下令，就去把莫甘和她的助手们带来，她们就等在卡丹城堡西面斜坡山脚一个猪倌的肮脏栅舍里。诺维娜王妃也许希望基督的母亲做她的接生婆，但若是新神失败，乌瑟也准备好了与旧神同行。

  基督教的神果然失败了。诺维娜的尖叫次数越来越少，呻吟声却越来越绝望，直到最后，白德文的妻子艾伦走出房间，颤抖着跪在了至尊王的椅旁。艾伦说，这个孩子生不出来，她担心母亲也会死去。乌瑟挥挥手，直接忽略了最后一句：母亲无足轻重，重要的只有孩子，而且只有男孩才重要。

  "陛下……"艾伦紧张地开口，但乌瑟已经没在听了。

  他拍了拍我的头。"去吧，孩子。"他说，于是我转身跑离了他的影子，从壁垒上一跃而下，奔跑穿越了屋子之间月影斑驳的纯白雪地。我经过西门的守卫，滑倒在结了冰的西方斜道上。我在雪地上蜿蜒行进，被一根树桩刮破了斗篷，重重地摔进满负冰雪的荆棘丛中，但我什么都没有感觉到，除了自己稚嫩肩膀上所负担的王国命运。"莫甘夫人！"靠近栅舍时，我大叫道，"莫甘夫人！"

  她一定正等着，栅舍的门即刻被猛地推开，她那戴着黄金面具的脸在月光下闪耀。"走！"她冲我尖叫，"走！"我转过身，开始爬回小丘，身边围绕着一群正在雪中攀爬的梅林的孤儿。她们跑步时，随身带着的锅子碰撞在一起，铿锵作响；斜坡过陡、变得危险时，她们又被迫把锅子掷到前头，自己在后面攀爬。莫甘慢慢地跟着，她的奴隶瑟柏儿携带着必要的咒符和草药，伴随于她身侧。"点上火，德瓦！"莫甘吩咐我。

  "火！"我上气不接下气地叫道，跑进了门，"壁垒上的火！火！"

主教抗议莫甘的到来，但至尊王冲他的顾问发了火，主教立马投向了旧教的怀抱。他下令神父和修士离开他们的临时教堂，并带上壁垒各处的火把，聚起一堆可燃物，拆下集中在要塞北墙内小屋上的木板，添进火堆。火焰劈啪作响，在夜色中熊熊燃烧，烟雾在空中聚成一个华盖，可以迷惑邪灵，让它们远离奄奄一息的王妃与孩子。我们小孩子则绕着壁垒跑，敲打着锅子，好以这巨大的噪音让邪灵混乱。"喊起来！"我命令那些来自怀君岛的孩子们，而更多来自要塞棚屋的孩子为我们增添了吵闹声。守卫用枪柄击打着盾牌，神父们往几个燃烧的柴堆里丢进了更多的木头。我们尖叫着制造噪音向邪恶的幽灵挑战，它们正划过夜晚，诅咒着诺维娜的分娩。

莫甘、瑟柏儿、妮慕和一个小女孩走入大厅。诺维娜在尖叫，不知是为了抗议梅林的女人们的到来，还是因为顽固的孩子正将她的身体一撕为二。当莫甘赶走基督徒侍从时，尖叫声更响了。她将两个十字架扔到雪中，将一把艾蒿——女人草药——扔进火里。妮慕后来告诉我，她们在潮湿的床上放了铁矿石，以赶走已嵌入其中的邪灵；还在因剧痛打滚的女人的头周围放了七块鹰石，以便从诸神处带来善灵。

莫甘的奴隶瑟柏儿在大厅门楣上放了一根桦树树枝，并在痛苦翻滚的王妃身体上方挥舞着另一根。妮慕蹲在门栏处溲溺，让邪恶的妖精远离大厅，然后她盛了一点自己的尿液，用稻草洒在诺维娜的床上，以进一步防止孩子的灵魂在出生的瞬间被盗走。莫甘的黄金面具在火光中闪亮，她挪开诺维娜的双手，将一块稀有琥珀咒符放置在王妃的双乳间。那个小女孩，梅林拾来的弃婴，在床脚恐惧地等待着。

新生起的火焰释放出浓烟，模糊了夜星。卡丹城堡山麓树林中的野兽苏醒，冲着上方爆出的噪音号叫；至尊王乌瑟抬眼看向渐沉的月亮，但愿自己找来莫甘时还不迟。莫甘是乌瑟的亲女儿，是他与格温内德的伊格莲所生下的四名私生子中年纪最大的。毫无疑问，乌瑟更希望梅林在这里，

亚瑟王

但是梅林已经离开数月,不知去向何处,有时我们会觉得,他似乎是永远地离去了。莫甘从梅林处习得技艺,就必须在这个寒冷的夜里替代他的位置,而我们则在今晚敲打锅子,大声喊叫,直到嘶哑,直至将恶毒的魔鬼赶离卡丹城堡。连乌瑟也加入进来制造噪音,虽然他拐杖击打壁垒边沿的声音相当微弱。白德文主教双膝跪地祈祷,他的妻子被赶出了分娩室,流泪悲叹,呼唤着基督教的上帝,祈求着主宽恕那些异教徒女巫。

但巫术起作用了,孩子活着生下来了。

在生产那一刻,诺维娜发出了比之前都要可怕的尖叫。那是受折磨的动物的惨叫,一声让整个夜晚啜泣的恸哭。妮慕后来告诉我,是莫甘造成的这一记剧痛,她把手伸进了产道,粗暴地将孩子强行拽来了这个世界。那一刻,母亲受到折磨,孩子满身鲜血。妮慕将脐带打结咬断,莫甘则冲那个惊恐的女孩大吼,叫她过来抱起婴儿。婴儿必须由一个处女最先抱起,这点很重要,这也是女孩会被带来大厅的原因,但她太害怕了,不肯靠近沾满鲜血的稻草。诺维娜喘着气,血迹斑斑的新生儿则像死胎那样躺着。"抱起来!"莫甘大吼道,但那个女孩子哭着跑了。于是妮慕从床上抱起了婴儿,清洁了他的嘴巴,好让他能吸进第一口空气。

满是凶兆。光晕笼罩的月亮正在亏缺,处女则逃离了婴儿,大哭出声。乌瑟听见了吵闹,我看见他闭上了双眼,向诸神祈祷是个男孩。

"要我进去吗?"白德文主教迟疑地问道。

"去!"乌瑟厉声说道,主教急急忙忙地爬下木梯,提着长袍,踩着已被践踏过的雪地跑去大厅的门口。他在那里站了几秒钟,然后挥舞着双手跑回了壁垒。

"好消息,陛下,好消息!"白德文一边叫着,一边笨拙地爬上梯子,"最好的消息!"

"一个男孩。"乌瑟轻声呼出这四个字,期待着。

"一个男孩!"白德文确认道,"一个健康的男孩!"

当时，我正蜷缩在至尊王之侧，看见了他仰望天空的眼中闪烁的泪光。"一名王储。"乌瑟的声调如此惊讶，就好像他实已不指望诸神会垂青于他。他用戴着皮毛手套的手擦拭泪水。"王国安全了，白德文。"他说。

"上帝保佑，陛下，安全了。"白德文应道。

"一个男孩。"乌瑟说，庞大的身躯突然因一阵剧烈的咳嗽而扭曲变形，他气喘吁吁。"一个男孩。"气息平稳后，他重复道。

稍后，莫甘来了。她爬上梯子，结实的身体拜倒在至尊王面前。她的黄金面具闪耀着，掩盖了其下的恐怖。乌瑟用手杖碰了碰她的肩膀。"起身，莫甘。"他笨拙地在自己的长袍中摸索，找出了一枚黄金胸针，要奖励给莫甘。

但莫甘不肯收。"那男孩，"她说出恶兆，"是瘸的。他的一只脚是变形的。"

一名瘸腿的王子是这个寒夜最坏的预兆，我看见白德文画了个十字。

"多糟？"乌瑟问。

"就只是脚，"莫甘用刺耳的声音说道，"腿没事，陛下，但王子永远不能跑步。"

乌瑟在他厚厚包裹的毛皮斗篷中咯咯轻笑。"国王不跑步，莫甘。"他说，"他们走路，他们统治，他们骑马，他们奖励忠实的好仆人。拿着这黄金。"他将胸针再次递给她。那是一块厚实的黄金，精美地铸造为乌瑟的护身符形状——一条龙。

但莫甘还是不肯接受它。"而且这个男孩是诺维娜怀上的最后一个孩子了，陛下。"她警告乌瑟，"我们烧了胎衣，一点声音都没有。"胎衣总是被放进火中，燃烧时的噼啪声将会预言那母亲还能再生多少孩子。"我什么也没听见，"莫甘说，"没有声音。"

"没有声音是诸神的旨意。"乌瑟生气地说。"吾儿已死，"他变得阴郁，"那谁又能再给诺维娜一个适合成为国王的孩子呢？"

亚瑟王

莫甘沉默了。"您，陛下？"她最后说道。

听到这个主意，乌瑟轻笑起来，然后转为大笑，最后变成一阵痛苦的咳嗽，肺部的疼痛让他弯下了腰。咳嗽最终平复，他摇头，以颤抖的声音说："诺维娜仅有的职责就是生下一名男孩，莫甘，她已完成。我们的职责是保护他。"

"用德莫尼亚的全部力量。"白德文急切地补充。

"新生儿很容易死。"莫甘以她冷酷的声音警告两个男人。

"这个不会，"乌瑟猛地出声，"这个不会。他会交由你照顾，莫甘，去怀君岛，用你所有的技艺确保他活着。把这胸针拿去。"

莫甘最终接受了龙形胸针。那残疾的婴儿还在哭泣，他的母亲也在幽咽，但卡丹城堡壁垒的周围，敲锅人与看火人正在欢庆王国再一次有了继承人。德莫尼亚有了一位王储，王储的降生意味着盛大的宴会和慷慨的礼物。沾着血的产床稻草被从屋里拿出，扔进了火堆，火焰高高蹿起，炽烈明亮。一个婴儿诞生了，他现在只需要一个名字，而这个名字毋庸置疑。毋庸置疑。乌瑟从椅子中站起身，庞大坚韧的身躯立于卡丹高堡的城墙之上，他宣布了新生孙儿的名字，他继承人的名字，这个王国王储的名字。这个于冬日出生的孩子将以其父命名。

他将被称为莫德雷德。

诺维娜和婴儿来到了我们的怀君岛。他们乘坐一辆牛车,穿过东陆桥,来到了托尔山下。我从刮着大风的山顶朝下看,人们从铺着毛皮大衣的车中抬出病弱的母亲和残疾的孩子,用一顶布轿将他们一路抬进围墙。那天很冷,下着雪,刺骨严寒侵蚀着肺,冻裂了皮肤,诺维娜和襁褓中的婴儿被带进怀君岛托尔山的山门时,她因此低声抱怨。

就这样,莫德雷德,德莫尼亚的王储,进入了梅林的王国。

怀君岛这个名字意为玻璃之岛,尽管如此,它并不是一座真正的岛屿,而是一个高地海岬,突出伸向一片由滨海湿地、溪流和垂柳环绕的沼泽所组成的荒地,其上苔草芦苇丛生。此处富足,盛产野禽、鱼和黏土,从潮汐地边缘的山丘上也可以轻易采到石灰岩。有时西风太强,汹涌潮水迅猛地淹过绿色的长形湿地,穿行其中的木制古道上,时有粗心的访客溺水。地势向西升高,那里是苹果园和麦田的所在。苍白的山丘于北面与湿地接壤,那里放牧着牛羊。这片丰饶土地的心脏,正是怀君岛。

这里是梅林大人的土地,它被称为阿瓦隆。他的父亲与祖父都曾统治此处,由托尔山顶望去,视野所及的每一个农奴和奴隶都为梅林工作。这片土地及其产物困住了潮水,形成了内陆河谷中的丰沃土地,给了梅林财富,让他能自由地做一名德鲁伊。不列颠曾一度是德鲁伊们的土地,但罗马人奴役了他们,进而驯服其信教,所以如今,即使脱离罗马人的统治已有两代,仍只有寥寥数位旧教祭司留存。基督徒占据了不列颠,包围了旧教,犹如狂风驱动的巨浪飞溅于魔鬼横行、芦苇丛生的阿瓦隆。

阿瓦隆之岛——怀君岛——由多座绿草山丘组成,其上全无人工造物,除了最高最陡的托尔山。梅林的府邸建于山脊顶部,在府邸之下还散

亚瑟王

布着少数建筑。这些建筑由木围墙保护，围墙已是摇摇欲坠，正立在托尔山长满青草的陡峭斜坡上，勉强排布成形，这是罗马人到来之前旧日时光的残留。一条小径沿着古老的梯田，曲折盘旋通向顶峰，求医问药与找寻预言的旅客来到托尔山，就得被迫走那条小径，这是为了阻挡邪灵侵蚀梅林的要塞。另有两条小路笔直通往山下，一条向东，通往连接怀君岛的陆桥；一条朝西，从海口直下托尔山麓的村落，那里生活着渔民、猎人、织篮者和牧人。这些道路是去托尔山的必经之道，莫甘以不断的祈祷和咒语保持它们不受恶魔侵袭。

朝西的路不仅通往村落，更通往怀君岛的基督教神殿，所以莫甘也就对它特别上心。在罗马统治期间，梅林的曾祖父让基督徒进了岛，自那以后，就没法驱逐他们了。我们托尔的孩子被鼓励去向修道士砸石块，朝他们的木围墙扔动物粪便，或是嘲笑那些穿过邪恶大门去朝拜一株荆棘树的朝圣者。那株荆棘长在罗马人建造的傲人石头教堂旁边，现今那教堂依旧主宰着基督教教众。有一年，梅林把一株相似的荆棘弄来了托尔，我们都又唱又跳地鞠躬朝拜它，村子里的基督徒说，我们会被他们的上帝打倒，但什么也没发生。最后，我们烧了我们的荆棘，把它的灰烬和猪食拌在了一起，但基督教的神还是没有注意到我们。基督徒们说，他们的荆棘是有魔力的，一个外国人亲眼见过基督徒的神被钉上一棵树，并将荆棘带来了怀君岛。上帝啊，请原谅我，但在那久远的过去中，我嘲笑这些故事。我那时一直不明白，荆棘和神被杀害有什么关系，可现在我懂了，但我还是可以告诉你，那神圣的荆棘——如果它还生长在怀君岛的话——绝不是由亚利马太的约瑟手杖上得来的[①]。我知道，因为在一个漆黑的冬夜，我被派去托尔山脚南边，为梅林取一瓶圣泉中的清水，我看见基督修道士们种下一丛小荆棘灌木，以取代他们围墙内死去的那一丛。神圣的荆棘老是

[①] 传说中，约瑟把耶稣荆棘冠冕的一部分带到了英国。

死，我不知道是因为我们朝它扔的那些牛粪，还是朝圣者们绑在这棵可怜树上的过多布条。圣荆棘的修道士们反正是变富了，因朝圣者们慷慨赠送的礼物而脑满肠肥。

怀君岛的修道士们很高兴诺维娜来到我们这里，因为现在他们就有理由爬上陡峭的小路，将他们的祈祷带入梅林要塞的中心。诺维娜王妃仍是一个暴躁刻薄的基督徒，尽管圣母玛丽亚没能帮她生下孩子。她要求每天早晨允许修道士们进入房间。我不知道梅林是否会允许这样的妥协，而妮慕绝对是因为莫甘同意了诺维娜的请求而对她怀恨在心。但是梅林那时并不在怀君岛。我们有一年多没见过我们的主人了，但就算没有他，他那奇异要塞中的生活仍在继续。

它真的很奇异。梅林是怀君岛所有居民中最古怪的，为了取悦自己，他在身边聚集了一群残疾的、丑陋的、扭曲的、半疯的生物。他的家族护卫队长和指挥官名叫德鲁依丹，是个侏儒。他站起来跟一个五岁小孩差不多高，然而充满着成年战士的怒火，每天都穿戴护腿、胸甲、头盔和斗篷，佩带武器。他抱怨着阻碍他的命运，并将仇恨都发泄在了唯一比他弱小的生灵身上：梅林随意收养的孤儿们。德鲁依丹几乎疯狂追求过每一个梅林的女孩，虽然当他试图将妮慕拉上自己的床时，遭到了梅林愤怒的责打，浑身伤痛。梅林击打他的脑袋，扯下他的耳朵，撕裂他的嘴唇，打瞎他的眼睛，孩子们和围墙护卫们都欢呼叫好。德鲁依丹统领的护卫非跛即瞎，要么就是疯子，他们中有些人这三样全占了，但没有一个人像德鲁依丹那么疯狂。

妮慕，我的朋友和童年伙伴，是爱尔兰人。爱尔兰人属于不列颠，但他们从未遭受罗马的统治，因此觉得自己比被抢劫、被折磨、被奴役、被殖民的不列颠大陆人要优秀。如果不是因为撒克逊人过于可怖，我们大概会将爱尔兰人视为诸神最糟糕的造物，不过我们还是时不时与之结盟，以对抗不列颠的其他部族。乌瑟某一次突袭了德米缇亚的一个爱尔兰村落，

亚瑟王

那村落位于塞文海边，妮慕就是在那次突袭中被掳来的。那场袭击抓了十六名俘虏，他们全都要被送回德莫尼亚为奴，但他们乘坐的船在赛文海上遭遇了一场巨大风暴，船载着俘虏被风吹向了西面，最后在维尔岛被找到，只有妮慕一人存活。她从海中走出，据说连身体都是干的。这是一个预兆，梅林宣称，她蒙海神玛纳怀登的宠爱。虽然妮慕本人坚持，救了她的是棠，最强大的女神。梅林想要给她改名薇薇安，一个向玛纳怀登致敬的名字，但妮慕毫不理会，保留了自己的原名。妮慕几乎总是能随心所欲。她在梅林家的女仆中长大，充满好奇心与自信。当她的第十三或十四个夏天过后，梅林将她召唤为自己的床伴，她去了，自始至终知道自己的命运就是成为他的爱人，然后成为整个怀君岛第二重要的人。

但是对于这份殊荣，莫甘自然也全力争取过。在梅林家中所有这些怪物里，莫甘是最怪诞的。诺维娜和莫德雷德成为她的被监护人时，她已是个度过三十个夏日的寡妇。这样的任命顺理成章，因为莫甘本人出身高贵——她是至尊王乌瑟与格温内德的伊格莲那三女一男私生子中最早出生的，她的弟弟是亚瑟。她既拥有如此血统与兄弟，那么怀抱野心的男子本该踏破彼世之墙，去牵这位寡妇的手。然而，当莫甘还是一位年轻的新娘时，她被困在了一座着火的房子里，这场大火杀死了她的新婚丈夫，也将她烧成重伤。火焰带走了她的左耳，熏瞎了左眼，烤焦了脑袋左半侧的头发，烧残了左腿，烫弯了左臂。妮慕告诉我，莫甘全裸时，整个身体的左半侧满布皱褶，鲜红扭曲，部分萎缩，部分增生，无一不可怕。就像是一枚烂苹果，妮慕对我说，甚至比那更糟。莫甘是噩梦中的生物，但对梅林而言，她是位适合自己高贵厅堂的贵族小姐，他将她训练成为自己的女预言家。他命令国王的一位金匠为她打造了一副面具，面具如同一个头盔包裹着她被毁的头颅，由上好的黄金薄片制成，雕饰着螺旋与龙的花纹，正面雕着角神色纳诺思的形象，他是梅林的保护神。金面莫甘总是身着黑衣，干枯的左手戴着手套。她因治愈术及助产能力而著名。她也是我遇见过脾气最大的女人。

瑟柏儿是莫甘的奴隶和随从。她是个少见的大美人，拥有一头浅金色的秀发。她是在一场突袭中被捕获的撒克逊人，在充当了整整一季的营妓后，语无伦次地来到了怀君岛。莫甘治愈了她的头脑，但她依然是个疯子，不是疯狂，只是无可救药的愚蠢。她会与任何男人上床，不是因为她想，而是因为她不敢不从，不论莫甘做什么都不能阻止她。她年复一年地生育，那些金发的孩子很少存活，活下来的也被梅林卖给了那些看中金发小孩的男人。他觉得瑟柏儿很有趣，虽然神祇在她的疯狂中荡然无存。

我喜欢瑟柏儿，因为我也是撒克逊人，瑟柏儿能用我的母语与我交谈，所以在怀君岛长大的我能同时说撒克逊语与不列颠人的语言。我本来会成为奴隶，但当我是个小孩，甚至比侏儒德鲁依丹更矮的时候，一股突袭兵从瑟卢瑞亚来到了德莫尼亚北海岸，占领了我母亲作为奴隶所生活的村庄。瑟卢瑞亚的甘德利亚斯国王率领了这次袭击，我的母亲——我觉得她长得有点像瑟柏儿——被强暴了，而我被带去了死人坑。瑟卢瑞亚的德鲁伊，坦纳波斯，在那里献祭了数十名俘虏，以感谢太阳神贝尔庇佑这场突袭掠得如此大量的战利品。上帝啊，我永远忘不了那个晚上！火焰、尖叫、醉后的暴行、疯狂的舞蹈，然后坦纳波斯将我推入了满布尖刺的黑暗深坑。我活下来，毫发无损，平静地爬出死人坑，正如妮慕平静地走出杀人海。梅林发现了我，称我为贝尔之子。他为我取名德瓦，给了我一个家，让我自由地长大。

托尔充斥着这样的从诸神手中夺回的孩子。梅林相信我们很特别，能成长为新一批的德鲁伊和女祭司，将会帮助他在已遭罗马摧残的不列颠上重建真正的传统旧教，但他从没有时间教导我们，所以我们大多数人还是成为了农民、渔夫或主妇。我在托尔时，似乎只有妮慕被诸神选中，成长为了一位女祭司。我那时最渴望成为一名战士。

佩里诺挑起了我那样的野心，他是梅林的生灵中最特别的。他曾是位

亚瑟王

国王,但撒克逊人夺去了他的土地与双目,诸神夺去了他的头脑。他本该被送往亡者之岛,那里是危险疯子们的去处,但梅林下令将他留在托尔,锁在一圈逼仄的围墙中,类似的围墙是德鲁伊丹养猪用的。他浑身赤裸,蓄着垂至膝盖的白色长发,空洞的眼眶带着泪。他总是胡言乱语,向天地滔滔不绝地述说着自己的苦恼,梅林则会倾听这疯狂,从中挑出诸神旨意。每个人都害怕佩里诺,他完全疯了,有着难以抑制的野性,有一次甚至火烤烹食了瑟柏儿的一个孩子。然而奇怪的是,我也不知道为什么,佩里诺喜欢我。我会从他猪圈的栏杆间隙中滑进去,他会爱抚着我,告诉我战斗与野外捕猎的故事。在我看来,他从不是个疯子,更未伤害过我或妮慕,也许就像梅林常说的,我们两个孩子蒙贝尔的特别宠爱。

贝尔也许爱我们,但葛温朵珑恨我们。她是梅林的妻子,现在已经是个无牙老妇。如同莫甘一样,她使用草药和咒符的技巧一流,但自从她被一场疾病毁去容貌之后,梅林就将她抛弃了。这是我到托尔之前很久发生的事情,那个时期被人们称为"灾日"。那时梅林从北方回来,神情疯狂,泪流满面。但即使后来他恢复神志,也没有重新接受葛温朵珑。他允许她住在牲口栏旁的一间小棚屋中,而她终日编构咒语,诅咒自己的丈夫,尖叫着辱骂我们其他人。她最恨德鲁伊丹。有时她会吐出一点火星攻击他,追着德鲁伊丹穿过一座座棚屋。我们小孩子会在一旁煽风点火,尖叫着要那侏儒流血,但他总能逃脱。

这儿就是诺维娜带着王储莫德雷德来到的古怪之处,虽然我将其写得似乎充满恐怖,但事实上,这里是一处挺好的避难所。我们是享有特权的梅林大人的孩子们,可以自由自在地生活,几乎不干活儿,整日欢笑。怀君岛,玻璃之岛,是一处乐土。

诺维娜来时正值冬日,阿瓦隆的沼泽结冰反光。怀君岛有一名木匠,名叫古勒登,他的妻子生下了一个与莫德雷德同样年纪的男孩儿。古勒登为我们做了雪橇,让我们可以一边发着抖,一边迎着风从托尔山积雪的山坡上滑下。古勒登的妻子蕊拉被指派为莫德雷德的奶妈。王子虽然脚有残疾，但依旧在她的乳汁下茁壮成长。严寒渐逝，托尔山麓圣洁的春日将至，冬日的第一朵雪花莲①在荆棘丛中绽放，值此时节，连诺维娜的身体都好了起来。王妃一直体弱，但莫甘和葛温朵珑予她草药，修道士为其祷告，她似乎终于从产后虚弱中康复了。每周，信使都会将艾德林②的健康状况通知他的祖父至尊王，每一条好消息都会换来一小片金子、一角食盐或一瓶珍稀好酒作为奖赏，德鲁依丹总会去偷那瓶酒。

我们等待梅林的归来，但他并没有来。少了他，托尔似乎空荡荡的，虽然我们的日常生活并无甚改变。贮藏室须满，老鼠要杀，柴火和泉水得一天三次地运上山。梅林的抄写员古多文保管着佃农们付款的账本；管家海威管理着房产，以确保没有人会欺诈离开的主人。古多文和海威都是神志清醒、头脑冷静、工作努力的人。妮慕告诉我，这让梅林的收入增加，削弱了他的古怪神秘。古多文教会了我读书写字，我本不想学这种不那么"战士"的技能，但妮慕坚持要我学。"你是个无父之人，"她告诉我，"必须凭借技能，自力更生。"

"我想成为一名战士。"

"你会的，"她向我保证，"但除非你学会读写。"那时，她年轻的权威征服了我，我相信她并学习了文员的技能，直到很久之后才发现士兵根本不需要这些。

于是古多文教我字母，管家海威教我战斗。他用一根单刺训练我——就是乡下人那种能把头骨敲破的棍子，但可以模仿剑击和枪刺。在被撒克逊人的斧头砍掉一条腿之前，海威是乌瑟军队中的一位著名战士。他训练我，直到我的手臂变得强壮，能够以挥舞单刺的速度使用一把重剑。海威

---

① 又名雪滴花，一般早春萌发。
② Edling，盎格鲁撒克逊语，威尔士王位继承人的头衔，等同王储。

亚瑟王

说，大多数战士凭借的是蛮力和酒劲，而不是技巧。他告诉我，我将面对因蜂蜜酒和麦芽酒头晕眼花的家伙，他们唯一的才能就是吹嘘自己能杀死一头公牛，但懂得剑的九种刺法的清醒之人总能击败这类莽汉。"我那个时候醉了，"他承认，"就是撒克逊人欧克萨砍去我腿的时候。现在快点，小子，再快点！你的剑必须让他们眼花！再快！"他把我教得很好。第一批知道这事的是怀君岛下村里修道士的儿子们，他们怨恨我们这些享有特权的托尔孩子，因为他们工作时我们无所事事；他们劳作时我们自由自在。为了报复，他们会追逐并试图揍我们。一天，我带着我的单刺去了村子，还打了三个基督教小孩。我一直比同龄人高，而且诸神让我强壮如同公牛。我将我的胜利归结于诸神之庇护，即使海威因此鞭打了我。他说享有特权的人绝不该欺负下等人，但我觉得他仍然挺高兴，因为第二天他带我去打猎，我用一支成人用的长枪杀死了人生中第一头野猪。那是在康河旁一个雾气蒙蒙的灌木丛里，我那时只经历过十二个夏天。海威用野猪血涂抹我的脸，让我戴着它的獠牙作为项链，然后带尸体去了密特拉神殿，供所有那些崇拜战神的老战士享用。我没有获得参加盛宴的许可，但海威向我许诺，等我长出胡子，在战场中杀死第一个撒克逊人后，他就会让我加入密特拉教。

三年之后，我仍然梦想着杀死撒克逊人。也许有人会觉得很奇怪，我这样一个有着撒克逊发色的撒克逊年轻人竟会如此热诚地忠实于不列颠，但自幼年起，我就在不列颠人中长大，我的朋友、喜好、日常用语、故事、仇视之物和梦想都是不列颠人的。而且我的外貌也不是那么不寻常，罗马人留给了不列颠各式各样的陌生人。有一次疯子佩里诺告诉我，有一对兄弟像木炭那么黑，但直到遇见亚瑟的努米底亚指挥官塞格拉莫之前，我一直以为佩里诺的话只不过是疯狂的虚构传奇。

随着莫德雷德和他母亲的到来，托尔变得拥挤，因为诺维娜不仅带来了她的侍女，还带来了一队负责保卫艾德林的士兵。我们一间屋里要住四到五人，但除了妮慕和莫甘，没人可以进入大厅的内室。那是梅林的房间，只允许妮慕独自睡在那儿。诺维娜和她的宫廷侍从住在大厅，使之充斥着两个火堆日夜燃烧产生的烟气。大厅由二十根橡木柱支撑，以涂抹灰泥的板条为墙，茅草为顶。地板是覆盖着灯芯草的土地，有时会着火，引发骚乱，直到火焰被扑灭。一面灰泥和板条构成的内墙将梅林的房间与大厅分隔开，墙上开了一扇木制小单门。我们知道，梅林总是在他房间中睡觉、研究、做梦。房间后是一座建造在托尔山山巅的木塔，无人知晓塔中情形，除了梅林、莫甘和妮慕，他们三人也不会透露。乡下的人们能从数英里外看见梅林之塔，他们发誓说，里面塞满了从先民之冢中得来的宝藏。

莫德雷德的护卫队长是一名叫作莱加塞特的基督徒，高瘦，贪婪，擅长弓箭。清醒之时，他能于五十步之外射断细枝，虽然他极少清醒。他教了我一些独家技巧，但与男孩为伴很容易让他不耐烦，他宁愿和他的手下赌博。不过他告诉了我莫德雷德王子死亡的真实情景，以及至尊王乌瑟为何因此而诅咒亚瑟。"不是亚瑟的错。"莱加塞特往他的桌棋板上扔了一颗鹅卵石。所有的士兵都有桌棋板，有些由骨头精制而成。"6！"他说道，而我正等着听亚瑟的故事。

"看我的！"王子的一位护卫曼纽说道，掷出了他的石头。石子骨碌碌地滚过桌棋板的边线，停在了"1"上。他本需要两点就能赢，而现在，却只能一边从板上收回鹅卵石，一边骂骂咧咧。

莱加塞特让曼纽去拿钱包来付赌输的钱，然后告诉我，乌瑟是怎样召唤亚瑟从阿莫里凯回来，帮助抵御一支深入我们腹地的撒克逊大军。莱加塞特说，亚瑟带来了他的战士，但他那些著名的战马不能及时运来，他们也没有时间找到足够的船来运载士兵和马匹。"他并不需要马，"莱加塞特钦佩地说，"他已经把那些撒克逊人困在白马丘。然而莫德雷德觉得自己能胜过亚瑟，他想要独揽全部的功劳，你知道。"莱加塞特擦了擦鼻涕，

亚瑟王

然后看看周围,确保没人在听。"莫德雷德那时喝醉了,"他压低了声音,"他的一半手下都光着身子胡言乱语,说他们能干掉十倍于自己的敌人。我们应该等亚瑟来,但王子命令我们冲锋。"

"你当时在那里?"我怀抱年轻的好奇心,问道。

他点头。"和莫德雷德在一起。天啊,撒克逊人真能打啊。他们包围了我们,突然间我们就成了五十个正在死去或是立刻酒醒的不列颠人。我用最快的速度射箭,枪兵组成了盾墙,但他们的战士用剑和斧头突破了我方的防御。他们的战鼓隆隆作响,巫师大声咆哮,我以为自己死定了。箭用完了,我就用枪。我们活着的人还不到二十个,所有人都精疲力尽。龙旗被夺,莫德雷德渐渐失血死去,我们剩下的人都挤在一块儿等死。正在这时,亚瑟的人来了。"他停顿了一下,然后悲伤地摇了摇头,"吟游诗人会说,那天莫德雷德让撒克逊人的鲜血染红了土地,小子,但那不是莫德雷德,是亚瑟。他不停地杀啊杀啊,将龙旗夺了回来,干掉巫师,烧毁战鼓,追逐着残部直至黄昏,最后在月光下于爱德维悬石处杀死了他们的首领。那就是为什么撒克逊人如今那么小心翼翼,孩子,不是因为莫德雷德打败了他们,而是他们以为亚瑟回到了不列颠。"

"但他没有。"我阴郁地说。

"至尊王不让他回来。至尊王还在责怪他。"莱加塞特停顿一下,再次看了看周围,以防止被偷听。"至尊王觉得亚瑟想让莫德雷德死,好自己称王,但那不是真的。亚瑟不是那样的人。"

"他是怎样的人?"我问。

莱加塞特耸了耸肩,就好像表示这个问题很难回答,但接着,在他回答前,他看见曼纽回来了。"不可说,孩子,"他警告我,"不可说。"

我们都听过类似的故事,但莱加塞特是我遇见的第一个宣称在白马丘战役现场的人。后来我判断他根本就不在那里,只不过是随口说个故事,来赢得无知易骗小男孩的钦佩,可他的描述够真实。莫德雷德的确是一个醉酒的蠢货，亚瑟的确是胜利者，但乌瑟还是将他遣回了海对岸。两人都是乌瑟的儿子，但莫德雷德是受宠的王储，亚瑟是自命不凡的私生子。然而，即使亚瑟被流放，每一个德莫尼亚人也还是相信，那个私生子是他们国家最大的希望；那个从海对岸来的年轻战士，将从撒克逊人的手中救出我们，并夺回洛依格的失落之地。

那年的后半个冬天很温暖。狼群在守护怀君岛陆桥的土墙外时有踪迹，但没有一匹靠近托尔。不过一些小孩子做了狼符藏在德鲁依丹的棚屋下，希望有一头流着口水的好野兽跳过围墙，把侏儒带去做晚餐。狼符不管用，冬日渐逝，我们都开始为盛大的贝尔登春日庆典做准备，包括巨大的篝火堆和午夜盛宴，但这时另一个巨大的刺激事件降临了托尔。

瑟卢瑞亚的甘德利亚斯来了。

白德文主教首先到达。他是乌瑟最信任的顾问，他的到达预示了即将发生的大事。诺维娜的侍从搬出了大厅，灯芯草覆盖的地面铺上了编织的地毯，这是个确实的明示，意味着将有大人物前来拜访。我们都以为乌瑟本人要来，但在白德文到达后一周，在陆桥上出现的旗帜并不是乌瑟的龙旗，而是甘德利亚斯的狐狸旗。那是个晴朗的早晨，我看见骑士们在托尔山脚处下马。风吹动他们的斗篷，扯起他们磨损的旗帜，我瞧见了上面那令我厌恶的狐狸面具，于是大喊抗议，做起了驱邪手势。

"那是什么？"与我一同站在东岗台的妮慕问道。

"那是甘德利亚斯的旗帜。"我回答，并看见了妮慕眼中的惊讶。甘德利亚斯是瑟卢瑞亚的国王，也是德莫尼亚不共戴天的仇敌——波伊斯的高菲迪特国王的盟友。

"你确定吗？"妮慕问我。

"他害了我妈，"我说，"他的德鲁伊把我扔进了死人坑。"我朝围墙外的十几个男人吐了口唾沫，托尔山对他们的马匹来说太陡，他们正步行上山。就在那里，他们之中，有甘德利亚斯的德鲁伊——坦纳波斯，我的恶

亚瑟王

魔。他是个高大老人,蓄着编成辫的胡须,顶一头白色长发,上半个脑袋剃光——这是德鲁伊和基督教修道士都会留的发型。在半山腰,他将自己的斗篷扔至一旁,开始跳起防御舞蹈,以防梅林留下鬼神守卫大门。看着那老人在陡坡用一条腿颤颤巍巍地蹦跳,妮慕向风中吐了口唾沫,然后跑向梅林的房间。我跑着跟随她,但她用力推开我,说我不会明白其中的危险。

"危险?"我问,但她已经离开。看上去似乎没有危险,因为白德文已经下令大敞陆门,现在则在托尔山顶上试图将兴奋的混乱局面组织成一场欢迎仪式。莫甘当日不在,出门去东丘的梦庙做讲解,但托尔其余的人都赶来围观造访者。德鲁依丹和莱加塞特部署护卫,裸体的佩里诺对云吠叫,葛温朵珑向白德文主教吐出无牙诅咒,一群小孩子则攀爬抢夺着观看来客的最佳位置。欢迎仪式本该庄严高贵,但路奈特——比妮慕小一岁的一个爱尔兰弃儿——放出了一群德鲁依丹的猪,结果第一个走过围墙门的坦纳波斯受到了狂暴号叫的欢迎。

光是小猪们的大恐慌还吓不倒一位德鲁伊。坦纳波斯身着绣有野兔与新月的肮脏灰袍立于入口处,将双手举过他那剃过发的脑袋。他将手中月形尖端的手杖顺着太阳于空中的行进方向旋转了三次,然后冲着梅林之塔咆哮。一只小猪擦着他的腿跑过,在泥泞的围墙门处争夺一块立足之处,随后又迅速地冲下了山。坦纳波斯再次咆哮,一动不动,检视着托尔,寻找看不见的敌人。

有那么几秒,除了旗帜猎猎以及跟随德鲁伊爬上山丘的战士们的喘息声,一片安静。梅林的抄写员站在我的身侧,手上包着墨迹斑斑的布条,以抵御严寒,保护双手。"那是谁?"他问。一声惊声哭号回应了坦纳波斯的挑战,引得抄写员颤抖起来。尖叫声来自大厅内里,我知道那是妮慕的声音。

坦纳波斯看上去很生气。他如同狐狸般尖叫,摸着自己的下身,做着邪恶的手势，然后单脚向大厅跳去。五步之后，他停下，再次号出他的挑战，但这次大厅中没有传来尖叫回应。于是他将第二只脚放下，透过大门呼唤他的主人。"安全！"坦纳波斯叫道，"来吧，国王陛下，来吧！"

"国王？"古多文问我。我告知他访客为谁，然后问他为什么我们的敌人甘德利亚斯会来托尔。古多文挠了挠衣服底下的虱子，随即耸肩道："政治，孩子，政治。"

"告诉我。"我说。

古多文叹了口气，就好像这问题再次证明我已经蠢到无药可救，他对待问题一贯如此反应，但仍给了我答案："诺维娜适婚，莫德雷德是个需要保护的婴孩，要保护一位王子，还有谁能比一位国王更合适呢？还有谁能比一位将成为德莫尼亚朋友的敌对国王更合适呢？这很简单，孩子，你想一下就知道了，我就不用浪费时间回答你的问题了。"他朝我的耳朵轻吹了口气作为惩罚。"注意，"他咯咯笑道，"他得暂时抛弃莱杜伊斯了。"

"莱杜伊斯？"我问。

"他的爱人，蠢小子。你以为有哪个国王会自个儿睡觉？不过一些人说，甘德利亚斯深爱莱杜伊斯，他甚至真的娶了她！他们说，他带她去了陆芜高地，让他的德鲁伊将他们结合，但我不相信他这么愚蠢。她不属于王室。你今天不是该帮海威计算租金的吗？"

我不理睬他的问题，看着甘德利亚斯和他的护卫小心翼翼地走过泥泞危险的入口。瑟卢瑞亚的国王是一个匀称高挑的男子，大约三十岁。他的突袭军队抓我母亲并将我扔进死人坑时，他还只是个年轻人，那个血腥黑暗的夜晚已经过去十多年了，但生活对他不薄，他还是很英俊。他留着黑色长发和分叉的胡须，发须中没有一丝灰白。他身着狐毛斗篷、及膝皮靴、红褐色束腰外衣，佩剑藏于红色剑鞘之下。他的护卫们也身着相似服饰，清一色高个男子，挺拔凌驾于德鲁依丹那一堆可怜巴巴的残疾枪兵之上。瑟卢瑞亚人佩剑，无人携带长枪或盾，似是他们抱持和平之心前来的

亚瑟王

证据。

坦纳波斯经过我时，我退缩了。他当年将我扔进死人坑时我不过是个婴儿，这老人绝不可能会认出我这死里逃生之人。他曾试图杀我，但失败了。我本不需害怕他，但却仍因那名德鲁伊颤抖——他有着蓝色眼睛、长鼻子和松垮下垂的嘴，当他拖步慢行于他的君主之前，挂在他柔软白色长发发梢的小骨头咔嗒碰撞作响。白德文主教步调一致地走在甘德利亚斯身边，向他表示欢迎，说着托尔是如此有幸能迎来此次王室拜访。两名瑟卢瑞亚护卫带着一个沉重的箱子，里面必是装着给诺维娜的礼物。

使团走入大厅，消失于视野内。狐狸旗帜插进了门外的土地中，莱加塞特的手下就在那里禁止其余人入内。但我们这些从小在托尔长大的孩子自然懂得如何偷溜进梅林的大厅。我绕着南墙跑，攀上一个木头堆，推开了一幅保护窗户的皮质窗帘，然后爬下去，进入屋里，躲在一只收藏宴会服饰的柳条衣柜后。诺维娜的一个奴隶看见了我，一些甘德利亚斯的手下大概也看见了，但没人在乎，没人赶我。

诺维娜正坐在大厅中央的木椅上。孀居的王妃不是个美人：她满月般的圆脸上长着浮肿的小眼睛和刻薄的嘴唇，皮肤也因童年疾病而坑坑洼洼，但这一切都不要紧。英雄娶公主，不是为了她们的容貌，而是为了她们的嫁妆所能带来的权势。然而，诺维娜还是为这次见面精心打扮过的。她的侍女们为她穿上了染成淡蓝色的精美羊毛斗篷，斗篷长长垂至地面，围着她的脚下展开；她们也将她的深色长发编起，一绺绺绕在头上，以黑刺李花朵点缀装饰；她的脖子上环绕着一副沉重的金项圈，手腕上佩戴了三枚金手镯，胸口处垂挂一个朴素的木头十字架。她明显很紧张，心不在焉地用那只空着的手摆弄木十字架，而在她的另一条胳膊中，在布料精致的襁褓中，在用蜂巢胶体染成的稀有金色斗篷中，是德莫尼亚的王储，莫德雷德王子。

甘德利亚斯几乎连一眼都没瞥诺维娜。他四肢摊开坐在正对她的椅子中，看上去百无聊赖。坦纳波斯在柱子间跑来跑去，咕哝着咒语，吐着唾沫。当他靠近我躲藏的地方时，我压低身体，直到他的气味消失。两团火焰在大厅两端的火堆中噼啪作响，烟雾弥漫，缭绕于被熏黑的屋顶。妮慕不知所踪。

酒、烟熏鱼和燕麦饼被拿来招待客人，白德文主教向诺维娜解释，瑟卢瑞亚的国王甘德利亚斯，正在进行一项与至尊王之间的和平任务，碰巧经过怀君岛，认为出于礼仪应该来拜访一下莫德雷德王子与他的母亲。国王带了些礼物给王子，白德文说。甘德利亚斯随即漫不经心地挥手示意抬着礼物的人上前。两名护卫抬着箱子来到诺维娜脚下，王妃没有说话；礼物在她脚边一件件摆开，她还是没有说话。一块上好的狼皮、两块水獭皮、一块海狸皮毛和一块鹿皮、一副小小的金项圈、几枚胸针、一具镶饰着银柳纹图案的角杯，还有一只有着精美壶嘴及花冠式把手的浅绿色罗马式玻璃水壶。空箱子被拿开了，有那么一瞬间，满室尴尬沉默，无人知道该说些什么。甘德利亚斯随意朝那些礼物做了个手势，白德文主教满脸愉悦，坦纳波斯朝一根柱子咳出一口用以防御的唾沫，与此同时，诺维娜狐疑地看着国王那些老实说并不怎么慷慨的礼物。鹿皮大概能做成一副精致的手套；皮毛不错，但诺维娜的柳木衣柜里有差不多二十块更好的；她颈间的项圈也比脚旁的那副要重了四倍。甘德利亚斯的胸针只是薄薄的金片，角杯的边缘还有破损，只有绿色的罗马水壶才算是珍品。

白德文打破了这尴尬的静默。"这些礼物太华丽了！珍稀而华贵。您真是太慷慨了，国王陛下。"

诺维娜顺从地点头同意。孩子哭了起来，奶妈蕊拉将他抱到柱子后的阴影中，露出一边胸脯，让他安静下来。

"王储还好吗？"自进入大厅后，甘德利亚斯首次说话。

"上帝和圣人保佑，"诺维娜回答，"他很好。"

"他的左脚呢？"甘德利亚斯不怎么委婉地问，"好点了吗？"

"他的脚不会妨碍他骑马、挥剑或者坐上王座。"诺维娜坚定地答道。

"当然不会,当然不会。"甘德利亚斯边说边瞥向饥饿的婴儿。他露出微笑,然后伸展他的修长手臂,环顾大厅。他未曾提及任何关于联姻的事情,但这里本就不是说这些的场合。如果他想要娶诺维娜,他会去向乌瑟提亲,而不是向诺维娜。这次拜访只不过是让他有机会能先看看他的新娘。他朝诺维娜投去了一丝冷漠的目光,然后重新环顾充满阴影的大厅。"所以,这里就是梅林大人的老巢了,是吧?"甘德利亚斯说,"他在哪里?"

无人回答。坦纳波斯在一块地毯的边缘底下摸索,我猜,他是在往大厅下的土地里埋咒符。事后,等瑟卢瑞亚使团离去,我搜索这一区域,发现一小块雕刻成野猪的骨头,随即将其扔入了火中。蓝色火焰腾起,凶猛地吐出火舌,妮慕说这件事我做对了。

"我们认为,梅林大人正旅居爱尔兰。"白德文主教最终回答道,"或者是在北方荒野。"他含糊其词地补充。

"或者已经死了?"甘德利亚斯说道。

"我祈祷这事不要发生。"主教充满热情地说。

"是吗?"甘德利亚斯在椅子上转过身,盯着白德文苍老的脸,"你认可梅林,主教?"

"他是位朋友,国王陛下。"白德文说。他是位庄重的胖男子,总是尽力权衡各个宗教。

"梅林大人是位德鲁伊,主教,他恨基督徒。"甘德利亚斯企图激怒白德文。

"现在,不列颠生活着许多基督徒,"白德文说,"却只有极少数的德鲁伊。我认为,拥有真正信仰的我们,不需要害怕任何人和事。"

"你听到了吗,坦纳波斯?"甘德利亚斯呼唤他的德鲁伊,"主教不怕你。"

坦纳波斯没有回答。他在大厅四下探索，现在已来到了一面鬼墙之前，这面鬼墙守卫着通往梅林私室的大门。鬼墙的设置很简单：只是在门的两侧各摆放了一个头骨，只有德鲁伊才能跨越它们隐形的壁垒，但即使是德鲁伊，也会害怕梅林设下的鬼墙。

"您今晚会在此处休息吗？"白德文主教问甘德利亚斯，试图把话题从梅林身上引开。

"不。"甘德利亚斯粗暴地回答并站起身。我以为他就要走了，但他没有。他的视线越过诺维娜，看向那扇由头骨守卫的小黑门。坦纳波斯就在那门前，浑身颤抖，好似一只猎犬，闻嗅着不在视线中的野猪。"门通往何处？"国王问。

"梅林大人的私室，国王陛下。"白德文说。

"密室？"甘德利亚斯贪婪地问道。

"寝室罢了，没别的。"白德文不屑一顾地说。

坦纳波斯举起他月形尖端的手杖，颤抖着将其指向鬼墙。甘德利亚斯￼德鲁伊的表演，一口干掉杯中酒，然后将角杯摔在地上。"也￼过夜。"国王说道，"但先得带我们去看看寝室。"他挥￼斯向前，德鲁伊看来却很不安。梅林是不列颠最伟大的德￼的爱尔兰人都惧怕他，无人敢轻易打扰他的生活。然而这位伟大的￼久未曾露面，有些人风传莫德雷德王子的过世正是梅林力量衰弱的迹象。而坦纳波斯同他主子一样，势必觊觎在此门之后的东西，因为隐藏在门后的秘密可能会让坦纳波斯变得如梅林本人一般博学强大。"打开那扇门！"甘德利亚斯命令坦纳波斯。

月杖的尾端颤抖着指向头骨中的一只，犹犹豫豫地碰到了黄色顶骨。无事发生。坦纳波斯朝头骨吐口水，然后迅速以手杖击翻头骨并收回，就像是一个刺了眠蛇的人。再一次，仍无事发生，于是他朝着门上的木闩伸出空着的那只手。

接着,他在恐惧中停手。

一声咆哮在烟雾弥漫的昏暗大厅中回响。一声可怕的尖叫,像是个被折磨的女孩发出的,这恐怖的声响让德鲁伊退却。诺维娜在惊恐中大声哭喊,画着十字。小婴儿莫德雷德哭号起来,不管蕊拉做什么都不能让他安静。甘德利亚斯先是因这噪声而发火,咆哮渐轻时,他又大笑起来。"一名勇士,"他对着气氛紧张的大厅宣布,"不会害怕一个女孩儿的尖叫。"他走向门,完全无视了白德文主教摇着的手。主教本想在不碰到国王的情况下,阻止他的行动。

从鬼怪守卫着的门中传来"吱呀"一声,这细微声响非常突然,以至于每个人都警惕地跳了起来。起初,我以为门在国王的顾问面前倒下了,然后我看见一支枪直直地刺穿了它。银色的枪头骄傲地立于被火熏黑的老旧橡木上,我试着想象,是怎样的蛮力,足以用尖锐的钢铁穿透如此厚重的障碍?

长枪的突然出现让甘德利亚斯停下来,但他的骄傲受到了威胁,他不能在手下战士们面前退缩。他做了个抵抗邪恶的手势,朝枪头吐口水,然后走到门前,抬起门闩,推开门。

可一瞬间,他就一脸惊恐地退了出来。我看到了他眼中赤裸裸的恐惧。他又面向敞开的门后退一步,然后我听见妮慕哀恸的哭号,看见她走入大厅。坦纳波斯急迫地挥舞着他的法杖,白德文在祈祷,婴儿在哭泣,诺维娜从她的椅上站起,貌似极度痛苦。

我的朋友妮慕由门中走来,看着她,连我都不禁开始颤抖。鲜血从她的头发上滴落,流淌过她小小的胸部,直至大腿,染红了她苍白瘦弱、一丝不挂的身体。她的头顶上戴着一副死人面具,一个被献祭之人的黝黑脸皮就这样覆盖在她自己面庞的上方,由缠绕在细细脖颈上的死人手臂皮固定住,像是一具构造繁乱的头盔。面具看上去异常恐怖,伴着妮慕的脚步颤抖,就好像自己有了生命,跟随着她向瑟卢瑞亚国王走来,死人干瘪泛黄的身体皮肤则松垮地挂在她的背后。妮慕磕磕绊绊地迈着不规律的碎步，血红的脸上只看得见眼白，她抽搐着走来，大声喊着比士兵的粗口更不堪的诅咒滥骂，双手各持一条毒蛇。深色的蛇体反射着微光，摇摆的蛇头向国王刺探。

甘德利亚斯直往后退，做出了抵御恶魔的手势，但他似乎意识到了自己是个男人，是位国王，是名战士，于是将手搭在了自己的剑柄上。正在那时，妮慕猛地摇晃着脑袋，死人面具顺着她脑后滑下去，露出了她高耸的盘发，我们这才看见，那不是她的头发，而是一只蝙蝠，正突然展开它黑色褶皱的翅膀，张大鲜红的嘴向甘德利亚斯咆哮。

蝙蝠吓得诺维娜尖叫着跑去抱自己的孩子，我们其他人则惊惧地盯着陷在妮慕发中的那只生物。它抽搐着拍打翅膀，试图飞起，尖叫挣扎。毒蛇扭动，瞬间大厅空无一人了。诺维娜第一个跑出去，坦纳波斯紧随其后，接着是其余人，包括国王；所有人都冲着东门的晨光跑去。

妮慕一动不动地站着，任凭他们逃走，然后眼珠转回来，眨了眨眼。她走向火堆，随手将两条蛇扔进了火里。蛇在火中嘶嘶吐芯，翻转抽打，被烧得滋滋作响地死去。她释放了蝙蝠，蝙蝠飞上房椽。接着她解下了缠绕于头颈处的死人面具，将其卷成一捆，然后捡起甘德利亚斯带来礼物中的精美罗马水壶。她盯着水壶看了几秒钟，最后扭动瘦小的身体，将这宝物猛掷向一根橡木柱。水壶砸在柱上，碎成一地浅绿残片。"德瓦？"她突然打破了随后的寂静，"我知道你在这里。"

"妮慕？"我紧张地说，从柳木衣柜后站起身。我吓坏了。蛇的脂肪在火中被烧得滋滋作响，蝙蝠在房顶处发出沙沙声。

妮慕冲我微笑。"我需要水，德瓦。"她说。

"水？"我愚蠢地问。

"洗掉身上的鸡血。"妮慕解释说。

"鸡？"

"水，"她重复道，"门边有一个罐子。盛点来。"

"那里？"我惊讶地问，因为她的手势似乎在示意我将水送进梅林的房间。

"不行吗？"她走进还刺着巨大猎猪枪的门，我拎着沉重的水罐跟了进去，看见她站在一面打磨平整的铜镜前，任铜镜反射出赤裸的身体。她毫不窘迫，也许是因为我们儿时皆不着一缕地奔跑嬉戏，但我却意识到，我们两人不再是孩子了，我有些不自在起来。

"这里吗？"我问。

妮慕点点头。我放下水罐，向门外退去。"留下。"她说，"请留下来。关上门。"

我必须将长枪从门中撬出，才能关上门。我并不打算问她是怎样将枪头刺透橡木的，因为她看上去心情不佳。于是我一言不发地弄出了武器，她也将鲜血从白肤上洗去，将自己裹进一条黑色的斗篷中。"过来。"做完这一切后，她如此说道。我顺从地走到一张床前，这显然就是她晚上睡觉的地方——一块堆满毛皮和羊毛毯的低矮木平台。发霉的深色床帐由上方垂下，遮盖着床，我在床上坐下，在床帐的阴影中将她拥入怀里。透过柔软的羊毛斗篷，我能感受到她的肋骨。她在哭泣。我不知那是为了什么，只能笨拙地抱着她，盯视着梅林的房间。

这是一个离奇的地方。一大堆的木柜和柳条篮堆放着，形成了隐蔽的角落和走道，一群皮包骨头的猫高视阔步，穿行其中。有些地方的箱子堆已经倒了，就好像是某人想要拿下面箱子里的东西，又懒得移开上面的，所以直接弄翻了一整堆。房中处处布满灰尘，我怀疑地上的灯芯草垫已经多年没换过了，不过大部分的地面都铺着疏于打理而损坏腐败的地毯和毛毯。房间里充斥着无法抵御的恶臭，灰尘、猫尿、湿气、腐烂物和霉菌混合成的气味中，掺杂着一丝淡淡的芳香——来自挂在横梁上的草药。门的一侧立着一张桌子，上面堆着卷曲破碎的羊皮纸。桌子上方有一个蒙尘的木架，放满了动物头骨，等到眼睛适应了这里的阴森后，我发现那些头骨中有两个属于人类。褪色的盾牌靠在一口巨大的黏土锅上，锅里插着一捆布满蛛网的长枪。一把剑挂在墙上。一个冒着烟的火盆立在一堆灰色的余烬中，它的旁边就是那面巨大的铜镜。铜镜上方极其诡异地挂着一个基督教的十字架，基督徒们死去的神以扭曲的造型被钉在它的横臂上。十字架上松散地覆盖着槲寄生，这是为了预防它与生俱来的邪恶。一团纠结的鹿角自屋梁垂下，另外还挂有几串干燥的槲寄生和一群晃荡的歇息中的蝙蝠，它们的排泄物在地面上形成了一个个小堆。房间里有蝙蝠本是最可怕的恶兆，但我猜想，像梅林和妮慕这么强大的人无须担忧这种小威胁。第二张桌子上挤满了碗、臼、杵、一架金属天平、烧瓶和用蜡封口的壶。后来我才知道，那些壶中装着从被谋杀之人的坟墓上收集来的露珠、碾碎的头骨粉末以及浸泡着颠茄、曼德拉草与曼陀罗花的液体。桌子旁有一个古怪的石瓮，里面杂乱地堆着鹰石、仙子石、精灵石、蛇石和女巫石，跟羽毛、贝壳、松果等混在一起。我从没见过如此拥挤、如此恶心又如此迷人的房间。我猜想，隔壁的房间——梅林之塔——是否也如此奇妙无比？

妮慕不再哭泣，一动不动地躺在我的臂弯中。她一定察觉到了我对这房间的疑问与反感。"他从不扔东西。"她困倦地说，"从不。"我一言不发，只是轻抚安慰她。她疲惫地躺了一会儿，但当我的手掀开她小小胸膛之上的斗篷时，她愤怒地扭身离开。"如果那是你想要的，"她说，"去找瑟柏儿。"她攥紧了身上的斗篷，爬下床，走向梅林放满工具的桌子。

我结结巴巴地说着一些尴尬的道歉话。

"这不重要。"她不理会我的道歉。我们能听见外头托尔山上的说话声以及隔壁大厅中更多人的话语声，但没有人打扰我们。妮慕在桌上的碗、盆、勺中搜寻，找到了她所需要之物。那是一柄黑石小刀，刀刃有着白色边沿，薄骨制成。她走回发霉的床，跪在床底平台边，好与我视线平行。她的斗篷已滑落，我紧张地注意到了她阴影下的赤裸身体，但她直直地盯

亚瑟王

着我的眼睛,除了回应那视线,我什么都做不了。

她许久未言,在一片死寂中,我几乎能听见自己的心跳。她似乎在做出某个决定,一个不吉的决定,这决定甚至能从此打乱一条生命的平衡。所以我等着,心怀惧意,无法改变自己现在这尴尬的处境。她的黑发很乱,围绕着她的尖脸。妮慕既不漂亮也不难看,但她的脸拥有一种尖锐的生命力,并不需要传统意义上的美丽。她的前额又宽又高,眼睛深邃犀利,鼻子尖挺,嘴巴宽下巴窄。她是我所认识的最聪明的女人,但在她还是个孩子时,她就因着这与生俱来的聪明而心怀感伤。她知道太多了。她生而知之,或者诸神救起溺水的她时,就将那些知识一同赐予了她。孩提时的她,总是满嘴胡话,调皮捣蛋,但如今失去了梅林的引导,她瘦弱的肩膀被迫担起了他的职责。妮慕在改变。当然,我也在改变,不过我的改变可想而知:一个瘦骨嶙峋的男孩儿变成一个高个儿年轻男人。妮慕则从孩童转变成了手握大权之人。这权力来自她的梦,她与梅林分享的梦,对于这梦想,她绝不会妥协,而梅林却会。妮慕要么拥有一切,要么宁愿一无所有。她宁愿整个世界在无神的冰冷中死去,也不愿意让步一分,不愿容忍那些企图削弱她的憧憬——忠诚于不列颠本土诸神的完美不列颠——的人。而现在,我知道,跪在我面前的她,正在判断我是否有价值成为这个炙热梦想的一部分。

她做出了决定,向我靠近。"左手伸出来。"她说。

我伸手。

她用左手将我的手掌朝上握住,然后念出了一个咒语。我听出其中提到了战神卡姆洛斯,莱尔之子、妮慕的主神——海神玛纳怀登,屠杀之神安戈洛纳,以及曙光女神"黄金"阿兰罗德,但大部分的名字和词语都很陌生。我听着妮慕催眠般的语调,变得平静舒适,完全不在意她说了什么或做了什么,直到她突然在我的手掌上用刀划开一个横口。我惊讶地叫出来,她示意我噤声。刀伤在我的手上形成细细的一条直线,片刻后涌出血液。

她用相同的方式割开了自己的左手掌,然后将伤口与我的重叠,手指与我无力的五指相握。她扔下小刀,拉起自己斗篷的一角,将两只受伤的手紧紧包裹在一起。"德瓦,"她温柔地说,"若你我手中伤痕尚存,你我就为一体。同意吗?"

我看着她的眼睛,知道这事关重大,这不是童年游戏,而是此生此世,甚至下一世都会约束我的誓言。有一刻,我对即将发生的事情感到了恐惧,然后,我点了点头,找回了自己的声音。"同意。"我说。

"只要你手中有伤痕,德瓦。"她说,"你的生命就是我的。只要我手中有伤痕,我的生命就是你的。你明白吗?"

"明白。"我回答道,手心微微跳动。在我发热肿胀、鲜血淋漓的手掌中,她的左手握来纤细冰凉。

"有一天,德瓦,"妮慕说,"我会召唤你,若你不来,那条伤痕就会在诸神面前将你标注为虚伪的友人,一名叛徒和敌人。"

"是。"我回答。

她一言不发地看了我一会儿,然后爬过皮毛与毯子,蜷进我的怀中。我们躺在那里,彼此左手依然紧握,这姿势有点尴尬,但我们还是尽量让自己舒服地躺着,一动不动。屋外传来话音,黑暗大屋中飘荡着灰尘,蝙蝠于其中休憩,猫儿在这里猎食。天很冷,但妮慕拉过一条毛毯盖住我俩,随后就睡着了。她身体小小的重量压麻了我的右手臂。我清醒地躺着,敬畏且困惑于那把小刀对我们之间关系的影响。

她在半夜三四点时醒来。"甘德利亚斯离开了。"她带着睡意说道。她如何得知此事,我不知道。她解开了仍旧包裹着我们左手的斗篷,离开我的怀抱,从凌乱的毛毯中坐起。血液已经凝结,双手分开时,伤口的结痂因扯破而疼痛。妮慕走向一捆长枪,捧起一把蛛网,胡乱抹在了我流血的手掌上。"很快就会愈合。"她随意说着,把自己割伤的手用碎布包了包,然后找来了一些面包和奶酪。"饿了吗?"她问。

"一直如此。"

我们分享了食物。面包干硬,奶酪被老鼠啃过。至少妮慕觉得是老鼠。"也许是蝙蝠啃的,"她说,"蝙蝠吃奶酪吗?"

"我不知道。"我犹豫了一下,"那只蝙蝠受过驯吗?"我指的是她之前绑在发间的那只动物。我以前当然见过这类东西,但梅林从不会讨论它们,他的助手也不会,但我想,让我们手掌流血的这奇怪仪式大概让我听见妮慕的秘密。

的确如此。她摇着头说:"这只是个吓唬傻瓜们的老把戏。"她语气轻蔑。"梅林教我的。在蝙蝠的脚上绑上带子,就像猎鹰的脚带,然后把带子和自己的头发绑在一起。"她用手抚过自己的黑发,笑了起来:"连坦纳波斯都被吓到了!不可思议吧!他还是个德鲁伊呢!"

我不觉得可笑。我想要相信她的魔法,而不是将其解释为用猎鹰脚带玩的骗局。"那蛇呢?"我问。

"他把它们养在一个篮子里。我得喂它们。"她打了个哆嗦,看出了我的失望:"怎么了?"

"全都是骗人的?"

她蹙额无语良久。我本以为她不会回答,但她最终还是解释了,我一面聆听,一面明白了这些正是梅林教她的。魔法,她解释,在诸神与世人生命交织的片刻发生,但如此的片刻并不受世人操纵。"我不能打个响指,就让房间中充斥迷雾,"她说,"但我曾经目睹如此景象。我不能让死者复生,但梅林说他曾见过那般神迹。我不能召唤一道闪电击杀甘德利亚斯——虽然我希望自己可以——因为只有诸神能做到。但是,曾几何时,我们能够做到这些事情,我们曾与神共处,取悦他们,并得以使用他们的力量维系他们理想中的不列颠。我们奉他们的命令行事,但你要明白,他们的命令也是我们的渴望。"她双手紧扣以表达自己,却因为压到了左手心的割伤而疼痛退缩。"但罗马人来了,"她说,"他们打破了这契约。"

"但为什么?"我不耐烦地打断,这些话我已经听够了。梅林总是告诉我们罗马人是如何破坏不列颠与其神祇之间的联系,但他从未解释,如果诸神有如此大的力量,为何还会发生这种事情?"为什么我们没有战胜罗马人?"我问妮慕。

"因为诸神不意如此。有些神很邪恶,德瓦。而且,诸神对我们没有义务,我们只对他们有义务。也许这件事对他们来说很好笑?又或者我们的祖先打破了契约,所以诸神送来罗马人施以惩戒?我们不知道,但我们的确知道罗马人已经离开,梅林说现在有一个机会,就只有这一个机会,来修复不列颠。"她用低沉紧张的语调说道,"我们必须重建旧不列颠,真正的不列颠,诸神与世人的乐土,而若我们做到了,德瓦,若我们做到了,那我们就将再一次拥有诸神的力量。"

我想要相信她。我想要相信,我们受生老病死折磨的短暂人生,可以因拥有伟大力量的超自然生物的好意而被赋予新的希望。"但你却必须用欺骗的方式去做?"我毫不掩饰自己的幻灭。

"哦,德瓦。"妮慕的肩膀垮了下来。"好好想想,不是每个人都能感受到诸神的存在,所以能够感受到的人有特殊的使命。如果我示弱,如果我显示出一瞬间的动摇,那么想要相信的人还有什么希望可言呢?那些不是骗术,那些是……"她语音一顿,想要找到合适的词语,"……标志。正如乌瑟的王冠、颈环、旗帜和卡丹城堡的那块石头。那些东西告诉我们乌瑟是至尊王,我们也以此尊他;而当梅林行于他的追随者之间时,他也必须佩戴他的标志,那告诉人们他与诸神交流,人们因此畏他。"她指着那被枪刺裂的门。"当我步出那扇门,一丝不挂,在一副死人的皮囊下藏着两条蛇和一只蝙蝠时,我是要对抗一位国王、他的德鲁伊和他的战士们。一个女孩儿,德瓦,对抗一位国王、一名德鲁伊和王室卫兵。谁赢了?"

亚瑟王

"你。"

"所以这骗局成功了，但不是我的力量使之生效的。是诸神的力量，我必须得相信，是他们的力量让那生效的。德瓦，既然要相信，你就得全身心地相信。"她此刻的语气带着一股少有的热情，"每一日的每一分，每一夜的每一刻，你必须对诸神敞开心怀，如果你这么做了，他们就将降临。当然，他们不是有求必应，但如果你从不请求，那他们就永不会回应。当他们真的回应时，德瓦，哦，当他们回应时，那感觉太神奇也太惶恐了，就好像有翅膀将你高举向荣耀。"她说话时双眼发光。我从未听过她说这些事情。不久前，她还是个孩子，但如今她已与梅林同床共枕，接纳了他的教导与力量，我对此心怀怨恨。我又嫉妒又生气，也不知自己为何如此。她正与我愈行愈远，而我无力阻止。

"我对诸神敞开心胸，"我忿忿地说，"我相信他们，我想得到他们的帮助。"她用包扎过的手碰了碰我的脸："你将会成为一名战士，德瓦，你就像梅林之塔一般四四方方坚定正直，你的心中没有一丝疯狂，丝毫没有；甚至连一点蛮横贪婪的影子都没有。你以为，我想要追随梅林吗？"

"当然，"我受伤地说，"我知道你想要的！"自然，就我而言，是为了她并不全然属于我而受伤。

她深吸一口气，凝视着阴影中的房顶，两只鸽子从排气孔中飞进来，正沿着一道屋椽漫步。"有时，"她说，"我想结婚也挺好的，生些孩子，看着他们长大，自己慢慢变老，然后死掉，但所有这些，德瓦——"她又看向我。"我只会有最后的死亡。我不敢想象接下来会发生在我身上的事情。我不敢想象承受'智者三伤'之苦，但我却必须。必须如此！"

"什么三伤？"我从未听过这说法。

"体肤之伤，"妮慕解释，"尊严之伤，"说到这，她摸了摸自己的两腿之间。"以及神智之伤，就是疯狂。"她停顿了一下，脸上露出一阵惊恐："梅林已经历了所有这三伤，这就是他能成为如此睿智之人的原因。莫甘所遭受的休肤之伤最严重，超越了任何人的想象，但她并没有遭受另外两伤，因此她也永远不可能真正属于诸神。我还没有经历过任何一次伤害，但我将会的。我必须经历！"她激动地说。"我必须经历，因为我被选中了。"

"为什么不是我被选中？"我问。

她摇摇头。"你不明白，德瓦。没人选中我，除了我自己。你必须为自己做出选择。在这里的我们任何一个人身上都可能发生。这就是梅林收养弃儿的原因，因为他相信孤儿可能具有特殊的力量，但其中只有极少数孩子拥有。"

"而你有。"

"我在何处都能见知诸神，"妮慕简短地说，"他们也能看见我。"

"我从未见过一个神。"我固执地说。

对于我的愤恨，她只是笑笑。"你会的，"她说，"这样想象一下，德瓦，不列颠就好像是被薄雾的绑带捆在一起，这里那里都只有细细几线，正在飘移散开，灰飞烟灭。但这几线正是诸神，若我们能找到他们，取悦他们，让这块土地重归他们的怀抱，那这些线就会变粗，聚拢，汇成一片庞大美妙的雾，覆盖这整片土地，保护我们不受外敌侵犯。因而我们居住于此，在托尔山。梅林知道诸神爱这个地方，这里的'神圣迷雾'很浓厚，我们的任务则是传播它。"

"这就是梅林正在做的事情？"

"此时此刻，德瓦，梅林正在睡觉。我也必须睡了。你不是有活儿要去做吗？"

"要去计算租金。"我尴尬地说。下级仓库堆满了熏鱼、熏鳗、一罐罐的盐、柳条篮子、编织布匹、许多铅块、一桶桶木炭，甚至有极少的琥珀和黑玉碎片。那些是在贝尔登时应支付的冬季租金，海威必须得一一鉴别，记录进账簿，然后将其分成两份——梅林的份额与上缴给至尊王手下

亚瑟王

税官的部分。

"那就去算吧。"妮慕说道,就好像我们之间没有发生过任何事,她探身过来,像姐妹一般亲了亲我。"去吧。"她说,我跌跌撞撞地走出了梅林的房间,去面对已回到大厅中的诺维娜侍从们那些厌恶好奇的盯视。

春分到了。基督徒们庆祝着他们神的死亡盛宴,而我们为贝尔登庆典燃起大火。我们的火焰向着黑暗咆哮,带给这个复苏的世界以新生命。东方已现第一批撒克逊入侵者的身影,但他们没人接近怀君岛。我们也再没见过瑟卢瑞亚的甘德利亚斯。抄写员古多文猜测联姻的计划失败了,并阴沉地预测我们与北方王国之间会有一场新的战争。

梅林没有回来,我们也没听说他的任何消息。

王储莫德雷德的乳牙长出来了。第一颗出现在他的下牙龈,是长寿的好兆头。莫德雷德用新牙为奶妈蕊拉的乳头咬出了血,但她还是继续喂他,好让自己的胖儿子吸母乳时还能吸到王子咬出的鲜血。随着白天越来越长,妮慕的心情也渐渐欢快了起来。我俩手中的伤疤已由粉色变为白色,再转至隐约的线痕。妮慕再也没有提起它们。

至尊王在卡丹城堡住了一周,王储被带去给祖父过目。乌瑟一定挺满意他看到的情形,春季的预兆也一定都很好,因为贝尔登庆典三周后,我们听说,王国的未来、诺维娜的未来和莫德雷德的未来都将在一次高阶会议中决定,不列颠已超过六十年未曾举办这样的会议了。

那时正值春日,绿叶葱郁,生机勃勃的土地上充满着美好的希冀。

高阶会议在格兰温举行，这是一个罗马小镇，依傍塞文河，坐落于德莫尼亚与格温特的北部边界线附近。乌瑟乘牛车而至，拉车的四头公牛都以五月的嫩枝与绿色的织物装饰。至尊王享受着笨重漫长的出行，穿行在他国土的初夏中，也许那是因为他已知道这会是他最后一次看见不列颠的美好景色，之后他就将越过库堑之穴①与宝剑之桥，进入彼世。白色的山楂树组成了灌木篱墙，他的公牛就在其中沉重缓慢地行走。树丛中装点着风信子，罂粟花鲜艳地绽放于一片小麦、黑麦与大麦中，干草已近成熟，长脚秧鸡于田野间聒噪不已。至尊王行得很慢，时常在聚居地或小村落停下，视察农田与房产，向那些比他懂得更多农事的人们建议如何将蓄水池分层或阉割一头肉猪。他在苏利斯泉的温泉中洗浴，精神了不少，出城时甚至自己走了整整一英里，直到走不动被人搀扶着坐上他那铺着皮毛的牛车为止。与他同行的有他的诗人、顾问、医师、合唱团、一大串的仆人和一队由他的勇士与护卫长欧文所率领的战士。每个人都佩戴鲜花，战士们将自己的盾倒挂着以示意为和平而来，但乌瑟太老也太小心了，他习惯让他的战士们每天都磨亮枪尖。

我步行去格兰温，其实那儿没我啥事，但乌瑟召集了莫甘去参加高阶会议。通常，任何会议都不欢迎女人，无论高阶或低阶，但乌瑟相信，除了莫甘，没人能很好地代梅林发表建议，所以在梅林缺席给他带来的绝望中，他传唤了莫甘。她也是乌瑟的亲生女儿，至尊王老爱说的一句话就

---

① 原文为 Cruachan's Cave，又译克鲁克安之洞窟，是去往彼世（死后世界）的通路。

亚瑟王

是：他的一半顾问们的脑子加起来还没有莫甘那黄金头罩下的脑袋好使。莫甘同样代表了诺维娜，虽然这场会议决定的是诺维娜的未来，但诺维娜本人并未被传唤，也没人去询问她的意见。她依然待在怀君岛，由梅林的妻子葛温朵珑照顾。除了她的仆人瑟柏儿，莫甘本不想带任何人去格兰温，但最后一刻，妮慕淡定地宣布她也要去，我亦将与她同行。

莫甘自然大闹了一场。妮慕以冷静对待这年长女人的怒火，却让莫甘更为恼怒。"我受到了指示。"她如此告诉莫甘。莫甘尖声质问是谁的指示，而妮慕只是微笑。莫甘的块头比妮慕大一倍，年龄也长她一倍，但当梅林将妮慕带上他的床时，怀君岛的权力就已传给了后者。面对如此权威，莫甘无计可施，但她依旧反对我的同行。她质问妮慕为何不带露奈特——梅林收养的孤儿中另一个爱尔兰女孩。她说，一个像我这样的男孩，不能成为年轻女子的旅伴，但妮慕仍笑而不语。莫甘吐着口水，说她一定会去和梅林告发妮慕对我的喜爱，一旦她这么做了，妮慕的末日也就到了。面对这拙劣的威胁，妮慕只是大笑了几声，便转身离开。

我不关心她们的争吵。我只是想去格兰温，去见识骑马比武、聆听吟游诗人、看看舞蹈，最重要的是，与妮慕在一起。

于是我们四人出发前往格兰温，如同一曲荒腔走板的四重奏。莫甘笨重地走在最前面，李木手杖在握，黄金面具在夏日阳光下闪耀，她跛行着，每一次沉重的步伐都似乎在强调对妮慕随行的反对。撒克逊奴隶瑟柏儿紧跟在她主人身后两步，弯着腰，背上驮着睡具斗篷、干草药和瓶瓶罐罐。妮慕和我走在最后，光着脚，没戴帽，也没有背负行李。妮慕外披一条黑色长斗篷，内穿一条白色袍子，在腰间用一根奴隶绳子束起。她将长长的黑发高高盘起，没有佩戴珠宝，连别住斗篷的骨头别针都没有。莫甘的脖子上则环绕着一副沉重的黄金项圈，暗褐色的斗篷由两枚黄金胸针扣紧在胸前，一枚是三角雄鹿，另一枚则是乌瑟在卡丹城堡赐给她的重金龙饰。

我很享受这次旅行。莫甘行动不便，所以我们慢慢前进，走了整整三天。阳光照射在身上，罗马人修的道路也让旅程很轻松。日暮时分，我们会找到附近村落首领的房子，作为尊贵的客人睡在他铺着稻草的谷仓中。一路上几乎没遇上其他行人，即使有也都纷纷为我们让路，因为莫甘的闪耀黄金象征了她的尊贵地位。曾经有人警告我们，无主人无土地的人也许会在大路上抢劫商旅，但并没有人来威胁我们，也许是因为乌瑟的士兵已经为这次高阶会议清洗了树林与山丘中的土匪——我们经过了数十具钉在路边以示警告的腐烂尸体。农奴与奴隶见到我们都会向莫甘跪下行礼，商人会为她让路，只有一名旅人胆敢挑战我们的权威，他是一名胡子蓬乱的神父，身后还跟着一群衣着褴褛蓬头垢面的女人。这个基督徒小团体在路边舞蹈，歌颂着他们被钉死的神明，但当那神父看见莫甘脸上的金面具、胸前的三角鹿与狂龙胸针时，他冲她大吼，指责她为恶魔的怪物。他一定以为这样一个丑陋残疾的女人是个可以随意嘲弄的猎物，但对伊格莲的女儿、梅林的养女、亚瑟的姐姐来说，一个行游传教士，哪怕再加上他的妻子和圣妓们，都不是自己的对手。莫甘用沉甸甸的手杖猛击了一下那家伙的耳朵，这一记将他打翻在地，摔进一条布满蓖麻的沟里。接着她便继续向前走，仅仅回头小瞥了一眼。神父的女人们尖叫四散，一些在祈祷，另一些则口吐诅咒，但妮慕犹如幽灵般，轻盈地自她们的恶意中穿过。

我没带武器，除非一根手杖和一柄小刀也算是战士的配件。我本渴望带一把剑和一杆枪，让自己看起来像是个成年男人，但海威嘲笑我，说造就男人的不是渴望而是言行。他给了我一条青铜项圈，其上刻着梅林的角神形象。他让我以此自卫，还说没有人敢惹梅林。尽管如此，少了男人的武器，我还是觉得自己毫无用处。我问妮慕，为什么让我一起来？

"因为你是我的誓言盟友，小家伙。"妮慕说。我已经长得比她高，但她还是这么亲昵地称呼我。"因为你是贝尔选中的人，如果他选择的是我们，我们就必须选择彼此。"

亚瑟王

"那为什么我们两人要去格兰温?"我想知道。

"当然是因为梅林希望我们去。"

"他会去吗?"我急切地问。梅林已经离开太久,没有他的怀君岛就如同失去了太阳的天空。

"不会。"她平静地说,虽然我不知她是如何得知梅林的意愿,毕竟梅林仍远在天边,而高阶会议的传召是他离开后很久才发出的。

"等到了格兰温,我们会做什么?"

"到了就知道了。"她神神秘秘地说,不肯进一步解释。

等我习惯粪便的剧烈恶臭之后,格兰温就成了一个绝妙的陌生之地。除了梅林治下一些变成了农庄的小别墅,这是我第一次见识到真正的罗马建筑,我像一只雏鸡般目瞪口呆地看着这片景观:街道由整齐的石块砌成,虽然在罗马人离开后它们历经多年已有些倾斜;图锥克国王的手下已尽力修复,他们拔去野草,扫去泥土,让城里的九条街道看起来像早季里的石砌河道。石头街道很难走,看着马匹在摇摇晃晃的石块上挣扎行进,我和妮慕哈哈大笑。建筑与街道同样古怪,我们用木头、茅草、黏土块和板条搭建庭室房屋,但那些罗马建筑由石头与一种奇异的细砖连接建造,长排的低矮房屋覆盖着烧制过的古怪黏土瓦片,历时经年,这些建筑的一部分墙体也已坍塌,露出参差不齐的裂缝。这座城墙包围的城市护卫着塞文河的一处渡口,雄踞两大王国之间,还临近第三个王国,这使得它成为了著名的贸易中心。制陶工人在屋中劳作,金匠伏在桌前忙碌,小牛在屠宰院里吼叫,拥挤的市场上村民们兜售着各式农产,奶油、坚果、皮革、熏鱼、蜂蜜、染色的织物与新剪下的羊毛。在我的眼中,这些令人眼花缭乱的事物中最棒的便是图锥克国王的士兵。妮慕告诉我,他们是罗马人,或至少是接受罗马式教育的不列颠人,这些士兵的胡子都修剪得很短,脚踏相似的坚实皮鞋,在皮革短裙下穿着羊毛的紧身裤。精锐部队还在裙子外缝制着铜片,走路时这些铜片互相撞击,铿然作响,好像牛铃一般。每个人都有一副擦得光亮的胸甲，一条赤褐色的长披风，以及一顶皮制头盔，头盔的顶部被缝制得好似一道山脊，有些还装饰着染色的羽毛。士兵们携带宽刃的短刀、枪柄锃亮的长枪以及木头皮革混制的长方盾牌，其上有图锥克的公牛纹章。盾牌的尺寸相同，长枪的长度相同，士兵们行军的步伐也一致，这非凡的景象一开始让我大笑，后来才习惯。

  城镇的中心有一座宽阔的开放式广场，自四座城门延伸而来的四条大道在此相聚。广场中矗立着一座庞大得惊人的建筑，连妮慕看到都瞪大了眼睛。现今还存活的人已不可能造出如此建筑：这么高，这么白，又拥有这么尖锐的转角。立柱将屋顶高高托起，从屋顶尖至立柱顶端的三角形区域中，白色石头上布满了精美雕刻，内容是勇士将敌人践踏于马蹄之下的场景。石刻的男子手持束束石制长枪，戴着石头盔，盔顶石冠高耸。图案的一部分已断裂掉落或破损成碎片，但对我来说这仍然是一个奇迹。可妮慕在盯视良久之后，却朝它吐口水辟邪。

  "你不喜欢？"我不满地问她。

  "罗马人试图成为神，"她说，"因此诸神使他们失败。会议不该在这里举行。"

  但高阶会议仍旧将在格兰温举行，妮慕无法改变这点。就在这里，在泥土与木头制成的罗马壁垒的环抱中，乌瑟王国的命运即将被决定。

  我们到达镇子时，至尊王已经安顿好了。他住在另一座高大的建筑中，住所正面朝向广场中央的立柱大厅。对于妮慕的到来，他表现得既不惊讶也无不满，也许他以为她不过是莫甘的随从。他给了我们一个屋后的单间，在那里闻得到厨房的浓烟，听得见奴隶的吵闹。至尊王的士兵在图锥克那些闪亮的勇士前显得很邋遢，我们的人都留着长头发和凌乱胡须，披着有修补与磨损痕迹的各色披风，手握沉重长剑、粗制长枪以及画着乌瑟龙图案的圆盾——在图锥克那些绘制精美的公牛旁边，显得特别粗糙。

  头两天是庆典。两大王国的勇士在墙外演习，当乌瑟的勇士欧文步入

亚瑟王

场中时，图锥克国王不得不派出他手下最好的两位战士迎战。德莫尼亚最著名的英雄被认为是无敌的，欧文看上去的确如此。他手持长剑站在场中，剑刃反射着夏日的阳光。他很高大，手臂布满文身，赤裸的胸膛上毛发蓬乱，翘起的胡子上装饰着用他手下败将的武器熔制成的战士指环。他与图锥克那两名手下之间本应点到即止，但那二人却轮番攻击欧文，丝毫不见戏耍意味。三人如同仇敌般互搏，剑刃交错，剑风猛烈得简直能一路刮至北方的波伊斯腹地。才过一会儿，他们的汗水中就混进了鲜血，钝剑的剑刃已出现了凹痕，三人皆步履艰难，但欧文仍占上风。他虽然身躯庞大，使剑却很敏捷，每挥一下都带着无坚不摧的力量。从附近乡间聚集而来、从乌瑟与图锥克两人属地被吸引至此的人们，皆如野兽一般吼叫，催促己方的战士将对手屠杀。图锥克眼见如此激斗，扔下手杖终止了这场比武。"我们是朋友，记住。"他对三人说。作为至尊王坐在图锥克上首的乌瑟则点头赞同。

乌瑟重病缠身，看起来令人恶心：他身体水肿，脸色蜡黄，肌肉松弛，呼吸沉重。他被人用轿子抬至比武场，身上厚实的斗篷藏起了镶嵌珠宝的皮带和闪亮的胸针，将他整个人包裹于他的王座中。图锥克国王穿得像个罗马人，他的祖父也确实是位真正的罗马人，这就解释了他名字的异域发音。国王的头发剪得很短，没留胡子，裹着一条白色的罗马外袍，袍子在一边的肩膀上繁复地折叠起来。他修长苗条，举止优雅，还是个年轻人，但脸上却带着一种忧伤睿智的神情，这让他看上去年长不少。他的王后伊妮德头上顶着螺旋状盘起的奇怪发辫，这不牢固的发型让她被迫笨拙地行动，就像匹新生马驹。她脸上抹了成块的白色面膏，将她定格于一种不知所措、百无聊赖的迷茫表情。她的儿子莫里格，格温特王国的储君，是个坐立不安的十岁男孩儿，他坐在母亲脚边，每次挖鼻子时都会被父亲打一下。

比武之后是竖琴师与吟游诗人的竞赛。格温特的诗人西纳尔唱颂了乌瑟在艾登城堡战胜撒克逊人的英雄故事。后来我意识到这一定是图锥克的安排，是为了向至尊王致敬。这场表演也的确取悦了乌瑟，他听着诗词面带微笑，若其中赞颂到某位特定的战士时，他还会点头赞同。西纳尔用响亮的声音描述着胜利，当念到欧文杀死上千撒克逊人的段落时，他转向战斗后疲惫的战士。一小时前还试图打倒大个头欧文的一位图锥克勇士站起身来，举起了欧文持剑的手臂。人群随之咆哮，接着又哄堂大笑，因为西纳尔模仿女人的声音来表演撒克逊人求饶。他开始用慌乱的小碎步绕着场子奔跑，还屈膝躲藏，观众们都喜欢这表演。我也很喜欢，几乎能从中看见可恨的撒克逊人瑟瑟发抖，闻到他们尸血的臭味，听见飞来饱食他们血肉的渡鸦翅膀扇动的声音。然后西纳尔站直身子，让斗篷落下，露出了自己画着蓝色图案的裸体。他唱起对诸神的颂词，感谢诸神保佑他们的勇士、德莫尼亚的至尊王乌瑟、不列颠的潘德拉贡，击败诸多敌对国王、首领与勇士。然后，吟游诗人一丝不挂地俯身拜倒在乌瑟的王座前。

乌瑟在他蓬松的斗篷下摸索出一条黄金项圈，扔给了西纳尔。他扔得有气无力，项圈落在了两位国王所坐木台的边缘。妮慕看到如此恶兆，脸色变得苍白，但图锥克冷静地捡起项圈，将它交给白发诗人，并亲手将他扶了起来。

待诗人们唱毕，太阳已落到了西面山脉之后，山脚下的黑色小溪正是瑟卢瑞亚的边界所在。一队女孩带着鲜花前来献给王后们，但伊妮德是唯一坐在木台之上的王后。捧着准备献给乌瑟夫人的鲜花，几个女孩踟蹰了片刻，但乌瑟挥了挥手，指向独自坐在台旁一张长椅上的莫甘，于是那些女孩就转向那儿，将鸢尾花、绣线菊与对叶兰堆在她的面前。"她看上去像是团垃圾。"妮慕在我的耳边低语，"鲜花插在牛粪上。"

高阶会议前一夜，镇中心雄伟建筑的大厅中举行了基督教的仪式。图锥克是一位狂热的基督徒，他的追随者们蜂拥而至，占据了大厅。以铁环固定的火炬在墙上熊熊燃烧，那晚下着雨，拥挤的大厅里充斥着汗水、湿

亚瑟王

羊毛与木头燃烧的气味。女人们站在大厅左侧，男人们站在右侧，但妮慕淡定地无视了这安排，爬上了右侧一个基座，底下就是那些身穿斗篷、未着帽子的男人们。还有另一些类似的基座，上面大多有雕像，但我们的柱基上是空的，宽敞得足以让我俩能坐着俯视下面的基督典礼。不过一开始我只惊讶于这大厅内部的宽敞，这儿比我看过的任何宴会大厅都更高、更宽、更长；住在其中的麻雀一定以为这罗马大厅就是整个世界。麻雀们的天堂是有弧度的天花板，由矮胖的砖柱支撑，柱上曾经有过白色光滑灰泥为底的图画。现在，图画残留的碎片还在：我能看到一些红色的轮廓，奔跑中的鹿、长着角和分叉尾部的海怪以及握着杯子双柄的两个女人。

乌瑟不在厅里，但他的基督徒战士出席了，至尊王的顾问白德文主教也协助操办仪式。我和妮慕从我们的鹰巢中窥视着这场面，正如两个调皮的孩子偷听着他们的长辈。图锥克国王和他的一些客人——第二天会出席高阶会议的一些国王和王子们——都在场。这些尊贵的人在大厅靠前的座位就座，但主要的光源并不在他们附近，而是集中在基督教神父们那桌。这是我第一次在他们的典礼上看见这些人物。"到底什么是主教啊？"我问妮慕。

"类似德鲁伊。"她说。的确，所有的基督教神父都像德鲁伊一样剃光了他们头顶的头发。"不过他们没有经过训练，"妮慕语带嘲讽，"而且一无所知。"

"他们都是主教吗？"我问。有一群剃过发的男人在大厅角落燃着火炬的桌子周围来来去去，跳上跳下。

"不，一些只是神父。他们知道得比主教还少。"她大笑道。

"没有女神父？"我问。

"在他们的宗教里，"她轻蔑地说，"女人必须服从男人。"她吐口水以驱邪，在我们附近的一些战士转头不满地看着她，妮慕无视了他们。她裹在黑色的斗篷中，用双臂将膝盖抱在胸前。莫甘禁止我们参加基督徒典礼，但妮慕已经不再听从莫甘的命令。火光在她消瘦的脸庞上投下阴影，更让她的双瞳闪闪发光。

那些奇怪的神父用希腊语吟咏唱诵着赞歌，我们两人完全听不懂。他们不断地弯腰，下面的人群随之俯身跪下又挣扎起身，大厅的右侧也因此传来一阵阵乒呤乓啷的撞击声，那是上百把剑鞘在平整的地板上擦碰的声响。神父与德鲁伊一样，祈祷时向身体两侧伸直手臂。他们身着奇怪的长袍，看上去有点像图锥克的罗马外袍，但外面披着装饰短斗篷。他们领诵，人们则回应，站在柔弱苍白的伊妮德王后身后的一些女子开始发抖、狂喜战栗，但神父们无视了这样的骚乱，继续诵经咏唱。他们跪拜的桌子上有一个朴素的十字架，妮慕对之做出了驱邪的手势并咕哝着保护咒语。她和我很快就觉得无聊了，我想要溜出去在乌瑟的大厅里占个好位子，以便能吃到仪式之后盛宴上的一些残羹。但今晚接下去的演讲却有了变化，一名年轻的神父开始以不列颠的语言向人群慷慨陈词。

那名年轻的神父正是桑森，那一晚我第一次见到这位圣人。他那时尚且年少，比那些主教要年轻许多，但人们对他寄予厚望，认为他会成为基督教未来的希望，主教们特别给予他此次布道的机会，让他得以大展宏图。

桑森一直以来都很瘦，身材矮小，尖锐的下巴刮得很干净，头顶剃了发，留下一圈黑硬犹如荆棘树篱的头发，树篱的顶端比下方修剪得更齐整些，以至于两簇翘起的黑色乱发从耳朵上方戳出。"他看上去像勒泰戈恩。"妮慕小声对我说，我大笑了起来。勒泰戈恩是孩童故事中的耗子神，它常常夸夸其谈、虚张声势，却总在猫出现时立刻逃窜。不过这只秃顶耗子神倒是很会布道。那晚之前，我从没听过吾主耶稣基督的福音，一想到自己聆听第一次训诫时的糟糕情形，就常常害怕得颤抖。但我却不会忘了它传递出来的力量。桑森站在一张桌子上，以便看见众人，也为众人所见。在布道中，他时不时激动得差点从桌沿摔下，好在有他的神父同伴扶住他。我当时希望他摔下来，但不知怎么，他总能够恢复平衡。

他的布道开始得中规中矩。首先感谢上帝让伟大的国王和强大的王子们前来聆听福音，然后他特意恭维了图锥克国王几句，接着便全心投入至基督教对不列颠现状常有的抨击中去了。我后来意识到，与其说是布道，还不如说这是一场政治演讲。

桑森说，不列颠岛是上帝的宠儿。这是一块特别的土地，与其他陆地远远分开，由茫茫海洋所包围，免受瘟疫、异教与敌人的侵害。接着他说，不列颠还被赐予了伟大的统治者与强大的战士，但这个岛屿最近却被外来者撕裂，它的田野、谷仓和村庄都遭遇了战火的荼毒。信奉异教的赛思人①和撒克逊人，夺去了我们先人留下的土地，任其荒芜成为不毛之地。可怕的赛思人亵渎我们父辈的坟墓，强暴我们的妻子，屠杀我们的子女。桑森宣称，此等灾祸不可能发生，除非这是上帝的意志，而为什么上帝会抛弃他宠爱的特别子民呢？

他说，因为这些子民拒绝聆听上帝的圣训。不列颠的儿女仍旧向树木和石头鞠躬。那些所谓神圣的树林仍旧矗立，而它们的神龛中仍旧放置着死者的头骨，以祭品的鲜血冲洗。桑森说，这些事情可能在城镇中不多见，因为大部分的城镇住民都是基督徒，但在乡村，他警告我们，异教徒人满为患。也许不列颠已没剩下几个德鲁伊了，但每道山谷、每片农田中，却有男女行事如同德鲁伊一样，向一块死石头献祭活祭品，用符咒和护符欺骗单纯之人。即使一些基督徒，说到这里桑森怒视着台下的听众们，也去找异教徒女巫缓解病痛、寻邪教女先知为自己解梦，要是人们继续纵容鼓励这些邪恶的行为，上帝就会一直以强暴、屠杀和撒克逊人来诅咒不列颠。他停下，吸了口气，我则摸了摸头颈处的项圈，因为我知道，这咆哮着的耗子神是吾主梅林和吾友妮慕的敌人。我们有罪！桑森突然喊

---

① 原文为 Sais，威尔士语，意为英格兰人，本处应指移民至岛上的日耳曼部落。

道，在桌沿边步履蹒跚的同时张开了他的双臂。我们都必须忏悔，他说，不列颠的众国王必须爱戴基督和圣母，只有不列颠的全部种族团结在上帝的周围，上帝才会一统不列颠使之完整。到这时，人群已都在回应他的布道，大喊着赞同，向他们的上帝大声祈求，也叫嚷着让德鲁伊及其追随者去死。场面非常可怕。

"走吧，"妮慕对我小声说，"我听够了。"

我们滑下柱台，经过大厅外柱，从前厅中的人群里挤了出去。我跟在妮慕后面穿行过广场，四周火炬跃动，狂风大作。我带着羞耻，将斗篷拉至自己无须的下巴，不让人看见我的项圈。由西飘来的蒙蒙细雨，让广场的石块在火光中闪闪发亮。图锥克的卫兵们身着制服，一动不动地站在广场四周。妮慕将我领至开阔空地的正中央，停下脚步，突然大笑起来。刚开始她只是咯咯轻笑，之后是略带讽刺的大笑，继而变成猛烈的嘲笑，再后来则演变为目空一切的狂笑。笑声越过格兰温的片片屋顶，回音直冲天际，最后成为了疯狂的尖叫，有如走投无路的野兽临死的号叫。她一边叫着，一边转身，顺日转方向由北至东至南至西再回到北面，没有一名士兵有所反应。在大殿廊柱附近的几个基督徒愤怒地看着我们，但也没有干预。就连基督徒也能认出正与诸神交流的人，他们没人敢碰妮慕一根汗毛。

叫声停止，她蹲下，一言不发，瘦弱的身体蜷缩在黑色披肩下，看不出形状的一团东西在我的脚边颤抖。"哦，小家伙，"她终于用疲倦的声音开口，"哦，我的小家伙。"

"怎么了？"我问。比起让妮慕累坏了的某种瞬间恍惚，我更关心乌瑟大厅中传来的烤猪香味。

她伸出带着疤痕的左手，我拉她起身。"我们有一次机会。"她用一种惊恐的语调低声对我说，"只有一次机会，如果输掉，诸神就会离开我们。我们会被诸神遗弃，留给野兽。里面的那些蠢货，耗子神和他的追随者，

亚瑟王

会破坏这机会,除非我们与之战斗。他们有那么多人,我们却势单力薄。"她看着我,绝望地哭泣。

我不知该说什么。我没有任何超自然方面的技能,虽然我是梅林的被监护人,太阳神贝尔的孩子。"贝尔会帮我们的,对吧?"我无助地问,"他爱我们,是吧?"

"爱我们!"她甩开我的手。"爱我们!"她轻蔑地重复道,"诸神的任务不是爱我们。你爱德鲁依丹的猪吗?贝尔在上,为什么一个神要来爱我们呢?爱!你知道什么是爱吗,撒克逊人的儿子德瓦?"

"我知道我爱你。"我说。现在想来我不禁脸红,一个男孩可以那么急切地想要赢得一个女人的爱慕。但当时,那样一句告白耗尽了我全身的力气和所有的勇气。脱口而出这句话之后,我在雨水冲刷下、火光照射中满脸通红,希望自己能收回前言。

妮慕冲我微笑。"我知道,"她说,"我知道。现在走吧,去大吃一顿。"

如今,在我垂垂老矣、迈向死亡、于波伊斯山中的修道院里写作故事的这些日子里,有时闭上眼睛我就能看见妮慕。不是她后来变成的样子,而是当时的她:满腔热血,机敏矫捷,自信满满。我知道自己已皈依基督,在他的保佑下获得了整个世界,但我失去的东西、我们失去的东西,却无法计算。我们失去了一切。

盛宴无与伦比。

高阶会议于上午开始,在那之前,基督徒又举行了另一场仪式。他们的仪式也办得太多了,我心想,在一天的每个小时里他们似乎都要向十字架屈膝行礼。不过,会议推迟开始,倒是让王子和战士们有时间能从昨晚的饮酒、划船、比试中恢复精神。会议的举行地点——大厅中,再一次燃起了火炬,虽然明媚的春日阳光可以从大厅高处的几扇小窗中照射进来,但非常微弱。那些窗户建造的目的本就不是采光,而是让厅内燃烧的烟雾散出去,不过也收效甚微就是了。

至尊王乌瑟坐在一块高台上,俯视着平台上其他的国王、储君和王子。会议的主办人格温特国王图锥克坐在乌瑟的下首,今日在他王座的两侧坐有来访的国王与王子,他们都纷纷向乌瑟或图锥克致敬。伊斯卡的凯杜伊亲王、比利其的迈尔沃斯王以及巨石的领主格兰特亲王均在场,而遥远的康沃尔,不列颠最西边的野蛮国度也派遣了他们的储君崔斯坦王子前来,他正位于高台边缘一张铺着狼皮的王座上,身旁有一个空座。一共有两张王座空着。

事实上,所谓的王座不过就是餐厅拿来的椅子,装饰上了鞍褥。每把椅子前都放置了每个王国的纹章盾牌,倚靠着高台陈列于地上。曾经一度有三十二面盾牌靠在台旁,如今因为不列颠部落间的内战以及撒克逊人的屠刀,有一些洛依格的王国已然覆灭。高阶会议的一大目的便是调停不列颠其余王国间的战斗,但这和平已遭受威胁,因为波伊斯和瑟卢瑞亚并没有来参加会议。这两个国家的空置王座,是它们对格温特与德莫尼亚不息仇恨的沉默见证者。

隔着一块用以演讲的空地,国王与王子的正前方坐着王国的议会和要员。有些议会人数众多,例如格温特与德莫尼亚,而另一些则仅有数人。官员与顾问们席地而坐,我这才注意到他们之间露出的地面上点缀着成千的小小彩石,组成一幅巨大的图画。顾问们都带着毛毯,因为他们知道高阶会议上的审议有可能会拖至深夜。他们身后站立着作为听众和护卫的全副武装的战士,一些人还牵着自己喜爱的猎犬,让它们跟在身侧。我与这些战士们立于一处,我的色纳诺思头像青铜颈环便是我有权身处此地的标志。

会议上有两个女人,只有两个,即使如此,她们的出席还是在等候的人群中引发了一阵抗议的私语,直到乌瑟以目光制止了这些牢骚。

亚瑟王

莫甘坐在乌瑟的正前方。别的顾问都悄悄避开她的位置,所以直到妮慕大胆地进入厅门、从就坐的男人中穿行而来并在她身侧坐下之前,莫甘一直独自坐着。妮慕进来时,是如此镇定自若、确信无疑,以至无人试图阻止她。坐下后,她盯着至尊王乌瑟,似乎是想挑战他,看他会不会赶她出去,但国王直接无视了她的到来。莫甘同样无视了她年轻的竞争对手。妮慕挺直脊背,一动不动地坐着,身穿白色长袍,腰系皮质奴隶细腰带,在一群披着厚重斗篷的白发男子中显得纤细脆弱。

如同所有的会议一样,高阶会议始于一场祈祷。如果梅林在场,会由他来召请诸神。但他不在,取而代之的是格温特的康拉德主教,他向基督教的神祷告。我看见坐在格温特顾问们中的桑森,我注意到,当看见两个女人没有在祷告中低下头时,他露出了愤怒的表情,向她们投去仇视的目光。桑森知道,这两个女人是梅林的人。

祈祷过后,两日前与图锥克的两名战士战斗的德莫尼亚勇士欧文上前接受挑战。一头禽兽,梅林总这么描述欧文,他站在至尊王面前的模样的确像头野兽,脸上带着先前战斗遗留的血疤,宽肩隆起的肌肉外裹着厚实的狼毛斗篷。"在场有人质疑乌瑟至高王座的权力吗?"他咆哮道。

无人应答。没有手刃挑战者的机会,欧文看似有些失望,插剑回鞘,不自在地坐回了顾问群中。他应该更愿意和他的战士们站在一起。

接下去介绍了一些不列颠的新消息。白德文主教以至尊王的名义,汇报说德莫尼亚东面的撒克逊威胁已被削弱,虽然我们为此付出了过于沉重的代价:德莫尼亚的王储、盛名远播的勇士莫德雷德王子在胜利的那一刻被杀害。听着这反复提及的关于他儿子之死的故事,乌瑟面无表情。亚瑟的名字没有被提及,虽然事实上是亚瑟从莫德雷德笨拙的指挥中抢回了胜利,而大厅中的每一个人都知道这点。白德文报告说,战败的撒克逊人来自曾由凯崔瓦兰部落统治的土地,他们已同意向至尊王缴纳年贡——黄金、小麦和牛群。赞美上帝,他补充道,和平到来了。

"赞美上帝,"图锥克国王插嘴说道,"撒克逊人将会被赶出这片土地!"他的话语在后方与侧面的战士中引起一阵骚动,人们用枪柄敲击着地面,至少有一柄枪打碎了镶嵌在地上的小石子。猎犬狂吠。

粗野的喝彩之后,白德文继续平静地说道,德莫尼亚的北方也很和平,这归功于伟大的至尊王与尊贵的图锥克国王之间定下的睿智合约。而西面,说到这里白德文停顿了一下,向年轻英俊的崔斯坦王子投以微笑,同样安定。"康沃尔王国,"他说,"和平自处。我们知道马克国王新近娶妻,但愿与她的前任们一样,能占据她主人的全部精力。"这句话惹来了一阵小小的笑声。

"这是第几任妻子?"乌瑟突然开口,"第四还是第五?"

"我想父王自己也数不清了,至尊王陛下。"崔斯坦回应,大厅中爆发出一阵大笑。更多的砖石在长枪的敲击下破裂,其中一小块碎片弹到了我的脚背上。

接下去由阿格里科拉发言。这是个罗马名字,此人也因固守罗马式生活而闻名。阿格里科拉是图锥克的队长,如今虽已年迈,却仍以高超的战技令敌人闻风丧胆。年龄没有使他笔直挺拔的身材曲缩,只是让他的平头如剑刃般银白。他伤痕累累的脸剃得干干净净,身上穿着罗马制服,但比他队员们的更华丽:束腰衣是大红色的,胸甲与护胫甲为银色,臂下夹着他那饰有一束鲜红马鬃的银色头盔。他汇报说,他主人的王国东面的撒克逊人被打退了,但失落之地洛依格却传来了麻烦的消息——有更多的船只越过德国海,自撒克逊人的土地而来。与此同时,他警告说,撒克逊岸边愈多的船只意味着愈多的战士会西进前来不列颠。阿格里科拉还提醒我们注意一名叫阿尔的撒克逊新首领,他正在努力取得赛思人中的统治地位。那是我第一次听见阿尔的名字,当时没人想到之后这个名字会与我们纠缠多年。

亚瑟王

阿格里科拉继续说道，撒克逊人也许暂时没有动静，但格温特王国并没有迎来和平。南方的波伊斯不列颠兵团与东面的瑟卢瑞亚士兵都在袭击图锥克的土地。信使被派去这两大王国，邀请他们的最高统治者出席今天的会议，但是，说到这里，阿格里科拉朝王室平台上的两把空座椅示意，波伊斯的高菲迪特和瑟卢瑞亚的甘德利亚斯都没有来。图锥克毫不掩饰他的失望，他希望格温特和德莫尼亚能与他们的北方邻居缔结条约。我猜想，对和平的渴望，正是乌瑟邀请甘德利亚斯在春天拜访诺维娜的动机，但空置的王座似乎代表了持续的仇恨。阿格里科拉坚决地说道，如果不能获得和平，格兰温国王不得不发动战争，以对抗波伊斯的高菲迪特及其盟友——瑟卢瑞亚的甘德利亚斯。乌瑟点头表示了赞同。

阿格里科拉接着报告，从更远的北方传来消息，汉尼斯维恩的国王雷欧狄甘被爱尔兰侵略者丢尔纳赫赶出了自己的国土，失地已被新的征服者命名为林恩。无依无靠的雷欧狄甘投靠了波伊斯的高菲迪特国王以寻求庇护，因为格温内德的凯德沃伦不肯接受他。这条消息让更多人笑了起来，因为高菲迪特国王众所周知的愚蠢。"我同样听说，"笑声平息之后，阿格里科拉接着说，"更多的爱尔兰侵略者已经来到德米缇亚，正逼近波伊斯和瑟卢瑞亚的西面边境。"

"我才能为瑟卢瑞亚发言，"一个霸道的声音从门口传入，"你们没有资格。"

大厅中一阵骚动，所有人都转身看向门口。甘德利亚斯来了。

瑟卢瑞亚的国王像英雄一般步入大厅，动作中无一丝一毫的犹豫和歉意，即使他一遍又一遍地洗劫了图锥克的土地，一如他跨越塞文河以南侵扰乌瑟的国家。他看起来如此自信，我必须提醒自己他在梅林的厅堂内是如何逃离妮慕的。在甘德利亚斯身后，是拖着腿滴着涎水的德鲁伊坦纳波斯。我再一次想起了死人坑，于是将自己藏在了别人身后。梅林有一次告诉我，坦纳波斯没能成功杀死我，这让我能够将他的灵魂握于手心，但看着那满头小辫上系着碎骨的老人走进大厅，我还是忍不住颤抖。

坦纳波斯身后跟随着甘德利亚斯的扈从，他们的长剑剑鞘外都裹有红布，头发和长须编成小辫。他们与别的士兵站在一处，却将别人挤至旁边，自顾自地列队，充分地扮演了一群擅闯敌人会议的骄傲士兵。坦纳波斯则在顾问们中找到了一处位置，裹着他那绣满新月与奔兔的肮脏灰袍坐了进去。欧文嗅出了血气，想要拦下甘德利亚斯，但后者解下自己的剑，剑柄朝前呈给了至尊王的勇士，以此证明他为和平而来。接着，他跪倒在乌瑟王座前的镶拼地板上。

"起来吧，梅里尔之子、瑟卢瑞亚国王甘德利亚斯。"乌瑟命令道，随即伸出一只手以示欢迎。甘德利亚斯步上高台，亲吻乌瑟的手，然后从背后取下绘有狐狸面具纹章的盾牌。他将其与别的盾牌放在一处，接着坐上自己的王座，愉快地俯视大厅，似乎很高兴能出席会议。他向认识的人点头示意，朝一些人露出惊讶的表情，朝另一些微笑。这些他打招呼的人，全部都是他的敌人，但他懒散自在地坐在椅子上，就好像坐在自己家里的火炉边。他甚至跷起一条腿，搁在了椅子的扶手上。当看见两个女人时，他挑起了一边的眉毛，我觉得他在认出妮慕时露出了一丝阴沉，但稍纵即逝。图锥克友善地邀请他发言说说他王国的近况，但甘德利亚斯只是微笑道，瑟卢瑞亚一切都好。

我不想描述太多当日的会议内容让你们无聊。云朵聚集于格兰温上方的同时，争执有了定论，联姻达成共识，最后处理结论也给出了。虽然甘德利亚斯从不承认他的侵略行径，但同意付给图锥克一笔费用——牛羊和黄金，也付给至尊王同样的一笔补偿，其他一些较小的冲突也依样画葫芦解决了。条款很长也很复杂，不过问题还是一个接一个地解决了。图锥克做了大部分的工作，不过每次都会朝一侧的至尊王看一下，观察他是不是会做出什么手势来表达自己的决定。除了这些手势，乌瑟基本上没有动过,最多当奴隶给他敬上水和面包,或莫甘用款冬花①泡蜜酒制成的缓解他咳嗽的药物时,才会动一动。他仅有一次离开高台,冲背后的墙壁撒了泡尿,那时图锥克正耐心仔细地处理他国内两名要人的领土纠葛。乌瑟朝自己的尿液吐了口口水,以转移其邪恶,然后费力地走回高台。与此同时,图锥克也给出了自己的判定,就如其他判决一样,这桩决定被三名坐在高台后一张桌子旁的书记员记录了下来。

乌瑟将精力节省下来,是为了今日黄昏后一项更重要的事情。这是一个暗淡的黄昏,图锥克的仆人已带了几十支燃烧的新火炬进入大厅。下起了大雨,整个大厅变得阴冷,雨水沿屋顶的破洞中滴落到地板,或是在粗糙的石墙上如小溪流淌而下。气温骤然下降,一个火盆被放置到了至尊王的脚边,那是一个由四条腿支撑的铁篮,里面盛满了燃烧的木头。王室的盾牌都被移开了,图锥克的王座也被移至一边,以便火盆的温暖能传递给乌瑟。木头燃起的烟气飘向天花板,在高处的阴影中旋转着寻找一条通向大雨的出路。

乌瑟最后起身在高阶会议上发言。他状态不稳,为自己的王国发言时,完全倚靠在一枝猎猪标枪上。德莫尼亚,他说,有了一位新的王储,感谢诸神的恩赐,但这位王储很孱弱,还是个婴儿并有一只变形的脚。听见这不吉的流言得到了确认,厅中响起了一阵小声议论,但在乌瑟举起一只手示意安静时,便平息了下来。烟雾环绕着他,让他的模样看来很奇怪,仿佛他的灵魂已披上了彼世的影子外皮。黄金在他的脖子与手腕间闪烁,还有一片薄薄的黄金——至尊王的王冠——围绕着他发际线后撤的白发。

"我老了,"他说,"活不久了。"他再次虚弱地挥手平息听众们对此发言的抗议。"我不是在宣称我的王国地位高于这片土地上的其他王国,但

---

① 别名冬花、蜂斗菜或款冬蒲公英,具有润肺化痰的药效。

我要说，如果德莫尼亚被撒克逊人攻占，那整个不列颠就将沦陷。如果德莫尼亚失陷，那我们就会失去与阿莫里凯以及海那边同胞的联系。如果德莫尼亚失陷，那撒克逊人将会把不列颠逐一拆分入腹。"他停了停，有一瞬间我以为他太累说不下去了，但那伟人的头又抬了起来，说："不能让撒克逊人打到塞文河！"他喊出这口号，这已成为他这些年来野心的最直接目的。只要撒克逊人还被不列颠人包围，也许有一天我们还有机会将他们赶回德国海，但若他们抵达了我们的西部海岸，那就能以格温特为中心将不列颠分为南北两部分。"格温特的男人，"乌瑟继续说，"是我们最伟大的勇士。"说到这里，他向阿格里科拉点头致敬。"但格温特依靠德莫尼亚的面包生存，这不是秘密。德莫尼亚必须守住，否则不列颠就会沦陷。我有一个孙子，而这个王国是他的！"他将手中的枪戳向平台，那一刻古老顽强的潘德拉贡之魂在他眼中闪耀。不管在这厅中还会决定些什么，都不能越过乌瑟的底线，那是乌瑟的原则，在场所有人现在都明白了这点。剩下该讨论的便是如何保护瘸腿的孩子，直至他长大真正继承王位。

于是讨论开始了，虽然每个人都知道这事几乎已板上钉钉，不然甘德利亚斯怎么会在他的王座上如此自信放肆？然而有些人还是提出了诺维娜丈夫的其他人选。保卫着德莫尼亚对抗撒克逊人战线的巨石领主格兰特亲王便提议了格温特的王储——图锥克之子莫里格，但大厅中的所有人都明白这提议不过是变着法子奉承图锥克，是绝对不会被接受的，因为莫里格只不过是个挖鼻孔的小鬼，绝无可能在撒克逊人的手中保卫德莫尼亚。格兰特完成了他的任务，便坐下倾听图锥克的一名顾问提议昆格拉斯王子——高菲迪特的长子、波伊斯的储君。与敌人王储的联姻，那顾问说道，将会给波伊斯和德莫尼亚这两个不列颠最伟大的王国之间带来和平。但这建议被白德文主教无情地推翻了，他知道他的主人绝不会将自己的国家赠送给图锥克最凶残敌人的儿子。

康沃尔的王子崔斯坦是另一位候选者，但他自己表示了反对，因为他

亚瑟王

明白德莫尼亚没人会信任他的父亲,马克国王。斯庄格沃的梅里雅达克王子也被提名,但斯庄格沃,这个格温特东面的王国已大半沦陷于撒克逊人之手,一个男人连自己的王国都守卫不了,又如何能保护另一个呢?那阿莫里凯的王室成员如何?有人提议道,但无人知道海对岸的王子会不会舍弃布列塔尼的新土地转而来保卫德莫尼亚。

甘德利亚斯,最后还是回到了甘德利亚斯。

然而阿格里科拉说出了那个在场所有人都想要听见却害怕听见的名字。这名老战士站起身,罗马式盔甲铮亮,双肩紧绷。他直直地看着乌瑟·潘德拉贡那阴冷的双眼。"亚瑟,"阿格里科拉说,"我提议亚瑟。"

亚瑟。这个名字在大厅中回响,然后减弱的回音被突如其来的撞击地板声所淹没。以枪敲击地面喝彩的长枪手都是德莫尼亚的战士,他们曾经跟随亚瑟于战场出生入死,了解他的能力,但是他们的声援仅有短短一瞬。

乌瑟·潘德拉贡,不列颠的至尊王,抬起了他自己的长枪,将它重重敲下。会场瞬间安静,只有阿格里科拉依然胆敢挑战至尊王。"我提议,让亚瑟迎娶诺维娜。"他语气谦恭,但即使年幼如我,也明白阿格里科拉是在为他的主子图锥克国王说话。这让我很疑惑,因为我以为甘德利亚斯是图锥克属意的候选人。如果甘德利亚斯能放弃他与波伊斯王国的友谊,那由德莫尼亚、格温特和瑟卢瑞亚组成的新联盟就将把持塞文河两岸的所有土地,这个三国联盟将会成为对抗波伊斯与撒克逊人的壁垒。但我本该想到,图锥克建议亚瑟的目的,其实是想让乌瑟拒绝他,从而欠他一个人情。

"奈博之子亚瑟,"乌瑟说——第一个词语引起了一阵惊恐的抽气声——"不具正统血脉。"这样的判定不容置疑,阿格里科拉接受了自己的失败,行礼就坐。"奈博"的意思是无人,乌瑟是在否认自己是亚瑟的父亲,从而说明亚瑟没有王室血脉,不能迎娶诺维娜。一名贝尔盖主教为亚瑟抗议，说国王们从来都不是自贵族中选出来的，既然过去这习俗存在，那将来也应该照办。但他那猛烈的反对却被乌瑟的一记瞪视冻结。雨水从一扇高处的窗户中旋转进入，落于火中嘶嘶作响。

白德文主教再次起身。也许到目前为止关于诺维娜未来的讨论看似是在浪费时间，但至少其他的所有选择都已被提出，理智的人也该明白现在白德文要宣布的这件事背后的原因了。

瑟卢瑞亚的甘德利亚斯，白德文温和地说，尚未婚配。大厅中的人们窃窃私语，有人记起了甘德利亚斯与他出身卑微的爱人莱杜伊斯之间那桩婚姻丑闻的谣言，但白德文以轻快的语调无视了这骚乱。几周前，主教继续说道，甘德利亚斯拜访了乌瑟并与至尊王达成了合约，现在乌瑟很高兴能让甘德利亚斯迎娶诺维娜并成为**保护者**，他重复这个词语，**莫德雷德王国的保护者**。作为善意的证明，甘德利亚斯已经向乌瑟国王支付了黄金，这笔数目得体的保证金也已被接受。也许有些人，白德文主教轻描淡写道，不信任一个最近还是敌人的男人，但为了进一步表达发自内心的诚意，瑟卢瑞亚的甘德利亚斯已同意放弃长久以来对格温特王国的觊觎，另外，他将皈依基督教，明日就在格兰温的城墙下、塞文河中公开受洗。现场的所有基督徒都大声喊着"哈利路亚"，但我却看着德鲁伊坦纳波斯，疑惑于他的反应。他的主人已公然背弃旧教，为何这邪恶的老匹夫没有表现出一星半点的反对？

我也奇怪，为何这些成年人可以如此迅速地接受曾经的敌人，但显而易见，这对他们来说，是万不得已的办法。一个王国将要传承给一名瘸腿的孩子和甘德利亚斯——他一度是我们的敌人，但同时也是一位了不起的战士。如果他遵守诺言，那德莫尼亚和格温特的和平就有保障了。但乌瑟并不蠢，他采取了最安全的措施来保护他的孙子，以防止甘德利亚斯居心不良。乌瑟宣布，德莫尼亚将由一个议会统治，直到莫德雷德长大至提剑的年纪。甘德利亚斯将担任议会的首长，另有多人将作为顾问为他服务，

亚瑟王

白德文主教为顾问长。另外,乌瑟还邀请了德莫尼亚的坚定盟友,格温特的图锥克,派遣两人进入议会。如此组成的议会将拥有对国家的最高统治权。甘德利亚斯对这决定并不满意。他付出两篮黄金,并不是为了坐在一个老人环伺的议会中,但他知道最好不要抗议。当乌瑟为他的新娘与继子的王国制定规矩时,他保持了安静。

还有更多的规矩。乌瑟说,莫德雷德将拥有三名誓言保护者;这三人将以生命起誓,保护这个男孩。如果任何人伤害了莫德雷德,立誓者将为其复仇,否则就得献上自己的生命。颁布法令时,甘德利亚斯一动不动地坐着,但当立誓者的名字被宣读出来时,他却不自在地动了动。第一位立誓者为格温特国王图锥克,德莫尼亚的勇士欧文是第二位,而阿瓦隆的领主梅林,是第三位。

梅林。人们期待这个名字就如期待亚瑟。乌瑟通常不会在梅林缺席的情况下做出任何决定,但梅林不在这里。梅林已从德莫尼亚消失数月。所有人都认为,梅林也许已经死了。

就在那时,乌瑟第一次看向了莫甘。她兄弟以及她自己的血统被否认时,她一定很局促,但她并不是作为乌瑟的私生女前来参加高阶会议,而是作为梅林所信任的女先知。图锥克和欧文宣誓之后,乌瑟盯着这独眼残疾的女人。厅中的基督徒都纷纷画起了十字,以此抵御邪灵。"嗯?"乌瑟提醒莫甘。

莫甘很紧张。乌瑟现在需要她来为她的神秘同伴梅林担保,保证他会接受誓言。她作为一名女祭司来此,并不是一名顾问,所以她应当像一名女祭司般应对。但她却没有,她的应答非常不足。"我的主人梅林将会很荣幸接受这项任命,陛下。"她说。

妮慕却在此时尖叫。这声音如此突然如此可怕,让整个厅里的人都战栗着抓紧了自己的枪杆。猎犬们的脊梁上亦毛发直竖。随后尖叫渐止,余下一室死寂。大火堆的烟雾于大厅的暗淡内顶处纠结成形,雨点敲击着瓦片,紧接着,在远方,在尖厉的前奏中,在这风雨交加的夜晚,传来了隆隆雷声。

雷声!基督徒们又画起了十字,但无人能质疑这般神迹。雷神塔拉尼斯显灵了,证明诸神已来到高阶会议,而且竟是出自于一个年轻女孩的命令。在让男人们都裹紧斗篷的严寒中,她浑身只着白色长袍与一根奴隶皮绳。

无人走动,无人出声,甚至无人动上一动。无人啜饮蜜酒,无人抓一抓身上的虱子。这里已无国王,已无战士。这里不存主教,不见秃顶僧人,也没有了睿智老人。这里只有缄默惊恐的人们,敬畏地看着一个女孩,看着她站立着,任凭黑色长发散落在洁白纤细的后背。妮慕走上前,来到火盆旁的演讲空地,莫甘盯着地面,坦纳波斯张着嘴,白德文主教无声地祈祷。妮慕向身体两侧张开双臂,顺日转方向慢慢地旋转,以让厅中每一人都能看见她的脸。那是一张恐怖的脸。翻着白眼,没有眼黑,舌头从扭曲的嘴中伸出。她转着,转着,越转越快,我发誓,人群在此时涌起了一阵共同的颤抖。她又在旋转同时抖动,越来越靠近燃烧的大火堆,几乎要跌入火焰,但她突然跳向空中,在摔落地面之前尖叫了一声。再接着,她像头野兽般用四肢爬行,来来回回地沿着纹饰盾牌探寻——为了让火焰的温度能温暖至尊王的腿,这些盾牌已被分散摆开。当妮慕来到甘德利亚斯的狐狸盾牌前面,她如捕猎的蛇般暴起,吐出一口口水。

唾沫正中狐狸。

甘德利亚斯从王座中起身,图锥克制止了他。坦纳波斯也试图站起,但妮慕转身面向他,双眼依旧翻白,尖叫出声。她手指坦纳波斯,尖声号叫在空旷的罗马大厅中回响。她的魔力让他再次跌坐于地上。

妮慕一阵颤抖,眼球转回,露出了棕色的瞳孔。她看着拥挤的大厅眨了眨眼,似乎很惊讶自己身处于此,她背对至尊王,完全平静了下来。这

亚瑟王

种平静宣示,她已被诸神附体,现下所言皆为诸神之语。

"梅林还活着吗?"图锥克恭敬地问。

"当然还活着。"妮慕的声音满是轻蔑,也没有对询问她的国王用任何敬称。她现在代表诸神,不必向任何凡人表示尊敬。

"他在哪里?"

"离开了。"妮慕转过身看向平台上穿着罗马长袍的国王。

"离开去了哪里?"图锥克问。

"去寻找不列颠真知。"妮慕说。每个人都在认真聆听,终于,有了些真正的新消息。我注意到,"耗子神"桑森正绝望地不安扭动,想要抗议此等邪教对高阶会议的干扰,但只要图锥克国王还在询问这女孩,他一个小小的神父就不可能对此插手。

"什么是不列颠真知?"至尊王乌瑟问道。

妮慕再次转了一圈,顺日转方向完整的一圈,但这不过是为了集中思绪想这问题的答案,她想好了,便用念咒般催眠式的语调回答道:"不列颠真知是我们先人的学识,诸神的馈赠,十三件宝藏中的十三种力量,一旦集齐,将重新赋予我们统治国土的力量。"她停了停,再开口时已恢复了正常的音色。"梅林致力于让这片国土回归完整,回归统一的不列颠。"说到这里,妮慕转身直视桑森那愤愤不平的明亮小眼睛,"统一于不列颠诸神治下。"她重新面向至尊王。"如果梅林大人失败,德莫尼亚的乌瑟,我们所有人必死无疑。"

厅内响起了一阵抱怨。桑森和其他的基督徒叫喊着抗议,但基督徒国王图锥克却挥手让他们噤声。"这些是梅林说的?"他质问妮慕。

妮慕耸耸肩,好似这问题无关紧要。"这些不是我说的。"她傲慢地回答。

乌瑟丝毫不怀疑妮慕,一个尚未成年的女孩,代表她的主人发言,而不是她自己。他将大半身体前倾,朝她皱眉。"问问梅林,是不是会按我的意思发誓？问他！他会保护我的孙子吗？"

妮慕停顿良久。我觉得，她已在所有人之前察觉到了不列颠的真相，甚至在梅林之前，亚瑟之前——如果亚瑟真明白过的话。但一种直觉让她没有对这濒死的顽固老人坦陈真相。"陛下，梅林，"她最后以疲累的声音说——这暗示她不过是在卸下一副必要却耗时的重担，"在此刻保证，以他的灵魂起誓，他将誓死保护您的孙子。"

"誓死保护！"莫甘突然插嘴，让所有人都吃了一惊。她挣扎爬起，在妮慕的衬托下，显得矮胖黝黑。火光照得她的金头盔闪闪发亮。"誓死保护！"她再次大吼，然后像突然想起什么，开始在火盆的烟雾中摇摇晃晃地前后走动，似乎是在显示诸神已附于其身。"誓死保护，梅林说。亚瑟也如此发誓。亚瑟和他的战士们将成为你孙子的保护者。梅林如是说！"她说话时，高贵体面，正如一位熟练的神谕者和女先知，但即使其他人没注意到，我也意识到那一刻暴雨夜中并无雷声传来。

甘德利亚斯站起身反对莫甘的宣言。他的权力之上已被强加了六人议会和三位立誓者，现在居然又要让一队潜在的敌对军队来保卫他的新王国。"不！"他大叫道，但图锥克无视他的抗议，走下平台，站在莫甘身旁，面向乌瑟。这举动让厅中大多数人都明白了，虽然莫甘借梅林之名发言，但她所说的至少是图锥克希望她说的话。格温特的图锥克国王也许是名虔诚的基督徒，不过他更是位精明的政治家，他清楚地明白如何让旧神们支持他的愿望。

"奈博之子亚瑟和他的战士们，"图锥克对至尊王说，"比起我来能更好地保护您的孙子，虽然上帝知道我的誓言庄严郑重。"

格兰特亲王——乌瑟的侄子，是继欧文之后德莫尼亚的第二大军阀——本可以抗议对亚瑟的任命，但巨石领主是个没什么野心的老实人，不认为自己有能力统领整个德莫尼亚的军队，所以他站在图锥克身旁，对其表示支持。欧文，乌瑟皇家卫队的首领、至尊王的勇士，对于竞争对手被

亚瑟王

任命一事似乎不太乐意，但最终还是站在了图锥克这边，咆哮着表达了自己的赞同。

乌瑟依旧犹豫。三是个幸运数字，三名立誓者应已足够，加上第四个也许会触犯诸神，但乌瑟因驳回图锥克让亚瑟成为诺维娜丈夫的提议，从而欠他一个人情，如今也只能还上了。"亚瑟应该立誓。"他同意道，只有诸神才知道，指派一名他认为应该为他心爱儿子之死负责的男人，对他来说是多么难，但他依旧这么做了，大厅里响起了喝彩声。长枪敲碎地面，战士们的欢呼在烟雾缭绕的空旷黑暗中回响，只有瑟卢瑞亚的甘德利亚斯一人安静。

就这样，高阶会议结束了。无父之子亚瑟，被选为莫德雷德的誓言保护者。

高阶会议结束两周后，诺维娜与甘德利亚斯成婚。仪式在阿伯纳的一座基督教圣堂中举行。港口城市阿伯纳位于我们的北部海岸，与瑟卢瑞亚隔赛文海相望。诺维娜当天傍晚就回到了怀君岛，如此看来婚礼办得并不怎么欢乐。我们托尔山的人都没去参加仪式，不过倒是有一群怀君岛的修道士和他们的妻子陪王妃去了。回来时，她已成为了瑟卢瑞亚的诺维娜王后，但这称谓没给她带来新卫兵或是额外的侍女。甘德利亚斯乘船回了自己的国家，听说他与尤伊利阿塞的爱尔兰黑盾部落起了冲突，"黑盾"殖民了古不列颠的德维得王国，并将其称为德米缇亚。

有了位新王后，日子还是一样过。我们托尔人也许看上去比山下的人要无所事事，但还是有自己的职责。我们收割干草，铺成行晒干，剪下羊毛，将新收割的亚麻在臭烘烘的池塘里浸软做亚麻布。怀君岛的女人们都带着卷线杆和纺锤，用它们编织新剪下的羊毛，只有王后、莫甘和妮慕可以不用干这无休无止的活儿。德鲁依丹阉割公猪，佩里诺指挥想象中的军队，管家海威准备好了他的算筹来计算夏租。梅林还没回阿瓦隆，我们也没收到他的任何消息。乌瑟在他杜诺维瑞阿的宫殿中休养着，他的继承人莫德雷德在莫甘和葛温朵珑的照料下成长。

亚瑟还在阿莫里凯。我们被告知，他最终还是会回德莫尼亚，只不过得先卸下对贝诺克的国王——班——的职责，贝诺克是布罗塞利昂的邻国，而布罗塞利昂的国王布蒂克娶了亚瑟的姐姐安娜。

这些位于布列塔尼的王国对我们来说很神秘，没有一个怀君岛人曾穿越大海，去探索被撒克逊人打得无家可归的不列颠人的流亡处。我们知道亚瑟是班手下的军阀，他摧毁了贝诺克西部，以防备海湾的法兰克敌人。

亚瑟王

我们的冬夜总因为旅人讲述的亚瑟英勇传奇而平添活力,同时因为班国王的故事满怀艳羡。贝诺克国王娶了一位名叫依莲的王后,两人一同建立了一个奇妙王国,在那里,法律公正严明,即使最穷的奴隶在冬日里也能从王家仓库中获得食物。这些事听上去过于美好,几乎不像是真的,不过后来我拜访了班的国度,发现这些故事都没有夸张。班将他的首都建在一座岛屿要塞——特雷贝斯岛上,这座岛以其诗人闻名。国王在这座城市投入了大量精力与金钱,有人说它比罗马还美丽。据说,班在特雷贝斯岛上开渠筑坝,让每户人家出门就有干净的清泉;商人们的秤被调校精准;国王的宫殿日夜敞开,请愿人可以前去寻求赔偿、申诉冤情;不同的宗教被勒令要和平共处,否则它们的寺庙和教堂便会被拆除,粉碎为尘土。特雷贝斯岛是一处和平的避风港,不过前提是班的士兵将敌人远远阻隔于城墙之外,这就是班国王不愿意亚瑟离开回德莫尼亚的原因。也许亚瑟本人也不愿意在乌瑟还在世时回来。

德莫尼亚的这个夏日非常美好。我们将晒好的干草收集成堆,草堆以欧洲蕨打底,能够防止潮气上升、老鼠在其中筑窝。从阿瓦隆的沼泽到卡丹城堡之间所有的土地上,狭长田野中的黑麦和大麦成熟丰收,东部果园中的苹果树硕果累累,鳗鱼和梭子鱼在我们的池塘与小溪中长得肥美无比。没有瘟疫,没有狼灾,几乎没有撒克逊人。偶尔看见远处东南边的地平线升起浓烟,我们会猜测是有一船撒克逊海盗烧毁了一处小村落,但若浓烟第三次升起,格兰特亲王便会率领军队为德莫尼亚复仇,撒克逊人就会逃跑了。撒克逊首领甚至还按时缴纳了贡金,虽然自那之后多年我们再没有收到过一个撒克逊人的贡金,而且这笔钱无疑大多是从我们自己边界上的村庄抢来的,即使如此,那年夏天依旧美好。人们说,如果亚瑟带着他那些著名的骑士回到这和平的德莫尼亚,一定会因无聊而死。连波伊斯都没有异动。高菲迪特国王失去了瑟卢瑞亚这个盟友,却没有转而攻击甘德利亚斯。他无视了这场联姻,将他的长枪专注于对抗威胁本国北部边境的撒克逊人。波伊斯北部的格温内德王国，身陷与林恩的丢尔纳赫那些可怕的爱尔兰战士的战斗，但在德莫尼亚——全不列颠最受祝福的国度——只有丰饶和平与温暖的天空。

就在那个夏天，那个悠闲温暖的夏天，我杀死了我的第一名敌人，从而成为了一个男人。

和平总是难以维系，我们的宁静也被残忍打破。乌瑟，不列颠的至尊王，王中之王，驾崩了。我们早知他病重，已知他很快就会去世，确知他已尽其所能为自己的死亡做好准备，但我们仍旧觉得这一刻永远不会来到。他已作为国王太久太久，他治下的德莫尼亚向来繁荣昌盛；在我们看来这一切永远都不会改变。但就在那时，丰收季前，潘德拉贡死了。妮慕宣称，在那一刻，她听见一只野兔在正午阳光下尖叫，丧父的莫甘则将自己关进小屋，像个孩子般恸哭。

乌瑟的尸体依古礼火葬。白德文本希望能为至尊王办一场基督教葬礼，但其余的顾问都不同意如此亵渎神灵的处置。于是，乌瑟肿胀的尸体被放置在梅斯城堡最高处的一个柴堆上，付诸火焰。他的剑被铁匠艾斯特留斯熔化，钢水被倒进一座湖泊，这样便能让彼世的铁匠之神戈万南为乌瑟再生的灵魂重铸宝剑。高温的金属倾入水中时发出嘶嘶声，蒸汽如厚厚的云朵般升起，预言家们伏在湖旁从冷却金属的扭曲形状预言王国的未来。他们报告着好消息，但白德文依然谨慎地派出了最快的信使南下阿莫里凯去召回亚瑟，又让人慢慢地北上瑟卢瑞亚去告知甘德利亚斯，他继子的王国现在需要正式的守护者。

乌瑟的火葬堆燃烧了三个晚上，在此之后才可以扑灭火焰，一场由西海刮来的暴风雨加速了这个过程。厚实的云层堆积在空中，闪电劈向亡者的土地，大雨击打着成长中的各式庄稼。在怀君岛，我们蜷缩于小屋内，听着如同鼓点的雨声和低吼的雷声，看着茅草屋顶上瀑布般冲下的水流。正是在这场暴风雨中，白德文主教的信使来将这王国伟大的龙旗带给莫德

亚瑟王

雷德。信使不得不像疯子似的大吼大叫才能引起围墙里人们的注意，最后还是海威和我打开了门。一等风暴过去，我们就将旗帜竖在梅林的大厅前，以此宣告莫德雷德成为德莫尼亚的国王。毫无疑问，这小婴儿不是至尊王，此等荣耀只会加之于由诸王们一致推举的王中之王，一位至尊王必须在战场上赢得自己的王位，莫德雷德·潘德拉贡自然不是如此。其实，莫德雷德也还不算是真正的德莫尼亚国王，他必须先被送去卡丹城堡，以剑加冕于王国的"王者之石"处。不过他已是龙旗的所有者，红龙飘扬于梅林的大厅之前。

这面正方形的白色亚麻旗帜长与宽都和战士的枪杆相等，边缘由柔韧的柳条撑开，固定在一根榆木长杆上，杆的顶端有一尊金色的龙雕像。旗帜上的龙由红色羊毛绣成，由于雨水让龙纹掉色，旗帜的下半部分染成了粉红。旗帜到达后几天，国王的护卫也到了，勇士欧文率领一百人，任务是保护德莫尼亚的国王莫德雷德。欧文带来了白德文主教的建议，他说诺维娜和莫德雷德应南下搬去杜诺维瑞阿，诺维娜急切地想要照办，因为她想在基督教的环境下抚养自己的儿子，而不是在托尔山的异教氛围中。但在安排妥当之前，北面传来了坏消息——波伊斯的高菲迪特听闻至尊王的死讯，派出了长枪手攻击格温特，现在波伊斯人正深入图锥克的国土烧杀抢掠。图锥克的罗马指挥官阿格里科拉作出了反击，但奸诈的撒克逊人无疑与高菲迪特结成了联盟，带着他们自己的军队进入了格温特。突然之间，我们最老的盟友就在为自己王国的生死存亡而战了。本该护卫诺维娜和婴儿南下杜诺维瑞阿的欧文，带着他的战士北上帮助图锥克；再次成为莫德雷德卫兵指挥的莱加塞特则坚持认为，孩子置身怀君岛易守难攻的陆桥之后，比在卡丹城堡或是杜诺维瑞阿都要更安全，于是诺维娜不情愿地留在了托尔。

我们屏住呼吸看瑟卢瑞亚的甘德利亚斯会选哪一边，很快就等到了答案——他愿意帮图锥克攻打他的老盟友高菲迪特。甘德利亚斯给诺维娜送来消息，说他征来的士兵将取道山丘，由后方攻击高菲迪特，一旦波伊斯的军队被击退，他就会南下来保护他的妻子和她的王室儿子。

我们等候消息，日夜眺望远处山丘，关注着预示我们灾难或是敌军进犯的烽火，然而，即使战况不明，那些日子我们也仍然过得挺快活。太阳治愈了饱受暴风雨摧残的土地，晒干了谷物。与此同时，即使被困在满是异教徒的托尔，诺维娜看上去对儿子的王位也越来越有信心。莫德雷德一直是个麻烦的小孩，红色的头发，倔强的脾气，在那些平和的日子里，他和母亲、乳娘蕊拉以及乳娘黑头发的儿子一起玩耍时，似乎显得挺开心。蕊拉的丈夫，木匠古勒登给莫德雷德刻了一套小动物：鸭子、猎犬、乌鸦和鹿，国王很喜欢玩这套玩具，即使他还年幼得不明白这些是什么。只要儿子开心，诺维娜就开心。我曾看过她呵莫德雷德痒逗他笑，当他伤痛时用摇篮哄他睡觉，总是充满对他的爱意。她称呼他为她的小国王、她的心肝宝贝、她的奇迹宝宝，莫德雷德也会咯咯笑着回应，温暖她那阴郁的心。他在阳光下光着屁股爬来爬去，我们能看见他的左脚向内长得好似一个握紧的拳头，但除此之外，他在蕊拉的奶水和母亲的关爱下健康成长。他在神圣荆棘旁的石头教堂中受洗。

战讯传来，捷报连连。格兰特亲王在德莫尼亚的东面边境击败了一支撒克逊军队，更北面的图锥克摧毁了另一支撒克逊侵略军。阿格里科拉率领剩余的格温特军队与德莫尼亚的欧文联合，将高菲迪特的入侵者赶回了波伊斯的山丘中。接着甘德利亚斯传回消息，说波伊斯的高菲迪特想要求和，信使扔了两把波伊斯人的长剑在诺维娜脚下，以此战利品象征她丈夫的胜利。更棒的是，那人禀报，瑟卢瑞亚的甘德利亚斯正在南下途中，来与他的妻子和她宝贵的孩子会合。是时候了，甘德利亚斯说，让莫德雷德去卡丹城堡加冕。对诺维娜的耳朵而言，没有比这更甜美的消息，她愉快地赏赐了信使一枚沉甸甸的黄金手环，又令他继续南下将她丈夫的消息告知白德文及议会。"告诉白德文，"她命令信使道，"在收获季前，我们就

亚瑟王

要为莫德雷德加冕。愿主保佑你一路顺风!"

信使出发南下,诺维娜开始准备卡丹城堡的加冕仪式。她令神圣荆棘的修道士们准备好与她一同前往,并独断地禁止莫甘与妮慕前去,因为她宣布,从这天起,德莫尼亚将成为一个基督教国家,异教女巫将从此远离她儿子的王座。甘德利亚斯的胜利让诺维娜有恃无恐,她开始插手揽权,这是乌瑟决不会给她的权力。

我们等着看莫甘或妮慕为将她们排挤出加冕典礼而抗议,但两个女人都意外冷静地接受了这禁令,莫甘甚至仅仅耸了耸肩。那晚黄昏她带着一口铜锅去了梅林的私室,与妮慕一起藏了起来。诺维娜邀请了神圣荆棘的修道院长和他的妻子来托尔用餐,玩笑说女巫们正在酝酿邪恶,大厅中的每个人都笑了。基督徒们胜利了。

我不确定他们是不是真的赢了。妮慕和莫甘不喜欢彼此,但现在她们凑在一起,我觉得只有极其重要的事才会带来这样的和解。可诺维娜不疑有他。乌瑟的去世和她丈夫的胜利给她带来了幸福的自由,不久她就会离开托尔山,在一个基督教宫廷中获得国王母亲的正当地位,她的儿子也将在耶稣基督的看护下长大。那一晚,手握至高权力,是她最快乐的时刻:一个身处梅林异教大厅心脏的基督徒。

但后来莫甘与妮慕又出现了。

大厅中一片安静,两个女人走到诺维娜的椅前,以应有的谦卑态度跪下行礼。修道院长是个瘦小暴躁的人,留着乱翘的胡子,在皈依基督之前是一名制革匠,现在还散发出他老本行需要用到的粪便的恶臭。他要求两个女人说明来意。他的妻子则画着十字来抵御恶灵,不过她也吐了口口水以防万一。

莫甘在黄金面具后回答了修道士。她以一种别扭的顺从语气说道,甘德利亚斯的信使说谎了。莫甘说,她和妮慕在锅中窥视到了反映在它水镜上的真相。北方既没有胜利,也没有战败,但莫甘警告,敌人比我们所知道的更接近怀君岛,我们所有人都应该在明天一早离开托尔山,深入德莫尼亚南部寻求庇护。莫甘说这些话时冷静严肃,话毕向王后鞠躬,又笨拙地弯向前去亲吻诺维娜蓝色长袍的裙边。

诺维娜将长袍拉紧,不让莫甘碰到。听这严峻的预言时她保持了安静,但现在却突然开始发怒,流泪痛哭。"你就是个残废的女巫!"她冲莫甘尖叫,"希望你那杂种弟弟做国王,这是不可能的!你给我听好!这是不可能的。我的孩子才是国王!"

"殿下——"妮慕试图插嘴,但立刻就被打断。

"你又是什么东西!"诺维娜野蛮地转向妮慕,"你就是个歇斯底里的邪恶小孩,恶魔的孩子。是你在我的孩子身上下了诅咒!我知道一定是你!就因为分娩时你在场,所以他才会跛脚。上帝啊!我的孩子!"她尖叫哭泣,用拳头捶桌,同时还朝妮慕和莫甘愤怒地吐口水。"现在滚!你们两个人!滚!"妮慕和莫甘在夜色中离开,大厅又恢复了安静。

看起来诺维娜是对的,第二天早上,北面的山丘上并没有任何烽火点燃。毫无疑问,那天是那个美好夏日里最美丽的一天,土地富饶,丰收在即,令人昏昏欲睡的热度中,山丘薄雾弥漫,天空万里无云。托尔山下的荆棘灌木中点缀着矢车菊与罂粟,静谧的绿色斜坡上,白色蝴蝶随着和暖气流飞舞。诺维娜没有在意美景,只是与来访的修道士们一起做了晨祷,然后称她将搬离托尔山,在神圣荆棘神殿中的朝圣者房间里等待她丈夫的到来。"我已在邪恶之人中住了太久。"她郑重地宣布,正在此时,一名东墙的守卫大声警示。

"骑手!"守卫大喊,"骑手!"

诺维娜向围墙跑去,那里已经聚集了一群人,他们正望着一队全副武装的骑手穿过陆桥,沿着一条罗马大道走向怀君岛的绿色山丘。莫德雷德的护卫首领莱加塞特似乎知道来的是谁,他命令自己的手下放行,让那群骑手进入土墙。骑手们快马加鞭地穿过墙门,朝我们奔来,他们头顶飘扬

亚瑟王

着绣有红色狐狸纹章的浅色旗帜。来者正是甘德利亚斯本人,诺维娜笑了起来,兴奋地看着她的丈夫凯旋,一个新生的基督教国家正在他的枪尖上闪耀。"看到没有?"她对莫甘说,"看到没有?你的锅子撒谎了。这就是胜利!"

在这阵骚动中,莫德雷德开始哭叫,诺维娜突然将他递给蕊拉,然后命人取来她最好的斗篷和一枚金环。她将金环戴在头顶,穿得像一名王后般,在梅林大厅厅门前等候着她的国王。

莱加塞特打开了托尔山的陆门,德鲁依丹那些摇摇欲坠的卫兵歪歪扭扭地排成一列,可怜的疯子佩里诺在他的牢笼里尖叫着询问消息。妮慕向梅林的私室飞奔,我则跑去找梅林的管家海威,知道他一定会想要前来迎接国王。

二十名瑟卢瑞亚的骑兵在托尔山山脚下马。他们从战场归来,全副武装。独腿海威佩着自己的大剑前来,却在看见瑟卢瑞亚军队中的德鲁伊坦纳波斯时皱起了眉头。"我还以为甘德利亚斯已经抛弃旧教了。"管家说。

"我也以为他已经抛弃莱杜伊斯了!"抄写员古多文咯咯笑了起来,用下巴朝正登上托尔山狭窄山道的骑兵们示意。"你们看!"的确,穿戴皮甲的男子中有一个女人。那女人身着男装,但黑色长发披散,飘在风中。她佩着一把剑,没拿盾牌。古多文看着那女人,笑着说:"我们的小王后得和那撒旦的小恶魔竞争呢。"

"撒旦是谁?"我问。嫌我用这蠢问题浪费他的时间,古多文冲我的脑袋来了一下。

海威紧皱眉头,手握剑柄,看着瑟卢瑞亚的战士们步上最后几级陡峭的台阶,走近我们衣着褴褛的两排护卫所看守的大门。突然,他曾是战士时的某种敏锐直觉让他面露惊恐。"莱加塞特!"他咆哮,"关上大门!关门!快!"

莱加塞特却拔出了佩剑,他转身将一只手放在耳边,好像是没听清海威在说什么。

"关上门!"海威大吼。莱加塞特的一名手下动了动,想去执行这指令,但莱加塞特阻止了他并看着诺维娜请求指示。

诺维娜转向海威,对他的指令表达不满:"来的是我丈夫,"她说,"不是敌人。"她将视线转回莱加塞特。"把门开着。"她专横地命令,莱加塞特则行礼服从。

海威破口大骂,笨拙地爬下壁垒,拄着拐杖一瘸一拐地向莫甘的小屋走去,我盯着阳光下洞开的大门,想知道接下去会发生什么。海威在夏日空气中闻到了麻烦,我一直没有发现他是怎么做到的。

甘德利亚斯来到了敞开的大门口。他朝门槛吐了口口水,然后向着等候在几步外的诺维娜微笑。她伸出丰满的手臂迎接她的夫君,在全身戎装攀爬了陡峭的托尔山之后,他也难免大汗淋漓气喘吁吁。他穿戴着皮制胸甲、厚厚的裹腿、战靴、狐狸尾毛为顶的铁头盔和垂于肩后的红色斗篷,狐狸纹章盾牌挂在身体左侧,长剑则挂在腰上,右手还拿着一柄沉重的战枪。莱加塞特跪下,向国王献上他的剑柄,甘德利亚斯上前几步,用戴着皮手套的手触碰了一下那柄剑的圆头。

海威已经进入莫甘的小屋,但现在瑟柏儿却紧抱着莫德雷德跑了出来。瑟柏儿?不是蕊拉?我对此有些疑惑,诺维娜一定同样困惑,为什么一个撒克逊奴隶抱着身裹金斗篷的小莫德雷德来到自己身边,但她没时间去质问瑟柏儿了,因为甘德利亚斯已向她大步走来。"我将我的剑献给您,尊敬的王后!"他用响亮的声音说,诺维娜开心地回以微笑,也许她还没有注意到坦纳波斯和莱杜伊斯也同甘德利亚斯的士兵们一起进入了梅林敞开的大门。

甘德利亚斯将枪插入草坪,拔出剑,却并没有先将剑柄献给诺维娜,而是将锐利的剑刃递到了她的面前。诺维娜不太确定该做什么,试探性地碰了碰闪光的剑锋。"您的归来让我欣喜不已,我亲爱的陛下。"她尽责地说,然后依照礼数跪在他的脚下。

"吻这把剑,它将保卫你儿子的王国。"甘德利亚斯命令道。诺维娜局促地靠向前,将自己的薄唇贴上他所指的钢铁。

她依照命令亲吻长剑,在她嘴唇碰到这灰色钢铁的瞬间,甘德利亚斯用力刺下了剑锋。他大笑着杀死了他的新娘,大笑着将长剑由她的下巴刺入咽喉,大笑着将长长的剑刃继续刺下,任凭她抽搐挣扎窒息抵抗。诺维娜没有时间尖叫,更没有声音可以尖叫,长刃刺进了她的咽喉,直至心脏。将钢铁贯穿目标时,甘德利亚斯只是咕哝了几句。他已将沉重的战盾抛开,将剑刃刺下并扭转时,戴着皮手套的两只手紧握剑柄。剑上,草地上,血迹斑斑。垂死王后那蓝色的斗篷上已是鲜血淋漓,当甘德利亚斯粗暴地抽出剑时,更多的血汩汩流出。诺维娜的身体失去了长剑的支撑,倒向一边,抽搐了几秒后最终静止。

瑟柏儿抛下婴儿,尖叫逃走。莫德雷德大声哭着抗议,但甘德利亚斯的剑让哭声戛然而止。红色的剑锋只一下,金色的布料就被鲜红瞬间浸没。这么小的婴儿居然能流出如此多的鲜血。

一切都发生得太快。我身侧的古多文难以置信地张大嘴,而长发、高挑、瞳色深沉、棱角分明、长相凶恶的美人莱杜伊斯则为她恋人的胜利欢呼雀跃。坦纳波斯闭上一只眼睛,向天空举起一只手,单脚跳着,表示他正与诸神神圣交流,并施下了末日诅咒。甘德利亚斯的士兵端平长枪列队散开,让这末日成为了现实。莱加塞特加入了瑟卢瑞亚人的队伍,帮着枪兵屠杀自己的同伴。一些德莫尼亚人试图反击,但他们列队本是为了欢迎甘德利亚斯,而不是对抗他,瑟卢瑞亚枪兵没花什么功夫就击杀了莫德雷德的护卫,更轻而易举地摆平了德鲁依丹那些糟糕的士兵。我成年以来第一次看见有人死在枪尖上,听见人的灵魂被长枪送往彼世时那恐惧的惨叫。

有那么几秒,我惊慌失措。诺维娜和莫德雷德已死,托尔山充斥着尖叫，敌人正向大厅和梅林之塔跑来。莫甘和海威出现在塔边，只不过海威是一瘸一拐地持剑上前，莫甘则是向通海闸门处逃跑。一群女人、孩子和奴隶跟在她后面。甘德利亚斯似乎不介意让这么一大群惊恐的人跑掉，那些人里有蕊拉、瑟柏儿和一些从残酷瑟卢瑞亚战士手底下逃脱的德鲁依丹的畸形卫兵。佩里诺一丝不挂地在他的牢笼中跳上蹦下、咯咯乱笑，享受着这场惨剧。

我跳下壁垒，朝大厅跑去。我不是在逞英雄，只是单纯地爱着妮慕，希望在自己逃跑前确保她的安全。莱加塞特的士兵死光了，甘德利亚斯的手下开始去小屋中抢夺战利品。我急急冲进大门，向梅林的房间跑去，但还没跑到那扇小黑门时就被一柄长枪绊倒。我身体一沉，一只小手抓住我的领子，以极大的力气将我拖去我一贯的藏身处——宴会服饰衣柜的后面。"你救不了她的，蠢货。"耳边传来德鲁依丹的声音，"现在，保持安静！"

我刚藏好身，甘德利亚斯和坦纳波斯就进入了大厅，我所能做的，只有眼睁睁地看着国王、他的德鲁伊和三名戴着头盔的男子向梅林的私室走去。我知道接下去会发生什么，但却不能阻止，德鲁依丹狠狠地用他的小手捂着我的嘴，不让我叫喊。我不相信德鲁依丹跑来大厅是为了救妮慕，他大概只是想在和其余手下一起逃跑前，尽量顺些金子，但他的出现至少救了我的命，可却救不了妮慕。

坦纳波斯踢开鬼墙，推开门。甘德利亚斯走了进去，他的枪兵跟随其后。

我听见妮慕的尖叫。我不知道她是否想要用诡计保护梅林的房间，或者已经放弃希望。我知道，尊严和责任心让她留下保卫主人的秘密，而她将为此付出代价。我听见甘德利亚斯的笑声，然后似乎是瑟卢瑞亚人翻着梅林的盒子、包袱和篮子的声音。妮慕在啜泣，甘德利亚斯得意地大叫，然后是她突然撕心裂肺的尖叫。"让你朝我的盾牌上吐口水，女人。"甘德

亚瑟王

利亚斯说，妮慕在无助地呜咽。

"她正在被强暴。"德鲁依丹邪恶的声音传入耳中。更多的甘德利亚斯士兵穿过大厅进入梅林的房间。德鲁依丹用长枪在柳条墙上挖了个洞，命令我爬过去，跟着他下山。可妮慕还活着，我不会离开。"他们马上就会来搜查这些柜子。"侏儒警告我，但我依旧不肯跟他走。"你太蠢了，小子。"德鲁依丹说着，便钻出了洞，朝附近一个小屋和鸡棚之间的阴影处逃去。

莱加塞特救了我。并不是因为他看见了我，而是他告诉瑟卢瑞亚的士兵，我躲藏其后的那些箱子里除了些宴会衣服什么都没有。"所有的财宝都在那房间里。"他告诉他的新盟友。我蜷伏着一动也不敢动，胜利的士兵们搜刮了梅林的房间。只有诸神才知道他们找到了什么：死人皮肤、烂骨头、新护身符、古老的石箭头，偶尔有些珍贵的小东西。也只有诸神才知道他们对妮慕做了什么，因为她从未说过，但其实也不必说。他们做了士兵对俘虏来的女人们常会做的事情，他们干完便会抛下她，任凭她流血发疯。

他们也放任她死去，当他们将宝藏室搜掠一空，只找到了发霉的废物和一点点金子后，便从大厅的火堆中取了支燃木，扔进了这堆破烂的篮子中。烟雾从门中翻涌而出。另一支燃烧的木头被扔向了我躲藏的柜子处，然后甘德利亚斯的士兵便从厅中撤走了。一些人带着黄金，另一些找到了点银饰，但大多数人都两手空空。最后一人离开后，我用衣角捂住嘴，跑过令人窒息的浓烟，进入了梅林的房间，妮慕就在里面。"走吧。"我绝望地对她说。空气中浓烟弥漫，火焰在箱子高高蹿起，猫在尖叫，蝙蝠慌乱地扇翅。

妮慕不肯动。她俯卧着，双手遮住脸，浑身赤裸，腿间有浓重的血红。她在哭泣。

我跑向通往梅林之塔的门，想着也许可以从那里逃走，但当我打开门,却发现没有出口,原来这座塔并不是用来存放宝物的,它是空的,里面就只有光秃秃的泥土地面、四面木墙和一个敞开的屋顶。这是间向天空敞开的房间,但这开放式烟囱的正中多出了两道横梁,可以由一架结实的梯子上去,我看见一个木质平台,但它很快便在烟雾中若隐若现。这座塔是梦之塔,一句诸神的私语可以回响至梅林耳中的空旷之处。在我看着那梦之平台的片刻,从我身后冒出了更多的烟雾,填塞了这座梦之塔。我跑回妮慕处,从凌乱的床上拿起那件黑色斗篷,将她裹进羊毛中。她好似一只生病了的动物,我抓起裹着她轻盈身体的斗篷一角,挣扎走进大厅,向远处的大门走去。大火咆哮,饥饿的烈焰在干燥的木头上享受盛宴,大厅正门处的烟雾最浓,让我双目流泪、肺部刺痛。我拖着妮慕,她的身体碰撞在我身后的泥地上,我朝德鲁依丹之前挖的耗子洞走去。我从洞中向外偷看,心脏怦怦直跳,但没有看见敌人,于是把洞踢大了一些,将柳条折弯,剥下大块的灰泥涂层然后挤出去,身后还拖着妮慕。当我将她的身体猛拉过粗糙的缺口时,她发出了小声的抗议,但新鲜空气似乎让她复苏,她终于移开遮住脸庞的手,帮自己钻了出来。我明白最后那声尖叫为何如此恐怖了,甘德利亚斯挖出了她的一只眼睛。空洞的眼眶如同一口涌出鲜血的井,她再次用一只沾满血的手捂住它。爬出洞时的挣扎又让她赤身裸体了,我将被勾住的斗篷从一根破碎的柳条上扯下,披上她的肩膀,拉住她另一只手,向最近的小屋跑去。

　　甘德利亚斯的一名手下发现了我们,甘德利亚斯自己也认出了妮慕,他大喊:女巫必须活捉,扔回火里!追逐的叫喊越来越响,就好像猎人们追赶受伤的野猪,将其逼入绝境时的呐喊。要不是另一些逃难者已在托尔南面围墙上扯开了一道口子,我们俩一定会被抓住的。我向那道口子跑去,发现海威——善良的海威——陈尸于缺口旁,身侧是他的拐杖,头颈半折,手中还握着剑。我捡起剑,拉着妮慕继续向前。我们到达陡峭的南面斜坡,一起滚了下去,尖叫顺着险峻草地一路直下。妮慕已经半瞎,被

亚瑟王

痛苦彻底逼疯，我则因恐惧而惊狂，但不知怎么，我还是紧抓着海威的战剑，更不知怎么，在托尔山脚帮妮慕站起了身，蹒跚地走过圣井，穿过基督徒的果园，经过一小片赤杨林，来到了一个渔民小屋旁海威小船的系泊处。我将妮慕扔进芦苇扎成的小船，用我的新剑砍断了系绳，将小船推离木质码头后，这才意识到没有桨能将这粗劣的手工制品划出错综水道和小湖迷宫交织的湿地沼泽，只得用剑来代替。海威的利剑是糟糕的船篙，但这是我仅有的工具，直到甘德利亚斯的第一个追兵追到了芦苇丛生的岸边，却因为沼泽黏土不能涉水来抓我们，于是掷来了一杆长枪。

长枪呼啸着向我袭来。有一刹那，我动不了，呆若木鸡地看着沉重的枪杆挟闪烁的钢尖直逼而来，最后却错过我，刺入了芦苇船沿。我抓起抖落着灰尘的枪杆，将它作为船桨猛力划动，快速进入水道。到那里我们就安全了。甘德利亚斯的一些手下沿着与我们平行的木道追来，但我很快就甩开了他们；另一些则跳入小圆舟，以枪作桨，但没有小圆舟能追得上芦苇小船，所以我们也远远地把他们抛在了后头。莱加塞特找来一副弓，但我们已在射程之外，他的箭只是无声地射入了黑色的水中。沮丧的追兵身后，绿色的托尔山高处，火焰吞噬了小屋、大厅和高塔，浑浊的灰烟弥漫在蓝色的夏空。

"两伤。"我把妮慕从火中抢救出来之后，她第一次开口说话。

"什么？"我转身看着她。她蜷缩成一团，黑色的斗篷包裹着单薄的身体，一只手紧捂着空洞的眼眶。

"我经受了两道智者之伤，德瓦。"她的语气中带着点惊奇，"体肤之伤和尊严之伤。现在我要面对的只有疯狂了，之后就将变得与梅林一般睿智。"她试着笑了笑，但她声音中的那种歇斯底里让我怀疑她是否已坠入疯狂的魔咒。

"莫德雷德死了，"我告诉她，"诺维娜和海威也死了。托尔山烧起来了。"我们的整个世界都被摧毁，但妮慕却不为所动。她甚至看上去挺高兴，因为她已忍受过智者三道考验中的两道。

我撑杆划过一道柳木捕鱼陷阱，然后转向进入利萨湖——沼泽地南边边界处的一个大黑水湖。我的目的地是厄弥德大厅，一个木结构的聚居所，当地部落首领厄弥德的族人生活的地方。我知道厄弥德并不在家，他已跟随欧文朝北面进军，但他的族人能够帮助我们，我也知道我们的船将远远领先甘德利亚斯最快的骑兵到达那里，他们若想绕过芦苇密布的绵长沼泽湖岸，必须远行至福斯路——穿越托尔东面的罗马大道——绕到湖的最东面，才能纵马飞奔来厄弥德大厅，而那时我们早就南下了。我能看见前方远处湖里的另一些小船，想来大概是托尔山的难民在怀君岛渔民的帮助下正逃往安全之地。

我告诉妮慕，我的计划是前去厄弥德大厅，然后一直往南走，直到夜幕降临或遇到友军。"很好。"她无精打采地说，但我不确定她是否明白我说的任何话语。"好德瓦，"她补充道，"现在我知道为何诸神让我信任你了。"

"你信任我，"我心中感到苦涩，将长枪插入湖底淤泥，推动小船前进，"是因为我爱你，所以只能任凭你摆布。"

"很好。"她又一次如此回答，然后就一言不发，直到我们的芦苇小船滑入厄弥德围栏下的树荫。我让小船保持静止，依旧藏于溪流的隐蔽处，看见了托尔山的其他逃难者。莫甘和瑟柏儿都在，蕊拉在她丈夫古勒登身旁，怀中抱着自己的孩子，低声哭泣。那个爱尔兰女孩露奈特也在那里，她哭着跑来岸边帮助妮慕。我告诉莫甘海威的死讯，她则告诉我，她看见梅林的妻子葛温朵珑被一个瑟卢瑞亚人砍倒了。古多文安全逃出，但没人知道可怜的佩里诺和德鲁依丹发生了什么。诺维娜的卫兵无一人生还，德鲁依丹的残兵倒有几个到达了这暂时安全的厄弥德大厅，同样幸存的还有三名哭哭啼啼的诺维娜侍女和十几个颤颤巍巍的梅林孤儿。

"我们必须马上就走，"我对莫甘说，"他们正在追捕妮慕。"厄弥德的

亚瑟王

仆人们已经帮妮慕包扎并穿戴整齐。

"他们不是在追妮慕,你这蠢货!"莫甘对我厉声说道,"是在追莫德雷德。"

"莫德雷德死了啊!"我开口顶撞,莫甘却转身以动作回答了我,她将蕊拉怀里的婴儿一把夺来,拉开孩子身上粗糙的棕色褟裤,我看见了那只变形的左脚。

"白痴,"莫甘说,"你以为我会让人杀死我们的国王么?"

我盯着蕊拉和古勒登,他们竟然参与了这项密谋,让自己的亲生儿子去送死。古勒登回应了我无声的凝视。"他是位国王,"他简单地解释,指向莫德雷德,"而我们的孩子不过是个木匠的儿子啊。"

"很快,"莫甘生气地说,"甘德利亚斯就会发现他杀的那个男孩有两只正常的脚,他会全力来搜捕我们。我们必须去南面。"厄弥德大厅并不安全,这里的首领和他的战士们都去打仗了,只留下一群仆人和孩子。

我们在正午前启程,进入厄弥德领地南面的绿色树林。厄弥德手下的一名猎人领着我们走过狭窄林道和秘密小径。队伍里一共三十人,大多是女人和孩子,仅有几个男人能挥动武器,其中只有古勒登曾上战场杀过人。德鲁依丹手下幸存的几个废人毫无用处,我也从未参与过真正的战斗,尽管如此,我还是充当了队伍的后卫,绳子腰带上插着海威的无鞘长剑,右手握着沉甸甸的瑟卢瑞亚长枪。

我们从橡树和榛树下慢慢走过。从厄弥德大厅到卡丹城堡只需步行四个小时,但我们沿着秘密迂回的小道前行,又有孩子拖慢行程,所以花费的时间也会长一点。莫甘没有说是要去卡丹城堡,但我知道王家避难所正是她可能选择的目的地,在那里我们最有可能找到德莫尼亚的士兵,但甘德利亚斯也会做出相同的推论,他现在也和我们一样急切。对这世上的阴谋诡计了若指掌的莫甘猜测,瑟卢瑞亚国王从高阶会议时就开始计划此次行动,等乌瑟一死便联合高菲迪特发动攻击。我们都被玩弄了。我们认为甘德利亚斯是盟友，所以没人去防备与他接壤的国界，现在甘德利亚斯瞄准的正是德莫尼亚的王位本身。但莫甘告诉我们，为了坐上王座，他将会需要比一队骑兵更多的人马，所以他的枪兵此时此刻都一定正沿着德莫尼亚北海岸的漫长罗马道路南下，要赶上他们的国王与之会合。瑟卢瑞亚人正在我们的国家中放肆，但甘德利亚斯必须杀死莫德雷德才能确保胜利，他必须找到我们，否则他这整个大胆的计划就会失败。

大树林让我们的脚步声变得钝重。时不时会有一只鸽子从高枝间哗啦飞过，有时也会有啄木鸟在不远的树干上笃笃啄木。有一次，附近的矮树丛中发出一阵碰撞和踩踏的巨响，我们都停了下来，一动不动提防可能会出现的瑟卢瑞亚骑兵，但那仅是头长齿野猪无意中误入了我们身处的空地，它看了我们一眼便转身离开。莫德雷德哭了，不肯从蕊拉的胸脯喝奶。一些年幼的孩子也因为恐惧与疲劳哭了起来，但莫甘威胁说要把他们全变成臭蟾蜍，他们就安静了。

妮慕在我前方一瘸一拐地走着。我知道她很痛，但她没有抱怨。有时她会无声地流泪，无论露奈特说什么都不能宽慰她。露奈特是一个深色皮肤的苗条女孩，跟妮慕一样年纪，两人外表上相差不大，但她却缺乏妮慕的知识和坚强灵魂。看到一条溪流，妮慕会认为这是水中精灵们的安身之处，但露奈特仅仅会简单地认为可以在这地方洗衣服。过了一会儿，露奈特放慢脚步走到了我的身旁。"我们接下去会怎么样，德瓦？"她问。

"我不知道。"

"梅林会来吗？"

"但愿如此，"我说，"或者亚瑟会来。"我语气热切，怀抱着不切实际的希望，因为我们现在需要的正是一个奇迹，但却似乎被困在了一场白日噩梦中。几个小时后，我们被迫离开树林，涉过一条湍急的深溪，这溪流圈起了一块点缀着花朵的草地。我们看见在东边远处的地平线升起了更多火堆的浓烟，但不知道这火是瑟卢瑞亚骑兵点的，还是乘虚而入的撒克逊

亚瑟王

人干的。没人知道。

一头鹿在距离我们东边四分之一英里处跑出树林。"趴下！"猎人轻声说，于是我们都趴到了树林边缘的草地上。蕊拉将莫德雷德强行按在自己的胸脯上，不让他出声，莫德雷德报以狠咬，咬破皮肤流下的血一路滑到了蕊拉的腰间，但当惊吓到鹿的那骑手出现在树林边缘时，二人也没有发出一丝声响。骑手位于我们东面，但比火堆近多了，我几乎能看见他圆盾上的狐狸纹章。他随身携带长枪与号角，朝我们的方向盯了好一会儿，然后吹响了号角。我们都吓坏了，生怕这意味着那骑手已看见我们，不久就将有整队的瑟卢瑞亚骑兵进入视野。但那个骑手却勒马转回了树林，我们猜那单响一声的号角意思大概是他完全没有发现可疑的踪迹。远处，另一声号角响起，最后陷入了沉静。

我们等了好一会儿。蜜蜂在溪流环绕的草地上嗡嗡穿行。每个人都看着树林的边缘，害怕有更多骑兵，但最终敌人没有出现。于是过了片刻，我们的向导就小声地吩咐大家匍匐滑向溪流，涉水而过，继续爬向溪流另一侧远处的树林。

匍匐前行很困难，这段路又很远，对左腿残疾的莫甘来说尤为艰难，但至少我们都成功地涉过了小溪。来到空地另一边树林时，大家的衣服都湿透了，但却放下了心，觉得也许把追兵甩到后面去了。可现状并不如此，唉，何其麻烦。"他们会抓我们做奴隶吗？"露奈特问我。如同我们很多人一样，露奈特最早是被抓来在德莫尼亚的奴隶市场出售的，梅林介入其中，给了她自由。现在她担心失去梅林的庇护后，自己会万劫不复。

"我觉得不会，"我说，"除非甘德利亚斯本人或者撒克逊人抓住我们。他们只会抓你做奴隶，大概会杀了我。"说出这话时，我觉得自己非常勇敢。

露奈特勾住我的手臂，寻求安慰，我受宠若惊。她是个漂亮的姑娘，以前在怀君岛时很嫌弃我，只会和渔民野小子们在一起。"我想要梅林回来,"她说,"我不想离开托尔山。"

"现在那里已经什么都没有了。"我说,"我们得找个新地方生活。或者,如果可以的话,回去重建托尔。"但前提是德莫尼亚幸存下来,我心想。也许就在此时此刻,在这个烟雾弥漫的下午,我们的王国正一步步走向灭亡。我真不知道自己怎么会这么无知,居然没有预见到乌瑟之死会带来的种种灾难。王国需要国王,没有国王,王国就只是一块无主的土地,邀请着侵略者的长枪。

下午过半,我们又越过了一条宽阔的小溪,那几乎算是条河了,水很深,跋涉渡河时直没到我的胸口。一到对岸,我便尽可能地擦干海威的剑。这是把好剑,由闻名格温特的铁匠打造,装饰有卷曲的图案和环环相扣的纹样。当我反持着剑展臂时,它的钢刃笔直地由我的咽喉延展至指尖。刀镡由厚铁打造,两端圆润,剑柄则由苹果木制成,牢牢焊接于刀刃根部,外面缠绕着过了油的长条薄铁片。剑柄的圆头由银线包裹固定,后来我将银线拆下,做成了一个粗糙的手镯送给露奈特。

河的南岸是另一片宽广的草原,牛群在其中漫步,观察着我们拖拉的行进。也许正是它们的动静引来了麻烦,穿过那片草地进入树林没多久,我就听见了身后的马蹄声。我向前面的队伍示警,转身手握剑与枪,护卫着小道。

这里的树枝长得很低,不能骑马通行。不管谁追我们都必须被迫弃马步行。我们没有走树林中的大路,而是走了隐藏在树木间的狭窄小径,所以追兵也必须像我们一样排成纵队,挨个通过。我担心他们是在甘德利亚斯小股部队之前的瑟卢瑞亚侦察兵,不然谁会在意这慵懒午后河岸边惊动牛群的原因?

古勒登来到我身边,从我手中拿过沉重的长枪。他听着远处的脚步声,满意地点点头。"只有两个人,"他冷静地说,"他们弃马步行了。我来对付第一个,你拖住第二个人,直到我干掉第一个。"他的声音听上去

亚瑟王

特别平静，也缓解了我的惧意。"记住，德瓦，"他补充道，"他们也很害怕。"他将我推入阴影处，蹲在了一棵倒下的山毛榉树的巨大树根后。"蹲下，"他悄悄对我说，"藏好！"

我蹲伏着，突然间所有的恐惧都涌回了体内。手心在出汗，右腿在抽筋，喉咙很干，想要呕吐，肚子难受。海威对我教导有方，但我从未直面过想要置我于死地的敌人。我能听见那两人渐渐靠近，却看不见他们。我本能地想要转身逃跑，但还是忍住了。我没有选择。从小到大，我听着战士们的故事长大，一遍又一遍地被告知：男人决不转身逃跑。男人为他的主人战斗，挺身面对敌人，决不逃跑。现在我的主人正在吮吸蕊拉的乳汁，而我正面对着他的敌人，我是多么想当一个孩子，就这么逃跑啊！如果敌人超过两人怎么办？即使只有两人，他们也一定是经验丰富的战士，战技娴熟、铁石心肠，无惧于杀戮。

"冷静，小子，冷静。"古勒登轻轻地说。他曾为乌瑟上过战场，曾面对撒克逊人，也曾以长枪对抗波伊斯人。现在，在他故土的腹地，他曲背躲藏在沾着泥土的纠结根蘖后，脸上带着一丝冷笑，强壮的棕色大手中握着我的长枪。"这是为我的孩子报仇。"他冷酷地告诉我，"诸神站在我们这边。"

我蜷身躲在荆棘之后，掩藏在蕨类植物之中。湿答答的衣服很沉重，让人不适。我盯着满布青苔、枝叶繁乱的树木，一只啄木鸟在附近发出声响，惊得我险些跳起。我的藏身之处比古勒登的好，但即便如此，我仍感觉暴露无遗，尤其是那两名追兵终于出现在视野中时。

那是两名身姿轻盈的年轻枪兵，穿着皮胸甲、裹腿，身后披着黄褐色长斗篷。他们的长胡子编成小辫，黑色头发用皮条绑于脑后。两人都带着长枪，其中一个还在皮带上佩着一把剑，虽然还没有拔出它。我屏住呼吸。

领头的人举起一只手，两人都停下脚步并聆听了一会儿，然后才继续前行。前面那人的脸上有道旧伤疤,他张着嘴,我能看见他黄牙之间的缝隙。他看上去结实有力,经验丰富,气势惊人,我突然就有了强烈的逃跑冲动,但左手的伤痕——妮慕留下的伤痕——一跳一跳地悸动,那温暖的脉搏给了我一丝勇气。

"我们听见的是头鹿。"另一个男人轻蔑地说。在我恐惧的眼中,他比前面那男人还要高大可怕。两人现在小心翼翼地前进,每一步都走得很慎重,时刻注意着前方树叶哪怕一点点的动静。

"我们听见的是个婴儿。"第一个男人坚持道,领先于同伴两步。

"小杂种们都不见了。"第二个男人说。我看见汗珠从他的脸上滑下,注意到他将白蜡木枪柄越握越紧,好像很紧张。我在脑海中一遍又一遍地默念我神贝尔的名字,祈求他赐予我勇气,祈求他让我成为一名男人。敌人离我仅六步的距离,而且仍在接近,四周绿林温暖,空气凝滞,我能闻见那两个男人的气息,闻见他们身上皮革和残留的马匹气味。汗水滴入眼睛,我几乎要在恐惧中啜泣出声,但正在这时,古勒登跳出他的藏身处,大呼战斗口号,冲了上去。

我跟着他冲去,突然之间摆脱了恐惧,第一次产生了一股疯狂的、神赐的、由战场而生的快乐。很久以后,我才明白快乐与恐惧本是同样的东西,只不过通过行动将一种变成了另一种,但那个夏日午后,我突然间雀跃不已。求上帝和他的天使们原谅我,但在那日我发现了战斗的快乐,之后很长一段日子里,我渴求这快乐犹如口渴之人追寻清泉。我向前跑去,像古勒登一样吼叫,但并没有丧失理智一味跟从他。我移动到狭窄小道的右侧,好在他攻击第一个瑟卢瑞亚人时从旁边跑过去。

那人试图挡开古勒登的长枪,但木匠预计到了白蜡木枪柄的低扫,将自己的武器抬高刺出。一切都发生得太快了。一秒前,那瑟卢瑞亚人还是战场上深具威胁的存在,但现在古勒登的沉重枪尖已刺穿他的皮甲,深深刺入胸膛,他已只能窒息抽搐。我冲过他身边,一边叫喊一边挥动海威的剑。那一刻，我心无惧意，也许是海威的灵魂从彼世归来，注入了我的身体，我突然清楚地知道了自己该怎么做，我的战吼已成为胜利的呼号。

第二个人比他的同伴多了一次心跳的时间来防备，所以他已就枪兵的战斗姿势蹲下，准备以致命的力量冲向我。我向他扑去，长枪的钢刃挟着明亮的阳光向我刺来，我扭向一侧用剑挡下，四两拨千斤，挥剑划圆，正好让那男人的武器从我的身体右侧滑过。"最重要的是手腕，小子，全都靠手腕。"我听见了海威的声音，我大吼着他的名字，将剑重重地劈向那瑟卢瑞亚人的侧颈。

这一切都发生在一瞬间，不过一瞬间。手腕驱使着长剑，手臂赋予其力量，而那个下午我的手臂中蕴含了海威的强大力量。钢刃埋入瑟卢瑞亚人的脖颈就仿佛斧头砍进腐木。一开始，因为我的青涩，我以为他还没死，于是收剑再次攻击。第二次砍中他，我意识到鲜血已染红了视野，那男人倒向一边，我听见他窒息的喘气，看见他垂死挣扎想要收回长枪再次出击，但他的生命最后一次在喉咙里咯咯响起，又一股血液涌出，顺着他穿皮甲的胸膛流下，他也随之跌倒在落叶覆盖的泥土中。

我站在那里颤抖，突然想要哭泣。我不知道自己刚才干了什么。没有胜利的感觉，只是愧疚。我浑身发抖，却动不了，剑还嵌在死人的喉咙里，第一只苍蝇已在其上安身。我无法移动。

一只鸟在高枝间鸣叫，古勒登强壮的手臂揽住了我的肩膀，泪水顺着我的脸庞流下。"你是个好人，德瓦。"古勒登说。我转身面对他，抱住他，就像孩子依附父亲。"干得好。"他一遍又一遍地说，"干得好。"他笨拙地轻轻拍着我，直到最后我收起眼泪。

"对不起。"我听见自己说。

"对不起？"他笑了，"为了什么？海威总说你是他训练过的人中最出色的，我也应该相信他。你很敏捷。现在来吧，我们去看看战利品。"

我拿走了受害者的剑鞘，它由坚硬的柳木与皮革制成，相当适合海威的长剑。然后我们搜查了两具尸体，一个小战利品都不放过：一颗还未成熟的苹果、一枚磨得光滑的旧硬币、两件斗篷、武器、几条皮带和一把骨柄匕首。古勒登为是否该折返去寻找敌人的马犹豫了一下，但最后决定放弃，因为我们没有这个时间。我倒无所谓。视线也许因泪水而模糊，但我还活着并杀了一个人、保卫了我的国王，突然间我欣喜若狂。古勒登将我带回惊恐的难民们中，举起我的手臂，以夸耀我的英勇。

"动静太大了，你们两个！"莫甘怒吼，"马上就会有瑟卢瑞亚人追上来的，现在快走！动起来！"

妮慕看上去对我的胜利不感兴趣，但露奈特想要听全部细节。我在讲述时夸大了敌人和战斗，露奈特的仰慕让我忍不住进一步添油加醋。她勾起了我的手臂，我则盯着她的黑瞳和脸庞，奇怪自己以前怎么从没注意到她的美丽。和妮慕一样，她有一张棱角分明的脸，但妮慕的脸上充满了机警的智慧，露奈特的脸则因调皮的亲和而温柔。她的亲近给了我新的自信，我们在这个漫长午后相伴而行，直到最后转向东面的小丘，卡丹城堡如同一名护卫矗立其上。

一个小时后，我们站在树林的边缘，面向着卡丹城堡。已是傍晚，但正处盛夏，所以太阳依旧高悬空中，它那可爱温柔的光线照耀得卡丹城堡的壁垒流光溢彩。我们距离要塞还有一英里，但已近得能看见堡垒上的黄色围墙，近得能看见没有士兵驻守在那些城墙上，也没有炊烟从里面的小镇中升起。

视野所及看不见敌人的影子，这让莫甘决定穿越空地，爬上国王要塞西边的道路。古勒登觉得我们应该在树林里待到傍晚，或者去近处的林第尼斯村落，但古勒登是个木匠，而莫甘是位贵族夫人，所以他还是向她的意愿妥协了。

我们进入了草地，阳光在身前投下长长的影子。草已被鹿或牛啃得很矮，不过踩在脚下依旧感觉柔软茂盛。妮慕看上去似乎还处在疼痛与恍惚

亚瑟王

中,她甩掉了她的棕色小鞋,赤足而行。一只老鹰从头顶飞过,然后有只野兔因我们的突然现身而受惊,猛地跳出洞,敏捷地跑开了。

我们沿着一条小路前行,两边长满了矢车菊、牛眼菊、豚草和山茱萸。在我们身后,西沉的太阳让树林投下阴影,显得格外阴沉。虽然衣衫褴褛、身心疲累,但旅程的终点在即,我们中的一些人也开朗了起来。我们正将莫德雷德带回他的出生地,带回德莫尼亚的王室山丘,但还没能走到离那辉煌的绿色避难所一半路程,敌人就在身后出现了。

是甘德利亚斯的军队。不仅仅是早晨去过怀君岛的那队骑兵,还有他的枪兵。甘德利亚斯一定早预料到了我们会去哪里,所以将他幸存的骑兵和超过百人的枪兵带来了这德莫尼亚历代国王的神圣之所。即使没有追杀小国王,甘德利亚斯也会来卡丹城堡,因为他想要的正是德莫尼亚的王冠,卡丹城堡正是德莫尼亚统治者的加冕之处。俗话是这么说的,谁掌握了卡丹城堡,就掌握了德莫尼亚;而谁掌握了德莫尼亚,就掌握了不列颠。

瑟卢瑞亚骑兵策马跑在枪兵之前。只需几分钟,他们就能追上我们,而我知道,我们中没有一个人——哪怕是跑得最快的人——能够在那些骑兵手持钢刃及刺枪包围我们之前到达要塞前的长斜坡。我跑到妮慕身边,看着她消瘦脸庞上透支疲惫的表情,仅剩下的眼睛青肿含泪。"妮慕。"我唤她。

"没事的,德瓦。"我对她的关心似乎让她感到厌烦。

她疯了,我想。在今天这个恐怖日子幸存下来的人们中,她的经历最可怕,这使她到达了一个我无法追随也无法明白的境界。"我真的爱你。"我试图用柔情触碰她的灵魂。

"我?不是露奈特?"妮慕生气地说。她看也不看我,只是向着要塞前行。我则转过身,盯着靠近中的散开成一长排的骑兵。他们的斗篷盖在坐骑的臀部,剑鞘垂在悬空的靴子旁,阳光照射在枪尖上,反光映亮了狐狸战旗。甘德利亚斯在旗下纵马奔来，头戴狐狸尾毛装饰的铁头盔。莱杜伊斯在他身旁，手持利剑，而坦纳波斯长袍飞舞，骑一匹灰马紧随在他国王身侧。我要死了，我心想，在变成男人的同一天。这事实看起来残酷异常。

"跑！"莫甘突然喊道，"跑！"我以为她慌了，并不想服从她的命令，觉得与其像个逃犯般从背后被砍倒，像个男人般站着死更光荣些。然后我发现她并没有恐慌，卡丹城堡也终究没有荒废，它大门敞开，一队男人或奔跑或骑马沿着道路冲出。骑兵们穿得很像甘德利亚斯的骑手，但这些人所持的盾牌上绘着莫德雷德的龙纹章。

我们奔跑。我拉着妮慕的胳膊，几匹德莫尼亚骏马朝我们加速而来。只有十几名骑兵，不多，但足够应付甘德利亚斯的先头部队了，在骑兵后面的是一整队德莫尼亚枪兵。

"五十个枪兵。"古勒登说。他已经数过援军了。"只靠五十个枪兵，我们打不过他们，"他严肃地说，"但我们说不定能在他们的掩护下安全逃走。"

甘德利亚斯显然做出了相同的推断，他让他的骑兵们排列成一个大弧形，企图包抄靠近的德莫尼亚枪兵。他想要切断我们的退路，把敌人们集中在一起，不管是七个人还是七十个人，尽数歼灭。甘德利亚斯有人数上的优势，德莫尼亚人冲下自己的堡垒，丧失了原本居高的地形优势。

德莫尼亚骑兵猛烈地冲过我们身边，马蹄从丰茂的草地上掀起了大块大块的草皮。那不是传说中出击犹如万钧雷霆的亚瑟之铁骑，而是装备轻便的斥候，他们通常不会真正上战场，但现在他们在我们和瑟卢瑞亚枪兵之间构建了一道保护屏障。过了一会儿，枪兵也到了，组织起了我方的盾墙。这道墙给了我们所有人新的信心，当看清率领这援救队的人时，这信心转变成了胜券在握。那个人是欧文，伟大的欧文，国王的勇士，全不列颠最强大的战士！我们本以为欧文远在北方，正在波伊斯山脉与格温特人

亚瑟王

并肩作战,但现在他却在卡丹城堡。

然而,以单纯事实而论,甘德利亚斯仍然占据优势。我们有十二名骑兵,五十名枪兵和三十个疲惫不堪的逃亡者,全都聚集在一块空旷的区域,而甘德利亚斯已聚集起了将近两倍于我们的骑兵与枪兵。

阳光依然明媚。还有两个小时才到黄昏,四个小时天才会全暗,这些时间已足够甘德利亚斯完成这场屠杀,不过他首先试图以言语来劝降我们。他骑上前来,坐在他的汗流浃背的马上,倒举盾牌,以示停战,这样的他令人目眩。"德莫尼亚的人们,"他说道,"交出那孩子,我就离开!"无人应答。欧文掩藏在我们的盾墙中心,不让甘德利亚斯看到有人领军,所以他只能对我们所有人发言。"那是个残疾的孩子!"瑟卢瑞亚国王叫道,"被诸神诅咒。你们认为由一个瘸腿国王统治的国家会有好运吗?你们希望自己的庄稼颗粒无收吗?你们愿意你们的孩子天生孱弱吗?你们宁愿自己的家畜死于瘟疫吗?你们想要让撒克逊人成为这片土地的主人吗?除了厄运,一个瘸腿国王还能给你们带来什么?"

依旧无人应答,但天晓得,我们匆忙结成的联盟中有多少人害怕甘德利亚斯说的是事实。

瑟卢瑞亚国王掀起头盔,露出一头长发,微笑向我们保证:"你们都可以活下来。"他承诺,"只要把那孩子给我。"他等待答复,可无人应答。"谁是你们的头儿?"最后他问道。

"我!"欧文终于推开人群,站到了盾墙之前。

"欧文。"甘德利亚斯认出了他,我觉得我看见了甘德利亚斯的眼中闪过一丝惧怕。与我们一样,他不知道欧文已经回到德莫尼亚的心脏。但甘德利亚斯依旧对胜利怀抱满满信心,即使他明白敌军拥有欧文将使取胜变得艰难许多。"欧文阁下。"甘德利亚斯用适合的称谓来称呼这位德莫尼亚的勇士。"艾黎农之子,考沃斯之孙,我向您致敬!"甘德利亚斯举起他的枪尖指向太阳,"您有一个儿子,欧文阁下。"

"许多人都有儿子，"欧文随意地回答，"关你什么事？"

"你希望自己的儿子失去父亲吗？"甘德利亚斯问，"你愿意让自己的土地荒芜，家园被毁吗？你想让你的妻子成为我手下士兵的玩物吗？"

"我的妻子，"欧文说，"可以击败你手下所有的男人，还有你。你想要玩物，甘德利亚斯？回到你的婊子那儿去——"他的下巴朝莱杜伊斯扬了扬，"——如果你不想与手下人分享你的婊子的话，德莫尼亚能送给瑟卢瑞亚一些孤单的母羊。"欧文的反击鼓舞了我们。他在巨型长枪、长剑和铁制盾牌的映衬下显得不屈不挠。他从不戴头盔上战场，甚至鄙视头盔。他强健的手臂肌肉上，文着德莫尼亚的龙与他自己的纹章——长牙野猪。

"投降，交出孩子。"甘德利亚斯无视了这些侮辱，明白这不过是一个面对战斗的男人所常受的挑战。"将瘸腿的国王交给我！"

"将你的婊子交给我，甘德利亚斯，"欧文顶回去，"对她来说，你不够男人。将她交给我，你就能平安无事地离开。"

甘德利亚斯吐了口唾沫。"吟游诗人将会唱诵你的死亡，欧文。穿在杆上的野猪的故事。"

欧文将他巨大的枪柄插入泥土。"野猪立于此处，梅里尔之子甘德利亚斯，瑟卢瑞亚国王！"他叫道，"就在此处，野猪要么死，要么在你的尸体上尿尿。现在，滚！"

甘德利亚斯笑了，耸耸肩，纵马离开。同时他放正了他的盾牌，示意我们战斗即将开始。

这是我的第一场战斗。

德莫尼亚骑兵在我们的长枪阵之后集结，以尽可能地保护女人和孩子。我们其他人列队形成战线，看着我们的敌人同样如此。背叛者莱加塞特在对方阵中。坦纳波斯进行了仪式，他在缓慢前进的甘德利亚斯盾墙前单腿跳跃，单手举起，单目闭紧。直到坦纳波斯完成了他的防御仪式，瑟

亚瑟王

卢瑞亚人才开始冲我们大叫着挑衅。他们警告我们,将会有一场大屠杀,吹嘘着他们将会杀死多少人,饶是如此,我发现他们的进军速度依然很慢,当离我方只有五十步远时,还全都停了下来。我们中的一些人嘲笑他们的怯懦,但欧文令我们保持安静。

两条战线上的人胶着对峙。无人行动。

冲进一条由盾牌和长枪组成的战线需要极大的勇气,无怪乎许多人会在战前饮酒壮胆。我曾见过军队等候数小时来鼓起冲锋的勇气,越是老战士越需要更多勇气。年轻的军队会冲锋然后死去,老兵才知道敌人的盾墙有多可怕。我没有盾牌,但我由旁边队友的盾牌掩护,他们的盾彼此相连,所以任何冲向我们这条小战线的人都将遭遇坚硬的覆皮木盾和剃刀般尖锐的长枪。

瑟卢瑞亚人开始用长枪击打他们的盾牌,目的是要干扰我们,也的确做到了,但无人表现出惧意。我们挤在一起,等待着冲锋。"先是会有些佯攻,小子。"我旁边的人警告我,话音未落便有一队瑟卢瑞亚人高喊着冲出他们的阵线,高举长枪冲向我们的防御中心。我们的人缩起身体,任凭长枪撞击在盾上,突然之间,整个瑟卢瑞亚战线前移了,但欧文立刻命令我们保持同样的阵型进军,以此钳制敌人的威胁式进攻。我们自己人中那些盾被敌人长枪击中的,拔出了那些武器,再次恢复了盾墙的完整。

"慢慢回防!"欧文命令我们。他试着向卡丹城堡缓慢后撤,希望在我们完成这半英里草地的可怜旅途前,瑟卢瑞亚人鼓不起勇气冲锋。为了争取更多的时间,欧文站在我们的阵线前,冲甘德利亚斯大喊,要与他一对一单挑。"你是个女人吗,甘德利亚斯?"我们的王家勇士如此大吼,"失去勇气了?酒没喝够?回去踩你的织布机吧,女人!回去刺绣吧!回去用纺锤吧!"

我们慢慢退后,慢慢退后,慢慢退后,但突然之间,敌人的一次冲锋让我们更坚定地站立着,以盾牌招架长枪的猛力攻击。一支枪呼啸着从我头顶飞过，那声响有如一阵迅猛的风，但这次攻击还是为了恐吓我们。莱加塞特正在射箭，可他一定是醉了，因为他射出的每一箭都大失准头。一堆长枪都是冲欧文来的，但大多数都没中，另一些要么是被他轻蔑地扫开，要么是被嘲笑着投掷者的盾牌挡掉。"谁教你们掷枪的？你们的老母？"他冲敌人吐口水，"来呀，甘德利亚斯！跟我打！让你的仆人们看看你是个国王，不是只耗子！"

瑟卢瑞亚人以枪柄击盾来压过欧文的讥讽。他转身背对他们以示轻蔑，然后慢慢走回我们的盾牌阵线。"撤，"他对我们轻轻地说，"撤。"

两名瑟卢瑞亚人扔掉盾和武器，撕开了衣服，浑身赤裸。我旁边的人吐了口唾沫。"现在有麻烦了。"他严肃地警告我。

赤裸的男人也许是喝醉了，或者因其他原因兴奋，他们相信在诸神的保佑下，他们的身体刀枪不入。我听说过这种人，知道他们自杀式的举动往往是真正进攻的信号。我握紧手中的剑，试着起誓以死明志，但事实上，因为这一切，我都想流泪了。我已在今天成人，现在却得去死。我会在彼世加入乌瑟与海威，在阴影的日子中等候，直到灵魂能找到另一具人类身体，回到这个绿色的世界。

那两个男人松开了他们的发辫，高举着枪与剑，在瑟卢瑞亚阵线前蹦跳。他们号叫着让自己进入一种狂暴的战斗状态——那种全无顾忌的状态会让人尝试任何壮举。甘德利亚斯端坐马上，在战旗之下朝浑身刺满凌乱蓝色图案的两人微笑。我们身后的孩子在哭泣，女人们在向诸神祈祷，而那两个敌人则越跳越近，他们的枪与剑在傍晚阳光中划着圈。这种人不需要盾牌、衣服或盔甲。诸神是他们的仰仗，荣耀是他们的奖赏，如果他们成功地杀死欧文，那吟游诗人便会年复一年地咏唱他们的胜利。他们一人一边包抄欧文，我们的勇士则举起长枪准备迎接他们那狂乱的进攻，那一刻也标志着敌人阵线的全面冲锋。

号角响起。

亚瑟王

一声清晰冷酷的号角，以前我从未听过。那声音中有一种纯净，一种令人胆寒的纯粹，不似这世间之物。响了一声，两声，第二声足以让那两个赤裸的男人也停下动作，转向那声音响起的东方。

我也看向那里。

我感到一阵目眩。就好像有新一轮明媚太阳于垂死的天空中升起，光芒万丈，洒满草地，让我们目盲，让我们迷惑。光芒散开，我发现那不过是真实太阳照耀在一面如镜子般锃亮的盾上的反光。但持盾男人是我从未见过的那种类型，他是如此有气势，高坐于一匹巨大的骏马之上，身边还围绕着一群同他一样的男人，一群令人惊异的男人，打扮华丽、全副铠甲，简直是自诸神的梦中来此凶残之地的男人们。在这群男人装饰着羽毛的头盔之上飘扬着一面旗帜——我将会爱它胜过世间所有的旗帜，那面旗帜绣着熊的纹章。

号角响了第三次，那一刻我知道我能活下来了，我因喜悦而流泪，我们的枪兵半是哭泣半是叫喊，大地也因那些诸神般的男人纵马飞奔前来拯救我们的铁蹄而颤抖。

因为，亚瑟终于来了。

第二部　公主新娘

伊格莲不满意。她想听亚瑟的童年逸事。她听说过石中剑,希望我能写关于它的故事。她告诉我,亚瑟的父亲是神灵,母亲是王后,在他出生那日,天空中惊雷阵阵。也许她是对的,那晚天空的确有雷声,我和一些当时在场的人聊过,但他们那晚都睡了,毫不知情。而石中剑,好吧,的确有一把剑和一块石头,但它们在这个故事中还远远不到登场的时候。那把剑名叫卡里德福洛斯,意思是"猛烈的闪电",不过伊格莲更喜欢称它为王者之剑①,我也这么称呼它。亚瑟从不在乎他的长剑被称作什么,他也不在乎自己的童年,我从未听他提只言片语,有一次我询问他年少时候的情况,他却没有回答。"对鹰而言,蛋何足道?"他对我说,他出生、存活,然后变成一名战士,这就是我需要知道的一切了。

但为了我美丽慷慨的保护者伊格莲,我还是把我仅知的一点点故事写下来。亚瑟——虽然乌瑟在格兰温时不承认——无疑是至尊王的儿子,不过他并没有因此得到什么好处,乌瑟有许多私生子,就像公猫制造出小猫。亚瑟的母亲与我最宝贵的王后同名,也叫伊格莲。她来自格温内德的盖伊城堡,据说是格温内德的康内达国王之女,康内达正是乌瑟前一任的至尊王。但伊格莲的母亲并不是康内达的妻子,而是汉尼斯维恩一位领主的妻子,所以伊格莲也不是公主。格温内德的伊格莲在亚瑟快要成年的时候过世了,亚瑟对她的所有描述便是,她是所有男孩梦想中的最出色、最聪明、最美丽的完美母亲。虽然据熟悉伊格莲的凯说,她的美丽因心怀恨意与计谋而尖锐。凯是埃德尼温之子埃克特的儿子,埃克特是盖伊城堡的

---

① 原文为 Excalibur。

亚瑟王

领主，在乌瑟抛弃了伊格莲与她的四个私生子之后，埃克特将他们置于自己的家中抚养照顾。乌瑟抛弃伊格莲正是亚瑟出生的那一年，伊格莲因此一直没有原谅过她的儿子。她曾说亚瑟是多出来的孩子，不知怎么，她相信若是亚瑟没有出生，她就能一直以乌瑟情妇的身份统治王庭。

亚瑟是伊格莲第四个没有在婴儿时期夭折的孩子。其他三个都是女孩，乌瑟显然更希望他的私生子都是女孩，这样她们长大之后不太可能会要求继承权。凯和亚瑟被一起抚养长大，凯说，即使从没听亚瑟说过，但他俩都很害怕伊格莲。凯告诉我，亚瑟是个孝顺努力的男孩，每一门功课都争取做到最好，不管是阅读还是剑术，但他的母亲却始终不曾满意。虽然亚瑟一直尊敬她，维护她，在她因热病过世时还伤心欲绝地为她哭泣。亚瑟那时十三岁，他的保护者埃克特请求乌瑟帮忙照顾伊格莲那四个穷困的孤儿。乌瑟将他们带到卡丹城堡，可能是觉得那三个女儿能在王室间的联姻博弈中充当有用的棋子。莫甘与康沃尔王子的短暂婚姻止于火灾，摩高斯成了洛锡安的洛特国王的妻子，安娜嫁给了隔海的布列塔尼的一位国王，凯姆伦之子布蒂克。后两桩联姻差强人意，两位国王距离德莫尼亚都太远，无法在战时送来援兵，却也各自为乌瑟派上了些小用处。但亚瑟作为一个男孩没有如此作用，于是他去了乌瑟的宫廷，在那里学习舞枪弄剑。他也遇到了梅林，不过两人对当年的日子都讳莫如深，之后亚瑟就跟随他的姐姐安娜去了布列塔尼。在那里，在高卢人的战乱中，他成长为了一名伟大的战士，安娜意识到善战的弟弟是个有价值的亲戚，所以一直将他的战绩告知乌瑟。这就是为什么乌瑟让亚瑟回来不列颠参与那场战斗，那场以储君亡故告终的战斗。剩下的你全知道了。

现在，我已告诉伊格莲有关亚瑟童年我所知的一切，毫无疑问，她会将这故事以坊间传说润色。她将这些羊皮一张张拿走，命懂得撒克逊语的法庭记录员，格鲁福德之子戴维德将它们翻译成不列颠的通用语，但我不确定他或伊格莲会让这些文字保持原样，不掺入他们自己的想象。我希望自己能有勇气用不列颠的语言写下这些故事，但最受上帝眷顾的桑森主教仍对我所写内容心存疑惑，要不就是试图阻止这项工作，要不就是找了撒旦的小恶魔来干扰我：某天我会发现所有的羽毛笔都不见了，而另一天会发现墨水瓶中有尿液。但伊格莲把所有的东西都复原，除非桑森主教学会熟练阅读撒克逊文，否则他永远也不能证实自己的怀疑——这本书事实上不是一本撒克逊福音。

伊格莲催促我加快进度，请求我告诉她亚瑟的真实故事，随后却抱怨这些实情与她从城堡厨房和更衣室中听来的那些童话传说不同。她想要听变形怪和寻水兽①的故事，但我编造不出自己没见过的事物。上帝原谅我，说实话，我的确篡改了一点点事实，但那不是什么要紧事儿。当亚瑟从卡丹城堡前的战场中救出我们时，我意识到他其实早就来了，欧文和他的手下也一直知道亚瑟和他的骑兵事先从布列塔尼前来、埋伏在卡丹城堡北面的林地中，同样他们也提前知道了甘德利亚斯的军队动向。甘德利亚斯的失策在于焚烧托尔，浓烟成为了警示烽火。整个南方以及欧文的侦察骑兵从中午就开始监视甘德利亚斯了。帮助阿格里科拉击退高菲迪特侵略的欧文，疾行南下去迎接亚瑟，不是出于友谊，而是为了向对方展现逐鹿的实力。对我们来说，欧文的归来是件幸事。但即使如此，这场战役可能也不会像我描述那样发生。如果欧文不知道亚瑟正在附近，他会将莫德雷德交给自己手下最快的骑手，让他把孩子迅速带至安全处，哪怕我们剩下的人全都死于甘德利亚斯的长枪之下。我当然可以写下实情，可吟游诗人让我知道了该如何讲述故事：让听众们保持耐心直至听见他们感兴趣的部分，我认为在最后一刻揭示亚瑟的到来会让整个故事更精彩。这是个小罪孽，重塑故事，但上帝知道，桑森决不会原谅它。

狄那拉克这儿尚为冬日，严寒刺骨。在阿伦兄弟被发现冻死在自己房

---

① 又译阿凡克（Afanc），欧洲神话中的大型水怪。

亚瑟王

间之后，布洛奇维尔国王命令桑森允许我们生火取暖。那圣徒坚决地拒绝，直到国王从自己的城堡中遣人送来柴火，于是我们现在终于有火取暖了。虽然柴火不够，火不是很旺，也不怎么暖和，但不管如何，它那小小的火苗能让我的写作变得轻松一些，而且近来被赐福的桑森圣徒不怎么爱管闲事了。两名新人加入了我们的小群体——两个还没变声的男孩儿——桑森一肩承担起了教导他们侍奉我们最伟大救赎者的任务。圣人同样关心他们不朽的灵魂，他甚至坚持男孩们必须睡在他的卧室中，有了他们的陪伴，桑森看起来快乐了不少。我感谢上帝，为此事，为柴火礼物，更为继续写下去的勇气，继续写这个关于亚瑟的故事，写这位无冕之王、上帝之敌和我们的战神。

我就不赘述卡丹城堡前那场战斗的细枝末节了。那是一场一面倒的溃败，而不是势均力敌的战役。只有一小撮瑟卢瑞亚人逃走，叛徒莱加塞特是其中之一，但大多数瑟卢瑞亚人都被俘了。二十来个敌人战死，包括那两个裸体战士，他们倒在了欧文的战枪下。甘德利亚斯、莱杜伊斯和坦纳波斯均被活捉。我没杀人，甚至连我的剑都没有一丝磨损。

其实我也不记得太多战斗的事情了，因为当时只想一直盯着亚瑟看。

他骑在他的母马勒姆芮背上，那是匹黑色大马，蹄子后长着蓬松的边毛，平整的马鞍以皮带系在它的蹄子上①。亚瑟手下所有人都骑着这样的大马，马的鼻子被人为撕裂扩大成洞，以使它们呼吸更顺畅。胸前垂挂着的庞大硬皮盾让它们看上去更有威慑力，也保护它们免受枪刺伤害。皮盾又厚又笨重，让马匹无法低头吃草，在战斗结束后，亚瑟命令他的一个马夫为勒姆芮卸下盾甲，让它进食。每匹马都需要两名马夫，一个照看马的盾甲、马衣和马鞍，另一个拉缰引马，除此之外还需要另一个仆人来拿骑

---

① 传言马蹄铁是罗马人发明的，之前并没有马蹄铁，而只有一种马凉鞋。

士的枪与盾。亚瑟拥有一把沉重的长枪,名为"先锋之枪"①,而他的勇者之盾②由柳木板制成,外面包裹着一层打磨过的银片,闪闪发亮。他的胯部挂着一把名为"阴影之刃"的匕首,著名的王者之剑也挂在旁边,它那黑色剑鞘上以交叉的金线形成网格纹饰。

一开始我看不见他的脸,他的五官都掩藏在头盔宽大护颊的阴影中。头盔上有用来视物的裂缝,有让嘴呼吸的深洞,以打磨光滑的精铁制成,饰有银色的旋涡图腾,顶上还高高点缀着白色鹅毛。这苍白的头盔透着一股致命的气息,它的外形很诡异,有如头骨,暗示它的佩戴者是行于人世的死神。他的披风与羽毛一样,是白色的,自肩膀披挂下来,为他身着的鱼鳞甲挡去了阳光。虽然海威向我形容过,但我以前从未亲眼见过鱼鳞甲,看着亚瑟的盔甲,我完全被"想要拥有一套"这欲望所填满。盔甲是罗马式的,由上百铁片组成,每片都不过拇指指印那么大,行行交叠着被缝到一条及膝长的皮衣上。铁片上方下尖,顶部留有两个用以缝制的小孔,层叠的设计让长枪在刺到下层结实的皮革前至少得先遭遇两层铁片。僵硬的盔甲随着亚瑟的走动叮当作响,不仅如此,亚瑟的铁匠在盔甲的领口处增加了一圈黄金甲,在抛光铁甲中又分散掺杂了一些银甲,好让整套盔甲看起来更加闪耀。为了防止铁甲生锈,每天需要花几个小时来擦拭抛光。另外,在每一场战斗后,总会有一些铁甲脱落遗失,需要重新锻造补充。没几个铁匠能制作这样一件盔甲,更没几个人买得起,亚瑟这身是从他在阿莫里凯杀死的一名法国领主身上得来的。除了头盔、披肩和铠甲,他还穿戴着皮靴、皮手套和一条皮腰带。腰带上正挂着王者之剑,它那装饰着网格纹饰的剑鞘,据说能保护佩戴者不受任何伤害。

对我来说,他就有如一位纯白闪耀的神祇降临人间,让人目眩。我无

---

① 原文为 Rhongomyniad。
② 原文为 Wynebgwrthucher。

亚瑟王

法将视线从他身上移开。

他拥抱欧文,我听见那两个男人的大笑。欧文是个高大的男人,亚瑟虽然没那么强壮,却能与他视线持平。欧文浑身肌肉,块头很大,亚瑟则是个精瘦结实的男人。欧文拍着亚瑟的后背,亚瑟也回应这亲密的动作。两人互相揽着肩膀,走向抱着莫德雷德的蕊拉。

虽然身着僵硬沉重的盔甲,亚瑟的动作依然轻巧,他在他的国王面前跪下,举起一只戴着手套的手执起婴儿的外袍一角。他将头盔上铰链连接的护颊推到一旁,亲吻那外袍。莫德雷德以尖叫和挣扎回应。

亚瑟站起身,向莫甘展开双臂。她虽比他年长,但也不过二十五六岁,当亚瑟拥抱她时,她开始哭泣,黄金面具轻轻碰撞在亚瑟的头盔上。他紧紧抱着她,轻拍她的后背。"亲爱的莫甘,"我听见他说,"最最亲爱的莫甘。"

直到我看见她在弟弟的怀中哭泣,我才意识到莫甘有多孤独。

他温柔地推开她的怀抱,用双手将银色头盔取下。"我有个礼物给你,"他对莫甘说,"至少我觉得我有——如果海崴德没有私吞掉的话。海崴德,你在哪儿?"

他的仆人海崴德跑向前,接过亚瑟的白羽头盔,递上一串黄金项链,上面镶着熊牙。亚瑟将项链戴到了姐姐的脖颈中。"美丽的东西才配得上我可爱的姐姐。"他说。接着,他坚持要认识一下蕊拉,当听到她亲生孩子的死亡,他的脸上流露出痛苦和同情,蕊拉开始哭泣,亚瑟冲动地拥抱她,差点害莫德雷德被他的鱼鳞甲给挤扁。然后古勒登被介绍给亚瑟,他告诉亚瑟我为了保护莫德雷德杀了个瑟卢瑞亚人,于是亚瑟转身向我道谢。

那是我第一次看清他的脸。

他有一张和善的脸。这是我的第一印象。不,这是伊格莲希望我写的。说实话,我的第一印象是汗,很多很多汗水,那是在炎炎夏日身着金属盔甲的后果。但在汗水之后，我注意到了他的和善亲切，你会在第一眼就信任他。女人们都喜欢他，并不是因为他有多好看——他不算特别英俊——而是因为他看着你时所流露出的兴味盎然与真情实意。他肤色健康，脸庞棱角分明，充满热情。在我初识他时，拜他头盔的皮内衬所赐，他一头深色棕发被汗浸湿，紧紧贴住头皮。他的眼睛也为棕色，鼻梁挺拔，下巴饱满，胡子剃得很干净，但他最显眼的特征是那张嘴。他的嘴特别大，牙齿非常整齐，他很为这一口好牙得意，如果条件允许，每天都用盐清洁，如果没盐，就用清水。他眉目疏朗，透着坚毅，但最让我印象深刻的是他友善的表情和带着顽皮笑意的眼睛。亚瑟身边笼罩着令人愉悦的氛围，他的脸上有某种特质，散发出一种幸福的魅力，将你拥入其中。我当时就注意到了这种特质，之后更发现男人女人在亚瑟的陪伴下都会变得开朗。每个人都变得更乐观，笑声也更多了，而当他离开，沉闷便乘虚而入。然而亚瑟没有大智慧，也不擅长讲故事，他就只是亚瑟，一个好男人，有着充满感染力的自信、活跃不安分的心与钢铁般的意志力。起初你不会注意到那种强硬，即使他本人也极力隐藏，但事实却相反，大堆的战场坟墓可以为此作证。

"古勒登告诉我，你是个撒克逊人？"他逗我。

"阁下。"我跪下，只说出了这两个字。

他弯腰扶着我的肩膀，让我起身。他的触碰坚定有力。"我不是国王，德瓦。"他说，"你不用向我下跪，但我却应该向你下跪，因为你冒着生命危险救了我们的国王。"他微笑。"我为此感谢你。"他有一种本领，能让你觉得在这个世界上他只在乎你，无人可比，而我已经完全迷失在对他的憧憬中。

"你多大？"他问我。

"十五岁，大概。"

"但看上去强壮得像二十岁！"他笑着说，"谁教你战斗的？"

亚瑟王

"海威,"我说,"梅林的管家。"

"哈!最棒的老师!他也是我的老师,亲爱的海威还好吗?"他问得热切,我却说不出话,也没有勇气回答。

"死了。"莫甘替我说道,"被甘德利亚斯杀了。"她从面具嘴部的缝隙中朝几步外被俘的国王吐出一口口水。

"海威死了?"亚瑟的问题是冲我来的,他盯着我,我只能点头,把眼泪眨去。亚瑟立刻抱住了我。"你是个好人,德瓦。"他说,"你救了我们国王的性命,我欠你个奖赏。你想要什么?"

"成为一名战士,阁下。"

他微微笑着,后退几步看着我。"你很幸运,德瓦,你就是你所向往的人。欧文阁下?"他转身,对满臂文身的壮硕战士说:"你用得上这位撒克逊勇士吗?"

"用得上。"欧文爽快地回答。

"那他就是你的了。"亚瑟一定觉察到了我的失望,他转回身,一手搭在我的肩膀上。"暂且如此吧,德瓦,"他温柔地说,"我要的是骑兵,不是枪兵。先跟着欧文吧,在战士这行,没人能比他教得更好。"他用戴着手套的手捏了捏我的肩膀,转身挥手,示意看管甘德利亚斯的两名守卫走开。被俘的国王站在胜利者的旗帜下,身边已经聚集了一群人:亚瑟的骑兵头戴钢铁头盔,身穿外绣铁甲的皮夹,肩披布制或羊毛披风,与欧文的枪兵、托尔山的逃难者们一起围在草地上。而在正中,亚瑟与甘德利亚斯面对面站立。

甘德利亚斯挺直了背。他没有武器,却不愿放下自己的骄傲,毫不退缩地与亚瑟对峙。

亚瑟安静地走到离被俘的王两步远的地方。众人都屏住了呼吸。亚瑟的黑熊白旗飘扬在莫德雷德的龙旗与欧文的野猪旗帜之间,在甘德利亚斯身上投下阴影;而在甘德利亚斯脚下则躺着他自己的狐狸旗,胜利的人们在其上吐口水、尿尿，并狠狠践踏。在甘德利亚斯的注视下，亚瑟从剑鞘中拔出了王者之剑。它的钢刃微微泛着蓝芒，精光锃亮，同亚瑟的铠甲、头盔和盾牌一样。

我们等待着致命一击，但亚瑟却单膝跪下，将王者之剑的剑柄递给甘德利亚斯。"国王陛下。"他谦逊地说，本期待着甘德利亚斯之死的围观者们纷纷惊讶地张大了嘴。

甘德利亚斯犹豫了一瞬间，伸手去碰了碰长剑的剑柄圆头。他什么都没说，也许是过于惊讶，反而无言以对。

亚瑟站起身，还剑入鞘。"我发誓保护我的国王，"他说，"而不是杀害另一位国王。梅里尔之子甘德利亚斯，你的命运，不该由我决定，但在做出决定之前，你会被关押。"

"谁来做决定？"甘德利亚斯追问。亚瑟犹豫片刻，自己也不确定这答案。我们的很多战士都叫嚣着要杀掉甘德利亚斯，莫甘催促她的弟弟为诺维娜雪恨，妮慕也尖叫着要杀了被俘的王为自己报仇，但亚瑟摇摇头。很久以后，他向我解释这件事，甘德利亚斯是波伊斯国王高菲迪特的表亲，这会让杀甘德利亚斯变成一种宣战行为，而不是单纯的复仇。"我渴望和平，而和平鲜有自复仇中诞生。"他后来承认，"也许我应该杀了他，不过那也不会改变任何结果。"面对甘德利亚斯，在卡丹城堡的斜阳中，亚瑟仅仅回答，甘德利亚斯的命运将由德莫尼亚议会决定。

"那莱杜伊斯呢？"甘德利亚斯指了指站在他身后那一脸惊恐、面色惨白的高挑女子。"我请求让她与我待在一起。"他补充道。

"那婊子是我的。"欧文粗暴地说。莱杜伊斯摇着头朝甘德利亚斯靠得更近。

"她是我的妻子！"甘德利亚斯向亚瑟怒吼，就这样坐实了之前那个传闻——他的确娶了这个出身卑贱的爱人。这意味着他与诺维娜的婚姻无效，虽然这是桩罪行，但比起他对她犯下的其他暴行，也算不上什么了。

亚瑟王

"不管她是不是你的妻子,"欧文坚持说,"她归我了。"他看出亚瑟的犹豫。"除非议会作出别的决定。"他补充了一句,故意学亚瑟的口吻。

亚瑟似乎很为欧文的要求苦恼,但他在德莫尼亚的地位还不明确,虽然被指派为莫德雷德的保护者、王国的一大军阀,但这仅让他与欧文平起平坐。我们都注意到,在击败瑟卢瑞亚之后,亚瑟掌握了实权,但欧文正通过要求莱杜伊斯成为自己的奴隶来提醒亚瑟,他拥有与之平等的地位。这阵尴尬一直持续到亚瑟为了德莫尼亚的团结牺牲了莱杜伊斯。"欧文已作下决定。"他对甘德利亚斯说,旋即转过身,不愿看见自己的言语对这对恋人所造成的影响。莱杜伊斯先是尖叫抗议,然后就安静下来,被欧文的一名手下拖走了。

坦纳波斯对莱杜伊斯的不幸报以嘲笑。他是名德鲁伊,不会受到任何伤害。他不是囚犯,随时可以自由离开,虽然他必须单独一人离开,无水无粮,也没有任何人会为之祝福。然而,我不能就这样让他离开,今天发生的事情已给了我勇气。我跟着他,穿过散布着瑟卢瑞亚死者的草地。"坦纳波斯!"我在他身后叫道。

德鲁伊转过身,眼看着我拔出剑。"小心点,小子。"他挥了挥月形尖端的手杖,以示警告。

我以前会害怕,但如今一个崭新的战士灵魂充斥我体内,我朝他走近一步,用剑刺向他纠结的白须。钢铁的碰触让他的脑袋猛地向后一缩,毛发中系着的黄色骨头碰撞作响。他棕色的老脸上布满皱纹和疤痕,眼睛充血,鼻子歪斜。"我应该杀了你。"我说。

他大笑起来。"那不列颠的诅咒便会跟随你。你的灵魂将永不能抵达彼世,你将遭受不计其数的无名痛苦的折磨,而我将成为它们的创造者。"他朝我吐出一口唾沫,试图将剑刃推开,但我将剑柄握得很紧,他突然意识到了我的力量,警觉起来。

有一些看客跟在我身后,试图警告我杀死德鲁伊会给我带来可怕的命运,但我无意杀死这老人,我只想吓唬他。"十多年前,"我说,"你去过马多格的领地。"马多格便是我母亲的主人,甘德利亚斯年轻时洗劫过的领主。

坦纳波斯点头,表示记得这场劫掠。"我们去过,我们干了场好买卖。那天收获颇丰!我们抢到很多黄金,"他说,"还有很多奴隶。"

"你还挖了个死人坑。"我说。

"那又如何?"他趾高气扬地斜眼看我,"诸神一定很喜欢那些祭品。"

我微笑,剑尖轻划过他瘦削的咽喉。"我还活着,德鲁伊。我活下来了。"

坦纳波斯花了几秒来理解我所说的话,随即脸色发白,浑身颤抖。他明白了,在整个不列颠,只有我握有杀死他的力量。他已将我献给诸神,但却一时大意,没有确认祭品的命运,这意味着诸神已将他的性命交诸我手。他惊恐地尖叫,以为我的剑就要刺进他的咽喉,我却从凌乱的胡须中收回了剑。他转身逃跑,颤抖着奔过田野。我在他身后哈哈大笑。他拼命想要逃离我,却在跑到树林边界时停下转身,用瘦骨嶙峋的手指指着我。"你妈妈还活着,小子!"他大叫,"她还活着!"然后便逃走了。

我呆立原地,瞠目结舌,手持利剑。倒不是我与母亲的感情有多深厚——我几乎已不记得她,也回忆不起任何母子亲情——而是她还活着这个事情本身让我的世界天翻地覆,就如同梅林大厅今早的毁灭。我摇了摇头,坦纳波斯怎么可能在一堆奴隶中偏偏记得这一个?他一定是在撒谎,仅仅是想用言语扰乱我的心神,只是这样而已。于是我收剑回鞘,慢慢地走回堡垒。

甘德利亚斯被关押在卡丹城堡大厅外的一间屋子。那晚举行了一场丰盛的晚宴,虽然因为赴宴人数众多,一份份肉食都切得很小,烹饪也颇潦草。那晚更多的时间被老友们用来交换不列颠和布列塔尼的消息,因为亚瑟的许多手下原本都来自德莫尼亚和不列颠其他王国。我当时记不清亚瑟

亚瑟王

手下们的名字，在场的骑兵有七十多人，还有马夫、仆人、女人和一群小孩。之后我将会熟知亚瑟的战士们的威名，但对那晚的我来说，它们没有任何意义：达戈内、阿格拉瓦、凯、兰瓦、巴岚和巴林兄弟、高文和亚格拉宾兄弟、布雷斯、埃尔第，以及贝德维尔。我倒是注意到了莫芬斯，因为他是我所见过最丑的男人——扭曲的相貌、肿胀的头颈、裂开的兔唇、畸形的下巴——丑得让他反而以此为荣。我也注意到了塞格拉莫，他是黑人，我前所未见，以前甚至连他们的存在都不相信。他个子瘦长，性情乖僻，沉默寡言，但当别人硬是要求他用他那糟糕的英语讲述故事时，他却能让整个大厅的人听得如痴如醉。

另外，我当然还注意到了艾利恩。她是个苗条的黑发女人，比亚瑟年长几岁，瘦削的脸庞严肃文雅，显得很有智慧。那天晚上，她身着王室服饰，礼服以铁土染成锈红色，以银链为腰带，长长的宽袖镶有水獭毛。她细长的脖子上佩戴着闪闪发光的沉重黄金项圈，手腕上戴着黄金手镯，胸前佩有象征亚瑟的熊纹章彩釉胸针。她举止优雅、寡言少语，看亚瑟的眼神充满保护欲。我以为她一定是位王后，至少是位公主，但她却像个普通仆人一样端菜上酒。

"艾利恩是个奴隶，小伙子。"丑八怪莫芬斯说。他蹲坐在大厅的地上，正面对我，看见我在观察那个从摇曳火光下走入厅堂阴影处的高挑女人。

"谁的奴隶？"我问。

"你觉得呢？"他一边说着，一边将猪肋排塞进嘴里，用他仅剩的两颗牙齿将多汁的肉从骨头上啃下。"亚瑟的。"他将吃剩的骨头扔给厅里众狗中的一条，"他的奴隶，当然，同时也是他的情人。"他打了个饱嗝，举起角杯饮酒。"是他的姐夫布蒂克国王送给他的。那是很久以前的事情了。她比亚瑟大了好几岁，我想布蒂克一定以为他很快会厌倦，但亚瑟一旦喜欢上某个人，就会很长情。那两个是她的双胞胎儿子。"他捻起一缕油腻的胡子,指了指大厅后方,两个九岁左右的阴沉男孩正端着他们的食碗,蹲坐在泥土中。

"亚瑟的儿子?"我问。

"还能是谁的。"莫芬斯嘲讽地说,"他们的名字是安赫和罗赫,极受他们父亲的宠爱。给这两个小杂种的所有东西都是最好的,而这正是他们的身份——杂种,小子。完全一无是处的小杂种。"他的声音中带着真正的恨意。"我告诉你,男孩,乌瑟之子亚瑟是个伟大的人,他是我见过最好的战士、最慷慨的男人和最公正的领主,但说到养育后代,我跟一头母猪也能干得比他好。"

我将视线重投向艾利恩:"他们结婚了吗?"

莫芬斯大笑。"当然没有!但她这十年来都让他很快活。我跟你说,总有一天他会将她送走,就跟他老爹送走他老娘一样。亚瑟会娶某个王室中人,她不会有艾利恩一半的温柔,但那是亚瑟那样的男人的宿命。他们必须和门当户对的女士结婚。不像你和我,小子。我们能娶我们想要的任何人,只要她们不是王室的。你听那边!"他咧嘴笑笑,一个女人的尖叫从大厅外传来。

欧文已经离开大厅,并终于教导了莱杜伊斯她的新义务。亚瑟因那声音而迟疑,艾利恩扬起她优雅的头,朝他皱眉,但整个大厅中唯一关注着莱杜伊斯不幸遭遇的人却是妮慕。她包扎着绷带的脸庞专注且忧伤,可这尖叫却让她微笑,因她知道这声音会给甘德利亚斯带来多大的折磨。妮慕的心中没有宽恕二字,一丝一毫都没有。她已向亚瑟和欧文请求,想要亲手杀死甘德利亚斯,却被拒绝了,不过只要妮慕还活着,甘德利亚斯就绝对有理由感到害怕。

第二天,亚瑟率领一队骑兵去了怀君岛,他们在晚上返回,报告说梅林的处所已被烧成白地。骑兵们还带回了可怜的疯子佩里诺和忿忿不平的德鲁依丹,他们躲在神圣荆棘那些修士们的一口井中避过了劫难。亚瑟宣

亚瑟王

布他将重建梅林的大厅,虽然缺钱少人,我们不知道那该如何办到,但古勒登被正式任命为莫德雷德的王室建筑师,并奉命开始砍伐树木,准备重新建造托尔山的建筑。佩里诺被关进了一间空置的石头贮藏室,那地方属于林第尼斯的罗马庄园,靠近卡丹城堡,亚瑟手下男人们的女人、孩子和奴隶都被安置于此。亚瑟亲自安排了所有事情。他一直是位忙碌的人,痛恨无所事事,在甘德利亚斯被俘之后的头几日,他从清晨工作到深夜,大部分时间用来为他的追随者们安排生计;分配给他们王室土地;扩建房屋让他们的家人入住——这一切还不能冒犯到林第尼斯原本的住民。庄园本来属于乌瑟,现在归亚瑟了。任何烦琐的小事对亚瑟来说都很重要,有一天,我甚至发现他在使劲搬动一大块铅块。"来帮我一下,德瓦!"他叫我。他记得我的名字,这让我受宠若惊,急忙过去帮他搬那沉重的铅块。"这可是稀罕物!"他高兴地说。他赤裸着上半身,皮肤上染着铅印。他计划把这铅块切成条,来连接庄园的石渠。那些沟渠曾将一汪清泉中的水导入庄园内部。"罗马人离开时,将所有的铅都带走了,"他解释道,"所以供水渠没用了。我们应该让它重新运作起来。"他放下他那头的铅块,擦了擦眉头。"让我们的水渠重新运作,重建桥梁,在浅滩上铺设路面,挖出蓄水池,然后想个招儿说服赛思人离开。这些工作够一个人忙一辈子了,你说是吧?"

"是的,阁下。"我紧张地说,心里疑惑为什么一位长官会忙着亲自来修水渠。当天稍晚时候,议会就要召开了,我本以为亚瑟会忙着为此准备,但比起国事,他似乎更关心这块铅。

"我不知道你有没有看见过铅块,或者用刀割过。"他有些伤感地说,"我应该知道的。等下我要去问问古勒登,他好像无所不知。你知道吗,如果要用树干来做栋梁,就要把它上下颠倒地放置。"

"不知道,阁下。"

"可以不让潮气上升,你看,还能防止木材腐坏。这是古勒登告诉我的。我喜欢这类知识。这些是实用的好知识,是那种让世界能够正常运转的知识。"他对我露齿一笑,"你觉得欧文怎么样?"

"他对我很好,阁下。"我回答,这问题让我有些尴尬。事实上,我还是有点怕欧文,虽然他从未对我有任何不好。

"他应该对你好的,"亚瑟说,"每个首领都要靠优秀的下属来维系声誉。"

"但我更想为您服务,阁下。"因年轻而生的轻率言语就这么脱口而出。

他笑了。"将来会的,德瓦,将来会的。以后,等你经历过欧文战斗这个考验之后。"他非常随意地说出这话,但后来我怀疑他是否已预见了之后的情形。那以后,我的确经受了欧文的考验,虽然很艰难,也许亚瑟正是想让我在加入他的军队之前再上一课。他弯腰再次去抬铅块,正在这时,老旧的建筑间传来了一声咆哮。那是佩里诺在抗议对他的监禁。"欧文说,我们应该把可怜的老疯子送到亡者之岛去,"亚瑟指的是那座专门用来抛弃有暴力倾向的疯子的岛屿,"你觉得呢?"

他居然会问我,我为此大吃一惊,都没能立刻作答,后来才结结巴巴地说,梅林很喜欢佩里诺,之前也让他待在正常人当中,我觉得应该尊重梅林的意愿。亚瑟认真地听着,看上去甚至很感谢我的意见。他当然不需要它,但还是试图让我觉得自己受到重视。"那就让佩里诺留下来吧,伙计。"他说,"现在抓住那头,抬!"

第二天,林第尼斯就空了不少,莫甘和妮慕回怀君岛了,她们打算要重建托尔。妮慕毫不理会我的道别,她的眼伤还没好,心中充满仇恨,除了向甘德利亚斯复仇,她对人生已一无所求,但这请求被拒绝了。亚瑟与他所有的骑兵北上格温特边界去支援图锥克,欧文留下来待在卡丹城堡大厅,我也一样。我也许是一名战士,但在那个盛夏,收获粮食比在要塞堡垒站岗更重要,所以我放下了我的剑,以及从一个瑟卢瑞亚死人那里得来

亚瑟王

的头盔、盾牌和皮胸甲，去国王的农田帮助农奴采集黑麦、大麦和小麦。这活儿很累人，所使用的短镰刀必须时不时在一个磨刀器上磨利。磨刀器其实就是一根木棒，先将其浸至猪油里，再涂上一层细沙，就能用来磨利镰刀的刀刃——虽然我觉得这样磨出来的刀刃并不够锋利。即使健壮如我，不停地弯腰和拽拉也累得腰酸背疼。住在托尔山时，我从未这样高强度地劳作，但如今离开了梅林的特权世界，加入欧文的军队，我体验到了这种艰辛。

我们把割下的谷物堆在田野中，将大堆大堆的黑麦秸用车运送到卡丹城堡和林第尼斯。麦秸是用来修补茅草屋顶的，还可以填充床垫，这样我们的床就能免受几天虱子和跳蚤之害，虽然好日子也持续不了多久。就在那些日子里，我留起了我人生第一副胡须，纤细的小束金毛，这让我非常骄傲。我白天在田间干苦力，每天晚上还得受两个小时的战斗训练。海威把我教得很好，但欧文要的是更好。"你杀死的那个瑟卢瑞亚人，"在某个晚上，我刚结束与一名叫马蓬的战士的木剑较量，正汗流浃背时，欧文对我说，"我敢用你一个月的收入跟你赌一只死耗子，你一定是用剑刃杀死他的。"我没有应赌，但承认自己在战斗中的确用剑刃像斧子一样劈切。欧文大笑，然后挥手示意马蓬退下。"海威总是教人用剑刃战斗，"他说，"下次观察亚瑟战斗时的动作，砍，砍，砍，就像是要赶在雨季前割下干草。"他拔出了自己的剑。"用剑尖，孩子。"他对我说，"总是用剑尖。这样杀人更快。"他冲向我，我只能左躲右闪。"如果你用剑刃，"他说，"就意味着你已经身处空旷之地，盾墙已破，盾墙若被攻破，那你已经是个死人了，不管你是多么出色的剑士。但如果盾墙仍在，就意味你正与战友肩并肩，没有空间来挥剑，只能刺。"他再一次出剑，我随之闪避。"你知道为什么罗马人都用短剑吗？"他问我。

"我不知道，阁下。"

"因为短剑比长剑更易刺击，这就是原因。"他说，"我不是在劝你们换剑,但记住,要用刺的。剑尖总是带来胜利,总是。"他背过身,突然转回来用剑刺向我,我不知怎的居然用一把笨拙的木剑将他的剑拨在了一旁。欧文咧开嘴笑了:"你很敏捷,"他说,"这很好。你可以的,孩子,只要你保持清醒。"他将剑插回剑鞘,眺望东面。他是在看远方有无灰色模糊的烟迹——那是军队入侵突袭的证据,但对撒克逊人来说,与我们一样,这个时节也是收获季,比起越过我们的边界,他们有更好的事情去做。"你觉得亚瑟怎么样,孩子?"欧文忽然问我。

"我喜欢他。"我尴尬地说,正如亚瑟问我关于欧文的问题时同样紧张。

欧文转头看向我,一头蓬松杂乱的头发和他的老朋友乌瑟很像。"哦,他是挺招人喜欢的,"他不太情愿地说,"我一直都喜欢亚瑟。每个人都喜欢亚瑟,但只有老天知道他到底在想什么。除了梅林。你觉得梅林还活着吗?"

"我知道他还活着。"我热切地回答,其实一无所知。

"很好。"欧文说。我来自托尔,所以他以为我有旁人所没有的神奇知识。我逃出一名德鲁伊的死人坑这件事也已经在他的战士们中传开了,在他们眼中,我既幸运又吉利。"我喜欢梅林,"欧文接着说,"即使他将那把剑给了亚瑟。"

"卡里德福洛斯[①]?"我问,使用了王者之剑的威尔士名称。

"你不知道?"欧文惊讶地说。他听出了我声音里的惊奇,这不奇怪,因为梅林从没说过送出这件了不起的礼物的事情。他有时会提起亚瑟,他在亚瑟短暂地待在乌瑟王庭期间认识的他,但梅林的语气中总会带着怜爱与轻蔑,就好像亚瑟只是个反应迟钝但努力向上的学生,自己从未预见到他能有所作为。不过梅林将这把名剑交给亚瑟这个事实,说明他对亚瑟的

---

① 原文为 Caledfwlch。

亚瑟王

期望远远超过他所声称的。

"卡里德福洛斯,"欧文向我解释,"是在彼世由戈万南所铸。"戈万南是铸艺之神。"梅林在爱尔兰发现了这把剑,"欧文接着说,"在那里它被称为卡道尔寇格。他是在一场迷梦之赛中,从一名德鲁伊那里赢来的。那爱尔兰德鲁伊说,如果卡道尔寇格的佩戴者陷于绝境,可以将剑插入泥土,戈万南就会离开彼世前来相助。"他摇了摇头,并不是不相信,而是为之惊叹。"但为什么梅林要将这礼物送给亚瑟呢?"

"为什么不呢?"我小心翼翼地问,察觉到欧文这问题中的嫉妒之意。

"因为亚瑟不信仰诸神。"欧文说,"所以不该给他。他甚至都不相信基督教崇拜的那懦弱的上帝。就我所知,亚瑟什么都不相信,除了高头大马,天晓得它们有什么用。"

"它们很吓人。"我回答,希望能对亚瑟保持忠诚。

"哦,它们是很吓人。"欧文说,"但前提是你以前没见过那种大马。它们很慢,跑起来比正常的马要慢上两三倍,它们需要两个马夫,如果不用那种笨重的鞋子绑住,它们的蹄子会像热奶油一样轻易裂开,而且它们也不敢冲进盾墙。"

"它们不敢?"

"没有马敢!"欧文轻蔑地说,"扎稳阵脚,全世界任何一匹马都会在一排密集的长枪前转弯避开。在战场上,马一点用处都没有,孩子,除了带着斥候跑得远、搜查的地域广。"

"那为什么——"我开口。

"因为,"欧文预料到我会这么问,"一场战斗的关键,孩子,在于攻破敌人的盾墙。其他事情都很简单,亚瑟的马威吓敌人,让整个战线陷入混乱。但总有一天会出现临危不乱的敌人,到时但愿诸神保佑那些大马吧。也愿诸神保佑亚瑟,如果他从马上被击落,必须穿着那身鱼鳞甲徒步作战的话。战斗中唯一有用的金属就是手中的剑和长枪顶端的铁头,其余的都是多余的重量,小子,置人于死地的重量。"他盯视着堡垒监狱,莱杜伊斯正在那里牢牢抓着将甘德利亚斯监禁起来的栏杆。"亚瑟在这里混不下去的,"他自信地说,"一次败仗,就会让他起航回阿莫里凯,回去那个会崇拜大马、鱼鳞甲和华丽宝剑的地方。"他吐了口口水,我知道欧文虽然宣称自己喜欢亚瑟,却有别的情绪,比嫉妒还要深刻的情绪。欧文知道自己有个对手,但他在等待,我猜亚瑟也在隐忍,他们对彼此的敌意让我很担心,我喜欢他们。欧文对莱杜伊斯的悲痛报以微笑。"她是个王室婊子,就是这么回事,"这大块头男人说,"但我会击垮她的。那是你的女人吗?"他朝露奈特点了点头,她正拎着一袋水走向战士们的临时营地。

"是的。"我脸红着承认了。露奈特,正如我的胡子,是我的成年标志,两者我都笨拙地展示了出来。露奈特决定留下和我在一起,不和妮慕一起回怀君岛的废墟了。这决定其实是她个人的,我依然对我们的关系深感紧张,虽然她似乎对此安排毫无异议。她住进了营地的一角,将那里打扫干净,用些柳条的屏障将那空间隔开,然后自信满满地谈论着我们俩共同的未来。我本以为她想和妮慕待在一起,可自从妮慕被强暴后就变得安静孤僻。事实上,她已经变得充满敌意,避开所有人的谈话,也不与任何人交流。莫甘治疗了她的眼睛,为莫甘打造面具的金匠也提议为她打造个黄金球以代替她失去的眼球。露奈特和我们其他人一样,变得有些害怕这个陌生的、令人讨厌的、充满怨气的妮慕。

"她是个漂亮姑娘。"欧文勉强夸了夸露奈特,"但和战士们住在一起的女孩,目的只有一个,就是钱。所以你得确保让她一直快活,不然她一定会折腾死你的。"他在自己的外衣口袋中掏了掏,找出一枚小小的金戒指。"把这个给她。"他说。

我嗫嚅着表示了感谢。战士首领的确该赠予下属们礼物,但即使这样,这枚戒指对我来说也太贵重了,我还没有为欧文打过一场仗呢。露奈特喜欢我用从剑柄上拆下的银线给她做的戒指,这是她宝物收藏的起点。

亚瑟王

她在暗淡的银戒表面刻了个十字,并不是因为她是个基督徒,而是十字形状表示这是一枚恋人戒指,表示她已从一个小女孩成长为女人。有些男人也会佩戴恋人戒指,但我渴望的却是胜利的战士们用手下败将的枪尖打造的铁环。欧文在他的胡子上挂了几十枚这样的铁环,手指还因佩戴着另几枚而发黑。我注意到,亚瑟一枚也没有戴。

等我们自己在卡丹城堡附近的田野收割完毕后,又走遍了整个德莫尼亚去征收税粮。我们拜访了藩王和领主,莫德雷德的金库中负责计算税款的一位记账员总是伴我们左右。想来其实挺奇怪的,现在莫德雷德是国王,我们已不是在填充乌瑟的金库,但即使是婴儿国王也需要钱来支付亚瑟的军队以及其他所有保卫德莫尼亚边界的兵士们的开支。欧文手下一部分人被派往位于德罗寇布法斯的前线堡垒支援格兰特,剩下的人要暂时充当收税人。

欧文这个有名的战争爱好者居然没有去德罗寇布法斯,也没有回格温特,而是留下来做评估税粮这种平凡工作,这让我颇感惊讶。我觉得这种工作挺卑贱的,但我不过是个毛没长齐的小鬼,当然不会了解欧文的心事。

税收对欧文来说比任何撒克逊人都重要。我之后才明白,税收是一个不事劳作者最好的致富之源,现在乌瑟已死,欧文便有了可乘之机。一个接一个领地,欧文都会将收成报得很惨淡,以此来降低税收,同时将领主们报答他虚报数额的贿赂收进自己的钱包。他对此倒也坦诚。"我这么做,乌瑟绝不会放过我。"某日我们沿着南海岸走向罗马城镇伊斯卡时,他对我这么说。他说起已故先王时满怀感情。"乌瑟是个机灵的老家伙,总是精明地知道自己能收入多少,但莫德雷德知道什么?"他看了看他的左手边。我们正经过一座山丘顶上一片辽阔荒芜的原野,往南面看去,是水波粼粼、一片空寂的大海,海风猛烈地吹着,让灰色的波浪破碎成点点白色。远处的东面,砂砾延绵的海岸线终结处,海浪拍打着巨大的海岬化作白沫。那海岬几乎像是一座小岛，与大陆连接的只有一条细细的石块粗砾堤道。"知道那是哪里吗？"欧文用下巴朝那海岬指指。

"不知道，阁下。"

"亡者之岛。"他吐了口口水以驱散厄运，我停下脚步，盯着那个德莫尼亚人噩梦的来源。那海岬正是疯子之岛，佩里诺与其他疯狂暴力灵魂最后的归属地，一旦他们越过那道层层守卫的堤道，便会被判定为死人。这座岛在跛腿的黑暗神祇矿顿的看守之下。那些人说库堑之穴——彼世的人口——就位于此地，隐藏于岛中绝境。我心怀惧意地盯着它，直到欧文拍拍我的肩膀。"你永远不需要担心亡者之岛，孩子，"他说，"你的肩上扛着颗聪明脑袋。"他朝西走去。"我们今晚住在哪里？"他问鲁尔文。鲁尔文是国库的记账员，他的骡子正背负着今年被篡改的账目。

"伊斯卡的凯杜伊亲王那儿。"鲁尔文回答。

"哈，凯杜伊！我喜欢凯杜伊！我们去年从这个臭流氓那里拿了多少？"

鲁尔文都不用看他木制账目条上的刻痕，就报出了一连串兽皮、羊皮、奴隶、锡锭、鱼干、盐和谷物粉的数目。"不过，他付的大多是黄金。"他补充。

"我更喜欢他了！"欧文说，"那搞定他的价位是多少，鲁尔文？"

鲁尔文估算了一下凯杜伊前一年所付总额的一半，结果那也是我们在凯杜伊亲王的宴客厅中用过晚餐之后，双方敲定的准确金额。这个地方很大，由罗马人建造，带圆柱的门廊正对一道狭长的林谷，林谷直通向埃克塞河的近海河段。凯杜伊是德莫尼亲王，我们的王国德莫尼亚正是由这个宗族而得名，凯杜伊的封号让他成为王国中的二等贵族。国王当然是第一等，像格兰特、凯杜伊这样的亲王以及比利其的迈尔沃斯这样的藩王为次等，他们之后则是像梅林这样的部族首领，但阿瓦隆的梅林同时也是名德鲁伊，这就使他完全凌驾于等级制度之外。凯杜伊身兼亲王与族长之职，

亚瑟王

统治着由伊斯卡到康沃尔国界之间所有土地上居住着的血缘部族。曾几何时，不列颠的所有部族各自为政，一个凯特沃尼人和一个比利其人看上去截然不同，但罗马人让我们都变得一模一样。只有一些部族，像凯杜伊的，还保持着他们与众不同的外貌特征。他的部族相信自己比其他不列颠人要优秀，为此缘故，他们在自己的脸上文着部族与氏族的纹饰。每条山谷中都住着不同的氏族，每个氏族通常由十几个家族构成。氏族间的竞争很激烈，但无法与凯杜伊亲王的部族同不列颠其他部族之间的争斗相比。部族的首都是罗马城镇伊斯卡，它坚固的城墙与石头建筑同格兰温的一样雄伟，虽然凯杜伊更喜欢住在镇外自己的别墅中。大多数镇民遵循罗马人的生活方式，并不文面，但墙外凯杜伊领地的山谷，罗马人的统治从未深入其中，在那里，每一个男人、女人和小孩的脸颊上都有蓝色的文身。这是一个很富足的地区，但凯杜伊亲王仍希望它变得更富有。

"阁下最近去过沼泽地吗？"那晚他问欧文。这是个温暖怡人的晚上，晚餐设在了面向凯杜伊别墅的露天门廊处。

"没有。"欧文说。

凯杜伊咕哝了几句。我在乌瑟的至高会议上见过他，但这是我第一次近距离地看清这个负责守卫德莫尼亚、抵御康沃尔和遥远爱尔兰侵略的人。亲王是个中年人，矮个、秃顶、体格健壮，脸颊、手臂和腿上都文着部族标志。他穿着不列颠服饰，却喜爱罗马式别墅，这里有石砌道路、罗马圆柱，清水顺石槽管道流经中庭，直至门廊，形成一洼小巧的洗脚池，又流过一座大理石水坝，汇入山谷下方的溪流中。我看出来了，凯杜伊过得很不错，他的农产富饶、牛羊肥硕，他的许多女人们也很快活。他还远离撒克逊人的威胁，可他仍不满意。"沼泽那儿有钱捞。"他告诉欧文，"锡。"

"锡？"欧文的声音听来傲慢。

凯杜伊严肃地点头。他醉得挺厉害，但下面桌子上用餐的大多数人也都差不多。他们全是战士,不管是凯杜伊的人还是欧文的人,可我的年纪小,不得不站在欧义的座椅后,做他的持盾侍从。"锡,"凯杜伊又说,"还有黄金,大概吧,不过肯定有很多锡。"他们的对话很私密,晚餐差不多结束了,凯杜伊已命奴隶女孩去伺候战士们。没人注意两位首领,除了我和凯杜伊的持盾侍从——那是个懒散的小伙子,正目瞪口呆地盯着奴隶女孩们胡闹。我在注意听欧文和凯杜伊的谈话,但一言不发、腰板笔直,这样他们大概会忘记我还站在这里。"你也许不要锡,"凯杜伊对欧文说,"但是有很多人想要。要炼青铜就一定得用上锡,在阿莫里凯他们出很高的价格来买锡,更别提那些内陆偏远的国家了。"他猛地伸出一拳,似乎是在鄙视德莫尼亚其余人等,然后突然打了个嗝,自己都吃了一惊。他喝下一口好酒来暖胃,皱起了眉头,似乎想不起之前说到哪里。"锡。"他总算开口,想起来了。

"那给我讲讲吧。"欧文看着他的一个手下脱光了一个女奴隶的衣服,往她的肚皮上涂黄油。

"那不是我的锡。"凯杜伊咬牙切齿地说。

"总是谁的吧。"欧文说,"你要我去问鲁尔文?谈到钱和所有权,他可是个聪明的混蛋。"他的手下用力拍打着那女孩的肚子,黄油溅得满桌都是,引起一阵哄笑。那个女孩出言抱怨,但那人叫她安静,然后开始将黄油和猪油抹在她身体的其他部位。

"事实上,"凯杜伊加重语气,希望把欧文的注意力从赤裸的女孩身上引回来,"乌瑟让一群康沃尔人来干了。他们来老罗马矿山工作,因为我们的人都没有这个技术。那些杂种保证,听好了,他们保证会交税给你们国库,但那群混蛋把锡都运回康沃尔了。这事千真万确。"

听到这里,欧文的耳朵竖起来了。"康沃尔?"

"他们从我们的土地上赚钱。我们的土地!"凯杜伊愤怒地说。

康沃尔是个独立的王国,位于德莫尼亚西面半岛的顶端,从未被罗马

亚瑟王

人统治过，是个神秘的地方。大部分时候，他们都与我们和平共处，但马克国王时不时会从他最新一任老婆的床上爬起身，派一支突袭兵越过泰马河。"康沃尔人在这里干吗？"欧文用与主人一样愤怒的声音问道。

"我告诉你了，偷我们的钱。而且还不只这样。我丢过肥牛羊，甚至丢过几个奴隶。这些矿工太放肆了，他们还少付给你们钱。但你永远也找不到证据。永远。即使是你那个聪明的伙计鲁尔文，也没本事看着沼泽地的洞告诉我每年应该产出多少锡。"凯杜伊朝一只飞蛾猛地挥出拳头，接着郁闷地摇头。"他们觉得自己能凌驾于律法之上，这就是问题所在。就因为乌瑟是他们的保护者，他们就觉得能违法乱纪。"

欧文耸耸肩。他的注意力回到了抹着黄油的女孩身上，她现在在下面的平台上被好几个醉汉追着跑。她身上的油脂让他们很难抓到她，这怪异的追捕让一些围观者忍不住捧腹大笑。我也在拼命忍住咯咯笑的冲动。欧文重又看向凯杜伊："那就去那里杀几个混蛋呗，亲王殿下。"他说得好像这是世界上最容易的解决方法。

"我不能。"凯杜伊说。

"为什么不能？"

"乌瑟保证过他们的安全。如果我攻击他们，他们就会向议会和马克国王抱怨，那我就得被迫付锑骸了。"锑骸是法律规定的杀人赔付金。国王的锑骸无价，奴隶的锑骸则很便宜，但一个熟练矿工也许会很贵，即使像凯杜伊这样富有的人也会舍不得。

"那他们怎么会知道袭击的人是你呢？"欧文轻蔑地问。

凯杜伊轻点自己的脸，以此作答。他的意思是，蓝色的文身会暴露他的手下。

欧文点头。涂着黄油的女孩儿终于被逮住，捕获者们将她团团围在一丛生长在平台上的灌木丛中。欧文捏碎了些面包，抬头重又看向凯杜伊："所以呢？"

"所以，"凯杜伊狡猾地说，"如果我能找到一群人，去把这群兔崽子剥一层皮就好了。他们就会跑来向我寻求庇护，对吧？而我的价码就是他们送去给马克国王的锡。至于你的报酬……"他停顿了一下，确保欧文不被后文吓到，"会是这些锡价值的一半。"

"多少？"欧文立刻问。两个人现在说得很小声，我必须得集中精神才能在一片战士们的欢笑与喝彩中听清他们的话。

"一年五十件金饰？像这样的。"凯杜伊从一个小袋中拿出一块金锭，放在桌上，那金子差不多有剑柄那么大。

"这么多？"就连欧文都震惊了。

"那是个富足的地方，沼泽地。"凯杜伊认真地说，"非常富有。"

欧文俯视着凯杜伊的山谷，就在那里，沼泽地的反光覆在远处河流水面之上，如剑刃一般平滑泛银。"那里有多少矿工？"他终于开口询问亲王。

"最近的那处村落，"凯杜伊说，"有七十或八十个男人。还有许多奴隶和女人，那是自然。"

"多少个村落？"

"三个，但另外两个很远。我担心的只是这一个。"

"我们只有二十个人。"欧文谨慎地说。

"夜袭？"凯杜伊建议道，"他们从未受过袭击，所以不会有人值夜。"

欧文从角杯中啜饮美酒。"七十件金饰，"他斩钉截铁地说道，"五十件不够。"

凯杜伊思索片刻，点头答应了这个价格。

欧文咧嘴一笑。"为何不呢？"他说。他将金锭握于手中，蛇一般迅疾转头看向我。我没有动，也没有将视线从一个赤裸的女孩身上移开，她正缠着凯杜伊手下一名文身战士。"你醒着吗，德瓦？"欧文厉声问。

我跳了起来，仿若被惊吓到，"阁下？"我假装着前几分钟都在开小差

亚瑟王

的样子。

"好小子,"欧文对我的表现深感满意,"想要一个那里的女孩儿,是吗?"

我脸红:"不,阁下。"

欧文大笑。"他刚给自己弄了个漂亮的爱尔兰姑娘,"他告诉凯杜伊,"所以在守身呢。但他将来会懂的。等你到达彼世,小子——"他转头对我说,"你不会惦记自己没杀的男人,只会后悔错过的女人。"他温和地说。刚成为他的属下时,我害怕他,但不知为何,欧文喜欢我,对我很好。接着,他继续对凯杜伊说:"明天晚上。"声音很轻。"明晚。"

从梅林的托尔山到欧文的军队,就好像从一个世界跳到了另一个。我盯着月亮,想到了托尔山那些被甘德利亚斯的长发战士屠杀的守卫,就在明晚,沼泽的人们会面临相同的暴行,我知道自己无力阻止,即使明白这行为理应被阻止,但正如梅林常常教导我们的,命运是无情的。生命是诸神的玩笑,梅林经常这么说,世间毫无公平可言。某次他告诉我,你必须学着笑对人生,否则就会哭泣至死。

我们将盾牌涂上造船者的沥青,伪装成爱尔兰劫掠者,伊仑之子欧依戈斯的"黑盾",他们乘坐着尖头长船在德莫尼亚的北海岸线烧杀抢掠。下午,一名面有文身的当地向导带我们穿越了树木繁茂的深谷,山道缓缓下降,直通向在巨树间若隐若现的阴冷沼泽。这片佳林中生活着许多鹿,流淌着迅疾冰凉的溪流。溪流由沼泽的高位一路流向大海。

夜幕降临时,我们已到沼泽边缘,入夜后,顺着一条羊道登上高处。这是个神奇的地方。先民曾在此居住,在山谷中留下了他们神圣的石圈。山脊处堆满大量的灰岩,谷底则填塞着危险的沼泽,但在向导的指引下,我们安然无恙。

欧文告诉大家,沼泽地的人们叛乱了,要推翻莫德雷德国王,而他们的信仰让他们害怕手持黑色盾牌之人。很不错的故事,如果我前夜没有偷听到他和凯杜伊亲王的谈话，说不定还真会相信。欧文许诺，要是我们干得好，会给我们黄金。接着又警告我们，这夜的杀戮必须保密，因为议会并没有下达惩治他们的命令。在前往沼泽的路上，密林深处，我们路过了一座建造于橡树下的老旧神庙，欧文让我们每个人对着放置在神庙壁龛中长满苔藓的头骨，发下严守秘密的死誓。不列颠充斥着这类古老隐秘的神庙，它们正是罗马人到来之前德鲁伊教广为流传的证据，到如今，还会有村民来这些地方寻求诸神的帮助。那个下午，在覆满青苔的橡树下，我们在头骨前下跪，触摸欧文的剑柄，那些刚加入密特拉教的人则接受了欧文的亲吻。就那样，在诸神的祝福下，我们宣誓去屠杀，向着黑夜进发。

我们来到了一个污秽的地方。冶炼金属的大火向天空喷出火星和浓烟。一大片小屋坐落于火焰之间、人为挖出的黝黑矿洞周围。大堆大堆的木炭看上去就像是座座黑色石山，山谷的气味闻所未闻；真的，在我兴奋的想象中，这山地矿谷不像是人类的住所，更像是安农的王国——彼世。

我们靠近时，狗吠声响起，可村落无人注意到这吵闹声。这里没有围墙，甚至连防御土墙都没有。矮种马拴在一排马车旁，当我们从山谷侧边切入时，它们开始嘶叫，然而还是无人走出低矮小屋，查看一下造成这不安的原因。圆形小屋由石块砌成，草皮为顶，但在村落的中央是几栋罗马老建筑，方正、高耸、坚固。

"每人负责两个，如果没更多人的话。"欧文悄声提醒我们每个人该杀几个敌人，"不算奴隶和女人。速战速决，小心身后。互相照应！"

我们分成了两组，我在欧文那组。他的钢铁战甲在火光的映照下闪闪发亮。狗吠马嘶，终于一只小公鸡放声长鸣，一个男人从小屋里爬出，来查看家畜们骚乱的原因，但已经太迟了。杀戮开始了。

我见过很多场如此的杀戮。在撒克逊村庄，开始屠杀前，我们会先焚烧屋子，但这些粗糙的石头和草皮无法引燃，所以我们被迫带着枪与剑进入屋子。我们从附近火堆中抓起燃烧的木柴扔进小屋，然后再进去，这样

亚瑟王

里面就够亮了，方便我们行事。有时火焰能把住户给赶出来，那门外等候着的剑便会像屠夫的斧子一般落下。如果火焰没把那家人赶出来，欧文会命令我们两人一组进入屋子，其他人则在外面守卫。我害怕轮到自己，但明白那不可避免，也知道自己不敢违抗命令。我被誓言约束，必须进行这项血腥的工作，拒绝它等于把我自己送上绝路。

尖叫声响起。头几个小屋比较简单，人们都还在睡觉或刚醒来，但随着逐渐深入村落，我们遭到了越来越猛烈的反抗。两个人手持斧头攻击我们，被我方枪兵轻松击倒。女人怀抱孩子逃跑。一条狗扑向欧文，瞬间便脊柱断裂，幽咽死去。我看见一个女人一手抱着一个孩子，另一只手握着另一个孩子鲜血淋漓的手逃跑，突然想起坦纳波斯离去时叫喊的言语——我的母亲还活着。我战栗起来，意识到，在我威胁到他的生命时，这老德鲁伊一定在我身上下了诅咒。即使我的好运将那诅咒限制于摇篮，仍能感觉它的恶意时时围绕着我，像是一个躲在暗处的敌人。我摸了摸左手中的伤痕，向贝尔祈祷，助我战胜坦纳波斯的诅咒。

"德瓦！李凯特！那个屋子！"欧文叫道，而我，就像一名出色的士兵应该做的一般，服从了命令。我扔下盾牌，朝门内扔进一支火把，弯下腰穿过了那矮小的入口。我进屋时，孩童在哭泣，一个半裸男人手持小刀向我冲来，我被迫转身，摔倒在一个孩子身上，手中长枪刺向她的父亲。枪刃擦过那男人的肋骨，在他就要扑到我身上、小刀即将刺入我的咽喉之前，李凯特杀死了他。那男人屈起身体，手捧腹部，随后便倒下了。李凯特将长枪拔出，拿起那男人的小刀，开始杀那些尖叫着的孩子们。我退了出去，枪尖带血，我告诉欧文里面只有一个男人。

"来吧！"欧文喊着，"德米缇亚！德米缇亚！"这是我们当晚的战号，瑟卢瑞亚以西、伊仑之子欧依戈斯的爱尔兰王国的名字。现在，小屋都空下来了，我们开始在村落那些深黑的空间中追捕矿工。人们四处逃窜，但一些男人留下，试图与我们战斗。一群勇者甚至还组织起了一道松散的战线，以枪、锄、斧攻击我们，但欧文的人极其有效地迎战这简陋的进攻，用他们的黑盾挡住冲撞，旋即以剑与枪杀死了进攻者。我就是这些高效战士中的一员。求上帝宽恕我，我那晚杀死了我的第二名受害者，也许还有第三名。我刺中了前者的咽喉，后者的腹股沟。我没有用剑，因为我觉得海威的剑不适合今晚这场屠杀。

一切结束得很快。村子变得空空荡荡，只余已死去或是正在死去的人，还有少数几个男人、女人和小孩试图躲起来。我们杀死了所有能找到的人，杀死了他们的家畜，烧毁他们用来从山谷外运进木炭的马车，点燃他们小屋上的草皮屋顶，践踏他们的菜园，洗劫了村子，抢走所有值钱的东西。地平线处颤抖着飞来几支箭矢，但无人被击中。

他们首领的小屋中有一桶罗马钱币、金锭和银条。那是最大的一栋屋子，足有二十英尺宽，小屋内部被我们的火把点亮，死去的首领趴在地上，脸色蜡黄，腹部有一个裂口。他的一个女人和两个孩子死在他的血泊中。第三个孩子，一个女孩儿，躺在一块浸了血的毛皮下，当我们中的一个人踩上她的身体时，我觉得我看见她的手抽搐了一下，但我只能视而不见，没再理会。夜色中，另一个孩子的尖叫声响起，她的藏身之处被发现，一把剑就此砍下。

上帝原谅我，上帝和他的天使们原谅我，我只对一个人忏悔过那晚的罪孽，而她不是位神父，也没有力量给予我基督的赦免。在炼狱，或是地狱，我知道我将遭遇那些死去的孩子。我的灵魂将属于他们的父母，成为他们的玩物，我罪有应得。

但我有什么选择呢？我很年轻；我想活下去；我发过誓言；我跟随我的首领。我杀死的人都先攻击了我，可在那些罪孽面前，任何借口都苍白无力。对我的同伴来说，这似乎毫无罪孽可言：他们只不过是在杀死另一个部落、另一个国家的人，对他们来说，这理由就很充足了；但我在托尔山长大，那里的人们都来自各个种族不同部落，虽然梅林自己是位部落首

亚瑟王

领,所有不列颠人的强有力保护者,但他从不教导我们仇视别的部落。他的教导让我不适应这种无脑屠杀——杀死异乡人的理由仅仅因为他们来自异乡。

然而,不管我适应与否,我杀人了,求上帝原谅我的这场罪行以及其他所有数不清的罪孽。

我们在黎明前离去。山谷烟雾弥漫,鲜血遍布,恐怖骇人。因为这场屠杀,沼泽散发出恶臭,萦绕着孤儿寡妇的哭喊声。欧文给了我一块金锭、两根银条和一把钱币,上帝宽恕我,我收下了。

战火随秋日而至，整个春天直至夏天，长船向我们的东部海岸运来了又一批撒克逊人，这些新至者在秋天开始尝试侵占土地，以供己用。在冬日冻结土地前，这是最后一场猛烈的战火。

就在乌瑟过世那年的秋天，我第一次与撒克逊人战斗。我们刚从西面收税归来，便听闻了东边撒克逊侵略者的出现。欧文把我们安排在他手下一位队长安南之子格里菲的麾下，让我们去增援德莫尼亚的一位藩王——比利其王迈尔沃斯。迈尔沃斯的职责是保卫我们的南部海岸线，抵御赛思侵略者。他们在乌瑟的火葬堆中看见了新的机会，发起了新一轮战斗。欧文留在卡丹城堡，因为就"莫德雷德该由谁负责抚养"这个问题，王国议会爆发了一场激烈的争吵。白德文主教希望在自己的家中抚养国王，但非基督徒们——他们是议会的主要成员——则不希望莫德雷德以基督徒的身份长大，正如白德文一党不愿年幼的国王在异教徒的环境下成长。欧文号称平等地崇敬每一位神祇，打算提议自己作为折中方案。"国王相信哪位神根本不重要，"他在我们出征前说，"因为一位国王应该学习如何战斗，而不是如何祈祷。"我们出发去杀撒克逊人，留下他为自己辩论。

我们的队长，安南之子格里菲，是一名瘦长忧郁的男子，他觉得欧文真正想阻止的是让亚瑟来抚养莫德雷德。"这不是因为欧文不喜欢亚瑟，"他赶快补充道，"而是一旦国王归亚瑟，那么德莫尼亚也形如他囊中之物了。"

"那样不好吗？"我问。

"对你我来说，孩子，国土归欧文更好。"格里菲指着自己颈间的黄金

亚瑟王

项圈，表明他的立场。他们都叫我孩子或小子，不仅因为我是队伍中最年轻的，从未在正式的战场上对抗敌人、手染鲜血，更是因为他们相信我在部队中会给他们带来好运，因我曾从一名德鲁伊的死人坑中逃脱。欧文手下所有人，同其他士兵一样，非常迷信：他们考虑且争论着每个预兆；每个人都带着幸运兔腿或是闪电石；每次行动都要遵照相应仪式，以确保无人先迈右脚，或是在自己的阴影中磨枪。我们的队伍中有不少基督徒，我本以为他们不会那么害怕诸神、灵体和鬼魂，但事实上他们和我们其他人同样迷信。

迈尔沃斯王的主城汶塔，是一座破落的前线城镇。那里的工坊早已关闭，城中巨大罗马建筑的外墙布满焦痕，那是撒克逊侵略者多次前来劫掠后留下的印记。迈尔沃斯王害怕小城会被再度洗劫。他说，撒克逊人有了一名新的首领，他渴望土地，在战场上令人生畏。"为什么欧文不来？"他怒气冲冲地说，"或是亚瑟？他们想毁了我，是吧？"他肥胖多疑，是我认识的人中口气最难闻的。他是一支部落的首领，虽不是一个国王，但也排在第二层统治阶级，可是光看他外表的话，你会以为迈尔沃斯是个奴隶，还是个爱发牢骚的奴隶。"你们人不多，是吧？"他向格里菲抱怨，"还好我征了支民兵队。"

这支民兵队是迈尔沃斯的城市军队，每个四肢健全的比利其部落男人都必须加入，但不少人都躲避军役，大多数富有的部落成员会送奴隶去代替自己。不管怎样，迈尔沃斯还是组建起了一支超过三百人的部队，每个人都自带食物和武器。一些民兵曾经是战士，他们装备着不错的战枪与精心保管的盾牌，但大多数人没有装备，一些人的武器只有木棍或尖镐。许多女人孩子跟着民兵一起来了，她们不愿意在撒克逊人的威胁下待在自己的家中。迈尔沃斯坚持他和他自己的战士要留下来守卫汶塔破碎的壁垒，这就意味着格里菲得率领民兵去迎战敌人。迈尔沃斯完全不知道撒克逊人的位置，于是格里菲不得不毫无准备地闯进汶塔东边的密林。我们与其说是一支军队，倒不如说是群乌合之众，看见一头小鹿，也会引发一场疯狂的喧哗追逐，连几英里外的敌人都会被警醒，而且每场追逐都会因为民兵们在树林中走散而被迫中止。就这样，我们损失了五十个人，要么是他们马虎的追逐将自己直接带进了撒克逊人的手中，要么就只是迷路了，之后决定回家。

树林里有许多撒克逊人，虽然一开始我们没看到，但偶尔会发现他们留下的踪迹——他们的篝火余烬还是暖的。有一次我们发现一个比利其小村子被洗劫一空、焚烧殆尽，男人和老人还在，但全死了，少年和女人被抓走做了奴隶。死者的气息抑制了余下民兵高涨的情绪，让他们聚在一起。我们在格里菲的带领下向东行进。

我们在一个宽阔的河谷处遭遇了第一支撒克逊军队，一群侵略者正在那里准备扎营。我们到时，他们的木栅栏已经建起一半，主营的木柱也已经插起来了，但我们从树林边缘出现，让他们放下手中工具，拿起了长枪。虽然我们的人数是他们的三倍，但即使是格里菲也说服不了我们向他们建构牢固、尖枪可怖的盾墙冲锋。年轻人很积极，其中一些还在撒克逊人面前像小丑一般神气活现地走来走去，但积极的人毕竟不多，无法冲锋，撒克逊人无视我们的嘲讽，格里菲手下其他人则喝着蜜酒，咒骂着我们的热情。我急切地想要从撒克逊钢铁中得到一枚战士指环，在我看来，止步不前简直是愚蠢，但我从没经历过双层封闭盾墙的威力，也不明白要让人们以身试枪是多么困难。格里菲心不在焉地鼓励人们进攻，然后便满意地喝起蜜酒，叫嚣着辱骂之言，于是我们与敌人对峙了三个多小时，却没有前行几步。

格里菲的懦弱至少给了我一个机会来观察撒克逊人，他们看上去与我们也没有多大区别，头发颜色更浅，眼睛是浅蓝色的，皮肤比我们红润，喜欢在衣服外面穿很多皮毛，但除此以外，和我们穿着相似。在武器上唯一的区别是，大多数撒克逊人都带着一把长刃匕首，适用于近身肉搏，大

亚瑟王

部分人还使用巨大的宽刃斧，一击就能劈开一面盾牌。我们中也有些人对战斧印象深刻，于是自己也使用斧子，但欧文，正如亚瑟一样，鄙视它们的笨拙。带着斧子就不能躲闪了，欧文常说，在他眼中，如果一件武器不能攻守兼备，那就没什么用处。撒克逊的牧师和我们的圣职人员区别很大，这些外国巫师穿着动物皮毛，用牛粪黏起自己的头发，让发块高高地竖直立在头顶。那天在河谷中，一个如此形容的赛思牧师宰杀了一头羊做贡品，来判断他们是否该与我们一战。那牧师先是折断了动物的两条后腿，然后在它脖子上猛刺，让它拖着腿逃跑。它血流如注，蹒跚嘶叫，沿着他们的战线行走，后又转向我们，最终倒在草地之上。这应该是一个坏兆头，因为那之后，撒克逊盾墙散开，他们经过未完工的栅栏和一片浅滩退入了树林。他们带走了女人、孩子、奴隶和牲畜。我们将其称之为胜利，吃了那头羊，推倒了他们的栅栏。但并没有战利品。

我们的民兵军队现在饿了，在最早几天里，民兵们就已经吃完了他们所有的粮食，除了从林中树上弄下的榛子，我们已没有任何食物。食物紧缺导致我们只能撤退。饥肠辘辘的民兵们急切地想要回家，所以走在前面，由我们这些战士殿后。格里菲情绪低落，因为他没有带回黄金和奴隶，不过这对存在争议的领土上的大多数军队战士来说，都是很正常的事情。然而就在我们即将回到熟悉的地域时，我们迎面撞见了一支撒克逊军队。他们一定已经遭遇过我们撤退队伍的一部分，因为他们都带着被当作战利品的武器和女人。

对双方来说，这次遭遇都很突然。我在格里菲纵队的后方，刚开始时只听见了打斗声——我们的先头部队从树林中走出，发现几个撒克逊人正在渡过一条小溪。我方进攻，两侧的枪兵急忙前来加入这突发的战斗。没有盾墙，只有浅溪中的血肉搏斗。再一次，就如同我在怀君岛南面树林杀死我的第一个敌人时，我感受到了战斗的快乐。我觉得这应该就是当诸神降临其身时妮慕的感受，她曾描述过，就好像有一对翅膀，将你高高举起，飞向荣耀，而这正是我在那个秋日所感受到的。我在一场平地追逐中遇见了我的第一个撒克逊敌人，我将长枪持平，看见了他眼中的恐惧，知道他死定了。长枪猛地刺进他的腹部，我拔出海威的剑——我如今称它为"海威贝恩①"——从旁侧一击解决了他，接着走入溪水中，又杀了两个人。我好似恶灵上身一般怒吼，用撒克逊人自己的语言向他们挑战，叫他们过来送死，一个壮硕的战士接受了我的邀请，手持一把恐怖的巨斧向我冲来。不过斧头太重，一旦挥出就无法很快收回，我用一记会让欧文骄傲的直刺打倒了那个大块头。单从巨斧手身上，我就拿到了三副金项圈、四枚胸针和一把镶了宝石的匕首，还留下了他的斧刃用来做我的第一枚胜利指环。

撒克逊人逃跑了，留下八具尸体和同样数目的伤者。我至少杀了四个敌人，同伴们都注意到了这壮举。我沐浴在他们的尊敬中，虽然之后，当我更年长更睿智之后，我将这不相称的战绩归咎于纯粹的年少轻狂。年轻人总是冒进，而智者往往沉稳。我们损失了三个人，其中一个是李凯特，在沼泽地时救过我一命的男人。我取回长枪，又从我杀死于小溪中的两个男人身上收集了两枚银项圈，眼看着受伤的敌人们匆匆步向彼世，在那里，他们将成为我方死去战士的奴隶。我们在树林里发现了六个挤作一团的不列颠俘虏，她们是跟随民兵前来战场的女人，被那些撒克逊人所俘。正是其中的一名女性，发现还有一个敌人躲藏在溪流边的荆棘丛中。她冲他尖叫，想用一把匕首去刺他，对方连滚带爬地逃进小溪里，在那里被我逮住了。他只是一个还没长胡子的年轻人，也许跟我差不多大，因恐惧而瑟瑟发抖。"你叫什么名字？"我用带血的枪刃顶着他的喉咙问。

他在水中笨拙地爬行。"兰卡。"他回答，接着告诉我他一周前刚来不

---

① 原文为 Hywelbane，意为"海威的毒药"。

亚瑟王

列颠,但我问他从何处来时,他也答不上来,仅仅回答"从家里来"。他说的语言与我并不完全相同,但差别很小,我完全听得懂。他告诉我,他们的国王是一名伟大的首领,名叫策尔迪克,已经征服了不列颠南海岸线的土地。兰卡说,策尔迪克要与艾斯科开战,建立新的殖民地。艾斯科是另一位撒克逊国王,统治着肯特人的土地。我第一次意识到,撒克逊人也如同我们不列颠人一样会内讧。看起来,策尔迪克已经战胜了艾斯科,现正在深入探索德莫尼亚。

那个发现兰卡的妇人蹲在一旁,口中发出威胁的咝咝声,但另一个女人说,她们被俘后,兰卡并没有参与强暴她们。在获得战利品后,格里菲终于安心,他宣布兰卡可以活下来。于是那个撒克逊人被脱光了衣服,由一个女人看守,向西边走去,等待他的将是奴隶生涯的开始。

这是那年最后一场远征,我们宣布这是一场大捷,但与亚瑟的战绩相比,它是如此苍白。他不仅将阿尔的撒克逊人赶出了格温特北部,更击败了波伊斯军队,在这过程中砍下了高菲迪特国王的左手。敌军国王逃跑了,但不管怎样这都是一场伟大的胜利,整个格温特和德莫尼亚都歌颂着亚瑟的伟绩。对此,欧文闷闷不乐。

另一方面,露奈特却特别高兴。我给她带回黄金白银,足够她在冬日穿着熊皮大衣,还能买一个自己的奴隶。那是一个康沃尔小孩,自欧文家买来。那孩子从早到晚工作,夜里则在如今被我们称作为家的小屋角落哭泣。那女孩哭得太厉害时,露奈特会打她,当我试图保护那女孩时,露奈特就打我。欧文的人都从卡丹城堡狭窄的战士营搬到了更加舒适的林第尼斯,我和露奈特在那儿也有一座小屋——茅草屋顶,柳条墙壁,位于罗马人建造的低矮土墙内。卡丹城堡距离这里六英里远,只有在敌人靠近或举行盛大王室庆典时才有人居住。那个冬季,我们有过一场这种庆典——莫德雷德的一岁生日。不巧的是,德莫尼亚的麻烦也同时降临。但或许这并不是巧合,因为德莫尼亚本就厄运缠身,他的王位继承之路也注定悲剧重重。

庆典于冬至之后举行。莫德雷德将加冕为王，德莫尼亚的要人为此会聚卡丹城堡。妮慕在庆典前一天来到，拜访了我们的小屋，露奈特依冬至风俗在屋里装饰着冬青与常春藤。妮慕跨过刻有驱邪图纹的门槛，坐在我们的火炉边，拉下了斗篷的兜帽。

我微笑，看着她的黄金假眼。"我喜欢它。"

"是中空的。"她说，用手指轻敲假眼，这动作令人不安。露奈特正对着奴隶吼叫，让她去将发芽的大麦煮成粥。妮慕在这愤怒的表现面前微微退缩。

"你不快乐。"她对我说。

"我很快乐。"我坚持道。年轻人总是痛恨承认错误。

妮慕瞥了一眼我们杂乱不堪、被烟熏黑的房间，就好像感受到了它居住者的情绪。"露奈特不适合你。"她平静地说道，慵懒地捡起脏乱地板上的半个鸡蛋壳，将其捏成碎片，以防止恶灵在其中潜伏。"你志向高远，德瓦，"她将蛋壳碎片扔进火中，"但露奈特耽于世俗。她想要财富，而你渴求荣耀，无法相容。"她耸肩，就好像刚才的话无关紧要，开始对我说起怀君岛的消息。梅林还未归来，无人知道他身在何处，亚瑟将从战败的高菲迪特国王处得来金钱，寄去支付重建托尔的费用，古勒登将建造一座崭新的、更加雄伟的大厅。佩里诺还活着，德鲁依丹和抄写员古多文也是。妮慕告诉我，诺维娜已经被埋葬在神圣荆棘的教堂中，在那里她被尊崇为圣人。

"圣人是什么？"我问。

"就是死掉的基督徒。"她直截了当地回答，"他们都会成为圣人。"

"你还好吗？"我问她。

"还活着。"她用沉闷平淡的语调说。

"你快乐吗？"

亚瑟王

"你总是问这种蠢问题。如果我想要快乐,德瓦,我就会和你在一起,为你烤面包、铺床。"

"那你为什么不呢?"

她冲火中吐了口唾沫,仿佛是在驱散我的愚蠢。"甘德利亚斯还活着。"她断然改变了话题。

"关押在科里尼翁。"我说,虽然她早就知道自己的敌人在哪里。

"我将写着他名字的石头埋葬了。"她说,用她那黄金假眼看了我一眼,"他强暴我的时候,让我怀孕了。不过我用麦角杀了那个肮脏的东西。"麦角是一种黑麦上的霉菌,女人用它来打胎。梅林也用它来进入梦境,与诸神交谈。我试过一次,恶心了好几天。

露奈特坚持要将自己所有的财产展示给妮慕看:三脚火炉架、圣锅和筛子、珠宝和披肩、精致的亚麻床单、磨损的白银水壶——壶身上装饰着裸体罗马骑士追逐一头鹿的图案。妮慕漫不经心地装作惊奇的样子,然后让我陪她走去卡丹城堡,她要在那里过夜。"露奈特是个蠢货。"她对我说。我们沿着流入康河的一条小溪岸边行走,脆弱的棕色叶片在脚下破碎出声。已经结过一次霜了,天气阴冷。妮慕看起来比以往都要生气,却因此更加美丽。悲剧很适合她,她也明白这点,所以主动寻求之。"你已经小有名气。"她说,望着我左手上朴素的战士铁戒。我的右手没有戴戒指,这是为了能牢固地抓住剑或枪,但我的左手如今已有四枚铁戒。

"运气好而已。"我解释道。

"不,不是运气。"她举起自己的左手,让我看见上面的疤痕,"当你战斗时,德瓦,我与你同在。你将会成为一位伟大的战士,你必须如此。"

"是吗?"

她颤抖了一下。天空灰茫茫的,犹如未打磨的剑,虽然西面地平线还带着一抹刺眼的黄色亮光。冬日的树木枯朽发黑,草地暗淡,村庄炊烟凝结在地面附近,就好像它害怕冰冷空旷的天空。"你知道梅林为什么要离开怀君岛吗?"她突然发问,出乎我的意料。

"为了寻找不列颠真知。"我回答,重复了她在格兰温告诉高阶议会的答案。

"但为什么是现在?为什么不是十年前?"妮慕继续发问,然后自顾回答。"他如今离开,德瓦,是因为我们将面临一个可怕的时代。所有美好都将变坏,所有坏事将会更糟。不列颠每个人都在积攒力量,因为他们知道一场激战即将来临。有时我觉得诸神在与我们玩耍,他们将所有棋子同时抛出,想看看这场游戏将会如何收场。撒克逊人越来越强大,不久就将以整个部落,而不是一支军队的规模入侵。基督徒——"她向溪水中吐口水以辟邪,"宣称再过不久就将是他们那可怜的神出生后的第五百个冬季,那意味他们的胜利即将到来。"她又吐了口口水。"而我们不列颠人呢?我们攻击彼此的部落,偷窃彼此的财物,建造新的宴会厅,而不是铸造剑与枪。我们即将面临考验,德瓦,正因如此,梅林才收集力量,若是国王救不了我们,梅林就必须劝服诸神来帮助我们。"她在溪流汇聚成的一个小水塘边停下,盯着即将冻结的冰冷凝滞的黑色湖水。池塘边牛蹄印中的水已经结冰。

"亚瑟呢?"我问,"他救不了我们吗?"

她冲我一笑。"亚瑟对梅林来说,正如同你之于我。亚瑟是梅林的剑,但我们都无法控制你们。我们给予你们力量——"她伸出带着伤痕的左手,碰了碰我光秃的剑柄头,"然后就任你们离开。我们必须相信你们会做正确的事。"

"你可以信任我。"我说。

她叹了口气,每次我说出这类宣言时都会如此,然后她摇了摇头。"当不列颠的考验降临时,德瓦,它注定要降临时,没人知道自己的剑能有多强大。"她转身,看着卡丹城堡的壁垒,那上面插着所有领主和首领的旗帜,他们都是来见证明天一早莫德雷德的加冕典礼的。"愚人,"她苦

亚瑟王

涩地说,"愚蠢的人们。"

　　亚瑟在第二天到来。日出后不久,他与莫甘一同从怀君岛骑马而至。只有两名战士陪同他前来,三个人都骑着高头大马,却没有穿戴盔甲、携带盾牌,只带着枪与剑。亚瑟甚至都没带来自己的旗帜。他非常轻松随意,似乎仅仅是出于好奇心才来参加庆典。阿格里科拉,图锥克的罗马战士,代替他发烧的主人前来,看起来对加冕仪式也挺漠不关心。但身处卡丹城堡的其他所有人都很紧张,担心这天会不会有坏兆头。伊斯卡的凯杜伊亲王也在场,脸颊上刺着蓝色文身。巨石领主格兰特亲王自对抗撒克逊的前线赶到,迈尔沃斯王则从破落的汶塔城而来。德莫尼亚的所有贵族,超过百人,都等候在城堡壁垒处。前天夜里下了冰雹,卡丹城堡周围的地面变得湿滑泥泞,但第一道阳光带来了一缕清新的西风,当欧文带着王室婴儿走出大厅时,阳光洒向了环绕卡丹城堡东边的山丘。

　　莫甘决定了典礼举行的时刻,自火焰、清水与土地的占卜中挑出来的。不出所料,庆典在早上举行,因为当太阳西斜时,做任何事情都不会有好结果。众人终于等到了那个令莫甘深感满意的精确时间,典礼开始了,就在围绕卡丹城堡山丘顶部的石圈中举行。组成石圈的石头并不大,中间最大的也不过一个弯着腰的孩子般大小。在那块石头上,莫甘郑重其事地对着暗淡的太阳测量着角度。那,就是德莫尼亚的王者石。它是一块平坦的灰色大圆石,与上千块其他石头别无二致,但我们从小被教导说,就是在那块石头上,太阳神贝尔以油擦拭他的人类孩子——伟大的贝利,贝利正是所有德莫尼亚国王的始祖。一等到莫甘对自己的计算满意,巴里斯就被引导至石圈的中心。他是一位年迈的德鲁伊,住在卡丹城堡西面的森林中,因为梅林的缺席,他不得不来参加典礼,祈求诸神的祝福。他是一只满身虱子的驼背怪物,以羊皮和破布遮体,非常肮脏,旁人简直分不出破布和他自己胡子的区隔。然而那就是巴里斯,有人告诉过我,梅林的很多技巧是向他学来的。老人向着暗淡的太阳举起手杖,咕哝着祈祷词,接着以日转方向吐着口水,直到被一阵剧烈的咳嗽打断。他跌跌撞撞地走向石圈边缘的一把椅子,坐了上去,和他的同伴一样喘着粗气。那同伴是一个老女人,正无力地揉着巴里斯的背,从外表上看,两人极其相似。

白德文主教向基督教的上帝念了一段祷词,之后小国王被人带着绕石圈外行进了一周。莫德雷德平躺在一面战盾上,包裹于毛皮中,被展示给所有的战士、首领和亲王们看,孩子从他们面前经过时,这些人都跪下以示尊敬。一位成年的国王这时本该自己绕石圈步行,但莫德雷德需要两位德莫尼亚战士抬着他走,国王的勇士欧文手持长剑走在孩子的身后。莫德雷德前进的方向与太阳升起的方位相反,而通常绕圈行走时本应该顺日转方向而行,在一位国王的一生中,仅有此一次可以违背自然规律如此前行,这么不吉的方向是故意为之,为的是显示出国王承袭天命、身处自然规律之上。

接着,莫德雷德躺着的盾牌被安放在正中的石头上,人们将礼物敬献给他。一个孩子在他面前放下一条面包,象征他喂养子民的责任;第二个孩子献上一条鞭子,表示他应成为国家的执法者;一把剑被放在他的脚下,意味他身为德莫尼亚守护者的身份……在这过程中,莫德雷德一直在尖叫,精力充沛地踢着脚,差点从盾牌上翻下来。他踢着踢着,露出了自己残疾的那只脚,我觉得那一定是个坏兆头,但仪式主持无视了那棒形的残肢,王国的要人们继续一个接一个上前敬献他们的礼物。他们带来了金银、珍贵的宝石、钱币、黑玉和琥珀。亚瑟给了孩子一尊老鹰的黄金雕塑,这礼物的精美让旁观者们为之惊叹。但阿格里科拉的礼物最为贵重,他在婴儿脚边放下的是波伊斯的高菲迪特国王的王室战甲。亚瑟将高菲迪特驱逐出他的营地时,收获了这套镶着金边的盔甲,将它献给了图锥克国王,而此时,图锥克国王又借他下属之手将这件宝物还给了德莫尼亚。

焦躁的婴儿终于被人从石上举起,交给了他的新奶娘——欧文家的一名奴隶。现在轮到欧文了。其他所有要人们都身着披肩与皮毛以抵御当日

亚瑟王

的严寒,但欧文走上前来,除了裤靴之外,一丝不挂。他刺着文身的胸膛与手臂正如他拔出的剑一般赤裸。他郑重其事地将剑平放在王者石上,接着故意面带轻蔑,绕着外圈行走并向所有礼物吐唾沫。这是一种挑战。若有人认为莫德雷德不该为王,只需走上前,拾起石上出鞘宝剑,然后与欧文作战。欧文大摇大摆,故作嘲讽,邀请人们前来挑战,但无人动弹。他绕行整整两圈,随后走回石头,拿起剑。

至此,众人欢呼起来,因为德莫尼亚终于又有国王了。战士们用枪柄击打盾牌,响声在壁垒中回荡。

还剩最后一个仪式。白德文主教曾试图废除它,但议会驳回了他的建议。一名惊恐的赤裸的俘虏被带到了王者石前,我注意到,亚瑟在此时走开了,除他之外所有人,甚至白德文主教都留下来观看。那名俘虏正是兰卡,我抓住的那个撒克逊人。我怀疑他并不知道将会发生什么,但一定做了最坏的打算。

莫甘试图让巴里斯振作起来,但年迈的德鲁伊过于虚弱,无法完成分内事,所以莫甘自己走向了浑身发抖的兰卡。那撒克逊人并没有被绑起来,他本可以试着逃跑,但天知道他能在全副武装的众人的包围下跑多远,在这种情形下,莫甘走近他时,他仍然一动不动地呆立,或许是被她那黄金面具与蹒跚步伐给吓住了。当莫甘将戴着手套的残废左手浸入一个盘里时,兰卡还是没有动弹。刻意的停顿之后,莫甘碰了碰兰卡的上腹。这个碰触让兰卡警惕得一下跳了起来,但随后又恢复平静。那个盘子中是新放的羊血,莫甘用它在兰卡瘦弱苍白的肚子上画了一个湿淋淋的红色标记。

莫甘走开了。围观者们纹丝不动、沉默不安,因为此时此刻正是真理显现的时刻,诸神将授命于德莫尼亚。

欧文进入石圈中。他放下了剑,拿起自己的黑柄长枪,盯着撒克逊人。极度恐惧中的兰卡似乎正在向他自己的神祇祈祷,但他们于卡丹城堡并无任何力量。

欧文走得很慢。他将视线从兰卡的双眼处移开了片刻,并将长枪顶在了撒克逊人的腹部标记上,然后复又看向俘虏的眼睛。两个人都纹丝不动。兰卡的眼中含着泪水,他微微地摇了摇头,无声地请求,但欧文没有理会这恳求。他只是等待兰卡再次恢复平静。枪尖抵在鲜血标记上,两人依然不动。风吹乱了他们的头发,搅起旁观者们潮湿的斗篷。

欧文出枪了。他猛力一刺将长枪深深地扎入兰卡的身体,接着一扭枪身,拔出长枪,抽身而退,留下流血的撒克逊人独自一人站在王者石圈中。

兰卡尖叫起来。伤口很可怕,刻意将一场缓慢痛苦的死亡加诸他的身上。但从男人濒死的挣扎中,像巴里斯或莫甘这样训练有素的预言者能够预知王国的未来。巴里斯从昏昏欲睡中猛然惊醒,看着撒克逊人用手捂住腹部,因巨大疼痛而弯下了腰。妮慕的身体渴求地向前靠去,这是她第一次见识最强大的占卜,她想偷偷学习。我承认自己充满痛苦,不是因为仪式的可怕,而是因为我喜欢兰卡。看着他那宽脸上的蓝色眼睛,我仿佛看到了自己的长相,然而我安慰自己,他的牺牲意味着他将在彼世战士英灵殿拥有一席之地,某一天,我们还会再次相遇。

兰卡的尖叫声渐渐减弱为绝望的喘息。他脸色发黄,浑身发抖,但不知怎么却还是站着,蹒跚地向东面行进。他走近了石圈,那一瞬间仿佛就要倒下,一阵痛苦的痉挛让他弓起背,然后猛地向前走去。他绕着不规则的圈子走着,鲜血飞溅,向着北方又迈了几步。最终,他倒下了。临死时,他的身体抽搐不已,对巴里斯和莫甘来说,每一次痉挛都意味深长。莫甘急切地走向前,好将他的扭曲、战栗、抽动看得更加仔细。他的双腿颤抖了几秒,接着肚破肠流,头向后仰起,喉咙中发出窒息的咯咯声。撒克逊人死去时溢出大量鲜血,几乎流到了莫甘的脚旁。

莫甘的姿势中有些什么,让我们觉得这是坏兆头,她阴郁的心情传给

亚瑟王

了等候着恐怖宣告的人们。莫甘走回巴里斯身边,弯下腰,后者正以刺耳粗鲁的嗓音念念有词。妮慕上前检查血迹和尸体,过了一会儿,她加入了莫甘和巴里斯,人们等待着,等了又等。

莫甘终于走回了尸体旁边,向欧文述说预言。国王的勇士站在婴儿国王身边,但每个人都向前聚拢,听莫甘说话。"莫德雷德国王,"她说,"将长寿,他将成为战役的领袖,体验胜利的滋味。"

人群中一阵叹息。预言可以被解读得顺应人心,但我觉得每个人都知道还有多少预兆没有说出口,一些在场的人可能还记得乌瑟加冕典礼时垂死之人的血迹,极度痛苦的抽搐曾准确地预言光荣的统治。不管怎么说,即使没有荣耀,兰卡的死亡预言依然存有希望。

莫德雷德的加冕典礼以那场死亡宣告结束。可怜的诺维娜深埋于怀君岛的神圣荆棘下,若是她在场,这典礼将会完全不同。但即使一千名主教和无数圣人齐聚,祈祷着将莫德雷德送上王位,预言还是会有同样的结果——因为我们的国王莫德雷德身有残疾,不论是德鲁伊还是主教都无法改变这一点。

康沃尔的崔斯坦王子在下午抵达。我们当时正在大厅参加莫德雷德的宴会,宴席气氛凝重,崔斯坦的到来更是雪上加霜。没人注意到他的出现,直到他走近了中央的大火堆,火焰映照出他的皮革胸甲和钢铁头盔。众所周知,王子是德莫尼亚的朋友,白德文主教也是依照这点来问候他的,但崔斯坦唯一的回应便是抽出了自己的剑。

这举动立刻引起了所有人的注意,因为任何人都不得携带武器进入宴会厅,更不要说这厅里正在举办一位国王的加冕盛宴。大厅中一些人已经喝醉,但就连他们都瞬间安静,直勾勾地盯着黑发的年轻王子。

白德文试图忽略拔出的宝剑。"您是来参加加冕仪式的吧,王子殿下?您一定在路上耽搁了吧?冬天出门真是太不便了。这边请,坐在这里好吗？坐在格温特的阿格里科拉旁边？尝尝鹿肉？"

"我身怀争端前来！"崔斯坦大声地说。他让他的六名扈从留在大厅门外，寒冷的冰雹正打在小山丘的顶上。他的扈从们面容严峻，身上的盔甲已经湿透，披风在滴水，盾牌高持于手上，战枪磨得闪亮。

"争端！"白德文重复，好似这种想法本身就难以想象，"在如此吉利的日子？不可能！绝对不可能！"

大厅中的一些战士咆哮着挑衅。他们喝得烂醉，觉得一场冲突还挺带劲的，但崔斯坦无视了他们。"谁能代表德莫尼亚说话？"他质询道。

那一瞬间，大家都有些犹豫。欧文、亚瑟、格兰特和白德文都手握大权，但无人能以一人代表德莫尼亚。格兰特亲王一向低调自处，他耸了耸肩，对这问题不置可否；欧文恶狠狠地盯着崔斯坦；亚瑟则以充满敬意的目光看着白德文；而白德文似乎在暗示，他作为王国的首席顾问，同其他人一样也很难代表莫德雷德国王发言。

"那就告诉莫德雷德国王，"崔斯坦说，"我们两国之间将血流成河，除非我获得公正。"

白德文看上去很警惕，他双手摆动，让自己镇定下来，试图想出该说什么。他最后还是没能说话，是欧文做出了回答。"直接说出你的诉求吧。"他直截了当地说。

"我父亲的臣民，"崔斯坦说，"获得了至尊王乌瑟的承诺与保护。他们应乌瑟之邀来到这个国家的矿场中工作，并与邻居们和睦相处，而今年夏末，这些邻居来到了他们的矿场，带来了剑、火焰与杀戮。五十八人死去。告诉你们的国王，他们的铢骸将是他们生命的价值，外加下令屠杀他们的人的性命，否则我们将带着剑与盾前来，自己收取这笔铢骸。"

欧文大笑了起来："小小的康沃尔？我们怕死了！"

我周围的战士们都大声嘲笑。康沃尔是个小国家，兵力无法与德莫尼亚抗衡。白德文主教想要喝止这些嘲讽，但房间里全是自负的醉鬼，他们

亚瑟王

不愿平静下来,直到欧文主动叫他们闭嘴。"王子,我听说,"欧文说,"是伊仑之子欧依戈斯,爱尔兰黑盾部落袭击了沼泽。"

崔斯坦冲地上吐了口口水。"如果是他们干的,"他说,"那他们得在之前穿越整个国家,可没人见他们经过,而且他们完全没有攻击德莫尼亚人,连个鸡蛋都没偷。"

"那是因为他们害怕德莫尼亚,而不怕康沃尔。"欧文语毕,整个大厅再次爆发出一阵哄堂大笑。

亚瑟等笑声减弱后,礼貌地问:"除了伊仑之子欧依戈斯,你们知道有其他可能会攻击你们的人吗?"

崔斯坦转身,扫视蹲坐在大厅地板上的诸人。看见伊斯卡的凯杜伊亲王那颗秃脑袋时,他伸出剑指向他。"问他。或者,直接——"他提高了音量压过那些嘲讽,"问门外我带来的目击证人。"凯杜伊站起身,大叫着要去拿自己的剑,他手下文面的枪兵也以屠杀威胁着所有的康沃尔人。

亚瑟一掌拍在主桌上,巨响在大厅中回荡,让人们全都安静了下来。格温特的阿格里科拉坐在亚瑟身边,目光低垂,因这场冲突与他无关,但我怀疑这场对峙中没有一丝变故会逃过他精明的耳朵。"如果任何人在今晚引发流血,"亚瑟说,"那他就是我的敌人。"他等凯杜伊及其手下平息下来,又看向崔斯坦。"请带您的目击者过来,殿下。"

"这是法庭吗?"欧文反对。

"让目击证人进来。"亚瑟坚持。

"这是场宴席!"欧文抗议。

"让目击者进来,让他来吧。"白德文主教希望这件令人不快的事情尽早结束,而附和亚瑟似乎是最迅速的解决方法。大厅外沿的人都挤了进来,想要听清这场闹剧,当崔斯坦的证人出现时,所有人都大笑起来,因为她不过是一个小孩子,也许九岁上下,她平静地走来,挺直背脊站在她的王子身边,崔斯坦伸出一条手臂揽住她的肩膀。"伊典恩之女莎玲娜。"

他介绍孩子的姓名,然后鼓励地捏了捏她的肩膀,"说吧。"

莎玲娜舔了舔嘴唇。她选择直接对亚瑟说话,也许因为他是坐在主桌的人中面孔最和善的。"我父亲被杀了,我母亲被杀了,我的兄弟姐妹都被杀了……"她有如排练过一般述说着,但无人质疑她现在说的话。"我的小妹妹被杀了,"她继续道,"我的小猫咪也被杀了——"她开始流泪。"我亲眼看见的。"

亚瑟同情地摇了摇头。格温特的阿格里科拉用手顺了顺自己最近修剪过的灰发,抬头看向被煤烟熏黑了的橡木。欧文靠向椅背,从一尊角杯中饮酒。白德文主教看上去很烦恼。"你真的看见凶手了吗?"主教问那孩子。

"是的,阁下。"莎玲娜说完了自己准备并练习过的话,现在更紧张了。

"但那是晚上,孩子。"白德文质疑,"这场突袭是在晚上,对吗,王子殿下?"他问崔斯坦。德莫尼亚的领主们都听说过这场沼泽地中的劫掠,但他们都相信欧文的断言,认为这场屠杀是欧依戈斯的爱尔兰黑盾族人干的。"一个小孩子在晚上怎么看得清?"白德文问。

崔斯坦鼓励地拍了拍女孩儿的肩膀。"告诉主教阁下,发生了什么事。"他引导她。

"那些人朝我们的小屋里扔火把,阁下。"莎玲娜小声地回答。

"看来扔得还不够!"一个男人在阴影中大叫,大厅中又是一阵大笑。

"你怎么活下来的,莎玲娜?"等笑声停歇,亚瑟温柔地问她。

"我躲在一块皮毛下面,阁下。"

亚瑟微笑。"你做得很好,但你看见杀死你父母——"他停顿了一下,"还有你的小猫咪的人了吗?"

她点了点头,眼睛在昏暗的大厅中因泪光而闪烁。"我看见他了,阁下。"她细声回答。

145

亚瑟王

"告诉我们他是什么样子的。"亚瑟说。

莎玲娜黑色的羊毛斗篷下穿着一件小小的灰色上衣,这时她抬起细瘦的手臂,将上衣的袖口撸上去,露出她苍白的皮肤。"那个男人的手臂上有图案,阁下,一条龙的图案,还有一头野猪,在这儿。"她在自己的小胳膊上指出文身的位置,然后看向欧文,"他的胡子上有指环。"那女孩儿补充道,然后她不再说话,但她也没有必要说更多话了。只有一个男人会在胡子中穿上战士指环,而在场的每一个人都在看他的手臂,那手臂在早晨刚刚将长枪刺入兰卡的腹部,每个人都知道那双手臂上文着德莫尼亚的龙与欧文自己的长牙野猪图案。

大厅中一片死寂。火中的木柴噼啪作响,一缕浓烟飘向橡木。一股劲风夹杂冰雹击打在厚厚的茅草屋顶,又吹得四散在大厅内的火焰凌乱舞动。阿格里科拉细细地检视着他酒杯的银质固定架,就好像他从来也没见过这样的物品。大厅中某处有人打了个嗝,这响声似乎提醒了欧文将他那毛发蓬松的脑袋转过来。他盯着那女孩儿。"她在说谎。"他严厉地说,"说谎的孩子应该被鞭笞流血。"

莎玲娜开始哭泣,然后将脸埋到崔斯坦斗篷的潮湿皱褶中。白德文主教不满地皱眉:"欧文,你是在夏末去拜访凯杜伊亲王的,不是吗?"

"所以呢?"欧文站起身,"所以呢?"他再次大声重复,这一次是对着整个大厅挑衅。"这些是我的战士们!"他指向大厅右手边坐在一起的我们,"问他们!问他们!这小孩说谎了!我发誓,她说谎了!"

大厅一下子沸腾了,人们向崔斯坦吐轻蔑之言。莎玲娜哭得太厉害,王子弯下腰,将她抱在了自己的手臂中,一直抱着。白德文试图重新夺回大厅的控制权。"如果欧文发誓了,"主教叫道,"那么这孩子就的确是在说谎!"战士们咆哮着表示赞同。

我发现亚瑟正看着我。我低下头看向自己木碗中的鹿肉。

白德文主教现在大概希望他从没邀请过那孩子进大厅。他用手指拨着自己的胡子，然后充满倦意地摇头。"孩子的证词在法律上毫无意义。"他忧伤地说，"孩子不属于'舌者'。""舌者"包括九种证人，他们的话语在法律上有价值：贵族、德鲁伊、神父、论及自己孩子时的父亲、地方官员、论及自己礼物时的送礼者、论及她贞操时的处女、论及自家动物时的牧人以及说着临终之言的死刑犯。在这串名单中，并没有控诉全家被谋杀的孩子。"但欧文阁下，"白德文主教向崔斯坦说明，"是一位'舌者'。"

崔斯坦脸色苍白，可他并没有退缩。"我相信这孩子，"他说，"明天日出后，我会来听取德莫尼亚的答复。若那答复没有给予康沃尔正义，我的父亲将亲自前来赢得正义。"

"你父亲又怎么了？"欧文用揶揄的口气说，"对他的新老婆失去兴趣了？想要换个花样儿打仗取乐，嗯？"

崔斯坦在一片笑声中走出大厅，人们想象着弱小的康沃尔向强大的德莫尼亚宣战，纷纷大笑起来。我没有笑，只是吃完了自己那份炖肉，并告诉自己宴会结束后就要轮岗了，需要食物来保暖。我也没有喝蜂蜜酒，所以当我取来斗篷、长枪、剑与头盔前往北城墙时，依然很清醒。冰雹停了，云层散开，露出漫游于闪耀群星中的明亮弦月。步上堡垒时，我浑身颤抖。

就在那里，亚瑟找到了我。

我知道他会来，我希望他会来，然而当我看着他穿行过堡垒，爬上不长的木制台阶来到土石混合的矮墙上时，还是感觉到了害怕。一开始他什么都没有说，只是靠在木栏上，盯视着遥远怀君岛处的点点火光。他身着白色披风，但为了防止它的边沿在泥土中拖行，所以没有展开，而是将两个角扎在腰间，就系在装饰着交叉线条的剑鞘上方。"我不会问你，"他终于开口，在夜色中呼出一片雾气，"在沼泽里发生了什么事情，因为我不想引诱任何人——至少是我喜欢的人——打破一道死誓。"

"是的，阁下。"我奇怪他怎么会知道在那个黑暗夜晚约束我们的是一

亚瑟王

道死誓。

"所以，我们不如走走吧。"他冲我微笑，做了个手势，示意绕着壁垒走。"巡岗能让身体暖和。"他说，"我听说你是个很出色的战士？"

"我很努力，阁下。"

"我听说，你成功做到了，干得好！"经过我的一名抱着木栏的同伴时，他陷入沉默。那男人抬头看我，脸上流露出不信任的神情，大概怀疑我会背叛欧文的军队。亚瑟戴上披风的兜帽，遮住自己的脸。他坚定的步伐迈得很大，我不得不快步跟上。"你认为一名士兵的工作是什么，德瓦？"他以一种亲密无间的语气问我，这种语气会让你觉得他在这个世界上最在意的人便是你。

"战斗，阁下。"我回答。

他摇了摇头。"战斗，德瓦，"他纠正我，"为了那些无法为自己战斗的人们战斗。这点是我在布列塔尼学到的。这个悲惨世界中有太多弱小的人、无权无势的人、饥饿的人、悲伤的人、生病的人、贫穷的人，而世上最简单的事情便是欺凌弱小，尤其当你是名士兵时。如果你是战士，想要得到一个男人的女儿，你可以直接要了她；想要他的土地，就直接杀了他，毕竟你是士兵，有枪和剑，而他只不过是个弱小的可怜人，除了一把破犁和一头病牛之外身无长物，有什么能阻止你？"这并不是一个问句，他说完后，只是沉默地走着。我们来到了西城门，木台阶直通向城门上的平台，覆盖着一层新落的白霜。我们肩并肩攀上阶梯。"然而事实是，德瓦，"我们登上高台时，亚瑟说，"我们之所以为士兵，是因为那弱小的男人使我们成为士兵。他种植谷物为我们提供食物，鞣制皮革为我们提供防护，修剪白蜡树为我们制作枪柄。我们必须为他服务。"

"是的，阁下。"我与他一同望向宽阔平坦的土地。今晚并不像莫德雷德出生那晚那么寒冷，但仍然刺骨，冷风更加剧了这一点。

"所有事情都有其目的。"亚瑟说，"即使是作为一名士兵。"他冲我微笑,就好像是在为自己的热心道歉,然而他完全没有必要道歉,因为我已听进了他的言语。我曾经梦想成为士兵,因为战士们崇高的地位,也因为我总觉得持枪者比拿耙子的人要高尚,但除了那些自私的野心之外,我并没有深入想过这件事。亚瑟想得深刻多了,他凭着自己的剑与枪,给德莫尼亚指引了一个清晰的理念。

"我们有一个机会,"亚瑟靠在高高的壁垒上说,"将德莫尼亚变成一个可以为我们的人民服务的地方。我们不能给他们幸福,我不知道该如何确保好的收成,使他们富有,但我确实知道我们能使他们安全。一个安全的人,一个知道自己的孩子不会被抢走作为奴隶、女儿不会被士兵强暴的人,比起生活在战乱威胁下的人,会比较容易幸福。你说对吗?"

"是的,阁下。"我回答。

他搓着戴手套的双手以抵御寒冷。我的双手包裹在碎布中,很难握住长枪,尤其是我还想让它们在斗篷中保持温暖。从我们身后的宴会厅中飘来一个男人的大笑声。食物正如每一场冬季宴席一般糟糕,但有很多蜂蜜酒和葡萄酒,然而亚瑟和我一样,都很清醒。他望着西面聚拢的云层,我则看着他的侧脸轮廓。月光给他突出的下巴投下阴影,让他看起来格外消瘦。"我痛恨战争。"亚瑟突然说。

"是吗?"我有些惊讶,只因那时我还太年轻,还能够享受战争。

"当然!"他冲我笑笑,"我只是凑巧很擅长打仗,也许你也是,但那仅仅意味我们必须明智地利用这点。你知道秋天时在格温特发生了什么吗?"

"你重伤了高菲迪特,"我热切地说,"你砍下了他的手臂。"

"没错。"他的语调听来简直出乎意料,"我的马在丘陵地形的战斗中派不上太大用处,在林地更是半点儿用都没有,所以我带着它们北上去了波伊斯平坦的农田。高菲迪特试图拆了图锥克的城墙,我便去焚烧高菲迪特的干草堆和谷物存粮。我们放火,我们杀人。我们干得很好,但并不是

亚瑟王

因为想要这么干,而是必须这么干。这也的确起到效果了。高菲迪特从图锥克的城墙边撤回了平坦的农田,在那里我的马就能击败他了。它们也确实做到了。我们在拂晓出击,他作战勇猛,但还是输了战斗,失去了手臂,而那,德瓦,便是杀戮的终结。杀戮已起到了它的作用,你明白吗?杀人的目的是为了劝服波伊斯明白,对他们来说,与德莫尼亚和平共处比起与之开战要好得多。现在和平即将到来。"

"真的吗?"我怀疑地问。我们大多数人都相信,春天的融雪将带来波伊斯那愤怒的高菲迪特国王的新一轮攻击。

"高菲迪特的儿子是个理智的男人。"亚瑟说,"他叫昆格拉斯,他想要和平,而我们必须给昆格拉斯王子时间去说服他的父亲,如果再次与我们开战,他会失去的就不只是一条手臂了。一旦高菲迪特被说服,赞同和平比战争要好,他就会召集一次会议,我们都会出席,造出一堆噪音,在会议的最后,德瓦,我会迎娶高菲迪特的女儿夏汶。"他朝我作出了一个小小的尴尬表情。"他们叫她'塞伦',星星!波伊斯之星。据说她非常美丽。"他为那样的期许而高兴,不知怎么,他的兴奋却让我惊讶,但那时我还没有意识到亚瑟的虚荣心。"希望她真的如同星辰一般美丽吧。"他继续说道,"不过无论她美丽与否,我都会娶她,接着我们会安抚瑟卢瑞亚,然后撒克逊人就将面对一个团结的不列颠。波伊斯、格温特、德莫尼亚和瑟卢瑞亚全部团结在一起,共同抵御同一个敌人,获得真正的和平。"

我笑了,并不是嘲笑,而是与他一同笑了,因为他雄心勃勃的展望太具体了。"你怎么知道的?"我问。

"因为昆格拉斯提出了和平条约。你现在可不能告诉别人,德瓦,不然的话,事情就可能生变。连他的父亲都还不知道,这是你和我之间的秘密。"

"是的,阁下。"被告知一个如此重要的秘密,我觉得自己非常特别,当然,那只是亚瑟想要我产生的感觉。他总是知道如何去操纵别人,特别是心怀理想主义的年轻人。

"但如果我们内讧,"亚瑟问我,"和平又从何而来呢?我们的任务是将一个富裕和平的王国交给莫德雷德,为了做到这一点,我们必须让它成为一个公正善良的国度。"他看着我,用他那深沉温和的声音诚恳地对我说:"我们如果打破协议,便不能获得和平,而让康沃尔人开采我们的锡矿便是一条很好的协议。我相信他们的确欺瞒了我们,在付给国王金钱时,每个人都会弄虚作假,但那是杀害他们、他们孩子和他们猫咪的理由吗?明年春天,德瓦,除非我们现在就解决这个烂摊子,不然我们将面临战争,和平不再。马克国王会发起进攻。他不会赢,但他的骄傲会保证他的手下杀死许多农民,我们也必须派一支战队去康沃尔。康沃尔不是个好战场,非常不好,不过我们最终还是会胜利的。骄傲会被抚平,但代价是什么呢?三百个农夫的性命?又会死多少头牛呢?若高菲迪特看见我们在西边国境作战,也一定会想要从中渔利,从北方攻击我们。我们能够造就和平,但前提是强大得足以能制造战争。如果示弱,敌人会像老鹰一样飞扑而来。明年我们又将面对多少撒克逊人?我们真的能匀出兵力去杀几个康沃尔的农夫吗?"

"阁下。"我开口,想要坦陈真相,但亚瑟阻止了我。大厅中的战士们唱起了伟大贝利的战歌,用脚跺着地面,赞颂着大屠杀,急切地想要在康沃尔大开杀戒。

"对于沼泽地发生的事情,你一个字都不可以说,"亚瑟警告我,"誓言是神圣的,即使是对我们这些怀疑诸神是否会真的实践它们的人也一样。让我们来假设,德瓦,崔斯坦的那个小女孩说的是实话,那意味着什么?"

我望向冷冰的夜色。"与康沃尔开战。"我郁闷地说。

"不,"亚瑟说,"那意味着明天早上,当崔斯坦归来时,会有人为了真相而发起决斗。人们都说,在这样的遭遇中,诸神总是偏好诚实的人。"

我明白他的意思,摇了摇头。"崔斯坦不会挑战欧文的。"我说。

"如果他像看上去的那么明智的话,"亚瑟赞同道,"即使是诸神也很难让崔斯坦战胜欧文的剑。若我们想要获得和平,想得到和平带来的美好事物,必须有别人来做崔斯坦的勇士,为他而战。对吧?"

我看着他,为他所说的话惊恐不已。"你?"我终于开口问他。

他在白色披风下耸了耸肩膀。"我不知道还有谁会去做这件事,"他温柔地说,"但你能为我做一件事情。"

"任何事,阁下,"我说,"任何事情。"那一刻,我觉得我甚至会同意代替他与欧文交战。

"一名将要去作战的人,德瓦,"亚瑟认真地说,"必须得知道他是不是为正义的一方而战。也许爱尔兰黑盾部的确无声无息地带着战盾穿越了德莫尼亚,或者他们的德鲁伊让他们能够御风而行呢?又或者,明天诸神——若他们真的关切的话——会认为我是在为正义而战。你觉得呢?"

他问出这问题时是那么无辜,就好像不过是在询问天气。我盯着他,不知所措,急切地想让他避免与德莫尼亚最好的剑士决斗。

"嗯?"他催促我。

"诸神……"我说了这两个字后,便难以继续,因为欧文对我一直很好。德莫尼亚的勇士不是个诚实的人,但我没遇见过几个诚实的人,而且除他做的坏事之外,我喜欢他这个人。然而我更喜欢诚实的人。我停下来也是为了判断我的言语有没有打破誓言,答案是否定的。"诸神会支持你的,阁下。"我最后说道。

他忧郁地笑了笑:"谢谢你,德瓦。"

"但为什么要这么做?"我未加思索地冲口而出。

他叹了口气,看回月色下的大地。"当乌瑟过世时,"隔了很长一段时间,他说,"这片土地陷入了混乱之中。没有国王的国家就会如此,我们现在也没有国王。我们有莫德雷德,但他是个孩子,所以必须有人掌握大权直至他成年。必须有一个人掌权,德瓦,不是三个或四个或十个,就只能有一个人。我希望事情不是如此,真的,相信我,我宁愿保持现状。我宁愿作为欧文的朋友,与他一起变老,但这是不可能的。权力必须要留给莫德雷德,而且必须适当公正、完整无缺地交给他,那意味着我们不能让那些野心勃勃人来争权夺利。一位不是国王的人必须充当国王的角色,那个人还得愿意在莫德雷德长大后放手将王国交还给他。这就是士兵们应该做的,还记得吗?他们为那些不能为自己而战的弱小人们战斗。"他莞尔一笑,"他们也会去争取他们想要的东西,而明天我想要欧文的某样东西——他的荣耀,——并为之而战。"他耸了耸肩。"明天我将为莫德雷德和那个女孩儿战斗。至于你,德瓦——"他用力地戳了戳我的胸膛,"要去帮她找一只猫咪。"他冷得直跺脚,随后向西凝视。"你觉得那些云预示着明天下雨或者下雪吗?"他问。

"我不知道,阁下。"

"但愿如此吧。我听说你和那个用于献祭的撒克逊人聊过天。现在告诉我他和你说的所有事情吧。知己知彼总是好事。"

他陪我走回我的岗位,听我讲述南海岸那个撒克逊新首领策尔迪克的事情,然后就回去睡觉了。他看上去似乎并不为明天即将发生的事情烦心,但我却很担心他。我还记得欧文一个人就击退了图锥克两名勇士的联手攻击。我试图向诸神的住所——群星——祈祷,可眼中的泪水让我看不清它们。

长夜漫漫,严寒刺骨。我希望黎明永远不要来临。

亚瑟的愿望实现了,自清晨就开始下雨。冬雨很快就变成了一场严峻的暴风雨,让卡丹城堡与怀君岛之间漫长宽阔的山谷蒙上一层灰纱。沟渠泛滥,雨水倾注在堡垒上,在大厅屋檐下聚集成了水塘。烟从潮湿的茅草屋顶上的出气孔中冒出,哨兵们在他们湿透的斗篷下耸着肩膀。

亚瑟王

崔斯坦昨晚在卡丹城堡东面的一个小村子里过的夜，他自泥泞的小道努力跋涉来到了堡垒。他的六名扈从和那个孤儿陪同他一起前来，如果没能在小道旁边找到生长着草皮的落脚点，他们就都只能在泥地上蹚行。城门开着，康沃尔王子将泥水溅到大厅门上时，没有哨兵前来阻止。

没有人等候接待他。大厅内一片潮湿乱象——昨晚喝醉睡着的人、残羹剩饭、寻食的狗儿、浸湿的灰色余烬、凝结在地上灯芯草中的呕吐物。崔斯坦踢醒一个睡觉的人，让他去喊白德文主教或是别的掌权者。"这个国家，"他冲那男人喊道，"还有没有管事的人了？"

身披厚重斗篷以抵御瓢泼大雨的白德文，踏着危险的泥泞地面踉跄走来。"我的王子殿下，"他从雨里冲进大厅的庇护中，大口喘着气，"非常抱歉，我没想到您来得这么早。天气太糟了，对吧？"他抖落斗篷边沿的雨水，"不过，我觉得下雨总好过下雪，您觉得呢？"

崔斯坦一言不发。

白德文因客人的沉默而慌乱。"您想用些面包吗？热葡萄酒？他们一定煮了粥，我敢肯定。"他四下张望，想派人去厨房，但睡梦中的人们都打着呼噜，一动不动地躺着。"小姑娘，"白德文弯下腰对莎玲娜说，同时因头疼而皱眉，"你一定饿了，是吗？"

"我们前来所为正义，而非食物！"崔斯坦语音刺耳。

"哦，是的，当然，当然。"白德文将兜帽退下，露出他谢顶的白发，抓了抓胡子中恼人的虱子。"正义，"他含糊地说，然后猛地点头，"我考虑过这件事，王子殿下，我真的好好想过，我觉得我们都不希望战争爆发，您同意吗？"他停下等待，但崔斯坦脸上没有露出一丝回应的表情。"战争是多么无谓啊，"白德文说，"我没法在这件事上指责欧文阁下，但我承认，我们没能尽到保护沼泽中贵国子民的义务。我们的确失职了，很不幸地失败了，所以，王子殿下，如果能让您的父王满意，我们愿意支付铩骸，但是，"说到这里，白德文咯咯笑了起来，"不会付猫咪那一份的。"

154

崔斯坦表情苦涩："那凶手呢？"

白德文耸耸肩："什么凶手？我可不认识什么凶手。"

"欧文，"崔斯坦说，"他一定收了凯杜伊的金子。"

白德文摇头。"不，不，不，这不可能。不，我发誓，王子殿下，我完全不知道有任何人会犯下如此罪行。"他恳切地看了崔斯坦一眼，"我的王子殿下，若眼睁睁看着我们两国开战，这对我是莫大的痛苦。我已经提出我所能提出的赔偿，也将为你们的死者祈祷，但我不能指控一名立誓宣称自己无辜的男人。"

"我能。"亚瑟说。他一直等候在大厅另一头隔开厨房的屏风后。他步入大厅时，白色披风在晨曦的光芒中闪耀，我走在他的身旁。

白德文朝他眨了眨眼睛："亚瑟阁下？"

亚瑟跨过那些开始起身并呻吟着的身体。"如果一个杀害康沃尔矿工的凶手逃脱惩罚，白德文，那他也许会再次犯案。你同意吗？"

白德文耸肩，摊开手，又耸了耸肩。崔斯坦皱起了眉，不确定亚瑟想说什么。

亚瑟在大厅的一根主柱前停下。"既然国家没有杀人，为什么要国家来付铩骸呢？"他问道，"为什么要为别人的罪行耗费莫德雷德陛下的国库呢？"

白德文示意亚瑟住口。"我们并不知道凶手是谁！"他坚持说。

"那我们就要证明他的身份。"亚瑟直截了当地说。

"我们做不到！"白德文暴躁驳斥，"孩子不是'舌者'！而欧文阁下——如果你所说之人是他的话——也已经发誓自己是无辜的了。他是位'舌者'，为什么要上演一场审判闹剧呢？他的证词足够了！"

"对言语的审判来说，是的。"亚瑟说，"但还有利剑的审判，白德文，而且我愿以我的剑来证明。"说到这儿，他拔出王者之剑，露出半截耀眼的剑刃。"德莫尼亚的勇士欧文对我们的康沃尔表亲造成了伤害，并应一

亚瑟王

力承担这罪行的代价。"他将王者之剑的剑尖刺过肮脏的灯芯草,插入地面,放任它颤抖。那一瞬间,我在想,会不会有彼世的诸神突然出现,前来协助亚瑟,但只听见风雨之声与初醒之人的抽气声。

白德文也倒吸了一口气。过了好几秒,他都说不出话来。"你……"他终于设法开口,但却复又沉默。

崔斯坦摇了摇头,脸色在微弱的光线下显得格外苍白。"如果有人应该在决斗审判中参战,"他对亚瑟说,"那让我来吧。"

亚瑟笑了。"我先提出要求的,崔斯坦。"他轻快地说。

"不!"白德文终于找回了舌头,"这不可以!"

亚瑟指了指剑:"你想要拔起它吗,白德文?"

"不!"白德文左右为难,仿佛已经预见到了王国最大希望之一的死亡,但在他继续说话之前,欧文本人冲进了宴会厅的大门。他的长发浓须湿淋淋的,赤裸的胸膛闪烁着水光。

他从白德文看向崔斯坦,看向亚瑟,然后看向插在地上的剑。他看上去很困惑。"你疯了吗?"他问亚瑟。

"我的剑,"亚瑟温和地说,"坚持你有罪,是你引发了这场康沃尔和德莫尼亚的纷争。"

"他疯了。"欧文对他身后簇拥着的战士们说。这名勇士双目通红面带疲倦。他昨晚喝太多了,睡得不好,但挑战似乎给了他新的能量。他冲着亚瑟吐口水。"我要回到那个瑟卢瑞亚婊子的床上去。"他说,"当我醒过来时,我希望这不过是一场梦。"

"你是个懦夫、凶手和骗子。"欧文转身离去时,亚瑟平静地说。这话语让整个大厅里的人再一次倒吸冷气。

欧文转身重新回到大厅。"小畜牲!"他对亚瑟说。他大步走向王者之剑,将剑刃击倒,正式接受了挑战。"所以你的死亡,小畜牲,也会成为我梦的一部分。去外面!"他猛地走入雨中。战斗不能在室内举行,否则的话盛宴厅将被可恶的厄运所诅咒，两人必须在冬雨中决斗。

整个堡垒沸腾了，许多林第尼斯居民昨晚都睡在卡丹城堡，他们现在都已醒来见证这场战斗。露奈特在那儿，妮慕和莫甘也在。整个卡丹城堡都前来观看决斗，依照传统，决斗地点正在王者石圈内。阿格里科拉穿戴精美的罗马盔甲，身披红色披风，站在白德文和格兰特亲王身侧；迈尔沃斯王手中拿着一大块面包，瞪大了眼睛与他的护卫们站在一处。崔斯坦站在石圈侧面，我站定在他身边。欧文看见我站的位置，认为我背叛了他。他咆哮着诅咒我将跟随亚瑟之后去往彼世，但亚瑟宣布我的生命在他的保护之下。

"他违背誓言了！"欧文指着我叫道。

"我发誓，"亚瑟说，"他没有违背任何誓言。"他脱下白色披风，将其小心折好放在一块石头上。他穿着紧身呢绒裤、靴子和一件单薄的皮上衣，外面还套着一件羊毛背心。欧文赤裸上身，紧身裤上交叉绑着皮带，脚踏一双巨大的钉靴。亚瑟坐在一块石头上，脱下自己的靴子，想要赤足战斗。

"没必要这么做。"崔斯坦对他说。

"很遗憾，有这个必要。"亚瑟回答，然后站起身，从剑鞘中拔出了王者之剑。

"用你的魔法剑，亚瑟？"欧文揶揄道，"害怕用凡人的武器战斗，是吗？"

亚瑟重新将王者之剑插回剑鞘，将它放在披风之上。"德瓦，"他朝我说，"那是海威的佩剑吗？"

"是的，阁下。"

"你能把它借给我吗？"他问，"我保证会还给你的。"

"保证您活着实践这个诺言，阁下。"我拔出海威贝恩，剑柄朝前递给他。他握住剑，然后叫我跑去大厅抓一把混着砂砾的灰。我回来后，他将

亚瑟王

灰抹在了剑柄过了油的皮革上。

他转身面向欧文。"欧文阁下,"他彬彬有礼地说,"如果你想休息好了再打,我可以等。"

"小鬼!"欧文吐了口口水,"你不穿上你的鱼鳞甲吗?"

"它淋雨后会生锈。"亚瑟镇定地回答。

"一名只在好天气作战的士兵。"欧文冷笑,然后虚砍了几剑,剑刃在风中劈出尖锐声响。在有盾墙时,他喜欢用短剑,但不管手持何种长度的剑,欧文都是令人畏惧的男人。"我准备好了,小鬼。"他说。

我与崔斯坦和他的扈从站在一处。白德文最后一次徒劳地尝试阻止决斗。无人会质疑这场战斗的结果。亚瑟很高,但与肌肉强健的大块头欧文比起来很单薄,而且从没人见过欧文在战斗中输过。不过亚瑟看上去镇定自若,他在石圈西边站定,正对站在上坡东首的欧文。

"你们服从决斗审判的结果吗?"白德文问两个男人,两人都点头以示赞同。

"那就愿上帝保佑你们,让上帝以胜利揭露真相吧。"白德文说。他画了个十字,苍老的脸上带着沉重的表情,走出了石圈。

正如我们所预计的,欧文冲向了亚瑟,但冲到石圈正中、国王的王者石旁时,他的脚在烂泥中打滑了,而亚瑟突然发起了冲锋。我本以为亚瑟会使用海威教导他的技巧冷静地战斗,但那个早晨,伴随着冬日天空倾盆而下的大雨,我见识到了亚瑟的战场冲锋。他变成了一个魔鬼。他的能量全化为了一样东西——死亡,他如同迅雷般冲向欧文,猛烈快速的击打让那强壮的男人一退再退。利剑如此严酷。亚瑟朝欧文吐着唾沫,咒骂他,讥讽他,并一次又一次地以剑锋向他砍去,不给欧文一丝反击的机会。

但欧文也很出色,换成别人,决不可能从这轮开场凶残的进攻中幸存下来。他的靴子在泥地中打滑,不止一次被迫跪倒在地来挡开攻击,但即使被打得不断后退,他还是设法站起来。当欧文第四次滑倒时,我有些明白亚瑟的自信了。他希望大雨让站立变得困难,我想他算准了欧文会因为前一晚的宴席浮肿疲累。然而他还是不能一举突破这顽强的抵抗,即使他已将那勇士击退至某块黑色污迹的湿土处——那正是兰卡的鲜血留下印记的地方。

就在那里,撒克逊人的鲜血之上,欧文时来运转。亚瑟脚下打滑了,虽然他很快调整过来,可那个趔趄正是欧文所需要的机会。他迅疾突进。亚瑟闪避,然而欧文的剑划破了皮衣,他的手腕流出了这场决斗的第一道鲜血。亚瑟再次闪避,又一次闪避,在能刺穿一头公牛心脏般强硬急速的突刺前疾退。欧文的手下大吼着支持这位勇士。欧文嗅到了胜利的预兆,试图将整个身体压向亚瑟,把他轻盈的对手压倒在泥地里。但亚瑟已为此做好准备,他向旁边一闪,踏上王者石,反手割开了欧文的后脑勺。头部的伤口涌出大量鲜血,浸湿欧文的发根,顺着宽阔的背部流下,并被雨水稀释。欧文的手下们安静了。

亚瑟从石上跳下,再次攻击,欧文又处于防守的被动局面了。两个人都气喘吁吁,浑身溅满泥土和鲜血,已无力再逞口舌之快。大雨让他们垂下的长发变成一缕一缕,亚瑟快速地左右变换攻击,正如开场他发动进攻时的节奏。他的速度太快,欧文除了抵挡,没有任何机会回击。我记得欧文对亚瑟战斗风格的轻蔑评论:像要赶在坏天气前急急忙忙收割干草一样的劈砍。一次,仅有一次,欧文没有挡住亚瑟的挥剑,但那一击攻守参半,并没有拼尽全力,只是击在了欧文胡子中的战士铁环上。欧文挡开剑刃,再一次试图以自己的体重将亚瑟压倒在地。两人一同倒下,有一瞬间,欧文似乎困住了亚瑟,但亚瑟不知怎么挣脱开,又站了起来。

亚瑟等候欧文起身。两人都喘着粗气,彼此对视几秒钟,判断着各自的机会,然后亚瑟冲上前再度发起攻击。他像之前一样一次又一次地挥剑,欧文也一次又一次地挡下了这些疯狂的进攻。忽然,亚瑟第二次滑倒了。他滑倒时惊恐地喊叫,回应他尖叫的则是欧文撤回手臂准备致命一击

亚瑟王

的胜利怒吼。接着欧文发现他被骗了，亚瑟只是假滑以骗取自己露出破绽。现在轮到亚瑟的突刺了。这是他第一次在战斗中突刺，也是他的最后一击。欧文背对着我，我正半遮着眼睛，不愿看见亚瑟的死亡，但与之相反，就在我的眼前，海威贝恩的闪亮剑尖从欧文血水淋漓的背部露了出来。亚瑟这一刺直直穿透了那勇士的躯体。欧文看起来像是被冻住了，他持剑的手臂突然失去了力气。接着，剑由他那无力的指间掉在了泥土中。

那一秒，心脏跳动一次的时间里，亚瑟让海威贝恩停留在欧文腹中，然后仿佛是用上了全身每块肌肉的力气，转动利剑，将它拔了出来。那块金属离开欧文的身体时，亚瑟大吼起来；剑刃撕裂肉体的爆发力，撕碎肠子、肌肉、皮肤和血肉时，他大吼着；利剑被举起在阴暗的天光中时，他还在吼叫。为把剑从欧文那巨大身躯中拔出，所用的力量让剑在离开肉体后仍大幅舞动。鲜血在石圈的泥泞中喷洒得很远。

欧文的脸上带着不可思议的神情，肚肠流入泥里，倒下了。

然后，海威贝恩被刺入了勇士的脖子。

卡丹城堡一片死寂。

亚瑟从尸体旁退下。他顺日转方向转了一圈，看着石圈周围每个人的脸。他的脸庞如同石头一般坚定，上面没有一丝友善亲切，只有属于获胜战士的表情。这是一张可怕的脸庞，他突出的下巴充满仇恨，让我们这些只见过亚瑟的任劳任怨和体贴关怀一面的人们都被震惊了。"这里有没有人，"他大声问，"怀疑这裁定？"

无人质疑。雨水从诸人的斗篷上滴下，稀释了欧文的血液。亚瑟走向坠落勇士手下的枪兵队，面对着他们。"现在是你们的机会，"他向他们吐唾沫，"为你们的主人报仇，或是成为我的人。"没人能够直视他的眼睛，于是他转身走开，跨过陨落的军阀，站在崔斯坦的面前。"康沃尔接受这裁决吗，王子殿下？"

崔斯坦面容苍白，点了点头："接受，阁下。"

"铠骸，"亚瑟宣布，"将从欧文的财产中支出。"他转身看向那些战士。"现在谁是欧文部下的指挥官？"

安南之子格里菲紧张地走上前："是我，阁下。"

"一个小时之后，你来我这儿听取命令。如果你们中的任何人胆敢碰一下我的朋友德瓦，你们所有人都将被活活烧死。"他们垂下视线，仍旧不去看亚瑟的眼睛。

亚瑟用一把泥土擦去剑上的血迹，然后将它递给我："好好擦干它，德瓦。"

"是的，阁下。"

"还有，谢谢你。这是把好剑。"他突然闭上眼睛。"上帝原谅我，"他说，"但我很享受。现在——"他睁开眼睛，"我完成了我的任务，你呢？"

"我？"我瞪着他。

"猫咪，"他耐心地说，"给莎玲娜的。"

"我有一只了，阁下。"我回答。

"那就去把它带来，"他说，"然后来大厅吃早餐。你有女人吗？"

"是的，阁下。"

"告诉她，我们明天就离开，等会议一结束。"

我盯着他看，几乎不敢相信这好运。"您的意思是——"我开口。

"我的意思是，"他不耐烦地打断我，"你现在为我效力了。"

"是，阁下！"我说，"是，阁下！"

他捡起自己的剑、披风和靴子，拉起莎玲娜的手，从自己杀死的敌人尸体旁走开。

而我，找到了我的主君。

露奈特不想北上科里尼翁——亚瑟与他的部下越冬的地方。她不想离开她的朋友和财物，她就像是突然想起来似的补充了一句：她怀孕了。面对这宣言，我不敢置信地陷入了沉默。

"你听见我的话了，"她拍了拍手，"怀孕。我不能去。我们为什么要去？我们之前在这里很开心。欧文是位好主人，但你偏偏要毁了这一切。你干吗不自己一个人去？"她蹲在我们小屋的火堆旁，试图从其微弱的火焰中汲取热量。"我恨你。"她徒劳地想要将我们的恋人戒指从手指上取下。

"怀孕？"我用震惊的声音问。

"但不一定是你的！"露奈特尖叫，然后放弃了从她肿胀的手指上取下戒指，转而将一根木柴朝我扔来。我们的奴隶在小屋后方痛苦地哀叫，露奈特也朝她扔了块木头。

"但我必须去，"我说，"我必须和亚瑟一起去。"

"然后抛弃我？"她尖叫起来，"你想让我成为妓女？是吗？"她又扔过来一块木头，而我抛下了这场争执。这天是亚瑟与欧文决斗的第二天，我们都回到了林第尼斯，德莫尼亚的会议在位于那里的亚瑟别墅举行，结果那儿被请愿人和他们的亲戚朋友所包围。那些急切的人们等候在别墅的前门外。别墅后本来是花园的地方，现在搭建了军械库和仓库。欧文的老部下们就在那里等着我。他们选择了伏击地点，在那里的冬青树可以挡住屋子里人们的视线。走在小道上时，我仍然听得见露奈特的尖叫，骂我是个叛徒和懦夫。"她骂得对，撒克逊人。"安南之子格里菲说道，然后朝我吐口水。

他的手下挡住了我的去路。十几名枪兵,都是以前的同伴,但现在都露出执拗的敌意。亚瑟也许将我的性命置于他的保护之下,但在这里,从别墅窗口看不见的地方,没人会知道我是怎么死在泥里的。

"你打破了你的誓言。"格里菲指责我。

"我没有。"我回答。

米奈克举起了他的枪,他是一名老战士,颈间腕间都戴着欧文给他的沉甸甸的黄金。"别担心你的女人,"他语气轻浮,"我们大伙儿都知道怎么照顾年轻寡妇。"

我拔出海威贝恩。在我身后,女人们走出小屋,观看她们的男人为他们的主人报仇。露奈特也在当中,同其他人一起嘲笑我。

"我们已经立下新誓,"米奈克说,"和你不同,我们守着自己的誓言。"他沿小路跨上前,与格里菲并肩。其他的枪兵在他们的头儿身后聚集,在我身后,妇人们也逼迫上前,她们中的一些人放下了一直拿在手中的卷线杆和纺锤,开始朝我扔石头,迫使我走向格里菲的长枪。我举起海威贝恩,它的边缘还因为亚瑟与欧文的战斗带着凹痕。我默念祈祷,希望诸神给我一场善终。

"撒克逊人。"格里菲说着他所能想到的最恶毒的侮辱之词。他小心翼翼地前进,因为知道我使剑的水平。"撒克逊叛徒。"他说,却突然退缩了,因为有一块沉重石头落在我们之间的小路上,溅起泥水。他朝我身后看去,我瞧见了他脸上的恐惧,他的枪刃垂向了地面。

"你们的名字,"妮慕的声音在我身后嗞嗞响起,"已被记在石上。安南之子格里菲、埃尔切特之子马蓬、卡登之子米奈克……"她一一列举着枪兵们的名字和血统,每说一个人便向她扔在他们道路上的诅咒之石吐一口口水。长枪纷纷跌落。

我让道给妮慕。她身着黑色兜帽斗篷,脸隐藏在阴影中,只有金色的眼球闪烁着恶意的光芒。她站在我身边,然后突然转身,将钉着槲寄生的

亚瑟王

手杖指向扔石块的女人们。"你们想让你们的孩子变成老鼠吗？"妮慕对旁观者们说，"想要你们的奶汁干涸，尿液像烈火般焚烧吗？滚！"女人们抱起她们的孩子，跑回小屋躲了起来。

格里菲知道妮慕是梅林的宠儿，拥有德鲁伊的力量，他怀抱着对她诅咒的恐惧不停颤抖。"求你了。"他对转过身面向他的妮慕说。

她走过他低垂的枪尖，用手杖重重地击打他的脸颊。"趴下！"她说，"你们所有人！趴下！面朝下！平趴下！"她击打米奈克。"趴下！"

他们一个接一个腹部朝下躺平在泥土中，她踩在他们的背上。她的踩踏很轻，但诅咒很沉重。"你们的命现在在我手中，"她对他们说，"你们的生命都属于我。我将把你们的灵魂玩弄于股掌间。每个清晨你们醒来时，都应感谢我的慈悲；每个黄昏，你们都要祈祷你们肮脏的脸孔没有出现在我的梦中。安南之子格里菲，向德瓦发誓效忠，亲吻他的剑。跪下，狗！跪下！"

我抗议说这些男人不应效忠于我，但妮慕愤怒地转向我，命令我拔出剑，然后，脸带泥土和恐惧，我以前的同伴一个接一个跪行着前来亲吻海威贝恩的剑尖。这誓言不会让我成为这些人的主人，但能让他们再不能攻击我，除非他们不惜危害到自己的灵魂。妮慕告诉他们，如果他们违背誓言，他们的灵魂将注定永世囚禁于黑暗的彼世，再也无法在这个阳光普照的绿色土地上找到新的躯体。有一个枪兵，是个基督徒，拒绝了妮慕，说这誓言毫无意义，但当她从眼眶中拿出黄金眼球，向他举起，嘶声说出诅咒时，他的勇气消失了。在卑贱的恐惧中，他双膝跪地，像其他人一样亲吻了我的剑。等他们起誓完毕，妮慕命令他们再次平趴在地上。她将黄金球放回眼眶，然后我们便离去了，放任他们躺在泥土中。

离开他们的视线后，妮慕大笑起来。"我很享受！"她说，声音中带着一丝熟悉的、孩子气的调皮，"我真的很享受！我真的恨他们，德瓦。"

"所有男人？"

"穿着皮衣、带着长枪的男人。"她颤抖了一下,"不是你。但其他的,我都恨。"她退下兜帽,看着我:"你想要露奈特跟你一起去科里尼翁吗?"

"我发誓要保护她,"我闷闷不乐地说,"她告诉我她怀孕了。"

"这意味着你的确希望她陪你去咯?"

"是的。"我口上如此回答,但心里却说着"不"。

"我认为你是个蠢货,"妮慕说,"只要我叫露奈特去,她就会照办。可是我告诉你,德瓦,如果你现在不离开她,她将来也会在她认为有利的时候离开你的。"她勾住我的手臂,我们已经走进了别墅的门廊,请愿的民众正等候见亚瑟。"你知道吗?"妮慕小声问我,"亚瑟在考虑释放甘德利亚斯。"

"不。"我惊讶于这消息。

"是的。他认为甘德利亚斯现在能接受和平了,他认为甘德利亚斯是统治瑟卢瑞亚的最佳人选。亚瑟不会不经图锥克的同意就释放他,所以现在这事还不会发生。但当它发生后,德瓦,我会杀了甘德利亚斯。"她天真的话语让人不寒而栗,残暴赋予她一种她天生并不具备的美丽。她的目光越过潮湿冰冷的土地,凝视着遥远卡丹城堡的方向。"亚瑟梦想着和平,"她说,"但永远都不可能有和平。永远!不列颠是一口圣锅,德瓦,亚瑟会将其搅得一片惨状。"

"你错了。"我怀抱着对亚瑟的忠诚说。

妮慕以一个鬼脸来嘲笑我的声明,之后不发一言,转身走回了通往战士营地的小路。

我推开请愿人,进入别墅。进去时,亚瑟看了我一眼,随意地挥手打了个招呼,然后将注意力放回一个正抱怨邻居动了两户人之间边界石的男人。白德文和格兰特与亚瑟一起坐在桌前,阿格里科拉和崔斯坦王子像守卫一样站在一侧。一群王国顾问和文职官员坐在地上,地面特别温暖,这归功于罗马式的地板:地板下方留有空间,一个火炉烧出的温暖烟气充斥

亚瑟王

其中。磁砖上的小缝让小股小股的烟雾可以飘散入觐见室。

请愿者们一个接一个前来，正义得以伸张。几乎所有这些案件都可以在距离别墅一百步远的林第尼斯地方法庭解决，但许多乡民，尤其是农村的异教徒们，总觉得王室议会的决定比法官在罗马人建造的法庭中的仲裁结果更具有约束力，所以他们积累着他们的怨气和争执，直到附近有比较便利的地点举行会议。亚瑟代表婴儿莫德雷德耐心处理乡民们的琐事，但当这天真正重要的事情终于要开始时，他反而松了口气。这件事便是处理前一天决斗带来的种种混乱影响。欧文的战士们被交给了格兰特亲王，在亚瑟的建议下，他们被分散到了几支不同的军队中。格兰特手下的一名队长里沃奇，将代替欧文成为国王侍卫的首领。一位地方文职官员将负责计算欧文的财产，并将铩骸部分交付给康沃尔。我注意到亚瑟处理事务时很直爽，总是给每个人畅所欲言的机会，这样的磋商往往会导致无止境的争执，但亚瑟天生具有化繁为简的才能，会提出让每个人都满意的妥协方案。我同时还注意到，格兰特和白德文倾向于让亚瑟居首位：白德文将他对德莫尼亚的全部希望都寄托了在亚瑟的剑上，他是亚瑟最坚定的支持者；而格兰特作为乌瑟的侄子，本可能会成为亚瑟的敌手，但亲王并没有他叔叔的野心，也乐于见到亚瑟承担起统治的责任。德莫尼亚有了一位新的国王勇士，乌瑟之子亚瑟。显而易见，整个屋子里的人都为这个决定感到放心。

伊斯卡的凯杜伊亲王被责令支付一部分铩骸给康沃尔。他对此决定表示抗议，但在亚瑟的怒火面前他胆怯了，顺服地同意支付四分之一的钱。我觉得亚瑟想要对他施行更严厉的惩罚，但我立下的誓言让我不能透露凯杜伊在整件沼泽袭击事件中的角色，而且也没有其他证据能证明他是共犯，所以凯杜伊逃脱了重刑。崔斯坦王子以点头表示赞同亚瑟的决定。

这天的下一个议题是如何安排我们国王的未来。莫德雷德之前一直住在欧文家，他现在需要一个新家。白德文推荐了一名叫纳布的人，他是杜诺维瑞阿的最高行政官。另一名议会顾问立刻反对，指责纳布是一名基督徒。

亚瑟轻敲桌面，在一场激烈的争论开始前就制止了它。"纳布在这里吗？"他问。

房间后方的一名高个男人站起身。"我就是纳布。"他的胡子剃得干干净净，身上穿着罗马长袍。"卢艾德之子纳布。"他正式介绍自己。他是个年轻男子，长脸上带着严肃的神情，后退的发际线让他看上去像是位主教或者德鲁伊。

"你有孩子吗，纳布？"亚瑟问。

"三个，阁下。两个男孩和一个女儿。我女儿和莫德雷德陛下同年。"

"杜诺维瑞阿有德鲁伊或颂词著者吗？"

纳布点头："有，颂词著者德瑞拉，阁下。"

亚瑟与白德文低语了几句，白德文点了点头，亚瑟也向纳布微笑道："你愿意照顾一位国王吗？"

"荣幸之至，大人。"

"你可以教授他你的信仰，卢艾德之子纳布，但前提是德瑞拉必须在场。等孩子五岁之后，德瑞拉将成为他的导师。国库会付给你国王薪水一半那么多的津贴，你必须随时随地在国王身边安排二十名侍卫。若他的生命受到威胁，你和你的全家都将被株连。你同意吗？"

当他听到如果莫德雷德被杀害，他的妻儿都会陪葬时，纳布的脸色变得苍白，但他还是点头同意了。这毫不意外。成为国王的监护人，让纳布在距离德莫尼亚权力中心很近的地方占据了一席之地。"我同意，大人。"他说。

会议的最后一件议题，是决定甘德利亚斯的妻子和爱人、欧文的奴隶莱杜伊斯的命运。她被带入房间，挑衅地站在亚瑟面前。"今天，"亚瑟告诉她，"我会北上科里尼翁，你的丈夫便被关在那里，你想去吗？"

亚瑟王

"好让你再次羞辱我?"莱杜伊斯问。无论欧文有多残暴,还是无法击垮她的精神。

亚瑟听出她语气中的敌意,皱了皱眉。"好让你能和他在一起,夫人。"他柔声道,"你丈夫虽是囚犯,但没有被轻慢,他有一栋和这一样的房子,当然,不可否认,那房子有警卫看守。但你可以和他住在一起,拥有隐私和安宁,如果你愿意的话。"

莱杜伊斯的眼中涌出泪水:"他也许不要我了,我已被玷污。"

亚瑟耸肩:"我不能代表甘德利亚斯的想法,只听你的决定。如果你选择留在这里也可以,欧文的死意味着你已自由。"

她似乎对亚瑟的慷慨感到茫然,但还是点了点头:"我会跟您去的,大人。"

"很好!"亚瑟站起来,将他的椅子搬至房间的一侧,并有礼貌地邀请莱杜伊斯坐下,然后转向聚集在一起的顾问、枪兵和首领们。"我有一件事要说,就一件,但你们必须都明白,而且必须向你们的士兵、家人、部落和氏族复述。我们的国王是莫德雷德,只有莫德雷德。我们只对他效忠,我们的剑只属于他。但未来的日子中,王国将面临敌人,正如所有王国一样,会需要而且会持续需要一些强势的决策。当这些决定被下达时,你们中会有人议论,说我篡夺了国王的权力,甚至会有人觉得我想霸占王位。所以今天在你们面前,在格温特和康沃尔的友邦面前——"说到这里,亚瑟恭敬地向阿格里科拉和崔斯坦比了比手势,"我发誓,以世间所有最珍贵之物起誓,我只会为一个目的行使你们赋予我的权力,那个目的就是等莫德雷德长大,将他的王国交到他的手上。我在此起誓。"他硬生生地停下。

这段话在房间中激起千层浪,直到那一刻,人们才明白亚瑟就这样自然而然地迅速取得了德莫尼亚大权。他与白德文、格兰特亲王坐在一张桌子上这件事让旁人认为他们的地位平等、权力相同,但亚瑟的讲话宣布了只有一个人才是真正的首领,而白德文和格兰特通过他们的沉默,支持了亚瑟的宣言。

当天下午,一大群人出发北上。亚瑟,以及他的两名战士、他的仆人海崴德,同阿格里科拉与他的手下骑在最前面。莫甘、莱杜伊斯和露奈特乘坐马车,我与妮慕则步行。在妮慕的怒火之下,露奈特不得不一切顺从照办。我们在托尔山过夜,我见识到了古勒登的杰作:新的栅栏已经就位,一座崭新高塔在旧塔的地基上崛起。蕊拉怀孕了。佩里诺认不出我了,只是在他的新笼子里走来走去,就好像他在执勤守卫,还对隐形的枪兵呼喝着命令。德鲁依丹色迷迷地盯着莱杜伊斯。抄写员古多文带我去看了山坡北面海威的墓地,然后领着亚瑟去了神圣荆棘教堂,圣人诺维娜就埋藏在那株不可思议的树旁边。

次日清晨,我与莫甘、妮慕道别。天空又恢复湛蓝,寒风凛冽,我跟随亚瑟北上。

我的儿子在春天出生,只活了三天。之后的许多日子里,我总会看见那红红皱皱的小脸蛋,随回忆而至的还有我眼中的泪水。他看上去挺健康的。那天早上,我们把他裹在褓袱里挂在厨房墙上——那是为了不让他挡到狗和猪的道儿——可他就这么死了。同我一样,露奈特也哭了,但她将孩子的死怪罪在我身上,她说科里尼翁的空气会带来疫病,而事实上她在这镇上生得挺愉快。她喜欢干净的罗马建筑和我们这栋朝向石板街的小砖房,还出乎意料地和亚瑟的爱人艾利恩以及她的双胞胎儿子安赫与罗赫建立了友谊。我挺喜欢艾利恩,但那两个男孩是魔鬼。亚瑟把他们宠坏了,也许是他自觉愧疚——因为他们与他一样,并不是有继承权的嫡子,而是必须在这个艰难世道凭自己打拼立命的私生子。就我所见,他们不服从任何管教,除了一次,那时我看见他们拿匕首挖一只小狗的眼睛,便打了他们俩的手掌。小狗已经瞎了,所以出于善心,我干净利落地结果了

亚瑟王

它。亚瑟表示认可,但说我不该教训他的儿子,他的战士则为我叫好。我觉得艾利恩也赞同我。

她是个忧郁的女人,知道自己作为亚瑟伴侣的日子已屈指可数,因为她的男人已成为不列颠最强大王国的实际统治者,会娶一名能帮他巩固统治的新娘。我知道那新娘将会是夏汶,波伊斯的星辰与公主,我怀疑艾利恩也知道。她想回贝诺克,但亚瑟不会允许他的宝贝儿子们离开这个国家。艾利恩知道亚瑟不会让她饿死,可也不会把身为情人的她留在身边,让自己的正室丢脸。春日让树木长出嫩叶,让田野鲜花烂漫,也让她的忧伤愈来愈深。

撒克逊人在春天来袭,但亚瑟并没有上战场。迈尔沃斯王在他的主城汶塔保卫着南部战线,格兰特亲王则带兵从德罗寇布法斯乘船前去对抗可怕的阿尔王的撒克逊军队。格兰特在这次讨伐中出师不利,于是亚瑟让塞格拉莫带着三十名骑兵前去增援,这扭转了战局。我们听说,阿尔的撒克逊士兵相信黑皮肤的塞格拉莫是来自暗夜国度的怪物,巫师与刀剑都无法与他抗衡。这努米底亚人将阿尔的军队打得不断后撤,甚至将战线推进了整整一天的行军路程,他用一排砍下的撒克逊头颅来标记他的新边界,孤军深入洛依格,甚至一度率领骑兵远至伦敦。在罗马人统治期间,伦敦曾是不列颠最伟大的城市,但如今它早已腐坏,只余断壁残垣。塞格拉莫告诉我,那里幸存的不列颠人胆小如鼠,求着他不要破坏他们与撒克逊统治者之间那脆弱的和平。

没有梅林的消息。

格温特的人们戒备着波伊斯的高菲迪特的进犯,但那并没有发生,取而代之的是一位信使由北方高菲迪特的都城司乌思城堡骑马而来。两周后,亚瑟骑行北上去会晤敌对国王。我作为十二名随行战士之一,佩了剑,但未带枪盾。我们肩负着和平的使命,亚瑟也为美好的前景而兴奋。我们带着瑟卢瑞亚的甘德利亚斯同行,先向东去了图锥克的都城布瑞恩。

那是一座城墙环伺的罗马城市，充斥着军械作坊与铁匠铸造时散发着臭味的黑烟。之后，我们在图锥克与他扈从的陪伴下向北行进。阿格里科拉在格温特边界对抗撒克逊人，图锥克和亚瑟一样只带了少量护卫，不过他还带了三名神父，其中就有桑森，暴躁黝黑秃顶的小个子神父，妮慕给他起过一个绰号"耗子神勒泰戈恩"。

我们的队伍多彩多姿。图锥克国王的手下在他们的罗马制服外系着红色的披风，亚瑟的战士们则身着崭新的绿斗篷。我们在四面旗帜下行进：莫德雷德的德莫尼亚龙旗、亚瑟的熊旗、甘德利亚斯的狐狸旗帜和图锥克的公牛旗。

莱杜伊斯与甘德利亚斯相伴而行，是我们队伍中唯一的女性。她重拾欢颜，甘德利亚斯看起来也对她的陪伴心满意足。他仍是个囚犯，但重又佩起了剑，并与亚瑟、图锥克并肩骑行，位置尊贵。图锥克依然对甘德利亚斯心存戒备，但亚瑟对待甘德利亚斯有如老友——毕竟甘德利亚斯是他团结不列颠人计划的一部分，这计划若能实现，亚瑟就能专心对付撒克逊人了。

在波伊斯边界，卫兵前来欢迎我们。道路铺上了灯芯草，一位吟游诗人歌颂着亚瑟在白马丘对战撒克逊人的胜利。高菲迪特国王没有来迎接我们，但派来了雷欧狄甘——汉尼斯维恩的国王，他因国土被爱尔兰人夺走而流亡，现客居高菲迪特的宫廷。雷欧狄甘被选中是因为他的身份足够高贵，但他本人是个臭名昭著的蠢货。他极高，很瘦，脖子非常长，黑发纤细，嘴唇下垂湿润。他一刻不停，或蹦跳或抽搐或眨眼或抓挠或焦躁不安。"国王陛下想来的，"他对我们说，"真的，但无法来。你们明白吗？不过都一样，我带来了高菲迪特的问候！"看见图锥克赏赐吟游诗人金子，雷欧狄甘的眼神充满妒意。我们后来知道，雷欧狄甘很贫穷，他花费大部分时间试图收回自己的巨额损失——那是爱尔兰征服者丢尔纳赫夺去他土地造成的。"我们继续吧？会议地点在……"雷欧狄甘停顿了一下，"上帝

亚瑟王

保佑我,我忘记了,不过护卫长知道。他在哪里?哦,那里。他叫什么名字?算了,我们总会到的。"

波伊斯的鹰旗和雷欧狄甘自己的牡鹿旗帜加入了我们。我们沿着一条纵贯这美丽国土的罗马道路行进,去年秋天亚瑟正是于此处将美好土地变成了焦土,但只有雷欧狄甘蠢到提起了这件事。"你来过这儿,毫无疑问。"他招呼亚瑟。雷欧狄甘没有马,所以只能被迫走在王室成员们的旁边。

亚瑟皱眉。"我不确定。"他圆滑地说。

"你当然来过,不是吗?看呀,烧焦了的农田!那不是你干的嘛!"雷欧狄甘冲亚瑟微笑,"他们低估了你,对吧?我告诉过高菲迪特,直截了当地跟他说过。我说,年轻的亚瑟很厉害,但高菲迪特从来不听劝。他是一名战士没错,可不是个聪明人。他的儿子好一些,我觉得。昆格拉斯绝对更聪明。我想让小昆格拉斯娶我的女儿,但高菲迪特听都不愿听。算了。"他被草丛绊了一下。这道路正如怀君岛附近的福斯路一样,曾安置着路缘石,能让表面的水流入两边的排水沟,如今却杂草丛生。雷欧狄甘坚持要指出亚瑟损毁的其他地方,但没多久,他就放弃煽风点火,落在后面,与我们这些步行的守卫以及图锥克的三名神父走在一起。他试图和亚瑟的护卫队长亚格拉宾搭话,但亚格拉宾表现得闷闷不乐。最终雷欧狄甘认定我是亚瑟的同伴中最好说话的人,热切地向我问起德莫尼亚贵族们的近况。他想要弄明白谁已经结婚谁还没结婚。"格兰特王子,结婚了吗?结了吗?结了吗?"

"是的,陛下。"我回答。

"那他妻子身体健康吗?"

"据我所知,很健康,陛下。"

"迈尔沃斯王呢?他有王妃吗?"

"王妃殿下去世了,陛下。"

"哈！"他立刻开心了起来。"我有女儿！"他解释道，语气恳切，"两个女儿，女儿们必须得嫁出去，不是吗？嫁不出去的女儿半点儿用处都没有。不过老实说，我的一个女儿马上就要出嫁了。有人来向格温薇儿提亲了。她会嫁给韦拉伦。你认识韦拉伦吗？"

"不，陛下。"

"他是个好人，一个好男人，非常好，但……"他停了停，似乎是在寻找合适的措辞，"没钱！没有像样的土地。我记得他好像在西边有些土地，不过长满了灌木，根本不值钱。他没有地租收入，没有金子。没有地租和黄金，一个男人还能有什么前途。而且格温薇儿是一位公主啊！还有她的妹妹格温维奇，到现在都没有婚约，完全没有！她就只会花我的钱，天知道我已经够穷了。迈尔沃斯的床上现在没人，是吧？这主意不错吧！虽然昆格拉斯那边还挺可惜的。"

"为什么，陛下？"

"两个女孩他都不想娶！"雷欧狄甘愤怒地说，"我向他父亲提议，如果联姻，我们两个邻国就建立了坚实的同盟，这安排多理想啊！但他不。昆格拉斯的目光可是落在艾尔蒙特的赫拉德和亚瑟身上，我听说，亚瑟要娶夏汶。"

"那我可不清楚，陛下。"我故作天真地说。

"夏汶是个漂亮女孩！真的！我的格温薇儿也不差，可她就只能嫁给韦拉伦。唉，多可惜啊！没有地租收入，没有黄金，没有钱，只有几片烂牧场和些病恹恹的牛。她绝不会满意的！格温薇儿喜欢享受，韦拉伦都不知道享受是什么意思！在我看来，他就住在猪圈里。但不管怎样，他也算是个部落首领。我跟你说，你越深入波伊斯，就会发现越多的人称呼自己为首领。"他叹了口气，"但她是公主！我本来觉得，也许格温内德的凯德沃伦的某个儿子会娶她，可凯德沃伦是个怪家伙，一直不怎么喜欢我，连爱尔兰人入侵的时候都没有帮我。"

亚瑟王

他为那天大的不公平而愤愤不已,后来终于安静了下来。我们已深入北方,这里的土地和人们看起来都很陌生。在德莫尼亚,我们周围是格温特人、瑟卢瑞亚人、康沃尔人和撒克逊人,但在这里人们都谈论着格温内德、艾尔蒙特、林恩和莫岛。林恩曾经叫作汉尼斯维恩,那是雷欧狄甘的王国,梦娜之岛——莫岛——也是其中的一部分,但现在已经成为了爱尔兰首领丢尔纳赫的领土。这些海对岸的爱尔兰人来我们的不列颠抢占领土,瓜分王国。我想,对以残暴著称的严酷男人丢尔纳赫来说,雷欧狄甘一定是块好啃的肉。连我们在德莫尼亚都听说过,丢尔纳赫的战士都用敌手的鲜血涂抹自己的盾牌。人们说,与其和他战斗,还不如去打撒克逊人。

但我们此行司乌思城堡,目的是为了建立和平,而不是战斗。司乌思城堡是一座泥泞的小城,坐落于一个宽敞平坦的山谷中,四周围绕着一圈土褐色的堡垒。小城旁是塞文河的河滩,在这里人们管它叫哈夫伦河。波伊斯的真正首都是多佛汶城堡,它像卡丹城堡一样,既没有水源也没有足够大的空间来容纳王国的法庭、财宝、武器、厨房和贮藏物资,所以正如德莫尼亚的政务平时都在林第尼斯处理一样,波伊斯的统治事务也都在司乌思城堡进行,只有危机来临或是举行王室庆典时,高菲迪特的宫廷才会搬到河下流的多佛汶城堡。

司乌思城堡曾经的罗马建筑已无踪影,但高菲迪特的宴会厅就造在其中一幢老建筑的石头地基上,他还在自己大厅的两侧特别为图锥克和亚瑟建造了两座新大厅。高菲迪特在自己的大厅中迎接我们。波伊斯国王是个不讨人喜欢的男人,他的左袖空荡荡地挂着,那是拜王者之剑所赐。他正处中年,体格健壮,眼睛很小,透着怀疑的目光,当他拥抱图锥克时,脸上丝毫没有温情,只是勉强地道了声欢迎。当不是国王的亚瑟向他跪下行礼时,高菲迪特阴郁地一言不发。他的首领和战士们都留着编成辫子的长胡子,穿着淋了一天雨、滴着水珠的沉重斗篷。大厅里有一股落水狗的气息。在场的除了两名奴隶，没有别的女人。她们端着两罐蜜酒，高菲迪特时不时从里头舀上一角。我们后来才知道，自从他被王者之剑砍掉手臂后，已经喝了好几周的酒。在这期间，他曾经发烧，以至于人们都怀疑他命不久矣。这蜜酒质地醇厚，酒劲也很大，它直接导致了波伊斯的统治重担从痛苦昏沉的高菲迪特手中，移到了他的儿子——波伊斯的继承人昆格拉斯的肩上。

昆格拉斯是一个年轻人，有张看上去很聪明的圆脸和黑色的长胡子。他很爱笑，很容易放松，也很友善。显而易见，他和亚瑟性格极其相似。三天来，他们白日在山间猎鹿，晚上在宴会欢庆，聆听吟游诗人的颂唱。波伊斯几乎没有基督徒，但昆格拉斯得知图锥克是基督徒，便请来一位神父布道，甚至自己也听了一场，虽然事后他摇着头说他还是喜欢自己的诸神。高菲迪特国王称布道是一场胡闹，但也没有阻止儿子纵容图锥克的信仰，不过高菲迪特特意让他的德鲁伊在临时搭建的教堂周围围了一圈咒符。"高菲迪特本还没有完全相信我们的目的是和平，"亚瑟在第二天晚上警告我们，"但昆格拉斯说服了他。所以你们千万要保持清醒，让你们的剑留在剑鞘中，不要挑起争斗。只要我们引起了一丁点火星，高菲迪特便会把我们赶出去，然后再次发动战争。"

第四天，波伊斯会议在宴会厅召开，今日的主要议程便是停战结盟，虽然高菲迪特保留意见，但这个提议还是很快被通过了。波伊斯国王没精打采地坐在他的椅中，看着儿子宣布了这个决定。昆格拉斯说，波伊斯、格温特和德莫尼亚会成为盟国，生死与共，如有人攻击其中一员，都会被视为攻击了全部三个国家。高菲迪特点头同意，但看上去并没有什么热情。不管怎样，昆格拉斯继续说道，一旦他自己与艾尔蒙特的赫拉德完成婚约，艾尔蒙特也将加入这个联盟公约，如此撒克逊人就将被一个不列颠王国的联合战线所包围。这个联盟是高菲迪特从与德莫尼亚的合约中所获得的最大好处：有机会与撒克逊人开战。而他加入联盟的条件便是让波伊

亚瑟王

斯领导这场战争。"他想成为至尊王！"亚格拉宾在大厅后方对我们咆哮。高菲迪特还要求让他的表亲，瑟卢瑞亚的甘德利亚斯恢复王位。图锥克遭受瑟卢瑞亚的劫掠最多也最严重，他拒绝让甘德利亚斯复位，德莫尼亚人也不愿意原谅他杀害诺维娜的罪行，我也因他对妮慕犯下的暴行而恨着这个男人。但亚瑟说服了我们，他说甘德利亚斯的自由不过是为和平付出的小小代价。于是，奸诈的甘德利亚斯如期重归王位。

高菲迪特也许不甘心签订和约，但他也一定被它带来巨大的利益说服，所以才肯付出如此大的代价。他愿意将自己的女儿夏汶——波伊斯之星——嫁给亚瑟。高菲迪特是个阴沉的人，生性多疑，待人严苛，然而他非常爱自己十七岁的女儿，将自己灵魂中仅存的热情与温柔都倾注到了她的身上。他肯将女儿嫁给亚瑟——不是国王，甚至都没有王子或亲王的头衔——证明了他确信自己的战士不能再继续与不列颠同胞作战了。这个婚约也说明了高菲迪特和他的儿子昆格拉斯一样，认可了亚瑟已成为德莫尼亚真正的当权者。会议结束后，一场盛大的宴会上，夏汶与亚瑟正式订婚。

订婚典礼是如此重要，因此所有人都从司乌思城堡转移到了更吉利的多佛汶城堡的最高宴会厅。多佛汶城堡以多佛汶山命名，它的山麓下有一片草场，名字的含义很适合现在这样的场合——处女草地。我们在日落时分到达，山顶炊烟袅袅，那是烤鹿和烤猪的大火堆。在我们下方，远处，银色的塞文河在山谷中曲折蜿蜒；北边，山脉延绵，向着格温内德的方向渐渐暗淡。听说天气好时，能在多佛汶城堡的顶点看见卡迪儿艾德瑞[①]山，但那天晚上，远处的雨在地平线处激起薄雾。山丘向下的斜坡遍布浓密的巨大橡树，从那里头飞出了两只赤鸢，飞向了被落日照得鲜红的云朵。这么晚还有两只鸟儿在飞，我们都觉得这是个天大的好兆头，未来一定诸事

[①] 原文为 Cadair Idris，意为巨人艾德瑞之椅。

顺利。在厅中，吟游诗人正唱着哈夫伦的故事——与城堡同名的人类少女差点被继母淹死于山下的小溪中，变成了一位女神。诗人们唱啊唱啊，直至太阳下山。

订婚仪式于晚间举行，以便让月亮女神保佑这对新人。亚瑟率先离开大厅准备，他走了整整一个钟头，回来时已满载荣耀、盛装打扮。即使最强硬的战士看到他重返大厅时也不由倒吸了一口气，他身披全副甲胄，穿行在中央走道，鳞甲上的金银薄片在火光中闪烁，饰有银纹、头骨造型的高耸头盔上的鹅毛扫过大厅的橡木。他包裹着白银的盾牌在光照下光彩夺目，白色披风扫过身后的地板。人们通常不会在宴会大厅中佩带武器，但那晚亚瑟选择了佩带王者之剑，他直直走到主桌前，犹如一位征服者。看到他昔日的敌人大步走向高台，连波伊斯的高菲迪特都倒吸了一口冷气。直到此刻之前，亚瑟都一直扮演着和平使者，但那天晚上他希望提醒一下他的岳父，自己所拥有的力量。

夏汶稍晚进入大厅。从我们到达司乌思城堡时起，她就一直躲在闺房中，而这种隐藏只是提升了我们这些从未见过高菲迪特女儿的人的期望。我承认我们大部分人都希望能够对波伊斯之星失望，但事实上，她比天空中任何一颗星星都还要闪亮。公主与她的侍女们一同进入大厅，所有看见她的男人都忘记了呼吸——至少我忘记了呼吸。她的肤色很白，这在撒克逊人中更常见些，但在夏汶身上变成了一种苍白精致的美。她身着用蜂巢染成金黄色的长裙，裙子在领口和褶边处绣着白色的星星。她的金发颜色非常浅，仿佛亚瑟的盔甲那么闪耀。她太苗条了，坐我身侧的亚格拉宾断言她不好生养。"任何正常的孩子都会死的，挣扎不出她那小屁股。"他刻薄地说。我想到了可怜的艾利恩，她一定希望亚瑟的妻子是个什么都生不出来的王室摆设。

月亮高悬于哈夫伦城堡之上，夏汶害羞地慢慢走向亚瑟，手中握着一条缰绳。她为自己未来的丈夫买来这礼物，象征她将自己从父亲的手上交

亚瑟王

到了丈夫手中。亚瑟笨手笨脚，差一点将夏汶给他的缰绳弄掉，那肯定是个坏预兆，但所有人，包括高菲迪特都对此一笑了之。接着高菲迪特的德鲁伊路万斯，正式为两人定下婚约，火光的跃动中，两人的手被草编环绑在了一起。亚瑟的脸隐藏在银灰色的头盔之后，但夏汶，甜蜜的夏汶，看上去开心极了。德鲁伊送出祝福，光明神格威迪恩和黄金晨曦女神阿兰罗德成为他们的特殊守护神，祝福整个不列颠享有和平。一位乐师开始演奏竖琴，人们鼓掌，而夏汶，可爱的银色的夏汶，发自灵魂的快乐让她又哭又笑。在那一晚，因为夏汶，我将心丢了。许多男人都如此。她看上去太幸福，这毫不奇怪，因为嫁给亚瑟，她逃过了所有公主的噩梦——为国家联姻而不是嫁给所爱。如果能够保证边疆的安全或者建立一个联盟，一位公主可以嫁给任何臭气熏天、大腹便便的老色鬼，但夏汶得到了年轻温柔的亚瑟，她无疑认为这是逃避恐怖命运的出路。

雷欧狄甘——汉尼斯维恩的流亡统治者——在庆典的高潮进入大厅。我们到达后，流亡国王就没有在我们眼前出现过，他去了自己在司乌思城堡北边的居所。现在，他为了订婚典礼后惯例要分发的礼物又出现了，站在大厅后方，加入了为亚瑟分发财物而鼓掌欢呼的人们。亚瑟得到德莫尼亚议会的允许，带回了他在去年夺来的高菲迪特的武器装备，但那些已被私下归还，因为不便让人想起波伊斯人的战败。

分发完礼物，亚瑟摘下头盔，在夏汶身侧坐下。他与她交谈，像惯常那样弯腰凑近，她无疑会感到在他的世界中她是最重要的人，的确，她有这样的资格。我们大多数人都在嫉妒这样一对看起来如此完美的恋人，连高菲迪特看起来也为夏汶的快乐而感到高兴，即使夺去他女儿的是在战场上击败他且让他残疾的男人。

但就是那个美好的夜晚，和平终于来临的时刻，亚瑟击碎了不列颠。

那时我们无人知晓。分发完订婚礼物之后，便是饮酒歌唱的时间了。我们观看了杂耍表演，欣赏了高菲迪特王家吟游诗人的演出，吼唱着自己的歌。我们中有个人忘记了亚瑟的嘱咐,和一名波伊斯战士打起来,两个醉汉被拖到外面,浸在水里;半个小时之后,他们又倒在彼此的怀中,发誓要做永远的朋友。就在那段时间里,火焰熊熊燃烧,人们觥筹交错、推杯换盏,我看见亚瑟死死盯着大厅后方的某处。出于好奇,我转身去看是什么吸引了他的视线。

我转身看见人群中站着一个颀长的年轻女人。她比周围人都要高一个头,脸上带着一种大胆挑衅的表情。那神情似乎是在说,若君能征服我,便能征服全世界。一群猎鹿犬围在她的脚下,全像它们的女主人一样,有着苗条纤细的身体、长长的鼻子和猎手的眼神。那女人有一双绿眸,其中深藏残酷之意。她的脸绝不柔和,体态也不婀娜,轮廓硬朗,颧骨突出,虽然如此长相也算是漂亮,但看上去实在太尖锐太厉害。她的美丽之处在于头发与举止。她站姿笔挺,有如长枪;红发如瀑,翻滚着波浪垂下肩膀。红发柔和了她的长相,笑容则有如陷阱,将男人们变成落入罗网的鲑鱼。世上比她美貌的女子千千万万,但我觉得,自世界诞生之初以来,没有一个女人能像她这般令人难忘。她就是格温薇儿,汉尼斯维恩的流亡国王雷欧狄甘的女儿。

梅林总是说,若她一出生就被溺死,那就好了。

第二天,王室成员们去猎鹿,格温薇儿的猎犬捉住了一头还没长角的幼雄鹿,不过听亚瑟夸奖那些狗的溢美之词,简直让人觉得它们捕下了德维得的疯狂牡鹿。

吟游诗人歌颂爱情,男男女女向往爱情,但无人知其为何,直到它如黑暗中的长枪,直击心扉。亚瑟无法将视线从格温薇儿身上移开,天知道他有多努力克制。在订婚庆典的第二天,我们回到司乌思城堡,他与夏汶散步聊天,却等不及想要去见格温薇儿,而格温薇儿也深知游戏规则,逗弄着亚瑟,对他若即若离。她的未婚夫韦拉伦也在宫廷中,格温薇儿会挽

亚瑟王

着他的手臂,与他同行嬉笑,又突然偏头向亚瑟投去一抹羞涩的目光,让亚瑟的世界为之瞬间静止。亚瑟为她痴狂。

如果白德文在那里,事情会不会不一样?我认为不会。即使梅林也阻止不了这事情的发生,正如不可能让雨水归云,河水倒流。

庆典后第二晚,格温薇儿在黑暗中来到了亚瑟的房间,那时正是我站岗,他们的笑声和窃窃私语传入我的耳中。整个晚上,他们一直在聊天,也许不只是在聊天。我不知道他们究竟干了什么,但我就站在门外,不论想不想也听见了他们的谈话。有时,声音太小听不清,但大部分时间,我听到的都是亚瑟在解释,在甜言蜜语,在请求,在催促。他们一定互诉过衷肠,但我没有听见,我倒是听见亚瑟在讨论不列颠以及那个让他从阿莫里凯跨海而来的梦想。他谈到了撒克逊人,说他们是瘟疫,若要让这片土地获得幸福,就一定要将他们根除。他谈到了战争,谈到了骑着战马冲进战场时那可怕的快感。他的话语正如他曾经在卡丹城堡的严寒堡垒上与我说过的一样,描绘了一片和平的土地,在那里,普通人不用害怕随黎明所至的长枪兵。他急切地说着,充满激情,而格温薇儿欣然聆听并表示被他的理想所鼓舞。亚瑟由梦想中编织出一个未来,格温薇儿就在其中穿针引线。可怜的夏汶,她所拥有的仅是年轻美貌,但格温薇儿看见了亚瑟灵魂中的孤独并发誓要将它治愈。她在破晓前离去,黑色的身影滑行穿过司乌思城堡,卷发间闪烁着弦月的光芒。

第二天,满怀悔恨,亚瑟与夏汶和她的兄长一同散步。格温薇儿则佩戴上了一条重金打造的新项链。我们一些人为夏汶感到难过,但她是个孩子,格温薇儿却是个女人,亚瑟无能为力。

那样的爱情是疯狂的,就像佩里诺那么疯狂,如此疯狂足够毁了亚瑟,将他送上亡者之岛。对他而言,一切都消失了:不列颠、撒克逊人、新建立的同盟,以及他自阿莫里凯归来之后一直致力创造的伟大、脆弱、平衡的和平。因为那位身无分文、土地尽失的红发公主的魔咒,所有这一切都将被卷入毁灭的旋涡。亚瑟知道自己在干什么,但他无法阻止自己,正如无法阻止太阳升起。他着了魔,想的说的都是她,梦里也全是她,离了她,他便活不下去。然而,令人苦闷的是他不知怎么还维系着与夏汶订婚的假象。婚礼已经安排妥当。为了赞颂图锥克为合约做出的贡献,婚礼将在格兰温举行,亚瑟将先行前往那里准备。仪式必须在月盈时进行,现在是月缺,如此恶兆之时不能举办任何婚礼,不过两周后便是吉日,夏汶将在发间佩戴鲜花,南下前来。

但亚瑟却将格温薇儿的发丝戴在颈间。他在自己的领口底下藏着一小根红色的细辫,某天早晨我给他送水时看见的。他赤裸着胸膛,在一块石头上磨刮胡刀,发现我注意到了辫子,他耸了耸肩。"你觉得红发不吉利吗,德瓦?"他看见我的表情后问道。

"每个人都这么说,阁下。"

"每个人都说的就一定正确吗?"他向青铜镜子发问。"德瓦,要让一把剑剑刃锋利,就不要将它浸在水里,而是要在一个红发男孩儿撒的尿里冷却。那一定是因为吉利,对吧?如果红发真是不吉利的,"他停顿了一下,向石头上吐了口唾沫,来回磨着刀刃,"我们的使命,德瓦,就是改变,破旧立新,那为什么不让红发成为幸运的象征呢?"

"您能做任何事情,阁下。"我虽然不高兴,但仍然怀抱忠诚之心说。

他叹了口气。"我希望那是真的,德瓦。我真希望那是真的。"他看着青铜镜,将刀贴在面颊上,缩了缩脑袋,"和平不仅仅是一场联姻,德瓦。一定是这样!不会因为一位新娘就引发战争的。如果和平是人人渴望之物,那绝不会因为一场婚礼没有举行便被抛弃,对吧?"

"我不知道,阁下。"我只知道我的阁下正在脑海中排练演说,一遍遍地重复直到自己也相信。他为爱而疯狂,简直分不清南北东西。这样的亚瑟我从未见过,他充满了热情,容我大胆说一句,非常自私。亚瑟上位太快了。他的血管中的确流着一位国王的血液,但他并没有因此继承任何遗

亚瑟王

产,所以他总认为所有的成功都是他个人的。他为此骄傲,也相信自己比任何人——也许除了梅林——知道得更多。大多数情况下,人们都会盲目地追求相同的东西,所以他自私的野心也往往看似高尚、有远见,但在司乌思城堡,那野心与别人的愿望冲突了。

我离开,让他一个人刮胡子。门外的阳光中,亚格拉宾正在削尖一支猎猪长枪。"怎么样?"他问我。

"他不会娶夏汶了。"我回答。我们离开了屋中人能听见的范围,但即使我们就在近处说话,亚瑟也不会听见。他正在唱歌。

亚格拉宾吐了口口水。"他会娶的。"他将长枪尾端插入草皮,大步走向图锥克的房间。

高菲迪特和昆格拉斯是何时知晓此事的,我不清楚,因为他们并不像我们一样常与亚瑟有接触。即使高菲迪特有所怀疑,他大概也觉得无伤大雅。他一定觉得,亚瑟会让格温薇儿做他的情妇,而娶夏汶做妻子。订婚一周内就做出这种安排,这当然很失礼,但失礼这种事儿一点都不会让波伊斯的高菲迪特感到为难。他自己也很不遵守礼仪,而且也像所有国王那样明白,妻子是用来建立王朝的,情人则是用来取乐的。他自己的妻子很早以前就过世了,之后有一连串的奴隶女孩为他暖床,对他来说,贫穷的格温薇儿的地位不会高过一名奴隶,所以也绝不会威胁到他的宝贝女儿。昆格拉斯更敏锐,我肯定他已经嗅出了些麻烦的苗头,但他将自己的全部精力都倾注到了这个新的和平局面上,他一定希望亚瑟对格温薇儿的迷恋就像一场夏日的暴风雨般很快消散。或许他和高菲迪特都没有怀疑什么,没有将格温薇儿送离司乌思城堡,虽然这样的举动有没有用,只有天知道。亚格拉宾认为这疯狂可能会过去。他告诉我,亚瑟曾经也像这样痴迷过。"特雷贝斯岛上,有个女孩儿,"亚格拉宾说,"忘记她的名字了。梅拉?梅萨?类似这样的。漂亮的小东西。亚瑟糊里糊涂地追她,就像一条狗追逐运尸车。我跟你说,他那时还很年轻,太年轻了,女孩的父亲觉得他不名一文，所以便把那个不知道叫梅拉还是梅萨的姑娘送去了布罗塞利昂，嫁给一个比她大五十五岁的地方法官。她因难产而死，但亚瑟那时已经不再迷恋她了。这种感情是会过去的，德瓦。图锥克会让亚瑟清醒点的，你看着吧。"

图锥克花了整整一个上午与亚瑟密谈，我以为他真的成功让我的主人清醒点了，那天余下的时间里，亚瑟看上去都饱受折磨。他不看格温薇儿一眼，强迫自己热情地对待夏汶，而那天晚上，也许是为了取悦图锥克，他和夏汶在临时搭建的小教堂中一同聆听了桑森的布道。我觉得亚瑟一定对耗子大人挺满意的，布道结束后，他便邀请桑森去了自己的寝室并闭门密谈了许久。

次日早晨，亚瑟一脸坚定固执地宣布，我们全都要在这个早上出发离开。在此时此刻。我们本该在两天后离开，高菲迪特、昆格拉斯和夏汶一定都很惊讶，但亚瑟说他需要更多时间来筹备婚礼，高菲迪特也平静地接受了这个理由。昆格拉斯或许认为亚瑟早离开是为了摆脱格温薇儿的诱惑，所以也没有反对，他随即命令侍仆准备面包、奶酪、蜂蜜和酒让我们打包带上路。夏汶，美丽的夏汶，与我们一一道别，先是我们，然后是守卫。我们所有人都爱上了她，从而痛恨亚瑟的疯狂，但我们对此无能为力。夏汶给了我们每人一件小金饰做礼物，每个人都试图拒绝，但她坚持要我们收下。她给了我一枚连环锁胸针，我将它推回去时，她笑而不语，然后合上了我的手，将黄金留在我的手心。"照顾好你的主人。"她真诚地说。

"还有您，公主。"我热诚地回答。

她笑了笑，走向亚瑟，递给他一枝山楂花，寓意一路顺风。亚瑟将花别在剑带上，吻了吻未婚妻的手，便爬上了勒姆芮的马背。昆格拉斯想要派自己的卫兵护送我们，但亚瑟拒绝了这好意。"我们单独走就行了，王子殿下，"他说，"能更快地去安排喜事。"

亚瑟王

夏汶听了亚瑟这话很开心，昆格拉斯亲切地命令打开城门，亚瑟便如同一名被解除了职务的人一般，骑着勒姆芮疾驶而去；离开了司乌思城堡和塞文河的浅滩。我们徒步跟随，却发现一枝落在河岸边的山楂花，亚格拉宾飞快地从地上将它拾起，以免被夏汶发现。

桑森与我们同行，没人解释原因，但亚格拉宾猜测是图锥克派神父来监督亚瑟，防止他继续痴狂，我们都祈祷亚瑟的疯狂能快些退去，但我们错了。就在亚瑟于高菲迪特的大厅中第一眼看见格温薇儿的红发时，这痴狂已无药可救。塞格拉莫告诉过我们一个旧世界的古老传说，对一座拥有塔楼、宫殿和庙宇的伟大城市所发起的战争，这整场悲剧都起源于一个女人，为了那女人，成千上万的青铜甲战士长眠于尘土中。

到头来，这故事也不是那么古老。

我们离开司乌思城堡才两个小时，就在一片荒芜农田、只有陡削山丘和浓密树林的狭长林地中，发现汉尼斯维恩的雷欧狄甘在路边等我们。他一言不发地领着我们走上一条土道路，这条路自巨大的橡树根部间蜿蜒向前，通向一个由海狸筑巢所形成的池塘。狗蘩藜和百合花在树林间茂密生长，迟谢的风信子在阴影中闪着微光舞动。阳光洒向长满了报春花、延龄草和犬齿堇菜的草地，等在那儿的是比所有花儿都更明艳的，身着刺绣亚麻长裙的格温薇儿。黄花朵朵，编进了她的红色长发。她佩戴着亚瑟送的黄金项链、白银手镯，披着淡紫色羊毛披肩。她的模样足以让任何男人呼吸停止。亚格拉宾小声地咒骂。

亚瑟下马，奔向格温薇儿。他将她拥入怀中，抱着她旋转，她的笑声传进了我们的耳朵里。"我的花！"她叫道，用一只手按住自己的头发，亚瑟温柔地放下她，然后跪地亲吻她的裙边。

接着，他站起，转过身。"桑森！"

"阁下？"

"你现在可以为我们主持婚礼了。"

桑森拒绝了，他两臂交叠在那肮脏的黑色长袍上，摆出了严肃的耗子脸。"您已经订婚了，阁下。"他紧张地坚持道。

我以为桑森是在维护荣誉，但事实上这事情早已被安排妥当。桑森不是图锥克派来的，他是为亚瑟而来，现在亚瑟因他改变心意而生气了。"我们说好了！"亚瑟说，桑森则摇了摇他那秃顶的脑袋。亚瑟摸上了王者之剑的剑柄："我能砍了你的头，神父。"

"圣徒从来都由暴君造就，阁下。"桑森跪在鲜花盛开的草地上，低下头露出了他短小的脖子。"我来了，哦，吾主！"他冲草地放声大喊，"您的仆从！前来您的荣耀之所，哦，赞美吾主！我看见天堂之门敞开！我看见天使等候着我！接受我吧，吾主基督，让我进入您的荣耀之所！我来了！我来了！"

"闭嘴，站起来。"亚瑟疲惫地说。

桑森狡猾地抬头看了眼亚瑟："您不赐予我前往天堂的荣耀吗，阁下？"

"昨晚，"亚瑟说，"你同意为我们主持婚礼，为什么现在拒绝？"

桑森耸了耸肩："我与自己的良心做了斗争，阁下。"

亚瑟明白了，他叹了口气。"所以你要什么，神父？"

"主教的职位。"桑森急切地说，挣扎站起。

"我以为，只有教皇才能任命主教，"亚瑟说，"辛普利修？他是叫这个名字吗？"

"最神圣最蒙主宠爱的辛普利修，愿他依然健朗，"桑森赞同道，"但给我个教堂，阁下，还有教堂中的宝座，人们就会称呼我为主教。"

"一座教堂和一把椅子？"亚瑟问，"就这些？"

"然后任命我为莫德雷德陛下的专职教士。那个职位我志在必得！他唯一专属的教士，您明白吗？还要从国库中给我一笔津贴，足够让我拥有自己的管家、门房、厨师和仆人。"他掸了一下黑袍上的草末，"以及洗衣

亚瑟王

女工。"他匆忙补充。

"就这些?"亚瑟语带嘲讽。

"德莫尼亚议会中的一席之地。"桑森轻描淡写地补充,"就这些了。"

"准了。"亚瑟草草应付道,"那我们何时才能结婚?"

他们在做这些交易时,我在观察格温薇儿。她的脸上露出胜利的神情,这一点儿也不让人意外,她比她父亲所期望的要嫁得好太多了。她的父亲颤抖着干瘪的嘴唇,卑微而担忧地看着一切,生怕桑森会拒绝主持婚礼;而在雷欧狄甘身后则站着一个矮小的女孩儿,似乎正看顾着格温薇儿的那队猎犬以及这个流亡王室家族所拥有的财物行李。她就是格温薇儿的妹妹格温维奇。她们还有个兄弟,但他很早之前就去了科洛塔山谷海岸那儿的修道院。在那里,怪异的基督教隐士们蓄发、挨饿(只食用浆果),向海豹布道。

婚礼仪式极其简单。亚瑟携格温薇儿站在他的旗帜下,桑森展开双臂,用希腊语说了些祷词,然后雷欧狄甘拔剑,用剑刃碰了碰他女儿的背,接着将武器交给亚瑟,象征格温薇儿脱离父亲的监管,自此后将遵从夫君。桑森从溪中舀取了些水,洒在亚瑟和格温薇儿的身上,口中说,他已清洗了两人的罪孽,接受两人进入神圣教堂,认定他们的结合是唯一且不可动摇的,由上帝见证因而神圣,他们的子嗣也将受上帝保护。随后他又转向我们,让我们一一宣布我们见证了这场庄严的典礼。我们照本宣读,亚瑟太快乐了,甚至没听出我们声音中的勉强,但格温薇儿听出来了。没有任何事能逃过她的耳朵。"现在,"在这简陋的仪式之后,桑森宣布,"你们两人结为夫妻了,大人。"

格温薇儿笑了,亚瑟吻了她。他们身高差不多,也许格温薇儿还比亚瑟高了那么一指宽,我承认,他们看起来是美丽的一对儿——不仅仅是美丽,格温薇儿简直光彩夺目。夏汶是个美人,但格温薇儿让太阳也为之失色。我们都被震惊了。我们无法阻止我们的主君完成他的疯狂之举,如此匆忙草率的婚礼看起来既不名誉也不可信。我们都知道,亚瑟是个冲动、充满激情的男人,但他下这个决定的速度之快让我们都大惊失色。不过,雷欧狄甘倒是喜气洋洋,他对自己的小女儿喋喋不休,说这下家族的经济状况终于要好转了,而且很快,快到大家都来不及反应,亚瑟的战士们就会将爱尔兰的篡位者丢尔纳赫赶出汉尼斯维恩。亚瑟听见了这番大话,迅速转身说道:"我觉得那不太可能,父亲。"

"怎么不可能!当然有可能!"格温薇儿插嘴说道,"你就把这个当作我的结婚礼物吧,夫君,让我亲爱父亲的王国物归原主。"

亚格拉宾吐出飞沫,以示反对。格温薇儿选择无视,挨个儿走过排成一列的护卫,给了我们每人一朵她发间花冠上的黄花。随后,我们像逃犯一般匆匆南下,在高菲迪特的报复来临之前,离开了波伊斯王国。

梅林总说,命运无情。那场在花朵盛开的溪间空地上举行的仓促婚礼,导致了许多恶果。很多人因此而死。太多心碎,太多流血,太多眼泪,多到汇聚成河。然而那时,漩涡已减缓,新流已汇入,泪水沉到了宽阔大海的深处,有些人忘记了事情是如何伊始。荣耀的日子的确来了,可有些事情本不该发生,在所有被那一瞬阳光所伤害的人中,亚瑟被伤得最深。

但那一天他是快乐的。我们匆匆返回故里。

这场婚姻的消息在不列颠回荡,就如上帝的长枪击打盾牌叮当作响。一开始这消息让所有人都为之震惊,在那段平静的时期,人们试图理解这事情所导致的后果,就在此时从波伊斯来了一队使者。其中一名使者是韦拉伦,格温薇儿原本的未婚夫。他向亚瑟提出决斗,但亚瑟拒绝了,当韦拉伦想要拔剑时,我们这些护卫将他赶出了林第尼斯。韦拉伦是一名修长有力的男子,黑发黑须,眼窝深陷,鼻梁坍塌。他所遭受的痛苦如此巨大,愤怒尤胜,报仇的打算却落了空。

亚瑟王

波伊斯使团的头领是路万斯德鲁伊，派他来的是昆格拉斯，而不是高菲迪特。高菲迪特已醉倒在蜜酒与狂怒中，但他的儿子还心存从这场灾难中重获和平的希望。路万斯德鲁伊是一个严肃、理智的人，他和亚瑟长谈了一番。路万斯说，这场婚姻是无效的，因为它是由一名基督教神父主持的，而不列颠诸神并不认可这个新的宗教。"让格温薇儿做您的情妇吧，"路万斯劝亚瑟，"夏汶做妻子。"

"格温薇儿是我的妻子。"我们都听见了亚瑟大声喊出的宣言。

白德文也支持路万斯，但他改变不了亚瑟的心意。即使是未来将要发生的战争也无法动摇亚瑟的意志。路万斯提到了这种可能，坦言德莫尼亚已侮辱了波伊斯，如果亚瑟不改变主意，那这屈辱就要以血洗净。格温特的图锥克派遣康拉德主教前来为和平请愿，求亚瑟与格温薇儿断绝关系，娶夏汶为妻。康拉德甚至还威胁道，图锥克可能会与波伊斯单独建立合约。"我们国王陛下不会起兵攻打德莫尼亚，"康拉德与白德文两位主教在林第尼斯别墅前的小道上来回踱步时，我听见了他们的对话，"但也不会为那个汉尼斯维恩的娼妇作战。"

"娼妇？"白德文被这个词语所震惊，产生了警觉。

"也许不是事实，"康拉德继续道，"但我告诉你，我的兄弟，格温薇儿从来都缺乏管教，一向如此！"

白德文为雷欧狄甘的管教不严而摇头，两人就此走出了我的听力范围。第二天，康拉德主教和波伊斯使团都失望而去。

然而亚瑟相信，他的幸福时光终于到来了。他坚持认为，不会有战争了，因为高菲迪特已经断了一条手臂，不会再让另一条也冒风险。他还宣称，昆格拉斯的准确判断力，将会保证和平的局面。他说，暂时可能会有些怨恨和怀疑，但那些都会过去的。他觉得自己的幸福能让全世界分享。

劳工们被雇来拓宽和修整林第尼斯别墅，以求让它变成宫殿，足以配上一位公主。亚瑟派人去给贝诺克的国王班送信，恳求他的老主人派一些懂得如何修复罗马建筑的泥水匠过来。他想要一片果园,一片花圃,一池游鱼;他想要热水澡堂;他想要一个庭院,让竖琴手在其中演奏。亚瑟想要给他的新娘一个人间天堂,但别人却想要复仇。那个夏天,我们听说格温特的图锥克与昆格拉斯会面并定下了一份合约,合约的其中一条便是:波伊斯的军队将可以自由通行于穿越格温特国境的罗马道路。这些道路只通向德莫尼亚。

然而,夏天过去,战争并没有到来。正当亚瑟沉浸爱河时,塞格拉莫在海岸抵御住了阿尔的撒克逊人。我是亚瑟的护卫,所以必须每日跟随他进出。我本该手持宝剑枪盾,但往往却只是拿着酒瓶和食盆。格温薇儿喜欢在秘密小溪的隐蔽林间空地用餐,所以我们这些长枪兵就奉命带着银盘、角杯,前去指定的地点。她聚集了一批女士充当自己的廷臣,令人羞愧的是,我的露奈特也是其中之一。因为要抛弃科里尼翁的砖房,露奈特之前曾不满地抱怨,但她只花了几天就决定,跟着格温薇儿前途更光明。露奈特很漂亮,格温薇儿宣称自己周围只能围绕着美丽的人或物,因此她和她的侍女们都穿着最好的裙子,上面装饰着金银、墨玉和琥珀;她还付钱雇了竖琴手、歌手、舞者和诗人来取悦自己的宫廷。她们在树林间玩耍,互相追逐、躲藏,若是违反了格温薇儿精心设计的游戏规则,还得付上罚金。在这些游戏上花费的金钱,正如在林第尼斯别墅上花的费用,都从被任命为亚瑟家中司库的雷欧狄甘处支出。雷欧狄甘发誓,所有钱财都来自于滞纳的租金。也许亚瑟相信他的岳父,但我们其他人都听说过这样的黑暗故事——莫德雷德宝库中的金子越来越少,雷欧狄甘无止境的空口白条反倒与日俱增。亚瑟似乎半点儿也不在意。那个夏天对他来说,是对和平不列颠滋味的品尝,但对我们剩下的人来说,这不过是自欺欺人的傻瓜天堂。

安赫和罗赫也被带来了林第尼斯,虽然他们的母亲艾利恩并没有被传召。双胞胎被带到格温薇儿面前,而亚瑟,我觉得他应该希望他们俩能住

亚瑟王

在老别墅中心的柱廊宫殿里，格温薇儿仅仅让双胞胎在身边待了一天，便说他们俩的出现让她难受。他们很无趣，也不漂亮，既然他们不美丽也不好玩，那在格温薇儿的身边就没有他们的位置。另外，她说，双胞胎属于亚瑟的过去，那些日子已经逝去。她不想要他们，她也不在乎当众宣布这件事。她摸着亚瑟的脸颊说："我的王子，如果我们想要孩子，那我们就自己生。"

格温薇儿总是叫亚瑟"王子"。刚开始，亚瑟都会解释说他并不是王子，但格温薇儿坚持说他是乌瑟的儿子，所以就是王室成员。亚瑟为了让她开心，便允许她以这头衔来称呼他，但很快，我们其他人也被命令要使用这个头衔称呼亚瑟。格温薇儿下了命令，我们就得执行。

以前从没人能让亚瑟对安赫和罗赫的事情让步，但格温薇儿做到了。双胞胎被送回了科里尼翁，送还给了他们的母亲。那年的收成很差，庄稼都因为少雨而枯萎。据说撒克逊人的收成比我们好，雨水对他们的土地格外开恩，于是亚瑟率领军队东进德罗寇布法斯，去寻找并抢夺撒克逊人的粮食。我猜，能逃离卡丹城堡的歌舞，亚瑟一定也挺高兴的。我们也很高兴，他终于重新成为了我们的首领，我们手中拿的也不再是宴会服饰，而是实实在在的长枪。这场劫掠很成功，让德莫尼亚获得了满仓的谷物、黄金战利品和撒克逊奴隶。已成为德莫尼亚议会成员的雷欧狄甘得到了一个任务，要将多余的粮食分发到王国的每一处，但可怕的传言说，大部分粮食都被卖了，所获黄金流入了雷欧狄甘新造的府邸，那府邸与格温薇儿涂抹着湿泥的宫殿隔溪相望。

疯狂终有结束之日。那由诸神决定，不遵循人意。亚瑟已为爱痴狂了一整个夏天，除了我们从事的卑微工作之外，这是个美好的夏季。快乐的亚瑟是位迷人慷慨的主人，但随着秋风吹过大地，秋雨打落黄叶，他似乎从夏梦中醒来了。他仍然沉浸爱河中——我认为他从未停止过对格温薇儿的爱——但在那个秋天，他意识到了自己对不列颠造成的伤害。取代和平的是阴沉的休战,他明白这不可能持久。

我们砍下白蜡木制作长枪,铁匠的小屋回响着铁锤与铁砧的撞击声。亚瑟从撒克逊前线召回了塞格拉莫,让他驻防在靠近王国中心之处。他也向高菲迪特国王派出了信使,为自己对国王及公主造成的伤害道歉,并恳求对方维系不列颠的和平。他向夏汶送去了一条珍珠与黄金制成的项链,但高菲迪特退回了项链,一同送回的还有信使被砍下的头颅。我们听说高菲迪特不再酗酒,并将王国的统治权从他的儿子昆格拉斯手上收了回去。这消息更坐实了一个猜测——除非波伊斯的长枪为夏汶所受屈辱复仇,否则和平绝不会到来。

旅人从各处带来了噩耗:海对岸的首领们为他们的海岸王国带来了一批新的爱尔兰战士;法兰克人的军队在布列塔尼边界集结;波伊斯的收成都已入库,它的民兵们不再用镰刀割谷物,而是在学习如何用长枪战斗;昆格拉斯和艾尔蒙特的赫拉德成婚了,现在那个北方王国更壮大了波伊斯的军队;甘德利亚斯重登瑟卢瑞亚王座,正在他王国的深谷中打造剑与长枪。与此同时,在东面,越来越多的撒克逊船只在被他们侵占的海岸线靠岸登陆。

亚瑟穿上了他的鳞甲,这是他回到不列颠后我第三次看见它,他与四十名全副武装的骑士一同在德莫尼亚四处骑行。他希望向王国展示自己的力量,希望携带货物穿越各国边界的旅人能将他的英姿传扬。接下去,他便回到了林第尼斯,让他的仆人海威德将他盔甲外的新锈磨去。

秋天,第一场挫败降临。汶塔爆发了一场瘟疫,让迈尔沃斯王的士兵虚弱不堪,而撒克逊人的新首领策尔迪克击败了贝尔盖军队,占领了大片肥沃的河间土地。迈尔沃斯王请求增援,但亚瑟知道策尔迪克并不是最大的威胁。战鼓声声,响彻撒克逊人占领的洛依格以及所有的不列颠北方王国,没有多余的兵力助阵迈尔沃斯。另外,策尔迪克似乎满足于他新占领的土地,并没有进一步威胁到德莫尼亚,所以亚瑟决定,姑且让撒克逊人

亚瑟王

留在那里。"我们要争取和平解决。"亚瑟对议会如此说道。

但,没有和平。

秋末,当大多数敌人想着为武器上油、确保冬日储备时,波伊斯的强大军队进犯了。不列颠在战火中飘摇。

第三部　梅林归来

伊格莲跟我谈论爱情。现在,狄那拉克正值春日,阳光洒满了修道院,带来微弱的暖意。南面山坡上放牧着羊群,但昨天有一匹狼杀了三头羊,并在我们的门前留下了一道血迹。她来访时,乞丐们聚集在大门前乞讨食物,伸着他们染病的双手。她今早到达时,一名乞丐从乌鸦那儿偷了一头羊生蛆的残骸,正坐在门口啃着那毛皮。

格温薇儿真的很美吗?她问我。不,我回答,但许多女人都会愿意用自己的美貌来交换格温薇儿的长相。伊格莲当然想知道她自己算不算得上美丽,我向她保证,她很美,但她说,她丈夫城堡中的镜子老旧模糊,难以看清样貌。"如果能看清我们自己的模样,那不是很好吗?"她说。

"上帝看得清,"我说,"只有上帝。"

她冲我做了个鬼脸:"我讨厌你向我传教。这不适合你。如果格温薇儿不美,那亚瑟怎么会爱上她呢?"

"爱情并不仅仅因为美丽的外貌。"我不以为然。

"我那么说了吗?"伊格莲忿忿地说,"是你说的,格温薇儿让亚瑟一见钟情,那如果不是因为美貌,是因为什么呢?"

"只是看见她,"我回答,"就令他热血沸腾。"

伊格莲喜欢这说法。她笑了。"所以她很美?"

"她向他挑衅,"我回答,"而他若不能俘虏她,便会觉得自己不够有男子气概。又或者是神在与我们玩一个游戏?"我耸了耸肩,想不出更多的原因。"而且,"我说,"我的意思不是她不漂亮,而是她不仅仅漂亮。她是我见过最好看的女人。"

"包括我?"我的王后殿下立刻质问起来。

"唉,"我说,"岁月已让我的眼睛变得模糊不清。"

她听到这个借口,大笑起来。"格温薇儿爱亚瑟吗?"她问。

"她爱他这个角色,"我回答,"她爱他是德莫尼亚的勇士,她爱她第一次见到他时的模样。他穿着盔甲,伟大的亚瑟,光芒四射,战神,不列颠和阿莫里凯最让人敬畏的宝剑。"

伊格莲手中摆弄着她白色长裙上的流苏,想了一会儿。"你觉得我能让布洛奇维尔热血沸腾吗?"她若有所思地问。

"夜夜如此。"我回答。

"哦,德瓦。"她叹了口气,从窗台上滑下来,走向房门,站在那里俯视着我们小小的厅室。"你像那样爱过吗?"她问。

"是的。"我承认。

"是谁?"她立刻问道。

"无所谓了。"

"有所谓的!我坚持。是妮慕吗?"她问。

"不是妮慕。"我坚定地说。"妮慕是不同的。我爱她,但我对她没有狂热的欲望。我只是觉得她非常……"我停顿了一下,想找到适当的词语,却没有成功,"非常好。"我说得平淡无奇,却不敢朝伊格莲看。我不愿让她看见我的泪水。

过了一会儿,她说:"那你爱的是谁?露奈特?"

"不!不!"

"那是谁?"她不肯放弃。

"我以后会讲到这个故事的,"我说,"如果我活得够长的话。"

"你当然会活得很长。我们会从城堡给你送来特别食物的。"

"桑森大人会把那些拿走的,"我告诉她,不想让她白费功夫,"作为一个卑微的修士,我不配享用那些食物。"

"那就住到城堡来,"她热心地说,"求你了!"

我笑了。"我很想去,殿下,但是,唉,我许过誓要留在这里。"

"可怜的德瓦。"她走回窗边,看着马格文教友在外头挖洞。和他一起干活的,是幸存的新人特博兄弟。另一个新人在冬末发烧过世了,但特博活了下来,还住在圣徒的房间里。圣徒想让这男孩儿学会认字,我想,主要是为了监视我到底是不是在将福音翻译成撒克逊文字,但这个孩子不太聪明,更适合挖洞而不是阅读。在狄那拉克这里有真正的学者,这个暖春又会引发我们惯常的关于复活节日期的烦人争执,除非这争论结束,不然我们都不得安宁。"桑森真的为亚瑟和格温薇儿举行了婚礼?"伊格莲打断了我阴郁的思绪。

"是的,"我说,"正是他。"

"不是在一个宏伟的教堂举行的?没有吹奏号角?"

"是在小溪旁的一块空地上举行的,"我说,"在河狸的坝后头,有青蛙呱呱,柳絮纷飞。"

"我们是在一间宴会厅里结婚的,"伊格莲说,"烟雾熏得我眼里都是泪水。"她耸了耸肩。"之前说的那段故事里,你改动了什么?"她以责难的口气问,"你扭曲了哪件事实?"

我摇头:"没有。"

"但在莫德雷德的加冕仪式上,"她失望地问,"剑只是平放在石头上?不是插在里面的?你确定吗?"

"它是平放在石头上的,我发誓——"我画了个十字,"以圣子之血为名,殿下。"

她耸了耸肩:"反正格鲁福德之子戴维德会照我说的翻译这故事,我喜欢插在石头里的剑。我很高兴,你对昆格拉斯的描述还不错。"

"他是个好人。"我说。他也是伊格莲丈夫的祖父。

"夏汶真的很美吗?"伊格莲问。

我点了点头。"是的,她真的很美。她的眼睛是蓝色的。"

亚瑟王

"蓝色的眼睛！"如此明显的撒克逊人特征让伊格莲惊呼，"她给你的胸针后来怎么了？"

"我也想知道。"我撒谎了，那枚胸针正藏在我的房间里，很隐蔽，连桑森大张旗鼓的搜查都发现不了。在所有已逝和健在之人中最蒙上帝赞扬的圣徒大人，不允许我们持有任何值钱财物。我们的东西必须交给他保管，这是规矩，虽然我把其他东西都交给了他，包括海威贝恩，但上帝饶恕我，我还是留下了夏汶的胸针。黄金已被岁月打磨光滑，尽管如此，每当夜深，我拿出偷藏的胸针，看着月光照亮它那连环锁弯曲复杂的造型时，还是会想起夏汶。有时——不，并不频繁——我会用嘴唇碰碰它。我变成了一个多么愚蠢的老头啊。也许我应该把胸针给伊格莲，我知道她会珍惜的，但我还是想多保存一会儿，在这个阴冷灰暗的地方，这块黄金就像是一缕阳光。当然，伊格莲读到这里的时候，就会知道这胸针还在，但如果她像我一贯认为的那么善良，就一定会让我保留这个罪恶生活的小纪念品。

"我不喜欢格温薇儿。"伊格莲说。

"那是我没写好。"我说。

"你把她写得很不讨人喜欢。"伊格莲说。

我一时间没回答，只是听着山羊的咩咩叫声。"她也可以非常温柔。"我停顿了一下，接着说："她知道如何让伤心的人快乐，她只是对平凡的事物很不耐烦。她梦想中的世界没有残疾人、讨厌鬼和丑陋的事物，她想通过赶走那些麻烦的人和事来将那世界变为现实。亚瑟也有个梦想，他的梦想是帮助那些残疾的人，而他也想让自己的梦想实现。"

"他想要的是卡米洛特。"伊格莲梦呓般地说。

"我们叫它德莫尼亚。"我郑重说明。

"你总是这么扫兴，德瓦。"伊格莲赌气地说，虽然她从未真正生过我的气，"我想要它是诗人们口中的卡米洛特：绿草高塔，身着华服的贵妇和勇士们,道路上撒满鲜花。我想要吟游诗人和笑声!它那时是不是这样的?"

"有一点儿吧,"我说,"虽然我不记得有很多鲜花道路,倒是记得战士们一瘸一拐地走下战场,一些人还是爬出来的,哭泣着,他们的肚肠还拖在身后的尘土中。"

"住口!"伊格莲说,"那为什么吟游诗人都叫它卡米洛特呢?"她质问我。

"因为诗人都是蠢货,"我说,"不然他们干吗要去做诗人?"

"才不是,德瓦!到底卡米洛特有什么特别之处?告诉我。"

"它是很特别,"我回答,"因为亚瑟给了这片土地公正。"

伊格莲皱眉:"就这样?"

"就这样,孩子,"我说,"已经是大多数统治者做梦都梦不到的事情了。"

她耸肩换了话题。"格温薇儿聪明吗?"她问。

"非常聪明。"我回答。

伊格莲摆弄着脖子上戴着的十字架。"跟我说说兰斯洛特的事儿。"

"等着!"

"梅林什么时候出现呢?"

"快了。"

"桑森圣徒是不是对你很糟糕?"

"圣徒命中注定要为我们这些凡人的灵魂考量。他做的都是必须为之的事情。"

"但他在为亚瑟和格温薇儿举行婚礼前,是不是真的跪着要殉教?"

"是的。"想起那段回忆,我忍不住笑了起来。

伊格莲哈哈大笑。"我要让布洛奇维尔把耗子神变成一名真正的殉道者。"她说,"然后狄那拉克就归你管了。你觉得这样好吗,德瓦兄弟?"

亚瑟王

"我想平静地继续写我的故事。"

"那接下去发生了什么?"伊格莲急切地问。

接下去便是阿莫里凯了。隔着海洋的那片土地。美丽的特雷贝斯岛、班国王、兰斯洛特、加拉哈特和梅林。上帝啊,那些人,那些日子,那些战斗和那些破碎的美梦,都存在于阿莫里凯。

很久很久以后,当我们回首那段时光,只称其为"坏年份",但几乎从不谈论它。亚瑟讨厌想起最早在德莫尼亚的那些日子,那时他对格温薇儿的热情让整片土地都陷入了混乱。他与夏汶的订婚就像是用一枚精心打造的胸针别起一条脆弱的薄纱长裙,没有胸针,这件衣服便成为碎布。亚瑟很自责,不愿谈及那些糟糕的年月。

那段时间,图锥克两边都不愿意相帮。他怪亚瑟破坏了合约,作为惩罚,他允许高菲迪特和甘德利亚斯率领军队穿越格温特,进攻德莫尼亚。撒克逊人在东面施压,爱尔兰人则由西海进犯,就好像嫌敌人还不够多似的,伊斯卡的凯杜伊亲王竟然起兵反抗亚瑟的统治。图锥克试图避开这些纷争,但当阿尔的撒克逊战士进犯图锥克的边境时,他唯一能求助的友邦还是德莫尼亚,所以到最后,他被迫加入了亚瑟的阵营。但那时波伊斯与瑟卢瑞亚的长枪兵已经通过他的道路,占领了怀君岛的北部山陵,当图锥克宣布为德莫尼亚而战时,他们又侵占了格兰温。

那些年我成长了。我已数不清自己杀的人和锻造的战士指环。我获得了一个绰号,卡丹,意为"强大"。德瓦·卡丹在战场上头脑清醒,使得一手致命快剑。亚瑟曾经邀请我做他的骑兵,但我还是偏好踩在扎实的土地上战斗,于是便继续做枪兵。我在那段时间里观察着亚瑟,并开始明白他缘何是一位伟大的士兵。那并不是因为他的勇气——虽然他的确很勇敢——而是因为他总能以智谋战胜敌人。我们的敌人训练不足、冲锋缓慢,而且一旦开始进攻,步伐就不太灵活,无法转向,但亚瑟训练了一小队士兵,让他们学习快速移动。他带领这群人,部分步行,部分骑马,在敌人的侧翼循环出击,总出现于敌人意想不到之处。我们偏好在黎明出击,当敌人还沉浸在前一晚的酒醉迷茫之时;又或者用假撤退引诱他们,然后切入敌人毫无防备的侧翼。经过一年这样的战斗,我们至少将高菲迪特和甘德利亚斯的军队赶出了格兰温和德莫尼亚北部,亚瑟提拔我做了一名队长,我开始负责向自己的手下分发黄金。两年之后,我甚至获得了战士的终极荣耀——来自手下败将的邀约。这个邀请来自于莱加塞特,当年背叛诺维娜的护卫长。他在一座密特拉神殿里与我商谈此事——在那里他的生命受到保护——他说,如果我愿意像他一样为甘德利亚斯效力,就会获得一大笔钱财。我拒绝了。感谢上帝,我始终忠于亚瑟。

塞格拉莫也很忠心,他也正是我加入密特拉教时的启蒙者。密特拉是罗马人带来不列颠的一位神祇,他一定很喜爱我们的气候,在我们这里也始终充满力量。他是战士的守护神,女人不能加入他的教会。冬末时分,士兵们的空闲季节,我收到了这份邀请。地点是山丘之间。塞格拉莫将我单独领入一个山谷,山谷十分深,即使已到午后,早晨的霜冻依然使草木卷曲发脆。我们在一个山洞入口止步,塞格拉莫指引我在那里放下武器,脱光衣物。我站在那儿瑟瑟发抖,努米底亚人用一块厚布蒙住了我的眼睛,叫我必须服从接下去的每一步指引,若是我退缩或开口说话,哪怕就一次,他也会让我回到这里,把衣服和武器交还,然后将我送走。

启蒙过程是对一个人感官的袭击,要想存活必须也只需谨记一件事:服从。这正是士兵们都喜爱密特拉的原因。战斗会侵袭人的感官,引发恐惧,而服从正是摆脱恐惧混乱、让人生存下来的那座独木桥。后来,我成为了许多男人加入密特拉教时的启蒙者,熟悉了这套规则,但那时,当我第一次步入洞穴时,我不知道将要面对什么。在我首次进入神的洞穴时,塞格拉莫,或是其他什么人,让我顺日转方向转了一圈又一圈,速度很快,动作很粗暴,弄得我头脑发晕、摇摇晃晃,然后他命令我向前直走。

亚瑟王

我被烟雾呛到，但依旧听命，沿着朝下的石头斜坡前行。一个声音叫我停下，另一个命令我转身，第三个让我跪下。我的嘴里被塞进了什么东西，人类粪便的气味让我头晕眼花。"吃！"一个声音突然响起，我几欲作呕，直至意识到我嚼的不过是鱼干。我又喝了些肮脏的液体，那也让我感到眩晕。那大概是曼陀罗汁和曼德拉草或者毒蝇伞的混合物，虽然被蒙着眼，但我的眼前还是出现了长着褶皱翅膀的明亮生物，它们用喙猛啄我的身体。火焰触碰到我的皮肤，烧掉了手臂与腿上的汗毛。我再次收到向前走的命令，然后止步，我听见木柴被堆上火堆，感觉到了面前传来的惊人热量。火焰咆哮，炙烤着我赤裸的皮肤和男性器官，接着那声音命令我向前步入火中，我服从了，脚却踏入了冰凉的池水中，这刺骨冰凉让我险些惊恐哭泣，害怕自己踩进了一桶熔化的金属里。

一把剑直指我的男性器官，剑尖压在那儿。声音又命令我向前走，而当我这么做时，剑尖便不见了。都是些把戏。当然，放进饮品中的草药和菌菇，的确能让把戏变成奇迹，等我顺着扭曲的道路踏进庆典中心那闷热、烟雾缭绕、响彻回声的洞穴里时，早已因恐惧与兴奋进入了恍惚状态。我被引至一座桌子高度的石块前，一把小刀放进了我的右手，左手则手掌朝下被放置在一个赤裸的肚皮上。"你的手下是一个孩子，可怜的家伙。"那个声音说，一只手移动了我的右手，让刀刃正好顶在那孩子的咽喉。"这个无辜孩子从未伤害过任何人，"那声音说，"最应该活下去的一个孩子，而你要杀了他。杀！"我将刀子插下去时，那孩子哭得很大声。我感觉到了温暖的血液流过我的手腕和手。我能感觉到左手下身体中心跳动的最后一阵痉挛，随后便一动不动了。一团火焰正在附近咆哮，烟雾呛进了我的鼻孔。

我奉命跪下，喝了一种令人反胃的液体，那东西堵塞了喉咙，灼烧着我的胃。那之后，等喝完角杯中公牛的血液，遮眼布便被拿走了，我看见自己杀的是一只腹部被剃了毛的小羊羔。朋友和敌人围聚在我的身边，祝贺我现在正式成为战士神教会的成员了。这个秘密教会的影响力遍布所有罗马世界，甚至超越了国界；一群在战场中证明了自己的男人，不仅仅是士兵，更是真正的战士。成为一名密特拉教成员是一件真正的荣耀，因为任何一名教会成员都可以拒绝另一人的入会。一些率领军队的人从未被选中，另一些在军中职位不高的人却是光荣的会员。

现在，我也成为了被选中的一员。拿回了衣服和武器，我穿戴整齐，然后被授予了教会的暗号，这让我能在战场中辨认出我的同志。如果我与一名同为密特拉教成员的人交战，应该心怀慈悲，迅速地杀死他；如果我俘虏了这样一个人，也应以礼相待。就这样，仪式结束了，我们进入了第二个巨大洞穴，火炬在其中熊熊燃烧，一个大火堆上烤着一头公牛。参加这盛宴的有不少大人物，这让我倍感光荣。大多数的新成员都满足于自己战友的出席，但德瓦·卡丹让敌对双方的要员都来到了这冬日的洞窟。格温特的阿格里科拉在场，与他在一起的还有他的两名瑟卢瑞亚敌人，莱加塞特和另一名叫纳幸斯的枪兵，他是甘德利亚斯麾下的第一勇士。亚瑟的好些战士都在场，有些是我自己的下属，甚至连亚瑟的顾问白德文主教也在，他身穿锈迹斑斑的胸甲，佩戴剑带，披着战士斗篷，我差点认不出他。"我也曾经是一名战士，"他解释道，"也加入了密会。什么时候？嗯，三十年前？当然早在我成为基督教徒之前。"

"这个——"我挥手指了指这个洞穴，砍下的公牛头被三支长枪挑起，鲜血滴在洞穴的地上，"与您的信仰不冲突吗？"

白德文耸肩。"当然冲突，"他说，"但我留恋这些人的陪伴。"他靠向我，压低了声音，用一种仿佛是在策划阴谋的语气小声说："我相信你，你不会去向桑森主教告密，说我在这儿吧？"去向桑森——那位像只工蜂一般愤怒念叨着战争害惨了德莫尼亚的桑森——告密这个念头本身已让我大笑不止。他总是谴责自己的敌人，根本没有朋友。"年轻的桑森大人，"白德文的嘴里塞满了牛肉，带血的肉汁正从他的胡子上滴落，"想要取代我，而我觉得他会的。"

"他会吗？"我惊呆了。

"因为他太渴望这个了。"白德文说，"为此也相当努力。哦，上帝啊，这男人是多么努力啊！我也是在几天前才刚发现，你知道吗？他不识字！一个字都不认识！要成为一名高级教士，就必须得识字，你知道桑森是怎么做的吗？他让一个奴隶大声读给他听，然后默背下来。"白德文用肘部推了推我，以确保我明白桑森那惊人的记忆力。"全部都背下来！圣歌、祷词、礼拜仪式、上帝的圣经，全部都是背下来的！天啊！"他摇了摇头，"你不是个基督徒，对吧？"

"对。"

"你应该考虑一下。我们也许提供不了太多世间的欢愉，但我们死后的生活绝对是值得拥有的。我一直说服不了乌瑟，但我对亚瑟有信心。"

我环顾了一下宴会。"亚瑟不在。"我的主人不是密教成员，这点让我很失望。

"他是成员。"白德文说。

"但他不相信诸神。"我重复了欧文的断言。

白德文摇头。"亚瑟相信的。怎么可能有人不相信上帝或者诸神？你觉得亚瑟相信事在人为，或者这个世界一切都只因巧合？亚瑟不蠢，德瓦·卡丹，亚瑟有信仰，但他对此非常低调。那样，基督徒会认为他是他们中的一员，异教徒也同样这么觉得，所以双方都会尽心为他效力。还有，德瓦，梅林爱着亚瑟，而梅林，相信我，绝不会去爱没有信仰的人。"

"我很想念梅林。"

"我们都想念梅林。"白德文平静地说，"但他的缺席也使我们安心，若不列颠面临灭顶之灾，他才必定出现。需要他时，梅林便会归来。"

"你觉得我们现在不需要他？"我的语气有点苦涩。

白德文用上衣的袖子擦干净胡子，然后喝了口酒。"有些人说，"他压低声音道,"如果没有亚瑟,我们会更好。没有亚瑟,和平便会降临,但如果没有亚瑟,谁来保护莫德雷德?我吗?"说到这句话时,他自嘲地笑了笑。"格兰特?他是个好人,最好的人,但他不聪明,也没有决断力,更不想统治德莫尼亚。除了亚瑟再无他人,德瓦。或者说,要么是亚瑟要么是高菲迪特。这场战争,我们还没输。我们的敌人害怕亚瑟,只要他还活着,德莫尼亚就是安全的。的确,我认为我们还不需要梅林。"

叛徒莱加塞特——又一名认为公开信奉的信仰和密特拉秘密仪式间并没有冲突的基督徒——在宴会临近尾声时来找我。我对他很冷淡,即使他是一名密特拉同伴,但他无视了我的敌意,拉着我的手肘,将我迅速地拽进了洞穴中的一个黑暗角落。"亚瑟会输的。你知道的,对吧?"他说。

"不。"

莱加塞特从牙缝中拉出一条肉丝。"艾尔蒙特会派更多人来参战。"他说。"波伊斯、艾尔蒙特和瑟卢瑞亚——"他扳着手指数道,"联合起来对抗格温特和德莫尼亚。高菲迪特会成为下一位潘德拉贡。我们首先会将撒克逊人赶出莱地的东部,然后我们就南下干掉德莫尼亚。花个两年?"

"你被酒精冲昏头了,莱加塞特。"我对他说。

"我的主人愿意付钱让像你这样的人来为他效力。"

莱加塞特是在传递一条口信。"我的主人甘德利亚斯国王很慷慨,德瓦,非常慷慨。"

"告诉你的国王,"我说,"怀君岛的妮慕将会用他的头骨来做酒杯,而我会亲手为她准备原材料。"说完,我便走开了。

春天,战争又爆发了,虽然一开始破坏力并不强。亚瑟付给伊仑之子欧依戈斯黄金,让德米缇亚的爱尔兰国王去攻击波伊斯和瑟卢瑞亚的西面,那些攻击将敌人从我们的北部边界引开了。亚瑟自己率领一支军队,前去德莫尼亚西面镇压叛乱,凯杜伊在那儿宣布,他的部族土地是一个独立的王国。但在亚瑟离开期间,阿尔的撒克逊战士大举进犯格兰特亲王的

亚瑟王

土地。后来我们才知道,高菲迪特花钱让撒克逊人来攻击我们,正如我们付钱给爱尔兰人去攻击他们。波伊斯的酬金也许花得更加值得,因为撒克逊人如潮水般涌入,让亚瑟不得不急忙从西面赶回来,只让他的童年伙伴凯留在那里,指挥对抗凯杜伊的文面部落。

正是那时,阿尔的撒克逊军队马上就要占领德罗寇布法斯;格温特的战力忙于同时对抗波伊斯和北方的撒克逊人;凯杜伊战无不胜的叛军更得到了康沃尔国王马克的支持,就在那时,贝诺克的班送来了召集令。

我们都知道,班国王允许亚瑟来德莫尼亚时有一个条件,那就是一旦贝诺克面临危险,亚瑟就必须回阿莫里凯。现在,班的信使宣称,贝诺克正陷入危难之中,班国王坚持要亚瑟履行承诺,命令亚瑟回去。

我们听到这个消息时,正在德罗寇布法斯。这个镇子原本是一处繁荣的罗马居民区,有着奢华的浴场、大理石法院和热闹的市场,但现在它成了一座穷困潦倒的前线堡垒,永远警惕着西面的撒克逊人。镇子土墙外的建筑已全被阿尔的侵略者焚毁,再也没有重建,城墙内的宏伟罗马建筑也破碎崩塌。在一座罗马浴场拱顶大厅的残骸中,班的信使与我们会面。那时已入夜,在古老的浴池坑底,火焰熊熊燃烧,烟雾弥漫在拱形的天花板处,被风卷着,从一扇小窗飘出。我们正在冰冷的地板上围坐着用晚餐,亚瑟领着班的信使走到了圆圈中央。亚瑟之前曾在那里的尘土中画了一幅德莫尼亚的潦草地图,图上分散着红白二色的马赛克碎片,这是用来示意我们的敌人与友军现在身处的位置,每一处代表德莫尼亚的红色瓷砖,都被白色石片所压制。我们那天上过战场,亚瑟的右脸颊被长枪划破了一道口子,不是很严重,但也深到让亚瑟的脸颊鲜血淋漓。他战斗时没有戴头盔,声称没有那封闭的金属能看得清楚些,但如果那个撒克逊人将长枪往上刺个一英寸,再偏一些,他的枪就有可能直接贯穿亚瑟的脑子。亚瑟徒步作战,与以往一样,将高头大马留着以应付更艰难的战斗。他每天都会派几个手下的骑兵冲锋,但绝大多数昂贵稀有的战马都被关在深入德莫尼亚的安全之所,在那里它们不会遭遇敌人的袭击。这天,亚瑟负伤后,我们的那几个重骑兵冲散了敌人的战线,杀了他们的首领,并将幸存者送回了东面,但亚瑟的遭遇让我们很不安。班国王的信使——一位名叫布兰迪科的首领——更加深了那种忧虑。

"你明白我为什么不能离开了吧?"亚瑟指着那些红白碎片,对布兰迪科说。

"誓言就是誓言。"布兰迪科直截了当地说。

"如果王子离开德莫尼亚,"格兰特亲王插嘴,"德莫尼亚就毁了。"格兰特是一个块头很大,蠢头蠢脑的人,但诚实守信。作为乌瑟的侄子,他本有资格继承德莫尼亚的王位,但他却从未尝试如此,始终对亚瑟——他的杂种表亲——忠心耿耿。

"德莫尼亚被毁总好过贝诺克被毁。"布兰迪科的话语引起了一阵愤怒的低语,他对此视若无睹。

"我发过誓要保护莫德雷德。"亚瑟指出。

"你也发过誓要保卫贝诺克。"布兰迪科回答,耸耸肩无视了亚瑟的异议,"带那个孩子一起来。"

"我必须将莫德雷德的王国交给他,"亚瑟坚持,"如果他离开,王国就失去了它的国王和心脏。莫德雷德必须留在这里。"

"到底是谁威胁到了他的王国?"布兰迪科生气地质问。贝诺克首领是一个魁梧的男人,像欧文一样拥有残忍的力量。"你!"他轻蔑地指着亚瑟,"如果你娶了夏汶,现在就不会有战争!如果你娶了夏汶,现在不光是德莫尼亚,就连格温特和波伊斯都会派兵支援我的国王!"

众人大叫起来,拔出了剑,但亚瑟喝止了骚乱。一滴鲜血从他的伤疤下渗出,顺着修长、空无一物的脖子流下来。"贝诺克还能撑多久?"他问布兰迪科。

布兰迪科皱起眉毛。他显然估计不出答案,但他猜测还有六个月或者

亚瑟王

一年。他说,法兰克人带着新生军侵入了东面国境,班无法抵抗。班自己的军队由他的勇士鲍斯率领,正守卫着北方国境;而他的表亲库尔威奇正带领亚瑟留下的人,捍卫着南方边境。

亚瑟盯着他那红白砖粒组成的地图。"三个月,"他说,"我就来,如果可以的话!三个月。但同时,布兰迪科,我将派一队出色的士兵跟你去。"

布兰迪科争辩道,亚瑟的誓言要求他立刻去阿莫里凯,但亚瑟不肯让步。他说,要么三个月,要么就不去了,布兰迪科必须妥协。

亚瑟挥手示意,让我陪他去大厅旁的柱廊庭院中走走。庭院中放置的大缸散发出厕所般的恶臭,但他并没有留神。"只有神知道,德瓦。"他说,我注意到他使用了"神"这个词语,也注意到他使用的是基督徒们用的单数,他一定身处巨大压力以致露出如此破绽,但他立刻又纠正了过来,"诸神知道,我不想失去你,但我必须派一个勇于击破盾墙的人去。我必须派你去。"

"王子殿下——"我开口。

"别叫我王子,"他生气地打断了我,"我不是一个王子。别跟我争论。每个人都跟我争论不休。每个人都知道该怎么打赢这场战斗,除了我。迈尔沃斯吵着要人,图锥克想让我去北面,凯说他还需要一百柄长枪,现在连班都要我去!如果他花多点钱在军队而不是诗人身上,他就绝不会陷入这种麻烦!"

"诗人?"

"特雷贝斯岛是诗人的天堂,"他苦涩地形容班国王的岛屿都城,"诗人!我们需要枪兵,而不是诗人。"他停顿了一下,靠在一根廊柱上,看起来从未这么疲累。"我什么事情都做不到,"他说,"除非我们不再打仗。如果我能和昆格拉斯好好谈谈,面对面,也许还有转机。"

"除非高菲迪特死了。"我说。

"除非高菲迪特死了。"他赞同道。我们两人陷入了沉默,我知道他在想着夏汶和格温薇儿。月光从柱廊屋顶的缝隙洒下来,让他那骨感的脸染上了一层银色。他闭上眼睛,我知道他正在为这场战争自责,但覆水难收。不列颠必须建立新的和平,而整个不列颠只有一个人能促成这件事,那就是亚瑟自己。他睁开眼睛,做了个鬼脸。"那是什么气味啊?"他终于注意到了。

"这里是漂白衣服的地方,阁下。"我解释道,指向盛满尿液和鸡屎的木桶,类似亚瑟最喜欢的斗篷那样的珍贵白色布料,就是这么制造出来的。

通常,亚瑟如果看到这样的情景会受到鼓励——在德罗寇布法斯这种破败镇子里有着如此产业——但那天他只是冲着气味耸了耸肩,摸了摸脸颊上的血迹。"又多了条伤疤,"他感伤地说,"很快就会和你一样多了,德瓦。"

"您应该戴头盔的,阁下。"我说。

"戴着头盔,我看不清两侧。"他对此不屑一顾,撑起身离开廊柱,示意我陪他绕着拱廊走走,"听我说,德瓦。同法兰克人打仗就和与撒克逊人作战一样。他们都是日耳曼人,法兰克人没有什么特别的,只有一点,比起普通的武器,他们更喜欢携带投枪。所以,当他们第一次冲锋时,你们得小心避开,但接下去就只是盾墙对盾墙了。他们是凶狠的战士,但往往饮酒过量,你完全能以智取胜。我之所以派你去,正是因为这个原因。你很年轻,但你比我们大多数士兵都要考虑得更周详,他们相信只要喝醉乱砍就足够了,但那样是不可能赢的。"他停顿了一下,试图止住一个哈欠。"失礼了。就我所知,德瓦,贝诺克根本就没有危险。班是个情绪化的人,"他酸涩地评价道,"也很容易惊慌,如果失去特雷贝斯岛,他一定会伤心欲绝,而我也不得不为此永远内疚。你可以信任库尔威奇,他是个好人。鲍斯很有才干……"

亚瑟王

"但不可靠。"塞格拉莫从漂洗桶的阴影处现身。他从大厅过来看顾亚瑟。

"这评价对他不公平。"亚瑟说。

"他的确不可靠,"塞格拉莫以刺耳的口音,坚持着自己的说法,"因为他是兰斯洛特的人。"

亚瑟又耸了耸肩。"兰斯洛特是有些难以相处。"他承认,"他是班的继承人,很任性,总希望事情全按他自己的意思来办,但其实我也是这样的人。"他笑着看了我一眼:"你会写字,是吗?"

"是的,阁下。"我说。我们往前走,经过了阴影中的塞格拉莫,而他的眼睛一刻也没有离开亚瑟。猫儿从我们身旁偷溜走开,蝙蝠则绕着大厅冒烟的山墙飞行。我试图想象这个地方充斥着罗马人、充满着油灯光芒的模样,但完全想象不出。

"你一定要写信给我,告诉我事情的进展,"亚瑟说,"这样我就不用只依靠班的想象了。你的女人还好吗?"

"我的女人?"我被这问题吓了一跳,有一瞬间我以为亚瑟说的是卡娜。她是个撒克逊奴隶,最近一直陪着我,还教了我她的方言,和我母亲的撒克逊母语有些微不同。但后来我意识到亚瑟指的是露奈特。"我没有她的消息,大人。"

"你也不去问问,嗯?"他被逗乐了,朝我咧嘴大笑,然后又叹了口气。"露奈特现在和格温薇儿一同去了遥远的杜诺维瑞阿——乌瑟以前的冬宫。格温薇儿并不想离开卡丹城堡旁她那漂亮的新宫殿,但是亚瑟坚持让她去王国腹地,远离敌人的劫掠军队。"桑森告诉我,格温薇儿和她的女伴们现在都膜拜艾西斯。"亚瑟说。

"谁?"我问。

"问得好。"他笑了,"艾西斯是个外国女神,德瓦,有自己的宗教仪式,好像和月亮有关吧,我记得。至少桑森是这么说的。我觉得他也不清楚,但他还是劝我停止这种邪教崇拜。他说艾西斯的教义无法形容,我问他到底是什么,他也不知道。或者他不肯说。你什么都没听说过?"

"是的,阁下。"

"当然,"亚瑟似乎在努力说服自己,"如果格温薇儿从中获得慰藉,那这一定不是什么坏事。我很担心她。我许诺了她太多东西,却什么也给不了她。我想让她父亲重回王座,我们会办到的,一定会办到的,但会比我们想的要迟得多。"

"你想和丢尔纳赫开战?"这个想法让我胆寒。

"他不过就是个人类,德瓦,也能被杀死的。总有一天我们会杀了他。"他转身向大厅走去,"你往南走。我只能给你六十个人——天晓得,如果班真的陷入危机,这些人手远远不够——但带领他们去对岸吧,德瓦,然后听从库尔威奇的指挥。或许你可以取道杜诺维瑞阿?去看看我亲爱的格温薇儿,然后写信告诉我她的情况。"

"好的,阁下。"我说。

"帮我带个礼物给她。要不就那条撒克逊首领的珠宝项圈吧?你觉得她会喜欢吗?"他不安地问。

"任何女人都会喜欢的。"我回答。那项圈是撒克逊人的工艺,粗糙沉重,但还是很美的。金片像太阳射线一般向外展开,上面还散布着珠宝。

"很好!替我带去杜诺维瑞阿,德瓦,然后去拯救贝诺克。"

"我尽力。"我坚定地说。

"你必须尽力,"亚瑟重复道,"为了我的良心。"他小声地补充说,将他脚边的一小块砖粒踢飞,吓得一只猫弓起背,朝我们发出威胁声。"三年前,"他轻轻地说,"一切看上去都好简单。"

然而格温薇儿出现了。

第二天,带着六十个人,我向南进发。

亚瑟王

"他派你来监视我?"格温薇儿面带微笑问。

"不是的,殿下。"

"亲爱的德瓦,"她语带嘲弄,"你跟我的丈夫如此相像。"

这话让我惊讶。"是吗?"

"是啊,德瓦,你很像他。只不过他更机灵些。你喜欢这地方吗?"她指了指庭院。

"这儿很美。"我回答。杜诺维瑞阿的山庄当然是罗马式的,它曾经是乌瑟的冬季行宫。但他居住时,这里一定没有现在这么美丽,格温薇儿让这建筑恢复了往日的典雅。这里的庭院和德罗寇布法斯的一样,是廊柱式的,但这儿的屋顶瓷砖都安置得很好,左右的廊柱涂抹过石灰。拱廊内侧的墙上画满了格温薇儿的纹章:头顶新月的牡鹿。牡鹿是她父亲的纹章,她在其上添加了新月,圆形的图案描绘得非常精美。白玫瑰在花床中盛开,清水在小块瓷砖搭成的水渠中流淌。两只猎鹰站在枝头,当我们绕着罗马拱廊散步时,它们的脑袋跟着转动。庭院中竖立着雕像,雕的都是赤裸的男女。在柱廊下方的基座上是装饰着鲜花的青铜头像,我从亚瑟那里带来的沉重黄金项圈正挂在其中一尊的脖子上。格温薇儿把玩过这礼物片刻,随后皱眉道:"这制作得真粗糙,你觉得呢?"

"亚瑟王子觉得它很美,殿下,而且配得上您。"

"亲爱的亚瑟。"她不在乎地说了句,然后挑选了一尊面带愁容的丑陋青铜男子胸像,将项圈挂在了它的脖子上。"这会让它看上去美些。"她评价道,"我叫它高菲迪特。它看上去和他很像,你不觉得吗?"

"是的,殿下。"我回答。这半身像的确有几分高菲迪特的阴郁愁容。

"高菲迪特是个畜生,"格温薇儿说,"他曾经想夺去我的贞操。"

"……是吗?"我从听到秘密的震惊中清醒过来,好不容易开口回答。

"想,但没得逞。"她坚定地说,"他醉了,对我直流口水,弄得我这儿都发臭了。"她轻触自己的胸部。她身着一条款式简单的白色长裙,布料交叠，直直地从肩膀垂至脚面。这长裙一定贵到离谱，因为它的布料薄得诱人，如果我盯着她看——我努力不这么做——都可以透过这昂贵的衣服隐约看见她的裸体。一枚新月牡鹿图案的黄金吊坠挂在她的颈间；耳环是两枚水滴形的琥珀，以黄金为底托；左手上戴着一枚金戒指，上面饰有亚瑟的熊纹章，刻着恋人十字。"口水直流，垂涎三尺，"她轻快地说，"等他结束了，或者说得更准确，等他想要开始的企图结束后——在他口沫横飞地说他要立我为后，并让我成为全不列颠最富有的王后之后——我去找了路万斯，让他帮我做了一个赶走不受欢迎追求者的符咒。当然我没有告诉他那人就是国王，不过就算告诉他也无所谓，只要你对他笑笑，路万斯肯做任何事情。我埋下了咒符，然后让父亲去告诉高菲迪特，我埋的是一个死亡咒，若有男人想要强暴我，那诅咒就会降临到那男人的女儿身上。高菲迪特知道我指的是谁，而且他最宠爱的就是那个无趣的小夏汶，所以从此以后他都避着我。"她大笑着说："男人都是蠢货！"

"亚瑟王子不是的。"我坚决地说道，并注意用上了格温薇儿坚持要我们使用的那个头衔。

"在挑选珠宝的眼光上，他就是个蠢货。"她语气尖刻，然后就问我亚瑟是不是派我来监视她。

我们绕着柱廊继续走着。只有我们两人。一位名叫兰瓦的战士是公主的护卫队队长，他想让他的人留在庭院，但格温薇儿坚持让他们离开。"让他们传我们俩的流言吧。"她开心地对我说，然后又沉下脸，"有时候我觉得兰瓦是奉命来监视我的。"

"兰瓦不过是在保护您，殿下。"我对她说，"您的安全决定了亚瑟王子的幸福，而他的幸福则支撑着一整个国家。"

"说得太美了，德瓦，我喜欢。"她半带嘲弄地说。我们继续往前走，廊柱投下舒适的遮阳阴影，浸在水中的玫瑰花瓣散发出宜人的香味。"你想见露奈特吗？"格温薇儿突然问我。

"我觉得她不想见我。"

"也许吧。但你们俩还没结婚,是吧?"

"是的,殿下。我们没结婚。"

"那就没关系了,是吧?"她并没有说是何事没关系,我也没问。"我一直想见见你,德瓦。"格温薇儿一脸诚恳地说。

"您让我受宠若惊了,殿下。"我回答。

"你越来越会恭维了!"她鼓了鼓掌,然后皱了一下鼻子,"告诉我,德瓦,你是不是从来不洗澡?"

我脸红了:"不是的,殿下。"

"你身上有皮革、鲜血、汗水和尘土混合在一起的气味。这些有时也许是挺宜人的气味,但今天不是。天气太热了。让我的侍女们帮你洗个澡好吗?我们像罗马人那样洗澡,会流很多汗,要用力搓洗,还挺累人的。"

我故意远离了她一步。"我会去找条小溪的,殿下。"

"我说想见你,是真的。"她说。她向我走近一步,甚至勾住了我的手臂。"跟我说说妮慕。"

"妮慕?"听到这要求,我有些惊讶。

"她真的能使用魔法吗?"格温薇儿热切地问。公主和我一样高,她那张颧骨高耸的美丽脸庞贴近了我的脸。如此靠近的格温薇儿简直让人无可抵抗,就好像密特拉教那足以扰乱感官的饮品。她的红发飘散着香水的气味,绿色眼睛本已令人惊艳,画上用灯黑调制的胶液做的眼线后,看上去更大了。"她能使用魔法吗?"格温薇儿重复了她的问题。

"我觉得能。"

"觉得!"她走开两步,失望地远离了我,"只是觉得?"

我左手的伤疤隐隐悸动,我不知道该说些什么。

格温薇儿大笑起来。"告诉我实情,德瓦。我必须知道!"她又重新勾住了我的手臂,与我一同在廊柱的阴影中漫步。"那个可怕的桑森主教想把我们都变成基督徒,这我绝不能容忍!他想让我们每时每刻都觉得自己有罪,而我一直对他说我没有犯过任何罪行。但基督徒们的力量现在越来越强大了,他们正在这里造一座新教堂!不,他们做的事情更加过分。跟我来!"她猛地转身,拍了拍手。奴隶们跑进庭院,格温薇儿命令他们取来自己的斗篷,把狗也带来。"我要给你看点东西,德瓦,这样你就能亲眼目睹那个邪恶的小主教对我们王国犯下的恶行。"

她穿上一件淡紫色的羊毛斗篷,遮住了自己单薄的长袍,然后将一串猎鹿犬的牵引皮绳握在手中,这些狗待在她身旁,长舌懒洋洋地垂在利齿间。山庄的门打开了,我们沿着杜诺维瑞阿的主街道离开,身后跟着两名奴隶,一队兰瓦的卫兵则匆匆在我们的两侧列队。这条道路由整齐的大石板铺成,两边有排水沟,用来将雨水引向镇子东侧的河中。街面铺子里商品满架,有鞋店、肉店、盐店、陶制品店。一些屋子倒塌了,但大部分都精心地修缮过,也许莫德雷德与格温薇儿的到来给这个镇子带来了新的繁荣。当然,这里有乞丐,他们慢吞吞地走在树桩旁,冒着被卫兵的长枪刺中的危险,抢夺着格温薇儿两名奴隶分发的铜币。格温薇儿的红色头发暴露在阳光下,她没有瞥一眼因自己出现所造成的骚乱,只是一路走下了山丘。"看见那个房子了吗?"她指指街道北侧一栋漂亮的两层建筑。"纳布就住在那里面,我们的小国王就在那里放屁、呕吐。"她耸了耸肩,"莫德雷德是个特别不讨人喜欢的小孩。他瘸腿,而且一刻不停地尖叫。听啊!你能听见吗?"我的确能听见一个孩子在哭号,虽然我不知道那是不是莫德雷德。"现在,过来。"格温薇儿命令道,她穿过一小群站在街旁直盯着她的人,爬上纳布漂亮房子旁边的一堆破碎石子堆。

我跟着她,发现我们抵达了一栋建筑的所在地,或者说是一栋建筑被摧毁、然后另一栋正竖立在前者废墟上的这么个地方。正在被摧毁的是一座罗马祠庙。"这里曾是人们敬拜墨丘利的地方,"格温薇儿说,"而现在我们要为一个死掉的木匠建神龛。一个死木匠怎么能保佑我们丰收呢,告

亚瑟王

诉我啊！"最后的这几个字表面上是对我说的，其实声音响得惊扰到了十几名正在搭建他们新教堂的基督徒。他们有些正在放置石块，有些正在劈造门廊，还有一些正在拉倒旧墙，以为新建筑提供材料。"如果你们一定要为你们的木匠弄个小屋，"格温薇儿用响亮的声音说，"为什么不直接占用老建筑？我问过桑森这个问题，但他说一切都必须是新的，这样他宝贵的基督徒们就不用呼吸那些异教徒们曾经呼吸过的空气了，就因为这种荒谬的信仰，我们推倒了精致美丽的旧庙，用难看的石头造起了这么座毫无优雅可言的恶心建筑！"她冲着尘土吐唾沫，以驱散邪灵。"他说这是为莫德雷德建的教堂！你相信吗？他立志要将那个可怜的孩子变成一个爱发牢骚的基督徒，这就是他在这里做下的恶心事。"

"亲爱的殿下！"桑森主教从新筑起的某堵墙后出现，与旧庙精致的石筑风格相比，那堵墙的确造得很难看。桑森穿着黑色长袍，就像他古板的削了顶的头发一样，沾染着白色的石屑。

"尊贵的殿下，您的到来让我们蓬荜生辉。"他边说边向格温薇儿鞠躬行礼。

"我才不是来你们这儿生什么辉的，你这臭虫。我来是要让德瓦看看你们造的孽。你们在那东西里面要怎么祈祷？"她一手指向建造过半的教堂，"你还不如直接用个牛棚呢！"

"我们亲爱的主正是出生在牛棚中的，殿下，所以我们这个简陋的教堂能让您想到牛棚，我非常高兴。"他再次鞠躬行礼。他的一些工人已在新建筑的另一头聚集了起来，开始唱圣歌，以抵挡在场的邪恶异教徒。

"听上去绝对像是在牛棚。"格温薇儿言语辛辣。她推开神父，大步走过堆着废弃石料的地面，来到了紧挨着纳布宅邸砖墙边的一座小木屋外，"雕像在哪里，桑森？"她一脚踢开木屋的门，向身后抛下了这个问题。

"天啊，尊贵的殿下，虽然我想把它留给您，但我们的主命令我将它熔掉，为了穷人，您能谅解吗？"

她动作粗鲁地转向主教。"青铜！穷人要青铜干什么？吃吗？"她看着我，"墨丘利的雕像，德瓦，一人高的美丽作品，精美绝伦！罗马人的工艺，不是不列颠的，但现在全没了，熔化在不列颠的铁炉中，就因为你们——"她盯着桑森，气势逼人的脸上满是憎恶。"受不了美丽的事物。你们害怕它们。你们就像蛆虫蛀倒大树，根本不知道自己做了什么。"她进入小屋，显然这里储存着桑森在老神庙废墟中发现的值钱物什。她拿着一尊小石像出来，将它扔给自己的一个护卫。"虽然这不算什么，"她说，"但至少它不会落到牛棚里出生的木匠蛆虫手里。"

即使受到这么多侮辱，桑森仍面带笑容，他向我询问北方的战况。"我们慢慢地占据胜机了。"我说。

"告诉亲爱的亚瑟王子殿下，我为他祈祷。"

"为他的敌人祈祷吧，恶心的家伙，"格温薇儿说，"说不定我们还能赢得更快些。"她看着自己的两条狗，它们正在朝新教堂的墙上撒尿。"凯杜伊上个月开始朝这个方向杀过来了，"她告诉我，"而且越来越近。"

"上帝保佑我们！"桑森虔诚地说。

"不用了，省省吧，你这可怜虫，"格温薇儿说，"基督徒都跑了。拎起长袍，惊慌失措地跑去东面了。我们其他人都留了下来。感谢诸神，兰瓦把凯杜伊打跑了。"她朝新教堂唾道。"总有一天，"她说，"我们会打跑所有的敌人，到那时，德瓦，我要拆了这座牛棚，建造一座配得上真正神明的庙宇。"

"艾西斯？"桑森狡猾地询问。

"你说话小心点。"格温薇儿警告他，"我的女神统治着夜晚，她也许会夺取你的灵魂来取乐，蠢货。天知道你那卑微的灵魂有什么屁用。我们走吧，德瓦。"

牵回两只猎鹿犬，我们快步走回山上。格温薇儿因盛怒而颤抖。"你看见他干的好事了吗？毁了旧神！为了什么？好让我们强迫相信他那媚俗

亚瑟王

的小小迷信。为什么他不能放过旧神？我们不在乎那些白痴崇拜一个木匠，他为什么要管我们崇拜什么？要我说的话，神越多越好。为什么要为了赞颂自己的神而得罪其他的神呢？这完全说不通啊。"

"艾西斯是谁？"我们转进她别院的大门时，我问她。

她调皮地看了我一眼："这是我亲爱的丈夫要问的吗？"

"是的。"我回答。

她大笑起来。"干得好，德瓦。真相往往令人惊讶。亚瑟是在为我的女神而担忧吗？"

"他担心，"我说，"是因为桑森说了些关于这个密教的事情。"

她耸了耸肩，让斗篷落在庭院的地砖上，一个奴隶将其捡了起来。"告诉亚瑟，"她说，"他不用担心任何事。他怀疑我对他的感情吗？"

"他深深地爱着您。"我顾左右而言他。

"我也是如此爱着他。"她冲我微微一笑，"告诉他这个，德瓦。"她温柔地补充道。

"我会的，殿下。"

"告诉他，他不用担心艾西斯。"她激动地握住我的手，"跟我来。"正像之前她领我去那新基督教教堂时的语气一样，但这次她催促着我穿过庭院，跃过小小的水渠，来到了远处拱廊下的一扇小门前。"这里，"她放开了我的手，推开门，"就是让我亲爱的丈夫如此担忧的艾西斯的圣祠。"

我踌躇不前。"允许男人进去吗？"

"白天是的，但晚上？不行。"她猛地冲进门里，拉开了一面挂在门后的厚重羊毛挂帘。我跟着她，推开帘子，发现自己进入了一间黑暗无光的房间。"待在原地。"她提醒我。我一开始以为自己是在遵守艾西斯的什么规矩，但等眼睛适应了这沉重的黑暗之后，才明白她让我停下是为了防止我摔进地上的一池水中。圣祠中唯一的光亮只有从大门挂帘的边沿透进来的那一圈儿，但片刻之后我就发现一道灰色的光线渗入到了房间的深处。

又过了一会儿,我看见格温薇儿正取下墙上一层一层的黑色墙帷,每一层都固定于架在墙壁凸起托架上的一根杆子上,每一针都织得紧密无比,不让光线透过这层层布料。这些墙帷现在被皱巴巴地扔在地上,在它们原来的位置现出了百叶窗。格温薇儿将它们打开,让一片刺眼的亮光涌入。

"这儿,"她站在这扇巨大拱形窗的一侧,"就是传说中的密教!"她是在取笑桑森的恐惧,但事实上这房间的确很神秘,它是全黑的:地板以黑色的石头铺就,墙壁和拱形天花板用沥青刷过,在黑色地板的正中,是一池浅浅的黑水,在那后面,水池与刚打开的窗户之间,有一个低矮的黑色石制王座。

"你觉得怎么样,德瓦?"格温薇儿问我。

"我没看见女神。"我在寻找艾西斯的圣像。

"她随月亮而至。"格温薇儿说。我试着想象圆月的光芒流淌进那扇窗,让水池粼光闪闪,让深黑色的墙壁反着微光。"跟我说说妮慕的事情,"格温薇儿命令道,"我就告诉你艾西斯的事儿。"

"妮慕是梅林的女祭司,"我的声音在涂成黑色的石头间空洞地回响,"她向他学习秘术。"

"什么秘术?"

"旧神们的秘密,殿下。"

她皱起了眉头。"但他是怎么发现这些秘密的?我以为老德鲁伊没有任何文字流传于世。他们是禁止书写的,不是吗?"

"是的,殿下,但梅林还是在寻找他们的知识。"

格温薇儿点头。"我知道我们遗失了一部分知识。梅林会找到它们吗?很好!这能解决掉那个讨厌的桑森。"她走到窗子正中间,目光越过杜诺维瑞阿那些平铺着瓦片与茅草的房顶,越过南墙堡垒与更远处呈阶梯状的泥土草地,落在了矗立于地平线处的巨大的麦敦土墙。朵朵白云汇聚于蓝天,阳光穿透了格温薇儿的白色长裙,我主君的妻子,汉尼斯维恩的公主，看起来近乎全裸，这景象让我几近窒息，在那一刻，我耳朵发烫，简直要对我的主君心生妒意。格温薇儿察觉到阳光的背叛了吗？我觉得没有，但也许我错了。她之前背对着我，现在却突然半转过身子看着我：
"露奈特是魔法师吗？"
"不，殿下。"我说。
"但她和妮慕一起学习过，不是吗？"
"不，"我回答，"她不能进入梅林的房间。她对这种事情不感兴趣。"
"但你曾经进入梅林的房间？"
"只有两次。"我回答。为了不看她的胸部，我故意将视线放低，盯着黑色水池，但那里也倒映着她美丽的身影，更为她修长苗条的身体增添了一丝诱惑的神秘光彩。室内一片寂静，我意识到了之前的谈话内容，露奈特一定是宣称自己懂得一些梅林的法术，而我刚才无疑戳穿了她的谎话。"也许，"我无力地弥补，"露奈特懂得很多，但没全部告诉我。"
格温薇儿耸了耸肩，转回身体。我抬起眼。"但你说，妮慕的法术比露奈特要厉害？"她问我。
"厉害多了，殿下。"
"我已经两次命令妮慕前来，"格温薇儿语气尖锐，"而两次她都拒绝了。怎么做才能让她来见我？"
"让妮慕做任何事情最好的方法，"我回答，"就是禁止她去做。"
房间里又是片刻无声。镇里的声音，我能听得一清二楚：集市中小贩们的叫卖声，货车车轮碾过石板路的咔嗒声，狗的吠叫，附近厨房中锅碗瓢盆的碰撞声，但房间里却一片寂静。"有一天，"格温薇儿打破了我们间的沉默，"我会在那里建造艾西斯的神庙。"她指向南方的天空，填满视野的是矗立着的麦敦堡垒。"那是个神圣的地方？"
"非常神圣。"
"很好。"她再次转过来面对我。阳光洒满她的红发，也在她白色长裙下的光滑肌肤上闪耀。"我不想玩小孩子的游戏，德瓦，不想去猜妮慕的心思。我要她来。我需要一位有力量的女祭司，需要一名旧神的朋友，帮我对抗那臭蛆桑森。我需要她。德瓦，看在你对亚瑟的爱的分上，告诉我，什么样的言语才能让她前来。告诉我，然后我就告诉你，我为何崇拜艾西斯。"

我思考了片刻，怎样的诱饵才可能吸引到妮慕。"告诉她，"我最终回答，"如果她服从您，那亚瑟就会将甘德利亚斯交给她处置。但要确保亚瑟真的说到做到。"我补充道。

"谢谢你，德瓦。"她露出微笑，坐上了那抛光过的黑石王座，"艾西斯是女人们的女神。王座便是她的象征。一个男人可以坐上王国的王座，但艾西斯可以决定那个男人是谁。这就是我尊崇她的原因。"

我从她的言语中嗅到了一丝反叛的气息。"这个王国的王座，殿下，"我重复亚瑟常说的宣言，"是属于莫德雷德的。"

格温薇儿发出了一声嘲讽的冷笑。"莫德雷德连个粪池都坐不上！莫德雷德是个瘸子！莫德雷德是个举止粗鲁的孩子，就像只想播种的发情的狗，他已经在追逐权力了。"她声调强硬，充满轻蔑，"德瓦，从什么时候开始，王位变成了父传子承的权力？在以前这是不可能的！曾经，部落中最伟大的男人掌握权力，如今也应如此。"她闭上眼睛，就好像是突然后悔将这些话脱口而出。"你是我丈夫的朋友吗？"片刻之后，她张开眼睛问道。

"您知道我是的，殿下。"

"那你和我也是朋友，德瓦。我们是一体的，因为我们都爱着亚瑟，告诉我，我的朋友德瓦·卡丹，莫德雷德会成为比亚瑟更好的国王吗？"

我犹豫了，她在引诱我说出叛国的话语，但她也是在要求我在这个神圣的地方直言不讳，所以我说出了实话。"不，殿下，亚瑟王子会是位更好的国王。"

亚瑟王

"很好。"她冲我微笑,"那告诉亚瑟,我崇拜艾西斯这件事无须担心的,他会从中得利的。告诉他,我是为了他的未来才信仰这位神祇,这间屋子里发生的任何事情都不可能伤害到他。这样你明白了吗?"

"我会这么转告他的,殿下。"

她注视我良久。我如同一位士兵般站得笔直,披风垂至黑色的地板,海威贝恩在我的身侧,我的胡子在圣地的阳光中金黄闪耀。"我们能赢得这场战争吗?"过了一会儿,格温薇儿问。

"是的,殿下。"

她为我的信心而微笑。"告诉我为什么。"

"因为格温特如坚石般屹立在我们的北面,"我说,"因为同我们一样,撒克逊人也在内战,永远不可能团结起来与我们战斗。因为瑟卢瑞亚的甘德利亚斯害怕再次战败。因为凯杜伊是个拖拉的人,等我们抽得出时间,他就会被我们彻底镇压。因为高菲迪特知道怎样战斗,却不知道怎样领导军队。最重要的是,殿下,因为我们有亚瑟王子。"

"很好。"她重复道,随后站起身,让阳光在她精美的白色长裙上流淌。"你必须离开了,德瓦。你已经看得够多的了。"我红了脸,而她大笑起来。"去找条小溪吧!"我推开门前的挂帘离时,她大声说道,"你闻上去就像个撒克逊人,臭死了!"

我找到一条小溪,清洗了自己,然后带着我的人南下出海。

我不喜欢海。它冰冷无情,阴晴不定,灰色的浪头一个接一个无休无止地从西方尽头、每日太阳落下的地方打来。水手们告诉我,在那空虚地平线的某处,有着传说中的乐土里昂尼斯,但没有人见过,至少没人从里昂尼斯返回。对所有可怜的水手来说,那里是受祝福的避风港,尘世间的乐土。那里没有战乱,没有饥荒,最好的是,那里没有船,没有船可以顶着狂风巨浪穿越翻腾的灰色大海——同一片大海正无情地掀起我们的小木船。德莫尼亚的海岸线看上去如此葱郁。直至我第一次离开它,我意识到自己是多么热爱这片土地。

我们共乘坐三艘船,船都由奴隶划动。不过一出海就有一阵风自西吹来,我们收回了桨,任由破烂的船帆拖着我们粗劣的小船迎着猛扑而来的巨浪驶去。我的许多手下都晕船了。他们很年轻,大多数人比我更年轻,因为战争是年轻人的游戏,但也有年长的人。我的副手卡文年近四十,胡子斑白,脸上交错着伤疤。他是个阴沉的爱尔兰人,曾在乌瑟旗下效力,现在也完全适应了一个只有自己一半岁数的指挥官。他称我为阁下,以为我既然来自托尔,那一定是梅林的继承人,或者起码是那位巫师与某个撒克逊奴隶的贵族孩子。我想,亚瑟让卡文跟着我,是因为担心我的年纪不足以服众,不过说实话,在率领手下这件事情上,我从没遇到过任何麻烦。告诉士兵们他们该做什么,自己也这么做,若他们没做到就施以惩戒,若是做得好就给予奖赏,这样才能带领他们获得胜利。我手下的长枪兵都是自愿前往贝诺克的,他们要么是想要在我麾下效力,要么,更有可能,是相信在海的南面有更多的战利品和荣耀。没有女人、马匹和奴隶随行。我给了卡娜自由,将她送去托尔,希望妮慕能照顾她,但我怀疑我再也见不到我的小撒克逊姑娘了。她很快就会给自己找个丈夫,而我也会找个新女人——不列颠人、布列塔尼人或是某个传说中的特雷贝斯岛美人。

随行的还有班国王派来的首领,布兰迪科。他对我的年纪颇有怨言,但有一次卡文对他吼,说我杀过的人大概比布兰迪科杀的还多,自那之后他大概就私下决定对我保留意见了。不过他还是对我们的人数颇多抱怨。他说,法兰克人渴望土地、装备精良,人数也很多。他说,两百个人也许会起到点作用,但六十人什么用都没有。

第一夜,我们在一座岛的海湾处抛锚。大海在海湾口咆哮,岸上则有一群衣衫褴褛的男人对我们叫喊,还时不时朝我们的三艘船无力地射箭——尽管船在射程之外。我们的船长担心风暴即将来临,于是杀了船上

亚瑟王

的一个孩子来祭祀祈祷,他将奄奄一息的孩子的鲜血洒在船首,第二天早上风暴就平息了,但海上起了大雾。没有一名船长会在大雾天起航,所以我们等了整整一天一夜,终于在一个晴空万里的日子,向南方划去。那是漫长的一天,我们绕过了船骨周围的一些可怕岩石,随后终于在温暖的傍晚,找到了一缕小风和一股上涨的水流,从而可以不再划桨。驶入一条大河时,一群象征好兆头的天鹅飞过头顶,我们靠了岸。河边有一座要塞,一群全副武装的人来河岸向我们挑战,但布兰迪科对他们高喊,我们是友军。那些人便以不列颠语回应,欢迎我们。落日为河流的漩涡镀上一层金色。这地方充满鱼腥味以及盐和柏油的气息。黑色的渔网挂在岸边渔船旁的架子上,火焰在盐盘下燃烧,狗儿追着涨落起伏的浪花,冲我们吠叫,一群孩童从附近的小茅屋里跑出来,看我们登陆。

我第一个上岸,倒提着绘有亚瑟熊纹章的盾牌,踏着高高的海浪,走上了岸。我将长枪尾端插进沙中,向我的保护神贝尔念了一段祷词,也向海神玛纳怀登祈祷,希望他们保佑我有一天能离开阿莫里凯,回到我的主君身边,回到亚瑟所在的受诸神保佑的不列颠。

然后,我们奔赴战场。

我听人说过,世上没有一座城市——即使是罗马或耶路撒冷——像特雷贝斯那么美丽,也许那些人所言非虚。我从没见过罗马或耶路撒冷,特雷贝斯却是我见过最美丽的地方,它是座美妙绝伦、令人惊奇的城市。它建造在一座陡峭的花岗岩岛上,岛位于一个开阔的浅湾中,水中泛着泡沫,风声在岩壁间回响,特雷贝斯岛却很宁静。在夏日,海湾热潮滚滚,闪着银光,但贝诺克的首都内始终凉爽。格温薇儿一定会喜欢特雷贝斯岛,在这里,人们珍惜传统,不让任何丑陋的事物玷污它的优雅。

毫无疑问,罗马人曾来过特雷贝斯岛,但他们没有在这里建造防御工事,只在岛的顶端造了一些乡间住宅。那些住宅还矗立在原来的位置,班国王与依莲王后将它们连在一起并加盖了新的立柱和基座,镶嵌了图案,添加了雕像——这些东西都是从大陆上抢来的罗马建筑。到如今,一座空中宫殿环绕着这座岛的山顶,光芒四射。从闪耀大海处吹来的每一阵微风,都会掀起那里的白色窗帘。去岛上最好的方法是乘船,虽然有一道长堤通往岛屿,但每次涨潮时它都会被淹没,落潮时也会因为流沙而难以行走。柳条制成的绳索标记出这条堤道,但海湾的巨浪已将标记冲散,如果没有当地向导的引领,没人能够通过那些塌陷的沙子和危险的水坑,只有白痴才会不雇当地向导尝试通过堤道。在水位最低时,海中会浮现出茫茫一大片泛着涟漪的沙滩,冲沟和水洼在其上纵横交错,特雷贝斯岛就立在那片沙当中;在水位最高时,西方刮来劲风,这座城市就好似一艘在狂暴大海中奋力前行的巨大怪船。

从宫殿往下,有一堆密集的较小建筑物。它们紧贴着陡峭的花岗岩斜坡,酷似海鸟的巢。那里有神祠、商店、教堂和住宅,整体由石材建造,

亚瑟王

外墙刷着石灰,甚至还都装饰着班王宫用不上的石料和饰品。这些屋子都面向着石砌街道,街道一级级向上,绕着小岛,直通向王宫。岛的东面有一座小小的石砌码头,船可以在那里靠岸,但只有遇到最平静的天气,才能顺利停靠。正因如此,我们才在距离城市一天行程的西面某安全处登陆。码头外是一个小港口,那其实就是由沙滩保护着的一方潮池。退潮时,水池与海被分离开来,涨潮时,只要一刮北风,就停不住船。在岛的山麓,除了那些本就难以攀爬的悬崖峭壁外,竖着一圈石墙,将外面的世界挡在海湾那儿。特雷贝斯岛之外,是骚乱、法兰克敌人、鲜血、贫穷和疾病,但在那些墙里,只有知识、音乐、诗歌和美丽。

我并不驻扎在班国王心爱的岛屿首都,我的任务是在贝诺克大陆上与侵占农田的法兰克人作战——正是这些农田支持着首都声色犬马的生活方式——但布兰迪科坚持要我去觐见国王。我被领着走过了堤道,穿过雕刻着手持三叉戟的男人鱼石像的城门,爬上通向高处宫殿的阶梯。我的手下都待在大陆,但此时我希望能把他们都带来了,我想让他们也见识下这座城市令人惊异的胜景:雕着石像的城门、在这座花岗岩岛屿上忽上忽下的陡峭石阶、道路两旁的神祠和商店、装饰着一盆盆鲜花的带阳台建筑、雕塑、向大理石砌的水槽中倾泻出干净活水的喷泉——任何人都可以盛满水桶或直接弯腰饮用。布兰迪科是我的向导,他忿忿地抱怨着有多少金钱被浪费在了这座城市上,而那些本该被用于保卫海岸线的,但我为这座城市惊异不已。我想,这里是一个值得为之战斗的地方。布兰迪科领着我穿过最后一扇刻有人鱼的大门,进入王宫的庭院。葡萄串似的一系列建筑占据了庭院的三面,第四面则竖立着几道白色拱门,从那个方向可以远眺大海。每扇门前都站着身披白色斗篷的卫兵,他们枪杆光亮,枪尖闪烁。"他们根本派不上用处,"布兰迪科对我喃喃低语,"连只小狗都打不过,但他们看上去很漂亮。"

一位身着白色长袍的廷臣在王宫大门处迎接我们,并护送我们穿行过一间又一间房。每个房间里都摆放着珍贵的宝物、石膏雕像、金鱼,有间房里并排放着许多金属的镜子,我看见自己无限延伸的倒影不由惊讶地倒吸一口冷气:一个满面胡须、穿着黄褐色披风的肮脏士兵在一面面镜子中渐渐变形,越变越小。下一个房间被粉刷成白色,充溢着鲜花的香气,一个女孩儿在其中演奏竖琴。除了一件短袍,她浑身上下未多着一缕。我们经过时,她冲我们微笑,继续着自己的演奏。她的胸脯被阳光染成金色,头发剪得很短,笑容轻佻。"看上去就像是一家妓院。"布兰迪科吐露出一串嘶哑的低语,"我倒希望这儿真是家妓院,至少还能派上些用处。"

穿着长袍的廷臣打开最后一对装着青铜把手的大门,鞠躬请我们进入一个俯瞰粼粼大海的宽敞房间。"国王陛下——"他向房间的唯一居住者弯腰行礼,"布兰迪科首领与德莫尼亚的德瓦队长觐见。"

一位高瘦男子从书桌后站了起来,他之前正在羊皮纸上书写着什么。他面带愁容,生着一头稀疏的白发。一缕微风吹起了羊皮纸,引得他一阵手忙脚乱,直到用墨水瓶和蛇纹石压住纸的四角。"啊,布兰迪科!"国王向我们走来,"你回来了!好,好。总有些人会一去不返,船毁人亡。我们应该好好想想这件事。你觉得应该建造更大的船吗?还是我们现在的船只都造错了?我不确定我们的造船技术是不是正确,虽然渔夫们发誓说没问题,但他们中也有一些人再也没回来。这是个问题。"班国王走到房间中央,停了下来,挠着自己的太阳穴,将更多的墨水沾染到了稀疏的头发上。"目前还没有答案,"他最终开口宣布,随后凝视着我,"是吗,崔弗①?"

"德瓦,国王陛下。"我单膝跪下行礼。

"德瓦!"他以惊讶的口气重复我的名字,"德瓦!快告诉我!德瓦。我猜,这名字是不是有什么含义,它的意思是'属于德鲁伊'。这是你名

---

① 崔弗(Drivel),有鼻涕、口水的意思。

亚瑟王

字的意思吗，德瓦？"

"我是被梅林抚养长大的，陛下。"

"是吗？是吗，真的！哦，哦！这真了不起。我们得好好聊聊。亲爱的梅林现在哪儿呢？"

"五年没有人见过他了，陛下。"

"所以他是隐形的！我一直觉得这是他的魔法之一。这法术很有用啊，我必须让我的智者们好好调查调查。快起来，快起来。我受不了人们老是朝我下跪。我又不是神，至少我自己觉得我不是。"我站起身时，国王仔细地观察着我，他似乎对自己所看到的不太满意。"你看上去像是个法兰克人！"他以迷惑不解的口气说道。

"我是个德莫尼亚人，国王陛下。"我自豪地说。

"哦，我相信你是的，你是个德莫尼亚人，而且还是亲爱的亚瑟的先遣兵，是吧？但愿！"他急切地说。

我没有意料到这种情况。"不，陛下，"我说，"亚瑟被许多敌人包围了。他正在为我们王国的存亡而战，所以他派我和一些人过来，我们是可以调派的仅有兵力了，如果需要更多人，我会写信告诉他的。"

"会需要更多人的，一定会的！"班猛地说道，声音越发尖利刺耳，"天啊，是的，所以你带了一些人来，是吗？具体多少人？"

"六十人，陛下。"

班国王突然跌坐入一把镶嵌象牙的木椅。"六十！我希望来三百个人！还有亚瑟自己。作为一名队长，你看上去非常年轻。"他的语气充满疑虑，后来又突然欢快了起来，"我没听错吧？你说你会写字？"

"是的，陛下。"

"也会阅读？"他追问。

"没错，国王陛下。"

"你看，布兰迪科！"国王用一种胜利的语调大喊并从椅子上一跃而起,"有一些战士也会阅读书写!这并没有让他们的男子气概减少半分,也没有让他们变成小角色,像是书记员、女人、国王或诗人,一点儿也不是你坚信的那样!看!一名受过教育的战士。你不会也写诗吧?"他问我。

"不,陛下。"

"多可惜啊,我们是个诗人的团体,就像亲兄弟一样!我们称自己为'费里',诗歌是我们忠贞的情妇,也可以说是我们神圣的职责。也许这能激起你的灵感?跟我来,博学的德瓦。"班已经忘记了亚瑟缺席这件事情,他兴奋地跑到房间另一侧,示意我跟他走。我们走过又一对大门,经过又一个小房间,那儿也有一把竖琴,也有一名半裸的美丽少女正拨弄着琴弦。随后,我们进入一间巨大的图书馆。

我以前从未见过一间真正的图书馆,而班国王很高兴能炫耀一番这个房间,他仔细观察着我的反应,我毫无意外地目瞪口呆。一卷一卷的书册用缎带扎起,盛放在敞开的特制盒子中,盒子层层叠叠地堆着,就好像蜂巢的巢室。好几百个这样的巢室,每个都装着卷册,每个都以墨水手写着标签。"你会什么语言,德瓦?"班问我。

"撒克逊语,陛下,还有不列颠语。"

"唉。"他有些失望,"都是野蛮的语言,我现在会拉丁语、希腊语、不列颠语,当然,还有一点阿拉伯语。这儿的瑟温神父会的语言是我的十倍,是吧,瑟温?"国王对图书馆中唯一的人说道。

那是个白发苍苍的年迈神父,他有着奇怪的驼背,穿着黑色的僧侣服。神父举起一只嶙峋的手回应,却没有从他书桌上堆着的大量卷轴中抬起头。我刚开始以为神父的僧侣兜帽后围着一条毛皮围巾,后来才发现那是一只灰色的猫,它抬头看着我,打了个哈欠,便继续睡觉了。班国王无视了神父的无礼,只是带着我走过一堆堆的盒子,对我讲述着他收藏的这些珍宝。"我这里收藏着的,"他自豪地说,"是罗马人留下的所有书,还有我的朋友们寄给我的。有些手稿年代太久远,难以处理,所以我们就将

亚瑟王

它们复制了下来。让我们看看,这是什么?哦,是了,这是阿里斯托芬①的十二部戏剧之一。当然,每一部我都收集了。这部是《巴比伦人》。一出希腊喜剧,年轻人。"

"并不是那么有趣。"神父在书桌那儿突然插嘴。

"非常好玩。"班国王对神父的粗鲁反应十分淡定,显然已经习惯了。"也许'费里'可以造个剧院上演这出戏?"他补充道,"啊,你会喜欢这个的,贺拉斯②的《诗艺》。我亲自誊写了这本。"

"怪不得字迹这么难以辨认。"瑟温神父再次插话。

"我让'费里'的所有成员都研究贺拉斯的格言警句。"国王告诉我。

"正因为如此,他们都是些糟糕的诗人。"神父又一次出声,但依旧没从书卷堆中抬起头。

"啊,德尔图良③!"国王将一卷书从盒子中抽出,吹去羊皮纸上的灰尘,"《护教学》的复本!"

"都是胡说八道,"瑟温说,"浪费珍贵的墨水。"

"最伟大的雄辩文字!"国王充满热情,"我不是基督徒,德瓦,但一些基督教文学的道德观念很不错。"

"才不是这么一回事。"神父坚持道。

"啊,这本你必须读一下,"国王从盒子中抽出另一卷书,"马可·奥里利乌斯④的《沉思录》。我亲爱的德瓦,这是无与伦比的作品,指引人们该怎样生活。"

"罗马烂人用糟糕希腊语写的陈词滥调。"神父抱怨道。

"也许是有史以来最伟大的书。"国王梦呓般地说道,放回马可·奥里

---

① 古希腊诗人。
② 古罗马诗人、批评家。
③ 基督教著名的神学家、哲学家。
④ 罗马皇帝、哲学家。

利乌斯,抽出另一卷作品,"这是一件珍品,千真万确。萨摩斯岛阿里斯塔克斯①的伟大著作。你应该知道的,对吗?"

"不,陛下。"

"也许不是每个人都读过,"国王忧伤地补充,"但它充满了奇趣。阿里斯塔克斯坚持——别笑——地球绕着太阳,而不是太阳绕着地球。"他用修长的手臂打着圈,模拟着这奇怪的论调。"他弄反了,你觉得呢?"

"我觉得挺有道理的。"瑟温还是没有从书卷中抬起头来。

"还有西利乌斯·伊塔利库斯②!"国王指了指一大堆填满书卷的巢室,"亲爱的西利乌斯·伊塔利库斯!我拥有他的全部十八卷《第二次布匿战争③历史》。当然,全文是以诗写就的。多么珍贵啊!"

"第二次啰唆战争。"神父咯咯笑了起来。

"这就是我的图书馆。"班骄傲地说,向我展示整个房间,"特雷贝斯岛的荣耀!这里和我们的诗人。抱歉打扰你了,神父!"

"一头骆驼会被一只小蚱蜢打扰到吗?"大门将瑟温神父关在了房间内,我随国王经过袒胸露乳的竖琴手身边,回到了布兰迪科等候着的地方。

"瑟温神父在进行一项研究,"班自豪地宣布,"关于天使的翼展。也许我该问问他隐形法术的事情。他似乎什么都知道。你现在明白了吧,德瓦,为何特雷贝斯岛这么重要,不能被攻破。我亲爱的朋友在这个小地方,储存着人类世界的智慧,我们从废墟中将它们收集起来,妥善保管。我想知道骆驼是什么东西,布兰迪科?"

---

① 古希腊天文学者,历史上有记载的首位提出"日心说"的人。
② 古罗马政治家、演说家、诗人,曾担任执政官。
③ 原文为 Be Ua punica,或译布匿克战争,是在古罗马和左迦太基之间发生的第三次战争,名字来自当时的罗马对迦太基的称呼"Punici"(布匿库斯)。这场战争令迦太基城被夷为平地,王国毁灭,罗马赢得了地中海西部的霸权。

亚瑟王

"一种煤，陛下。铁匠用它来打造钢铁。"

"是吗？多有趣啊，但一块煤不会被一只蚱蜢打扰到，是吧？这种意外几乎不可能发生，那为什么还要提起它呢？真是令人费解啊。等瑟温神父有心情回答问题的时候——那种情况可不常见——我一定要问问他。现在，年轻人，我知道你是来拯救我的王国的，我也相信你迫不及待地想去做正事了，但首先你得留下来吃顿晚饭。我的儿子们也在这儿，他们两个都是战士呢！我曾希望他们能献身于诗歌和学术，但这个时代需要战士，不是吗？不过，我亲爱的兰斯洛特像我一样重视'费里'，所以我们的未来仍有希望。"他停顿了一下，皱了皱鼻头，朝我友善地笑了笑："我想，你需要洗个澡吧？"

"需要吗？"

"是的。"班果断地说，"莉诺会带你去你的房间，准备洗澡水，给你些新衣服。"他拍了拍手，最早见过的那个竖琴女孩儿来到了门边，看来她就是莉诺。

我身处这座临海宫殿，眼前充满光明与美丽，耳畔回响着音乐。在这个诗歌的圣地，我为它的居民们着魔——那些在我看来像是从另一个时代另一个世界来的人。就这样，我遇见了兰斯洛特。

"你比一个孩子大不了多少。"兰斯洛特对我说。

"没错，殿下。"我一边回答，一边吃着浸过融化黄油的龙虾。我以前从没吃过这么美味的食物，之后也再没有吃过。

"就派这么个孩子来，亚瑟是在侮辱我们。"

"您错了，殿下。"黄油滴进了我的胡子里。

"你的意思是，我在说谎？"贝诺克的王储兰斯洛特王子问道。

我对他微笑："我的意思是，王子殿下，您说错了。"

"六十个人。"他冷笑道，"这就是亚瑟能派来的所有人？"

"是的,殿下。"我回答。

"一个孩子率领的六十个人。"兰斯洛特轻蔑地说。他不过比我大一两岁,却富可敌国。他非常英俊,高大健美,窄脸,黑瞳,身上的男子气概就如同格温薇儿的女性气质一般显著。但兰斯洛特冷漠的表情有一种令人不快的感觉,很像一条蛇。他的黑发抹过油,用金色的发饰固定成小卷;胡子修剪得很整齐,也涂了油,显得很有光泽;身上散发出薰衣草的香味。他是我见过的相貌最好的男人,更糟糕的是,他自己也知道。从第一眼见到他时,我就不喜欢他了。我们在班的宴会大厅中相遇,那样的大厅是我从未见过的:大理石柱耸立,白色窗帘半掩着海景,平整的墙壁上描绘着男神、女神和各种神奇的动物。仆人和守卫在墙边立成一排,无数青铜小灯盘中,灯芯漂浮在油上,照亮了整个雅致的房间,长桌上还燃烧着蜂蜡制成的蜡烛。桌上盖着的洁白桌布被我一直滴下的黄油弄脏了,班国王坚持让我穿的别扭长袍也被搞得满是油渍。

我爱这里的食物,但讨厌身边的人。瑟温神父出席了,我很想有机会和他交谈,但他正在找这桌三个诗人其中一位的麻烦,这些诗人都是班国王热爱的'费里'成员。我孤立无援地与兰斯洛特王子一同坐在长桌的一头。依莲王后坐在她丈夫身边,正帮着诗人反驳瑟温的攻击,看上去比兰斯洛特王子的刻薄言语有趣得多。"亚瑟是在侮辱我们。"兰斯洛特再度强调。

"很遗憾您这样想,殿下。"我回答。

"你从来都不争辩吗,孩子?"他又问我。

我看着他那冷漠犀利的眼睛。"我认为,一名战士在宴会上与人争辩,是不智之举,王子殿下。"我说。

"所以你还是个胆小的孩子!"他嘲笑道。

我叹了口气,压低了声音。"您真的想要一场争辩吗,王子殿下?"我的耐心快要用完了,"如果您再叫我一声'孩子',我就把您的头砍下来。"

亚瑟王

我笑了笑。

"孩子。"片刻之后,他说。

我困惑地看了他一眼,猜想他是不是在玩一个我不知道规则的游戏,但如果真是这样,这游戏可就致命了。"黑剑十断。"我说。

"什么?"他皱眉,不知道这句密特拉教的宣言意味着他不是我的兄弟。"你疯了吗?"过了一会儿,他说,"你不仅是个胆小的孩子,还是个疯孩子吗?"

我打了他。我应该控制住自己的脾气的,但不舒服的感觉和生气的情绪盖过了所有的谨慎。我给了他一个肘击,把他的鼻子撞出了血,嘴唇也打破了,他被击下了座椅。他倒在地上,试图拿跌翻的椅子来砸我,但我速度太快,距离太近,那攻击对我毫无威胁。我把椅子踢到一边,把他拽起来,然后将他猛撞向他身后的一根立柱,让脑袋砸在石头上,还用膝盖顶住他的腹股沟。他害怕了。他的母亲尖叫起来,班国王和他的诗人客人们目瞪口呆地看着我。一名紧张的白袍卫兵将枪尖指着我的喉咙。"拿开,"我对那卫兵说,"不然你就是个死人了。"他移开了长枪。

"我是什么,王子殿下?"我问兰斯洛特。

"一个孩子。"他说。

我将手臂绕过他的咽喉,半掐住他。他因窒息而挣扎起来,但无法动弹。"我是什么,殿下?"我又问了一遍。

"一个孩子。"他用嘶哑的声音说。

一只手碰了碰我的手臂,我转过头,看见一名跟我差不多年纪的金发男子冲着我微笑。他之前坐在餐桌的另一头,我以为他也是个诗人,但我错了。"你干的这事儿,我早就想这么干了。"那年轻人说,"但如果你想让我的哥哥停止羞辱你,那就必须得杀了他,这样的话,我们的家族荣誉就被侮辱了,我就不得不杀了你,我不确定我想那么做。"

我放开兰斯洛特的喉咙。他站在那儿几秒钟试图平复呼吸,随后摇了摇头，朝我吐口唾沫，便走回了餐桌。他的鼻子流着血，嘴唇红肿，精心抹过油的头发杂乱地披散下来。他的弟弟似乎被这场打斗给逗乐了。"我是加拉哈特，"他说，"非常荣幸能见到德瓦·卡丹。"

我向他表示感谢，然后强迫自己走到班国王的椅子旁，虽然他一直宣称自己不喜欢多礼，但我还是跪下了。"对刚才的无礼举动，我深表歉意，国王陛下，"我说，"请您惩罚我。"

"惩罚？"班惊讶地说，"别傻了，不过就是喝多了而已。都是酒的错。我们应该像罗马人那样在酒里掺水的，对吧，瑟温神父？"

"荒唐。"年迈的神父说。

"没有惩罚，德瓦。"班说。"快起来吧，我可受不了这种大礼。你哪有什么冒犯之处？不过就是被争论冲昏了头，这有什么错？我喜欢争论，是吧，瑟温神父？一场晚宴若是没有争论，就像是日子没有了诗歌——"国王无视了神父"那样的日子该多好啊"的讽刺回答，"我的儿子兰斯洛特是个轻率的人，他有战士的心和诗人的灵魂，而那样，恐怕是最容易让人冲动的组合。坐下用餐吧。"班是位最大度的君主，但我注意到他的王后依莲非常不满意他的决定。她虽然头发灰白，但脸上毫无皱纹，优雅而矜持，与特雷贝斯岛安详的美丽相得益彰。不过那一刻，王后皱着眉头，对我表现出了极度的不满。

"所有的德莫尼亚的战士都这么没礼貌吗？"她大声地讽刺道。

"你想让战士们拿出廷臣的做派吗？"瑟温突然反驳，"然后送你那些宝贝诗人去杀法兰克人？我的意思可不是让他们去背诵韵词给敌人听，虽然想想说不定还挺有效的。"他耸了耸肩，斜睨着王后和三位诗人。瑟温似乎对特雷贝斯岛不能出现丑陋事物的禁令免疫，脱下他在图书馆穿着的那身僧侣服后，他看上去非常不讨人喜欢。他仅有一只目光锐利的独眼，另一只眼上戴着发霉的眼罩，一张嘴尖刻扭曲，直发披散在脑后，头顶剃发的发际线歪歪扭扭，空荡颈间垂着一枚做工粗糙的木制十字架，半掩在

亚瑟王

一把肮脏的胡子之后,弯折扭曲的身体因那个夸张的驼背而畸形。在图书馆中挂在他脖子上的灰猫,现在蜷在他的膝上,吃着龙虾的碎屑。

"和我坐在一起,"加拉哈特说,"别责备自己了。"

"但我应该反省,"我说,"这是我的错,我应该控制住自己的脾气。"

"我的兄长,"重新入座后,加拉哈特说,"我同父异母的兄长很喜欢挑衅别人,那是他的娱乐方式,但大多数人都不敢反击,因为他是王储,那意味着某天他将执掌生杀大权。但你做得对。"

"不,我做错了。"

"我不跟你争,但我建议你今晚离岛。"

"今晚?"我很惊讶。

"我兄长不太能接受失败,"加拉哈特轻声说,"睡觉时你要小心,可能会在梦中吃上一刀。德瓦·卡丹,如果我是你,我会立即去和你的人会合,与他们在一起以确保安全。"我朝阴沉着一张俊脸的兰斯洛特看去,他的母亲正在安慰他,用餐巾蘸着红酒擦去他脸上的血迹。"同父异母?"我问加拉哈特。

"我是国王情妇的孩子,并非他的妻子所出。"加拉哈特倾身靠近我,耐心地解释,"但父王对我很好,坚持称呼我为王子。"

这会儿,班国王正与瑟温神父为某些晦涩的基督教理论而争执。班热情而彬彬有礼地伸张着自己的观点,瑟温则满嘴辱骂之词,两人都乐在其中。"你父亲告诉我,你和兰斯洛特都是战士。"我对加拉哈特说。

"都是?"加拉哈特大笑起来,"我亲爱的兄长雇诗人和吟游歌者来唱诵他的伟绩,称他为阿莫里凯最伟大的勇士,但我从没见他出现在战场上。"

"而我却不得不战斗,"我忿忿地说,"为保护他将要继承的王国。"

"这王国撑不下去了。"加拉哈特漠然地说,"父王将钱都花在了建筑和手稿上,而不是战士身上。在特雷贝斯岛上的我们离我们的人民又太远了,他们宁愿撤去布罗塞利昂,也不愿向我们求助。法兰克人在各个方面都远胜我们。你的任务,德瓦,是保住性命,安全回家。"

他的诚实让我对他产生了新的兴趣。他的脸比较宽,开朗坦率,看上去不像他哥哥的那么尖锐,是那种你会很乐意让他出现在你盾牌右手边的长相。在盾墙中,一个人的右侧是靠他隔壁的战友来保护的,所以可想而知,我本能觉得,加拉哈特是个很讨人喜欢的人。"你的意思是,我们不该去和法兰克人作战?"我小声问他。

"我的意思是,这场战争已经输了,但无论如何,你已向亚瑟立下了战斗的誓言,而只要特雷贝斯岛存在一天,黑暗世界中就好像还有一刻光芒。我一直在劝说父王将他的藏书送去不列颠,我想他宁愿掉脑袋都不愿那么做。不过当那一刻到来时,我肯定,他会愿意的。好了——"他将他那金光闪闪的椅子从桌旁推开,"你和我必须离开了。在——"他悄悄地补充道,"'费里'朗诵之前。当然,除非你想尝尝关于月光照耀芦苇丛的没完没了韵词的滋味。"

我站起身,用一把班国王为客人特制的餐刀敲了敲桌子,那些客人们都警惕地看着我。"在此我要道歉,"我说,"不仅仅向诸位,更向兰斯洛特殿下。像这样伟大的战士本该有更好的人来陪伴他用餐。现在,请恕我失礼,我要去就寝了。"

兰斯洛特没有回应。班国王微笑了,依莲王后露出厌恶的神情。加拉哈特催促着我先去拿自己的衣物和武器,然后去火把照耀的码头,那里有一艘小船等着将我们送离岛屿。加拉哈特还穿着长袍,他将一个大口袋扔在了小船的甲板上。口袋落下时,发出一连串的金属碰撞声。"那是什么?"我问。

"我的武器和盔甲。"他说。他解开小船的缆绳,然后跳上船。"我和你一起走。"

小船在一片黑帆下滑出码头。细浪在船头起伏,轻轻拍打着船体,我

亚瑟王

们驶入了海湾。加拉哈特脱下长袍，将它扔给了船夫，随后穿上战甲。我看向后方山丘上的宫殿，它在夜空的映衬下好似驶向云中的天空船，又像是堕落大地的一颗星辰、梦想之地、一个避难所。在这里，公正的国王和美丽的王后统治着国家，诗人们歌唱，老人可以研究天使翅膀的翼展。它是那么美丽，特雷贝斯岛，绝对的美丽。

还有，除非我们能拯救它，否则它在劫难逃。

我们的战争持续了两年。两年的负隅顽抗。两年的波澜壮阔与艰难险阻。两年的屠杀与盛宴、断剑与碎盾、胜利与灾难。在那些年月中，在那些流尽汗水的战役中，勇士们呛毙于自己的鲜血，普通人完成了他们做梦都想不到的英勇事迹，而我一次也没有见过兰斯洛特。然而，诗人们歌颂他为贝诺克的英雄，最完美的勇士，战士中的战士。诗人说保卫贝诺克的是兰斯洛特，不是我、不是加拉哈特、不是库尔威奇，是兰斯洛特。但整个战争期间，兰斯洛特都在床上，要他的妈妈拿给他美酒和蜂蜜。

不，并不总是在床上。兰斯洛特有时也会参加战斗，但总是在离战线一英里的后方，这方便他最先携着胜利回到特雷贝斯岛。他知道如何撕坏披风，击钝剑刃，弄乱他的一头油发，甚至在自己脸上划上几道，然后蹒跚回家，看上去像一名英雄。他的母亲会让"费里"作上一首新曲，曲子将由商人和水手传往不列颠，这样即使是在遥远的艾尔蒙特北方的雷吉德，人们也会相信兰斯洛特是新的亚瑟。撒克逊人害怕他前去，亚瑟则赠给他一条刺绣剑带，那带子上的搭扣都是珍贵的珐琅。

"你觉得世事应该公平？"我对那礼物口出怨言时，库尔威奇这么问我。

"不，阁下。"我说。

"那就别在兰斯洛特身上浪费口水了。"库尔威奇说。他是位骑兵首领，亚瑟去不列颠时，将他留在了阿莫里凯。他也是亚瑟的一位表亲，虽然他与我的那位大人没有任何相似之处。库尔威奇身材矮胖,胡须浓密,手臂强壮,是个斗士,除了源源不绝的敌人、美酒和女人,他别无所求。亚瑟走时,给他留了三十名士兵和三十匹战马,但马全死了,人也死了一半,所以库尔威奇现在徒步战斗。我率领手下加入了他的部队,受他指挥。他迫不及待地希望贝诺克的战争快些结束,这样他便能与亚瑟并肩作战。他非常敬爱亚瑟。

这场战争并不是我们熟悉的风格。亚瑟在阿莫里凯时,法兰克人还在东面好几英里之外,那里土地平整,林木稀疏,很适合他的重骑兵,但现在敌人已深入贝诺克中部山陵外围的树林。班国王与格温特的图锥克一样,寄希望于防御工事,但格温特的地形本身很适合建造大量堡垒和高墙,贝诺克的树林和山丘却给敌人提供了太多的小道,让他们能绕过山顶那些驻扎着班国王沮丧军队的堡垒。我们的任务是让那些军队重拾希望,为达到此目的,我们运用了亚瑟本人的战略——出其不意,攻其不备。贝诺克树木密布的山丘正适合这样的作战,而我的人都是最棒的。一次成功的突袭让敌人们措手不及,连武器都没能出鞘,这种快乐无以伦比。我在海威贝恩的长刃上又添上了一些新的疤痕。

法兰克人害怕我们。他们管我们叫作"森林狼",我们接受了这侮辱,并将其变成了我们的标志,将灰色的狼尾装饰在头盔上。我们号叫吓唬他们,每晚每晚吵得他们不能入睡,整日整日跟踪他们,随心所欲地在他们措不及防的情况下发动突击。然而敌众我寡,并且我们的人数还不断地在减少。

加拉哈特与我们并肩作战。他是一名出色的战士,同时也是一名学者,曾在他父亲的图书馆中探索学习,在夜晚,他会讲述旧神、新教、异国与伟人的故事。我还记得我们在一座山庄废墟驻扎时的某个晚上。一周之前,那里还是一个繁荣的聚居地,有着一座完整的磨坊,储备着陶器和乳制品,但法兰克人来过了,留下了一座冒烟的山庄废墟,到处血迹斑

亚瑟王

斑,墙壁坍塌,泉水也被女人和孩子们的尸体所污染。我们的哨兵正在林间小道处放哨,所以我们难得能享受火堆,以及在火上烤着的成串野兔和一头小羊。我们喝着水,假装正饮用美酒。

"法兰娜。"加拉哈特向往地说,将他的陶杯举向星辰,就好似手持金杯。

"那是谁?"库尔威奇问。

"我亲爱的库尔威奇,法兰娜是一种葡萄酒,最美味的罗马美酒。"

"我从来都不喜欢葡萄酒,"库尔威奇说,"娘们儿喝的。撒克逊黑啤!喝这个才差不多。"不一会儿,他就睡着了。

加拉哈特睡不着。篝火在低处闪烁,星辰在高空闪耀。一颗流星坠落,拖着白色尾迹飞快地划破天际,加拉哈特画了个十字。他是基督徒,一颗流星象征着一只魔鬼由天堂坠落。"它曾经在大地上。"他说。

"什么?"我问。

"天堂。"他躺倒在草地上,头枕着手臂,"甜美的乐园。"

"你是指特雷贝斯岛?"

"不,不,德瓦,我的意思是,上帝造人时曾赠予我们一个乐园,但自此之后,我们就一寸一寸地失去了那个乐土。很快,我想,它就全然不存在了。黑暗将降临。"他安静了一会儿,然后坐起身,就好像他的想法赐予了他新的活力。"你想象一下,"他说,"就在一百年前,这块土地还是和平的。人们曾建造伟大的建筑,而我们无法再像他们一样创造。父王的确建造了一座不错的宫殿,但那只是将老宫殿重新修筑,用石头补起来。我们没法像罗马人那样建造建筑,造不了那么高,也造不到那么美。我们不会修筑道路,不会开凿运河,不会挖造沟渠。"我甚至都不知道沟渠是个什么东西,但并没有出声询问。库尔威奇在我身边满足地打着鼾。"罗马人建造了整座整座的城市,"加拉哈特继续说道,"巨大的城市,德瓦,从城市的一头走到另一头要花整整一个上午,累到你摔倒在切割整齐的装饰石头上。在那时,你就算走上几周,还是在罗马的境内,得遵守罗马的法律,听到的都是罗马的语言。现在呢?"他向夜色挥了挥手。"只有黑暗。而且它还在扩散,德瓦。黑暗悄悄潜入了阿莫里凯。贝诺克就要毁灭了,在贝诺克之后,是布罗塞利昂,在布罗塞利昂之后,是不列颠。不再有法制,不再有书籍,不再有音乐,不再有公正,只有邪恶的人类围坐在燃烧的火堆旁,计划第二天他们将杀掉谁。"

"只要亚瑟还活着,就不会发生这种事。"我固执地说。

"一个人对抗整个黑暗?"加拉哈特质疑道。

"你的基督不正是一个人对抗整个黑暗的吗?"我问。

加拉哈特思考片刻,盯着在他强壮脸庞投下阴影的火焰。"基督,"他最后说,"是我们最后的机会。他告诉我们关爱彼此,善待彼此,给予穷人帮助,给予饥饿者饮食,给予衣不遮体者衣物,所以人们杀了他。"他转身看向我。"我认为基督知道将要发生的事,所以他才向我们保证,如果我们像他一般生活,有一天就能和他一起住在天堂。不是大地上,德瓦,是天堂。在那上头——"他指向星辰,"因为他知道大地已经完了,我们正经历着它的末日。你们的梅林在陌生的土地上四处寻找旧神们的线索,但那又有什么用呢?你们的宗教在很久之前罗马人扫荡莫岛时就已经消亡,只留给你们零散的知识碎片。你们的诸神已经离开了。"

"不。"我想起了妮慕,她能感受到诸神的存在,虽然对我而言,诸神一直很遥远、模糊不清。对我来说,贝尔就像是梅林,只存在于远方,无法形容,神秘莫测。我觉得贝尔生活在很远的北方,而玛纳怀登生活在西面,那里的汪洋大海无边无际,永世翻腾。

"旧神们已经离开了。"加拉哈特坚持说,"他们抛弃了我们,因为我们不值得保护。"

"亚瑟值得的,"我依旧固执,"你也是。"

他摇了摇头:"我是个天大的罪人,德瓦,我为此而羞愧。"

他谦卑的语气把我逗乐了。"胡说八道。"我说。

"我杀过人,我有欲望,我嫉妒他人。"他是真心感到痛苦,但和亚瑟一样,加拉哈特是一个总在审视自己灵魂、探寻自己渴望的男人,我遇见过的这类人往往不会快乐。

"你只是杀了那些想要杀你的人。"我为他辩护。

"但是,上帝饶恕我,我乐在其中。"他画了个十字。

"好吧,"我说,"那有欲望又有什么错?"

"它会压倒理智。"

"你是个很理智的人啊。"我指出。

"但我有欲望,德瓦,很强烈的欲望。特雷贝斯岛上有个女孩,我父亲的竖琴手之一。"他绝望地摇头。

"可你控制住了你的欲望,"我说,"你应该为此感到骄傲。"

"我的确为此骄傲,而骄傲是另一宗罪。"

我摇了摇头,跟他争辩简直没有可能获胜。"那嫉妒呢?"我问起他的第三宗罪,"你嫉妒谁?"

"兰斯洛特。"

"兰斯洛特?"我很惊讶。

"因为他是王储,而我不是。因为他可以随时随地得到任何他想要的东西,而且似乎也从不会后悔。那个竖琴手?他要了她。她尖叫、反抗,但没有人敢阻止他,因为他是兰斯洛特。"

"连你也不敢?"

"我当时在离城很远的地方,不然我一定会杀了他。"

"你父王没有阻止他?"

"我父王当时和他的书在一起。他大概觉得那女孩的叫声是海上的海鸥鸣叫或者是他的两位'费里'正就比喻问题争吵。"

我朝火里吐了口唾沫。"兰斯洛特就是个懦夫。"我说。

"不，"加拉哈特说，"他就只是兰斯洛特。他总是能得到他想要的东西，也整天都在策划怎样去得到。他可以很迷人、能言善道，甚至可以成为一位伟大的国王。"

"绝不会的。"我坚定地说。

"会的。他想要的是权力，也许一旦得到权力，他就会满足了。他的确希望自己能讨人喜爱。"

"那他所用的方法还真是奇怪。"我回想起在他父亲的宴席上，兰斯洛特奚落我的事情。

"他一开始就知道，你不会喜欢他的，所以他向你挑衅。那样的话，你就成为了他的敌人，而他就可以自欺欺人说那是你不喜欢他的原因。但对于那些不会威胁到他的人，他可以很友好。他能够成为一位好国王。"

"他很弱。"我轻蔑地说。

加拉哈特笑了："强大的德瓦。不可战胜的德瓦。你一定觉得我们都很弱。"

"不，"我说，"但我认为我们都累了，明天还得去杀法兰克人呢，所以我要睡觉了。"

第二天我们的确杀了些法兰克人，随后在班的一个山顶堡垒中休整，包扎伤口、磨砺钝剑，再次进入树林。然而一周又一周，一月又一月，我们的战场离特雷贝斯岛越来越近。班国王向邻国布罗塞利昂的布蒂克国王求助，请求他派兵支援，但布蒂克正在加强自己的国界警备，拒绝为了一场注定要输的战争浪费人手。班转而向亚瑟要兵，亚瑟确实派来了一小船士兵，可并没有亲自前来。他忙于对抗撒克逊人，无力分身。我们听闻了些许不列颠的消息，但消息太少，内容也很含糊。我们听说新的撒克逊部落正试图将中部的土地据为己有，他们正猛烈进攻着德莫尼亚的国界。高菲迪特——我离开不列颠时，他还是个巨大的威胁——最近没有什么动静，因为他的国家正遭受着一场可怕的瘟疫。旅者们告诉我们，高菲迪特

亚瑟王

自己也生了病，许多人猜测他活不过今年了。疾病还杀死了夏汶的婚约者，雷吉德的一位王子。我连她再次订婚这件事都不知道，我承认，听说那位已故的雷吉德王子无法迎娶波伊斯之星，我感到一种自私的愉悦。至于格温薇儿、妮慕和梅林，我没听到他们的任何消息。

班的王国摇摇欲坠。过去的一年已无人收割庄稼，那个冬天，我们蜷缩在王国南部边界处的一座堡垒里，靠鹿肉、草根、野果和野禽生存。我们仍然时不时去突袭一下法兰克人的地盘，但如今我们就像是一群想蛰晕公牛的黄蜂。法兰克人无处不在，他们的斧子在冬日树林间挥舞，为农田开辟出土地，用木条新建的鲜艳栅栏在暗淡的冬日阳光中闪耀。

转至早春时节，我们在一队法兰克战士面前撤退了。他们伴随着战鼓，在牛角旗帜下前来。我看见一排由超过二百人组成的盾墙，明白我们的五十名幸存者绝不可能打破它，所以撤退了，库尔威奇和加拉哈特也在我的身边。法兰克人嘲弄追赶着我们，向我们投掷出一阵猛烈的枪雨。

贝诺克王国如今没剩下多少人了。大多数人都去了布罗塞利昂王国，为它战斗以换取土地。旧日的罗马定居点已荒废，田地中长满了庸医草，一片杂乱。我们这些德莫尼亚人则北上而行，留下一路长枪拖痕，去保卫班王国最后的堡垒：特雷贝斯岛本身。

这座岛屿城市已挤满难民。每栋房子里都睡了二十个人。孩童哭泣，家人争吵。渔船带着一部分难民去了布罗塞利昂，或北上不列颠，但总是没有足够多的船。当法兰克人的军队出现在面对小岛的海岸边时，班下令余下所有船只都停留在特雷贝斯岛微不足道的小港口内——因为一旦围城开始，这些船能为卫戍部队提供补给。但船主们都很执拗，停留的命令一下达，不少人就起锚北逃，只剩寥寥无几的船留了下来。

兰斯洛特被任命为城市总指挥官，他沿盘山道路走下山时，女人们都在两旁欢呼雀跃。市民们坚信，现在一切都会好起来，因为最伟大的战士成为了指挥官。他优雅地回应人们的吹捧，发表演讲，发誓要用法兰克人的尸骨为特雷贝斯岛建造一条新堤道。王子看上去绝对符合英雄的角色，他穿着一套鱼鳞甲，身上的每一片金属都上了白釉，在晚春的阳光中闪耀，令人目眩。兰斯洛特号称这套盔甲曾经属于阿伽门农——古代的一位英雄——不过加拉哈特向我保证，那是罗马人制作的。兰斯洛特的靴子以红色皮革制成，披风是深蓝色的，腰间亚瑟赠送的刺绣剑带上，悬挂着他的佩剑坦纳维尔——"光之杀手"，黑色头盔上装饰着一对展开的海雕翅膀。"这样他就能飞着逃跑了。"阴郁的爱尔兰人卡文辛辣地评价道。

兰斯洛特在班图书馆旁的房间召开了一次军事会议，房间位于高处，通风很好。当时正值退潮，法兰克人的军队正试图找到一条安全的通路进入城市。加拉哈特之前已在海岸处放置了许多错误的柳条道标，试图将敌人引至流沙或是一涨潮就会被率先隔断的陆地。兰斯洛特背朝着他的敌人们，向我们陈述了他的战略。他的父亲坐在他的一侧，母亲坐在另一侧，双双点头赞同着他们儿子的妙语连珠。

要守住特雷贝斯岛很简单，兰斯洛特如此宣称。我们只需要守住岛的城墙，其他没什么大不了的。法兰克人几乎没有船，他们又不会飞，所以必须在潮汐平原中发现安全的道路，然后在退潮时步行进特雷贝斯岛。一旦到达城市，他们肯定都已经精疲力竭，无力爬上石墙了。"守住那些墙，"兰斯洛特说，"我们就安全了。船只可以为我们提供补给。特雷贝斯岛永不会被攻破！"

"没错！没错！"儿子的乐观言论让班国王欢呼起来。

"我们有多少食物？"加拉哈特怒吼出这问题。

兰斯洛特鄙夷地看了他一眼。"大海，"他说，"里面全是鱼。就是那些闪亮的东西，加拉哈特殿下，长着尾巴和鳍的。你可以拿它们来吃的。"

"我不知道，"加拉哈特一本正经地说，"我一直都在杀法兰克人，太忙了。"

亚瑟王

在场的一些战士发出了一阵低笑,他们中的几十个人也像我们一样,曾在大陆作战。但剩下的是兰斯洛特的密友,最近才被提拔为这次围城战的指挥队长。兰斯洛特的表亲鲍斯是贝诺克的第一勇士,还是宫殿守卫的指挥官。他至少见识过一些战斗,也赢得了战士的声誉,虽然现在,他跟他的表亲兰斯洛特一样,在罗马制服之中伸展着长腿,头发用油抹得光亮,看上去一脸厌烦。

"我们有多少长枪?"我问。

兰斯洛特一直无视我,直到此时。我知道他没有忘记我们两年前的冲突,但尽管如此,他还是微笑面对我的提问。"我们有四百二十名全副武装的战士,他们每个人都有一支。你能算出问题的答案吗?"

我回他一个微笑:"王子殿下,长枪易折,而守卫城墙的人会像扔投枪一样扔长枪。等四百二十支长枪全部扔完,我们扔什么?"

"诗人。"加拉哈特说道,幸运的是他的声音很小,班没有听到。

"还有些备用的。"兰斯洛特漫不经心地说,"另外,我们还能用法兰克人扔向我们的长枪。"

"诗人,毫无疑问。"加拉哈特说。

"你说了什么,加拉哈特殿下?"兰斯洛特问。

"我只是打了个嗝,王子殿下。不过既然我引起了您的关注,那我可以顺便问一句我们有弓箭手吗?"

"有一些。"

"很多?"

"十名。"

"上帝保佑我们。"加拉哈特边说边从他的椅子上滑了下来。他恨椅子。

下一个发言的是依莲,她提醒我们这座岛屿庇护着女人、孩子和这世界上最伟大的诗人们。"'费里'的安全依靠你们了,"她对我们说,"你们明白的，如果你们失败了他们会有怎样的遭遇。"我踢了踢加拉哈特，让他不要再发表什么评论。

班站起身，向他的图书馆比画了一下。"那里有七千八百四十三卷卷轴，"班郑重地说，"人类代代相传的知识珍宝。如果这座城被攻破，文明也将陨落。"随后，他向我们讲述了一个古老的传说，一位英雄进入迷宫杀怪物，在身后一路放下羊毛线做记号，以便能找到来路，走出黑暗。"我的图书馆，"他最后终于解释了一下这个冗长故事的意义，"就是那条毛线。诸位，失去它，我们就将被困于永恒的黑暗中。所以我恳求你们，请求你们战斗！"他停顿了一下，露出微笑。"而且我已经写信去求援了，写给了布罗塞利昂和亚瑟。我认为，我们的海岸线将很快布满友军的船只！亚瑟一定会来援助我们的，有他的誓言为证。"

"亚瑟，"库尔威奇打断了他，"忙着对付撒克逊人，抽不开身的。"

"但誓言就是誓言！"班斥责他。

加拉哈特询问，我们是否可以去突袭法兰克人在大陆上的驻营地。他说，我们可以划小船轻而易举地从他们的东面或者西面登陆，但兰斯洛特否决了这个提议。"如果我们到墙外去，"他说，"我们就会死。就是这么简单。"

"不能出击？"加拉哈特并不赞同。

"如果我们到墙外去，"兰斯洛特重复道，"我们就会死。你的任务很简单——待在墙后。"他下令，让贝诺克最好的战士、一百名经验丰富的老兵守卫主城门；我们这五十名幸存的德莫尼亚人负责西墙；岛上其他地方由城市民兵和新加入的大陆难民保卫。兰斯洛特本人与一队白袍宫殿卫士则随时待命，在宫殿中审视整个战况，如果哪里需要帮助便前往支援。

"靠他们还不如向小仙子求救呢。"库尔威奇气冲冲地对我说。

"还有人要补充吗？"兰斯洛特询问道。

"我就是吃了太多鱼，打个嗝而已。"库尔威奇说。

亚瑟王

在离去前，班国王邀请我们去检阅他的图书馆，也许他想让我们意识到我们守护的东西有多重要。参加作战会议的大部分人都挤了进来，对着鸽巢般的卷轴目瞪口呆，然后便转而盯着图书馆前厅那位胸部赤裸的竖琴手了。加拉哈特和我流连在书卷间的时间稍长一些，驼背的瑟温神父依旧埋首桌前，不让他的灰猫玩他的羽毛笔。"还在研究天使的翼展，神父？"我问他。

"总得有人研究。"他转身，以独眼怒视我，"你是谁？"

"我是德莫尼亚的德瓦，神父。我们两年前见过。没想到你还在这里。"

"你的'没想到'不干我的事，德莫尼亚的德瓦。再说，我其实离开过一阵子。我去了趟罗马。肮脏的地方。本以为汪达尔人[①]将那地方清扫了一番，但罗马还是挤满了神职人员和他们那些胖乎乎的小男孩，所以我回来了。班的竖琴手比罗马的那些娈童要漂亮多了。"他不太友好地看了我一眼，"你在乎我的安全吗，德莫尼亚的德瓦？"

虽然很想回答"不在乎"，但我说不出口。"我的任务是保护生命，"我的回答有些做作，"包括你的，神父。"

"那我就将我的生命交在你的手上了，德莫尼亚的德瓦。"他重又将丑陋的脸埋回书桌，把猫从他的羽毛笔旁推开，"我的生命全依赖你的良心了，德莫尼亚的德瓦，现在你去打仗吧，让我在这儿做些有意义的事情。"

我试图问神父罗马的事情，但他摆手打断了我的问题。于是我便下山去了西墙的仓库，在围城战剩下的时日中，那里将会是我们的家。已将自己当作一名荣誉德莫尼亚人的加拉哈特也和我们待在一起。法兰克人再一次尝试找寻沙间道路，但在涨潮前面又退却了，我试图计算他们的人数。歌唱特雷贝斯岛围城一事的吟游诗人们唱道，敌人多于海湾的沙粒。

[①] 侵略罗马的日耳曼人分支。

其实没有那么多，但也让人难以招架。西高卢的每一支法兰克军队都汇聚起来，参与攻打特雷贝斯岛——传说中布满旧罗马帝国珍宝的"阿莫里凯的宝石"。加拉哈特估计，我们面对的是三千名法兰克人，我的猜测是两千名，兰斯洛特则信誓旦旦地说有一万。但不管就谁的计算而言，敌人都太多了。

起初的几场进攻对法兰克人来说糟透了。他们找到一条通过流沙的道路，攻击了主城门，然后铩羽而归，第二天又对我们守卫的西墙发动进攻，依旧惨败。只是这一次他们停留的时间过长，大部分人都被上涨的潮水困住了，有些人试图蹚水去大陆，结果全被淹死了；另一些人撤退到我们城墙前的一小块沙地，布兰迪科带领一支枪兵队出了城门，将他们屠杀殆尽。布兰迪科就是那位将我带来贝诺克的首领，现在他是贝诺克老兵们的指挥官。布兰迪科的出击公然违背了兰斯洛特"不准出城"的命令，但杀敌数量之多让兰斯洛特装作是自己下的这道命令，后来，在布兰迪科死后，兰斯洛特甚至还宣称是自己带领了这支突击队。"费里"写了一首歌，歌颂兰斯洛特杀死的敌人尸体在海湾筑起了一座堤坝，但事实上，当布兰迪科出击时，王子却身处王宫之内。那之后的好几天，法兰克战士的尸体随着潮汐在岛屿四周漂流，为海鸥提供了丰盛的腐肉。

之后，法兰克人开始正式搭建堤道。他们砍下几百棵树放置于沙滩上，让奴隶运来大石压住树干。特雷贝斯岛开阔的海湾凶猛异常，巨浪有时高达四十英尺，这条新堤道会被潮水打出裂口，在退潮时的沙滩上留下浮木残屑，但法兰克人往往会运来更多的木石，填补空隙。他们抓了上千名奴隶，不在乎修这条新道时会死多少人。堤道越来越长，而我们的粮食越来越少。仅余的几艘船仍出海捕鱼，其他的船也从布罗塞利昂运来谷物，但法兰克人在沿海岸线布防，自从两艘渔船被掳、船员被开膛破肚之后，船主便都待在家里不愿出海了。山顶上的诗人们拿着长枪摆着姿势，消耗着宫殿中丰富的存粮，我们这些战士却以石上苔藓、海蚌蛏子、炖老

亚瑟王

鼠肉为食。那些老鼠都是我们在储存着大量皮毛、盐和桶钉的仓库中设陷阱抓住的。我们并没有太饿。我们在岩石底下放置了柳木捕鱼陷阱，大多数时候，能抓住一些小鱼，但法兰克人每到退潮就会派出士兵来捣毁这些陷阱。

涨潮时，法兰克人的船会绕岛巡视，将远离城市海岸的捕鱼陷阱一一拔除。海湾够浅，敌人能看见这些陷阱并用长枪将其捣毁。有一艘这样的船在回大陆的时候因为退潮而搁浅了，被困在距离我们城市四分之一英里处。库尔威奇派了三十人出击，从城墙顶垂落的渔网爬下去。我们逼近时，那艘船上的十二名船员就跑了。我们在弃船中发现了一桶腌鱼和两条干面包，满载而归。涨潮时，我们将船带回来，牢固地绑在了城墙下方。兰斯洛特眼睁睁看着我们抗命，却没有派人来指责，依莲王后倒是派人来问我们从船上带回了什么补给。我们送了点腌鱼去宫殿，毫无疑问他们会认为这礼物是一种侮辱。随后兰斯洛特质疑我们，说我们夺那艘船是为了可以逃离特雷贝斯岛，还命令我们将船送去岛上小码头处。我对这条指控的答复，是爬上山丘前往宫殿，要求他和我决斗来证明谁才是懦夫。我在庭院中大声叫喊着这挑战，但王子和他的诗人们却躲在上了锁的房门之后。我朝他们的门槛吐了口水，便离开了。

情形越来越绝望，加拉哈特却越来越快活。一部分原因是莉诺的出现，她就是两年前迎接我的那个竖琴手，加拉哈特向我说过他心向往之的那个女孩，被兰斯洛特强暴的那个姑娘。她和加拉哈特一起住在仓库的一角。我们都有女人相伴。我们处境的绝望已将正常的生活侵蚀，在注定面临的死亡之前，我们都尽可能地享受生活。这些女人和我们一起站岗，在法兰克人试图破坏我们那些脆弱的渔网时，朝他们猛扔石块。长枪早已耗尽——除了我们自己带来贝诺克的那些，我们留下那些长枪是为了最后的大战。仅有的几名弓箭手也用完了投掷物，只有法兰克人射进来的那些箭可用，那些箭倒是越来越多，因为敌人的堤道已搭建得近到让城门进入了短弓的射程。法兰克人在堤道的末端竖立起一道木栏，弓箭手就站在栏后，将利箭倾射向城门的守卫。法兰克人不打算将堤道一路搭至城里，因为新堤道只不过是给了他们另一条干燥的通道，让他们得以由此发起进攻。我们知道，这场进攻很快就要到来了。

夏初，堤道建好了。满月引得巨浪滔天。大部分时间，堤道都在水面下，但退潮时，特雷贝斯岛周围的沙滩便开阔地舒展开来，法兰克人已一日一日地掌握了沙地的秘密，包围了我们。战鼓不断，叫战声也时时萦绕在我们耳畔。某一日，他们的部落举行了一场特别的宴会，他们没有攻击我们，而是在沙滩上燃起熊熊烈火，接着让一队奴隶走到堤道的尽头，在那里，将俘虏一个接一个地砍了头。那些奴隶是不列颠人，其中一些人的亲眷就在城墙上看着他们被杀。这场残暴的屠杀让一些特雷贝斯岛的守卫跑出了城门，无望地试图救助那些遭遇末日的妇孺。法兰克人正等着这场进攻，他们在沙地上组织起了一道盾墙，但特雷贝斯岛的男人们被愤怒与饥饿驱使，仍发起了冲锋。布兰迪科是其中一员。他死于那日，被一柄法兰克长枪刺倒。一些幸存者逃回城里，我们这些德莫尼亚人就只能眼睁睁地看着，什么也做不了，除非想把自己也加进那堆尸体。布兰迪科的尸体被剥皮开膛，然后用木桩竖立在堤道的尽头，我们被迫看着他，直至下一次的涨潮。不知怎么，他的尸首经过冲刷仍然留在木桩上，第二天早上，在一片晨霭中，海鸥撕扯着他经盐水浸泡的尸体。

"我们应该和布兰迪科一起冲锋的。"加拉哈特愤恨地对我说。

"不。"

"在盾墙面前像个男人一般死去总好过在这里活活饿死。"

"会轮到你面对盾墙的。"我向他保证，不过我还是尽可能地帮助自己人进行防御。我们在通往防区的小巷中竖起路障，这样即使法兰克人攻入岛中，我们也能在海湾处将他们拦下，让女人们从石头窄路越过花岗石山脊，去岛西北岸的一个裂口——那里藏着我们俘虏来的船只。那处小裂口

亚瑟王

并不是什么港口，我们在船中装满石头以保护它，每日两次涨潮都会淹没船只，在水下，脆弱的船体得以保全，不至于被风浪吹离裂口的石岸。我预计敌人将于退潮时进犯，进攻一开始，我们的两名伤兵就可以受命将船中石块清空，让船随潮流浮上海面。以船逃跑是没有办法的办法，但好歹能让我们的人心安。

没有船只来搭救我们。有一日早晨，一艘巨船出现在北方，城内都传说那是亚瑟本人来了，但大船渐渐远离，最终消失在夏霭中。我们孤立无援。晚上，我们吟唱歌谣、述说故事，白日则眼看着法兰克军队在岸边聚集。

那些军队终于在一个夏日午后的退潮时分发起了冲锋。穿着皮甲的男人、铁制头盔、高举着的木盾犹如潮水般涌来。他们行过堤道，越过堤道尽头，爬上平缓的沙滩，向着城门而来。领头几人携带一只巨大的木桩作为攻城锤，木桩头部以火炙烤过，并包裹着皮革，后面的人则带着长梯。一大群人将梯子靠上了我们的城墙。"让他们爬！"库尔威奇对我们的战士吼道。他等一架梯子上爬了五人之后，便举起一块大石，朝梯子正中扔了下去。法兰克人尖叫着从梯子横杠上落下。库尔威奇扔另一块巨石时，一支箭擦着他的头盔飞过。更多的箭射向墙头，从我们的头顶上呼啸而过，无数轻掷枪徒劳地击打在石头上，发出一阵叮当声响。城墙下，黑压压的一片法兰克人，我们朝他们掷下石块、倒下污水。卡文设法将一架空梯子拎上墙头，我们将其击成碎片，又将碎片纷纷掷向进攻者。四个女人竭力将门道处的一个雕饰石柱运上了堡垒，我们将它举过城墙扔下，好好享受了一番敌人被压扁时的惨叫。

"这便是黑暗降临的场景！"加拉哈特对我喊道。面对这最后一场战斗，他杀得起劲，朝着死亡本身大吐唾沫。他等法兰克人爬上梯子的顶端，以剑一记重劈，敌人的脑袋便滚落沙地。无首尸身依旧悬在梯子上，挡住了后来人的路，让那些法兰克人完全暴露在我们的石块之下。我们拆了仓库的墙壁来做弹药,节节胜利,敢试图爬梯的法兰克人越来越少了。他们撤退到城墙底,我们嘲弄他们,说他们被一群女人打败了,但如果还敢来进犯,便派出战士随便跟他们打打。我不知道他们有没有听懂我们的奚落,但他们犹豫不前了,害怕着我们的防卫。主力战场仍然在城门前,攻城锤的撞击声犹如一面巨鼓,隆隆作响,传遍整个海湾。

阳光将海湾西岬的影子在沙地上拉得瘦长,粉色的云朵在高空中画出道道痕迹。海鸥回了巢。两名伤员去清空了船上石块——希望法兰克人还没有入岛那么深,发现那艘船——然而我依旧认为我们用不上那船。傍晚降临,潮水上涨,片刻就将会把敌人赶回堤道、赶回营地,我们就可以庆祝这场伟大的胜利了。

然而,随后我们就听到了城门外敌人的欢呼声,我们打败的那些法兰克人也离开墙下,加入了远处的那些进攻者。我们知道,城市失守了。之后从幸存者处得知,法兰克人成功地爬上了港口的石码头,现在他们正一窝蜂地涌入城市。

于是,尖叫声开始了。

加拉哈特与我带了二十人越过离得最近的路障。女人们本来朝我们的方向跑来,但看见我们又犯慌了,想要爬上花岗岩小山。库尔威奇留下守卫城墙并且保护我们撤退登船的路线,这时,被攻陷城市的第一缕烟袅袅升上了傍晚的天穹。

我们从城门守卫者后方跑过,在一处石阶上与敌人战斗,他们蜂拥而来,仿佛耗子进入粮仓。上百名枪兵洪水般从码头涌入,放眼望去都是敌军的牛角旗帜。他们的战鼓擂擂,我们的女人则被困在房屋中颤抖。左手边,港口较远的一侧,只有几名侵略者占据了一处滩头阵地,一大队身着白色披风的枪兵突然出现了,兰斯洛特的表亲鲍斯——宫殿护卫队的首领——正带领士兵发起一场反攻。有一瞬间,我觉得他会转败为胜,封住入侵者的退路,但鲍斯却没有在码头作战,而是带着他的人上了舷梯。那

亚瑟王

是一支小船组成的舰队,正准备将他们带往安全之所。我看见兰斯洛特王子躲在护卫中,牵着他的母亲,带着一群侍臣。"费里"正在逃离这座遭受末日的城市。

加拉哈特砍翻了两名试图爬上石阶的敌人,我看见身后的街道已布满身着黑色斗篷的法兰克人。"撤退!"我叫道,将加拉哈特拖离小巷。

"让我战斗!"他试图挣开我,面对登上狭窄石梯的另两名敌人。

"活下去,蠢货!"我将他拉到自己身后,朝左虚晃一枪,挑刺入了一名法兰克人的脸。我放开长枪,以盾挡住第二个人的枪尖,拔出海威贝恩,从盾牌下方的边缘刺出。那人尖叫着倒在石阶上,捂着下体的双手间涌出鲜血。"你知道怎么让我们安全地穿过城市!"我对加拉哈特吼道。杀红了眼的敌人涌上石阶,我弃下长枪,推着加拉哈特向后撤。石阶的尽头是一家陶器店,尽管城市被围,帆布雨篷下的架子上依旧陈列着店主的陶器。我朝敌人的来路掀翻满架的瓶瓶罐罐,还扯下雨篷,朝敌人的脸扔去。"带路!"我叫道。一些小巷和花园只有特雷贝斯岛的居民知晓,如果要逃脱,必须用到这些秘密小路。

入侵者已攻破大门,现在切断了我们去库尔威奇那里的退路。加拉哈特带着我们一路上山,经过了一个花园,来到蓄水箱边的一面墙旁。在我们下方,城市在恐惧中痛苦挣扎,胜利的法兰克人闯入一扇扇大门,为他们死在沙滩上的同袍报仇。孩童的号啕大哭被剑刃终结。我看见一名头戴牛角头盔的法兰克壮汉,用一把斧子砍死了四名被困的守军。房屋中冒出了更多的烟。这城市也许是石建的,但有足够多的家具、船体和木屋顶来生起一场疯狂的大火。海上的潮水翻滚卷向沙岸,我能看见兰斯洛特饰有羽毛的头盔在三艘逃跑船只中的某一艘上闪闪发亮。山顶上优雅的宫殿被落日染成粉色,正等待着它的最后时刻。傍晚的清风挟着灰烟,轻柔地吹开一条挂在阴暗宫殿窗口的白色窗帘。

"这里!"加拉哈特指着一条狭窄小道,"这条道能通往我们的船!"我们的手下都逃命去了。"快来，德瓦！"他唤我。

但我没有移动，只盯着那陡峭的山顶。

"快来啊，德瓦！"加拉哈特重复道。

然而，我的脑海里响起了一个声音。那是一名老人的声音，干涩，不友好，带着嘲讽，这声音让我不能离去。

"来啊，德瓦！"加拉哈特吼了起来。

"那我就将我的生命交在你的手上了。"那老人是这么说的，他突然在我脑海中再次说道，"我的生命全依赖你的良心了，德莫尼亚的德瓦。"

"怎么去宫殿？"我对加拉哈特说。

"宫殿？"

"怎么去！"我生气地吼道。

"这条路，"他说，"这条路！"

我们沿路而上。

吟游诗人们唱诵爱情，赞美屠杀，吹捧国王，奉承王后，但若我为诗人，我将歌颂友谊。

我很幸运拥有不少好友。亚瑟是其中之一，但我所有的朋友中无人能与加拉哈特相比。有时我们无须言语就能明白彼此；有时我们能畅谈数小时。除了女人，我们分享彼此的一切。我们数不清有多少次肩并肩地站在盾墙中，也数不清有多少次分食最后一口食物。人们认为我们是兄弟，我们也视对方如手足。

在破城的那个傍晚，当城市在我们的下方燃烧时，加拉哈特明白我不能去那艘等候着的逃生船。他知道我有必须去做的事情，诸神的旨意让我拼命地攀上特雷贝斯岛山顶那座安详的宫殿。恐惧正从四周逐渐向山上蔓延，但我们领先一步，疯狂地跑过一座教堂的屋顶，跳入下方一条小巷，推开想去教堂避难的难民，随后跨上一段石阶，步上特雷贝斯岛的环山主

亚瑟王

道。法兰克人向我们跑来,争着要率先进入班的宫殿,然而我们比他们更快,与我们跑在一道的还有几个从下层城镇的屠杀中逃出的人,他们正绝望地想要在山顶的建筑物中找一个避难所。

庭院中的守卫已不知去向。宫殿大门敞开,里面只有畏缩的女人和哭泣的孩子,以及等候着征服者们的美丽家具。窗帘在风中飘扬。

我冲入那些优雅的房间,跑过镜厅,经过莉诺那被遗弃的竖琴,来到了班第一次接见我的大厅。国王仍在那里,身着长袍,手持羽毛笔坐在他的书桌前。"太迟了。"我持剑冲入房间时,他说,"亚瑟负了我。"

尖叫声从宫殿的廊道中传来。拱窗外的美景被烟雾遮蔽。

"跟我们走,父王!"加拉哈特说。

"我还有事情要做!"班怒气冲冲地说,他将羽毛笔在墨筒中蘸了蘸,开始书写,"你没看到我正忙着吗?"

我推开通往图书馆的大门,穿越空荡的前厅,猛地闯进图书馆,驼背的神父正站在一排书架旁,抛光过的木地板上扔满手稿。"你的命是我的!"我生气地大喊,对这个丑陋老人赋予我的义务感到愤恨,此时此刻这座城市里还有那么多的生命需要救援,"那就跟我走!快!"神父无视了我,他正疯狂地将书架上的卷册取下,扯开丝带和封蜡,快速地扫视第一行文字,然后将手中书卷扔在地下,去拿另一卷。"快来!"我对他咆哮。

"等等!"瑟温坚持道,取下另一卷书卷,将它抛下,又打开一卷,"还没好!"

宫殿中响起一阵冲撞声,欢呼的回声被尖叫所淹没。加拉哈特站在最靠外的门旁,求他父亲与我们一起走,但班只是挥手让自己的儿子离开,就好像加拉哈特的言语只是恼人的噪声。门被猛地推开,三个大汗淋漓的法兰克战士跑了进来。加拉哈特上前迎敌,但他没有时间救自己的父亲,班甚至都来不及抵抗,就被领头的法兰克人一剑捅死,可我觉得,贝诺克的国王早在敌人利刃加身前就已死于心碎。那法兰克人试图砍下国王的脑袋,但死于加拉哈特的长枪,与此同时,我也手持海威贝恩扑向了第二个敌人,击伤了他,并以他的身体来阻挡第三个人。濒死的法兰克人口中散发出恶臭的酒气,和撒克逊人一样。门外出现了烟雾。加拉哈特站到我身边,出枪刺杀第三个敌人,但更多法兰克人从外面的廊道中涌入。我拔出剑,退回前厅。"快来,你这个蠢老头!"我向身后固执的神父喊道。

"老头,是的,德瓦,但蠢?绝不。"神父大笑,那阴沉的笑声中有什么吸引了我转头看向他,像是做梦一般,驼背不见了,神父站直了挺拔的身体。他根本不丑,而是非常奇妙,充满威严与智慧,即使身处血腥弥漫的死亡之地,也让我感觉到前所未有的安全。他还在冲着我笑,为能欺瞒我这么久而愉快。

"梅林!"我承认那时我的眼睛里有泪水。

"再给我几分钟,"他说,"挡住他们。"他还在不停取下书卷,扯开封蜡,在匆匆一瞥后扔下。他已经拿掉了眼罩,那只不过是他伪装的一部分。"挡住他们。"他重复了一遍,走向另一堆没有检查过的书卷,"我听说你很擅长杀人,现在就发挥本领吧。"

加拉哈特将竖琴和琴凳拖去了朝外的门道,接着我们二人就用长枪、剑和盾在走廊上开始了防卫战。"你知道他在这儿吗?"我问加拉哈特。

"谁?"加拉哈特用长枪猛刺向一面法兰克圆盾,迅速又收回。

"梅林。"

"他在这儿?"加拉哈特惊奇地说,"我当然不知道。"

一个长卷发和胡子染满鲜血的法兰克人尖叫着向我刺出长枪。我一把抓住枪尖下方,将他反拉向我的剑。另一支枪从我身后飞过,刺入了后方的过梁。一个人被发出刺耳声响的竖琴琴弦缠住了脚,向前倾倒,被加拉哈特一脚踢在脸上。我用盾牌的边沿猛砸向敌人后颈,接着挡开一记剑击。宫殿中回荡着尖叫声,充斥着刺鼻的烟雾。攻击我们的人渐渐对图书馆中可能会发现的战利品失去了兴趣,转而向这座山顶建筑中更易下手的地方掠夺。

"梅林在这里？"加拉哈特不敢置信地问我。

"你自己看。"

加拉哈特转身盯着那个正在班的末日图书馆中疯狂搜寻的高大身影。"那是梅林？"

"对。"

"你怎么知道他在这里？"

"我不知道。"我说，"来呀，混蛋！"后面那句的对象是一个身着皮斗篷、手持双头战斧的法兰克大块头，那家伙试图证明自己是名英雄。他颂唱着他的战歌冲上来，又颂唱着战歌死。在战斧劈进加拉哈特脚边地板的同时，他从那个男人的胸膛中抽回了自己的长枪。

"找到了！找到了！"梅林突然在我们身后高呼，"西利乌斯·伊塔利库斯，当然是他！他从来没写到十八本关于第二次布匿战争的书，只有十七本。我怎么这么蠢？你是对的，德瓦，我就是个蠢老头！一个危险的蠢货！十八本关于第二次布匿战争的书？就连小孩子都知道只有十七本！我找到了！快来，德瓦，别浪费我的时间！我们可不能在这里闲逛整夜！"

我们退回凌乱的图书馆，我把大书桌抵在门口作为临时屏障，加拉哈特踢开了朝西的窗户。新来的一群法兰克人通过放着竖琴的房间而来，暂时被沉重的书桌所阻，梅林将头颈上的木制十字架扯下，有气无力地向入侵者们扔去。十字架一落地，突然一阵火焰吞没了前厅。我认为这是个巧合，十字架落地时，正好房间的墙塌了，掉下了一个火炉，但梅林说这是他本人的杰作。"可憎之物必有可用之处。"他说的就是那枚十字架，他对火焰中尖叫的敌人咯咯笑道："燃烧吧，你们这些虫蚁，燃烧吧！"他将那卷珍贵的卷轴插入了自己长袍的前襟。"你听说过西利乌斯·伊塔利库斯吗？"他问我。

"从没听说过，阁下。"我边回答边拽他去敞开的窗前。

"他写史诗,我亲爱的德瓦,宏伟的史诗。"他抗拒着我慌乱的拖拽,一手扶上我的肩膀。"让我给你点建议,"他非常严肃地说,"避开史诗。这是经验之谈。"

我突然想要像个孩子一般哭泣。能够再次看着他那睿智狡黠的双眼,让我放下了心头巨石,就像是和我的亲生父亲重逢。"我想您,阁下。"我脱口而出。

"现在别给我来这套感性的玩意儿!"梅林发火了,急忙跑向窗口,这时一名法兰克战士突破了门廊处的火焰,从书桌上方滑进来,高喊着战号。那人头发还冒着烟,就向我们刺出长枪。我以盾击开他的枪尖,猛地出剑,踢了他一脚,再次出剑。"这里走!"加拉哈特在窗外的花园里喊道。我给了垂死的法兰克人最后一击,然后看见梅林回到了他的书桌旁。"快,阁下!"我对他喊。

"猫!"梅林解释说,"我不能抛弃那只猫!别傻了!"

"天啊,阁下!"我冲他吼,但梅林仍在桌下摸索,想要找到那只受了惊吓的灰猫。最后,当他翻过窗台进入一座低矮栅栏围成的草药花园时,灰猫已在他的怀中。太阳西下,壮丽华美,将天空染成一片亮红,灼烧的倒影在海湾的水面上颤抖闪烁。我们翻过栅栏,跟着加拉哈特走下一段台阶,来到园丁的小屋,后来又走上花岗石顶部一条危险的小路。小路的一边是峭壁,另一边则空无一物,但加拉哈特从小就熟知这些道路,信心十足地领着我们下山,去往水边。

海中漂浮着尸体。我们的船拥挤不堪,能浮起来简直就是个奇迹,当我们到达海岸时,它已载着它的乘客划桨逃难,离岸边有四分之一英里了。我将双手在嘴边合成杯状,大喊:"库尔威奇!"声音在岩石间回响,在海上慢慢减弱,在象征着特雷贝斯岛末日的巨大哭喊声中消逝。

"让他们去吧。"梅林平静地说着,在他扮成瑟温神父所穿的肮脏长袍下寻找着什么,"拿着这个。"他将猫扔入我的怀中,然后在长袍中继续摸

亚瑟王

索,直到找出了一枚小小的银号角。他吹了一声,声音清脆。

特雷贝斯岛北岸立即冒出一条黑色的载客小船,一名身着长袍的男人以船尾桨架上固定的长桨将船划了过来。小船船首很尖,船舱只有三个人的位置。船尾处的甲板上放着一个木箱子,上面有梅林的角神色纳诺思的印章。"我安排了这些,"梅林漫不经心地说,"很显然可怜的班并不知道自己拥有什么书卷。我估计自己需要更多时间,事实也正是如此。当然,那些卷册都有标签,但'费里'把它们搞混了,还妄想在不剽窃诗词的时候改善这些藏书的分类——有一个捣乱鬼花了六个月抄袭卡图卢斯①的诗词,然后把它们分类到了柏拉图下面。晚上好,我亲爱的卡多!"他友善地问候那名船夫。"一切还好吗?"

"除了世界正在毁灭,都还好。"卡多忿忿地回答。

"但你拿到这个箱子了。"梅林指了指被封上的箱子,"其他都无所谓。"

这艘优雅的小船曾经是宫廷的专属,用以将码头的乘客带往离岸停靠的大船,梅林安排它等候自己的召唤。我们登上小船,在甲板上就座,阴郁的卡多将小船驶向了傍晚的大海。高处掷来的一支长枪被我们身旁的海水所吞没,除此以外,我们的离开无人察觉,一切顺利。梅林从我这里把猫拿回去,满足地放在船头,我和加拉哈特则回头凝视着岛屿的死亡。

烟雾倾泻至水面,末日的哭号是死亡之日的挽歌。我们能看见法兰克人的黑色身影依旧从堤道源源不绝地进入这座毁灭中的城市。太阳下山,海湾变暗,宫殿处的火焰却显得愈发明亮。一面窗帘着了火,瞬间爆发出生动的火光,随后便碎成了柔软的灰烬。图书馆燃烧得最厉害,一卷卷书爆发出短暂的火光,让宫殿那角烧成一片火海。那是班国王的葬火,在夜晚熊熊燃烧。

---

① 古罗马诗人,以情诗闻名。

加拉哈特哭了。他跪在甲板上,抓着长枪,看着自己的家园化作灰烬。他画了个十字,默念着祈祷,希望父亲的灵魂能去往班所相信的彼岸。海面非常平静,被血液与死亡染成了红与黑,完美地映照出了燃烧中的城市。在那里,我们的敌人正为这恐怖的胜利而手舞足蹈。在我的有生之年,特雷贝斯岛再也没有重建过,城墙毁,野草生,海鸟盘踞。法兰克渔民避开这座死过那么多人的岛,他们不再叫它特雷贝斯,而是用他们粗鲁的语言给了它一个新名字:死神山。那些渔民说,在晚上,从海上靠近这座被遗弃的孤岛时,会听见女人的哭喊和孩童的呜咽。

我们在海湾西侧的一处空旷沙滩登上大陆,抛弃了小船,携带着梅林封住的箱子,穿越过在狂风下呜呜作响的荆棘,来到岬角的山脊。我们到达山顶时已是黎明,我转过身,看着特雷贝斯岛如同残败的余烬在黑暗中闪烁发亮,接着便肩负着对亚瑟的愧疚回家了。特雷贝斯岛死了。

我们在河边乘上了回不列颠的船,正是在这里,我曾经向贝尔和玛纳怀登祈祷自己能安全回家。我们在河里找到了库尔威奇,他那条超载的船陷入了泥里。莉诺和我们中的大多数人都活着。河中还有一条能载我们回家的大船,它的主人等在这儿,是指望通过绝望的幸存者大赚一笔,但库尔威奇用剑指着那人的咽喉逼他免费载我们回去。其他生活在河边的人早已逃难去了。在特雷贝斯岛燃烧的俗艳火光倒影中,我们等候了一夜,第二天早晨才起锚,向北方启航。

梅林望着渐渐消失在视野中的海岸,我则盯着他,几乎不敢相信他真的回来了。他是个消瘦高大的男人,也许是我认识的人中个子最高的。他的头顶剃了发,后脑勺的白色长发则用一条黑色丝带扎成一束马尾。他假扮瑟温时,头发是披散且杂乱的,而现在,重新梳起马尾,他看上去就像是以前的那个梅林了。他的皮肤像是抛光过的旧木头的颜色,眼睛是绿色的,鼻子则削瘦骨感,像是尖锐的船首。胡子被编成了一条条精致的细

亚瑟王

辫,当他思考时,喜欢用手指绕着玩儿。没人知道他到底几岁了,但我肯定没有遇上过比他更年长的人,除非是德鲁伊巴里斯,但梅林是我见过最看不出年纪的人。他有一口好牙,每一颗都完好无缺;他像年轻人一样机敏,却喜欢扮作年迈、虚弱、无助的样子;他穿着黑衣,他总是穿黑衣,从不穿别的颜色,还惯常携带一支黑色的长手杖,不过现在,从阿莫里凯逃离时,他并没有带着这个著名的标志。

  他是一个威严的人,不仅仅是因为他的身高、名气或优雅体态,而是因为他的存在感。正如亚瑟,他有能力支配整个房间,让一个挤满人的房间在他离去后犹如空无一人。但亚瑟给人的感觉是慷慨热情,梅林则令人不安。当他看着你时,仿佛能读出你内心的秘密,更糟的是,他似乎还以此为乐。他有点调皮,很不耐心,极易冲动,而且绝对绝对睿智。他轻视一切事物,嘲弄所有人,却全身心地爱着一小部分人,亚瑟是一个,妮慕是另一个,而我,自己觉得是第三个,但我不能肯定,因为梅林是一个喜欢伪装的人。"你在盯着我瞧,德瓦!"他站在船头背对着我说道。

  "我希望再也不让您离开我的视线,阁下。"

  "真是个野心勃勃的笨蛋,德瓦。"他怒气冲冲地看着我,"我应该把你扔回坦纳波斯的死人坑。把箱子搬到我的舱室里。"

  我将木箱搬到梅林征用的船长舱室。梅林低头进入低矮的舱门,摆弄了一下船长的靠垫,把座位弄得舒服点,然后满足地叹了口气坐下去。灰猫跳上他的膝盖,他解开那个他冒着生命危险得来的厚卷轴,在一张闪着鱼鳞反光的粗糙桌子上展开了起头的几英寸。

  "这是什么?"我问。

  "这是班拥有的一件真正宝物。"梅林说,"其余的不过是希腊和罗马垃圾。我想还是有一点好东西的,不过不多。"

  "那这是什么?"我又问。

  "这是一册书卷,亲爱的德瓦。"他回答,就好像我是个白痴才会问出这样的问题。他抬头看了看打开的天窗,窗外,船帆被风吹得很鼓,风中还有特雷贝斯岛的冲鼻烟味。"好一阵风!"他开心地说,"也许傍晚就能到家了?我想念不列颠。"他将视线转回书卷。"妮慕呢?我亲爱的孩子还好吗?"他边问边扫过开头的几行。

"上次我见到她时,"我苦涩地说,"她被人强暴,还瞎了一只眼睛。"

"人生不如意事十之八九。"梅林漠然地说。

他的冷酷让我目瞪口呆。我等了一会儿,又问他这书卷到底有什么重要的。

他叹了口气。"你真是个胡搅蛮缠的东西,德瓦。好吧,我就满足你吧。"他放下书卷,书卷自然地合上了,他向后靠上船长潮湿破旧的靠垫。"毫无疑问,你知道卡勒庭是谁,对吧?"

"不,阁下。"我坦言。

他绝望地举起手。"这么无知,你难道不羞愧吗,德瓦?卡勒庭是奥多文西的一位德鲁伊。就我所知,那是一个不幸的部落。我的一位妻子就是个奥多文西人,几辈子有过这么个家伙也就够了。别提了。"他回忆起了什么,耸了耸肩膀,然后抬头看我,"甘德利亚斯强暴了妮慕,是吗?"

"是的。"我不知道他是如何得知的。

"蠢货!蠢货!"对于他情人的命运,他看起来与其说是愤怒,不如说是被逗乐了,"他有的可受了。妮慕生气吗?"

"暴怒。"

"很好,怒气非常有用,而亲爱的妮慕有这方面的天分。我受不了基督徒的一点,就是他们对温顺的推崇。想象一下,把温顺提升至一种美德!温顺!你能想象一个天堂里全都是些温顺的羔羊吗?这想法太可怕了。在等所有人将食物传来传去的时候,菜都凉了。温顺并不好,德瓦。愤怒和自私,这些才是推动世界前行的品质。"他笑了,"话说回来,卡勒庭,他是奥多文西部落的一位不错的德鲁伊,当然,远没我这么出色,但

263

也有过辉煌岁月。顺便提一句,看你试图干掉兰斯洛特,我挺享受的,可惜你没能成功。我猜他逃离城市了?"

"是的,城一破他就跑了。"

"水手们说,耗子总是最先逃下快沉没的船。可怜的班。他是个白痴,但是个善良的白痴。"

"他知道您是谁吗?"我问。

"当然知道,"梅林说,"如果欺骗主人,那我也太失礼了。当然,他没有告诉其他人,不然我早被那些可怕的诗人包围,让我用魔法帮他们去除皱纹了。你不知道啊,德瓦,魔法有多烦人。班知道我是谁,卡多也知道。他是我的仆人。可怜的海威死了,是吗?"

"如果您已经知道了,"我说,"那干吗还问?"

"我只是在找话题聊天!"他抱怨说,"聊天是一种文明的艺术,德瓦。我们不能喊着战号,就靠剑和盾度过生命。我们中的一些人还是要试着维系尊严的。"他哼了一声。

"那您怎么知道海威已经死了?"我问。

"当然是因为白德文写信告诉我了,白痴。"

"白德文这些年来一直在给您写信?"我震惊了。

"当然!他需要我的建议。你以为我怎么了?凭空消失了?"

"您就是!"我气愤地说。

"胡说八道。你只是不知道到哪里找我。白德文当然没有事事都听我的,这家伙把事情搞得一团糟!莫德雷德活下来了!纯粹的蠢事!那孩子应该被自己的脐带勒死,但我想没人能说服乌瑟这么做。可怜的乌瑟。他相信品性能通过血脉继承!无稽之谈。孩子就像是小牛犊,如果那玩意儿生下来是瘸的,你就该明智地给它的脑袋来一下,然后继续伺候母牛。正因为这样,诸神才让造人的过程这么愉快,因为有很多小残废得有人取代。当然,对女人来说,过程并不享受,但总得有人要受苦,感谢诸神,遭罪的是她们而不是我们。"

"您有过孩子吗?"我以前居然没有想过要问这个问题。

"我当然有过!真是个怪问题。"他盯着我就好像觉得我精神不正常,"他们,我一个都不怎么喜欢,也很高兴大多数小孩都死了,剩下的那些也和我断绝关系了。有一个好像还是基督徒。"他耸耸肩。"我更喜欢别人的孩子,他们更懂得知恩图报。我们说到哪儿了?哦,对了,卡勒庭。糟糕的家伙。"他沮丧地摇摇头。

"这卷册是他写的吗?"我问。

"说什么蠢话,德瓦。"他不耐烦地打了个响指,"德鲁伊是不允许写任何东西的,这是违规。你知道的!一旦写下东西,东西就被固定了,成为了教义。人们可以就它展开争论,他们会变得专断,会过分看重文本,会创造新的版本,争论不休,然后很快自相残杀。如果你从不写任何东西,那就没人知道你真正说了什么,你可以随时改口。非得让我把所有事情都解释给你听吗?"

"您能解释一下这卷轴里写了什么吗?"我谦卑地说。

"我正在解释!但你老是打断我,换话题!古怪的行为!你居然是在托尔长大的。我应该让你吃多点鞭子,也许那能让你懂点礼貌。我听说,古勒登在修复我的大厅?"

"是。"

"古勒登是个诚实的好人。也许我得自己重建一遍,不过至少他试过了。"

"卷轴。"我提醒他。

"知道啦,知道啦!卡勒庭是个德鲁伊,我已经告诉你了。还是个奥多文西人。恐怖的野兽啊,奥多文西人。不管怎样,置身黑暗之年想一想,问问自己,为什么苏埃托尼乌斯知道怎么对付我们的宗教。你知道苏埃托尼乌斯是谁吧?"

亚瑟王

这个问题是一种侮辱，因为所有不列颠人都知道并且辱骂过这个名字——苏埃托尼乌斯·鲍利努斯，尼禄皇帝[①]指派的总督，在四百多年之前那个被称作黑暗之年的时代，几乎完全摧毁了我们古老的宗教。每个不列颠人都是听着他那可怕的故事长大的——他的两个罗马军团是怎样碾压了莫岛上的德鲁伊圣所。莫岛，就像特雷贝斯岛一样，是一个岛屿，诸神最神圣的圣所，但罗马人以某种方式穿越了海峡，将所有的德鲁伊、吟游诗人和女祭司斩于剑下。他们砍去了圣树，玷污了圣池，剩下的只是旧教的一片影子。我们的德鲁伊，像是坦纳波斯、路万斯这些人，只不过是旧日辉煌渐逝的回音。"我知道苏埃托尼乌斯是谁。"我对梅林说。

"还有另一个苏埃托尼乌斯，"他语带笑意，"一位罗马作家，还是位很不错的作家。班就有一本他的《名人传》，是本关于诗人们生活的书。苏埃托尼乌斯笔下维吉尔[②]的生活尤为骇人听闻。诗人们带上床的东西可不寻常了，当然，大多数情况都是如此。这著作烧了真可惜，我只见过这一本。班的卷轴很有可能是最后的一份，但现在已经化为灰烬了。维吉尔可以安心了。不管怎么说，重点是，在攻击莫岛前，苏埃托尼乌斯·鲍利努斯想知道关于我们宗教的一切信息。他想确保我们不会把他变成一只蛤蟆或是一个诗人，所以他找到了一名叛徒，卡勒庭德鲁伊。卡勒庭向一位罗马抄写员口述了他所知的一切，后者用看起来很糟糕的拉丁文听写了下来。但不管糟不糟，这是我们旧教的唯一一份记录，它包含所有的秘密，所有的仪式，所有的意义和所有的力量。而这个，孩子，就是那份记录。"他指了指卷轴，将它碰下了桌子。

我从船长的床铺下捡回手稿。"而我还以为，"我苦涩地说，"你是个在研究天使翼展的基督徒。"

[①] 罗马帝国第五位皇帝。
[②] 古罗马诗人。

"别闹了，德瓦！人人都知道，翼展因天使的身高和体重而异。"他再次打开卷轴，看向它的内容，"我到处寻找这件珍宝，甚至去了罗马，而那个蠢老头班居然一直将它归类成了西利乌斯·伊塔利库斯的第十八卷！这证明他从未完整读过它，即使他号称这是部巨作。话说回来，我认为也没人完整地读过。他们怎么能读完呢？"他耸耸肩。

"怪不得您花了五年多找它。"我想到这段时间里有多少人在想念他。

"胡说，我一年前才知道这卷书的存在。在此之前，我在找别的东西：布兰·盖尔之号角、劳弗洛德之刃、格文铎劳之棋盘、艾利耐德之戒。不列颠的珍宝，德瓦……"他停顿了一下，看了眼封着的箱子，随后又看向我，"珍宝是获得力量的钥匙，德瓦，但没有这卷轴中的秘密，它们只不过是死物。"他的语气中有一份罕见的敬意，这不奇怪，因为十三珍宝是不列颠最神秘圣洁的护身符。在贝诺克的某一晚，当我们在黑夜中瑟瑟发抖、于树林间聆听法兰克人的动静时，加拉哈特曾对这些珍宝的存在嗤之以鼻，怀疑它们不可能在罗马经年统治后还得以保存；但梅林一直坚信，在战败之前，德鲁伊们将它们深深地藏了起来，罗马人从未找到过它们。他毕生的工作就是收集这十三件护身符，他的野心便是终有一日这些圣物能聚集在一起发挥作用。那作用，现在看来，似乎就写在这失落的卡勒庭卷轴中。

"那这卷轴告诉了我们什么？"我急切地问道。

"我怎会知道？你又不给我时间来读它。你干吗不走开，让自己派上点用处呢？交接个船桨什么的，或者水手淹死之前做的其他什么事情。"我走到门边时，他又说，"哦，还有一件事。"他心不在焉地补充道。

我转身看见他又沉浸在沉重卷轴那展开的几行。"阁下？"我提醒他。

"我只是想谢谢你，德瓦。"他轻描淡写地说，"那么，谢谢你。我一直希望你有一天能派上用处。"

我想到了特雷贝斯岛的焚毁和班的死。"我辜负了亚瑟。"我苦涩

亚瑟王

地说。

"每个人都会让亚瑟失望的。他期待的太多了。现在走吧。"

我本来希望兰斯洛特和他的母亲依莲能向西去布罗塞利昂，与那些被法兰克人赶出班王国的难民们会合，但他们却北行前来不列颠，到达了德莫尼亚。

一到德莫尼亚，他们就直奔杜诺维瑞阿，比梅林、加拉哈特和我早了整整两天抵达城里，所以我们没有目睹他们入城，但听说了一切。整个城市都流传着难民们令人钦佩的故事。

贝诺克的王室成员乘坐三艘快船而来，这些船在特雷贝斯岛陷落之前就已准备好了，船舱里塞满了金银——法兰克人想在班的王宫里找到的那些珍宝。依莲和她的随从到达杜诺维瑞阿时，这些宝藏已被藏了起来。所有的难民都步行前来，有些甚至还赤着脚，每个人都衣衫褴褛，灰头土脸，头发纠缠打结，夹着海盐。他们的衣服、颤抖双手所持的武器上，血迹斑斑。依莲太后，还有现在该称为那失落王国国王的兰斯洛特，步履蹒跚地走在城里的主街上，在格温薇儿的宫殿里像穷人那般乞讨。他们的身后混杂着护卫、诗人和廷臣，依莲遗憾地宣称，这些是大屠杀仅剩的幸存者。"要是亚瑟遵守了他的誓言，"她向格温薇儿号啕大哭，"要是他做了哪怕一半曾保证过的事！"

"母后！母后！"兰斯洛特紧紧抓着她。

"我现在只想死，亲爱的儿子，"依莲宣称，"就如同你在战争中差点经历的那样。"

在这种情况下，格温薇儿自然华丽地站了出来，准备衣物、招待沐浴、烹饪食物、倾倒美酒、治疗伤患、聆听故事、赠予礼物，还有，安排亚瑟的召见。

故事非常精彩，在城里流传开来，我们到达杜诺维瑞阿时，这些故事已经传播到了德莫尼亚的每个角落,甚至越过了国界,在无数不列颠和爱尔兰的宴会厅中反复讲述。这些是英雄们的伟大传说:有关兰斯洛特和鲍斯是如何坚守人鱼之门,让海鸥们饱尝法兰克人的内脏。这些故事中说,法兰克人颤抖着求饶,纷纷让开道路,生怕坦纳维尔的光芒会再次闪耀在兰斯洛特的手中。敌人进入城池,如果之前的战斗是残酷的,那么接下去的战斗更是可怖的。砍倒一个又一个的敌人,守卫住一条又一条的街道,然而,即使是上古的英雄也不能抵抗住潮水般涌来的铁盔敌人,他们由海上四面八方而来,多得好像玛纳怀登噩梦中的魔鬼。以少敌多的英雄用敌人的尸体填满了街道,但敌人源源不绝,英雄不得不撤回宫殿。在那里,仁慈的班国王靠在露台上,望着海平面,搜寻着亚瑟的战船。"他们会来的!"班坚持道,"亚瑟曾经立誓。"

故事中说,国王不肯离开露台,因为若是亚瑟来了,而他不在那里,人们会怎么说?他坚持要等候迎接亚瑟,但他先亲吻了他的妻子,拥抱了他的继承人,祝愿他们前往不列颠的旅程一路顺风,随即便转身继续望着那永远不会来的援兵。

这是一个恢宏的故事,第二天,当看起来不会再有船只自遥远的阿莫里凯前来时,故事微妙地发生了一点儿变化。现在变成了德莫尼亚人,库尔威奇和德瓦所率领的军队放敌人进入了特雷贝斯岛。"他们战斗了,"兰斯洛特对格温薇儿信誓旦旦地说,"但他们防守不住。"

亚瑟本来在与策尔迪克的撒克逊人作战,如今飞骑赶回杜诺维瑞阿迎接他的客人。他仅比我们早到几个小时,而我们丧气的队伍正步履沉重地走在由海边经过麦敦杂草丛生堡垒的无名小路上。城南门的一个守卫认出了我,让我们进城。"你来得正是时候。"他说。

"怎么说?"我问。

"亚瑟来了。他们正要讲述特雷贝斯岛的故事。"

"正在讲?"我的目光越过城镇,看向宫殿的西侧山丘,"我倒是想听

亚瑟王

听。"接着便带领同伴们进城了。我快步走过中央的十字路口，好奇地查看了一下桑森为莫德雷德建造的教堂，但令我意外的是，那里既没有教堂，也没有神庙，只有一块长满豚草的废弃空地。"妮慕。"我被逗乐了。

"什么？"梅林问我。他戴着兜帽，以防有人认出他。

"一个自以为是的小个子，"我说，"想要在这里造一座教堂。格温薇儿召妮慕来阻止了他。"

"所以格温薇儿还不算太没脑子？"梅林问。

"我说她没脑子了吗？"

"不，亲爱的德瓦，你没说过。继续走吗？"我们爬过山丘，走向宫殿。正值傍晚，宫殿的奴隶们正将火把放入庭院四周的火桶中，完全没注意到他们对格温薇儿的玫瑰和水渠造成了怎样的伤害。人群聚集在那里看兰斯洛特和亚瑟，进门时，没有人认出我们。梅林戴着帽子，加拉哈特和我戴着合上的狼尾头盔。我们与库尔威奇，还有其他十几个男人挤在人群最外面的拱廊下。

就在那里，随着夜色的降临，我们听到了特雷贝斯岛的故事。

兰斯洛特、格温薇儿、依莲、亚瑟、鲍斯和白德文站在庭院的东面，那边的道路要比其他三面的高出几阶，形成了一个自然的高台，拱廊下的明亮火炬故意设在墙壁的高处，几步台阶向下通往庭院。我寻找妮慕，但没有看见她，也没有看见年轻的桑森神父。白德文神父说了一段祷词，人群中的基督徒们也都默念回应，画着十字，随后便安静下来再一次聆听特雷贝斯岛陨落的悲伤故事。鲍斯是故事的讲述者。他站在阶梯尽头，述说着贝诺克之战。当听到可怕处，听众们都发出了叹息；他讲述到兰斯洛特的英雄事迹时，听众又欢呼起来。讲到激动处，鲍斯指向兰斯洛特，兰斯洛特便举起自己裹着厚厚绷带的手，想要止住欢呼，但没有成功，于是他摇摇头，仿佛人群的赞颂听来太沉重。依莲披着黑衣，在她儿子身旁啜泣。鲍斯并没有详说亚瑟没来支援卫戍的事情,而是解释道,兰斯洛特知道亚瑟在不列颠战斗,但班国王却紧抱着这不切实际的希望。亚瑟也负着伤,他摇了摇头,看上去泫然欲泣,特别是当鲍斯说到班国王和妻儿那感人至深的道别时。我也快哭了,不是因为耳中的这些谎言,而是因为再次见到亚瑟的喜悦。他没有变,消瘦的脸庞依然坚毅,眼中依然饱含关怀。

白德文问鲍斯,德莫尼亚的人发生了什么。鲍斯显然很勉强才说出了我们遗憾的死亡。当听到是我们德莫尼亚的人没能坚守城墙时,人群中爆发出一阵埋怨。"他们战斗得很英勇!"鲍斯说,但压不过人们的抱怨声。

梅林似乎毫不在意鲍斯的胡说八道。他之前只是与人群最后面的一个人窃窃私语,但现在他挤上前碰了碰我的肘部。"我要去撒尿,亲爱的孩子,"他用瑟温神父的声音说道,"老人的膀胱。你来对付这些蠢货,我一会儿就回来。"

"你们的人战斗得很英勇!"鲍斯对人群喊道,"虽然他们战死了,但他们死得像男人!"

"而现在,像鬼魂,他们又从彼世回来了!"我高喊,用盾撞击一根柱子,撞下一片石灰粉末。我站入一把火炬的光芒中。"你撒谎,鲍斯!"我喊道。

库尔威奇站到我的身边。"我也说,你撒谎了!"他咆哮道。

"我也同样这么说!"加拉哈特也出现了。

我拔出海威贝恩。钢铁出鞘的刮擦声令众人颤抖着退开,让出一条从被践踏的玫瑰到高台的道路。我们三人带着战场的疲累、尘土,头戴头盔,手持利器,走上前。我们缓步前行,鲍斯和兰斯洛特看见我们头盔上垂着的狼尾,都吓得不敢作声。我走到花园正中,将海威贝恩猛插进一片花床。"我的剑说你在撒谎!"我大叫,"德瓦,一名奴隶之子,说班之子兰斯洛特,贝诺克国王,在撒谎!"

"哥列德之子库尔威奇同说!"库尔威奇将他的战剑刺在我剑之旁。

亚瑟王

"还有班之子加拉哈特，贝诺克亲王！"加拉哈特将剑加了上来。

"法兰克人没有攻下我们的城墙，"我脱下头盔，好让兰斯洛特看见我的脸，"没有法兰克人胆敢爬上我们的城墙，因为城墙脚下已经有太多他们的尸体了！"

"而我——"加拉哈特同样脱下头盔，"在最后时刻与我们的父王在一起，你却没有，哥哥！"

"你，兰斯洛特！"我喊道，"在逃离特雷贝斯岛时，没有任何绷带。发生了什么事？船舷边沿的尖刺刺伤了你的大拇指吗？"

一阵骚动。站在庭院边上的鲍斯的一些守卫拔出了剑，口中谩骂呼喝，但卡文和我们其他的人手持长枪，从大门涌入，以武力威胁。"你们这些杂种没有一个人在守城的时候战斗过，"卡文叫道，"那现在来一战吧！"

格温薇儿的卫队指挥官兰瓦令他的弓箭手们在平台列队。依莲脸色变得苍白，兰斯洛特和鲍斯站在她的身旁，似乎都在颤抖。白德文也在叫嚷，但还是亚瑟恢复了秩序。他拔出王者之剑，击打在他的盾牌上。兰斯洛特和鲍斯已经颤颤巍巍地躲去了平台后方，但亚瑟挥手示意他们向前，然后看着我们这三名战士。人群安静下来，弓箭手也放下了弓箭。"在战斗中，"亚瑟和缓地说，"事情很复杂，变幻莫测。没人能看清战斗中发生的所有事情。太多噪声，太多混乱，太多恐惧。我们来自特雷贝斯岛的朋友——"说到这里，他将右手环上兰斯洛特的肩膀，"搞错了，但他们所犯的是无心之过，无疑是一些糊里糊涂的可怜人告诉他们你们已经死了，然后他们便相信了。但现在，幸好，他们被纠正了错误，但这绝不是耻辱！特雷贝斯岛有足够多的荣耀让所有人分享。我说得对吗？"

亚瑟是在问兰斯洛特这个问题，但鲍斯做出了回答。"我错了，"他说，"很高兴我错了。"

"我也是。"兰斯洛特以勇敢清晰的声音附和。

"看！"亚瑟对我们微笑呼喊，"现在，我的朋友们，拾起你们的武器吧。这里没有敌人！你们都是英雄，你们所有人！"他停顿了一下，但我们没人动。我们的头盔反射着火把的火焰，插在地上的剑锋在闪烁，这是一场为揭露真相的决斗。亚瑟的微笑消失了，他挺直身体。"我命令你们拔起剑，"他说，"这里是我的地盘，你，库尔威奇，还有你，德瓦，是宣誓效忠于我的。你们是想打破誓言吗？"

"我是在维护自己的荣耀，殿下。"库尔威奇回答。

"你的荣耀是为我而战！"亚瑟厉声说，他声音中的严厉让我想要颤抖。他是个友善的人，但人们很容易忘记，他不是仅凭友善便成为军中领袖的。他总是谈论着和平与和解，但在战场上，他的灵魂从这些顾虑中被释放，全身心地投入杀戮之中。他的手按在王者之剑的剑柄上，以武力做出威胁。"拔起剑，"他命令我们，"除非想让我替你们拔出来。"

我们不能与自己的主君作战，于是服从了命令。加拉哈特也照做了。这屈服让我们感到不快、被欺骗，但亚瑟在恢复自己领地和平的一瞬间，又露出了微笑。他伸开双臂，走下台阶，欢迎我们。他看到我们时的快乐表露无遗，一瞬间就让我的愤慨烟消云散。他拥抱了他的表亲库尔威奇，然后拥抱了我，我感觉到脸颊上有我主君的泪水。"德瓦，"他说，"德瓦·卡丹。真的是你吗？"

"正是，殿下。"

"你看上去年纪大了点。"他微笑道。

"您并没有。"

他做了个鬼脸。"我又不在特雷贝斯岛。真希望我在那里。"他转向加拉哈特，"我听说过您的英勇，亲王殿下，我向您致敬。"

"但请不要去相信我的哥哥而羞辱我，殿下。"加拉哈特语带苦涩。

"不！"亚瑟说，"我不要这些争吵，我们应该成为朋友。我坚持这点。"他勾住我的手臂，领着我们三人走上通向高台的阶梯，说我们应该

亚瑟王

去拥抱鲍斯与兰斯洛特。"麻烦已经够多了,"我向后退时他小声对我说,"即使没有这件事。"

我走上前,伸出双臂。兰斯洛特犹豫片刻,便向我走来。他的油发散发出紫罗兰的香气。"小鬼。"他亲吻了我的面颊,悄声耳语。

"懦夫。"我轻声回应。然后我们微笑分开。

白德文主教拥抱我时眼中含泪:"亲爱的德瓦!"

"我还有更好的消息要告诉你,"我柔声对他说,"梅林在这儿。"

"梅林?"白德文盯着我,不敢相信这消息。"梅林在这里?梅林!"这消息在人群中扩散。梅林回来了!伟大的梅林回来了。基督徒们画着十字,但即使是他们也意识到了这消息的重要性。梅林回到德莫尼亚了,突然之间似乎这国家的麻烦已经消失大半。

"他在哪儿?"亚瑟问。

"他出去了。"我说得没什么底气,指了指大门。

"梅林!"亚瑟喊道,"梅林!"

但无人应答。守卫们搜寻他,也没人找到。后来西门的哨兵说,有一位驼背独眼的老神父带着一只灰猫,咳嗽着离开了城市,但他们没有见到白须的智者。

"你经历了一场可怕的战役,德瓦。"亚瑟在宫殿的宴会厅对我说,那里正招待餐点,有猪肉、面包和蜂蜜酒。"经历苦难时,人们往往会梦到一些奇怪的东西。"

"不,殿下,"我坚持道,"梅林曾经在这里。去问加拉哈特亲王。"

"我会的。"他说,"我当然会去问的。"他转身看向主桌,格温薇儿正单肘撑桌,倾身聆听兰斯洛特说话。"你们都经历了许多。"亚瑟说。

"但我辜负了您,殿下,"我坦言,"我很抱歉。"

"不,德瓦,不!我辜负了班。但我还能做什么呢?敌人太多了。"他沉默了,复又微笑听着格温薇儿明快的笑声在厅中回响。"至少她很快乐,这让我也很高兴。"说完,他便去找库尔威奇说话了,后者正一门心思吞食着一整头乳猪。

当晚露奈特也在宫中。她的头发编起,绕成发髻,装饰了鲜花。她戴着颈环、胸针和手镯,红裙上挂着银扣腰带。她向我微笑,刷去我袖子上的泥土,对我衣服上的臭味皱起了鼻子。"伤疤很适合你,德瓦,"她轻触我的脸颊,"但你冒了太多风险。"

"我是名战士。"

"不是指那种风险。我是指编造出梅林的那些故事。你让我蒙羞了!还说自己是奴隶的儿子!你没想过,我会有什么感受吗?我知道我们已经分手了,但人们知道我俩以前是一对,你说自己是奴隶之子的时候没有想到我的感受吗?你应该为别人着想,德瓦,真的。"我注意到她已经不戴我们的情人戒了,但我本就没有期待。她很早就找到了其他男人,比我更慷慨的男人。"我想,大概是特雷贝斯岛让你有点疯狂了。"她接着说,"不然你为什么会想和兰斯洛特决斗?我知道你很擅长使剑,但他可是兰斯洛特,不是什么其他战士。"她转头去看与格温薇儿坐在一起的国王。"他太了不起了,不是吗?"她问我。

"无与伦比。"我酸酸地说。

"我听说,他还没结婚?"露奈特风骚地问。

我凑近她的耳朵。"他喜欢男孩儿。"我低声说。

她打了一下我的手臂。"白痴。谁都能看出他不是的。看到他盯着格温薇儿的模样了吗?"这下换露奈特凑到我的耳边。"别告诉任何人,"她哑声低语,"她怀孕了。"

"很好。"我说。

"才不好呢。她很不开心。你看,她不想变得臃肿。我不怪她,我也讨厌怀孕。啊,我想去认识一下那个人。我喜欢在宫廷中看到新面孔。哦,还有一件事,德瓦?"她甜甜地微笑,"去洗个澡,亲爱的。"她穿过

亚瑟王

房间前去陪伴依莲太后的某位诗人。

"旧的不去,新的不来?"白德文主教来到我的身旁。

"我太旧了,没想到露奈特居然还记得我。"我阴郁地回答。

白德文笑了笑,带我走入已经空无一人的庭院。"梅林曾经和你在一起。"这不是一个问题,而是一句陈述。

"是的,阁下。"我告诉他,就在不久前,梅林才刚刚离开宫殿。

白德文摇了摇头。"他就喜欢这种游戏,"他无奈地说,"再多告诉我些。"

我告诉了他我知道的所有事情。在排水沟旁的火把烟气中,我们沿高台的阶梯走上走下,我说了瑟温神父的事,说了班的图书馆,告诉了他围城的真实故事与兰斯洛特的真面目,最后描述了梅林从城市的陨落中救回的卡勒庭卷轴。"他说,"我告诉白德文,"那里面包含着不列颠的真知。"

"上帝保佑那是真的,愿上帝宽恕我。"白德文说,"必须有人来帮助我们。"

"事情很糟糕?"

白德文耸耸肩。他看上去苍老疲惫,头发只剩一缕一缕,胡子很稀薄,脸上的皮肤也比我记忆中的要下垂。"我想还不算最糟,"他坦言,"但也不见得有多好。跟你离开时没有什么不同,除了那个阿尔更强大了,强大到他现在敢称自己是不列颠共主。"白德文不屑地说出这个蛮横的称号。不列颠共主是一个撒克逊头衔,意思是不列颠的统治者。"他已经占领了德罗寇布法斯到科里尼翁间的所有土地,"白德文告诉我,"而且若不是我们以最后的这点黄金求和,他大概会把那些地方的要塞都据为己有。还有南方的策尔迪克,事实证明他比阿尔更加凶狠。"

"阿尔没有攻击波伊斯吗?"我问。

"高菲迪特也和我们一样,付黄金给他了。"

"我以为高菲迪特病了?"

"瘟疫来了又去。他康复了,现在除了波伊斯的兵力,他还掌握了艾尔蒙特的。他比我们担心的还要厉害,"白德文黯然道,"也许他是被仇恨所驱使。他不像以前喝那么多酒,发了誓要用亚瑟的头颅来报一臂之仇。更糟的是,德瓦,高菲迪特正在做亚瑟希望做到的事情,团结各个部族,但遗憾的是,他将他们团结起来对抗我们,而不是对抗撒克逊人。他付钱给甘德利亚斯的瑟卢瑞亚人和爱尔兰黑盾,让他们洗劫我们的海岸。他收买了马克国王,让他去帮助凯杜伊,我敢说他现在正在筹钱,打算付给阿尔,破坏两国之间的和约。高菲迪特崛起,而我们没落。在波伊斯,他们现在管高菲迪特叫至尊王。而且他有昆格拉斯这个继承人,我们只有可怜的小瘸子莫德雷德。高菲迪特组织起了一支军队,我们却只有几支小战队。一旦今年收割完庄稼,德瓦,高菲迪特就会带领艾尔蒙特和波伊斯的士兵南下,人们说那将会是不列颠历史上最伟大的军队,自然而然有一些人——"他压低声音,"认为我们应该按照他的要求议和。"

"他的要求是?"

"只有一个条件——亚瑟的死。高菲迪特永远不会原谅亚瑟对夏汶的冒犯。你能怪他吗?"白德文耸耸肩,一言不发地走了几步。"真正的危险,"他继续道,"是高菲迪特筹到钱让阿尔重回战场。我们没有更多的钱付给撒克逊人了。一个子儿都不剩了。国库已经空了。谁会交税给一个快要完蛋的政权呢?我们也腾不出任何枪兵去收税了。"

"那里有很多黄金。"我朝宴会声大作的厅里点了点头,"光露奈特戴着的就足够了。"我刻薄地补充道。

"格温薇儿的侍女们,"白德文苦涩地说,"不会为了战争将她们的珠宝捐出来。即使捐了,我怀疑也不够收买阿尔的。如果今年秋天他真的攻来,德瓦,那些想亚瑟死的人就不会只在私下议论,他们会在堡垒中高喊出这个要求。当然,亚瑟可以一走了之。我想他可以去布罗塞利昂,然后高菲迪特就会将小莫德雷德握在手中,那我们就成为了波伊斯统治下的一

亚瑟王

个属国。"

我沉默地走着,没想到事情已到了如此绝境。

白德文忧伤地微笑:"我年轻的朋友,看起来你从滚烫的锅子直接跳进了火里。你的剑会派上用场的,德瓦,很快,别担心。"

"我想抽时间去一趟怀君岛。"我说。

"再去找梅林?"

"去找妮慕。"

他停下了脚步:"你没听说?"

我的心突然一凉:"我什么也没听说。我以为她在杜诺维瑞阿。"

"她是来过。"白德文说,"格温薇儿王妃找她来的。我很惊讶她居然真的来了。你必须明白,德瓦,格温薇儿和桑森主教——还记得他吗?你不可能忘记他的吧?——他们俩势同水火。妮慕是格温薇儿的武器。天晓得她以为妮慕能做什么,但桑森不想坐以待毙。他宣称妮慕是个女巫。很遗憾,我的一些基督徒兄弟并不宽容,桑森宣教时说她应该被乱石砸死。"

"不!"我说。

"是的,不!"他伸出一只手安抚我,"她将乡村的那些异教徒带进城,以此反抗。他们毁了桑森的新教堂,引发了一场暴乱,死了十几个人,不过她和桑森都没有受伤。国王的护卫们恐慌了,以为这是针对莫德雷德的一场袭击。当然不是,但他们还是使用了长枪。然后妮慕就被国王的监护人纳布执法官逮捕了,他判决她是引发骚乱的罪魁祸首。自然,他是一名基督徒。桑森主教要求处死她,格温薇儿王妃要求释放她,两者拉锯之下,妮慕就一直被关在纳布的监狱里。"白德文停顿了一下,我从他的脸色看出,最糟的部分还在后面。"她疯了,德瓦,"主教最终继续道,"就像将猎鹰关入笼中,她反抗着她的牢笼,尖叫着发疯了。没人能制住她。"

我知道下面会发生什么,摇着头。"不。"我说。

"亡者之岛,"白德文说出了那个残酷的消息,"他们还能怎么办?"

"不!"妮慕在亡者之岛,失落在那些残破之人中,我连想都不敢想。"她的第三伤。"我轻轻地说。

"什么?"白德文凑近听。

"没什么,"我说,"她还活着吗?"

"谁知道?从没有活人去那里,即使他们去了,也不能回来了。"

"梅林肯定是去了那里!"我解脱地大喊。梅林无疑是从那个庭院后面跟他耳语的人那里听说了这个消息,而梅林敢于做任何男女都不敢做的事情。亡者之岛对梅林来说一点儿都不可怕。还有什么事情能让他这么仓促地消失呢?我想,一两天之内,他就会带着恢复神智的妮慕回来。一定是这样的。

"上帝保佑事实如此,"白德文说,"为了她。"

"桑森后来呢?"我复仇心切。

"他没有受到正式的责罚,"白德文说,"但格温薇儿迫使亚瑟剥夺了他莫德雷德专职主教的职位,后来管理怀君岛圣荆棘教堂的老人死了,我就劝服了我们年轻的主教去那儿任职。他不太乐意,但知道自己在杜诺维瑞阿已经树敌太多,于是便接受了。"桑森的落魄显然让白德文很开心。"他显然已在这儿失势,我不认为他能东山再起。除非他是个比我以为的更厉害的角色。当然,他是那些悄言亚瑟应该被牺牲的人之一。纳布是另一个。我们的王国中有一个莫德雷德派别,德瓦,他们质疑我们为何要为亚瑟的生命而战。"

我绕过一摊呕吐物,那是大厅中一个士兵喝醉后出来吐的。那个人呻吟着,抬头看我,随后又开始干呕。"还有谁能统治德莫尼亚?"离开那个醉鬼的听力范围之后,我问白德文。

"这是个好问题,德瓦,谁能呢?高菲迪特,当然还有他的儿子昆格拉斯。一些人悄悄提到过格兰特的名字,但他本人并不愿意。纳布甚至建议让我来执政。他当然没有明说,只是暗示。"白德文嘲讽地笑了,"但在

亚瑟王

敌人面前,我又有什么用?我们需要亚瑟。没有其他人能够在众敌环伺之下抵抗那么久,德瓦,但人们不明白这一点。他们把乱世怪到他身上,然而无论是其他任何人在位,情况都会比现在更混乱。我们的王国没有真正的国王,所以每一个野心勃勃的无赖都盯着莫德雷德的王座。"

我在那个看上去很像高菲迪特的青铜胸像旁止步。"如果亚瑟娶了夏汶——"我开口。

白德文打断我:"如果,德瓦,如果。如果莫德雷德的父亲还活着,如果亚瑟杀了高菲迪特而不仅仅是砍了他一臂,所有事情都会不同。历史充满了如果。也许你是对的。也许如果亚瑟娶了夏汶,就能收获和平,也许阿尔的首级正被枪尖挑在卡丹城堡上,但你认为高菲迪特能忍耐亚瑟的成功多久?你再想想,为什么高菲迪特一开始会同意这项联姻?"

"为了和平?"我猜道。

"天啊,当然不是。高菲迪特允许夏汶的这门亲事,只是因为他相信她的儿子、自己的外孙会替代莫德雷德,统治德莫尼亚。我以为这够明显了。"

"我不知道。"在司乌思城堡时,亚瑟被爱情冲昏头脑,而我只是个守卫枪兵,不是一位需要揣测国王与王子们动机的队长。

"我们需要亚瑟,"白德文看着我的眼睛,"而如果亚瑟需要格温薇儿,也只能如此。"他耸了耸肩,继续向前走。"我更希望夏汶成为他的妻子,但这选择和婚床都不是我的。如今,那个可怜的姑娘要嫁给甘德利亚斯了。"

"甘德利亚斯!"我的声音太大,甚至惊到了那名呕吐的士兵,"夏汶要嫁给甘德利亚斯?"我问白德文。

"他们的订婚典礼两周后举行,"白德文平静地说,"在卢纳莎节期间。"卢纳莎是光之神罗劳的节日,在夏日举行。这节日是为祈求丰产的,所以在这个庆典上订婚特别吉利。"他们会在秋末结婚,在战后。"他停顿了一下，意识到自己刚才说的最后三字暗示了高菲迪特和甘德利亚斯会赢得战争，那个婚礼也会成为胜利者庆祝的一部分。"高菲迪特发誓，要将亚瑟的脑袋作为他们的结婚礼物。"白德文忧伤地补充道。

"但甘德利亚斯已经结婚了！"我也不知道自己为何如此愤怒。是因为我还记得夏汶那娇弱的美丽吗？我仍旧将她送的胸针戴在胸甲里面，但我告诉自己我的愤怒不是因为她，而只是因为我恨甘德利亚斯。

"与莱杜伊斯的婚姻并没有阻止甘德利亚斯娶诺维娜，"白德文轻蔑地说，"他会离开莱杜伊斯，绕着圣石走三圈，然后亲吻魔法毒蕈，或者其他任何你们这些异教徒为了离婚所做的事情。他不再是基督徒了，顺便提一句。这个异教徒会离婚，娶夏汶，给她一个继承人，然后迅速回到莱杜伊斯的床上。现在的世道似乎就是这样了。"他停下话语，竖起耳朵听着大厅内传来的欢笑声。"不过有可能，"他继续说，"在未来我们会认为现在的时光是最后的好日子。"

他声音中的某些东西让我的心沉得更深了。"我们注定要完了？"我问他。

"如果阿尔遵守和约，大概可以再撑过一年，但必须打败高菲迪特。如果不能击败他，那只有祈祷梅林能给我们带来新生。"他耸耸肩，但看起来并不抱太大希望。

白德文主教不是个合格的基督徒，却是个非常好的人。桑森如今告诉我，白德文的善良并不能救他的灵魂脱离地狱煎熬。但那个夏天，从贝诺克新近返回，我们所有人的灵魂似乎都注定万劫不复。收割刚刚开始，一旦结束，高菲迪特的猛烈攻击就要降临。

第四部　亡者之島

伊格莲要求看夏汶的胸针。她在窗前将它翻来覆去，仔细看着它的黄金螺旋。我能看出她眼中的渴望。"您有很多更美的胸针。"我礼貌地对她说。

"但没有一个有这样的故事。"她将胸针紧贴在自己的胸前。

"是我的故事，亲爱的王后。"我责备她，"不是您的。"

她笑了："但你写了什么呢？'如果我像你所知的那么仁慈，我就会让你保留它'？"

"我是这么写的？"

"因为你知道，如果你这么写，我就会把它还给你。你真是个狡猾的老头子，德瓦兄弟。"她将胸针朝我递来，却在我拿回之前又合上了手掌。"有一天能把它给我吗？"

"除了您绝不会给别人，亲爱的殿下，我保证。"

她仍然握着胸针。"你不会让桑森主教拿去吧？"

"绝不！"我激动地说。

她将胸针放入我的手中。"你真的将它戴在自己的胸甲下面？"

"一直都是。"我将胸针妥善地塞进自己的长袍中。

"特雷贝斯岛太惨了。"她坐在自己一贯的专座——我房间的窗台上，在那里她可以俯瞰狄那拉克峡谷，看着远处的河流吞噬初夏的细雨。她正想象着法兰克侵略者穿越堡垒，涌上斜坡吗？"莉诺怎么了？"我完全没有想到她会问这个问题。

"那竖琴手吗？她死了。"

"不！但我以为你说她逃出特雷贝斯岛了？"

亚瑟王

我点点头:"是的,但她来不列颠后的第一个冬天就生病死了。就这么死了。"

"那你的女人呢?"

"我的?"

"特雷贝斯岛的女人。你说过,加拉哈特有莉诺,但你们其余的人也都有女人,那你的女人是谁?她怎么了?"

"我不知道。"

"哦,德瓦!对你来说,她不会什么都不是吧!"

我叹了口气。"她是一个渔夫的女儿,叫作帕丽辛,不过所有人都叫她帕斯。在我遇见她一年前,她的丈夫溺死了。她有个小女儿,库尔威奇领着幸存者去乘船的途中,帕斯从悬崖摔下去了。那时她抱着孩子,所以没法抓住岩石。当时很混乱,每个人都慌张匆忙。不是任何人的错。"但我经常会想,如果我在场,也许帕丽辛能活下来。她是个结实的女孩,有着明亮眼睛和开朗笑容,对苦活累活总有用不完的精力。一个好女人。但如果我救了她,梅林可能就会死。命运无常。

伊格莲定是同我想到了一起。"我希望自己能见见梅林。"她渴望地说。

"他会喜欢你的,"我说,"他一直都喜欢漂亮的女人。"

"兰斯洛特也一样?"她立刻问道。

"哦,是的。"

"不喜欢男孩?"

"不喜欢男孩。"

伊格莲大笑起来。今天她身上的蓝色刺绣长裙,很衬她雪白的肌肤和深色的头发。两个黄金项圈绕在她的颈间,一条繁复的手链缠在纤细的手腕上。她身上有粪便的恶臭,阅历让我无视了这件事,因为我意识到,她一定是将新生儿的初次排泄物塞在自己的阴道中了,这是一种治疗不孕的古方。可怜的伊格莲。"你恨兰斯洛特吗?"她突然用指责的语气问我。

"非常恨。"

"这不公平!"她从窗台上跃下,在小房间中来回踱步,"一个人的故事不应该由他的敌人来讲述。就像让奈维丽来写我的故事。"

"谁是奈维丽?"

"你不认识她。"她皱眉道,我猜奈维丽是她丈夫的情人。"总之这不公平,"她强调,"因为每个人都知道兰斯洛特是亚瑟手下最伟大的战士。人人都知道!"

"我不知道。"

"但他肯定很勇敢!"

我盯着窗外,在脑海中试图让自己公正一些,试图找到我最大敌人的一些闪光点。"他可以很勇敢,"我说,"但他选择了懦弱。他有时会战斗,但通常都会逃避战场。你看,他害怕脸上留疤。他过分看重自己的外表。他收集罗马镜子。贝诺克宫殿中的镜厅就是兰斯洛特的最爱。他能坐在那儿,在每一面镜子中欣赏自己的倒影。"

"我不相信他有你说的那么糟。"伊格莲抗议道。

"我觉得他实际上更糟。"我不喜欢写兰斯洛特,关于他的记忆就像是我生命中的污点。"对任何事,"我对伊格莲说,"他都不诚实。他不得不说谎,因为想隐藏起真正的自己。然而他懂得如何在需要时,让别人喜欢他。他魅力大到让海中的鱼都受他蛊惑,我亲爱的。"

她对此嗤之以鼻,不满意我的判断。我不怀疑,当格鲁福德之子戴维德翻译这些文字时,兰斯洛特会一如其所愿地被美化。闪耀的兰斯洛特!正直的兰斯洛特!英俊、善舞、微笑、诙谐、优雅的兰斯洛特!他是无土之王,谎言之帝,但若是顺了伊格莲的意,他仍将作为高贵战士的完美表率,在时间长河中闪耀。

伊格莲透过窗户张望,桑森正在门口试图赶跑一群麻风病人。圣人向

亚瑟王

他们扔土块,尖叫着让他们都滚下地狱,并招呼其他的教友来帮他。对我们其他人一天比一天粗鲁的见习修士特博,正在他的主人旁手舞足蹈,为他欢呼鼓劲。伊格莲的护卫一如既往懒洋洋地靠在厨房门上,到最后终于出手,用长枪将这群生病的乞丐赶离了修道院。"桑森真的想要牺牲亚瑟吗?"伊格莲问。

"白德文是这么告诉我的。"

伊格莲给了我一个淘气的眼神。"桑森喜欢男孩子是吗,德瓦?"

"圣人爱所有人,亲爱的王后,即使是问出不恰当问题的年轻女子。"

她庄重地笑笑,然后又做了个鬼脸。"我敢肯定他不喜欢女人。不然他为什么不让你们结婚?其他的修道士都能结婚,但这儿却没人结婚。"

"亲爱的桑森过于虔诚,"我解释道,"相信女人会干扰我们对上帝的热爱。就像你一直打扰我,让我做不了正事。"

她爆发出一阵大笑,随即想起了一件正事,表情严肃起来。"上一批羊皮中,有两个词戴维德不明白,德瓦。他希望你能解释一下。娈童?"

"让他去问别人。"

"我一定会去问别人的,"她生气了,"还有,骆驼?他说那不是煤。"

"骆驼是一种神秘的野兽,殿下,长着角、翅膀、鳞片,有一条分叉的尾巴,呼吸中会喷出火焰。"

"听上去像是奈维丽。"伊格莲说。

"哈!福音写作者正在工作呐!我的两位传道者!"桑森悄声进入房间,双手因为向麻风病人扔土块而沾满了泥,他怀疑地看了一眼我手上这张羊皮纸,皱了皱鼻子。"怎么这么臭?"他问。

我表现出局促不安的样子。"早餐时我吃了豆子,主教大人,"我说,"很抱歉。"

"您居然能忍受他的陪伴,"桑森对伊格莲说,"而且您不是应该在小教堂吗,殿下?祈祷上帝赐您一个孩子?您不是为了这个才来的吗?"

"这不关您的事。"伊格莲刻薄地说,"如果您一定要知道,主教阁下,我们正在讨论我主的寓言。您不是有一次在布道时说过骆驼和针眼的故事吗?"

桑森哼了一声,向我身后窥视:"臭德瓦兄弟,撒克逊语中的骆驼是哪个词?"

"奈维丽。"我说。

伊格莲哈哈大笑,而桑森则瞪着她:"殿下觉得我主的言语很好笑?"

"我只是很高兴待在这儿,"伊格莲恭顺地说,"但我想知道骆驼是什么?"

"人人都知道!"桑森用嘲弄的语气说,"骆驼是一种鱼,一种大鱼!"他狡猾地补充道:"就跟您的丈夫——如果他还记得——时不时会送给我们这些穷修士的三文鱼没什么两样。"

"我会让他多送些来的。"伊格莲说,"和下一批德瓦的羊皮纸一起,我知道他一定会很快送来的,这部撒克逊福音对国王来说很重要。"

"是吗?"桑森怀疑地说。

"非常重要,主教大人。"伊格莲坚定地说。

她是位聪明的女孩,非常聪明,也很美丽。布洛奇维尔国王如果除了王后另有情人,那他就是个蠢货。不过在女人的事情上,男人往往都是蠢货,或者说,一部分男人如此,我想他们中的代表者就是亚瑟。亲爱的亚瑟,我的殿下,赋予我力量的男人,天底下最慷慨的男人,这就是他的故事。

回家的感觉很奇怪,尤其是我其实并没有家。我有一些黄金项圈和零碎珠宝,但除了夏汶的胸针,那些全卖了,以便让我的人至少能在回不列颠的最初几日里填饱肚子。我余下的财物都在特雷贝斯岛,现在已成了某些法兰克人的珍藏。我身无分文、无家可归,没有任何东西能给手下,甚

亚瑟王

至连一间可供他们用餐的厅堂都没有,但他们却毫不计较。他们是好人,效忠于我。同我一样,当特雷贝斯岛被攻陷时,他们也将带不走的东西统统留下了。同我一样,他们身无分文,然而却没有一人抱怨。卡文仅是轻巧地说,既然士兵去掠取他人,那么也得承受自己的损失。伊撒来自农家,是个出色的枪兵,他想将我之前给他的一个黄金小项圈还给我。他说,首领都没有戴金项圈,那一个枪兵又怎么能戴呢。但我不肯接受,于是伊撒就将项圈作为信物送给了他从贝诺克带回来的一个女孩儿。第二天女孩就和一个流浪神父以及他的那群妓女一块儿跑了。乡间到处都是这种云游基督徒,他们称自己是传教士,几乎每个人身边都跟着一群女性信徒。这些女人应该是基督教仪式的助手,但有传言,她们实际的作用是色诱人来皈依新教。

亚瑟把紧挨杜诺维瑞阿北面的一座大厅给了我。这大厅并不属于我,而是一个孤女吉拉德所继承的财产,亚瑟将我指定为她的保护者。这样的情况下,往往是以孩子的毁灭和保护者的富有告终。吉拉德刚满八岁,如果我愿意,可以娶她,霸占她的财产,或者将她嫁给一个愿意出钱买新娘和土地的男人,但我却依照亚瑟所希望的,依靠吉拉德的地租为生,让她平安地长大。即使如此,她的亲戚们仍然对我的指派提出了抗议。就在从特雷贝斯岛回来的那周,我在吉拉德的大厅中待了才两天,便有她的一位基督徒叔叔向杜诺维瑞阿的最高行政官——基督徒纳布提出申诉,反对委任我。他声称吉拉德的父亲在死前曾向他许诺,让他成为女孩的监护人。我能保下亚瑟的馈赠,仅仅是因为我的长枪兵包围了执政厅。他们全副武装,枪尖锃亮。他们的到场从某种意义上让那位叔叔和他的支持者不再坚持他们的控诉。镇上的卫兵被召来,但只需看一眼我这些身经百战的士兵,就会明白也许在别处有些更值得一做的事情。纳布抱怨我们这些归国老兵在一个和平的镇子里谋财害命,但我的对手并没有在法庭上现身,所以他只能裁决我胜诉。后来我听说那位叔叔早已贿赂纳布让他做出相反的裁决，但现在他连那笔贿赂金都拿不回去了。我指派了一位叫伊斯坦的手下——他在贝诺克树林中的一场战役中失去了一只脚——做吉拉德的管家，他同这位女继承人以及她的地产一样，欣欣向荣，成功发达了。

之后过了一周，亚瑟传唤我。我见他时，他正在宫殿大厅中与格温薇儿共进午餐。他令人取来一把椅子和更多的食物。外面的庭院中挤满了请愿者。"可怜的亚瑟，"格温薇儿说道，"他一回家，每个人突然之间就开始抱怨自己的邻居或是要求减租。他们为什么不去找地方法官？"

"因为他们没钱去贿赂那些人。"亚瑟说。

"或者是没权力让头戴铁盔的人包围执政厅？"格温薇儿补充道，微笑表示她对我的行为没有任何不赞同。她绝不会不赞同，因为她和身为王国基督教派系领袖的纳布是宿敌。

"那是我手下自发的支持举动。"我平静地说，亚瑟大笑起来。

那一餐宾主尽欢。我很少能与亚瑟及格温薇儿单独相处，然而一旦如此我总能看出，她让他心满意足。她拥有一种他缺乏但喜爱的尖刻机智，而且正如他所喜爱的那样，她会温和地使用这种机智。她奉承亚瑟，但也会给予他好的建议。亚瑟总是看到人们最好的一面，他需要格温薇儿的怀疑主义来平衡这种乐观主义。自从上一次我与她这么靠近之后，她看上去完全没有变化，不过那双女猎手般的绿眸之中似乎新添了一丝精明。我看不出她有任何怀孕的迹象：浅绿色裙子覆盖着她平坦的小腹，金色流苏绳做腰带，松松地挂在腰间。她的颈上挂着她的纹章挂坠——头顶月冠的牡鹿，另外还戴着亚瑟自德罗寇布法斯送给她的太阳辐射形状的沉重撒克逊项圈。我将这枚项圈呈给她时，她曾不屑一顾，但现在却骄傲地佩戴着。

那天午餐时进行的话题大多很轻松。亚瑟想知道今年夏天为何乌鸫与画眉都不再鸣唱，但我们都没有答案，也无法告诉他马丁鸟和燕子冬天都去了哪儿，虽然梅林有次曾告诉我，这些鸟儿都去了北方荒野中一个巨大的洞穴，它们在那里挤成一大团一大团的毛球睡去，直到春日来临。格温

亚瑟王

薇儿追问我梅林的事,我以自己的生命向她起誓,这位德鲁伊真的已经回到了不列颠。"他去亡者之岛了。"

"你说他去哪儿了?"亚瑟惊愕地问。

我解释了妮慕的事,顺便感谢格温薇儿为将我朋友从桑森的复仇中营救出来所做的努力。

"可怜的妮慕,"格温薇儿说,"但她是只凶猛的生物,不是吗?我喜欢她,可我觉得她并不喜欢我们。我们都太微不足道了!而且我也没能引起她对艾西斯的兴趣。她告诉我,艾西斯是一位外来的女神,然后便像只小猫一样吐着口水,念念有词地向玛纳怀登祈祷起来了。"

格温薇儿提到艾西斯时,亚瑟并没有任何的反应,我猜想他已经不再惧怕这位陌生的女神了。"我希望我能更了解妮慕。"他说道。

"你将来会的。"我说,"等梅林把她从死亡中救回来的时候。"

"如果他做得到。"亚瑟半信半疑,"从来没人从岛上回来。"

"妮慕会的。"我固执地说。

"她非同寻常。"格温薇儿说,"如果有任何人能在岛上幸存,那一定是她。"

"还有梅林帮忙呢。"我补充道。

午餐快结束时,我们的话题才转到了特雷贝斯岛,即使是亚瑟,也小心翼翼地避开了兰斯洛特的名字。他表示很后悔没有合适的礼物,可以奖励我的努力。

"回家就是最好的奖励,王子殿下。"我还记得使用这个格温薇儿喜爱的称谓。

"至少让我给你个头衔,"亚瑟说,"从今以后,您就将被称为德瓦阁下,德瓦阁下。"

我哈哈大笑,并不是因为不知感恩,而是这领主头衔的奖励对我所成之事来说,太过了。我当然也很骄傲,能被称为"阁下"之人,是国王、王子、部族首领，或者是享誉一方的战士。我迷信地碰了碰海威贝恩的剑柄，这样是为了让我的好运不被骄傲腐坏。我的举动让格温薇儿大笑起来，并不是恶意的嘲笑，只是为我而高兴，而亚瑟——他最爱看到别人快乐——更是为我俩高兴。他那天兴致也很高，但他的快乐总是比别的男人要安静些。在他刚回到不列颠那段时间里，我从没见过他喝醉，从没见过他喧哗，从没在战场以外的地方见过他失去自制力。他的这种沉静让一些人不安，害怕他会读出他们的灵魂，但我认为那种冷静源自于他想要与众不同的渴望。他希望别人仰慕他，同时也喜欢以慷慨回应。

等候的请愿者发出了越来越大的吵闹声，亚瑟想到那些等着他去做的工作，便叹了口气。他推开酒杯，抱歉地看了我一眼。"您该去休息了，阁下。"他故意用我的新头衔来讨好我，"唉，但我很快就会要求您带着长枪北上。"

"我的长枪属于您，王子殿下。"我尽责地回答。

他用手指在大理石桌面上画了一个圈。"我们被敌人包围了，"他说，"但真正的危险是波伊斯。高菲迪特集结了不列颠历史上最庞大的一支军队。那支军队很快就会南下，而图锥克国王恐怕并不愿迎战。我必须派尽可能多的兵力跟我进入格温特，维护图锥克政权的稳定。凯能对抗凯杜伊，迈尔沃斯必须全力抗击策尔迪克，而我们剩下的人都得去格温特。"

"阿尔怎么办？"格温薇儿意味深长地问。

"他不会出兵的。"亚瑟说。

"他只听出价最高的人，"格温薇儿说，"而高菲迪特很快就会抬高价格了。"

亚瑟耸了耸肩。"我不能同时面对高菲迪特和阿尔，"他轻轻地说，"要扛住阿尔的撒克逊人至少需要三百兵力，注意，还不是打败，仅仅是扛住。可缺了这三百兵力，格温特的仗就会输。"

"高菲迪特知道这一点。"格温薇儿指出。

亚瑟王

"所以呢，亲爱的，你让我怎么办？"亚瑟问她。

但格温薇儿也没有更好的办法，亚瑟的解决方法就仅仅是祈祷与阿尔之间那脆弱的和平能持续下去。我们给过撒克逊王一车黄金，但王国中已没有黄金，我们付不出更多的钱了。"我们只能希望格兰特能抵挡住他的进攻，"亚瑟说，"直到我们摧毁高菲迪特。"他将座椅推离餐桌，微笑看着我。"卢纳莎节前休养生息，德瓦阁下，"他对我说，"然后一等粮食收割，你就和我一起去北面。"

他击掌召唤仆人前来清理餐桌，并传唤等候的请愿者们进入。在仆人们繁忙劳作的时候，格温薇儿向我招了招手。"我们能谈谈吗？"她问。

"当然可以，殿下。"

她取下沉重的项圈，递给了一名奴隶，随后带领我步上一段石阶，来到了一扇敞开的大门前。大门通向果园，她的两只猎鹿犬正在那儿等候她。黄蜂在落下的果实间嗡嗡作响，格温薇儿命令奴隶们清理掉那些腐烂的水果，以便我们能畅通无阻地行走。她喂了猎犬一些午餐剩下的鸡，十几名奴隶用他们的长袍兜住那些被浸湿摔伤的水果，急急忙忙地跑开，期间还有人被蜜蜂蛰到。最后，剩下我们两人独处。果园里到处竖着柳木板搭成的棚子，在卢纳莎那天的盛大宴会中人们将用鲜花来装饰这些木棚。"看上去很漂亮——"格温薇儿说的是这个果园，"但我希望自己正身处林第尼斯。"

"明年您就能去了，殿下。"我说。

"到那时，那里已经是一片废墟了。"她尖刻地说，"你还没听说吗？甘德利亚斯洗劫了林第尼斯。他没有占领卡丹城堡，但他毁了我的新宫殿。那是一年前的事情了。"她露出痛苦的表情。"我希望夏夏让他无比痛苦，但我对此深表怀疑。她是个平淡无趣的小东西。"树叶间透下的阳光照亮了她的一头红发，在美丽的脸上投下深深的阴影。"我有时候希望自己是个男人。"她的话让我十分惊讶。

"是吗?"

"你知道等候消息有多难熬吗?"她激动地说,"再过两三周,你们就会北上,而我们只能等待。等了又等。等着消息——阿尔会不会打破誓言,高菲迪特的军队到底有多么强大。"她停了一下。"为什么高菲迪特在等待?为什么他不现在就进攻?"

"他的士兵都忙着收割,"我说,"为了收获,一切都得停下。他的人会先确保自己的收成,再来抢夺我们的。"

"我们能阻止他们吗?"她突然问我。

"战场上,殿下,"我说,"并不是能不能做到的问题,而是必须做到。我们必须阻止他们。"或者死,我冷酷地想道。

她安静地走了几步,将兴奋的狗赶离脚边。"你知道人家是怎么说亚瑟的吗?"过了一会儿,她问。

我点了点头。"他们说,他应该逃去布罗塞利昂,将王国直接拱手让给高菲迪特。他们说,这场战争已经输了。"

她看着我,一双大眼睛让我不敢直视。那一刻,与她如此靠近,独处于这座温暖的花园,被她精妙的香味所吞噬,我明白了为什么亚瑟愿意为这个女人赌上整个王国的和平。"但你会为亚瑟而战吗?"她问我。

"至死不渝,殿下。"我说,"也为了您。"我尴尬地补充道。

她笑了:"谢谢你。"我们走过一个转角,向罗马墙角边一块石头中涌出的小喷泉走去。清泉流淌,灌溉着果园,在长满青苔的石头上有一个小壁龛,有人在其中放上了叠起的祈愿丝带。格温薇儿提起苹果绿长裙的金色滚边,跨过了小水流。"在王国中,有一个莫德雷德党。"她告诉我,重复了白德文主教在我回来那晚对我说过的话,"他们大多是基督徒,都祈祷亚瑟战败。如果他真的战败,毫无疑问,那些人就会卑躬屈膝地去讨好高菲迪特。如果我是个男人,德瓦·卡丹,三颗脑袋将滚落我的剑下——桑森,纳布还有莫德雷德。"

亚瑟王

我毫不怀疑她的言语。"但如果桑森和纳布就是莫德雷德党所能推举出来的领袖，殿下，"我说，"那亚瑟完全不用担心他们。"

"还有迈尔沃斯王，我想。"格温薇儿说，"谁知道还有多少？王国里几乎每一个流浪的神父都在散布瘟疫，问人们为何要为亚瑟而死。我想砍下他们每一个人的头，但叛徒不会轻易暴露自己，德瓦阁下。他们在黑暗中等待，趁你望向别处时偷袭。然而，若亚瑟战胜了高菲迪特，那他们就会高歌他的丰功伟绩，假装他们一直以来都是他的支持者。"她吐了口口水，驱赶奸邪。"跟我说说兰斯洛特国王的事情。"她突然转了话题。

我有一种感觉，我们终于谈到了这次在苹果与梨树下散步的真正主题。"我对他并不了解。"我推诿道。

"昨晚，他说了许多你的好话。"她说。

"是吗？"我半信半疑。我知道兰斯洛特和他的同伴现在还居住在亚瑟的家中，我之前还担心在午餐时碰见他，后来发现他不在才松了口气。

"他说你是位伟大的战士。"格温薇儿说。

"很高兴知道，"我刻薄地说，"他有时候也会说实话。"我估计兰斯洛特已经调整风向，打算通过称赞亚瑟的朋友来赢得亚瑟的好感。

"也许，"格温薇儿说，"经历了特雷贝斯岛战败这样的磨难，战士们最终都会发生口角。"

"磨难？"我粗暴地打断，"殿下，我看见他离开贝诺克，却不记得看见他经历任何磨难——最多就是离开时手上的那条绷带罢了。"

"他不是个懦夫。"她温柔地强调，"他的左手戴着这么多的战士指环，德瓦阁下。"

"战士指环！"我嘲讽地说道，从自己的腰包里掏出了一大把这玩意儿。我现在已经有太多指环了，根本就不屑再做。我让指环散落在果园的草地上，惊得两只猎犬纷纷抬头，不安地看着自己的女主人。"任何人都能找到战士指环，殿下。"

格温薇儿盯着那些落下的指环，将一枚踢到旁边。"我喜欢兰斯洛特国王。"她不服气地说，以此来警告我不要再说出任何轻蔑言语，"我们必须照顾他。亚瑟觉得我们有负于贝诺克，我们在面对它的幸存者时，至少应该心怀尊重。我希望你能好好对待兰斯洛特，为了我。"

"好的，殿下。"我顺从地说。

"我们必须得为他找一个富有的妻子，"格温薇儿说，"他必须拥有土地，必须有士兵供他指挥。我觉得，德莫尼亚是幸运的，他在我们的海岸靠了岸。我们需要优秀的士兵。"

"我们的确需要，殿下。"我附和道。

她注意到了我语气中的讽刺意味，皱了皱眉头，但尽管我满怀敌意，她还是坚持说出了邀请我来这个私密果园谈话的真正原因。"兰斯洛特国王，"她说，"希望成为密特拉教的一员，亚瑟和我不希望有人反对他。"

信仰被如此轻视让我怒火中烧。"殿下，密特拉教，"我毫不留情面地说，"是勇士们的宗教。"

"德瓦·卡丹，即使是你，也不需要更多的敌人。"格温薇儿同样冷冷地回答。我明白了，如果我不让兰斯洛特实现愿望，她就会成为我的敌人。我想，毫无疑问，格温薇儿会对每个可能反对兰斯洛特加入密特拉神殿的人，传递出相同的信息。

"冬天之前什么都不能做。"我避开了正面回答。

"但确保这件事能够完成。"她边说边推开大厅门，"谢谢您，德瓦阁下。"

"谢谢您，殿下。"我跑下通往大厅的台阶，满腔怒火。十天！我想，才十天，兰斯洛特就让格温薇儿成为了他的支持者。我咒骂着，发誓在我看见兰斯洛特进入密特拉洞穴、于公牛鲜血淋漓的脑袋下用餐之前，我就要去做个可悲的基督徒。在我被选中侍奉密特拉之前，我打破了三道撒克逊盾墙，我杀死的敌人的尸体，可以将海威贝恩埋到只剩剑柄；但兰斯洛特所做的只不过是自吹自擂、装腔作势。

我进入大厅时，白德文正坐在亚瑟身旁。他们正在听请愿者的述说，但白德文离开高台，将我拉到了大厅门边的一个安静角落。"我听说你现在是位领主了，"他说，"恭喜。"

"没有土地的领主。"我语带苦涩，还为格温薇儿那出格的要求而闷闷不乐。

"胜利之后就会有土地。"白德文对我说，"战争之后就会有胜利，而战争，德瓦阁下，今年您绝对不会缺的。"他突然停下，大厅的门被推开，兰斯洛特和他的追随者们鱼贯而入。白德文向他鞠躬示意，我只是点了点头。贝诺克之王看见我似乎很惊讶，但没有说什么，只是走过去坐在了亚瑟命人取来的第三把椅子上。"兰斯洛特现在也算是议会的成员了吗？"我愤怒地问白德文。

"他是位国王，"白德文耐心地说，"总不能我们坐着，让他站着吧。"

我注意到贝诺克国王的右手上还绑着一条绑带。"国王的伤是不是意味着，他不会和我们一起出征？"我不悦地说。我差一点就告诉白德文，格温薇儿命令我们将兰斯洛特选为密特拉成员的事情了，但想了想，还是决定稍后再告诉他这个消息。

"他不会和我们一起去，"白德文确认道，"他会留在这里，作为杜诺维瑞阿的驻军总指挥。"

"作为什么？"我的声音太大，太气愤，以致亚瑟在椅中转过身，想看看我们这里的骚动是怎么回事。

"如果兰斯洛特国王的人能保护格温薇儿和莫德雷德，"白德文的声音听上去有点疲倦，"那兰瓦和里沃奇的人就能去对抗高菲迪特了。"他犹豫了片刻，瘦弱的手搭在我的手臂上。"还有一件事我要告诉你，德瓦阁下。"他的嗓音低沉而轻柔，"梅林上周在怀君岛。"

"和妮慕在一起？"我急切地问。

他摇了摇头。"他没有去找她,德瓦。他去北面了,但我们不知道他具体去了哪里,又为什么要去。"

我左手上的伤疤抽动着。"妮慕呢?"我虽然开口问,但却害怕听见答案。

"还在岛上,如果她还活着的话。"他顿了顿,接着说,"我很遗憾。"

我望着下方拥挤的大厅。梅林难道不知道妮慕的事吗?难道他宁愿让她和死人们待在一起?虽然我很爱梅林,但有时我觉得他是世界上最残酷的人。如果他去了怀君岛,那一定已经知道妮慕被囚禁的地方,而他却什么事情也没做。他将她留给了亡者们。突然之间我心中的恐惧发出尖叫,就如同特雷贝斯岛濒死孩童的哭喊声。那几秒,我浑身发冷,无法动弹或开口,随后我看向白德文。"如果我回不来的话,加拉哈特会率领我的人北上。"我告诉他。

"德瓦!"他抓紧我的手臂,"从没有人从亡者之岛上返回。从来没有!"

"这有关系吗?"我问他。如果德莫尼亚沦陷,那一切还有什么关系?而且我知道妮慕并没有死,因为我手上的伤疤还在跳动。若是梅林不在乎她,我在乎。我更在乎妮慕,而不是高菲迪特或阿尔,或是兰斯洛特想要加入密特拉教那卑鄙的野心。我爱妮慕,即使她永远不会爱我。而且我曾以此伤疤起誓,要成为她的保护者。

那意味着我必须去梅林不愿去的地方。我必须去亡者之岛。

亡者之岛就在杜诺维瑞阿南面十英里处,一个上午的悠闲散步便可到达。然而就我所知,那座岛也可说是远在月亮之上。

我知道那其实并不是一个岛屿,它是一个灰石半岛,位于一条狭长堤道的尽头。罗马人在岛上采石,但我们不会采石,只是直接用他们留下的建筑石料,所以那些采石场都关闭了。亡者之岛也没有居民,它成为了一

亚瑟王

座监狱,横跨堤道建起了三道墙,墙上布置了守卫,我们将犯罪者送往那儿。后来我们又送去了另一些人——那些失去理智、不能在我们当中平静生活的男女。他们都是有暴力倾向的疯子,被送往了疯狂的国度。那里没有正常人,这样那些疯子被魔鬼侵蚀的灵魂就不会威胁到生者了。德鲁伊宣称亡者之岛是黑暗残废的神祇——矿顿——的领土,基督徒则说那里是邪魔在人间的据点,但双方都认同,被送进那些墙里的男女都迷失了灵魂。即使他们的身体还活着,但灵魂实际已死亡;而当他们的身体死去时,魔鬼和邪灵将被困在岛上,再也不会返回纠缠生灵。疯子的家人会将他们带去岛上,在第三道墙处将他们放进等待在堤道尽头的那未知的恐惧。随后,回到大陆后,家庭成员会为他们失去的亲人举行葬礼宴会。不是所有的疯子都会被送去岛上。有一些人被神所碰触,所以是神圣的,而另一些家庭则会把疯了的亲人关起来,就像梅林将佩里诺关在栏中一样。但当疯子被邪恶的神灵侵蚀,他们就必须被送到岛上来。

　　海浪拍打着半岛,激起白色浪花。岛靠近海的那头,即使在最平静的气候下,都有一个大漩涡,海水在其中沸腾翻涌,那漩涡之下正是库堑之穴,通往彼世。海水喷涌而出,海浪永无止境地击打,标志出了洞穴恐怖的隐藏入口。没有渔民敢靠近那大漩涡,任何被吹到那翻搅之处的船只都有去无回。船会沉没,船员则被吸入漩涡,成为彼世的阴影。

　　我前往半岛的那天,阳光灿烂。除了海威贝恩,没有带其他武器,因为任何人类制作的盾牌或胸甲都不能保护我免受岛上恶灵与魔鬼的伤害。我带了一袋水和一袋燕麦饼做补给品,戴着夏汶的胸针,还在绿色披风上别了一串大蒜,作为护身符对抗岛上的恶魔。

　　我经过大厅,这里正是葬礼宴会举行的地方。穿过大厅之后的道路两旁排列着骨骸,有人类的,也有动物的,警告着轻率的访客,他们正在靠近死者的国度。我的左边是大海,右边是黑暗的咸水沼泽,没有鸟儿在其中歌唱。沼泽之后,一片鹅卵石海滩沿着蜿蜒的海岸线延伸,作为堤道,连接起了半岛与大陆。通过鹅卵石海滩去岛上要绕好几英里的远路，所以大多数行人都会走骨骸路，然后在一个腐烂破旧的木码头搭渡船去海岸。码头附近有一大片守卫们住的木屋，大多数守卫都在鹅卵石海滩巡逻。

码头上的守卫都是些老人或受伤的退伍老兵，他们与家人一起住在这些木屋中。他们看见我走近，便用生锈的长枪挡住了我的去路。

"我是德瓦领主。"我说，"我要求通行。"

守卫长——一名衣衫褴褛、穿着古早铁胸甲和发霉皮头盔的人——向我鞠躬。"我并没有权力阻止您通行，德瓦大人，"他说，"但我不能让您回来。"他的手下张大嘴看着我，不敢相信竟然有人自愿前去岛上。

"那我就过去了。"我说。枪兵们让出道路，守卫长大声叫他们准备好摆渡小船。"有很多人从这里经过吗？"我问他。

"有一些。"他说，"有些人不想活了，有些人觉得他们可以统治一个疯子的岛。极少有人活到能回来求我放他们出去的时候。"

"你放他们出去吗？"我问。

"不。"他冷酷地说。他看着手下从一个小木屋中取出船桨，然后冲我皱起了眉头。"你确定吗，大人？"他问。

"我确定。"

他很好奇，但不敢问我。他扶我走下码头打滑的台阶，进入涂着沥青的小船。"桨手会带您到第一道门，"他告诉我，然后顺着堤道，指向狭长海峡的远处，"随后您会到达第二道墙，最后在堤道尽头会有第三道墙。这两面墙没有门，只有阶梯。您大概不会在这两面墙之间碰上那些已死的灵魂，但之后呢？只有诸神知道了。您真的想要进去吗？"

"你从不好奇吗？"我问他。

"我们可以带食物和疯子进去，但最远也只能走到第三面墙，我没有更加深入的打算。"他严肃地说，"我会在自己的时间步上宝剑之桥，前往彼世，大人。"他冲堤道抬了抬下巴。"库堑之穴就在岛上，大人，只有蠢

亚瑟王

货和绝望的人才会在时间未尽之前寻死。"

"我有自己的原因。"我说,"而且我会在这个生者的世界中再次见到你的。"

"如果您过了这片海,就不会了,大人。"

我盯着堤道墙后若隐若现、绿白相间的岛的倾斜轮廓。"我曾经身陷死人坑,"我对守卫长说,"我从那里爬了出来,我也会从这里爬出来的。"我从口袋中掏出一枚硬币,给了他。"等时候到了,我们再讨论我的离世。"

"一旦您渡过海峡,"他再次警告我,"您就是个死人了。"

"死亡不知如何带走我。"我愚蠢地虚张声势,然后命令桨手带我穿越漩涡海峡。没划几下,船便在倾斜的泥滩靠岸了。我们来到第一道墙的拱门前,两名桨手抬起了门闩,拉开门,站在一旁,让我通过。一道漆黑的门槛分割开了这个世界与彼岸世界,只要跨过那道黑色的木板,我便被视为死人。有那么一瞬间,恐惧让我一度驻足,但随后还是跨了过去。

大门在身后重重地关上。我颤抖起来。

我转身仔细查看这面墙的内侧。墙有十英尺高,光滑的石块整齐地堆成这面屏障,它像所有罗马人的工艺品一样制作精细,白色的表面没有一处可以攀爬的突起。墙的顶端是用头骨排成的鬼墙,为了将死去的灵魂挡在生者的世界之外。

我向诸神祈祷,向我的守护者贝尔祈祷,又向以前救过妮慕的海神玛纳怀登祈祷,接着便沿堤道向挡住道路的第二面墙走去。这面墙制作粗糙,石块被海水打磨得无比光滑,像第一道墙一样,顶端有一排人的头骨。我越过墙,走下阶梯。我的右边是西面,大浪击打着鹅卵石;我的左边,太阳在平静的海湾洒下阴影,有几艘渔船正在海湾中劳作,但它们都离岛很远;我的面前是第三道墙,没有男人或女人等候在那里。海鸥在我头顶上高飞,在西风中绝望地鸣叫。堤道两旁的涨潮线处都是深色的海藻。

我害怕了。自从亚瑟回到不列颠,我在战场上面对过无数的盾墙和数不尽的敌人,然而没有一场战斗——即使是燃烧的贝诺克——让我感觉到害怕,如同有一阵寒冷紧紧拽着我的心脏。我停下脚步,转身盯着德莫尼亚柔软的绿草山丘,东岸的小小渔村。现在回去,我想,回去!妮慕已经在这里整整一年了,如果有人在亡者之岛生存这么久,他们一定野蛮而强大。即使我找到她,她也已经疯了。她不能离开这里。这里是她的王国,死者的国度。回去,我催促自己,回去,但左手的伤疤又跳动起来,我告诉自己妮慕还活着。

一阵嘎嘎的号叫让我吓了一跳。我转身,看见一个衣着褴褛的黑色身影在第三面墙的顶上跳跃,然后又消失在墙的另一面。我向诸神祈祷,愿他们赐予我力量。妮慕一直知道自己会经历智者三伤,而我左手的伤疤是她为了确保我会帮助她度过劫难的凭证。我继续向前走。

我登上第三面墙,这面墙也由光滑的灰石组成,一段粗糙的阶梯向下通往岛内。在阶梯的最下方有一些空篮子,生者以此来为他们死去的亲人送面包和腌肉。那褴褛的身影已经消失,我所能见的只有上方高耸的山丘和两侧各长有一丛荆棘的石路,石路通向岛的西侧,在那儿的山脚下有一些废墟。岛很大,从第三面墙走去岛南端的大海,需要步行两个小时;从岛的西岸到东岸,翻越石山的山脊,也需要同样的时间。

我沿着路走。荆棘丛中的水草被风吹得沙沙作响。一只鸟冲我尖叫,随后便展开白色的翅膀猛地冲上了阳光明媚的天空。道路转弯,我冲着旧镇直直地走去。那是一个罗马小镇,但不似格兰温或杜诺维瑞阿,这里不过是采石场奴隶居住的一些低矮肮脏的石屋。屋顶粗粗地盖着些散木和海草,即使对死者来说也太破烂了。我担心镇里会有些什么,所以脚步踌躇起来。突然,一个示警的声音响起,从矮树丛中飞出一块石头,砸在我左边的道路上。那声警告让一群衣不遮体的生物跑出小屋,来看是谁靠近了

亚瑟王

他们的居所。这群人里有男有女,大多穿着破布,但其中一些人将破布穿得高贵优雅,像全世界最伟大的君王那样朝我走来,头上还戴着海草编成的王冠。一些人手持长枪,几乎所有人都攥着石头。还有一些人赤身裸体。他们中有孩子,幼小、野性而且危险的孩子。一些成年人不受控制地颤抖,另一些抽搐痉挛,但所有人的眼睛都发亮了,用一种饥饿的眼神看着我。

"一把剑!"一个大块头说道,"我要那把剑!一把剑!"他慢吞吞地向我靠近,他的跟随者赤脚跟随。一个女人猛地扔了块石头,突然间他们都开始兴奋地尖叫,因为有一个新的灵魂可供他们掠夺。

我拔出海威贝恩,但没有一个男人、女人或是孩子被它的长刃所吓退。于是我逃跑了。一名战士从死者面前逃跑并不是什么耻辱的事。我沿着路往回跑,一阵石块噼里啪啦地落在我的脚后跟,一只狗跳上来咬我的绿披风。我用剑将那畜生打倒,在转向的地方跳出道路,朝右边奔去,劈开荆棘和矮树,一直跑到了山腰。一个东西跳到了我的面前,一个赤裸的东西,有一张人的脸和一具满是毛发与泥土的野兽身躯。这东西的一只眼睛是流着脓的烂疮,嘴是一个洞,里面只有腐烂的牙龈,它挥舞着爪子般的手朝我冲来,手上的指甲长得像钩子。海威贝恩挥了出去,剑刃明亮闪光。我在恐惧中尖叫,确定自己正面对着一个岛上的恶魔,但我的本能依旧犀利如剑刃,海威贝恩切进了那野兽长着皮毛的手臂,砍进了它的头盖骨。我跳过它的尸体,爬上山丘,注意到一大群饥饿的人正追着我爬了上来。一块石头打中了我的后背,另一块打在了身旁的石头上。我拼命向上爬,在一堆采石场的石柱和平台之上攀爬,直到找到了一条狭窄的小路,它像特雷贝斯岛的道路一样,绕着山丘崎岖的侧面盘旋而上。

我走上小路,转过身面对追兵。他们停下来观察,小路很窄,只能让他们一个一个面对我,最终他们被剑吓退了。那大块头不怀好意地看着我。"好人,"他用诱骗的声音说,"下来,好人。"他举着一枚海鸥的蛋引诱我。"过来，吃！"

一个老女人掀起了她的裙子，冲我露出了她的下身。"快过来，我的爱人！过来，我的宝贝。我知道你会来的！"她开始撒娇。一个孩子大笑起来，冲她扔了块石头。

我离开了这群人。有一些顺着小路跟着我，但过了一会儿他们就厌烦，回去了他们可怕的居住地。

小路在天空与大海之间不断向前，每隔一段便会被一个古老的采石场打断，罗马人的工具在成堆成堆的石块上留下印记。但经过那些采石场之后，小路又会在百里香和荆棘灌木丛中重新出现。我一路上都没有见到一个人，直到突然间有个声音从一座小采石场里传来，向我打招呼。"您看上去不疯。"那声音怀疑地说。我转身，举起剑，在一个矿洞口看见了一个披着黑斗篷的男人，他温文儒雅，以严肃的目光凝视着我。他举起一只手。"拜托了！不要使用武器。我的名字是墨德林，如果您心怀善意而来，我向您致意，陌生人；若是您心怀歹意，我恳求您放过我们。"

我擦掉海威贝恩上的血，将它插回剑鞘。"我没有恶意。"我说。

"您是新来岛上的吗？"他小心翼翼地靠近我。他长着一张讨人喜欢的脸，皱纹很深，看上去有些忧郁，他彬彬有礼的举止让我想到白德文主教。

"我刚到不久。"我回答。

"那毫无疑问，您定是被门口的那些乌合之众追赶了。我为他们向您道歉，虽然天晓得我可没有办法代表那群食尸鬼。他们把每周的面包都拿走，然后让我们剩下的人拿钱去买。很神奇吧，不是吗？即使在这么个失落之地，我们还是会分成不同的阶级。这里有统治者，有强者和弱者。有些人梦想在大地上建立乐园，而这些乐园的第一个必要条件——至少我这么认为——就是必须不受法律的约束。但我怀疑，我的朋友，任何地方如果不受法律的约束，那么它与其说是天堂，还不如说更像这个岛。我是否

亚瑟王

有荣幸知道您的名字?"

"德瓦。"

"德瓦?"他思考着皱起了眉头,"一名德鲁伊的仆人?"

"曾经是的。现在我是一名战士。"

"不,你不是,"他纠正我,"您是个死人。您已经来到了亡者之岛。请进来坐坐。这里不怎么样,但却是我的家。"他向矿洞里指了指。两块简单加工过的石头充当了桌椅,一块布——也许是从海里捞来的——半遮着他睡觉的地方,我瞥见里面有一张干草铺成的床。他坚持让我在小石块上坐下。"我可以招待您一些雨水,"他说,"和五天前的面包。"

我在桌上放下了一块燕麦饼。墨德林显然很饿,但他抗拒着抢去饼干的冲动。他拔出一把小刀,将燕麦饼切成两半。小刀很锋利,看得出经常被打磨。"也许会听上去不知好歹,"他说,"但我从来不喜欢吃燕麦。我更喜欢吃肉,新鲜的肉,但我还是要谢谢您,德瓦。"他跪在我的对面吃完了燕麦饼,仔细地擦去唇边的碎屑后,站起身,靠在洞壁上。"我母亲以前会做燕麦饼,"他告诉我,"但她做的更硬。我怀疑她没有好好地去皮。刚刚那个非常美味,现在我要改变对燕麦的看法了。再次感谢您。"他鞠躬。

"你看上去不疯。"我说。

他笑了。他是个中年男人,长相引人注目,双眼透露出智慧,白色的胡子看得出修剪过的痕迹。洞穴墙壁上靠着一把小树枝扎成的扫帚,他应该就是用它将地面打扫整洁的。"并不只有疯子被送到这里,德瓦,"他反驳道,"有些人将想要惩罚的正常人也送到这里来。唉,我得罪了乌瑟。"他悲伤地顿了顿。"我是名顾问,"他继续说道,"甚至曾经是一个伟大的人,但我告诉乌瑟他的儿子莫德雷德是个蠢货,于是便被送到了这里。但我是对的,莫德雷德愚不可及,十岁时他就是个废物。"

"你来这里很久了吗?"我惊讶地说。

"哦，是的。"

"你怎么生存下来的？"

他不以为然地耸了耸肩。"那些守着门口的食尸鬼觉得我会魔法。我威胁他们，如果侵犯我，我便会恢复他们的神智，所以他们把我照顾得好好的。他们疯了才比较快乐，相信我。任何在岛上的正常人都希望自己是个疯子。而您，我的朋友德瓦，我能问问您为什么要来这里吗？"

"为了找一个女人。"

"哈！我们有许多女人，而且大多数都毫无羞耻之心。这样的女人，我相信，也是人间乐园的一大要素，然而，事实却不尽然。她们虽然放荡，却很肮脏，与她们对话沉闷至极，从她们身上获得的快乐只是暂时的，但很令人羞愧。如果您在找这样的一个女人，德瓦，那您会在这里找到很多。"

"我在找一个叫妮慕的女人。"我说。

"妮慕，"他皱着眉头，试图回忆，"妮慕！是的，我现在想起来了！一个深色头发的独眼女孩儿。她去海民那里了。"

"淹死了？"我惊骇地问。

"不，不。"他摇头，"您要知道，在岛上我们有不同的族群。您已经遇见过守门食尸鬼了。我们这些生活在采石场中的人是隐士，我们这一小群人更希望独处，所以生活在岛这面的山洞中。再远一点生活着野兽，您可以想象他们的样子。在岛的南端生活的就是海民，他们用头发作线、荆棘作钩来捕鱼。我必须承认，他们是岛上族群中最得体的一群人，不过也很好斗。他们之间常常互相争斗。你看见我们这里的东西了吗？生者之地的人提供给了我们生存需要的一切，除了宗教信仰。不过我们这儿的住民倒是有一两个相信自己是神。谁又能否认他们呢？"

"你没试过离开？"

"试过，"他伤感地说，"很早以前。有一次我试图游过海湾，但他们

亚瑟王

监视着我们,脑袋上来一枪,能很有效地提醒我们不要离开这个岛。我在他们冲我掷枪前就返回了。试图那样逃跑的人大多数都淹死了。有一些沿着堤道跑了,也许其中的几个真的回到了生者当中,但首先他们得经过守门的食尸鬼。如果过了那一关,还得躲开守在海滩上的守卫。你经过堤道时看见那些头骨了吗?那些都是想要逃跑的男女。可怜的灵魂们。"他陷入沉默,有那么一秒,我觉得他要哭了。过了一会儿,他轻快地站直身子。"我在想什么呐?我是多么不知礼数!我必须得招待您喝水。看到了吗?我的蓄水箱!"他骄傲地指向一个放在洞口外的木桶,那可以在暴雨天接住从采石场顶部边缘落下的雨水。他用长柄勺在两个木杯里装满了水。"木桶和勺子是从一艘失事的渔船上得来的。什么时候呢?我想想……两年前了。可怜的人!三个男人和两个男孩。一个人想游出去,但淹死了,还有两个死在了一次塌方中,两个孩子被带走了。你可以想象他们发生了什么事!虽然岛上有很多女人,但一个少年渔民的干净身体可是很珍贵的享受。"他将杯子放在我面前,摇了摇头,"这是个可怕的地方,我的朋友,您来这里是个愚蠢的决定。还是说,您是被送来的?"

"我自己决定来的。"

"那不管怎么样,看来您的确属于这里,因为您真的疯了。"他喝着他杯中的水。"请您跟我说说,"他说,"不列颠的近况。"

我告诉了他。他已经听说过乌瑟的死和亚瑟的归来,但其他就一无所知。我告诉他莫德雷德国王是个残废时,他皱起了眉头,但听到白德文还健在时,他又高兴了起来。"我喜欢白德文。"他说,"应该说曾经喜欢。我们在这儿必须学会把自己当作死人那样,用过去时说话。他一定已经老了吧?"

"没梅林那么老。"

"梅林还活着?"他惊讶地问。

"是的。"

"天啊！梅林还活着！"他看上去很满意，"有一次，我给了他一块鹰石，他很感激。我这儿还有一块。在哪儿呢？"他在一小堆石块中寻找，这堆石块和几片木头一起被堆放在洞口旁。"是在那儿吗？"他指着床帘，"你看到了吗？"

我转身去找那块珍贵的石头，就在我移开视线的那一刻，墨德林跳到我的背上，试图用那把锋利的小刀割开我的喉咙，"我要吃了你！"他得意扬扬地叫喊，"吃了你！"但我用左手抓住他持刀的手，没让刀刃靠近气管。我俩倒在地上搏斗，他想要咬我的耳朵，在我身上流着口水，新鲜干净的人肉刺激着他的味觉。我打了他一拳，两拳，设法扭过身体，用膝盖跪起来，然后又是一拳。但这个混蛋力气很大，打斗的声音还引来了更多其他洞穴中的人，我只剩几秒钟，不然就会被那些新来的人包围，于是用尽最后的力气，猛地以头撞向墨德林的脑袋，终于摆脱了他。我将他踢开，绝望地退后，躲开猛冲进来的他的朋友们。站在他卧室的入口，终于有空间可以拔出海威贝恩，那些隐士们在剑刃的光芒下畏缩退去。

墨德林嘴边流着血，躺在洞穴一边。"连一丝新鲜肝脏都没有？"他求我，"就一口，求求你！"

我离开了他。经过采石场时，其他隐士拽着我的披风，但没有人敢阻止我离开。其中一个人大笑起来。"你总得回来的！"那男人冲我喊，"不过那时我们就更饿了！"

"那就把墨德林吃了。"我充满恶意地回答。

我爬上岛的山脊，那儿的石缝中生长着金雀花。从山顶向下望去，巨石山并没有延伸至岛的南端，它陡峭的南面挨着一片宽广的平原，平原上竖立着一片古老的石墙，证明了曾经有普通人生活在岛上，在下降到海边的这片平原上耕作。那里还有居住地，我猜，是那些海民的家。山脚下是他们的小屋，一些亡者在那里盯着我看，他们的出现让我决定留在原地，等待破晓。人类的反应在清晨最慢，因此士兵们都喜欢在天亮那一刻出击。我也因此决定在这些疯狂的岛民们还因睡眠迟缓迷糊时，前去寻找失去的妮慕。

那晚非常难熬，我过得很糟糕。星辰在头顶旋转，照亮了脚下那片人们赖以生存的土地。我向贝尔祈祷，请求他赐予我力量。我时不时会睡着，但草地的沙沙声或石头的坠地声都会使我突然惊醒。我在一条狭窄的石缝中休息，那里可以抵抗住任何袭击，所以我有自信能保护自己，即使只有贝尔知道我还能不能离开这个岛，或者，我还能不能找到我的妮慕。

我在黎明前爬出石缝。在标志出库堑之穴的那片阴沉混沌处，雾气笼罩。一抹灰色暗淡的光线让岛屿看上去死气沉沉、阴森冰冷。下山时，我没有见到任何人。我进入第一个由破旧小屋组成的小村庄时，太阳还没有升起。昨天，我已经决定，之前面对岛民时太过谨小慎微，今天我将会像对待死人那样对待这些已经死去的人。

小屋由柳条和泥土搭成，覆盖树枝与茅草。我踢开一扇摇摇欲坠的木门，弯腰进去，抓起了第一个找到的睡眠中的东西。我将那生物扔开，踢开另一个，然后用海威贝恩在屋顶上划开了一个洞。曾经为人的生物各自分开，爬行四散。我冲一个男人的脑袋踢了一脚，用海威贝恩的剑身敲打另一个，然后将第三个人拖出屋子，进入苍白的光线中。我将他扔在地上，一脚踩在他的胸口，用海威贝恩的剑尖抵着他的喉咙。"我找一个叫妮慕的女人。"

他结结巴巴地对我说着胡话。他不会说话，或者说，他只会用他自己发明的语言说话，所以我扔下了他，跑向一个蹒跚着想要躲进灌木丛的女人。我抓住她时，她尖叫了，我将剑抵住她喉咙时，她再次尖叫。"你认识一个叫妮慕的女人吗？"

她害怕得无法回答，只是掀起了自己肮脏的裙子，张开自己无齿的嘴，朝我送着秋波，我用剑身抽打她的脸。"妮慕！"我冲她叫道，"一个独眼的女孩，名叫妮慕。你认识她吗？"那女人还是说不出话来，但她指向了南边，疯狂地朝着岛临海的那端挥动自己的手，试图求我放过她。我拿开剑，将她的裙子拉回，盖住她的大腿。那女人爬行着躲进了一片荆棘。其他吓坏了的可怜人从他们的小屋中盯着我沿路走向南方，向着翻搅的大海走去。

我又经过了两个非常小的村庄，但现在没有人试图阻止我了。我成为了亡者之岛噩梦的一部分——一个手持利刃，行走于黎明的生物。我穿行过点缀着三叶草、蓝色藓蔃、深红色兰花的枯黄草地，告诉自己，我本就该知道的，身为一个玛纳怀登的造物，妮慕一定会尽可能地生活在离海近的地方。

岛的南岸是一堆石块组成的低矮岩壁。大浪击打在岩石上，碎成泡沫，被吸进岩缝和缺口中，又喷射出白色的浪花。大漩涡在近海旋转飞溅。那是一个夏日早晨，但大海呈现如同钢铁般的死灰，寒风刺骨，海鸟恸哭哀鸣。

我从一块石头跳下到另一块石头，朝着致命的大海前进。大风吹起了我破烂的披风，我绕过一根石柱，看向一个洞穴。涨潮时分被海水冲上岸的昆布与墨角藻形成了一条黑色的边际线，那洞穴就在其上几英尺处。一块突出的礁石通向洞穴，上面堆着鸟和动物的骨头。那是人堆出来的骨堆，它们平均分布，每一堆都以长骨交叉支撑，最顶端还放着一个头骨。我停下脚步，惊恐如海浪般涌上心头，我盯着这个岛上最靠近大海的战栗所。"妮慕？"我鼓起勇气靠近那块礁石，"妮慕？"

我爬上那块狭窄的石头平台，在骨头堆之间慢慢穿行。我害怕我将在洞中找到的东西。"妮慕！"我呼唤。

脚下，一阵大浪咆哮着穿过一条岩脊，向着礁石伸出它那白色的爪指。海水退却，顺着沟渠流回大海，接着又是另一轮波涛轰鸣着冲向石岬，流过反着白光的礁石。洞穴中黑暗且安静。"妮慕？"我再次犹豫地呼唤。

亚瑟王

两个人类的头骨守护着洞穴入口，它们被一边一个强塞进入口两侧的壁龛中，破损的牙齿对着呜咽的风露出微笑。"妮慕？"除了风的咆哮和鸟的哀鸣，以及惨白大海的战栗冲击声，没有任何的应答。

我步入洞中。里面很冷，光线暗淡，岩壁潮湿。鹅卵石地面越往里越向上延展，迫使我在洞顶的重压下，弯腰小心翼翼地向前走去。洞穴逐渐变窄，猛地朝左边打了个弯。第三个黄色的头骨护卫着转弯处，我在那里停下脚步，让自己的眼睛适应黑暗，然后绕过头骨，向前走去。洞穴朝着漆黑无光的尽头渐渐缩小。

在那里，洞穴最黑暗的尽头，她躺着。我的妮慕。

我一开始以为她死了。她赤身裸体，缩成一团，深色的头发覆盖在脸上，瘦弱的双腿蜷缩在胸前，苍白的手臂抓着自己的小腿。以前，在绿色的山丘上，我们会冒着古墓尸妖的危险，挖开杂草丛生的坟堆，寻找先民的黄金，我们发现的那些尸骸便是这么蜷缩在地下，以此来挡开那些永世的恶灵。

"妮慕？"我不得不手脚并用地爬行过最后几英尺，来到她的身边。"妮慕！"我重复着。这次她的名字梗在了喉间，因为我觉得她一定是死了，然而接着我便看见她的肋骨上下起伏。她还在呼吸，但除此之外与死无异。我放下海威贝恩，伸出一只手去触碰她冰冷惨白的肩膀。"妮慕？"

她突然蹿起，向我扑来，露出牙齿发出嘶嘶声，一只眼睛是铁青泛红的空洞眼眶，另一只翻着白眼，只看得见眼白。她试图咬我，抓我，口中呜咽着诅咒，然后向我吐出口水，长指甲划向我的眼睛。"妮慕！"我大叫。她啐着唾沫，流着口水，猛烈攻击，肮脏的牙齿冲我的脸咬来。"妮慕！"

她尖叫喊出又一个诅咒，右手伸向我的喉咙。她有着疯子的力气，得意扬扬地尖声喊叫，用手指掐住我的气管。突然间，我明白自己该怎么做了。我抓住她的左手，不去管喉咙的疼痛，将自己掌心的伤疤贴在了她的伤疤上。我就这么将手放在那儿，贴在那儿，一动不动。

一点一点，掐住我喉咙的力量慢慢地弱了下去。一点一点，她仅存的那只眼睛转了回来，我再一次看见我挚爱的那鲜明的灵魂。她直直地盯着我，然后开始哭泣。

"妮慕。"我呼唤她的名字，她抱住了我的脖子，紧紧地贴着我。她哭得那么用力，消瘦的肋骨剧烈地起伏。我抱着她，轻轻地抚摸她，叫着她的名字。

哭泣渐缓，最后终于停下。她抱着我的脖子很久，然后我感觉到她动了动脑袋。"梅林在哪里？"她用小孩子的声音问道。

"就在不列颠。"我说。

"那我们必须走了。"她收回手臂，放在腰间，盯着我的脸。"我梦到你会来的。"她说。

"我爱你。"我本没有打算说出这句话，即使它发自真心。

"这是你来的原因。"她理所当然地说。

"有你的披风，"她又说，"我就不需要其他东西了。还有你的手。"

我爬出洞穴，将海威贝恩插回剑鞘，用绿披风裹住她苍白颤抖的身体。她从羊毛披风破开的一个洞中伸出一条手臂，握住我的手。我们穿行过骨堆，在海民们的目光中爬上山丘。我俩到达山顶时，那些人就散开了，没有跟随我们走去岛的东面。妮慕一言不发。我和她双手相触的那一刻，她的疯狂就消失了，但留给了她可怕的虚弱。我帮助她走过道路陡峭处。经过隐士们的洞穴时，没有遇上任何麻烦，也许他们都在睡觉，或者在我们俩北上远离这些死去的灵魂时，诸神向这个岛施加了一个魔咒。

太阳升起。我现在看得清了，妮慕的头发被泥土黏成块状，爬满了虱子，她皮肤肮脏，失去了她的黄金假眼。她太虚弱了，走不动路，于是我抱着她下山，向堤道走去。她比一个十岁的孩子还轻。"你很虚弱。"我说。

亚瑟王

"我生下来就很虚弱,德瓦,"她说,"但之前都假装不是。"

"你需要休息。"我说。

"我知道。"她的头靠在我胸前,这是她人生中第一次看来很满意别人的照顾。

我抱着她走过堤道,翻过第一面墙。我们的左边,海水冲击着岩石,我们的右边,海湾在阳光下闪闪发光。我不知道怎样才能带她通过守卫。我只知道,我们必须离开半岛,因为这是她的宿命,而我是这命运的工具。于是,我心满意足地向前走去,相信到最后诸神会解决这个问题。

我带她越过中间那面墙和墙上排列的头骨,向德莫尼亚的青绿山丘走去。我看见一个枪兵在最后那面墙的光滑石头侧面现出身影,我猜想,一些守卫一定看见我们正离开半岛,已在通道处列队。鹅卵石海滩处还有更多的守卫,他们已经就位,准备挡住我前往大陆。我想,如果我必须杀人,那就杀吧。这是诸神的意愿,不是我的,海威贝恩的每一击都将挟着诸神的技艺与力量。

但当我抱着我轻轻的负担走向最后一道墙时,生死之门向我敞开了。我半是期待地想要看见守卫长手持锈枪站在那里,准备赶我回去,但我却看到,等在黑色门槛处的人是拔出利剑、手持盾牌的加拉哈特和卡文。

"我们跟着你来了。"加拉哈特说。

"白德文派我们来的。"卡文补充道。我用披风的兜帽遮住妮慕糟糕的头发,不让我的朋友们看见她的落魄。她紧紧贴着我,想要把自己藏起来。

加拉哈特和卡文带来了我的部下,他们强行征用了渡船,并在海峡的对岸用枪尖抵着半岛的守卫。"我们本来打算今天进去找你。"加拉哈特说,然后冲着堤道画了个十字。他好奇地看了我一眼,好像担心我从岛上回来会变成另一个人。

"我应该料到你会来的。"我对他说。

"是啊,"他说,"你应该料到的。"他的双眼中含着泪水,高兴的泪水。

我们划船渡过海峡,我抱着妮慕走过人骨大道,来到道路尽头的宴会大厅。在那里,有个人正装载了一车的盐准备运往杜诺维瑞阿。我把妮慕放在他的车上,跟在后面,随着嘎吱作响的推车向着城镇一路北上。我将妮慕从亡者之岛带出来了,带回了战争之土。

我将妮慕带去了吉拉德的农场。我没有把她安置在大厅，而是让她住在一个废弃的牧羊人小屋，在那里我们两人可以独处。我喂她喝肉汤和牛奶，但首先将她清洗干净，每一寸都洗干净。我给她洗了两次身体，然后清洗头发，用骨梳将她黑色头发打结的部分梳通。有些结打得太紧，只能剪掉，但大多数都理顺了。她的头发湿漉漉地笔直垂下，我开始用梳子篦虱子，完成后又给她洗了一遍。她像个顺从的小孩子，忍受了整个过程。等她完全清洗干净，我用一条大羊毛毯裹住她，从火炉上拿过肉汤，让她吃。我自己也清洗了一番，将从她身上跳到我身上的虱子消灭干净。

等我忙完一切，已是黄昏，她在新割下的蕨草铺成的床上迅速地睡着了。她睡了一整夜，早晨我用平底锅在火上煎了六个鸡蛋，她吃完又沉沉睡去。我用小刀将一块皮革做成一条系带眼罩，她可以把它系在发间。我让吉拉德的一个奴隶带来些衣物，并让伊撒进城去打听消息。他是个聪明的小伙子，性情开朗随和，即使酒馆桌上的陌生人也愿意向他吐露秘密。

"镇上一半人都说战争已经输了，阁下。"他回来后告诉我。妮慕正在睡觉，于是我们就站在流过小屋旁的小溪边谈话。

"那另一半呢？"

他露齿而笑。"期待着卢纳莎节呢，阁下。他们没想那么远的事情。不过那一半觉得输了的人都是基督徒。"他又冲小溪吐了口唾沫，"他们说卢纳莎节是个邪恶的节日，高菲迪特国王就要来惩罚我们的罪恶了。"

"那样的话，"我说，"我们最好确保自己犯下了足够的罪孽，来配得上这惩罚。"

他大笑起来。"有些人说亚瑟殿下不敢离开镇子,害怕他的士兵一走,这里就会发生一场叛乱。"

我摇了摇头。"他想要和格温薇儿一起过卢纳莎节。"

"谁不想呢?"伊撒说。

"你遇见金匠了吗?"我问。

他点点头。"他说,起码要两周才能打出个眼球,因为他以前从来没有做过,但他会找具尸体,挖出眼球来确保尺寸的。我告诉他最好用孩子的尸体,因为小姐个子并不大,是吗?"他冲小屋点了点头。

"你告诉他,眼球必须是中空的了吗?"

"是的,阁下。"

"干得好。"我对他说,"我猜你现在是要干点坏事,好好地庆祝一番卢纳莎节了,是吧?"

他咧嘴一笑:"是啊,阁下。"卢纳莎节是庆祝即将到来的丰收的庆典,但年轻人总是把它弄成庆祝生育能力的盛宴——他们的节日在庆典的前夜就开始了。

"那就去吧,"我对他说,"我待在这里。"

那个下午,我为妮慕做了一个她自己的卢纳莎凉亭。我猜她可能不会在意,但我想要弄一个。我切下细枝,将它们掰弯,在小溪旁搭了一个有顶的小亭子,将矢车菊、罂粟、法兰西菊、毛地黄和一团团细长的粉色旋花编制在一起,铺在亭子上。在节日这天,整个不列颠都会有无数这样的小货摊,而第二年春天,整个不列颠则会有上百个卢纳莎宝宝出生。春天是孩子出生的好时节,这样他们一进入这个世界,便会迎来夏日的富足。然而今年的种子是否能迎来来年的丰收,取决于收获之后必须要打的那场战争。

我把最后几朵毛地黄编入凉亭顶上时,妮慕走出了小屋。"今天是卢纳莎节?"她惊讶地问。

亚瑟王

"明天。"

她害羞地笑了。"从没人为我搭过凉亭。"

"那是因为你从来都不要。"

"我现在要了。"她在花朵的阴影中坐下,开心的模样让我的心脏怦怦直跳。她找到眼罩了,也穿上了吉拉德女仆带来的一条长裙。那是一条普通的棕色奴隶长裙,但是非常适合她,简单的东西一向适合她。她苍白瘦弱,但干干净净,脸颊上带着一丝红晕。"我不知道黄金眼球怎么了。"她感伤地说,摸着她的新眼罩。

"我已经让人再做一个了。"我并没有告诉她,给金匠的订金已经花光了我最后的一点钱。我急切需要一场战争的劫掠,来重新填满我的钱包。

"我饿了。"妮慕的语气带着一丝她原本的顽皮。

我在平底锅的底部放了几根桦木条——这样肉汤就不会黏底——然后倒进了最后一点肉汤,点火加热。她全部吃完之后,在卢纳莎凉亭中伸展手脚,看着小溪。水下一只水獭游过,水面上冒起了泡。我之前也见过它,一只老家伙,因为战争和猎人的长枪而伤痕累累。妮慕等它的泡泡痕迹消失在一棵倒下的柳树后,这才开始说话。

她总是很喜欢聊天,但那个黄昏,她怎么说都说不够。她要听新闻,我告诉她,然后她又要知道更多的细节。她总是要知道更多的细节,而每一个细节,她都痴迷地代入了一个自己想象出来的阴谋,于是去年的故事就变成了——至少对她来说——砖块拼成的一片地板,每一块砖看来似乎微不足道,但加上其他的砖,就变成了错综复杂、意义深远的整体。她最感兴趣的是梅林,以及他从班毁灭的图书馆中抢来的卷轴。"你没有读过?"她问。

"没有。"

"我将来会的。"她激动地说。

我犹豫片刻,说出了自己的想法。"我本来以为梅林会去岛上救你的。"说这句话,我冒着冒犯她两次的危险。第一是暗含对梅林的指责,第二是提到了她不愿意说起的主题——亡者之岛。然而,她看起来似乎并不介意。

"梅林觉得,我能照顾自己。"她微笑着说,"而且他知道,我有你。"

天已经黑了,小溪在卢纳莎的月光中泛着银色涟漪。我有一堆问题想问,却不敢问,然而她突然之间开始自顾自地解答这些问题。她说到了岛,或者说她灵魂的一小部分其实一直注意到了岛的可怕,但其余的部分都在末日中自我放逐了。"我本以为疯狂跟死亡差不多,"她说,"人不可能知道自己已经发疯,但是,其实是知道的。真的知道。就好像你看着自己,但不能控制自己。你抛弃了自己。"她顿了顿,我看见她那只完整的眼睛里有泪光。

"别说了。"我突然不想知道了。

"有时候,"她继续说了下去,"我会坐在石头上,看着海,意识到自己曾是个神志清醒的人,质疑起这一切的意义。然后我知道自己一定已经疯狂,否则一切就毫无意义。"

"本来就毫无意义。"我生气地说。

"哦,德瓦,亲爱的德瓦。你的思想就像一块滚落悬崖的石头。"她笑了,"正是同样的意义,让梅林去寻找卡勒庭的卷轴。你明白吗?诸神在与我们玩游戏,如果我们敞开心灵,就能成为游戏的一部分,而不是它的受害者。疯狂是有意义的!它是诸神的礼物,而正像他们所有的礼物一样,接受便要付出代价。我现在已经付过了。"她激动地说。我突然想要打哈欠,虽然努力掩盖,但她还是看出来了。"你需要睡一会儿。"她说。

"不。"我坚持道。

"你昨晚睡过吗?"

"睡过一会儿。"我昨晚坐在小屋门口,听着老鼠在茅草中窸窸窣窣的声音,断断续续地打瞌睡。

"现在就去睡觉。"她强硬地说,"让我留在这里思考。"

我困得差点连衣服都没脱,便倒在蕨草床上像个死人一般睡着了。这一晚我睡得很好很沉,就像是在战斗后安全的休息,那些糟糕的睡眠,会被枪刺、剑砍这些噩梦所打断的睡眠已经从灵魂中被赶走。晚上,妮慕靠近我,我本来以为那是一场梦,但醒来片刻,发现她冰凉赤裸的皮肤正贴着我。"没事,德瓦,"她喃喃细语,"睡吧。"于是我抱着她瘦弱的身体再次睡去。

我们在卢纳莎完美的清晨醒来。我生命中曾有过几次纯粹的快乐,这就是其中一次。我想,那些是爱情与生命同步的时刻,要不然就是诸神喜欢我们都变成愚人的时刻,而没有什么比卢纳莎赋予的愚蠢更甜蜜的事情了。阳光普照,透过鲜花照进我们的凉亭,我们在那里做爱,然后像孩子一般在溪水中玩耍,我想学水獭,在水下吐泡泡,结果却呛了水,惹得妮慕哈哈大笑。一只翠鸟在柳树间快速飞过,羽毛鲜艳得像是一件完美的披风。一整天我们唯一见到的人是一对骑士,他们从小溪的对岸骑马经过,手腕处停着猎鹰。他们并没有看见我们,我们安静地躺着,看着他们的鸟击杀了一只苍鹭——一个好兆头。在那完美的一天中,妮慕和我是恋人,虽然我们都拒绝承认,一起度过未来的快乐与爱情刚开始的幸福同样重要。但我和妮慕是没有未来的。她的未来是走上诸神的道路,而我却没有步上那道路的天赋。

然而,虽然妮慕被那些道路所引诱,但在这个卢纳莎的傍晚,长长的日光在西面斜坡上投下树木的阴影,在凉亭下,她蜷在我的怀中,说着将来的可能。一栋小房子,一块土地,孩子和羊群。"我们可以去康沃尔,"她憧憬地说,"梅林总是说康沃尔是受到祝福的土地。那里离撒克逊人很远。"

"爱尔兰离得更远。"我说。

我感觉她在我怀中摇了摇头。"爱尔兰是被诅咒的。"

"为什么?"我问。

"他们曾经拥有不列颠的宝藏,"她说,"但他们放任它们离开了。"

我不想谈论不列颠的宝藏,或是诸神,或是任何会毁了这个时刻的事情。"那就康沃尔吧。"

"一栋小房子。"她列出了小房子里所有需要的东西:罐子、锅子、叉子、筛子、筛网、紫杉水桶、镰刀、切割刀、纺锤、络纱机、渔网、大木桶、壁炉、床。她在大漩涡之上潮湿冰冷的洞穴里,是否梦想过这些东西呢?"没有撒克逊人,"她说,"也没有基督徒。也许我们应该去西海的小岛?比康沃尔还远的小岛。去里昂尼斯。"她轻柔地说着这个美好的名字。"在里昂尼斯生活并相爱。"她大笑着补充。

"你为什么笑?"

她沉默地躺了一会儿,然后耸了耸肩。"里昂尼斯是死人居住的。"她用这个冷酷的陈述打破了魔咒。至少她是为我而做的梦,我觉得自己可以听见梅林的嘲笑声在夏日树叶间回荡,我们躺在这悠长温柔的光线中,让美梦慢慢逝去。两只天鹅向山谷的北方飞去,朝着吉拉德土地北面石灰山坡的方向。那里雕刻着苏克鲁斯神巨大的生殖器形象,桑森曾经想要毁掉这大胆的雕刻,格温薇儿制止了他,但却不能阻止他在山脚下造了一座小教堂。我想过,如果可以,我要买下那块土地,不是为了耕种,而是为了阻止基督徒在石灰上种草,或者挖出神祇的雕像。

"桑森在哪儿?"妮慕问。她一直在读我的心思。

"他现在是神圣荆棘的守护者了。"

"希望他被扎。"她复仇心切地说。她离开我的怀抱,坐起身,将毯子拉到我们的颈间。"甘德利亚斯订婚了?"

"是的。"

"他没命享受他的新娘了。"她说。我担心,这与其说是预言,不如说是她的希望。

亚瑟王

"如果亚瑟不能打败他们的军队,他就能享受了。"

第二天,胜利的希望看似永远消失了。我正在为吉拉德的收割做准备——磨利镰刀,把木制的打谷连枷和它们的皮轴钉在一起——一个来自德罗寇布法斯的信使来到了杜诺维瑞阿。伊撒从镇子上为我们带来了信使的消息,非常可怕的消息。阿尔打破了和约。卢纳莎前夜,一队萨克逊人攻击了格兰特的堡垒并攻破了城墙。格兰特亲王战死,德罗寇布法斯失陷,德莫尼亚庇护下的斯庄格沃的梅里雅达克亲王成为了难民,他的王国最后剩余的一点土地也成为了洛依格的一部分。现在,除了面对高菲迪特的军队,亚瑟还必须与撒克逊敌人作战。德莫尼亚注定要灭亡了。

妮慕对我的悲观不屑一顾。"诸神不会这么快就结束这场游戏。"她宣称。

"那诸神最好能把我们的国库填满。"我刻薄地说,"因为我们不能同时对抗阿尔和高菲迪特,那就是说我们要么收买撒克逊人,要么去死。"

"浅薄的头脑才会担心钱。"妮慕说。

"那感谢老天赐给我们浅薄的头脑。"我反驳她。我总是永远在担心钱的问题。

"如果你需要,德莫尼亚是有钱的。"妮慕随意地说。

"格温薇儿的?"我摇了摇头,"亚瑟不会动它的。"那时候我们没人知道兰斯洛特从特雷贝斯岛抢回了多少财宝,那笔钱可能足够买到阿尔的和平,但被流放的贝诺克国王将它藏得很好。

"不是格温薇儿的金子。"妮慕说,然后她告诉我去哪里可以找到一笔赎罪金。我骂自己居然没有更早想到这个主意。毕竟还有一线生机,我想,这是一个机会,如果诸神给我们时间,而阿尔的价格又不高得离谱的话。我估计,在德罗寇布法斯的洗劫之后,阿尔的人会需要一个星期的时间清醒过来,那我们就有一周时间来创造奇迹。

我带妮慕去见亚瑟。不会有里昂尼斯的田园生活,不会有筛子或筛网，也不会有海边的床。梅林已经去北面拯救不列颠了，现在妮慕必须在南方施展她自己的魔法。我们前去购买撒克逊人的和平，在夏日小溪的岸边，卢纳莎的花朵枯萎凋谢。

亚瑟和他的护卫沿福斯路北上。一共有六十名骑手，全都披挂着皮革铁甲。与他们一起上战场的是五十名枪兵，其中六个是我的人。剩下的人都由格温薇儿曾经的卫队长兰瓦率领，他的老工作和职责已被兰斯洛特篡夺——贝诺克国王和他的手下，如今成为了所有居住在杜诺维瑞阿的要人们的保护者。加拉哈特已带着我手下其余人北上前往格温特，在收获前就行军十分匆忙，但阿尔的背叛让我们别无选择。我与亚瑟、妮慕一同上路。虽然她很虚弱，但她坚持陪我一起去，没有什么能阻止她不介入即将爆发的大战。卢纳莎节过后两天，我们便出发了。天空乌云密布，眼前就要下起大雨，这也许是将要发生之事的预兆。

骑手和他们的马夫、驮物骡子与兰瓦的枪兵一起在福斯路等候亚瑟穿越陆桥前往怀君岛。妮慕、我和他走在一起，只带了六名枪兵做随从。回到托尔隐现的山峰下，我有一种奇怪的感觉。古勒登在那里重建了梅林的大厅，所以托尔山顶看上去与妮慕和我逃离甘德利亚斯的屠杀那天几乎一样。就连高塔都被重建了，不知道它与第一座塔是否同样是个梦之塔，会有诸神的低语在巫师的睡梦中回响。

但我们此行的目的并不在托尔，而是神圣荆棘教堂。我的五名部下留在教堂大门外，亚瑟、妮慕和我走进了院子。妮慕戴着兜帽，藏起了自己的脸和脸上的皮眼罩。桑森急急忙忙地跑出来见我们。作为一个引起杜诺维瑞阿致命暴乱而被贬谪之人，他看起来过得相当不错。他比我记忆中胖，身穿一件崭新的黑色法衣，套着一条装饰着金色十字架和银色荆棘的浮华外袍。他胸前挂着串银链，坠子是一枚沉重的黄金十字架，颈间还闪耀着一个很厚的金项圈。他留着呆板的僧侣剃发，老鼠似的脸上皮笑肉不

亚瑟王

笑。"诸位的到来真是令我们蓬荜生辉!"他大声喊着,双手在空中大大挥舞,以示欢迎,"太荣幸了!亚瑟殿下,我能希望您是来向我主礼拜的吗?这是他神圣的荆棘!是他为我们的罪而受苦时刺在他头上荆棘的纪念。"他指向那棵垂头丧气的树和它那几片小小的叶子,一群朝圣者正围着它,可怜巴巴的枝条已被贡品压弯。一看到我们,那些朝圣者便拖着脚步离开了,没有意识到有一个和他们一起朝拜的人是我们的人。那人是伊撒,我派他先一步前来,为教堂奉上一小袋硬币。"诸位想喝些酒吗?"桑森招待我们,"或者吃点东西?我们有冷三文鱼、新鲜的面包,还有些草莓呢。"

"你过得不错,桑森。"亚瑟打量着教堂。它比我之前在怀君岛时看到的要大了,石头搭建的教堂扩张过,新添了两栋建筑,一栋是修道士们的宿舍,另一栋是桑森本人的住处。两栋建筑都由石料建成,屋顶覆盖着从罗马别墅拆下的瓦片。

桑森抬头看了看阴沉的乌云。"殿下,我们只是伟大上帝的谦卑仆人,我们在这个世界的一切都来自于他的恩惠和意愿。您尊敬的夫人可好?"

"很好,谢谢。"

"这消息为我们带来了欢乐,殿下。"桑森撒谎了,"我们的国王呢?他也可好?"

"那孩子长大了,桑森。"

"而且信仰坚定,我相信。"我们走向前,桑森随之后退,"所以,殿下,是什么将您带到了我们这个小地方呢?"

亚瑟笑了。"需求,主教,需求。"

"灵魂的需求?"桑森问道。

"钱的需求。"

桑森举起双手。"有人会爬到山顶寻找鱼吗?或是去沙漠寻找水?为什么来找我们,亚瑟殿下?我们的教友都发誓保持清贫,即使是上帝允许落在我们膝上的那微薄的一点面包屑,我们也都给了穷人。"他优雅地合上手掌。

"亲爱的桑森，"亚瑟说，"那我来就是为了确保你们能遵守清贫的誓言。战争很艰难，需要钱，国库空虚，能借钱给你的国王是你的荣耀。"妮慕拖着步子走在我们身后，像个蒙面的仆人。正是她提醒了亚瑟教会有多富裕。看到桑森的不安，她现在一定很开心。

"教会曾经承担过这些强制性的借款。"桑森的语气很尖锐，最后一个词更带上了一丝嘲讽，"至尊王乌瑟——愿他的灵魂安息——已经免除了教会的这一义务，正如那些异教神会的义务——"他画了个十字，"也被免除了，即使它们伤风败俗、罪孽深重。"

"莫德雷德国王的议会，"亚瑟说，"已经撤销了那个免除令，而你的教堂，主教，众所周知是德莫尼亚最富有的。"

桑森再一次看向天空。"殿下，如果我们有哪怕一枚金币，我也会高兴地将它赠送给您。但我们很穷。你应该上山去借款。"他指向托尔山，"殿下，那里的异教徒，已经囤积黄金有几个世纪了！"

"托尔，"我冷冷地插嘴，"在诺维娜被杀的时候，已被甘德利亚斯洗劫一空。就算曾经有过一点点黄金，也早已荡然无存了。"

桑森假装刚刚注意到我："德瓦，是吗？欢迎回家，德瓦！"

"德瓦阁下。"亚瑟纠正他。

桑森的小眼睛瞪得巨大。"赞美主！赞美他！您发达了，德瓦阁下，我非常高兴。我这样一个谦卑的教徒，现在可以吹嘘我在您还是个普通枪兵时就认识您了。一位领主？太有福气了！您的驾到让我们深感荣幸！但您也知道的，我亲爱的德瓦阁下，甘德利亚斯袭击托尔时，也洗劫了这儿可怜的修道士。啊，他造了多大的孽啊！教堂受尽摧残，而且到现在还没有恢复。"

"甘德利亚斯先去的托尔，"我说，"我知道，因为我当时在场。而这样一来，就给了这里的修道士藏起财宝的时间。"

亚瑟王

"你们这些异教徒对我们基督徒有多么奇怪的幻想啊！您是不是还觉得我们的圣餐吃的是孩童？"桑森大笑起来。

亚瑟叹了口气。"亲爱的桑森主教，"他说，"我知道我的要求是强人所难。我知道，你有责任守护你教会的财产，让它增长，体现上帝的荣光。这些我都知道，但我也知道，如果我们没有钱去对抗敌人，那敌人就会来到这里，教堂将不复存在，神圣荆棘将不复存在，而教堂的主教——"他戳了戳桑森的肋骨，"将成为被渡鸦啃食干净的枯骨。"

"还有别的办法能让敌人不来侵犯我们。"桑森不明智地暗示亚瑟才是这场战争的导火索，只要亚瑟离开德莫尼亚，高菲迪特便会心满意足。

亚瑟没有生气，他只是笑了笑："德莫尼亚需要你的财富，主教。"

"我们没有财富。天啊！"桑森画了个十字，"上帝是我的见证人，殿下，我们一无所有。"

我信步走向荆棘。"艾维恩的修道士，"我说的是在南面几英里外的一个修道院，"比起你来，更擅长园艺，主教。"我抽出海威贝恩，将剑尖刺进那寒酸圣树旁边的泥土。"也许我们应该把神圣荆棘挖出来，交给艾维恩修道院的人照顾？我敢肯定，那些修道士会为了这一殊荣付不少钱的。"

"而且这样的话，荆棘离撒克逊人就更远了！"亚瑟欢快地说，"你一定也同意我们的计划吧，主教？"

桑森绝望地挥动双手。"殿下，艾维恩的修道士都是些无知的蠢货，只会咕哝祷词。如果殿下您愿意在教堂里等一下，也许我能找出些硬币给您？"

"可以。"亚瑟回答。

我们三人被领入教堂。这栋建筑很朴素，石阶、石墙，房梁支撑着屋顶。这里很昏暗，只有一扇很小很高的窗户能透进光线，其上燕子喳喳吵闹，墙花蜿蜒生长。在教堂遥远的尽头有一张石桌，那里竖着耶稣受难十字架。妮慕的兜帽已被甩到脑后，她朝十字架吐了口唾沫。与此同时，亚瑟慢步走向了石桌,然后撑起身体,坐了上去。"这么做让我很不愉快,德瓦。"他说。

"为什么,殿下?"

"这么做会冒犯神。"亚瑟沮丧地说。

"这位神,"妮慕轻蔑地说,"听说是位宽大的神。冒犯这种神总好过冒犯其他不那么仁慈的神。"

亚瑟笑了。他穿着简单的猎装、长裤、靴子、一件披风,佩戴着王者之剑。他没有佩戴金饰,也没有穿盔甲,但他的威严依旧,尽管此刻他看来有些不安。他一言不发地坐了一会儿,然后抬起头看着我。妮慕去查看教堂后面的小房间了,于是只剩下我们俩。"也许我应该离开不列颠?"亚瑟说。

"然后将德莫尼亚拱手让给高菲迪特?"

"高菲迪特到时候会让莫德雷德即位的,"亚瑟说,"这才是最重要的事。"

"他这么说了?"我问。

"是。"

"他还说了什么?"我争辩道,我的主人竟然考虑流放自己,他的这个念头让我惊骇。"然而事实是,"我强调,"莫德雷德会成为高菲迪特的附属,高菲迪特为什么要让一位客人即位?为什么不让自己的亲属登上王位?为什么不让他的儿子昆格拉斯坐上我们的王位?"

"昆格拉斯很正直。"亚瑟说。

"昆格拉斯会按他父亲的命令行事,"我语带轻蔑,"而高菲迪特想要成为至尊王,他绝不会让上一任王的继承人长大成为他的对手。另外,你觉得高菲迪特的德鲁伊会让一个残疾的国王活着?殿下,如果您走了,莫德雷德的死期就不远了。"

亚瑟没有回应。他只是坐在那儿,双手撑着桌沿,低头盯着地板。他

亚瑟王

明白我是对的,他也知道,整个不列颠只有他一个军阀在为莫德雷德作战。不列颠的其他人都希望自己的人能登上德莫尼亚的王座,格温薇儿则希望亚瑟自己坐上去。他抬头看着我,张嘴说:"格温薇儿是不是——"

"是的。"我沮丧地打断了他。我以为他说的是格温薇儿让他坐上德莫尼亚王座的野心,但他其实是在说另外一件事。

他从桌上跳下来,开始来回踱步。"我知道你讨厌兰斯洛特,"他的话让我吃了一惊,"但想想看,德瓦,如果贝诺克是你的王国,如果你相信我会去救它,你还知道我立过誓言要保护它,但我却没有去,最后贝诺克被摧毁了,这不会让你充满仇恨?不会让你失去对他人的信任?兰斯洛特国王遭受了沉重的打击,这是我一手造成!我!如果可以的话,我想弥补他的损失。我不能收复贝诺克,但也许,我可以给他另外一个王国。"

"哪个?"我问。

他狡猾地笑了。他已经计划好了整件事,而将这个计划透露给我显然给了他很大的满足感。"瑟卢瑞亚,"他说,"假设我们能够打败高菲迪特,还有甘德利亚斯。甘德利亚斯没有继承人,德瓦,如果我们杀了他,就有一座空王座了。一位国王没有王座,而一个王位没有国王。而且我们这位国王还是未婚!如果让兰斯洛特与夏汶结婚,高菲迪特的女儿就会成为王后,坐在瑟卢瑞亚王位上的便是我们的朋友。和平,德瓦!"他带上了他一贯的热情,用言语编织起一个美好的未来。"联盟!我未能完成那样的联姻,但现在可以重来一遍。兰斯洛特和夏汶!要实现这点,我们只需要杀一个人。就一个!"

还有许多死在战场上的人,我心想,但未发一言。北方的某处惊雷阵阵。雷神塔拉尼斯注意到我们了,我希望他站在我们这边。窄小高窗外,天空像夜晚那么黑暗。

"怎么样?"亚瑟催促我回答。

我一时说不出话来,兰斯洛特和夏汶结婚的念头让我太痛苦,我害怕自己说出些不该说的话，但我强迫自己礼貌地回答。"我们首先得收买撒克逊人，打败高菲迪特。"我酸溜溜地说。

"如果我们成功了呢？"他不耐烦地说，就好像我说的是些无关紧要的小事。

我耸了耸肩，我完全无法对那场联姻发表感想。

"兰斯洛特喜欢这个主意，"亚瑟说，"他的母后也是。格温薇儿也同意了，不过这是意料之中的，因为把夏汶嫁给兰斯洛特一开始就是她的主意。她是个聪明的姑娘，非常聪明。"一想起自己的妻子，他就微笑了起来。

"但即使是您聪明的妻子，殿下，"我大胆地说，"也不能命令密特拉教徒。"

他猛地转头，就好像我给了他重重一击。"密特拉！"他生气地说，"为什么兰斯洛特不能加入？"

"因为他是个懦夫！"我怒吼着，再也不能掩盖自己的愤怒。

"鲍斯不是这样说的，还有十几个其他人。"亚瑟反驳我。

"问加拉哈特，"我说，"或者是您的表亲库尔威奇。"大雨突然击打在屋顶上，片刻之后便开始从高窗处滴了进来。妮慕重新出现在石桌旁的小拱门旁，她将兜帽拉起，再次遮住了自己的脸。

"如果兰斯洛特证明了自己，你还会坚持反对吗？"过了一会儿，亚瑟问我。

"殿下，如果兰斯洛特证明自己是位战士，我就不会再反对。但他现在不是您的宫殿守卫吗？"

"他只是希望在手伤好之前，在杜诺维瑞阿做指挥官。"亚瑟解释道，"如果他真的参与战斗了，德瓦，你会推选他吗？"

"如果他英勇作战，"我不情愿地保证，"会的。"我非常肯定，这是一个我永远不用实现的保证。

亚瑟王

"很好。"亚瑟很高兴我们之间终于设法达成了协议。教堂门砰的一声打开了,亚瑟转过头,桑森挟着风雨跑了进来,身后还跟着两个修道士。那两个人携带着两个皮袋。非常小的皮袋子。

桑森抖去长袍上的雨水,急匆匆地走了过来。"我们拼命找了,殿下,"他上气不接下气地说,"上下探索,拼命寻找,收集了我们这寒酸教堂里所有的财宝,来呈现给您,谦卑却勉强地承担起您施加的义务。"他悲伤地摇了摇头。"因为这慷慨,我们这一季要挨饿了,但利剑下的命令,我们这些可怜的上帝仆人不得不遵照。"

修道士将两个袋子里的东西倒在了平整的石地上。一枚硬币滚过地板,我一脚踩住。

"哈德良皇帝的金子!"桑森说的是那枚硬币。

我捡起它。这是一枚黄铜塞斯特斯[①],一面是哈德良皇帝的头像,另一面是不列颠尼亚[②]的标志——三叉戟和盾。我用食指和拇指将硬币对折,扔回给桑森。"愚人的黄金,主教。"

剩下的那些财宝也没有好到哪里去。里面有一些磨损的硬币,大多是铜的,还有几枚银币,几根当作流通货币使用的铁条,一枚纯度很低的黄金胸针,还有一条断了的链条上的一些细细的黄金链环。全部东西加起来才不过十几枚金币的价值。"就这点了?"亚瑟问。

"都施舍给穷人了,殿下!"桑森说,"如果您迫切需要的话,我也许还能加上这个。"他取下头颈上的黄金十字架。这厚重的十字架和结实的链条起码值四十或五十枚金币。主教不情不愿地将它递向亚瑟。"这个就作为我个人借给您的款项,殿下?"他提议道。

亚瑟伸手去接链条,桑森立刻将手缩了回去。"殿下,"他的低语只有

[①] 古罗马货币名。
[②] 古罗马时期英国作为罗马帝国的一个行省时的名称。

我和亚瑟能听到,"去年我遭遇了不公正的对待。作为给出这条项链的报答,"他将链条扭成一团,厚重的链环碰撞在一起,"我要求恢复我莫德雷德国王私人神父的地位。殿下,我要待在国王的身边,而不是这个瘴气弥漫的沼泽。"亚瑟还未答复,教堂的门又一次打开了,满身湿透的伊撒摇晃地走了进来。桑森愤怒地转身看向新来者。"教堂不对异教徒开放!"主教猛地吼道,"我们有布道。现在出去!滚出去!"

伊撒将湿发撸到脑后,冲我露齿一笑,说:"他们把东西都藏在大房子旁边的池塘那里了,阁下,所有东西都在一堆石头下面。我看着他们藏起了今天教徒们的献金。"

亚瑟一把夺去了桑森手中的链条。"你可以保留其他那些财物——"他指着地上那堆寒酸玩意儿,"支撑你可怜的教堂过冬,主教。留着你的项圈,作为一个警告。记住,你的脑袋还在脖子上,这是我的馈赠。"他快步走向大门。

"殿下!"桑森大喊,"求求您——"

"求,"妮慕打断了他,拉开了兜帽,"求吧,你这条狗。"她转身冲耶稣受难十字架吐了口口水,然后又吐了口在教堂的地上,最后第三口吐在了桑森的身上。"求,你这杂碎!"她朝他怒吼。

"上帝啊!"看见他的敌人,桑森的脸色变得苍白。他向后退去,在消瘦的胸膛前画着十字。有一瞬间,他似乎恐惧得失声了。他一定以为妮慕已经死在亡者之岛上了,而她现在却胜利地吐着唾沫。他第三次画起了十字,然后转身面对亚瑟。"您竟然敢把一个女巫带入上帝的教堂!"他跪下,盯着房椽。"从天堂降下惩罚的火焰吧!现在就降临吧!"

亚瑟无视了他,冲进倾盆大雨中。雨水打湿了那些系在神圣荆棘上的祈愿细带。"让枪兵们进来。"亚瑟命令伊撒。我的人都等在教堂外面,以防桑森把他的财宝藏到院墙之外,但现在枪兵们都进入了围墙,将那些狂乱的修道士赶离那堆藏着他们财宝的石堆。一些修道士看见妮慕,吓得跪

亚瑟王

在了地上。他们知道她是谁。

桑森跑出教堂，整个人扑倒在石头上，戏剧化地说他愿牺牲生命来保护上帝的财产。亚瑟忧伤地摇了摇头："你确定要牺牲吗。主教大人？"

"敬爱的上帝啊！"桑森大喊，"您的仆人来了，被邪恶之人与他们污秽的女巫所屠杀！我所做的一切都是为了遵循您的教诲。接收我吧，吾主！接收您谦卑的仆人！"紧接着他尖叫了一声，以为迎来了自己的死亡，但实际上不过是伊撒提着他的脖子和长袍，把他从石堆旁移开，扔到了池塘泥泞的浅水中。"我要淹死啦，上帝！"桑森叫道，"如同约拿[①]一样，被洪水冲进大海啦！基督教的殉道者！就像保罗和彼得一样，上帝，我现在来啦！"他吐出几个水泡，但除了他的上帝，没人在乎，所以他只能慢慢地将自己从污泥与浮萍中拖上岸，向正在移开石头的我的手下口吐诅咒。

石堆下面盖着几块木板，移开木板，一个塞满皮袋子的石箱露了出来。皮袋里全是金子，分量十足的金币、黄金链条、金雕塑、金项圈、金胸针、金手镯、金饰针……这些都是寻求圣荆棘保佑的无数朝圣者们带来的。亚瑟坚持让一个修道士统计并称量这些黄金，以便开具出准确的收据给修道院。他让我的人留下来监督计算过程，自己带着湿漉漉还不断抗议着的桑森，穿过院子，走到了神圣荆棘前。"在干预国王们的事情前，你最好先学会怎么种荆棘，主教大人。"亚瑟说，"你的国王神父一职不会恢复，你得待在这里学习农活。"

"保护好下一棵树的树根，"我向他建议，"移栽时，保持根系的湿润。别移栽开了花的树，主教，它们不喜欢被这样对待。你之前移过来的几棵树都不怎么样，你把它们从树林里挖过来的时间不对。冬天再移，挖个大

[①]《圣经》旧约中记载的人物，是一名先知。神吩咐他前往尼尼微城劝人悔改，否则城市将被神摧毁。约拿抗命逃离，乘船时遭遇风暴，落入大海。

洞，施上粪，盖上土，也许你会得到一个真正的神迹。"

"宽恕他们，上帝！"桑森双膝跪下，盯着潮湿的天堂。

亚瑟想去拜访托尔，不过他先去了诺维娜的坟墓，那里已经成为基督徒们膜拜的圣地。"她是位被凌辱的女人。"他对我说。

"所有的女人都是。"妮慕跟着我们来到了这个神圣荆棘旁的坟墓。

"不，"亚瑟说，"也许大多数人都是，但并不是所有女人，或是男人。这个女人遭受了凌辱，我们要为她报仇。"

"您有过报仇的机会，"妮慕的指责听来刺耳，"可您饶了甘德利亚斯的命。"

"因为我希望得到和平，"亚瑟说，"但下一次他一定会死。"

"您的妻子，"妮慕说，"答应把他留给我。"

亚瑟耸了耸肩，明白答应妮慕的请求之后会有多么残酷的事情发生，但他还是点了点头。"他是你的，"他说，"我保证。"他转身，带着我们俩在大雨中向托尔山顶走去。妮慕和我是回家，亚瑟是去见莫甘。

他在大厅中拥抱了他的姐姐。莫甘的黄金面具在暴雨风昏暗的光线下，暗淡地发着光。她的头颈上戴着黄金链条串起的熊爪，那是亚瑟很久以前从贝诺克带给她的。她紧紧靠着他，寻求安慰，我离开让他们单独相处。就好像从未离开过托尔，妮慕笔直地走进小门，去了重建后的梅林房间，而我跑进雨中，去了古多文的小屋。我看见年迈的抄写员坐在他的书桌前，却没有在工作。他患了白内障，已经失明了，不过他自己说他还能分辨出光与暗。"现在大多数时间都只有暗，"他遗憾地说，然后笑了笑，"我猜你现在已经长大，我没法再打你了，是吗，德瓦？"

"你能试一试，古多文。"我说，"不过也没啥用处了。"

"从来都没有用！"他咯咯笑了起来，"梅林上周在这里时说起过你。他没待太久。他来，跟我们说话，又留下一只猫——好像我们这儿的猫还不够多似的——然后就走了。他甚至没在这里过夜，走得非常匆忙。"

亚瑟王

"你知道他去哪儿了吗?"我问。

"他没说,但你觉得他会去哪里呢?"古多文的语气中还带着一丝以前的严厉,"去追妮慕了。至少我是这么觉得的,虽然我不明白他为什么要去找那个蠢姑娘。他应该给自己弄个奴隶。"他停顿了一下,突然间眼泪似乎要夺眶而出。"你知道瑟柏儿死了吗?"他继续道,"可怜的女人。她是被杀的,德瓦!被杀害了!喉咙被割开。没人知道是谁干的。我估计是一些旅人吧。这个世界都被狗给占了,德瓦,都落入狗嘴了。"他似乎迷失了片刻,然后又找回了自己的思路。"梅林应该弄个奴隶的。心甘情愿的奴隶没什么不好,镇上有许多人会为了一枚小硬币而卖身。过了古勒登以前的工坊有一个小屋,里头有个好女人,我一直去。虽然这些日子,我们大部分时间只是聊天而不上床。我老了,德瓦。"

"你看上去不老。而且梅林也没去找妮慕,她在这儿。"

雷声再次大作,古多文摸到了一小片铁,敲了敲以驱赶邪恶。"妮慕在这里?"他惊讶地问,"但我们听说她在亡者之岛!"他又摸了摸铁片。

"她之前是在那儿,"我平淡地说,"现在回来了。"

"妮慕……"他用不敢相信的语气念着她的名字,"她会留在这里吗?"

"不,我们今天都会离开去东面。"

"把我们孤零零地留在这里?"他暴躁地说,"我想海威了。"

"我也是。"

他叹了口气。"时过境迁,德瓦。托尔已经不是原来的托尔了。我们现在都老了,这里已经没有孩子了。我想那些孩子。可怜的德鲁依丹没可追逐的对象,佩里诺朝着虚空咆哮,而莫甘充满仇恨。"

"她不是一直这样吗?"我不当回事。

"她失去了她的力量。"他对我解释道,"不是解梦和治愈病患的力量,而是梅林在此、乌瑟坐在王位上时她所享受的权力。她恨这失去,德瓦,正如她恨你的妮慕。"他想了想,接着说:"格温薇儿要求妮慕前去杜诺维

334

瑞阿与桑森的教堂对抗时,莫甘尤为愤怒。莫甘觉得被召唤的人应该是自己,但我们听说格温薇儿殿下只喜欢美丽的人待在她身边,这让莫甘如何自处?"说到这里,他咯咯笑了两声。"但她还是个强大的女人,德瓦,而且她有她兄弟的雄心壮志。她不会一直待在这里听村民说梦、为产乳热病人磨草药的。她很无聊!无聊到会和那个卑劣的桑森主教下棋。他们为什么要把他送来怀君岛?"

"因为他们不想让他待在杜诺维瑞阿。他来这里真的是跟莫甘下棋吗?"

古多文点点头。"他说他需要智慧相伴,而她是怀君岛最聪明的人,我敢说他是对的。当然了,他向她传教,不停地说着什么处女生下个神,然后神被钉上十字架之类的蠢话,但莫甘大概没有听进去。至少我希望她没听进去。"他顿了一下,从一个角杯里喝了口蜂蜜酒,杯里飞进了一只黄蜂,它在酒里拼命挣扎。他放下酒杯,我挑出黄蜂,压扁在他的书桌上。"基督教改变了很多人的信仰,德瓦,"古多文接着说,"连古勒登的妻子,那个善良的女人蕊拉都改信基督了,古勒登和他们的两个孩子估计也会一起改信。这我倒是不介意,不过他们为什么老是唱歌呢?"

"你不喜欢唱歌?"我调笑道。

"没人比我更喜欢一首好歌!"他坚决地说,"《乌瑟战歌》和《塔拉尼斯的屠杀》才是好歌,那种呻吟呜咽唱着什么罪人得到救赎之类的不是。"他叹了口气,摇摇头。"我听说你之前在特雷贝斯岛?"他问。

我对他讲述了那个城市陨落的故事。这故事似乎正合时宜,屋外的大雨落在田野上,整个德莫尼亚被阴影笼罩。故事说完,古多文无神地盯着门外,一言不发。我以为他睡着了,但我站起身时,他挥手让我坐回椅子上。"情况像桑森主教说的那么糟糕吗?"他问。

"很糟,我的朋友。"我承认。

"告诉我。"

亚瑟王

我告诉他,爱尔兰人和康沃尔人正在西面洗劫,凯杜伊仍旧假装自己统治着一个独立的王国。崔斯坦尽可能地约束他父亲的士兵,但马克国王忍不住要趁德莫尼亚之危,从这里偷盗财富来充实他空虚的国库。我告诉他,阿尔的撒克逊人打破了和约,但高菲迪特的军队依旧是最大的威胁。"他召集了艾尔蒙特、波伊斯和瑟卢瑞亚的人马,"我告诉古多文,"一旦粮食收割完毕,他就会带着他们南下。"

"阿尔不会与高菲迪特作战,是吗?"老抄写员问。

"高菲迪特收买了阿尔。"

"高菲迪特会赢吗?"古多文问。

我停顿了很长时间。"不会。"我最后说,不是因为这是实话,而是我不想让这位老友担心他在世上看到的最后一道光亮是一把挥向他盲眼的利剑。"亚瑟会和他们作战。"我说,"而亚瑟还从没输过。"

"你也会与他们作战?"

"这是我现在的工作,古多文。"

"你本来可以成为一位很好的抄写员的。"他遗憾地说,"这是一个光荣且实用的职业,即使没人会因为它封我们做领主。"我本来以为他不知道我的头衔,可现在,我突然为曾那么沾沾自喜而感到羞愧。古多文拿起酒杯,又喝了一口。"如果你见到梅林,"他说,"让他回来。没有了他,托尔是死的。"

"我会告诉他的。"

"再见了,德瓦阁下。"古多文说。我有一种感觉,他知道我们有生之年不会再见。我想要拥抱这个老人,但他挥手把我赶跑,生怕透露出自己的情绪。

亚瑟在海口处等待,随后便将朝西穿越沼泽。沼泽被大雨冲刷成一片泥泞。"这对收成不好。"他郁闷地说。塞文海上闪电忽隐忽现。

"乌瑟去世时,也有过这样一场大风暴。"我说。

亚瑟裹紧了披风。"如果乌瑟的儿子还活着……"他没有说完。他的情绪像这天气一样黯然阴沉。

"乌瑟的儿子无法对抗高菲迪特，殿下。"我说，"还有阿尔。"

"还有凯杜伊，"他苦涩地补充道，"还有策尔迪克。敌人太多了，德瓦。"

"庆幸您还有朋友，殿下。"

他听到这句话，露出了微笑，又转头看向北方。"我担心一位朋友。"他轻声说，"我担心图锥克不愿作战。他已经厌倦了战争，对此我无法怪他。格温特遭受的战火比德莫尼亚要多。"他看着我，眼中含泪，或者那只是雨水。"我想要完成如此宏大的伟业，德瓦，"他说，"如此伟大的事业。但最终却是我背叛了他们，是吗？"

"不，殿下。"我坚定地说。

"朋友应该说实话。"他温柔地指责我。

"您需要格温薇儿，"我窘迫地说，"您注定要跟她在一起，不然诸神为何要在您订婚的晚上将她带去宴会大厅？殿下，我们不该揣测诸神的旨意，应该接受命运的安排。"

听到这话，他做了个鬼脸，他一直相信自己是命运的主宰。"你觉得我们应该一股脑儿地奔向自己的宿命？"

"殿下，我觉得，当命运抓住您时，您的确没有考虑那么多。"

"没错，"他小声地说，向我微笑，"你爱着什么人吗，德瓦？"他问。

"殿下，我唯一爱的女人，不可能成为我的女人。"我自怨自艾地回答。

他皱起眉头，同情地摇了摇头。"可怜的德瓦。"他轻柔地说道。他的语气中有些什么，让我忍不住看向他。难道他以为我说的女人包括了格温薇儿吗？我的脸涨红了，不知道该说些什么，但亚瑟已经转头看向从大厅走来的妮慕，"你一定要告诉我亡者之岛的事情，"他说，"等我们有时间

亚瑟王

了。"

"我会告诉您的,殿下,等您胜利之后。"我说,"等您需要好故事来度过漫长冬夜之时。"

"是的,"他说,"等我们胜利之后。"他听上去并不抱太大希望。高菲迪特的军队太庞大,我们却太渺小。

但在我们与高菲迪特开战之前,我们必须先用上帝的钱买来撒克逊人的和平。于是,我们向着洛依格前进。

在远远还未到达城镇之时,我们就已经闻到了德罗寇布法斯。第二天途中,这味道就传了过来,那时我们离被占领的城镇还有半天的路程,但东风已越过荒废的田地,带来了焚烧尸体的恶臭和烟雾。田野中的庄稼已经成熟,但在撒克逊人的威胁之下,人们全逃跑了。我们在昆迪欧过夜。这个罗马小镇的街道上挤满了难民,他们的牲口也占满了所有临时重修的冬季羊圈。在昆迪欧,没有人欢迎亚瑟,这不奇怪,因为人们都责怪他造成了这场漫长而残酷的战争。人们都在抱怨,乌瑟治下很和平,而亚瑟治下只有战争。

我们排成纵队,安静地跟在亚瑟的骑兵之后。他们穿戴盔甲,手持利剑长枪,但倒拿着盾牌,枪尖绑着绿色的树枝,以此来表明我们为和平而来。走在前锋之后的是兰瓦的枪兵,他们身后跟随着四十匹行李骡子,驮着桑森的黄金和亚瑟骑兵战斗时要穿的沉重马匹皮甲。另一小队骑兵殿后。亚瑟本人和我的狼尾枪兵一起走在领头的旗兵之后。亚瑟的仆人海崴德牵着主人的黑色母马勒姆芮,走在他身边的是一个陌生人,我估计是另一名仆人。妮慕和我们走在一起,和亚瑟一样,她也想跟我学一些撒克逊语,但两人都不是好学生。妮慕很快就厌倦了这粗俗的语言,而亚瑟的心事太多,只是敷衍地学了几个词语:和平、土地、长枪、食物、母亲、父亲。我会成为他的交涉人,这是第一次我代亚瑟发言,回应他的敌人,而之后还会有很多次。

我们在正午遇敌，那时我们正走下一座平缓的山丘，道路两旁都是树林。突然之间，一支箭从林中飞出，射中了走在最前面的塞格拉莫面前的草地。他举起一只手，亚瑟命令所有人保持静止。"不要拔剑！"他下令，"等等！"

撒克逊人一定已监视我们一早上，一小支军队已聚集起来面对我们。六七十名强壮的男人从树林中鱼贯而出，他们的首领是一个穿着胸甲的男人，走在一面人皮缝制的鹿角酋长旗帜下。

这位酋长显然和其他撒克逊人一样喜爱皮毛，这样的喜好很明智，很少有东西能像厚实的皮毛那样抵御剑击。这个男人的脖子上围着黑色毛皮领圈，上臂和大腿缠着皮毛条，身上其他的衣物都是皮革或羊毛制的：短上衣、长裤、靴子、顶部饰有一簇黑毛的皮头盔。他的腰间别着一把长枪，手中是撒克逊人最爱的武器——宽刃斧。

"你迷路了吗，威尔海斯？"他叫道。威尔海斯是他们对不列颠人的称呼，它的意思是外国人，而且带着一丝嘲弄的意味，就像我们称呼他们为赛思人。"或者你们活得不耐烦了？"他坚定地挡在我们的路上，两脚分开，头抬得很高，斧头搁在肩膀上。他长了一把棕色的胡子，头盔下露出一大蓬同样颜色的头发。他的手下有些穿着铁甲，有些穿着皮甲，基本上全带着斧子，排成了一道盾墙，拦住了路。有些人还牵着大狗，像狼一般大，最近我们听说，赛思人用这样的狗作为武器，先放狗冲击我们的盾墙，紧接着再用斧和枪冲锋。对我们中的一些人来说，这些狗远比撒克逊人要可怕。

我和亚瑟一同上前，停在目中无人的撒克逊人面前几步。我们都没有携带长枪和盾牌，剑也还在鞘中。"我的主人，"我用撒克逊语说，"是亚瑟，德莫尼亚的守护者，为和平而来。"

"暂时，"那个男人说，"我给你们和平，不过只是暂时的。"他狂傲地

亚瑟王

说。不过，对他而言，亚瑟的名字的确很响亮。他好奇地打量了我的主人一番，然后又看向我。"你是撒克逊人吗？"他问。

"出生时是的。现在我是个不列颠人。"

"狼会变成癞蛤蟆吗？"他皱起眉头，"为什么不再次成为撒克逊人？"

"因为我发誓效忠亚瑟，"我说，"现在的任务便是给你们的国王送来黄金。"

"作为一只癞蛤蟆，"那人说，"你倒挺会呱呱叫。我是德尔迪哥。"

我从未听说过他。"您的威名，"我说，"让我们的小孩做噩梦。"

他大笑。"说得好，癞蛤蟆。谁是我们的国王？"

"阿尔。"我说。

"我听不见你的话，癞蛤蟆。"

我叹了口气。"不列颠共主阿尔。"

"说得好，癞蛤蟆。"德尔迪哥说。我们不列颠人并不承认这个不列颠共主的头衔，但为了安抚这个撒克逊首领，我还是使用了它。我们说的话亚瑟一句都听不懂，他只是耐心等待我准备好帮他翻译。他总是相信自己指派的人，不会催促或干涉我。

"不列颠共主，"德尔迪哥说，"离这里有几个小时的路程。你能给我个理由吗，癞蛤蟆，为什么我要用涌进他领土的一群老鼠、耗子和恶蛆的消息来打扰他？"

"我们给不列颠共主带来了你想象不到数量的金子，德尔迪哥。"我说，"有足够多的黄金给你的人，你的妻子和女儿，甚至还够给你的奴隶。这个理由够了吗？"

"给我看看，癞蛤蟆。"

这很冒险，但亚瑟愿意冒这个险，他带着德尔迪哥和六个撒克逊人去了骡子旁，给他们看了看存放在袋子里的财宝。说冒险，是因为德尔迪哥有可能决定为了这财宝一战，但我们的人数比较多，亚瑟高头大马上的骑兵又起到了很好的威慑作用，所以德尔迪哥只是拿了三枚金币，说他会向不列颠共主报告我们的到来。"你们等在巨石阵，"他命令我们，"傍晚前到那里，我的国王会在早晨来见你们。"这命令说明阿尔已经知道了我们的到来，而且一定在猜测我们的目的。"待在巨石阵里能确保你们的安全，"德尔迪哥告诉我们，"直到不列颠共主决定你们的命运。"

我们走了整整一个下午才到达巨石阵，那个傍晚我第一次看见了巨石圈。梅林以前经常提起它们，妮慕也听说过它们的魔力，但没人知道它们的建造者是谁，也不知道这些经过打磨的巨石为何被排列成高耸的圆环。妮慕确信只有诸神才可能创造出这样的地方，所以，当我们靠近这些孤独的灰色庞然大物时，她念着祷词。傍晚的巨石在枯黄的草地上投射出长长的黑影。一条沟渠围绕着竖立排列的巨石，石柱顶上还有一些横向排列的巨石，这些粗糙巨大的廊柱内侧有更多竖立的石块，环绕着一座板状的祭坛。不列颠还有许多石圈，有些甚至周长更大，但没有一个比我们正敬畏沉默地靠近的这座更神秘威严。

妮慕念完咒语，告诉我们可以安全跨过沟渠了，于是我们充满惊奇地在这些诸神的巨石间穿行。石上长着厚厚的青苔，这些石块饱经风霜，有的已经倾斜甚至倒下，其余的则深深刻着罗马名字与数字。格兰特是这些巨石的领主，乌瑟创立了这个头衔以奖励抵御撒克逊人的东部国境守卫者，不过现在如果有一个人想得到这个头衔，就必须将阿尔赶出燃烧殆尽的德罗寇布法斯。妮慕对我说，阿尔要求在如此深入德莫尼亚的地方会见我们，是一种羞辱。

南面一英里处的山谷中长满树木，我们用骡子运来木头生了一堆大火，整个阴森的夜里，火光都一直很明亮。东面的地平线处有更多的火光，证明撒克逊人一直跟着我们。那晚的气氛很紧张。我们的火焰犹如贝尔登的熊熊烈火一般燃烧，但火光在巨石上投下的阴影依然让我们不安。妮慕在沟渠周围布下了守护咒语，这预防措施让我们的人稍稍安心了些，

亚瑟王

但警戒的马匹整晚都在嘶叫,踩踏草地。亚瑟怀疑它们能闻到撒克逊战狗的气味,但妮慕确信死者的灵魂在我们四周游荡。我们的哨兵紧握枪杆,巨石周围坟地间吹过的每一阵风都让他们坐立不安。没有狗、鬼魂或战士来打扰我们,但我们几乎无人入睡。

亚瑟整晚都没睡。晚上某时,他叫我陪他走走。我陪他绕着最外圈的巨石散步,他沉默地走了一会儿。他没有戴头盔,头发暴露在星空下。"我以前来过这里。"他突然打破了沉默。

"什么时候,殿下?"我问。

"十年前。也许十一年前。"他耸了耸肩,表示年数并不重要,"梅林带我来的。"他再次陷入沉默,我也没有说话,因为从他最后那句话里,我感觉到这里在他的记忆中是一个特别的地方。果然如此,最后他停下脚步,指向巨石阵中央像个祭坛般横躺着的灰色石头。"就在那里,德瓦,梅林给了我王者之剑。"

我低头看着那装饰有网格图案的剑鞘。"一份尊贵的礼物。"我说。

"一份沉重的礼物,德瓦。它伴随着重任。"他拉着我的手臂,我们继续向前走去,"他给我这把剑的条件是遵守他的命令,做他吩咐的事情。我去了贝诺克,向班学习国王的职责为何。我学习到,一位国王实际上同他治下最穷的平民没什么两样。这是班教会我的一课。"

"但班自己却没有学会这一课。"我悻悻地说,想起了班是如何无视子民,一味将特雷贝斯岛妆点得富足美丽。

亚瑟笑了。"有些人懂得很多,却做不到,德瓦。班非常睿智,只是不切实际。我必须两者兼备。"

"成为一位国王?"我壮着胆子问,如此的野心与亚瑟宣称的使命完全对立。

但亚瑟没有被我的话所冒犯。"成为一位统治者。"他说。他再次停下脚步,看着沉睡中的属下们那些覆盖着斗篷的深色身形。他们睡在石圈中心的石头那里，在我看来，那些石板在月光中微微闪光，或者这只是我夸张的想象。"梅林让我赤身裸体地站在那块石头上整整一夜，"亚瑟继续说道，"风中夹着雨点，那天很冷。他念着咒语，让我伸直手臂拿着剑，就一直保持这姿势。我记得我的手臂火辣辣地疼，终于变得麻木，但他仍不让我放下王者之剑。'握住它！'他冲我喊道，'握住它！'我就这么站在那儿，瑟瑟发抖，任他召唤亡者来见证这馈赠。他们真的来了，从彼世升至人间的战士，眼眶空洞，头盔生锈，他们前来见证我被赠予这把剑。"他若有所思地摇了摇头。"或者那些被蠕虫啃食的人都是我做梦梦到的。你看，我那时年纪还小，很容易受影响，而梅林很懂得如何将对诸神的敬畏塞入年轻的头脑中。我被一群死去的见证人给吓坏了。不过，梅林也教会了我如何领导别人、如何找到那些需要首领的战士、如何作战。他告诉了我我的宿命，德瓦。"他又一次陷入沉默，长脸在月光下露出坚定的神情，随后他悲哀地笑了笑，"都是胡说八道。"

他最后的几个字说得非常轻，我几乎没有听见。"胡说八道？"我无法掩饰自己的不赞同。

"我注定将不列颠交还给她的诸神。"亚瑟的语调中透露着对这个重任的嘲笑。

"您会的，殿下。"我说。

他耸了耸肩。"梅林想要一双强壮的手臂握住一把好剑，"他说，"但诸神想要什么，德瓦，我不知道。如果他们想要不列颠，为什么需要我？或者梅林？诸神需要凡人吗？或者我们只不过是狗，朝着主人狂吠，而他们却不想听？"

"我们不是狗，"我说，"我们是诸神的造物。他们创造我们一定有目的。"

"必须要有吗？也许我们只是他们取乐的玩物。"

"梅林说，我们与诸神失去了联系。"我固执地说。

亚瑟王

"就像梅林与我们失去了联系,"亚瑟坚定地说,"你也看见了,在你从特雷贝斯岛回来的那个晚上,他就离开了杜诺维瑞阿。梅林太忙了,德瓦。梅林追逐着他那不列颠宝藏,我们在德莫尼亚的所作所为对他来说一点也不重要。我可以为莫德雷德创造一个伟大的国家,我可以建立起公平的秩序,我可以带来和平,我可以让基督徒和异教徒在月光下共舞,但所有这一切都不能让梅林感兴趣。梅林唯一渴望的事情便是将一切都交还给诸神,当那一刻到来时,他会命令我将王者之剑交还给他。这是他的另一个条件,他说,我可以拿着诸神的剑,只要在他需要时归还。"

他语气中透出一丝嘲讽,我对此很介意。"您不相信梅林的梦想吗?"我问。

"我相信梅林是不列颠最睿智的人,"亚瑟认真地说,"他知道的事情之多远超我的想象。我也知道我的命运与他扭在了一起,我猜,就像你的命运和妮慕的交织在一起。但我也认为梅林从出生起就感到无聊,所以他在做的正是诸神所做的事,他在拿我们取乐。那就意味着,德瓦,我必须将王者之剑归还的时刻,一定是我最需要这把剑的时刻。"

"那您会怎么办?"

"我不知道。完全不知道。"他似乎觉得这个想法很好笑,自顾微笑了起来,然后将一只手搭上了我的肩膀。"去睡觉吧,德瓦。我明天需要你的巧舌,不希望它因为疲倦而含糊不清。"

我离开了他,一块隐现的巨石在月光中投下阴影,我在其中设法睡了一小会。入睡前,我躺着想象那个遥远的晚上,梅林用剑的重量使亚瑟的手臂酸疼,用命运的重担让他的灵魂不堪重负。为什么梅林选择了亚瑟,我很好奇,因为在我看来,亚瑟和梅林是两个极端:梅林相信运用神秘的力量才能打败混乱,但亚瑟相信人类的力量。我想,会不会是这样,梅林训练亚瑟如何统治人类,这样他自己就可以自由地去统治那些神秘力量。紧接着我意识到,虽然只是隐约意识到,终有一天我们必须在他们两人之间做出选择。我害怕那个时刻。我祈祷那个时刻永远不要到来。随后我就睡着了，直到太阳升起，将石圈外一块独石的阴影拉长至巨石阵的中心，我们疲倦的士兵正是在那里守卫着整个王国的赎金。

我们喝了点水，吃了硬面包，把剑扣上腰带，随后将黄金摊开放在祭坛石周围被露水打湿的草地上。"有什么能阻止阿尔拿走黄金，然后继续开战？"等候撒克逊人来时，我问亚瑟。毕竟，阿尔以前就拿过我们的黄金，但这并没有阻止他将德罗寇布法斯付之一炬。

亚瑟耸了耸肩。他穿着他的备用盔甲，这是一套罗马盔甲，频繁的战斗在上面留下累累伤痕。他在沉重盔甲外系了一条白色披风。"没有，"他回答，"除了他可能所剩无几的荣誉感。这就是为什么我们或许还得给他些别的东西。"

"别的东西？"我问。亚瑟没有回答，因为在晨光熹微的东面地平线上，撒克逊人出现了。

他们排成一长排出现在地平线，战鼓擂擂，长枪列阵，但他们的武器上都插着树叶，以示他们并不会立即攻击我们。阿尔带领着他们。他是我见过的第一个号称自己为不列颠共主的人，以后我还会见到一位，那位将带给我们更多的麻烦，但阿尔也已经很麻烦了。他是个高个子，五官很平，看上去很严肃，深色的眼睛里没有透露出半分心事。他的胡子是黑色的，脸颊上有战斗留下的伤疤，右手缺了两根手指。他身着黑衣，系着皮带，脚踏皮靴，铁头盔上安着两个牛角。日间的气温上升，他也随之脱下了华丽的熊皮斗篷。他的旗帜是插在长枪上的抹着鲜血的公牛头骨。

他的军队有两百人，也许更多，一半以上的人用皮绳牵着巨大的战狗。战士们身后是一群妇孺和奴隶。撒克逊人的人数远远超过我们，但阿尔信守承诺，并没有发起攻击，至少在他对我们的命运作出决定之前，他的手下也没有表现出敌意。他们的队列在石圈的沟渠外停下，阿尔带着他的顾问、交涉人和两个巫师前来见亚瑟。巫师们的头发用粪便粘成硬刺

亚瑟王

状,身上都穿着破烂的狼皮斗篷。当他们转着圈念咒时,狼腿、狼尾和狼头外翻,露出他们描画着图案的身体。他们一边靠近,一边叫喊着咒语,来抵消我们可能对他们首领施展的伤害魔法。妮慕蹲在我们身后,念着她自己的反制咒。

两位首领互相掂量着彼此。亚瑟比较高,阿尔比较壮。亚瑟的脸令人印象深刻,而阿尔的令人害怕。这是一个远渡重洋,在陌生土地上通过野蛮直接的残忍手段建立了一个王国的男人。"我应该现在杀了你,亚瑟,"他说,"这样就少一个敌人。"

他的巫师赤身裸体包裹在虫蛀的狼皮下,蹲在他的身后。一个嚼着一嘴泥土,另一个翻着白眼,妮慕则露出了自己空空的眼眶,朝他们发出嘶嘶声。妮慕和巫师们之间的争斗不见硝烟,两位首领对此都没有多加理会。

"会有那一天的,阿尔。"亚瑟说,"我们可能会在战场相遇,但现在我想与你建立和平。"我以为亚瑟会向阿尔鞠躬,因为他是位国王,而亚瑟不是。但亚瑟以平等的礼节对待不列颠共主,阿尔倒也欣然接受。

"为什么?"阿尔直率地问。他不像我们不列颠人那么拐弯抹角。我开始注意到我们和撒克逊人之间的差别,不列颠人想问题会绕弯,就像是他们珠宝上那些复杂的螺旋花纹,而撒克逊人非常直接,仿佛他们沉重的黄金胸针和厚实颈链那般粗糙;不列颠人很少直奔主题,往往婉转曲折,先提出些暗示,说话充满技巧,撒克逊人则不在乎这些精巧的设计。亚瑟曾经说我有着撒克逊人的直截了当,我想这是一种称赞。

亚瑟无视了阿尔的问题。"我本以为我们之间已经达成了和平。我们用黄金立下了和约。"

阿尔的脸上毫无一丝打破停战协定的羞愧。他只是耸了耸肩,就好像破坏和平是一件再小不过的事情。"既然之前的和约都被撕毁了,为什么你还要再买一个?"他问。

"因为我和高菲迪特之间有些矛盾，"亚瑟以撒克逊人直率的礼貌回应，"所以我需要你的帮助。"

阿尔点点头："但如果我帮助你摧毁高菲迪特，你就更强大了。我为什么要那么做？"

"如果你不帮我，高菲迪特就会摧毁我，而他会变得非常强大。"

阿尔大笑起来，露出一口烂牙："狗会在意它杀的是哪只耗子吗？"

我把这句话翻译成了，狗会在意它扑倒的是哪头牡鹿吗。这样比较婉转，我注意到阿尔的交涉人，一个不列颠奴隶并没有将这事告诉他的主人。

"不，"亚瑟说，"但这两头牡鹿并不相同。"阿尔的交涉人将牡鹿翻译成了耗子，我也没有告诉亚瑟。"至少，阿尔殿下，"亚瑟继续说道，"我只会保护德莫尼亚，让波伊斯和瑟卢瑞亚成为我的盟友；但如果高菲迪特胜利，他将集结艾尔蒙特、雷吉德、波伊斯、瑟卢瑞亚和德莫尼亚一起来对抗你。"

"但你这边还有个格温特。"阿尔说。他是个精明人，反应很快。

"没错，但如果不列颠和撒克逊人爆发战争，格温特也同样会支持高菲迪特。"

阿尔哼了一声，现在这种不列颠内战的情况，对他来说是最好的，但他知道不列颠的战争总会结束。高菲迪特现在看起来很快就会赢得这场战争，亚瑟的到来给了阿尔一个途径来延长他敌人们之间的争斗。"所以你想让我做什么？"他问。他的巫师现在正四肢着地上下蹦跳，就像是人形的蚱蜢，妮慕则在地上摆起了鹅卵石。鹅卵石组成的图案一定干扰到了那些撒克逊巫师，他们开始发出小声的痛苦叫声。阿尔无视了他们。

"我希望你能给德莫尼亚和格温特三个月的和平。"亚瑟说。

"你只要和平？"阿尔吼道，连妮慕都被吓了一跳。撒克逊首领朝蹲坐在浅沟之外的军队、女人、狗和奴隶挥了下手。"和平，那对战士来说有

亚瑟王

什么用？告诉我！我保证过他们能获得黄金之外的东西，土地！奴隶！威尔海斯的鲜血！而你要和平？"他吐了口唾沫，"以索尔①之名，亚瑟，我会给你和平，你的骨骸将获得和平，我的手下会轮流上你的老婆。那就是我的和平！"他又朝草地上吐了口口水，然后看着我。"告诉你的主人，狗，"他说，"我的大半手下刚刚渡海前来。他们没有粮食，没有东西可以过冬。我们不能吃黄金。如果我们不去抢土地和谷物，我们就会饿死。饿死的人还谈什么和平？"

我翻译给亚瑟听，去除了那些过分的侮辱言辞。

亚瑟的脸上流露出痛苦的神情。阿尔看见了，认为这是软弱的表现，于是轻蔑地转过身。"我给你两个小时逃跑，可怜虫。"他头也不回地说道，"然后我就会来追你。"

"莱地。"亚瑟没有等我翻译阿尔的威胁就说道。

撒克逊人转过身。他没有说话，只是盯着亚瑟的脸。他的熊皮外袍上散发出恶臭，汗液、粪便和油脂的混合气味。他等待着。

"莱地，"亚瑟重复，"告诉他可以去夺取莱地。告诉他，那里有他渴望的所有东西。告诉他那里的土地将是他的。"

莱地是个要塞，护卫着高菲迪特东面与撒克逊人相接的边界。如果高菲迪特失去了那个要塞，那撒克逊人的势力就会向波伊斯的腹地扩张二十英里。

我翻译了，花了不少时间向阿尔说明莱地的情况，他最后终于明白了。他并不满意，因为莱地是个强大的罗马要塞，有一道高菲迪特加固过的高耸土墙。

亚瑟解释说，高菲迪特已经将要塞驻军最精锐的枪兵都征调去了他侵略格温特和德莫尼亚的大军。他不需要解释，高菲迪特之所以作出这么冒

---

① 也译为托尔（Thor），北欧神话中掌管战争与农业的神。

险的调兵,是因为他相信自己已从阿尔这里买到了和平,亚瑟现在正是要花大价钱破坏这和平。亚瑟透露,一群基督徒在莱地建立了一个修道院,就在要塞墙外,修道士们来来去去进出要塞,已经开出了一条小路。他解释说,要塞指挥官是高菲迪特手下少有的一位基督徒,他为修道院大开方便之门。

"他怎么知道的?"阿尔问我。

"告诉他,我这里有一个人,是莱地来的,他知道如何去修道院,愿意做向导。告诉他,我所要求的只是放这个人一条生路。"我意识到那个和海崴德走在一起的陌生人是谁了。我也同样意识到,亚瑟早在离开杜诺维瑞阿之前就知道他必须牺牲莱地。

阿尔要求知道这个叛徒更多的情况,亚瑟告诉他,这个人离开波伊斯转投德莫尼亚是为了报仇,他的妻子为高菲迪特手下的一个首领抛弃了他。

阿尔和他的顾问商议时,那两名巫师冲妮慕胡言乱语,其中一个用一根人类的大腿骨指着她,但妮慕只是对其吐了口口水。这举动似乎结束了他们的巫术较量,两名巫师慢吞吞地退后,妮慕也站起身,搓干净手。阿尔的顾问与我们讨价还价,他们一开始坚持要我们交出所有的大战马,但亚瑟要求用他们所有的猎狗进行交换,最后,到了下午,撒克逊人终于接受了莱地和亚瑟的黄金。这也许是不列颠人付给撒克逊人最大的一笔黄金,但阿尔还坚持要两名人质。他保证,如果攻击莱地不是亚瑟和高菲迪特一起设下的陷阱,那这两人就会被释放。他随意选了亚瑟的两名战士——巴林和兰瓦。

那晚,我们与撒克逊人一起用餐。我对这些与我同族的男人们很好奇,甚至担心自己也许会对他们产生亲情,但事实上我很讨厌他们。他们的笑话粗俗下流,举止粗野无礼,裹着皮毛的身体散发出令人作呕的恶臭。他们中的一些人嘲弄我,说我长得像他们的国王阿尔,但我觉得他那

亚瑟王

张又平又凶的脸和我自己的脸没有一丝相似。阿尔最后终于冲那些嘲弄者咆哮,让他们闭嘴,然后冷冷地看了我一眼,命令我去请亚瑟的人来与他们共进晚餐。我们戴着手套,啃着大块的烤肉,咬着滚烫的血肉,直到鲜血淋漓的酱汁从胡子上滴落。我们给他们蜂蜜酒,他们回之以麦酒。一些人喝醉,开始斗殴,但没人被杀。阿尔和亚瑟一样保持清醒,但不列颠共主的两名巫师都酩酊大醉,倒在自己的呕吐物旁睡去。阿尔解释说,他们两个是被诸神触碰过的疯子。他说,他还有其他的巫师,神志清醒的巫师,但疯狂者拥有一种特别的力量,那是撒克逊人可能需要的。"我们担心你带梅林来。"他解释道。

"梅林是他自己的主人,"亚瑟回答,"但这位是他的女祭司。"他指指正用独眼盯着撒克逊人的妮慕。

阿尔做了个手势,这一定是他自己用来阻止邪恶侵袭的方式。他因为梅林而害怕妮慕,我很高兴知道这点。"但梅林在不列颠?"阿尔担忧地问。

"一些人这么说,"我替亚瑟回答,"但另一些人却不这么说。谁知道呢?也许他正在外面的黑暗中潜伏。"我冲着火堆之外的黑暗摆了摆头。

阿尔用枪柄把他的一位疯巫师戳醒。那人可怜巴巴地号叫了一声,阿尔似乎很满意,觉得这声音能转移任何巫术。不列颠共主已将桑森的十字架戴在了自己的脖子上,他的手下也戴上了怀君岛的那些沉重金项圈。晚些时候,当大多数撒克逊人都鼾声如雷时,他们的一些奴隶告诉了我们德罗寇布法斯被攻陷的经过——格兰特亲王是如何被活捉,又是如何被折磨至死的。这故事让亚瑟落下眼泪。我们没有人十分了解格兰特亲王,只知道他是一个谦逊朴实的人,尽自己最大的力量阻挡不断扩张的撒克逊势力。一些奴隶求我们带他们走,但我们生怕提出这要求会触怒我们的东道主。"有一天我们会来救你们的,"亚瑟向这些奴隶保证,"一定会的。"

撒克逊人于第二天下午离去。阿尔坚持要我们在巨石阵再待一整晚,以确保我们不会跟踪他,他的军队带走了巴林、兰瓦和那个波伊斯人。亚

350

瑟询问妮慕,阿尔是否会遵守承诺,妮慕点头并说自己梦到了撒克逊人的服从以及两名人质的平安归来。"但我们的手上沾满了莱地所有人的鲜血。"她的话十分不祥。

我们收拾行囊,但要到明日破晓才能离开。亚瑟从来不喜欢被迫无所事事,傍晚时,他邀我与塞格拉莫一同去南面的树林中走走。最初我们看似是漫无目的地漫步,但最后亚瑟在一棵覆盖着长毛状灰色苔藓的巨大橡树前止步。"我觉得自己很卑劣,"他说,"我没有遵守对贝诺克的誓言,现在又付钱让几百个不列颠人去死。"

"您不可能救下贝诺克的。"我强调说。

"一块不养枪兵却养诗人的土地不配生存下来。"塞格拉莫补充道。

"不管我能不能救它,"亚瑟说,"这不是重点。我向班许下誓言却没有遵守。"

"自己家里都着火了,怎么还有空去帮邻居家灭火呢?"塞格拉莫说。他的黑肤色以及与阿尔相似的凶恶长相都让撒克逊人很着迷。许多人曾经在去年和他交战,相信他是梅林召唤来的某种恶魔。亚瑟曾经想利用这种恐惧,他提到过想让塞格拉莫留在这里保卫国界。但事实上,亚瑟会带塞格拉莫去格温特,因为他需要自己最好的战士来对战高菲迪特。"您不可能实现您对贝诺克的誓言,"塞格拉莫继续说,"所以诸神会原谅您的。"塞格拉莫对诸神与人有着一种粗鲁的实用主义看法,这是他的优点之一。

"诸神也许会原谅我,"亚瑟说,"但我不会。可现在我付撒克逊人钱让他们去杀不列颠人。"他因这个想法而全身颤抖。"昨天晚上,我渴望见到梅林,"他说,"想知道他是否会同意我们的做法。"

"他会的。"我说。妮慕也许不同意牺牲莱地的做法,她的心灵比梅林要纯洁。她明白收买撒克逊人的必要性,但厌恶用不列颠人的血来收买他们这件事——即使那些鲜血属于我们的敌人。

"但不管梅林怎么想都无所谓。"亚瑟生气地说,"就算不列颠的每一

亚瑟王

个神父、德鲁伊和吟游诗人都不赞同也无所谓。去向另一个人询问意见，就是逃避责任。妮慕是对的，我应该为莱地死去的所有人负责。"

"可您还能怎么做呢？"我问。

"你不明白，德瓦。"亚瑟语带苦涩，表面上是在指责我，其实却是在指责自己，"我一直都知道阿尔要的不仅是黄金。他们是撒克逊人！他们不想要和平，他们想要土地！我早就知道了，不然为什么要带上那个可怜的莱地人？在阿尔要求之前，我就已经打算给他了，可这样的计谋会让多少人送命？三百？会让多少女人成为奴隶？两百？多少孩子？多少家庭会破裂？而这一切又是为了什么？证明我胜过高菲迪特，是个更好的领袖？我的生命抵得上这么多的灵魂吗？"

"那些灵魂，"我说，"会让莫德雷德坐稳王座。"

"又一个誓言！"亚瑟痛苦地说，"所有这些约束着我们的誓言！我对乌瑟许诺过要将他的孙子置于王座，我向雷欧狄甘许诺过要帮他夺回汉尼斯维恩。"他突然住口，塞格拉莫以一种警惕的眼神看着我，这是我们第一次听说还有一个诺言要实现——攻打丢尔纳赫，那位夺去雷欧狄甘国土的可怕爱尔兰人，林恩的国王。"而我，"亚瑟苦闷地说，"竟总是轻易打破诺言。我打破了对班的诺言，背弃了和夏汶的誓言。可怜的夏汶。"这是我们第一次听见他公开哀叹那个破裂的承诺。我曾经以为，在亚瑟的天空中，格温薇儿这颗太阳的光芒如此耀眼，早已让夏汶那暗淡的星光消失不见，但对波伊斯公主的记忆似乎仍像一根针般扎在亚瑟痛苦的良心上。就像如今莱地的末日一样。"也许我应该派人警告他们。"他说。

"然后失去两名人质？"塞格拉莫问。

亚瑟摇头。"我去代替巴林和兰瓦。"

他真的想这么做，我能看得出来。悔恨和痛苦正噬咬着他，他想摆脱这良心与责任的一团乱麻，即使代价是自己的生命。"梅林如果知道了，一定会嘲笑我。"他说。

"是的。"我同意,"他会的。"梅林的良心——如果他还有那么一丝的话——只不过是他会想到旁人的无知,从而刺激自己去做出相反的举动。梅林的良心是取悦诸神的玩笑,亚瑟的则是一副重担。

现在他盯着橡树下覆盖着苔藓的土地,让自己的心陷入一片阴郁,日光也渐渐地转为暮色。他真的想要放弃一切?去阿尔的驻地,用自己的生命去换回莱地的生灵?我觉得是真的,但他潜伏着的野心压过了他的绝望,正如潮水漫过特雷贝斯岛阴冷的沙滩。"一百年前,"他慢慢地说,"这片土地是和平的,也是公正的。一个人可以开垦一片土地,并知道他的孙辈们还能生活在这片土地上。但这些孙辈们都死了,被撒克逊人或自己人所杀。如果我们不做些什么,那这混乱就会一直蔓延,直到什么也不剩,除了欢腾的撒克逊人和他们的疯狂巫师。如果高菲迪特赢了,他会掠夺德莫尼亚所有的财富;但如果我获胜,我会拥抱波伊斯犹如亲兄弟。我痛恨我们现在的所作所为,但这么做却能将事情引上正轨。"他抬头看着我们两人。"我们都是密特拉教的成员,"他说,"所以你们可以见证我向密特拉立下誓言。"他顿了顿。他痛恨誓言和随之而来的责任,但在与阿尔会面之后,他仍然愿意在肩上添加一副新的重担。"帮我找块石头,德瓦。"他命令道。

我将一块石头踢出土,擦干净上面的泥,然后根据亚瑟的命令,用刀尖在石头上刻上了阿尔的名字。亚瑟用自己的匕首在橡树下挖了一个深坑,然后站起身。"我的誓言如下,"他说,"若我赢得与高菲迪特的战斗,我将为莱地那些被我所杀的无辜灵魂复仇。我将杀死阿尔。我将摧毁他和他的战士。我将让他们的尸体为渡鸦所噬,将他们的财富给予莱地的孩子。你们二人是我的见证者,如果我有违此誓,你们都可以不再为我效命。"他把石头扔进坑中,我们三人一起踢上土将它覆盖。"愿诸神宽恕我,"亚瑟说,"为那些我制造的死亡。"

然后,我们便出发去制造更多的死亡了。

我们取道科里尼翁前去格温特。艾利恩还居住在那里，虽然亚瑟见了自己的儿子，但没有与他们的母亲见面，这是为了不让风言风语伤害他的格温薇儿。不过他派我带了个礼物给艾利恩。她友好地接待了我，但看见亚瑟的礼物时，不屑地耸了耸肩。那是一枚小胸针，上面饰着一只银色的动物，好似野兔，然而腿和耳朵都要短些。这是从桑森的教堂里搜刮来的珠宝之一，但亚瑟一丝不苟地用自己钱袋里与胸针等价的硬币置换了过来。"他希望能送给你些更好的东西，"我传达亚瑟的口信，"但如今啊，必须把我们最好的珠宝给撒克逊人。"

"曾几何时，"她苦闷地说，"他送我礼物是出于爱情，而不是内疚。"艾利恩仍然是个引人瞩目的女人，虽然她的头上已生出几丝华发，双眸也蒙上了屈从的阴影。她身着一条蓝色羊毛长裙，头发分成两股，在耳上盘成圈。她凝视着那个陌生的动物。"你觉得这是什么？"她问我，"这不是只野兔。是猫？"

"塞格拉莫说这是一只穴兔。他曾经在卡帕多西亚①见过它们，不管那是什么地方。"

"塞格拉莫说的不能全信。"艾利恩一边责备我，一边将小胸针别上她的长裙。"我的珠宝很多，都可以媲美一位王后了。"她将我带到她罗马房子的小庭院中，"但我仍然是个奴隶。"

"亚瑟没有给你自由？"我震惊了。

"他担心我会搬回阿莫里凯，或是回爱尔兰，将双胞胎带走。"她耸了

---

① 小亚细亚东部的古王国。

耸肩，"等孩子们长大，亚瑟就会放我自由，你知道我会怎么做吗？我就待在这里。"她指了指藤蔓阴影下的一把椅子。"你看上去长大了些，"她边说边从一个包裹着柳条的酒瓶中倒出淡黄色的酒，"我听说露奈特离开你了？"她递给我一个大角杯。

"我们离开了彼此，我觉得。"

"我听说她现在是位艾西斯女祭司了，"艾利恩的口气中带着嘲讽，"我听说了许多杜诺维瑞阿的事情，但连一半都不敢相信。"

"比如呢？"我问。

"如果你不知道，德瓦，那还是继续不知道的好。"她轻抿了一口酒，对它的味道不满地皱了皱眉，"亚瑟也是。他从来不想听坏消息，只愿听好的。他甚至相信双胞胎身上还有一丝美德。"

一位母亲居然这么说自己的孩子，这让我大大吃惊。"我敢肯定是这样的。"我说。

她平静地看了我一眼，眼中却有笑意。"这两个孩子不比他们以前好多少，德瓦，他们从来都不是好孩子。他们怨恨自己的父亲，觉得自己应该是王子，所以表现得也像王子一样。这镇上的所有恶作剧都有他们俩的份儿，如果我想要管教他们，他们就骂我是个婊子。"她弄碎了一片蛋糕，把碎屑扔给一群觅食的麻雀。一个仆人在院子远处用扫帚扫地，艾利恩命令他离开，然后询问起战争的事情，我试图掩饰自己对高菲迪特大军的悲观想法。"你能把安赫和罗赫带去吗？"片刻之后艾利恩问，"他们也许能成为好士兵。"

"我觉得，他们的父亲会担心他们还太小。"我说。

"说得好像他真的会担心似的。他送钱给他们，我宁愿他不要这么做。"她把玩着她的新胸针，"镇里的基督徒都说，亚瑟已经完了。"

"还没有呢，夫人。"

她笑了。"还早着呢，德瓦。人们低估了亚瑟。他们看过他的善良，见过他的仁慈，听过他关于正义的演讲，但没有人，甚至连你也是，知道他内心熊熊燃烧的东西。"

"是什么？"

"野心。"她直截了当地说，然后思索了一秒。"他的灵魂，"她继续说，"是一辆彼此撕扯的双驾马车，它们分别是野心和良心，但是我告诉你，德瓦，野心是右手驾驭的，它总能胜过另一匹。而他有能力，非常有能力。"她悲伤地微笑，"等着看吧，德瓦，当他看似要完蛋时，当一切都跌入谷底时，他一定会让你大吃一惊。我以前曾经见过。他会胜利，但那时良心的马又会使劲拉它的缰绳，亚瑟就又会犯下他常犯的那个错误——原谅他的敌人。"

"这不好吗？"

"这不是好不好的问题，德瓦，而是现实不现实的问题。我们爱尔兰人比任何人都明白一件事——原谅你的敌人就意味着你将一次又一次地与之战斗。道德和权力让亚瑟迷惑，而他对人性本善的信念让这一切持续恶化，他甚至相信人性本善，包括最坏的人。记住我的话，这就是为什么他永远都不可能得到和平。他渴望和平，谈论和平，但正是他自己轻信的灵魂让他永远都有敌人。除非格温薇儿能让他变得冷酷一些？也许她真的可以。你知道她让我想起了谁吗？"

"我记得你好像没见过她。"我说。

"我也从没见过她让我想起的那个人，但我听说过许多事情，而且我太了解亚瑟了。听上去她像他的母亲，高调而强势，我猜，无论是什么事，只要能讨她欢心，亚瑟都会去做的。"

"即使代价是他的良心？"

这个问题让艾利恩笑了起来。"你应该知道，德瓦，有些女人总是希望她们的男人付出异常高的代价。男人付出得越多，女人就越值钱，我估计格温薇儿对自己的估价一定相当高。她理应如此，我们都应当如此。"

她最后一句话的语气带着伤感,说完她站起身。"向他带去我的爱意,"我们走回房子时,她对我说,"请他带他的儿子们上战场。"

但亚瑟不肯带上他们。"再给他们一年时间。"第二天早上我们离开时,他对我说。他和双胞胎一起吃了晚餐,给了他们一点小礼物,但我们所有人都注意到,在他们的父亲表达爱意时,安赫和罗赫十分闷闷不乐。亚瑟也注意到了,也正因如此,在我们西行的路上,他格外地阴沉。"未婚女子生下的孩子,"他沉默了好久后说,"灵魂是不完整的。"

"您的灵魂呢,殿下?"我问。

"我每天早晨都一片一片地修补着,德瓦。"他叹了口气,"我应该多陪陪安赫和罗赫,天知道我哪儿来的时间,尤其是再过四到五个月我又要做父亲了。如果我还活着的话。"他郁郁地补充道。

原来露奈特是对的,格温薇儿的确怀孕了。"我为您感到高兴,殿下。"嘴上这么说,但我却想到了露奈特说的,格温薇儿对自己这状态的不满。

"我也为自己高兴!"他大笑起来,阴郁的情绪突然一扫而空,"为格温薇儿高兴。这对她来说是件好事。德瓦,再过十年,莫德雷德就能坐上王座,格温薇儿和我也能找个好地方,好好养牛、孩子和猪!到时候,我就快乐了。我要训练勒姆芮拉车,用王者之剑赶牛。"

我试着想象格温薇儿是个农妇,即使是个有钱的农妇,这画面也无论如何都想象不出,但我没说什么。

离开科里尼翁,我们去了格兰温,随后越过塞文河向格温特的腹地进军。我们很显眼,因为亚瑟故意让旗帜飘扬,让骑兵全副武装。我们高调进军,是为了给当地人新的信心,他们现在一点儿都没有。所有人都觉得高菲迪特会胜利,即使现在是丰收季,那些村子里也是一片愁云惨淡。我们途经一个打谷场,那里的歌者唱着《伊希尔特挽歌》,而不是往常那些让打谷充满节奏的欢快歌曲。我们还注意到,每个村子、每栋房子、每间

亚瑟王

小屋都没有任何值钱的东西。所有东西都被藏起来了,也许是埋到了地下,这样高菲迪特的侵略者就不会把老百姓的所有东西洗劫一空了。"鼹鼠们又富了。"亚瑟苦涩地说。

只有亚瑟一人没有穿上他最好的盔甲。"我把鱼鳞甲给墨凡斯了。"当我问起他为什么穿着备用甲时,他告诉我。墨凡斯就是多年前那个相貌丑陋的战士,当初他跟着亚瑟来卡丹城堡,在晚宴上和我成为了朋友。

"墨凡斯?"我惊讶地问,"他是怎么赢得如此礼物的?"

"不是礼物,德瓦。墨凡斯只是借用。上周的每一天,他都在拼命向高菲迪特的军队靠近。他们觉得我已经到了,也许这会让他们暂缓脚步吧?至少到目前为止,我还没有听说他们发动了任何攻击。"

想到墨凡斯那张丑脸掩在亚瑟的头盔面罩之后,我就忍不住大笑起来。也许这骗术真的生效了,我们与图锥克国王在马格尼斯的罗马要塞中会合时,敌人还没有离开他们波伊斯山丘上的据点。

图锥克身着精美的罗马盔甲,看上去几乎已是个老人了。他头发花白,马车里有一级帮助上下的台阶,我上次见他时,还没有这东西。他对阿尔的消息嗤之以鼻,随后又努力想要表现得更恭敬些。"好消息。"他草草地说,揉了下眼睛,"不过天知道,高菲迪特根本不需要撒克逊人帮忙就能击败我们。他的兵力很充足。"

罗马要塞中一片沸腾的繁忙景象。军械师制造着枪尖,方圆几英里的白蜡树都被砍下成为枪柄。每个小时都有货车载着新收割的粮食到达,面包师傅的烤箱和铁匠们的熔炉一样熊熊燃烧,城墙上始终笼罩着一层浓烟。但即使收获了这么多粮食,军队还是在挨饿。大多数枪兵都在城墙外扎营,有些驻扎在好几英里之外,对如何分配那些烤得太硬的面包和干涩的豆子总是会产生很多争执。另一些部队则抱怨水被驻扎在上游的人的茅厕给污染了。疾病、饥饿、逃兵,这些都证明了,无论是图锥克还是亚瑟,都从未遇到过统率这么大一支军队会造成的问题。"但如果我们遇上了问题,"亚瑟乐观地说,"想象一下高菲迪特会遇上的麻烦。"

"我倒是宁愿遇上高菲迪特的那些麻烦。"图锥克沮丧地说。

我的枪兵还由加拉哈特统率,驻扎在马格尼斯北面八英里处,图锥克的指挥官阿格里科拉也在那里监视着格温特和波伊斯之间的山丘,此处正是前线所在。再见到他们的狼尾头盔,我感到一阵狂喜。在经历过村庄间蔓延的失败氛围后,突然看到至少有些人永远不会被打倒,这让我感觉好多了。妮慕和我一起去了驻地,我的人都围着她,让她抚摸枪尖和剑刃,给予他们力量。我注意到,即使是那些基督徒,也想要她的异教碰触。她在做梅林的工作,人们知道她曾经去过亡者之岛,所以认为她的法力几乎和她的师父一样强大。

阿格里科拉在一顶我从未见过的帐篷里接见了我。这是一顶奇妙的帐篷,中间一根高柱和四角四根支柱撑起了一面亚麻布顶盖,阳光透过顶盖照射进来,让阿格里科拉的灰白短发变成了奇异的黄色。他穿着他的罗马盔甲,坐在一张铺满了羊皮纸卷的桌前。他向来严厉,招呼之词也是敷衍了事,但他却补充了一句对我手下的评价。"他们相当自信,我们的敌人也是,但,敌众我寡。"他的语气很严峻。

"多少?"我问。

阿格里科拉似乎被我的直率冒犯到了,但我已不是当年第一次见到格温特大将时的少年了。现在,我自己也是位领主,是位军队首领,我有权利知道我的手下们有多少胜算。也许并不是我的直截了当冒犯到了阿格里科拉,他可能只是不愿想起敌人的巨大优势。尽管如此,最后他还是给了我数字。"根据我们的斥候回报,"他说,"波伊斯在本国召集了六百名枪兵。甘德利亚斯从瑟卢瑞亚带来了两百五十名,也许还不止。艾尔蒙特的甘瓦尔派来了两百名士兵,天晓得还有多少无主之人聚集到了高菲迪特的旗帜下,想要在劫掠中分一杯羹。"无主之人是那些流氓、被流放者、杀人犯和野蛮人,他们会为在战争中抢夺战利品而被吸引进军队。这些人很

亚瑟王

可怕,因为他们没有任何东西可以失去,但所有一切都可以成为他们的战利品。我怀疑我们这里没多少这种人,不仅是因为我们似乎注定要输,还因为图锥克和亚瑟都不喜欢这些无法无天的家伙。不过有趣的是,亚瑟手下最好的一些骑兵就曾经是这种人。而像塞格拉莫这样的战士,他们曾经服役的罗马军队被意大利异教徒入侵者粉碎了,于是年轻的亚瑟很天才地利用这些无主的雇佣兵组成了一支军队。

"还有,"阿格里科拉继续道,"康诺瓦王国也派来了人。就在昨天,我们打探到伊仑之子欧依戈斯从德米缇亚带来了他的黑盾军,也许有一百多人?另外的一份探报说,格温内德军也加入了高菲迪特的盟军。"

"是民兵?"我问。

阿格里科拉耸了耸肩:"五六百个?也许上千。但他们会等粮食收割结束再来。"

我开始希望自己没有问过这个问题了。"那我们的人数呢,阁下?"

"现在算上亚瑟的人……"他停顿了一下,"七百名枪兵。"

我沉默了。怪不得格温特和德莫尼亚的人埋起了他们的财物,私下里说着亚瑟应该离开不列颠。我们面对的是一尊庞然大物。

"如果您不将这数字外泄,我会很感激的。"阿格里科拉尖刻地说,感激这个概念对他来说似乎完全陌生,"我们已经有太多逃兵了。再多的话,我们还不如现在就挖好自己的坟。"

"我的手下不会有逃兵。"我说。

"是的。"他说,"暂时还没有。"他站起身,从支柱上取下挂着的罗马短剑,走到门口,朝着敌人所在的山丘投去了恶毒的一瞥。"人们说您是梅林的朋友。"

"是的,阁下。"

"他会来吗?"

"我不知道,阁下。"

阿格里科拉咕哝了一声。"我祈祷他会来。有人得跟这支军队好好谈谈，让大家恢复理智。今晚，所有的指挥官都被召集去马格尼斯，开作战会议。"他苦闷地说，似乎知道这种会议只会带来更多的争执，而不是合作。"日落前到。"

加拉哈特与我同来，妮慕则留下，她与战士们待在一起，能让他们更加安心。我庆幸她没有跟我前来，因为作战会议由格温特的康拉德主教的祷告开场，主教显然充满了即将战败的悲观情绪，他恳求他的上帝赐予我们勇气去面对强大的敌人。加拉哈特伸出手臂，作出基督徒的祈祷姿势，与主教一起小声念着祷词。我们这些异教徒则在小声抱怨，我们不应该恳求得到勇气，而应该祈求胜利。我真希望我们中有些德鲁伊，但图锥克作为一个基督徒，不会雇佣他们。而早在我去贝诺克后的第一个冬天，曾经出席莫德雷德加冕典礼的老德鲁伊巴里斯就已经过世了。难怪阿格里科拉希望梅林来，一支没有德鲁伊的军队面对敌人时会失去一部分优势。

出席会议的有四五十人，都是首领或指挥官。我们聚会的地点是马格尼斯浴场一间光秃秃的石厅，这地方让我想起了怀君岛的教堂。图锥克国王、亚瑟、阿格里科拉以及图锥克的儿子莫里格王储坐在高高石台的一张桌子后。莫里格已经成长为一个苍白瘦弱的年轻人，他穿着不合身的罗马盔甲，看上去很不自在。他的年纪刚刚好可以上战场，但他紧张不安的表情让他看上去与战斗格格不入。他一直眨眼，就好像刚从一间黑暗的屋子里走到了阳光中。他还不停玩弄着颈间一枚沉重的黄金十字架。他们中只有亚瑟没穿战甲，还穿着农夫的衣服，看上去很放松。

当图锥克国王宣布撒克逊人已经从东部前线撤退时，战士们发出欢呼，并用他们的枪柄底部击打着地面。但这之后，那晚很长时间都没有再次响起欢呼声，因为阿格里科拉站起身，说出了他对两军人数的大概估测。他没有算上敌人那些较小的队伍，但即使如此，高菲迪特的军队显然是我们的两倍。"那我们只要杀得比平时快一倍就可以了！"墨凡斯在后方

亚瑟王

高声喊道。他已经将鱼鳞甲还给亚瑟,还发誓说只有一名英雄才能穿着这么重的金属来战斗。阿格里科拉无视了这插曲,继续说了下去,他说,粮食将在一周内完成收割,格温特的民兵就会前来壮大我们的军队。似乎这条消息没有鼓舞到任何人。

图锥克国王建议,我们应该在马格尼斯的城墙下和高菲迪特作战。"给我一周,"他说,"我就能将这要塞里存满新收获的粮食,高菲迪特永远都赶不走我们。在这里战斗——"他指向大厅门外的黑暗,"如果战局不利,我们就撤回城墙里,让他们在木墙上浪费长枪吧。"围城战是图锥克倾向的战斗方式,他对此很熟练,能运用那些已经死去很久的罗马人的工事挡住长枪与利剑。厅中响起了一阵附和的窃窃私语,当图锥克说出阿尔也许会去攻击莱地时,附和声就更大了。

"将高菲迪特挡在这里,"一个人说,"等他听说阿尔侵入他的后门时,他就得跑回北方去了。"

"我不会让阿尔来打我的仗。"亚瑟第一次开口,厅内瞬间安静下来。亚瑟的语气很坚决,看上去却有点窘迫。他向图锥克国王抱歉地笑了笑,询问敌人主力到底聚集在何处。当然,其实他早就知道,他问出这个问题只是为了让我们剩下的人都听见答案。

阿格里科拉替图锥克回答。"他们的先头部队在科伊尔山与路德城堡之间分布,"他说,"主力部队集结在布拉诺吉纳。更多人从司乌思城堡进军而来。"

这些地名对我们来说没有意义,但亚瑟似乎明白地理位置。"所以他们守卫着我们和布拉诺吉纳之间的山丘?"

"每一条小路,"阿格里科拉说,"每一个山顶。"

"勒格溪谷有多少人?"亚瑟问。

"至少有两百名精锐枪兵。他们不是蠢货,殿下。"阿格里科拉酸溜溜地补充道。

亚瑟站起身。他一向擅长开这种会议,轻易就能控制难以驾驭的人群。他对我们微笑。"基督徒最能理解这种情况,"他巧妙地奉承着那些最可能反对他的人,"想象一个基督教十字架。我们所在的马格尼斯位于十字架的底部。十字架的中轴是那条从马格尼斯到布拉诺吉纳的罗马大道,十字架的横条则由阻拦道路的山丘组成。科伊尔山是横条的左端,路德城堡是右端,勒格溪谷就是十字架的中心。溪谷正是道路、河水穿越过山丘之处。"

他从桌后走到前面,坐上桌子,好离他的观众近一点。"想象一下。"火把的火光在他饱满的脸颊上投下阴影,但他的眼睛很明亮,声音充满活力。"每个人都知道我们肯定会输掉这场战争,"他说,"敌众我寡。如果我们在这里干等高菲迪特来攻击我们,一些人就会变得沮丧,带着长枪回家,还有一些人会生病。我们所有人都担心那支集结在布拉诺吉纳山谷中的大军,不去想象我们的盾墙被包抄、敌人从三面同时向我们涌来的场景,但想想我们的敌人!他们也在等,但他们等待时间越长就会变得越强大!从康诺瓦、艾尔蒙特、德米缇亚、格温内德来的人。没有土地的人前来占领土地,无主之人前来抢夺战利品。他们知道自己会赢,他们知道我们等在这里就像是被一群猫困住的老鼠。"

他再次微笑起身。"但我们不是老鼠。我们拥有一些有史以来最伟大的战士。我们有国王的勇士!"欢呼声响起。"我们能杀死猫!我们知道如何把它们生吞活剥!但是。"又一阵欢呼声起,亚瑟说完最后一字停顿了一下。"但是,"他继续说,"等在这里,等他们来攻击是不行的。躲在马格尼斯的城墙后面会发生什么?敌人会绕过我们进军。我们的家、我们的妻子、我们的孩子、我们的土地、我们的羊群和我们新收获的粮食就会成为他们的,而我们就变成了陷阱中的老鼠。我们必须主动攻击,而且必须快!"

阿格里科拉等着德莫尼亚人的欢呼声渐止。"攻击哪里?"他置疑道。

亚瑟王

"他们最想不到的地方，阁下，他们最强的地方。勒格溪谷。沿十字架直上！直击心脏！"他伸出手示意欢呼声停止。"山谷地形狭长，"他说，"盾墙不会被敌人侧面包抄。道路在山谷北面与河流相交。"他边说边皱起眉头，似乎是在回忆以前见过的场景，亚瑟对地形有着战士的记忆力，只需要看一次就能记住。"我们得在西方山丘上安排人手，防止弓箭手的箭雨，但只要进入山谷，我发誓对方就打不退我们了。"

阿格里科拉提出了反对意见。"我们能守住那里，"他先是表示同意，接着又说，"但我们怎么攻进去呢？他们有两百名枪兵在那里驻守，也许更多，但即使只有一百人也能守住山谷一整天。等我们打到山谷另一头时，高菲迪特会带着布拉诺吉纳的大军前来。更糟的是，驻扎在科伊尔山的爱尔兰黑盾军能经由山丘南下，包围我们的后方。殿下，我们也许不会被打退，但我们会在那里被杀。"

"科伊尔山的爱尔兰人不足为惧。"亚瑟漫不经心地说。他很兴奋，不停走动。他开始踱步，上下高台，作出解释也进行劝诱。"想想看，我恳求您，国王陛下——"他对图锥克说，"如果我们待在这里会发生什么？敌人到来，我们退回固若金汤的城墙后，他们便会在我们的土地上大肆劫掠。我们能幸存到冬至，但格温特和德莫尼亚的其他人能活到那时吗？布拉诺吉纳南面的那些山丘是高菲迪特的城墙，如果我们攻破那些墙，他就不得不与我们交战，如果在勒格溪谷作战，他一定会输。"

"勒格溪谷有两百个敌人，我们赢不了。"阿格里科拉坚持己见。

"他们会像雾气一样消散的！"亚瑟自信地宣告，"他们虽然有两百人，但他们从未在战场上面对过全副武装的战马。"

阿格里科拉摇头道："溪谷中有一道伐下的树木所组成的墙。战马会被拦住——"他单手握拳击在另一手的手掌中。"死无葬身之地。"他直截了当的口气让亚瑟坐了下来。大厅中有一股失败的气味。浴场之外，铁匠们日夜赶工之处，传来"嘶"的一声轻响，那是一把新铸的剑淬入水中的声音。

"我能说一句吗?"说话的人是莫里格,图锥克的儿子。他的嗓音异常的高,语气中带着一种近乎暴躁的声调。他明显视力不佳,看向大厅众人时,都会眯起眼睛,伸长脖子。"我想问的是,"在他父亲批准他对会议参与者说话后,他开口问道,"说到底,为什么我们要战斗?"他一边问出问题,一边狂眨眼睛。

无人应答。也许我们都被这问题震惊了。

"请让我,允许我,容我来解释。"莫里格卖弄地说。他或许很年轻,却拥有一位王子应有的自信,但我很讨厌他说话时那种虚伪的谦逊。"我们与高菲迪特作战——如果有错请纠正我——是出于我们与德莫尼亚长期的同盟。这同盟之前一直对我们有利,这点我毫不怀疑,但高菲迪特,就我知道的,并没有坐上德莫尼亚王位的想法。"

我们德莫尼亚人群中响起了一阵抗议的嘘声,但亚瑟伸出手制止了我们,然后他示意莫里格继续说。莫里格眨了眨眼睛,扯了扯他的十字架。"我只是想知道我们为什么打仗?我们的——请允许我这么说——开战理由①是什么?"

"奶牛肚子?"库尔威奇嚷道。我一到大厅时,他就看见了我并穿过大厅来迎接。这会儿,他凑到我的耳边说:"这些混蛋没种,德瓦,他们想要脱身。"

亚瑟又一次站起身,彬彬有礼地对莫里格说:"王子殿下,这场战争之所以要打,是因为您的父亲发誓守护莫德雷德国王的王位,而高菲迪特国王很明显想要从我的国王手中夺去这个王位。"

莫里格耸了耸肩。"然而——请您不吝赐教——然而就我所知,高菲

---

① "开战理由"原文为拉丁语 Casus Belli,发音与英文的"Cow's belly"(奶牛肚子)很像。

365

亚瑟王

迪特并不打算废黜莫德雷德国王。"

"你怎么知道?"库尔威奇再次大喊。

"有迹象如此表明!"莫里格厉声说道。

"这些混蛋跟敌人有来往,"库尔威奇对我耳语,"被人从背后插过刀吗,德瓦?亚瑟现在就是了。"

亚瑟还是很平静。"什么迹象?"他温和地问。

在他儿子发言的时候,图锥克一直没有说话,默许了莫里格巧妙地提出这样的意见——应该对高菲迪特让步,而不是与之对抗。但现在,虽然看上去年迈疲惫,这位国王还是接过了会议的控制权。"殿下,没有什么迹象来影响我做出自己的决策。然而——"当图锥克如此强调这个词语时,我们都知道这场辩论是亚瑟输了,"然而,殿下,我坚信我们不需要无故招惹波伊斯。让我们回想一下,为何现在身处战火之中。"他停顿了一下,看上去似乎害怕这话会让亚瑟愤怒,但后者并没有回应。图锥克叹了口气。"高菲迪特之所以进犯,"他小心翼翼地说,"是因为他的家族蒙受了耻辱。"他再次停顿,生怕他的直接会冒犯亚瑟,但亚瑟从来就不是逃避责任之人,对图锥克的直言不讳,他勉强点头以示赞同。"而我们,"图锥克继续道,"与之交战是为了遵守向至尊王乌瑟许下的承诺:那个保卫莫德雷德王位的誓言。我,作为誓言者,是不会打破这个承诺的。"

"我也不会!"亚瑟高声说。

"但如果,亚瑟殿下,如果高菲迪特并不想要这个王位呢?"图锥克国王问,"如果他会继续让莫德雷德做国王,那我们为什么要战斗?"

大厅中一阵骚动。我们这些德莫尼亚人闻到了背叛的气味,而格温特人则嗅出了一丝逃离战场的希望,一时之间,我们互相大喊争执,直到亚瑟以手拍桌,恢复了会场的秩序。"上一位我派去见高菲迪特的使者,"亚瑟说,"被送回来的时候已经成了布袋中的脑袋。国王陛下,您是不是建议我们再派遣一人?"

图锥克摇摇头。"高菲迪特拒绝见我的使者,他们在国界就被赶回来了。如果我们等在这里,让他的军队徒劳攻击我们的城墙一段时间,我相信他最后会气馁,并接受和谈。"他的部下们都小声赞同。

亚瑟再一次尝试劝服图锥克。他描绘出一幅这样的画面——我们的军队在墙后驻扎,而高菲迪特的大军则一路破坏掠夺硕果累累的农场。但格温特人不为他的雄辩与热情所动,他们所见的只有被击破的盾墙和漫山遍野的死尸,于是他们紧紧抓住他们国王的信念——和平会到来,只要他们退入马格尼斯,让高菲迪特的人徒劳地进攻它坚固的城墙。他们开始要求亚瑟同意他们的策略,我在亚瑟的脸上看到了受伤的表情。他输了。如果他等在这里,那高菲迪特就会来取他的脑袋;如果他去阿莫里凯,那他虽能活下来,却抛弃了莫德雷德和他自己梦想中公正团结的不列颠。大厅中的吵闹声越来越响,正在此时,加拉哈特站起身,要求发言。

图锥克指向加拉哈特,后者第一次介绍了自己。"我是加拉哈特,国王陛下,"他说,"贝诺克的亲王。如果高菲迪特国王不肯见格温特或德莫尼亚的使者,那他肯定不会拒绝接见一位阿莫里凯的使者。让我去,国王陛下,让我前往司乌思城堡,询问高菲迪特对莫德雷德的打算。国王陛下,如果这样,您是否能接受我带回来的他的决定?"

图锥克很高兴地接受了这个提议。他对任何可能避免战争的事情都极力赞同,但他仍然担心亚瑟的决定。"如果高菲迪特不会废黜莫德雷德,"他问亚瑟,"您会怎么做?"

亚瑟盯着桌子。他丧失了他的梦想,但他不能为了拯救梦想而撒谎。他抬起头,露出悲伤的微笑。"那样的话,国王陛下,我会离开不列颠,将莫德雷德托付给您照顾。"

我们这些德莫尼亚人又一次大声反对,但这次是图锥克让我们噤声。"我们不知道加拉哈特王子会带回怎样的答复。"他说,"但我保证,如果莫德雷德的王位受到威胁,那么我,图锥克国王,会战斗。如若不然,我

亚瑟王

不认为有什么原因要去打这一仗。"

对这样的承诺，我们只能接受了。现在看来，这场战争完全取决于高菲迪特的答复。为此，第二天早上，加拉哈特骑马北上。

我与加拉哈特同行。他本不希望我去，说我可能会遇到危险，但我就此和他大吵了一番，这还是我人生中第一次和人这么激烈地争执。我同时也向亚瑟请求，至少应该有一位德莫尼亚人亲耳听见高菲迪特对我们国王的意图，亚瑟帮我向加拉哈特求情，后者最终心软答应了。我们毕竟是朋友，但为了我的安全，加拉哈特坚持让我扮成他的侍从，让我在我的盾牌上画他的标志。"你没有纹章啊。"我对他说。

"现在我有了。"他下令让人在我们的盾牌上画十字架。"有何不可？"他问我，"我是个基督徒。"

"看上去别扭。"我说。我习惯了战士们的盾牌上画着公牛、老鹰、猛龙和雄鹿的纹章，而不是什么乏味的宗教几何形状。

"我喜欢。"他说，"再说了，现在你可是我卑微的仆人，德瓦，所以我才不在乎你的意见呢。完全不在乎。"他大笑着躲开我挥向他手臂的拳头。

我不得不骑马前往司乌思城堡。我跟随亚瑟这么多年，却一直没有习惯骑马。对我而言，只是坐在马背上不是什么难事，但用膝盖夹住马腹简直是不可能做到的，我总会慢慢向前滑，直到靠近它的脖子，两只脚挂在它的前腿后面荡来荡去。最后，我习惯了将一只脚塞在马鞍的系带里，以此来找到一个固定点。这让以精湛骑术而自豪的加拉哈特很不满。"好好骑！"他老是训我。

"但我没地方放脚！"

"马有四只脚。你还要多少只？"

我们先到了路德城堡，高菲迪特在边界山脉中的主要要塞。这座城镇位于河湾地的一座山丘上,我们注意到它的守卫没有勒格溪谷罗马道路上的守卫那么机警。即便如此,我们也没有说出来波伊斯的真正目的,只说我们是阿莫里凯来的失地流民,希望能进入高菲迪特的王国。守卫们发现加拉哈特是位亲王,坚持要护送他去见城镇指挥官。他们带着我们在布满全副武装士兵的镇子中穿行,每一扇门旁都靠着长枪,每一家酒馆的长椅下都堆着头盔。城镇指挥官是一个看上去精疲力尽的男人,对负责管理这座被战争热潮席卷的要塞,他表现出了明显的痛恨。"一看到您的盾牌,就知道您是从阿莫里凯来的,亲王殿下。"他对加拉哈特说,"对我们这些乡下人来说,这纹章很有异国风格。"

"对我来说,是值得骄傲的纹章。"加拉哈特严肃地说,故意不看我。

"肯定的,肯定的。"那指挥官说。他的名字叫哈希德。"我们非常欢迎您,亲王殿下。我们的至尊王欢迎所有……"他停顿了,有点尴尬。他本来要说,高菲迪特欢迎所有流浪的战士,但对一位流离失所的阿莫里凯亲王来说,这说法近乎羞辱。"所有勇士。"指挥官换了措辞。"您不会是想留在这里吧?"他担心为填饱驻军而压力大增的镇上又会多添两张饥饿的嘴。

"我要去司乌思城堡。"加拉哈特宣布,"带着我的侍从。"他指了指我。

"愿诸神保佑您一路顺利,亲王殿下。"

就这样我们进入了敌人的国土。我们骑马走过安静的山谷,田野中堆着新收获的谷物,果树上沉甸甸地挂着熟透的苹果。第二天我们进入山区,沿着一条泥土路穿越过潮湿的树林,最后翻过山头,沿山路而下,向着高菲迪特的首都行去。看见司乌思城堡那粗糙的土墙时,一阵紧张涌上我的心头。高菲迪特的大军也许聚集在四十英里之外的布拉吉诺吉纳,但司乌思城堡四周的土地上也布满了士兵。军队搭起了许多简陋的小屋,以石块为墙,草皮为顶。要塞周围的小屋墙头飘扬着八面旗帜,以示高菲迪特

亚瑟王

不断扩大的部队中的八国战士。"八国?"加拉哈特问,"波伊斯、瑟卢瑞亚、艾尔蒙特,还有哪些?"

"康诺瓦、德米缇亚、格温内德、雷吉德和德米缇亚的黑盾族。"我将这份残酷的名单列述完整。

"怪不得图锥克不想打仗。"加拉哈特小声说,惊奇地看着驻扎在流经敌人首都河流两岸的大群士兵。

我们进入那个钢铁蜂巢。孩童跟着我们,对我们奇怪的盾牌很好奇,他们的母亲则站在小屋门口的阴影中,猜疑地看着我们。男人们瞥了我俩几眼,注意到了我们陌生的纹章和精良的武器,但无人质疑,直到我们到达司乌思城堡的大门,被高菲迪特手持利枪的王家卫兵拦住。"我是贝诺克的亲王加拉哈特。"加拉哈特大模大样地宣布,"我来见我的表亲至尊王。"

"他是你的亲戚?"我低声问。

"王室用语罢了。"他轻声回答。

城墙内的景象一定程度上解释了为什么司乌思城堡周围聚集了这么多士兵。地上插着三根高柱,这里正准备举行战前誓师仪式。波伊斯是基督徒最少的几个王国之一,最尊重传统,我猜墙外驻扎的许多士兵是特意从布拉诺吉纳来见证仪式的,如此他们就可以回去告诉他们的同伴,诸神已得告慰。高菲迪特的侵略一点都不草率,每一件事都做得有条不紊。我猜亚瑟现在正想着,一次突袭也许能打乱这样的进军。我们的坐骑被仆人牵走,一名顾问前来询问加拉哈特,证明了他的确是他自称的身份,随后我们被引入宴会大厅。门卫拿走了我们的剑、盾和长枪,将它们加进了一堆相似的武器中,那些武器属于已经聚集在高菲迪特大厅中的人。

超过百人齐聚在那些矮胖的橡木厅柱之间,柱子上挂着人类头骨,以示王国正处于战争。这些露齿头骨下方是各支军队的国王、亲王、领主、酋长和勇士。大厅中的唯一家具是黑暗尽头放置在高台上的一排王座,高菲迪特坐在他的雄鹰纹章下，他身旁低一些的王座上，坐着甘德利亚斯。一见到这位瑟卢瑞亚国王，我左手上的伤疤便抽动起来。坦纳波斯蹲坐在甘德利亚斯身旁，高菲迪特的右手边坐着他自己的德鲁伊路万斯。波伊斯王储昆格拉斯坐在第三张王位上，两侧是我不认识的国王。没有女人在场。毫无疑问，这是一场作战会议，至少是让这些人为他们即将获得的胜利而扬扬得意的一个机会。所有人都身着铠甲或皮甲。

我们在大厅后方停留了一会儿，我看见加拉哈特向他的上帝默念了一次祈祷。一只单耳破损、腰腹伤痕累累的猎狼犬嗅了嗅我们的靴子，然后慢跑回它主人那里。铺着灯芯草的泥土地面上，它的主人和其他的战士们站在一块儿。在大厅远远的角落，一名吟游诗人轻诵着一首战歌，但人们都无视了他时断时续的诵咏，专心听着甘德利亚斯说他估计会从德米缇亚前来的战力。一名首领显然曾经在爱尔兰人手下吃过亏，反对说波伊斯不需要黑盾族的帮忙就能打败亚瑟和图锥克，但他的抗议被高菲迪特的一个手势打断了。我半是期望地以为等会议讨论完其他事务，我们才会被留下来，但才等了不到一分钟，我们就被领到了大厅正中的空地，带到高菲迪特面前。我看向甘德利亚斯和坦纳波斯，但他们两人都没有认出我。

我们跪下并等待着。

"请起。"高菲迪特说。我们服从起身，我再一次看见了他冷酷的面容。自我上次见到他到现在这么多年，他并没有很大的改变。他的脸如同亚瑟前来与夏汶订婚那天一样松垮多疑，但前些年的病痛让他的头发和胡子都变白了。他的胡子很稀疏，藏不住他喉咙处的一个肿块。他警惕地看着我们。"加拉哈特，"他的声音很沙哑，"贝诺克的亲王。我们听说过你的兄弟兰斯洛特，但没听说过你。你是否和你的兄弟一样，是亚瑟的一条狗崽子？"

"我不对任何人效忠，国王陛下。"加拉哈特说，"除了我那已经被敌人践踏尸骨的父亲。我是无土之人。"

亚瑟王

高菲迪特在王座上侧了侧身。他空荡荡的左袖垂在扶手旁,永远提醒他想着他的仇敌——亚瑟。"所以你前来问我要土地,贝诺克的加拉哈特?"他问,"很多人都为同样的目的前来,"他指向拥挤的大厅,"但我敢说德莫尼亚有足够多的土地给每一个人。"

"国王陛下,我前来带上格温特的图锥克国王的问候。"

这句话在大厅引起了一阵骚乱。后面的人没有听清加拉哈特的话,叫别人重复给他们听,这样的窃窃私语持续了几秒钟。高菲迪特的儿子昆格拉斯猛地抬起头。他留着长长黑胡须的圆脸看起来很担忧,这不奇怪,我想,因为昆格拉斯同亚瑟一样渴望和平。然而亚瑟抛弃夏汶,毁掉了昆格拉斯的希望,现在波伊斯王储只能跟随他的父亲,进行这场威胁毁掉所有南方王国的战争。

"我们的敌人似乎已经丧失了他们对战争的渴望。"高菲迪特说,"不然图锥克为何要派人来问候?"

"禀至尊王,图锥克国王毫不畏惧任何人,但更热爱和平。"加拉哈特小心翼翼地使用了高菲迪特在他胜利之前就自封的称号。

高菲迪特的身体一阵起伏,一开始我以为他要呕吐了,然后才意识到他是在笑。"我们这些国王只有在战争不利于我们的时候才热爱和平。"高菲迪特最终说道。"贝诺克的加拉哈特,这支大军,"他指向那些首领和亲王们,"解释了图锥克的这个新爱好——和平。"他停顿了一下,缓了口气。"贝诺克的加拉哈特,直到现在,我都拒绝接见所有图锥克的使者。为什么要接见他们? 一只雄鹰会听羔羊咩咩求饶吗? 再过一段时间,我会听取所有格温特的臣民向我跪求和平,但现在,既然你已经长途跋涉来到此处,你可以供我取取乐。图锥克出什么价?"

"和平,国王陛下,就是和平。"

高菲迪特啐了一口。"加拉哈特,你没有土地,双手空空,难道图锥克认为只要恳求就能得到和平? 他以为我毫无理由就在一支军队上倾尽全国的黄金？他觉得我是个蠢货吗？"

"国王陛下，他认为不列颠人之间的流血是没有意义的。"

"你说话像个女人，贝诺克的加拉哈特。"高菲迪特故意大声说出羞辱之语，让整个大厅爆发出嘲讽与大笑。"但不管怎样，"笑声平息之后他继续说，"你得带个回复给格温特的国王，就这么跟他说。"他停顿了一下整理思路。"告诉图锥克，他是一只羔羊，吮吸着德莫尼亚干枯的乳房。告诉他，我并不是要和他作对，我的敌人是亚瑟。告诉他，如果要和平就得答应两个条件，第一，他让我的军队通过他的领土，不得阻拦；第二，他给我提供足以供千人食用十日的粮食。"大厅中的战士们纷纷倒吸冷气，这些要求很划算，但也很聪明。如果图锥克接受这些条件，那么他就能让自己的国土躲过一劫，而高菲迪特侵略德莫尼亚也就更容易了。"贝诺克的加拉哈特，"高菲迪特问，"你有权接受这些条件吗？"

"不，国王陛下，我只是来询问您的条件以及您对图锥克发誓要保护的德莫尼亚国王莫德雷德的打算。"

高菲迪特摆出一副受伤的表情。"我看上去像是要跟个小孩子打仗的人吗？"他站起身，向前走到高台的边缘。"我的敌人是亚瑟，"他说话的对象不仅仅是我们，还有整个大厅的人，"那个宁愿娶汉尼斯维恩的婊子，而不娶我女儿的人。任何遭受此等羞辱的人能不复仇吗？"大厅众人咆哮回答。"亚瑟是个得志小人！"高菲迪特大吼道，"妈是婊子，老婆还是个婊子！只要格温特保护这个婊子爱人，格温特就是我们的敌人！只要德莫尼亚为这个婊子爱人作战，德莫尼亚就是我们的敌人！我们将从我们的敌人那里夺来黄金、奴隶、食物、土地、女人和荣耀！我们会杀了亚瑟，让他的婊子在我们的军营里干活儿！"等欢呼声渐轻，他傲慢地看着加拉哈特说："贝诺克的加拉哈特，把这些话告诉图锥克，然后告诉亚瑟。"

"德瓦可以将这些话告诉亚瑟。"大厅中突然响起一个声音，我转过身看见了莱加塞特。狡猾的莱加塞特曾经是诺维娜的卫兵，现在是效力于甘

亚瑟王

德利亚斯的叛徒。他指着我:"这个人为亚瑟效力,至尊王,我以我的生命起誓。"

大厅沸腾了。我听见一些人大叫我是个奸细,另一些人说要宰了我。坦纳波斯紧张地盯着我,透过我浓密的长胡子,他突然间认出我并大喊起来:"杀了他!杀了他!"

高菲迪特的卫兵,大厅中唯一全副武装的一群人,向我跑来。高菲迪特举起手制止了卫兵,并让吵闹的人群渐渐安静下来。"你宣誓效忠于那个婊子爱人?"国王以充满威胁的声音问我。

"德瓦效忠于我,至尊王。"加拉哈特坚持说道。

高菲迪特指着我。"我要他回答,"他说,"你效忠于亚瑟吗?"

对于自己的誓言,我不能撒谎。"是的,国王陛下。"我坦言。

高菲迪特拖着沉重的步伐走下平台,朝一个守卫伸出手,同时紧紧地盯着我。"你这条狗,你知道我们是怎么对待亚瑟的上一个使者的吗?"

"您杀了他,国王陛下。"我说。

"我所做的,是把他被蛆烂的脑袋送还给了你那个婊子爱人。快点拿过来!"他厉声冲离他最近的守卫吼道,后者还不知道应该把什么放进他国王伸过来的手上。"你的剑,蠢货!"那守卫急忙拔剑,将剑柄递给国王。

"国王陛下。"加拉哈特走上前,高菲迪特挥剑,剑尖在离加拉哈特双眼几英寸的地方颤抖。

"注意你在我大厅中的言辞,贝诺克的加拉哈特。"

"我恳求您饶过德瓦。"加拉哈特说,"他来这里不是充当探子,而是作为和平的使者。"

"我不要和平!"高菲迪特冲加拉哈特吼道,"和平不能取悦我!我想看见亚瑟像我的女儿那样哭泣,你明白吗?我要看见他的眼泪!我要看见他像我的女人一样恳求我。我要看见他卑躬屈膝,我要看见他死去,他的婊子取悦我的士兵。这儿不欢迎亚瑟的任何使者,亚瑟知道的!你也知道的!"他向我吼出最后一句话,并将剑指向我的脸。

"杀了他!杀了他!"坦纳波斯穿着他那破烂的绣花长袍,跳上跳下,他头发里的骨头像锅里的干豆一样噼啪作响。

"高菲迪特,你敢碰他,"大厅中又响起了一个新的声音,"你的命就是我的了。我会将它埋在埃登城堡的粪堆里,让狗在上面撒尿。我会将你的灵魂送给缺少玩物的孩童鬼魂。我会让你沉沦于黑暗直到末日,然后在新时代降临时朝你吐唾沫,而即使到了那时,国王陛下,你所要遭受的折磨才刚刚开始呢。"

仿佛有一股流水,将紧张从我身体里一扫而光。只有一个人敢对至尊王这么说话,是梅林。梅林!梅林慢慢从大厅中央的过道走上前,看起来越发挺拔,他经过我的身旁,姿态比高菲迪特所能想象的高贵无数倍。他用他的黑手杖将国王的剑拨到一边,又走到坦纳波斯的面前,朝他耳语了几句,那弱小得多的德鲁伊随后就尖叫逃出了大厅。

那是梅林,比任何人都善变。他喜欢伪装、欺骗、故弄玄虚。他可以出其不意,可以淘气顽皮,可以耐心容忍或气派非凡,但今天他选择展现出一种刻板冷酷的威严。他严肃的脸上没有一丝笑容,深邃的双眸中没有一丝快乐,只有傲慢的权威,让他周围的人本能地跪下。即使是高菲迪特国王,前一刻还准备以剑刺我的脖子,现在也放低了剑刃。"您为这个人说话,梅林阁下?"高菲迪特问。

"你聋了吗,高菲迪特?"梅林厉声说,"德瓦·卡丹会活下来。他将成为你尊贵的客人。他将吃你的食物,饮你的酒。他将睡在你的床上,如果愿意,他还能睡你们的女奴隶。德瓦·卡丹和贝诺克的加拉哈特在我的保护之下。"他转身盯着整个大厅,挑衅地看着众人,看他们是否敢反对自己。"德瓦·卡丹和贝诺克的加拉哈特在我的保护之下!"他重复道,这一次他举起了黑色手杖,战士们都在它的威胁下瑟瑟发抖。"如果没有德

亚瑟王

瓦·卡丹和贝诺克的加拉哈特，"梅林说，"就不会有不列颠真知。我会死在贝诺克，而你们注定要在撒克逊的统治之下成为奴隶。"他转向高菲迪特。"他们需要食物。别盯着我看了，德瓦。"他说最后一句的时候连看都没看我。

我的确在盯着他看，惊讶无比的同时也松了口气，但我同样好奇梅林在敌人的大本营做什么。当然，即使在敌国境内，德鲁伊也可以随心所欲地旅行，不过他出现在司乌思城堡的时机太奇怪也太危险。果然，高菲迪特的人虽然害怕这位德鲁伊，却同样憎恶他的干涉。有一些人安全地躲在大厅后方，高声喊着叫他别多管闲事，管好自己的事情。

梅林转身面向他们。"我的事情，"他声音低沉，却让那些抗议的声音消失了，"就是看管你们的灵魂，如果我折磨那些灵魂，你们会希望自己的母亲从未生下你们。蠢货！"最后两个字，他突然大声喊出，并挥动手杖，这让那些全副武装的人统统跪了下去。没有一位国王胆敢干预，梅林挥舞手杖，猛地击碎了一个挂在柱上的头骨。"你们祈求胜利！"梅林说，"击败谁的胜利？你们的同族而不是你们的敌人！你们的敌人是撒克逊人。我们在罗马人的统治下痛苦了这么多年，等最后诸神终于将那些罗马害虫赶跑，我们又做了什么？我们自相残杀，让一个新的敌人占领我们的土地、强奸我们的女人、收走我们的谷物！去打你们的仗吧，蠢货，即使打赢，你们也不会拥有胜利。"

"但我女儿的仇不能不报。"高菲迪特在梅林身后说。

"高菲迪特，你的女儿，"梅林转过身，"会为自己报仇的。你想知道她的命运吗？"他以嘲讽的口气问出这个问题，但回答得很冷静，且使用了一种预言式的轻快语调，"她不会登上高位，也不会沦落低贱，但她会得到幸福。高菲迪特，她的灵魂是被祝福的，如果你有一只跳蚤的认知，你就该为此满足。"

"等我得到亚瑟的头骨时，我就会满足了。"高菲迪特挑衅道。

"那就去拿吧。"梅林轻蔑地说，然后眉毛冲我轻挑了一下，"来，德瓦，享受你敌人的热情招待吧。"

他带着我们走出大厅，毫不在乎地穿过敌人全副武装的军队。战士们憎恶地看着我们，但无法阻止我们离开，或是制止我们占据高菲迪特的一间客房，很明显，梅林自己一直在使用这房间。"所以，图锥克想要和平是吗？"他问我们。

"是的，阁下。"我回答。

"图锥克的确会这样想。他是个基督徒，觉得自己比诸神知道得更多。"

"您知道诸神的心思吗，阁下？"加拉哈特问。

"我相信诸神讨厌无聊，所以我尽力取悦他们，那样他们就会朝我们微笑了。你的上帝，"梅林酸溜溜地说，"讨厌娱乐，要求信徒们卑躬屈膝地膜拜。他一定是个痛苦的生灵，也许跟高菲迪特很像，总是有着永无止境的猜疑，令人恶心的嫉妒。你们俩运气真好，我正好在这里！"他突然冲我们调皮地咧嘴一笑，我看得出来他很享受当场羞辱高菲迪特。梅林的一部分名气源于他的演技，有些德鲁伊，比如路万斯，总是低调地工作；另一些，比如坦纳波斯，靠的是阴险狡诈和诡计多端。但梅林喜欢支配，让人眼花缭乱，让一位野心勃勃的国王变得谦卑是他天生的本领，也给了他极大的乐趣。

"夏汶真的是被祝福的吗？"我问他。

他对这个意料之外的问题表现得很吃惊。"这跟你有什么关系？她是个漂亮的女孩，我承认漂亮女孩是我的弱点，所以我会为她构织一个祝福的咒语。我曾经也帮你做过同样的事情，德瓦，当然，不是因为你长得漂亮。"他大笑起来，随后看着窗外，判断着太阳投下阴影的长度。"我马上就要走了。"

"您来这里是为了什么，阁下？"加拉哈特问。

亚瑟王

"为了和路万斯交谈。"梅林边说边四下巡视,确保自己带上了全部的随身物品。"他或许是个装模作样的白痴,但他确实有一些我暂时遗忘的零散知识。他提供了关于艾利耐德之戒的种种信息。我已经找到它了。我把它放在什么地方了。"他拍了拍缝在长袍内侧的口袋,"反正是在我这里。"他漫不经心地说,但我怀疑这冷淡只是一种伪装。

"艾利耐德之戒是什么?"加拉哈特问。

梅林因为我朋友的无知而皱起了眉头,但还是决定纵容他。"艾利耐德之戒,"他郑重其事地说,"是不列颠十三宝藏中的一样。我们一直以来都知道这十三样宝物——至少是我们这些认得真神的人——"他意有所指地补充,并扫了一眼加拉哈特,"但没人知道它们的真正力量是什么。"

"那卷轴告诉您了?"我问。

梅林笑得像一匹狼。他白色的长发整齐地用黑色绸带扎在颈后,胡子被编成了一根根细辫。"那卷轴,"他说,"证实了我所知或猜测的一切事情。哈,在这儿呢。"他在口袋里找了半天,终于找到了那枚戒指。对我来说,这宝物看上去就像是一般的战士铁指环,但梅林将它托在掌心,仿佛它是不列颠最珍贵的珠宝。"艾利耐德之戒,"梅林说,"于天地诞生之日打造于彼世。其实不过是一块金属罢了,没什么特别。"他把指环扔给我,我慌张接下。"戒指本身,"梅林说,"没有任何力量。所有的珍宝单独都没有力量。隐形斗篷不会让你隐形,布兰·盖尔之号角响起来也不比任何狩猎号角好听。对了,德瓦,你去接妮慕了吗?"

"是的。"

"干得好。我就知道你会去的。亡者之岛是个有趣的地方,你不觉得吗?想找点刺激的时候,我就会去那里。我说到哪儿了?哦,对了,宝物。其实都是些不值钱的垃圾。如果你有善心的话,就绝不会把帕达恩之外套给一名乞丐,但它还是珍宝之一。"

"那它们有什么用?"加拉哈特问。他从我手上接过了戒指,然后又交还给了梅林。

"它们能命令诸神,毫无疑问。"梅林说得坚决,就好像这答案显而易见。"他们单个只是廉价的无用之物,但它们合起来,能让诸神像青蛙一般蹦跳。当然,也不仅仅是集齐这些珍宝就行了,"他补充道,"还要进行一两项另外的仪式。而且谁知道它们是不是真的有用呢?就我所知,没人曾经尝试过。妮慕还好吗?"他真诚地问我。

"现在挺好。"

"听起来你有点怨气!你觉得我应该去接她?我亲爱的德瓦,就算没有跑遍不列颠去追妮慕,我也已经够忙了!如果那个女孩不能适应亡者之岛,那她还有什么用?"

"她可能会死。"我责备他,想到了岛上的那些食尸鬼和食人族。

"她当然可能会死!如果没有危险,那还算什么考验?你的想法太孩子气了,德瓦。"梅林同情地摇了摇头,将戒指戴上了他的一根纤长骨感的手指。他严肃地看着我们,我们两人都敬畏地等着一些超自然力量的显现,但紧张的几分钟过去,梅林开始嘲笑我们的表现。"我告诉你们了!"他说,"宝物本身没什么特别的。"

"你找到几样宝物了?"加拉哈特问。

"好几样,"梅林闪烁其词,"但即使我已经有了十三件当中的十二件,还是会遇到麻烦,除非我能找到第十三样。德瓦,那就是传说中遗失的宝藏,克莱德诺·艾丁的圣锅。没有这圣锅,我们就输了。"

"不管怎样,我们都要输了。"我苦涩地说。

梅林注视着我,好像我表现得特别迟钝。"战争?"过了片刻他说,"你们就是为了这个来的吗?祈求和平!你们俩真蠢!高菲迪特不想要和平。这人是只野兽,他的头脑跟一头公牛差不多,而且还不是头聪明的公牛。他想成为至尊王,这就意味着他必须统治德莫尼亚。"

"他说他会让莫德雷德坐在王位上。"加拉哈特说。

亚瑟王

"他当然会这么说!"梅林轻蔑地说,"他还会说什么呢?然而,一旦他将手放上那个残疾小孩的脖颈,他就会立刻拧断它,像拧断一只鸡的脖子。而且这是件好事。"

"您希望高菲迪特赢?"我惊愕地问。

他叹了口气。"德瓦啊德瓦,"他说,"你跟亚瑟太像了。你们觉得世界很简单,正邪对立,黑白分明。你问我希望什么?我告诉你我想要的。我想要十三件宝藏,我想要用它们将诸神请回不列颠,我会命令诸神将不列颠恢复到罗马人到来前那神佑之下的美好状态。没有基督徒——"他指向加拉哈特,"也没有密特拉教徒——"他指着我,"只有诸神的子民生活在诸神的国度。德瓦,我所希望的便是这个。"

"那亚瑟怎么办呢?"我问。

"他怎么办?他是个男人,他有把剑,他能照顾自己。命运是无法改变的,德瓦,如果亚瑟命中注定要赢得这场战争,那么即使高菲迪特召集全世界的军队来对抗他也没用。如果没其他事的话,我承认我会去帮亚瑟,因为我喜欢他,但命运决定了我是个老人,越来越虚弱,膀胱就像是漏水的袋子,所以我必须节约使用我不断减少的精力。"他用一种精力充沛的语气来述说这种可悲的处境,"即使是我,也不能同时帮亚瑟赢得战争、治愈妮慕的头脑和寻找宝藏。当然,如果我发现拯救亚瑟的性命能帮助我找到宝藏,那么我一定会来战场。不然的话……"他耸了耸肩,就好像战争对他来说毫不值得关心。我想,的确如此。他转身,透过小窗看向院子中竖立的三根柱子。"你们会留下观看仪式吧?我希望如此。"

"我们应该留下吗?"

"当然,如果高菲迪特允许的话。所有经历都有其作用,无论多么令人厌恶。我以前操办过太多这样的仪式,所以我就不留下来看热闹了,但我会确保你们的安全。如果高菲迪特碰你们这两个小傻瓜一根汗毛,我就把他变成一条鼻涕虫。但现在,我必须要走了。路万斯说,德米缇亚边境有一个老妇人可能记得一些有用的事情。如果她还活着,当然,还想得起来事情的话。我讨厌和老女人说话,她们很高兴有人陪伴,于是就会不停地说啊说,还总说不到点子上。前途一片昏暗啊!告诉妮慕,我很期待再见到她!"说完这些话,他就出了门,大步穿过堡垒的内院走了。

那天下午乌云密布,傍晚前一场令人讨厌的灰色小雨淋湿了堡垒。路万斯德鲁伊来找我们,保证我们是安全的,但委婉地建议我们不要参加晚上的宴会,这场宴会是高菲迪特的同盟和首领战前最后一场集会,之后司乌思城堡的人就会南下与布拉诺吉纳其余的部队会合。他说,如果我们出席,对高菲迪特现在这勉为其难的招待是一次挑战。我们向路万斯保证,我们绝不会去参加晚宴。路万斯笑着表示感谢,然后在门旁的一张长椅上坐下。"你们是梅林的朋友?"他问。

"德瓦阁下是的。"加拉哈特说。

路万斯疲倦地揉了揉眼睛。他很老,长着张友善温和的脸,秃顶,只有两只耳朵上方还留有一些削发的痕迹。"我不禁觉得,"他说,"我的兄弟梅林对诸神的期望太高了。他相信世界可以再造,历史可以被抹去,就像是泥里画着的一道线。但一切并非如此。"他抓了抓胡子里的虱子,看着脖子里戴着十字架的加拉哈特,摇了摇头。"我羡慕你们基督徒的上帝。他是三者,他是唯一;他既死且生;他无所不在,他无迹可寻;他要求你们尊崇,但又宣称没有任何他物值得尊崇。这些矛盾给了人们空间,他们可以相信任何事或不相信所有事,但我们的神却与此不同。我们的诸神像是王者,变化无常,强大无比,如果他们想遗忘我们,便遗忘我们。我们的信仰无关紧要,只有他们的想法才重要。只有诸神允许,我们的咒语才能生效。当然,梅林不同意这个说法,他觉得如果我们声音够大,就能引起他们的注意,但你会怎么对待一个大吵大嚷的孩子呢?"

"关注他?"我说。

"打他,德瓦阁下,"路万斯说,"打到他安静为止。我担心,梅林阁

亚瑟王

下叫嚷得太响太久了。"他站起身,拿起他的手杖。"很抱歉,你们不能和战士们一同用餐,但赫拉德王妃欢迎你们与她的同伴一起进餐。"

艾尔蒙特的赫拉德是昆格拉斯的妻子,她的邀请并不一定是一种恭维,反倒很可能是高菲迪特设计的一种羞辱,暗示我们只配与妇孺一起用餐。但加拉哈特回复说,我们很荣幸接受这邀请。

而就在那里,在赫拉德的小厅中,我遇见了夏汶。我一直想要再见到她,从加拉哈特一开始提议出使波伊斯的那刻起,我就想要见到她,这也是我费了这么大的劲要陪他来的原因。我来司乌思城堡并不是为了和谈,而是为了再见到她的脸庞,现在,在赫拉德厅闪烁暗淡的火光中,我看见了她。

岁月没有改变她一丝一毫。她的脸庞还是那么甜美,举止还是那么娴静,金发还是那么闪耀,笑容还是那么美丽。我们进入房间时,她正为一个小孩子而手忙脚乱,努力地想要喂给他苹果片。那孩子是昆格拉斯的儿子皮德尔。"我刚刚对他说,如果他不吃苹果,那可怕的德莫尼亚人就来抓他了,"她笑着说,"我觉得他一定挺想跟你们走的,所以不肯吃任何东西。"

皮德尔的母亲,艾尔蒙特的赫拉德是一个高挑的女子,下巴很宽,眼睛的颜色很浅。她向我们表示欢迎,命令一名侍女为我们倒酒,然后介绍我们认识她的两位姑母,托温与艾尔莎,那两位都一脸憎恶地看着我们。显然,我们打扰了她们的谈话,两位姑母不友善的眼神暗示了我们应该马上离开,但赫拉德却很亲切。"两位认识夏汶公主吗?"她问我们。

加拉哈特向她鞠躬致意,随后便蹲坐在皮德尔的身边。他一直很喜欢孩子,孩子们也总是第一眼看到他就信任他。才过了不一会儿,亲王和王子便开心地玩起了苹果片,就好像苹果片是狐狸,皮德尔的嘴是狐狸洞,而加拉哈特的手指是追赶狐狸的猎犬。苹果片就这样消失了。"我怎么没想到这招?"夏汶说。

"因为您不是加拉哈特的母亲,殿下,"我说,"她肯定会是这么喂他的。到今天,没听见猎号声,他都吃不下饭。"

她大笑起来,随后看见了我佩戴的胸针。她缓了口气,羞红了脸,那一刻我觉得自己犯了一个天大的错误。她微笑着问:"我是不是应该记得您,德瓦阁下。"

"不,殿下,我那时候还很年轻。"

"而您却保留了这个。"她显然十分惊讶,有人居然会如此珍惜她的礼物。

"我一直留着它,殿下,即使失去所有其他东西时。"

赫拉德王妃打断了我们,问我到司乌思城堡来做什么。我敢肯定她已经知道了,但对一位王妃来说,假装置身男人们的事务之外才是精明的举动。我回答说,我们被派来判断战争是否不可避免。"那,是不是呢?"王妃担忧地问。这情有可原,毕竟她的丈夫即将南下对敌。

"很遗憾,殿下,"我回答,"看来是的。"

"这都是亚瑟的错。"赫拉德王妃干脆地说,她的两位姑母也拼命点头。

"我想,亚瑟会同意您的看法,殿下,"我说,"而且为之悔恨。"

"那他为什么要和我们作战?"赫拉德问。

"因为他发过誓要保住莫德雷德的王位,殿下。"

"我公公绝对不会废黜乌瑟的继承人。"赫拉德激烈地反驳道。

"今天早晨,德瓦阁下差点因为这样的谈话而掉了脑袋。"夏汶俏皮地打趣。

"德瓦阁下,"加拉哈特从最新一次猎狐游戏中谈起头来,加入对话,"能保住脑袋是因为受到了他的神明的眷顾。"

"不是您的神明,亲王殿下?"赫拉德尖锐地说。

"我的上帝爱着每一个人,殿下。"

"你的意思是他从不做出选择?"她大笑起来。

这一餐有鹅肉、鸡肉、兔肉和鹿肉,配餐的葡萄酒已经变质,它被带来不列颠之后一定已经储藏了过长时间。餐后我们移步至带靠垫的长榻,一位竖琴手为我们演奏音乐。长榻是女人们的庭室中才有的家具,那低陷松软的坐垫让加拉哈特和我坐得不太自在,但我很高兴能确保自己坐在夏汶身旁的长榻上。我一开始笔直地坐着,后来便靠在一边的扶手上以便能轻声与她说话。我恭喜她与甘德利亚斯订婚。

她意味深长地看了我一眼:"这话听上去像是个廷臣说出来的。"

"我曾被迫充当廷臣,殿下。您更希望我是战士?"

她靠上一边的扶手,这样我们的谈话就不会打扰到音乐,她的靠近让我飘飘欲仙。"甘德利亚斯陛下,"她小声说,"要求得到我,以作为他出兵的报酬。"

"殿下,那他的军队,"我说,"是整个不列颠最值钱的军队。"

听到这样的恭维,她并没有微笑,只是直直地盯着我的眼睛。"是真的吗,"她的声音几近耳语,"是他杀了诺维娜?"

这直接的问题让我不安。"他是怎么说的,殿下?"我没有正面回答。

"他说——"她的声音更小了,我几乎快听不见,"她遭遇到袭击,死在一片混乱中。是一场意外,他说。"

我看了一眼弹奏竖琴的年轻女孩。两位姑母在看着我们两人,但赫拉德看上去并不在意我们的谈话。加拉哈特在聆听音乐,一只手环绕着已经睡着的皮德尔。"那天我就在托尔,殿下。"我转身看回夏汶。

"然后呢?"

我决定以直率来回应她的直接。"她向他下跪,迎接他,殿下,"我说,"他用剑插进了她的喉咙。我亲眼目睹了这一切发生。"

她的表情僵了一秒。闪烁的火光照亮了她雪白的皮肤,在她的脸颊和唇下投下柔和的阴影。她身着浅蓝色的华丽长裙,裙边装饰着过冬白鼬那银白色的皮毛，颈间戴着银项圈，耳朵上佩着银耳环。我觉得银色太衬她的金发了。她轻声叹了口气。"我害怕听到真相，"她说，"但作为一位公主，我必须嫁给对我最有利的人，而不是我想嫁的人。"她转头看了一会儿乐师，随后又靠近我。"我的父亲，"她紧张地说，"说这是一场维护我荣誉的战争，是吗？"

"殿下，对他而言是的，但我可以告诉您，亚瑟为自己对您做下的事情深感懊悔。"

她轻轻地苦笑。这个话题无疑让她很痛苦，但她不能避开它，因为相比较这件事对亚瑟的影响，他的拒绝对夏汶人生的改变更微妙更悲伤。亚瑟幸福地结婚，她却被抛下，陷入长久的悔恨。她痛苦地寻找答案，而显然，她并没有找到。"您明白他吗？"片刻之后，她问。

"我那时不明白，殿下，"我说，"我认为他是个傻子。我们都这样觉得。"

"那现在呢？"她蓝色的眼睛紧紧盯着我的。

我思索片刻。"我现在觉得，殿下，亚瑟当时生平第一次被一种他无法控制的疯狂击中了。"

"爱情？"

我看着她，告诉自己我并没有爱上她，她的胸针只是随机获得的护身符。我告诉自己她是位公主，而我只是个奴隶的儿子。"是的，殿下。"我说。

"你现在懂得这种疯狂了？"她问我。

整个房间里，我的眼中只能看见夏汶。赫拉德王妃、睡梦中的王子、加拉哈特、姑母们、竖琴手，对我来说他们全都不再存在，同样消失的还有墙上挂着的幔帐和铜制烛台。我的世界只剩下夏汶忧伤的大眼睛和我自己猛烈跳动的心脏。

"我懂得那种感觉，"我听见自己说，"看到某人的眼睛，突然就知道

亚瑟王

你的生命中不能缺少她。知道她的声音会让你的心跳漏跳,她的陪伴是你唯一向往的幸福,而她的离开会让你的灵魂变得孤单、凄凉、迷茫。"

她沉默片刻,有些茫然地看着我。"你身上发生过这种情况吗,德瓦阁下?"她最后开口问。

我犹豫了。我知道自己的心想要说的话,我也知道我的身份应该说的话,但我告诉自己,一名战士不应该助长自己的胆怯,于是我让自己的心控制了舌头。"从来没有发生过,直到此时此刻,殿下。"我说。做这番告白比打破一面盾墙需要更大的勇气。

她立刻移开视线并坐直身体,我诅咒自己用愚蠢之举冒犯了她。我靠在长榻上,面红耳赤,羞愧至极。夏汶向竖琴旁的灯芯草地面扔了几枚银币,以此来表示对竖琴手的赞赏。她要求乐师弹一曲《莉安珑之歌》。

"我还以为你没在听呢,夏汶。"一位姑母不怀好意地说。

"我在听,托温,我在听,而且非常享受我听到的。"夏汶的话让我一下子觉得自己是名击破敌人盾墙的战士。我不敢相信她说了这句话。我想要相信,却不敢。爱情是疯狂的,一秒就能让人在狂喜与绝望之间来回。

音乐再次响起,吵闹的喧哗欢呼从战士们备战的大厅中传来。我整个人向后靠在了靠垫上,脸还是很红。我想弄明白夏汶最后的那句话是指我们的对话还是指音乐,随后夏汶向后靠,又一次靠近我。"我不想因为自己而引起一场战争。"她说。

"这看来是不可避免的了,殿下。"

"我的兄长同意我的看法。"

"但统治波伊斯的是您的父亲,殿下。"

"的确。"她的语气很平淡。她停顿了一下,皱了皱眉,然后抬起头看着我:"如果亚瑟赢了,他会要我嫁给谁?"

她直率的问题再次让我吃了一惊,但我给了她真实的答案。"他希望您成为瑟卢瑞亚王后,殿下。"我说。

她极为惊讶地看我:"嫁给甘德利亚斯?"

"嫁给贝诺克国王兰斯洛特。殿下。"我说出了亚瑟的秘密心愿。然后,看着她的反应。

她注视着我的眼睛,显然是在判断我说的是否属实。"他们说兰斯洛特是一名了不起的战士。"过了一会儿,她不怎么热心地说。她的态度让我的心泛起一阵暖意。

"他们的确是这么说的,殿下。"我说。

她又一次沉默了,靠在扶手上,看着竖琴手的十指在琴弦上颤动,而我则看着她。"告诉亚瑟,"她说这句话的时候没有看我,"我心中没有怨恨。再告诉他……"她突然不说了。

"殿下?"我鼓励她。

"告诉他如果他胜了,"她转向我,伸出一根纤纤玉指越过我俩长榻之间的空隙,碰了碰我的手背,以示自己接下去的话有多重要,"如果他赢了,"她说,"我会恳求他的保护。"

"我会告诉他的,殿下。"我的心里满满的,停顿了一下接着说:"我也以我所有的荣誉向您起誓,我一定会保护您的。"

她的手指还停留在我的手上,她的碰触轻柔得像熟睡中小王子的呼吸。"我也许会找您兑现这个誓言,德瓦阁下。"我们四目相对。

"永生永世,直到世界末日,这个誓言将永远可靠,殿下。"

她微笑着收回了手,坐直身子。

那晚,我带着一种晕眩上了床,融合了迷惑、希望、愚蠢、犹豫、害怕和愉悦。正如亚瑟一样,我来到司乌思城堡,被爱情击中了。

第五部 盾墙

"所以是她!"伊格莲对我说,"是夏汶公主将你的一腔热血化成绕指柔的,德瓦教友!"

"是的,殿下,是她。"我承认道,而且我承认,现在一想起夏汶,我的眼中就会有泪水。或许是这天气让我的眼眶湿润,秋天已经降临狄那拉克,一股冷风正从我的窗户中吹进来。我必须暂停写作,我们必须去购买过冬的储备粮食,准备柴堆了。虽然受祝福的桑森圣人会很高兴地禁止我们点燃柴火,以让我们分享亲爱的救世主所遭受的苦难。

"难怪你这么恨兰斯洛特!"伊格莲说,"你们是情敌。他知道你对夏汶的感情吗?"

"后来他知道了。"我回答。

"那发生了什么?"她急切地问。

"我们为何不让故事按照顺序进行下去呢,殿下?"

"当然是因为我不想。"

"好吧,我想。"我说,"而我才是这个故事的讲述者,您不是。"

"德瓦教友,如果我不是这么喜欢你,我会砍了你的头,把你的尸体喂给猎狗。"她皱起眉头,思索了片刻。今天她身披饰有水獭皮毛滚边的灰色羊毛斗篷,看上去非常美丽。她还是没有怀孕,要么是婴儿粪便没起作用,要么是布洛奇维尔花了太多时间陪伴奈维丽。"我丈夫的家族中一直流传着叔祖母夏汶的流言,"她说,"但从来没人真正解释得清楚,那丑闻具体是什么。"

"我所认知的人中,殿下,"我严肃地说,"她是最不与丑闻沾边的人。"

亚瑟王

"夏汶一直没有结婚,"伊格莲说,"我只知道那么多。"

"这算是丑闻吗?"我问。

"算是的,如果她表现得像是结了婚的样子。"伊格莲生气地说,"你的教堂就是这么宣讲的。我们的教堂。"她慌忙地纠正自己,"所以发生了什么?告诉我!"

我拉下修道服的袖子,遮住自己的假肢,我身体的这个部位总是最先感觉到刺骨寒风。"夏汶的故事太长了,没法现在讲。"我拒绝再多讲,不顾王后的纠缠不休。

"那梅林找到圣锅了吗?"伊格莲转而问道。

"到适合的时间,我们就会讲到那里的。"我坚持道。

她举起双手。"你气死我了,德瓦。如果我表现得像一位真正的王后,我真应该砍下你的头。"

"如果我不是一个老迈虚弱的修道士,殿下,我会把它呈给您。"

她大笑起来,继而转身望向窗外。马格文教友种植的、充当防风林的小橡树的叶子早早的就已经变成了棕色,我们下方的峡谷中,灌木已长满浆果,这两个迹象都标志着寒冬将至。塞格拉莫曾告诉我,有些地方从不会有冬日,整年都暖阳高照,但或许,就像穴兔一样,那是他另一个想象中的故事。我曾经希望基督教天堂会是一个温暖的所在,但桑森坚持说天堂是寒冷的,因为地狱是炎热的,我想圣人大概是对的。没什么值得期待的。伊格莲打了个冷战,转过身看着我。"没有人为我造过卢纳莎凉亭。"她不满地说。

"他们肯定造过!"我说,"每年您都有一座的。"

"但那是城堡的凉亭,奴隶们被迫造的,我自然坐在里面。但那不一样,不是我自己的男人用毛地黄和柳条为我搭的。你和妮慕上床,梅林生气吗?"

"我真不该跟您说这件事的。"我说,"即使他知道,也没有说什么。

对他来说，这无关紧要。他不会嫉妒。"不像我们其他人。不像亚瑟，不像我。因为嫉妒，我们在多少土地洒上了鲜血！而在生命的尽头，这一切又有什么意义呢？我们年华老去，年轻人看着我们，永远不会知道，曾几何时，我们为了爱将一整个王国拖入战火之中。

伊格莲露出了她调皮的表情。"你说高菲迪特叫格温薇儿婊子。她是吗？"

"您不应该使用那个词语。"

"好吧，格温薇儿是高菲迪特说的那种人，那种我不能说出来冒犯你纯真耳朵的人吗？"

"不，"我说，"她不是的。"

"那她对亚瑟忠贞不渝？"

"后面会说到的。"我说。

她朝我吐了吐舌头。"兰斯洛特成为密特拉教徒了吗？"

"后面会说到的。"我坚持说道。

"我恨你！"

"而我是您最谦卑的仆人，亲爱的殿下。"我说，"但我很累了，这天气冷得让墨水都堵住了。我会把后面的故事写完的，我向您保证。"

"如果桑森同意的话。"伊格莲说。

"他会的。"我回答。这些日子圣人心情很好，全拜我们的见习修士——现在已不是见习，而是担任起了圣职，成为了一名神父、修道士，甚至在桑森的坚持下已经成为了一名和他一样的圣人——所赐。圣徒特博，我们现在必须这么称呼他。这两位圣人现在住在一间房里，一同赞颂主的荣耀。我对这个神佑关系的唯一担忧是，现在已经十二岁的圣徒特博，正在尝试学习阅读。他当然不会说撒克逊语，但即使如此，我还是担心他破译这些文字。但这担忧要等到圣徒特博学会字母之后了，如果他有一天真能学会的话，至少现在，如果上帝许可，为了让我心爱的伊格莲王

亚瑟王

后那急躁的好奇心得到满足,我将继续这个故事,亚瑟的故事,我已经逝去的亲爱主人、我的朋友、我的战争之王的故事。

第二天我没有注意到任何事情。作为我的敌人高菲迪特的不速之客,我和加拉哈特站在一起观看路万斯安抚诸神,在心不在焉的我看来,德鲁伊就算是在吹蒲公英也无关紧要。他们杀了头牛,把三名囚徒绑在三根柱子上勒死他们,随后在第四名囚徒的上腹部捅刀,以得到战争的预言。他们歌唱《玛波努斯战场之歌》,同时围绕尸体跳舞,然后他们的国王、王子和首领用自己的枪尖在死人的血里醮了醮,随即从枪刃上舔去鲜血,又把血抹在脸颊上。加拉哈特画了个十字,而我则想着夏汶。她没有参加仪式,我幸福地回忆着夏汶手指在我手上轻柔的碰触。

有人将我们的马匹、武器和盾牌还给我们,高菲迪特亲自送我们到了司乌思城堡的城门口。他的儿子昆格拉斯也来了,他也许是出于礼貌陪伴我们,但高菲迪特并没有怀着什么好意。"告诉你的那个婊子爱人,"国王的脸上还带着血迹,"只有一件事能避免战争。告诉亚瑟,如果他去勒格溪谷接受我的审判和裁决,我会考虑以此抵消我女儿所遭受的羞辱。"

"我会转告他的,国王陛下。"加拉哈特回答。

"亚瑟还是没胡子吗?"高菲迪特让这个问题充满了侮辱的意味。

"是的,国王陛下。"加拉哈特说。

"那我就不能用他的胡子来做囚绳了!"高菲迪特咆哮道,"告诉他来之前,割下他那个婊子的红发,编成他自己的囚绳!"高菲迪特显然很享受羞辱他的敌人,不过因为父亲的粗鲁,昆格拉斯王子的脸上流露出了羞愧的表情。"告诉他,贝诺克的加拉哈特,"高菲迪特继续道,"告诉他,如果他遵从我的命令,我可以放了他那秃头的婊子,只要她离开不列颠。"

"您会放了格温薇儿公主。"加拉哈特复述了这个提议。

"那婊子!"高菲迪特怒吼,"我跟她睡了太多次了,所以我知道。告诉亚瑟！"他唾沫横飞地冲加拉哈特的脸上吼出这话。"告诉他，她自愿地来过我的床上，还有其他很多男人的床！"

"我会告诉他的。"加拉哈特撒谎，好让这些尖刻言语停下。"国王陛下，"加拉哈特继续道，"莫德雷德呢？"

"没了亚瑟，"高菲迪特说，"莫德雷德会需要一位新的保护者。我会负责起莫德雷德的未来。现在滚吧。"

我们鞠躬、上马、离开，我回头看了一眼，希望看见夏汶，但司乌思城堡的城墙上只有男人。要塞周围的小屋都被拆了，人们准备沿笔直大路开赴布拉诺吉纳。我们同意不使用那条路，而是由路德城堡绕路走，这是为了防止我们刺探高菲迪特的军情。

我们向东方行进时，加拉哈特看上去闷闷不乐，但我不能抑制自己的幸福，一等我们离开繁忙的驻营地，我就唱起了《莉安珑之歌》。

"你怎么了？"加拉哈特不耐烦地问。

"没事！没事！没事！没事！"我开心地喊着，踢了下自己的脚后跟，马突然沿着绿色的小道开始狂奔，我摔进了一块荨麻丛里。"完全没事。"加拉哈特帮我把马牵回来时，我对他说，"绝对没事。"

"你疯了，我的朋友。"

"你说对了。"我笨拙地爬回马背。我真的疯了，但我不会告诉加拉哈特我疯狂的原因，所以我试图表现得清醒一点。"我们告诉亚瑟什么？"我问他。

"不会告诉他格温薇儿的事。"加拉哈特严肃地说，"再说了，高菲迪特是在撒谎。天啊！他怎么能这么说格温薇儿呢？"

"当然是为了激怒我们，"我说，"但我们要怎么跟亚瑟说莫德雷德的事情呢？"

"说实话。莫德雷德是安全的。"

"但如果高菲迪特说格温薇儿的那些话是谎话，"我说，"为什么他不会在莫德雷德的事情上撒谎呢？梅林就不信任他。"

"派我们来，不是为了听梅林的答案。"

"派我们来，是为了找出真相，我的朋友，而我认为梅林说的才是真相。"

"但图锥克，"加拉哈特严肃地说，"会相信高菲迪特的。"

"那就意味着亚瑟已经输了。"我阴郁地说，但我不想谈论失败，所以我问加拉哈特他觉得夏汶怎么样。我又让疯狂冒出了头，我希望听见加拉哈特称赞她，说她是这个世界上最美丽的生灵，但他只是耸了耸肩。"优雅的小东西。"他漫不经心地说，"如果你喜欢那种看上去娇弱的女孩儿的话，那她还算挺漂亮的。"他停顿了一下，想了想。"兰斯洛特会喜欢她的，"他继续道，"你知道亚瑟希望他们结婚吗？虽然我觉得现在不可能了。我想甘德利亚斯的王位会很安全，兰斯洛特必须到别处去找个老婆了。"

我没有再说任何关于夏汶的事。我们沿来时原路返回，在第二天晚上到达马格尼斯。正如加拉哈特所预测的，图锥克选择相信高菲迪特的承诺，而亚瑟更愿意相信梅林。我意识到，高菲迪特利用我们来离间图锥克和亚瑟，就我看来，他成功了，那两个男人在图锥克的房里争论不休，很显然格温特国王已经不愿参加即将到来的战争了。于是加拉哈特和我离开，去了马格尼斯的城墙，留那两个男人去吵。马格尼斯的城墙是一面高大的土墙，两侧都有注水深沟，顶上还用结实的栅栏加固。"图锥克会争赢的，"加拉哈特沮丧地对我说，"你看，他并不信任亚瑟。"

"他当然信任亚瑟！"我反对道。

加拉哈特摇了摇头。"他知道亚瑟是个诚实的人，"他说，"但亚瑟也是个冒险家。他并没有土地，你想过吗？他是为了名誉而战，而不是为了财产。他有现在的头衔是因为莫德雷德年纪小，并不是由他的出身继承得来。亚瑟想要成功就必须比其他人更大胆，但图锥克现在不想冒险。他想要的是安定。他会接受高菲迪特的提议。"他沉默了一会儿。"也许我们的命运是成为流浪战士,"他阴郁地说,"被剥夺土地,永远被新的敌人赶向西海。"

我打了个冷战,把披风裹紧了一点。这晚多云,西风带着阵阵凉意,就快要下雨了。"你的意思是,图锥克会抛弃我们?"

"他已经这么做了,"加拉哈特直言不讳,"他现在唯一的问题就是怎么得体地摆脱亚瑟。图锥克可能失去的东西太多,他不会冒任何的险,但亚瑟除了希望之外,没有任何东西能失去了。"

"你们俩!"一个响亮的声音从身后叫住我们,我们转身看见库尔威奇急匆匆地沿城墙跑来。"亚瑟想要见你们。"

"什么事?"加拉哈特问。

"你觉得呢,亲王殿下?他缺人陪他下棋?"库尔威奇咧嘴笑道。"那些杂种可能不敢打仗了——"他冲堡垒指了指,那里挤满了图锥克干净整洁、制服笔挺的士兵,"但我们敢。我想我们要孤军作战。"他看出我们的惊讶,大笑起来,"你们那天晚上都听到了,阿格里科拉大人说了,两百个人就能在勒格溪谷挡住一支军队。怎么样?我们有两百个枪兵,而高菲迪特有一支军队,所以我们还要格温特的人来干什么?是时候去喂渡鸦了!"

第一滴雨落下,在铁匠的火焰中发出嘶嘶之声,看来我们要去战斗了。

我有时候觉得那是亚瑟最勇敢的决定。天知道他还在多少同样绝望的处境下作出过别的决定,但那个马格尼斯的雨夜是亚瑟人生最脆弱的时刻。图锥克耐心地下达命令,让他在前线的人通通退进罗马城墙,准备与敌人谈和。

亚瑟在城墙边的一座战士小屋里召集了我们五个人。雨水击打在屋顶

亚瑟王

上,茅草下一堆火焰燃烧冒烟,将我们笼罩在通红耀眼的火光中。亚瑟发言时,他最信任的指挥官塞格拉莫坐在小屋的一条长凳上,身边是墨凡斯、库尔威奇、加拉哈特和我则蹲坐在地上。

亚瑟说,莫里格王子说出了残酷的真相,这场战争的确是亚瑟自己造成的。如果他没有抛弃夏汶,那波伊斯和德莫尼亚之间就不会敌对。格温特被扯进来,是因为它是波伊斯最古老的敌人,也是德莫尼亚传统的朋友,但继续这场战争不符合格温特的利益。"如果我没有来不列颠,"亚瑟说,"那图锥克国王就不会看着自己的土地遭受践踏。这是我的战争,正如我引发了它,现在我也必须结束它。"他顿了顿。他是个容易情绪化的人,而那个时刻,他被情感征服了。"明天我会去勒格溪谷,"他最终说道,有那么可怕的一瞬间,我以为他是要将自己交由高菲迪特去进行那残酷的复仇,但接下去亚瑟便冲我们豁达地露齿一笑,"如果你们要跟我一起去,我会很高兴,但我没有权力如此要求诸位。"

房间中一片死寂。我猜所有人都在想,在格温特和德莫尼亚联合作战的情况下,在溪谷里战斗都是个冒险的主意,更何况现在只有德莫尼亚的人马,我们该怎么才能赢呢?"您有权力要求我们去,"库尔威奇打破了沉默,"因为我们宣誓效忠您。"

"我解除你们的这些誓言,"亚瑟说,"只问问你们自己,是否愿意支持我的誓言,看到莫德雷德长大成为我们的国王。"

又一阵沉默。我认为,我们每一个人的忠诚都没有动摇,但没人知道该怎么表达,直到加拉哈特说了出来。"我从未向您宣誓,"他对亚瑟说,"但我现在要起誓。殿下,您战斗,我战斗,您的敌人就是我的敌人,您的朋友也就是我的朋友。我以基督耶稣珍贵的鲜血起誓。"他靠向前,抓起亚瑟的手,亲吻了一下。"如果我违背誓言,就让我遭受惩罚。"

"立下誓言需要两个人,"库尔威奇说,"您可以解除我的誓言,殿下,但我不会解除自己的誓言。"

"我也不会，殿下。"我也说道。

塞格拉莫似乎感到有些无聊。"我是您的人，"他对亚瑟说，"不属于任何其他人。"

"誓言算个屁啊，"丑陋的墨凡斯说，"我想战斗！"

亚瑟的眼中含着泪水。他一时之间说不出话，只是用一根木柴鼓捣着火堆，直到他成功地将热度减半，却制造出了多一倍的烟雾。"你们的人不用宣誓效忠，"他强调说，"明天我只想让完全自愿的人出现在勒格溪谷。"

"为何是明天？"库尔威奇问，"为什么不是后天？准备时间越长越好，不是吗？"

亚瑟摇摇头。"即使等上一整年，我们也不会准备得更好。另外，高菲迪特的斥候一定已经北上，带去了图锥克愿意接受高菲迪特条件的消息，所以我们必须在那同一批斥候发现我们德莫尼亚人没有撤退之前攻击。我们在明日破晓进攻。"他看着我，"你来做前锋，德瓦阁下，所以今晚你必须去找你的人，和他们谈话，如果他们不愿意去，那就算了，但如果他们愿意，墨凡斯会告诉你他们该怎么做。"

墨凡斯之前穿着亚瑟盔甲在敌人战线各处都耀武扬威了一番，但同时他也侦察了敌人的位置。现在他从锅里抓起一把谷粒，堆在他摊平的披风上，简单地模拟了一下勒格溪谷的地形。"溪谷不长，"他说，"两侧的岩壁很陡峭。路障在这里，南面的尽头。"他指向溪谷模型里的一点。"他们砍下树，做了道墙。这墙足以拦住马，但找一些人，不花太长时间就能把这些树拖走。他们的弱点就在这里。"他指着西方的山丘，"溪谷的北面一头非常陡峭，但你可以轻易地走下斜坡，到他们建造防御工事的地方。在夜里爬上山丘，破晓时向山下攻击，趁他们还没醒透的时候拆除他们的树栏，那样战马就能通行了。"他咧嘴一笑，想象着突袭敌人的快感。

"你的手下已经习惯了在黑夜行军。"亚瑟对我说，"所以明天清晨你

亚瑟王

们要占领路障,毁掉它,然后守住溪谷,直到我们的战马到达。战马之后是我们的枪兵。塞格拉莫会率领枪兵守住溪谷,我和五十名骑兵则会攻击布拉诺吉纳。"即使亚瑟宣布将自己绝大多数兵力都交给塞格拉莫,塞格拉莫也没有表现出任何的反应。

我们余下的人都掩藏不住惊讶,并不是因为对塞格拉莫的指派,而是亚瑟的战术。"五十名骑兵攻击高菲迪特的整支大军?"加拉哈特疑虑地问。

"我们不会占领布拉诺吉纳,"亚瑟承认,"甚至不会接近,但我们会引诱他们来追击,这追击会将他们带至溪谷。塞格拉莫会在溪谷的北端对上他们的大军,就在道路和河水相交的地方,当他们进攻时,你们就后退。"他转而看着我们,确保我们明白他的指示。"后退,"他重复道,"一直后退。让他们觉得自己快要赢了!随后等你们将他们诱进溪谷深处时,我会出击。"

"从哪里出击?"我问。

"当然是从他们的身后!"受战场前景的激励,亚瑟恢复了他的热情,"我的骑兵从布拉诺吉纳撤退时,不会进入溪谷,而是躲在它的北面入口之外。那个地方树木很繁茂,等你们一旦吸引敌人深入,我们就会从后方出击。"

塞格拉莫盯着那堆谷子。"爱尔兰黑盾族人就在科伊尔山,"他用糟糕的口音说道,"他们可以从山丘往西走,袭击我们的后方。"他用手指划过山谷南端散开的谷子,以说明他的意思。我们都知道,那些爱尔兰人,是伊仑之子欧依戈斯——德米缇亚国王——的可怕战士,曾经是我们的盟友,直到高菲迪特以黄金收买了他们的忠诚。"您想要我们正面挡住一支军队,还要挡住身后的黑盾?"塞格拉莫问。

"你看,"亚瑟笑着说,"这就是为什么我要解除你们的誓言。不过,一旦图锥克知道我们开战了,他会来援助的。随着时间过去,塞格拉莫,你会发现你的盾墙每一分钟都变得越来越厚。图锥克的人会对付科伊尔山的敌人。"

"如果他们不来呢?"塞格拉莫问。

"那我们大概就会输。"亚瑟平静地坦言道,"我的死亡将伴随着高菲迪特的胜利和图锥克的和平。我的脑袋会被送给夏汶,作为她的结婚礼物,而你们,我的朋友们,将在彼世享用盛宴,我相信,你们会为我留个位子的。"

房间中又安静了下来。亚瑟似乎很确信图锥克会战斗,但我们其余人都不敢如此肯定。在我看来,图锥克大可以让亚瑟和他的人死在勒格溪谷,正好可以摆脱一个不方便的盟友。但同时我告诉自己,高层政治不是我要考虑的事情,我应该考虑的是怎样活过第二天。我看着墨凡斯那简陋的战场模型,很担心那些西面的山丘——就是我们在清晨要攻击的地方。我想,如果我们可以从那里发动进攻,敌人也可以。"他们可以从侧面进攻我们的盾墙。"我描述了一下我的担忧。

亚瑟摇摇头。"山谷北端的山丘太陡峭,身着盔甲的人很难爬上去。他们最多派他们的民兵,也就是弓箭手上去。德瓦,如果你有多余的人手,派一些守在那里,不然就祈祷图锥克快点来吧。说到这里,"他转身看向加拉哈特,"亲王殿下,虽然请求您离开盾墙对我来说是一件很痛苦的事情,但明天如果您可以作为我的信使去见图锥克国王,那您就是我最宝贵的帮助了。您是位亲王,您说话有威信,而您也是所有人中最可能说服他的人,告诉他在这场我违抗他的意志也要强加给他的胜利中,他能够获得好处。"

加拉哈特看上去很困扰:"我宁愿战斗,殿下。"

"总而言之,"亚瑟笑了,"我宁愿胜利,而不是输掉战争。为此,我需要图锥克在明天日落前派兵来援,而您,亲王殿下,是我能派去见一位忿忿不平的国王的最合适信使。您必须说服他,奉承他,恳求他,但最重

亚瑟王

要的是，亲王殿下，说服他，如果我们不能赢得明天的战斗，我们的余生都将身处战火之中。"

加拉哈特接受了这个选择。"那您可以允许我，一旦送完信，就回到德瓦的身边与他一起战斗吗？"他补充道。

"非常欢迎。"亚瑟说。他停顿了一下，盯着这些谷堆。"我们人数很少，"他直白地说，"他们又是主场作战，但梦想不是靠小心翼翼实现的，它靠的是勇敢冒险。明天我们将给不列颠人带来和平。"他突然打住，也许是意识到他对于和平的渴望也是图锥克的梦想。或许亚瑟在想自己是否真的应该打这一仗。我记起我们与阿尔会面后在橡树下立下的誓言，亚瑟想要放弃反抗，我半是期待地等他再次展现自己的内心灵魂，但在那个雨夜，野心的马猛拉着他的灵魂，他不能以自己的生命或流放作为代价，指望换来和平。他想要和平，但他更想要造就和平。"不论你们向哪位神祇祈祷，"他小声地说，"愿明日他们与你们同在。"

我必须骑马去找我的人，我太匆忙，从马上摔下来了三次。这些摔落是不吉的征兆，但土路很软，除了我的骄傲之外，我毫发无伤。亚瑟和我一起骑行，在距离我方的营火一投枪的射程距离时，他拦住了我的马，营火在下个不停的雨中暗淡地闪烁。"明天为了我去战斗，德瓦，"他说，"你可以带上自己的旗帜，在你的盾牌上画上自己的纹章。"

在这个世界或下个世界我都会为你而战，我这么想，但没有说出口，生怕惹怒诸神。因为明天，在那个灰暗阴冷的破晓，我们将与整个世界为敌。

我的人没有一个试图逃避他们的誓言，一些人也许想要避开战争，但没人愿意在同伴面前示弱，于是所有人都在半夜出发，穿越雨中的田野前去战斗。亚瑟目送我们离开，然后去了他骑兵的驻营地。

妮慕坚持要与我们同行。她向我们承诺要施展一个隐匿咒语，之后无论怎样我的人都不愿离开她了。进军之前，她借着火光在营地附近的一个坑里找到了一头羊的头骨，便用这头骨施展了那个咒语。她从灌木中——一定曾有一匹狼在那里进食——拖出尸骸，砍下头，剥下已生蛆的皮肉残渣，蹲在地上，用斗篷盖住她自己和那个散发着臭味的头骨。她蹲了很长时间，呼吸着那腐烂头骨可怕的恶臭，然后站起身，将头骨轻蔑地踢向一旁。她看着那头骨渐渐停下，思索了一会儿，宣布我们今夜进军时，敌人将看向别处。亚瑟被妮慕的激烈表演迷住了，在她做出宣告的时候颤抖了一下，随后拥抱了我。"我欠你的情，德瓦。"

"您不欠我什么，殿下。"

"不算其他所有事情。"他说，"感谢你为我带来夏汶的口信。"她的原谅让他狂喜，当我说出她希望受他保护时，他只是耸了耸肩。"她不用害怕任何德莫尼亚人。"他是那么说的。现在他拍了拍我的后背。"我们破晓时再见。"他许下这承诺，然后便看着我们由火光走向了黑暗之中。

我们穿越茂密的草地和新收割过的田野，除了潮湿地面、黑暗和大雨的阻碍，没有遇上任何麻烦。雨水从西面——我们的左手边——打来，似乎永无止境，猛烈的雨水刺痛我们的皮肤，流进我们的上衣，让身体变得冰凉。我们聚在一起前行，这是为了不让人在黑暗中掉队，但即使走在平坦的土地上，我们也一直以很低的声音呼唤着，确认同伴们的位置。一些人试图拉住朋友的披风，但枪尖会撞在一起，两人都会被绊倒。最后我终于停下队伍，将人排成了两列。我命令每个人把盾牌背在身后，然后抓住前面那人的长枪，卡文走在最后方，以确保没人掉队，我和妮慕则走在最前。她拉着我的手，并不是出于感情，只不过在这个黑暗的夜晚，我们应该待在一起。现在看来，卢纳莎节就像是一场梦，不是因时间而被淡忘，而是妮慕坚决不肯承认我们在凉亭中度过的日子是真实的。那些时光，正如她在亡者之岛上待的那几个月，已经完成了它们的使命，变得无足轻重了。

亚瑟王

我们来到了树林。我犹豫了一下,便冲下一个陡峭、泥泞的河滩,冲入了黑暗。那黑暗太沉重,想到还要带着五十个人穿越这恐怖的虚无,我不由得感到绝望。然而妮慕开始用低沉的声音哼起歌,这歌声犹如一道护身符,保佑战士们安全地穿过这充满障碍物的黑暗。两行长枪队列都断了,但跟随着妮慕的歌声,我们都设法跌跌撞撞地穿过了树林,在另一头的草地会合。我们在那里停下,卡文和我点了点人数,妮慕则绕着我们,朝黑暗发出嘶嘶的诅咒。

我的士气因雨水和阴暗而低落。我以为自己脑海中有这片营地北面田野的地图,但我们坎坷的行程彻底破坏了这幅地图。我不知道我在哪里,应该去哪里。我本以为我们是在北上,但没有星辰的指引和月亮的照耀,我的恐惧压倒了决心。

"你还在等什么?"妮慕来到我身边,冲我耳语。

我一言不发,不愿承认自己迷路了,或者也许是不愿承认自己害怕了。

妮慕察觉了我的无助,接过了指挥的责任。"我们前面是一大片开阔的草原,"她对我的人说,"那里原来是放羊用的,但他们带走了所有的牲口,所以没有牧羊人或狗会看见我们。接下去全是上坡路,但只要我们团结在一起,就不难走。在草原的尽头是一片树林,我们就等在那里直至破晓。那里离得不远,路也不难走。我知道我们又湿又冷,但明天我们将在敌人的火堆旁烤火取暖。"她充满自信地说。

我觉得自己无法带领这些人穿越这潮湿的夜晚,但妮慕做到了。她说,在黑暗中,她的独眼比我们的双眼看得更清楚,也许这是真的,或者她只是比我更了解这片田野的地形,但不论如何,她做到了,而且做得很好。我们最后沿山脊行走时已经非常轻松,因为我们已经走在了勒格溪谷西面的高地,敌人的营火正在下方的黑暗中燃烧。我甚至可以看见被砍倒的松树搭成的路障和远处勒格河闪烁的微光。溪谷中的人正将大块木头扔进火里，照亮了攻击者可能前来的通往南方的道路。

我们到达了树林，伏在潮湿的地面。我们中的一半人都睡着了，虽然那样的睡眠多梦又易惊醒，感觉上像根本没睡过一样，让人变得冰冷、疲惫，浑身酸痛，但妮慕一直醒着，小声念着咒语，并和睡不着的人谈话。那些不是什么闲谈——妮慕根本没有时间来悠闲地聊天——而是解释我们为何而战的激烈言语。她说，不是为了莫德雷德，而是为了不列颠能摆脱外来的人和外来的想法。即使是我队伍中的基督徒都在听她的演讲。

我没有等到破晓就发动了攻击。当雨气朦胧的天空在东方显现出第一丝苍白的光线时，我便叫醒了睡梦中的人，带领着五十名枪兵来到了树林边缘。我的左手臂上紧缠着盾牌的皮带，海威贝恩别在胯上，我的右手紧握着沉重的长枪。河水流出溪谷之处起了一层薄雾。一只白色的猫头鹰从我们身处的树林旁飞过，我的人认为这是个凶兆，但接下去有一只野猫在我们身后叫唤，妮慕说，猫头鹰出现带来的恶兆已因此失效。我向密特拉念了一段祈祷，将接下来的时间都献给他的荣光，然后我告诉手下，比起我们脚下溪谷中这些整晚喝得烂醉的波伊斯人来说，法兰克人是更加凶恶的敌人。我怀疑这不是真相，但临近战斗的人们不需要真相，他们需要的是信心。我私下命令伊撒和另一个人待在妮慕的身边，因为如果她死了，我知道我军的自信会像夏日雾气一般烟消云散。

雨滴击打在我们背后，草地斜坡因此变得光滑。溪谷另一端的天空更加明亮，阳光投下了飘浮云朵的第一道阴影。溪谷中仍旧昏暗如同黑夜，但森林边缘已被照亮，这让我担心敌人会看见我们，而我们却看不见他们。他们的营火依旧熊熊燃烧，但比起之前在黑夜中的，亮度要低了不少。我看不见哨兵。是时候行动了。

"慢慢走。"我命令手下。我曾想过要疯狂地冲下山丘，但现在改变了主意。潮湿的草地很不牢靠，我决定还是像清晨的鬼魂一般，缓慢安静地小心爬下斜坡更好。我走在最前面，山丘越来越陡，我的步子也迈得越来

亚瑟王

越小心。即使穿着带钉子的皮靴也不能很好地在积水的地面行走，所以我们走得很慢，就像是潜行的猫。在半明半暗中，我们发出最响的噪音也不过自己的呼吸声。我们将长枪充作手杖。有两次，有人重重地滑倒，盾牌与剑鞘或长枪撞击出声，两次我们都停下不动，等待着敌人的应战，但无人前来。斜坡最后的部分是最陡峭的，但在最后那个斜坡的边缘，我们已经能看见整个溪谷的谷底。远处河流像一条黑色的影子般流过，下方的罗马道路旁有一些茅草屋顶的小屋，敌人一定就驻扎在那里面。我只能看见四个人，两人蹲在火旁，第三人站在一间小屋的屋檐下，第四个则在树栏后来回踱步。破晓明亮的光线将东面的天空染白，是时候让我的狼尾枪兵们释放杀手本性了。"诸神就是你们的盾墙，"我对他们说，"尽情杀戮吧。"

我们冲下最后几码斜坡。一些人与其说是用腿冲下去的，还不如说是直接用背滑下去的。有的人莽撞地冲在最前面，因为我是他们的头领，所以也跟他们一起冲锋。恐惧赐予我们翅膀，让我们大喊出我的战号：我们是贝诺克的狼，来到波伊斯边界的山丘，带来死亡！突然之间，正如以往的战斗一样，兴奋感取代了恐惧。不断激生的快感在我们的灵魂中爆发，所有的克制、忧虑、体面都彻底消失，只剩下战斗炫目的野性。我一跃而下，跨过最后几英尺，跌跌撞撞地穿过树莓丛，踢开一个空桶，然后看见附近的一个小屋中冲出了第一个惊慌失措的人。他穿着长裤和上衣，拿着长枪，在大雨的清晨中死命眨眼，随后便被我刺穿肚子死去了。我吼着狼嚎，挑衅地让我的敌人们前来送死。

我的长枪卡在了那个死人的肚肠中。我抛下它，拔出了海威贝恩。另一个人从小屋里探头张望，看发生了什么事，我刺穿了他的眼睛，将他向后一摔。我的人号叫呐喊着从我身边涌过。那几个卫兵开始逃跑，其中一个跑到河边，犹豫了，转过身被两把长枪刺穿。我的一个战士从火堆中抓起一根木柴，扔向了潮湿的茅草屋顶。紧接着，更多的火把被抛出，最后所有的小屋都着了火，住在里面的人都被赶了出来，而我的长枪兵正等着他们。燃烧的茅草掉到了一个女人的身上，她尖叫起来。妮慕从一具敌人的尸体身上拣了把剑，正将它刺入一个跌倒男人的脖子中。她持续发出一种怪异高亢的声音，让这个冰冷的清晨更加恐怖。

卡文冲士兵们大吼，让他们搬开树栏。我将几名还活着的敌人留给其他人，过去帮他。路障由二十多根砍下的松树搭成，每棵树都需要二十个人才能拖开。我们在阻拦道路的路障上弄开了一个四十英尺宽的缺口，正在这时伊撒突然冲我大喊示警。

我们杀掉的那些人不是溪谷中所有的守卫力量，只是守护木栏的前哨兵。而现在主力卫队已被骚乱惊醒，出现在溪谷阴暗的北面。

"盾墙！"我叫道，"盾墙！"

我们在燃烧的屋舍稍偏北的地方组成了战线。我的两名士兵在下斜坡的时候摔碎了脚踝，另一名在第一场战斗中被杀了，但我们其余人列成了一横排，将盾沿互相覆盖，确保盾墙足够紧密。我已经拿回了自己的长枪，将海威贝恩插回剑鞘，刺出枪尖，和其他密密麻麻的钢铁枪尖一起，伸出盾墙前方五英尺。我命令六名士兵与妮慕一起待在后方，以防还有敌人躲在阴影中，然后我们等卡文的盾牌就位。他自己盾牌的带子断了，所以他捡了一面波伊斯盾牌，迅速地割去带着鹰纹章的皮盖，在盾墙的最右边就位。这是盾墙最薄弱的位置，因为最右边的人必须持盾护住他左手边的战友，这样他自己的右边就会暴露在敌人的枪刺之下。"准备好了，阁下！"他冲我喊道。

"前进！"我大叫。主动出击要好过让敌人列队来攻击我们。

越向北走，溪谷两侧的岩壁越高越陡。我们右边的斜坡，在河水之上长着茂密的树木，左边的山丘一开始是草地，接着便变为矮树丛。随着我们前进，山谷越来越窄，但是没有窄到可以被称为峡谷。勒格溪谷有足够的空间让军队移动，不过泥泞的河滩却限制了可以交战的干燥区域。密布

亚瑟王

的乌云中透出了第一缕光线，照亮了西面的山丘，可那道光依然没有照进深邃的山谷。雨终于停了，但带着寒意和湿气的狂风依旧让溪谷上风处燃烧的篝火一明一暗地闪烁。那些篝火暴露了围绕在罗马建筑周围的一个茅屋小村。人们匆匆而过的影子在火焰前跳动，一匹马嘶叫起来，突然之间，清晨暗淡的日光终于洒向了道路，我看见面前有一道盾墙。

我还看见那道盾墙由一百人构成，更多人在急急忙忙地跑来加入。"停下！"我下令，然后借着微弱的光线盯着那道估计有近两百人组成的敌军盾墙。他们的枪尖闪着灰色的光芒。这就是高菲迪特部署在溪谷的精英卫队。

对我的五十名士兵来说，溪谷太宽，很难守卫。道路向着西面的斜坡靠近，在我们右边留出了很大一块草地，敌人轻易就能从侧面包抄我们，所以我命令全体后退。"慢慢后退！"我叫道，"缓慢稳当！退回路障！"我们能够守住被我们撕开的树栏缺口，但即便如此，敌人爬上剩下的树干包围我们也只不过是时间问题。"慢慢后退！"我再次下令，当我的人后退时，我留在了原地，这是因为敌军中有一名骑士单独出列，骑马向我们走来。

敌人的使者是一名骑术精湛的高大男子。他戴着一顶饰有天鹅羽毛的铁头盔，佩戴长枪和剑，但没有带盾牌。他身穿胸甲，胯下是羊皮马鞍。他是个样貌醒目的男子，有着深色的眼睛和黑色的胡子，他的脸看起来有些熟悉，但直到他在我面前勒马止步，我才认出他。他是韦拉伦，一位首领，格温薇儿第一次见到亚瑟时她的未婚夫。他自上而下盯着我，慢慢抬起枪尖指向我的喉咙。"我本希望，"他说，"你是亚瑟。"

"我的主君向您致意，韦拉伦阁下。"我说。

韦拉伦朝着我依旧画有亚瑟熊纹章的盾牌啐了一口。"回敬他我的问候，"他说，"还有那个他娶的婊子。"他顿了顿，抬高枪尖靠近我的眼睛。"你离家很远了，小鬼，"他说，"你妈妈知道你下床了吗？"

"我的母亲,"我回应道,"正在准备圣锅好煮您的骨头,韦拉伦阁下。我们需要胶水,听说胆小鬼的骨头是最好的材料。"

他似乎很满意我认得他,错以为我是因为他的盛名才能认出他,并没有意识到我是多年前陪伴亚瑟前往司乌思城堡的护卫之一。他将枪尖从我脸上移开,盯着我的队伍。"你们人不多,"他说,"但是我们有许多人。你现在想投降吗?"

"你们人是很多,"我说,"但我的人已对战争饥渴难耐,非常欢迎这么多敌人雪中送炭。"一位首领会被期望擅长这些战前的羞辱之词,我总是很享受这一刻。亚瑟从来不擅长这种挑衅,即使是在杀戮开始前的最后一刻,他还是试图让他的敌人们喜欢他。韦拉伦略略掉转马头。"你的名字是?"他离去前问。

"德瓦·卡丹领主。"我骄傲地说。我想看见,或者说我希望能看见,他一踢马腹朝北面离去前有一瞬间认出了我。

如果亚瑟没来,我想,那我们都已经是死人了,但等我回到路障后与我的枪兵们汇合时,我看见了正等待着我的库尔威奇——他终于再次与亚瑟共同骑马作战了。他的大马在附近吵闹地吃草。"我们离得不远,德瓦,"他向我保证,"等那些恶心家伙攻击时,你们就逃跑。明白了吗?让他们追你们。这样他们就会分散,然后等你看见我们过来的时候,就让开路。"他抓住我的手,给了我一个熊抱,"这比和谈好多了,不是吗?"他走回大马,蹬上马鞍。"做一会儿懦夫吧!"他对我的人叫道,然后抬起一只手,策马南去。

我向我的人解释库尔威奇离去时话语的意思,然后在盾墙的正中就位。盾墙于我们破开的树木缺口中展开。妮慕站在我的身后,依然手持血淋淋的长剑。"我们要假装溃败!"我对组成盾墙的战士们吼道,"在他们第一轮攻击时!逃跑的时候不要跌倒,确保你没有挡住马匹的路!"我命令四名士兵帮助那两个脚踝受伤的人躲到路障后的一个树丛里。

亚瑟王

我们等着。我回头张望了一次，但没看到亚瑟的人，我估计他们躲在南面四分之一英里处路口的一片树林里。我的右边，深色的河水闪着亮光，旋转流淌，两只天鹅漂流其上。一只苍鹭在河边捕鱼，随后懒懒地展翅向北方飞去，妮慕认为这是个好的征兆，因为那鸟带着坏运气朝敌人那边去了。

韦拉伦的枪兵缓慢地前行。他们从睡梦中被叫醒来到战场，动作还十分迟钝。有些人头上没戴头盔，我猜他们的首领把他们从稻草床上喊醒时一定很急，不是每个人都有时间将盔甲穿戴整齐。他们没有德鲁伊，至少我们不会受到咒语的攻击，但像我的手下一样，我还是在口中默念祈祷。我祈祷的对象是密特拉和贝尔。妮慕召唤着胜利女神安德拉斯特，卡文祈求他的爱尔兰诸神保佑他今日能痛快杀敌。我看见韦拉伦已经下马，在队列中央带领他的人前进，不过我注意到一名仆人正牵着首领的马，走在战阵之后。

一阵潮湿的强风将燃烧小屋的烟雾吹到了路中，半遮住了敌人的队列。他们死去同伴的尸体会让这些进军的枪兵们清醒过来，我想。果然，随着他们看见那些新鲜的尸体，我听见了生气的怒吼。又一股风吹散了烟雾，敌人的行进速度明显变快了，口中还叫嚷着污言秽语。我们安静地等待，暗淡的晨光洒满了山谷潮湿的地面。敌军在离我们五十步的地方止步。他们所有人的盾上都绘有象征波伊斯的鹰，没有瑟卢瑞亚人或其他高菲迪特的盟友。我猜，这些枪兵是波伊斯最精锐的部队，所以我们现在每杀一个人，都对将来的战事有帮助，老天知道我们太需要帮助了。到目前为止，我们处于这天中最有利的时段，我必须一直提醒自己，这些轻松的时刻只是为了引出高菲迪特和他盟友的全部力量来追击亚瑟那极少的拥护者。

两个男人冲出韦拉伦的阵线，猛地掷出长枪，长枪从我们的头顶飞过，直插入身后的草地。我的手下揶揄起哄，有些还故意拿开盾牌，露出身体,就好像邀请敌人再试一次。密特拉保佑,韦拉伦的队伍中没有弓箭手。很少会有战士带弓,因为没有箭能穿透盾牌或皮胸甲。弓箭是猎人的武器,适合用来猎鸟或小兽,但大量被征召来的农夫民兵都会带着轻型弓,他们还是很麻烦的,能逼战士们躲在盾墙后面。

又有两人掷出长枪。一柄刺入一面盾牌并卡在了上面,另一柄又扔高了。韦拉伦观察着我们,判断着我们的对策,也许因为我们没有回掷长枪,他认为我们已经丧失战意。他抬高双臂,用长枪击打盾牌,大声命令他的人冲锋。

他们高声吼着挑衅之语,而我们则按照亚瑟的命令,分散逃窜。刚开始有些混乱,因为组成盾墙的战士们挡住了彼此的路,但后来我们完全四散开来,沿路拼命奔跑。妮慕的黑色斗篷随风飞舞,她跑在我们前面,时不时回头看后面发生了什么。敌人胜利欢呼,奔跑追逐我们,韦拉伦看到这是个骑马追赶乌合之众的好时机,便大声召唤他的仆人牵马来。

我们笨手笨脚地跑着,因披风、盾牌和长枪而磕磕绊绊。我跟着我的人向南面跑去,有些累了,呼吸变得沉重。我能听见身后敌人的叫喊声,我两次回头看见一个高大红发的男人苦着脸,紧张地想要抓住我。他跑得比我快,我开始觉得我需要停下转身来面对他了。正在此时,我听见亚瑟那美妙的号角声。它响了两次后,从我们面前的幽暗树林中,亚瑟的军队猛地冲了出来。

第一个冲出来的是头戴白羽头盔的亚瑟本人,他身着闪亮的盔甲,带着他那如镜子般光亮的盾牌,白色的披风在身后展开犹如一对翅膀。他放低枪尖,五十名骑兵身骑披着盔甲的战马出现在视线中,他们的脸包裹在钢铁之中,枪尖闪闪发光。龙与熊的战旗迎风招展,大地在那些沉重的马蹄下颤抖,战马加速奔跑,将水与泥飞溅到空中。我的人向两旁跑去,分成两组,慢慢聚拢成最外层是盾与枪的防卫圈。我去了左边那组,转身正好看见韦拉伦的人绝望地想要组成盾墙。韦拉伦骑在马上,冲他们大喊,

亚瑟王

让他们撤退回路障,但已经太晚了。我们的陷阱太过突然,勒格溪谷卫队已经完了。

亚瑟骑在他最爱的母马勒姆芮背上,从我身边飞驰而过。他马鞍褥的裙边和他的披风下摆已经被泥水浸湿。一个人朝勒姆芮扔出一支长枪,长枪击打在它的胸甲上被弹飞。亚瑟将自己的长枪刺入第一个敌人的身体,抛弃那武器,冲着黎明的天空拔出了王者之剑。其他的战马奔驰经过,翻搅起一片水花与嘈杂。那些巨大的野兽冲入韦拉伦零落的士兵之中,让他们纷纷尖叫。一把把剑挥下,大马奔过,只余下脚步踉跄、满身鲜血的敌人,有些人被赶得慌张逃窜到了战马沉重的铁蹄之下。被击散的枪兵无法抵御战马,而这些波伊斯的战士连最小范围的盾墙都没有机会组成,他们只能逃跑。韦拉伦看到毫无希望,便掉转他轻骑马的马头,向北面疾驰。

他的一些手下跟着他,但任何徒步的人都会被战马追上。其他人转向两旁,朝河流和山丘跑去,那些人也被我们枪兵追上捕获。其中一些人扔下长枪和盾,举起双手,我们饶他们不死,但任何企图抵抗的人都像在灌木丛踏入陷阱的野猪一样,死于长枪之下。亚瑟的马消失在山谷中,留下了一路被剑刃砍下头颅的尸体。其他的敌人都蹒跚倒下了,妮慕看见这样的毁灭景象,发出了胜利的尖叫。

我们抓获了近五十名俘虏。至少有同样人数的敌人死了或正在死去。有一些逃到了我们在清晨时分爬下的山丘中,另一些在企图渡过勒格河时淹死了,剩下的一些流血、蹒跚、呕吐、落败。当我们结束抓捕最后的几名韦拉伦军的幸存者时,塞格拉莫率领一百五十名最精锐的长枪兵出现在视野中。"我们没法腾出人手来看管俘虏。"塞格拉莫招呼我。

"我知道。"

"那就杀了他们。"他命令我,妮慕也表示赞同。

"不。"我坚持道。在这天余下的时间里,塞格拉莫是我的指挥官,我不想违背他的命令,但亚瑟希望带给不列颠和平,杀掉手无寸铁的囚犯绝

412

对不可能帮助他与波伊斯建立和平。另外,是我的人俘房了这些囚犯,那他们的命运就是我的责任。我没有杀他们,而是命令他们脱光衣服,一个接一个地被带到卡文那里,后者找了块沉重的石头作锤子,又用另一块大圆石为砧板。我们将每个人持枪的手放在砧板上,固定住,用石头敲碎了他们的小指和无名指。一个人碎了两指还能活下来,甚至可能重新挥舞长枪,但今天是不可能的了。许多天都不可能了。然后我们就放他们往南方走了,赤身裸体、流着鲜血,并告诉他们,如果我们在日落前再次看见他们的脸,就一定会杀了他们。塞格拉莫嘲笑我的这种宽大,但没有反对这命令。我的人拿走了敌人最好的衣服和靴子,在不要的衣物里寻找硬币,然后就把它们扔进了还在燃烧的小屋。我们将缴获的武器堆在路边。

这一切完成之后,我们向北行军,发现亚瑟已经在浅滩结束他的追逐,回到了以一座坚固罗马建筑为中心的那个小村庄,亚瑟认为这里曾经是去北方山丘的旅人们的休憩场所。一群女人在看守下聚集在房子周围,抓着她们的孩子和一些不值钱的财物。

"您的敌人,"我告诉亚瑟,"是韦拉伦。"

他花了几秒钟才记起这个名字,接着他露出微笑。他已经取下头盔,并下马来招呼我们。"可怜的韦拉伦,"他说,"两次都是输家。"然后他拥抱我并向我的手下表示感谢。"昨晚太黑了,"他说,"我担心你会找不到溪谷。"

"我是找不到,但妮慕找得到。"

"那我要感谢你。"他对妮慕说。

"要谢谢我,"她说,"就赢了今天的这场仗吧。"

"诸神保佑,我会的。"他转身看向加拉哈特,后者之前曾骑马与他一同冲锋。"去南面吧,亲王殿下,向图锥克带去我的问候,求他派兵支援我们。愿上帝保佑您巧言善辩。"加拉哈特一踢马腹,穿过散发着血腥味的溪谷,骑马返回马格尼斯。

亚瑟王

亚瑟转身盯着山顶北面一英里处的一个堡垒。那是个陈旧的泥土堡垒，是先民的遗迹，但看上去似乎已经荒废了。"那地方对我们很不利，"他微笑地说，"如果那里有人，他们就会看见我们的藏身之处。"他想在北上引出驻扎于布拉诺吉纳的高菲迪特军之前，找好自己的藏身之处，并留下自己沉重的骑兵盔甲。

"妮慕会为您施展一个障眼法术。"我说。

"是吗，女士？"他真诚地问。

她离开去找头骨。亚瑟又紧抱了我一下，然后让他的仆人海崴德帮他脱下沉重的鱼鳞甲。盔甲从他的头顶脱下，弄乱了他的头发。"你愿意穿它吗？"他问我。

"我？"我震惊了。

"敌人进攻时，"他说，"会期望看到我，如果我不在，他们会怀疑这是个圈套。"他笑了笑。"我可以去问塞格拉莫，但他的长相多少比你的要好认，德瓦阁下。不过你得剪掉一些长发。"我从头盔下露出来的金色头发，绝对会透露出我不是亚瑟，"也许再剪短点胡子。"他补充道。

我从海崴德手上接过盔甲，它的重量让我吃了一惊。"我很荣幸。"我说。

"它很重，"他警告我，"你穿着它会很热，而且不能看到你的两侧，所以需要安排两个好手在身侧照应。"他察觉到了我的犹豫。"我应该让别人穿它吗？"

"不，不，殿下，"我说，"我来穿。"

"这意味着危险。"他再次警告我。

"我本来就没期待今天会是安全的一天，殿下。"我回答道。

"我会把旗帜也留给你，"他说，"当高菲迪特到来时，必须让他觉得所有的敌人都在一处。这会是一场苦战，德瓦。"

"加拉哈特会带来援军的。"我安慰他。

他接过我的胸甲和盾牌，将自己闪亮的盾牌和白披风给我，然后转身抓住了勒姆芮的缰绳。"那，"他以前告诉过我，他曾经需要别人的帮助才能坐上马鞍，"是今天比较容易的部分。"他招手叫塞格拉莫过来，对我们两人说道："中午时分，敌人就会到这里。尽量准备充分，用尽全力去战斗。如果我再次见到你们，我们就胜利了。否则，我向你们表示感谢，向你们致敬，然后在彼世等待你们一同来举行盛宴。"他大声让他的人上马，随即骑马北上。

而我们则等待着真正的战斗开场。

鱼鳞甲重得可怕，压着我的肩膀，就像是每天早晨女人们扛回房子的水筐。每抬一下持剑的手都很困难，不过后来好了些，因为我在铁甲外紧紧扎上了佩剑腰带，缓解了一点肩膀上的重量。

妮慕完成了她的障眼法，用匕首割短了我的头发。她把割下的所有头发都烧掉，生怕有敌人利用它下咒。接着我用亚瑟的盾做镜子，把自己的胡子剪短，一直到它的长度刚好能藏在头盔的面罩之后，然后拉上头盔，脑袋用力套进它的皮质内衬，它像层壳一般覆盖住了我的整个头部。透过闪亮金属的耳孔，我的声音听起来含混不清。我举起沉重的盾牌，请妮慕将带着泥点的白色披风系在我的肩膀上，随后便努力适应起这盔甲的可怕重量。我让伊撒用枪柄做木棍与我打斗，发现自己的速度比以往慢了许多。"恐惧会让您变快的，阁下。"伊撒第十次绕过我的防御，在我头上打出一记带着回音的敲击后，这么说道。

"别把羽毛敲掉了。"我说。我暗自希望自己从未接受这套重甲。这是骑兵的装备，设计目的是要增加重量，让冲锋的骑兵能震慑敌人，冲破敌人的军队，但我们枪兵没有肩并肩组成盾墙时，依靠的是灵活和敏捷。

"但您看上去可威武了，阁下。"伊撒崇拜地说。

"如果你不好好护住我的侧面，我就会成为一具看上去很威武的尸

亚瑟王

体。"我对他说，"就像是在一个桶里战斗。"我将头盔拉下，紧紧的压迫感从头骨上消失时，我深感解脱。"我第一次看见这套盔甲时，"我对伊撒说，"简直梦寐以求。现在我只想拿它换一副像样的皮胸甲。"

"您会没事的，阁下。"他冲我咧嘴笑笑。

我们有许多事情要做。我们把战败的韦拉伦军抛下的那些妇孺都向南赶出了溪谷，之后就在余下树栏的附近建造防御工事。塞格拉莫担心敌人强大的兵力会在亚瑟来援之前就把我们赶出溪谷，所以他尽可能地在地面做了准备。我的人想睡觉，但还是接受了在溪谷挖一条横向浅沟的任务。浅沟不足以阻止敌人前进，但会在进犯的枪兵接近我方长枪阵列时打乱步子，甚至让他们绊倒。树栏就在浅沟之后，它标志了我们能够后退的最南界限，以及我们必须誓死反击、绝不退让的地点。塞格拉莫用一些韦拉伦军遗弃的长枪固定住树干，这些长枪以一定角度深深地插在地里，一排枪尖则隐藏在松树的枝干间。我们留下了树栏中央道路通行的那个裂口，以便能撤退到这脆弱的屏障之后守卫它。

我的忧虑是我们清晨发动攻击的那面开阔的山丘斜坡。高菲迪特的战士无疑会直接由溪谷发动攻击，但他可能会派民兵去高处，威胁我们的左翼，而塞格拉莫没有多余的人可以守住高地。但妮慕坚称不需要担心，她取了十支缴获的长枪，让五六个士兵帮她砍下了十个韦拉伦士兵尸首的首级，带着长枪和血淋淋的脑袋爬上山丘。她先将枪柄插入地面，又将鲜血淋漓的头颅插在了枪尖上，给它们戴上了可怕的假发，假发是打了结的草，每个结都是一条咒语，最后将紫杉树枝散落在枪与枪之间开阔的空地上。她做了一道鬼墙——一排人体稻草人，附上了咒语和法术，如果没有德鲁伊的帮助，无人敢通过。塞格拉莫希望她能在浅滩北面的土地上再造一道鬼墙，但妮慕拒绝了。"他们的战士一定配有德鲁伊随军，"她解释道，"鬼墙在德鲁伊面前就是个笑话。但民兵一定没有德鲁伊跟随。"她下山时采了一大把马鞭草，现在正将那些紫色小花分给战士们，他们都知道马鞭草能在战斗中保佑战士。她将一整枝塞进了我的盔甲。基督徒们聚在一起祈祷，我们这些异教徒则寻求诸神的庇佑。人们朝河里扔硬币，然后拿来他们的护身符让妮慕碰触。大多数人都带着野兔脚，有些人带来的是精灵箭头和蛇石。精灵箭头是幽灵射出的一种很小的石箭头，士兵们认为它很珍贵；蛇石则是色彩鲜艳的石头，妮慕先将它们在河里浸泡，让颜色更鲜明，然后再用它们碰一碰自己完好的独眼。我按着鱼鳞甲，直到感觉夏汶的胸针刺着我的胸膛，接着跪下亲吻地面。我将额头放在潮湿的土地上，祈求密特拉赐予我力量、勇气——如果这是他的意志——死得其所。

一些士兵喝着从村子里找到的蜂蜜酒，但我只喝了水。我们吃了韦拉伦军带来准备做早餐的食物，之后一队枪兵帮妮慕抓了些癞蛤蟆和鼩鼱放在浅滩对面的道路上，这是为了给前来的敌人带去厄运。随后我们再次磨利武器等待。塞格拉莫发现有个人躲藏在村庄后的树林里。那人是个牧羊人，塞格拉莫审问了他，弄清了附近的田野地形。在上游有第二个浅滩，如果我们在溪谷的北端防守，敌人有可能利用那里从侧面进攻。我们不怎么担心第二个浅滩的存在，只需要记得，有个浅滩可能会给敌人机会来袭击我们最北端防线的侧翼。

我因为即将到来的战斗而紧张，但妮慕看上去毫不担心。"我毫无畏惧，"她说，"我已经历三伤，还有什么能伤害到我？"我们一起坐在靠近溪谷北端浅滩的地方。这里是我们的第一道防线，我们会在这里开始缓慢地后退，引敌人进入溪谷和亚瑟的陷阱。"另外，"她补充道，"我身处梅林的保护之下。"

"他知道我们在这里吗？"我问她。

她想了想，点点头："他知道。"

"他会来吗？"

她皱了皱眉，似乎我的问题非常蠢。"他只做他需要做的事。"她慢慢地说。

亚瑟王

"那他会来的。"我强烈地这么希望。

妮慕不耐烦地摇头："梅林只关心不列颠。他相信亚瑟有助于他重获不列颠真知，但如果他觉得高菲迪特是个更好的助力，相信我，德瓦，梅林会站在高菲迪特那边的。"

在司乌思城堡，梅林也是这么暗示我的，但我还是不敢相信，他的野心和我自己的忠诚与希望如此的不同。"那你呢？"我问妮慕。

"还有一个任务将我与这支军队联系在一起，"她说，"完成之后我就将离开去帮助梅林。"

"甘德利亚斯。"我说。

她点点头。"替我活捉甘德利亚斯，德瓦。"她看着我的眼睛，"把他活生生地留给我，我恳求你。"她摸了摸自己的皮眼罩，陷入了沉默，聚集起力量准备这渴望已久的复仇。她的脸还是很苍白，黑色头发沿两颊笔直垂下。卢纳莎节时她展现出的温柔已被一种冷彻心扉的阴郁所取代，这让我觉得自己永远都不可能懂得她。我爱她，但不像我对夏汶的那种爱。我爱她就像是一个人爱着美丽的野生动物，一只鹰或是野猫，因为我知道自己永远不可能理解她的人生和梦想。她突然做了个鬼脸。"我要让甘德利亚斯的灵魂永生永世地尖叫，"她小声地说，"我要将它扔入深渊、送去虚无，但他永远都不会到达虚无之地，德瓦，他会永生永世在那里的边界受折磨、尖叫。"

我替甘德利亚斯打了个冷战。

一声叫喊，让我们望向了对岸。六名骑手向我们飞驰而来。我们盾墙位置的士兵站起身，将手臂伸进了盾牌的带环中，但稍后我看清领头的那个人是墨凡斯。他拼命地骑马，踢着他那匹累得汗水淋漓的战马，我害怕那六个人是亚瑟骑兵队中仅剩的成员。

战马飞奔过浅滩，溅起大片水花，塞格拉莫和我迎上前。墨凡斯在河岸勒马。"还有两英里，"他气喘吁吁地说，"亚瑟派我们来帮你们。天啊，那些混蛋有好几百人！"他擦去额上的汗水，咧嘴一笑。"那战利品，我们有一千个人也够分！"他沉重地滑下马，我看见他带着银号角，大概是等时机成熟，用来召唤亚瑟的。

"亚瑟在哪里？"塞格拉莫问。

"安全地躲起来了。"墨凡斯让我们放心，然后打量着我的盔甲，丑脸上露出了歪斜的大笑："很重吧，那盔甲，是吧？"

"他怎么穿着它战斗的？"我问。

"战斗得可好了，德瓦，非常好，你也会的。"他拍了拍我的肩膀，"加拉哈特那里有消息了吗？"

"没有。"

"阿格里科拉不会让我们独自战斗的，不管那个基督徒国王和他那没种的儿子怎么想。"墨凡斯带着他的五名骑兵到了盾墙后方，"给我们几分钟，让马休息一下。"

塞格拉莫戴上头盔。这努米底亚人穿着锁子甲，披着黑色披风，蹬着高筒靴。他的头盔用沥青涂成了黑色，高耸起一个尖顶，看上去很有异域感。他通常在马背上战斗，但这天他也丝毫不介意做名步兵。他大步地在盾墙前来回走着，大喊着鼓励他的手下，没有露出一丝的紧张。

我戴上亚瑟那令人窒息的头盔，在颔下系好带子。然后，穿戴好我主人的装束，也沿着长枪阵走，告诫我的手下，这会是一场艰苦的战斗，但只要我们坚守盾墙，胜利就一定是我们的。这是面危险的薄盾墙，有些地方只有三个人前后支撑，但那些组成盾墙的都是好手。我走近塞格拉莫和我的枪兵相邻的队列处时，有一个人出列了。"还记得我吗，阁下？"他说。

我一开始以为他把我认成亚瑟了，我拉开锁链的面罩让他看清楚我的脸，但最后我认出了他。他是格里菲，欧文手下的队长，在林第尼斯，他曾经想杀死我，幸亏妮慕干预，救了我一命。"安南之子格里菲。"我向他

亚瑟王

打招呼。

"我们之间曾经有过不和,阁下,"他双膝跪下,"请原谅我。"

我把他拉起身并拥抱了他。他的胡子已经花白,但他还是那个我记忆中一脸忧郁的高大男子。"我的生命将交由你照管,"我对他说,"对此我很高兴。"

"我的生命也是您的,阁下。"他说。

"米奈克!"我认出了另一位以前的同伴,"你原谅我了吗?"

"有任何事情需要原谅吗,阁下?"他尴尬地反问。

"没有任何事需要被原谅。"我向他保证,"我发誓,没有打破过任何誓言。"米奈克走上前,与我拥抱。盾墙的各处,这种曾经的嫌隙都在一一化解。"你过得还好吗?"我问格里菲。

"一直在艰苦作战,阁下,抵御策尔迪克的撒克逊人。比起那些杂种来说,今天的战斗小菜一碟,除了一件事。"他犹豫了一下。

"什么事?"我问。

"她会把我们的灵魂还给我们吗,阁下?"格里菲扫了一眼妮慕。他还记着她以前在他们身上施下的可怕诅咒。

"当然会的。"我呼唤妮慕过来。她碰了碰格里菲的前额,还有在场其他很早以前在林第尼斯曾威胁过我生命的人。就这样,她的诅咒解除了,他们亲吻她的手以示感谢。我再次拥抱格里菲,然后以能让我手下所有人都听见的声音喊道:"今天,我们将会创造足以让吟游诗人颂唱一千年的诗篇!今天我们会再次成为有钱人!"

他们欢呼起来。弥漫在盾墙之中的情感太厚重了,有些人幸福地流下了眼泪。我现在知道,没有任何快乐能够比得上侍奉耶稣基督的幸福,但我确实很想念战士们的陪伴。那天早上,等候着敌人,我们之间没有任何壁垒,只有对彼此无限充溢的爱。我们是兄弟,我们不可战胜,就连一向干练的塞格拉莫的眼中也含着泪水。一名枪兵开始唱起了不列颠最著名的战场歌曲——《伟大贝利的战歌》,沿着整条战线,强壮的男性和音不断加入。另一些人绕着他们的剑起舞,以复杂的脚步来回雀跃于剑刃两侧,因身着皮甲显得有些笨拙。我们中的基督徒也伸展双臂,一同歌唱,就好像这异教歌曲是唱给他们自己上帝的赞美诗,其他人则随着音乐用长枪击打着盾牌。

我们正唱着要将敌人的鲜血倾倒在我们的土地上时,敌人就出现了。我们挑衅地唱着歌,看着一队一队的长枪兵出现在视野中,阴天的昏暗光线中,他们集结在鲜明的君主旗帜下,填满了远方整个田野。我们继续歌唱,唱着一连串的歌曲以示对高菲迪特大军——我自信深爱的女人的父亲的军队——的蔑视。这是我战斗的原因,不仅仅是为了亚瑟,而是为了胜利后能重回司乌思城堡,再见到夏汶。她并不属于我,也不可能属于我,因为我是奴隶之后,而她是位公主。但不知为什么,那天我感觉,自己可能会失去的东西,比我此生拥有的所有东西还多。

那杂沓而至的大军花了超过一个小时在对岸组成战斗队形。浅滩是唯一能渡河的地方,这意味着到时我们有时间可以撤退,但现在敌人一定觉得我们计划守住浅滩一整日,因此他们将最精锐的部队安排在了正中。高菲迪特自己就在那里,他的雄鹰旗帜看起来像是已经沾满了我们的鲜血。亚瑟的黑熊红龙旗帜在我们战线的正中飘扬,我站在旗下正对着浅滩。塞格拉莫站在我身边,数着敌军的旗帜:甘德利亚斯的狐狸旗、艾尔蒙特的赤马旗,还有许多别的我们不认识的旗帜。"六百个人?"塞格拉莫猜测道。

"还会来更多的人。"我补充道。

"十有八九,"他朝浅滩啐了一口,"而且他们已经注意到我们这里缺少了图锥克的公牛旗。"他露出了难得一见的微笑。"这会是一场值得纪念的战斗,德瓦阁下。"

"很高兴能与您并肩作战,阁下。"我热切地回应,心中也的确怀抱热

亚瑟王

情。没有比塞格拉莫更伟大、更让敌人惧怕的战士，即使亚瑟的出场也不可能比这位努米底亚人冷漠的长相和他阴森的利剑更让人恐惧。那是一把在异域打造的弯曲怪剑，塞格拉莫挥舞它时的速度快得可怕。我曾经问过塞格拉莫，为什么他会效忠于亚瑟。"因为当我一无所有的时候，"他的回答很简单，"亚瑟给了我一切。"

高菲迪特的军中走出了两位德鲁伊，我们的枪兵终于停下了歌唱。我们只有妮慕来对他们的咒语进行反击，此时她也涉水渡过浅滩，对上了出阵的人。他们正沿路单腿蹦跳，单臂上举，单眼闭起。那两个德鲁伊分别是高菲迪特的巫师路万斯和穿着绣有月亮和野兔长袍的坦纳波斯。那两个男人与妮慕互相亲吻，简短地交谈了一番，随后妮慕就回到了我们这边。"他们想让我们投降，"她轻蔑地说，"我请他们做同样的事。"

"很好！"塞格拉莫咆哮道。

路万斯笨重地单脚跳至浅滩对岸。"诸神向你们问候！"他对我们喊道，但我们没有人应答。我已经合上了面罩，以免被认出。坦纳波斯在河中单脚跳着，靠手杖来保持平衡。路万斯将自己的手杖水平举过头顶，表示他还有话要说。"我的国王，波伊斯国王，不列颠至尊王，伟大的贝利之子科伊尔之子拉格尼斯之子布力肯之子卡德尔之子高菲迪特国王，会饶过你们胆大妄为的灵魂，不让它们步上前往彼世的路途。勇敢的战士们，你们所要做的只是把亚瑟交给我们！"他用手杖指向我，妮慕立刻发出嘶嘶的保护咒语，并向空中撒了两把泥土。

我一言不发，沉默就是我的拒绝。路万斯挥舞手杖，朝我们吐了三口唾沫，然后便跳到河岸边，和坦纳波斯一同念起了诅咒。高菲迪特国王和他的儿子昆格拉斯、盟友甘德利亚斯一起骑马来到河中，看他们的德鲁伊作法。德鲁伊诅咒我们在白天失去性命，在夜晚迷失灵魂，我们的鲜血为蠕虫吸尽，肉体由野兽所噬，骨头被痛苦折磨。他们诅咒我们的女人、我们的孩子、我们的田地和我们的家畜。妮慕以咒语反击，但我们的人还是为之而战栗。基督徒们大声喊着没什么可怕的，但当那些诅咒乘着黑暗的翅膀越过河水之时，即使是他们，也画起了十字。

两名德鲁伊用了整整一个小时诅咒，让我们恐惧得发抖。妮慕沿盾墙走动，碰触着枪尖，向人们保证那些诅咒不会实现，但我们的人还是担心诸神会愤怒，而此时敌人的长枪队列终于开始前进了。"举盾！"塞格拉莫严厉的声音响起，"举枪！"

敌人在离河水五十步的地方止步，一人单独步行出列。是韦拉伦，破晓时被我们赶出溪谷的队长，现在他手持盾牌与长枪来到了浅滩的北岸。清晨他遭遇了战败，他的骄傲迫使他要在这一刻赢回他的名誉。"亚瑟！"他冲我吼道，"你娶了个婊子！"

"别说话，德瓦。"塞格拉莫警告我。

"婊子！"韦拉伦叫道，"她跟着我之前就已经被玩过了。你想要她情人的名单吗？亚瑟，一个小时都念不完那个名单！而你在等死的这一刻，她又在跟谁苟且？你以为她在等你？我太了解那个婊子了！她的腿正和一个或两个男人纠缠在一起呢！"他伸直双臂，淫秽地前后摆动着自己的臀部，我的枪兵们以嘲笑回应，但韦拉伦无视他们的污言秽语。"婊子！"他大喊，"被玩腻了的肮脏婊子！你要为你的婊子作战吗，亚瑟？还是你不敢来战？为你的婊子辩护，你这蠕虫！"他渡过水及大腿的浅滩，来到我军阵前，就站在离我十几步远的地方，披风滴着水。他盯着我头盔眼孔的深色阴影。"一个婊子，亚瑟，"他重复道，"你的老婆是个婊子。"他啐了一口。他没戴头盔，黑色长发中编进了一枝枝起保护作用的槲寄生。他穿着胸甲，但除此之外没穿其他的盔甲，他的盾牌上绘着高菲迪特的展翅雄鹰。他嘲笑我，高声向我的人喊话："你们的头领不愿为他的婊子作战，你们又为什么要为他打仗？"

塞格拉莫朝我低吼，叫我无视这些奚落，但韦拉伦的挑衅让我们之前就因德鲁伊诅咒而动摇的战士们更加不安了。我等韦拉伦再一次叫格温薇

亚瑟王

儿婊子——他也的确这么干了——之后,将自己的长枪掷向他。这一枪掷得很糟,我的动作因为鱼鳞甲的约束而变得笨拙,长枪摇晃着擦过他,击打在水中。"一个婊子!"他一边这么大喊,一边举着长枪向我冲来。我拔出海威贝恩,迎上他。在他怒吼一声向我刺出长枪之前,我只来得及向前走了两步。

我单膝跪下,斜举起打磨光亮的盾牌,枪尖被撞得偏移,从我头顶擦过。我看着韦拉伦的双脚,听着他的怒吼,从盾牌下沿刺出了海威贝恩。剑刃向上一刺,刺中的手感。下一秒,他的身体便重击在我的盾上,将我压倒在地。现在,他不再怒吼,而是在尖叫,从盾牌下面刺出的剑以一个阴险的角度从下往上将他的肚肠割裂。我知道海威贝恩已经深陷在韦拉伦的身体内,他倒在盾牌上时,身体的重量将剑刃往下压。我用尽所有的力量,将他扔下盾牌,低哼一声将剑刃拔出他的身体。他的长枪早已落地,溅出的血液染红了旁边的土地,他也倒在了地上,流着血,在极度的痛苦中扭曲着身体。即使如此,他还是试图要拔剑,我站起身,一脚踩上他的胸膛。他的脸开始泛黄,身体颤抖,眼睛已蒙上了死亡的阴影。"格温薇儿是位贵妇。"我对他说,"如果你否认这一点,那我就将取走你的灵魂。"

"她是个婊子。"他不知怎么还是努力从紧咬的牙关中说出了这句话,随后便被血呛到,微弱地摇着头。"公牛会守护着我。"他设法补充道。我由此知道他是密特拉教的一员,于是用力刺下了海威贝恩。剑刃刺入他的喉咙,然后猛地一拉,结束了他的生命。血液从刀刃下喷涌而出,我想韦拉伦到死都不知道,送他的灵魂前往库垫之穴的宝剑之桥的人,并不是亚瑟。

我们人大声欢呼。他们被德鲁伊消磨、为韦拉伦恶毒的侮辱消沉的精神,因为我们首开杀戒而迅速地振奋了起来。我走到河岸边,一边跳起胜利者的舞步,一边将海威贝恩沾血的剑刃出示给沮丧的敌人们看。高菲迪特、昆格拉斯和甘德利亚斯的勇士已被击败,于是他们掉转马头离开,我的人则嘲笑他们是懦夫和脓包。

我回到盾墙时,塞格拉莫向我点了点头,这举动显然是他对一场精彩战斗的赞扬方式。"你想怎么处理他?"他指了指韦拉伦倒在地上的尸体。

我让伊撒剥下尸体上的饰品,然后让另外两个人把它抛进了河中,我祈求水中的精灵带着密特拉教的兄弟去接受他的奖赏。伊撒将韦拉伦的武器、金项圈、两枚胸针和一枚戒指交给我。"您的,阁下。"他呈上战利品,同时也将我的长枪从河中取了回来。

我接过长枪和韦拉伦的武器,没有拿其他的东西。"黄金就给你了,伊撒。"我想起我们从特雷贝斯岛回来时,他曾经想把自己的项圈给我。

"除了这个,阁下。"他将韦拉伦的戒指拿给我看。这是枚厚实的黄金戒指,制作精美,刻着弯月下奔跑雄鹿的浮雕。这是格温薇儿的纹章,在戒指的内圈,厚厚的金子上刻着一个粗糙但很深的十字。这是一枚恋人指环,伊撒很机灵地发现了这一点。

我接过戒指,想到韦拉伦在这些痛苦的岁月中竟还一直佩戴着它。又或许,我大胆地希望,他试图通过在戒指上刻虚伪的十字来复仇,让人们觉得他曾经是她的恋人。"不能让亚瑟知道。"我警告伊撒,然后将沉重的戒指扔进了河水。"那是什么?"我回到塞格拉莫身边时,他问我。

"没什么,"我说,"没什么。只是一个可能会带来坏运气的东西。"

紧接着,河对岸传来了一声羊角号的声音,我从那枚戒指的信息所带来的思绪中解脱了出来。

敌人来了。

时至今日，吟游诗人们依旧传唱着那场战斗，虽然只有老天知道他们在那些润色过的故事中编造了多少细节，因为你如果只是听他们的歌，一定会认为我们没有人能从勒格溪谷中活着出来，也许我们本该都死在那里。这是场绝望的战斗，同时也是——虽然吟游诗人们不愿怎么承认——亚瑟的一场失败。

高菲迪特的第一轮进攻是一波疯狂的枪兵，他们咆哮着冲入浅滩。塞格拉莫命令我们前进，于是两军在河中相遇，盾牌间的碰撞声犹如山谷中爆出了一阵惊雷。敌人在人数上占优势，但他们的进攻为浅滩的边界所限制，所以我们得以将两侧的士兵调至中央来加厚盾墙。

我们第一排的人有时间能刺出一次长枪，随后便蜷缩在盾牌后面，只是与敌人的战线互相挤压，让第二排的人从我们的脑袋之间进攻。剑刃互击的叮叮声、盾牌碰撞的咔嗒声和枪尖对上的铿锵声震耳欲聋，但其实几乎没有人死，在两道互相对抗且锁死的盾墙之中是很难杀人的。这成了一场力气的较量。敌人抓住你的枪尖让你不能收回长枪，也几乎没有空间可以拔剑，而敌人第二排的士兵一直将剑、斧、枪轮番砸在头盔和盾沿上。最糟糕的伤是由人们在盾牌下刺出的剑所造成的，渐渐地，一道由腿伤士兵组成的障碍让屠杀变得更加困难。只有当一方被往后推动时，另一方才有可能杀掉滞留在战线中央的伤者。我们赢得了第一轮战斗，这并不是因为我们的勇猛，而是由于墨凡斯他们六名骑兵从人群中挤了进去，用更长的骑兵长枪刺倒了敌军第一排蹲着的士兵。"掩护！掩护！"墨凡斯一边喊着，一边利用六匹大马的压倒性力量推动我们的盾墙前进。后排的战士高举他们的盾牌，在敌人暴雨般的长枪下，保护那些巨大的战马，我们前排的人则蹲在河中,努力结果那些被骑兵刺倒的敌人。我埋在亚瑟光亮的盾牌之后,将海威贝恩刺入敌人阵列里任何一个暴露出的缺口之中。我的脑袋遭受了两下重击,但头盔起了缓冲作用,即便如此,我的脑中还是嗡嗡作响了一个小时。一支长枪刺上了我的鱼鳞甲,但没能刺破。那个刺出这一枪的人被墨凡斯所杀,在那之后,敌人丧失了斗志,退回了北岸。他们为伤员疗伤,不过有少数伤者离我们的战线太过接近,于是我们在退回自己那边的河岸之前,将他们全都杀死了。我们中有六人去了彼世,十多个人受伤。"你不应该在最前线,"塞格拉莫看着伤员被抬走时,对我说,"他们会发现你不是亚瑟的。"

"他们会看见亚瑟在战斗,"我说,"不像高菲迪特和甘德利亚斯。"敌军的国王们离战线很近,但没有近到需要使用他们的武器。

路万斯和坦纳波斯正冲着高菲迪特的人尖叫,鼓励他们去杀戮,向他们保证诸神会给予他们奖赏。高菲迪特则重新组织了一队枪兵,全是无主之人,这些人渡河而来,只凭他们自己发动了攻击。这些战士全靠展现他们的勇气来得到财富和头衔。这三十名不顾一切的男人一渡过河水的最深处,便怒吼着冲了过来。他们要么是喝醉了,要么是被战争冲昏了头脑,竟以三十人挑战我们的全部战力。如果他们成功,将获得土地、黄金、罪行的赦免以及高菲迪特宫廷中的贵族头衔,但三十人远远不够。他们给我们造成了损伤,但代价是他们的生命。他们都是很优秀的步兵,持盾的手上都戴着许多战士指环,但每一个人都要面对三四个敌人。一整群人朝我冲来,视我的盔甲和白色羽毛为获得荣誉的捷径,塞格拉莫和我的狼尾枪兵迎战了他们。一个大块头挥舞着一把撒克逊战斧,塞格拉莫用他的黑色曲剑结果了他,然后从死人的手中取过战斧,掷向了另一个枪兵,在这整个过程中,他都用自己的母语唱着一首奇怪的战歌。最后的一名剑士向我发动攻击;我用亚瑟的盾牌挡下他的砍击,以海威贝恩将他自己的盾牌打向一侧,然后朝他的下体踢了一脚。他弯下身体,痛得喊不出声,伊撒将

亚瑟王

长枪刺进了他的脖子。我们剥下进攻者们身上的盔甲、武器和饰品,将他们的尸体留在浅滩的边缘,作为应对下一轮攻击的屏障。

下一轮攻击来得很快很猛烈。如同第一轮,这第三轮攻击也由大量的枪兵发起,只是这一次,我们在靠近河岸的地方迎战,敌人后排士兵的推力让最前排的人绊倒在堆砌的尸体上。他们的摔倒让我们有机会反击。我们喊着胜利的口号,将红色的长枪刺向前方。随后盾牌再次撞在了一起,垂死的人们尖叫呼喊着他们信仰的神明,剑击时的巨大声响犹如马格尼斯的铁砧的击打声。我再次站在了最前排,离敌人如此近,甚至能闻到他们呼吸中的酒味。一个人试图把我的头盔抢走,但因此被一把剑砍掉了手。推搡的力量角逐进行了一次又一次,当敌人快要以绝对优势压倒我们时,墨凡斯再次骑着他的重装战马冲入了人群。敌人刺出的长枪又一次打在我们的盾牌上,墨凡斯和他的人再次向下刺出了他们的骑兵长枪,敌人便再一次后退了。吟游诗人们说河水被染红了,这不是真的,但我的确看见几缕鲜血顺着河水在下游消失,那是未能成功回到岸上的伤者的鲜血。

"我们能在这里和这些混蛋打一整天。"墨凡斯说。他的战马流血了,所以他下马来治疗这畜牲的伤口。

我摇了摇头,"上游还有一个浅滩。"我指向西面,"马上他们的枪兵就会到这边的岸上了。"

那些从侧翼进攻的敌人比我想象的来得更快,十分钟之后,我们的左翼传来了一声叫喊,警告我们的确有一群敌人从西面渡过了河,正沿岸边前来。

"是时候回去了。"塞格拉莫对我说。他剃得干干净净的黑色脸孔上满是血迹和汗水,但双眼中透着喜悦,因为这场战斗将让诗人们为它而编出新的故事。在即将降临的冬日中,在冒着烟气的大厅里,人们将回忆起这场战斗,一场虽败犹荣的战斗,一场将骄傲的人们送往彼世战士厅堂中的战斗。"是时候引他们进去了。"塞格拉莫说,然后便下令撤退,于是我们

428

整个军队就这样缓慢笨拙地后退。我们经过了有罗马建筑的那个村庄，在距离它百步左右的地方停了下来。现在，我们的左翼抵住了溪谷的西面斜坡，右翼则由河岸边延伸的沼泽地保护着。即使如此，我们也比在浅滩时脆弱，现在我们的盾墙已经薄得惊人，敌人可以发动总攻了。

高菲迪特的人马花了一整个小时才全部渡河，并组成了新的盾墙。我估计现在已经下午了，于是朝后方望去，希望能看到珈拉哈特或图锥克的人前来的一些迹象，但我什么都没有看到。我也同样没有看到——这一点我很高兴——妮慕设置了鬼墙保卫我们侧翼的西面山丘上没有任何人，但高菲迪特其实根本不需要派人上去，他的军队现在前所未有的强大，有新生力量从布拉诺吉纳加入，高菲迪特的指挥官们正将这些新来者挤入盾墙。我们看着那些队长们用他们的长枪摆正列队，而我们，虽然口中喊着挑衅的言语，但心里明白，我们在河边杀死的每一个人，现在都有十个人替代他渡过了浅滩。"我们不可能在这里挡住他们，"塞格拉莫看着渐渐增长的敌军战力，"我们必须退回树栏那里。"

然而，在塞格拉莫下令撤退之前，高菲迪特亲自骑马前来挑战。他独自一人，甚至没有带他的儿子。他只有插在剑鞘中的剑和手里的长枪，因为他已失去了持盾的手。高菲迪特的金边头盔——亚瑟在与夏汶订婚的那周就还给了他——装饰着展翅的黄金雄鹰，他的黑色披风展开盖在马的臀部。塞格拉莫叫我留在原地，然后大步走上前面对国王。

高菲迪特没有使用缰绳，而是对马说了几句，那畜生便顺从地在距离塞格拉莫两步的地方停下了。高菲迪特将枪柄插在地面，移开了他头盔的面罩，露出他不友善的脸。"你是亚瑟的黑色恶魔。"他冲塞格拉莫啐了一口，以驱散邪恶，"你那个喜爱婊子的主人躲在你的剑后。"他又啐了一口，这次朝着我。"为什么你不和我说话，亚瑟？"他大喊，"舌头被割了？"

"我的主人亚瑟，"塞格拉莫用他带着强烈口音的不列颠语回答，"正

亚瑟王

留着嗓子准备唱胜利之歌。"

高菲迪特举起他的长枪。"我只有一只手，"他冲我喊道，"但我要和你决斗！"

我一言不发，一动不动。我知道，亚瑟绝不会与一个残疾人单打独斗，虽然亚瑟也不会一直保持安静。到了这个时候，他可能还会向高菲迪特请求建立和平。高菲迪特不想要和平。他想要杀戮。他骑着马在我们的阵线来回走动，用膝盖控制行进，向我们的人喊话。"你们会死，就因为你们的主人不能控制自己，要了一个婊子！你们将为了一个水性杨花的娼妇去死！为了一个欲望缠身的婊子！你们的灵魂将受到诅咒！我们的死者已经在彼世享用盛宴了，但你们的灵魂将成为他们的棋子。你们为了什么而死？为了他那个红发的娼妇？"他用长枪指着我，骑马直直向我走来。我想后退，唯恐他从头盔的眼孔中认出我不是亚瑟，长枪兵们也聚拢起来保护我。高菲迪特嘲笑着我明显的怯懦，他的马已经近到我的人可以碰触到的距离，但他没有显示出一丝对他们长枪的惧意，朝我吐了口唾沫。"娘们！"他叫出他最恶毒的羞辱，然后左脚踢了一下马，那畜生转过身，大步向他的军队走去。

塞格拉莫转身面对我们，举起双臂。"撤退！"他大叫，"撤回路障！快！撤！"

我们背对敌人，慌忙地撤退了，敌人看见我们的两面旗帜向后撤去，爆发出一阵怒吼。他们觉得我们逃跑了，于是分散了队形来追我们，但我们领先太多，在高菲迪特的任何人能赶上我们之前就从路障的缺口一涌而过。我们在路障之后展开队形，我站在亚瑟应在的位置——木栏缺口处的道路上，队列的正中。我们故意没有在缺口处设置路障，希望这样能吸引高菲迪特的进攻，给我们的侧翼一点休息的时间。我在那里竖起亚瑟的两面旗帜，等候着敌人的进攻。

高菲迪特冲他那些不守秩序的枪兵们咆哮，让他们组成新的盾墙。甘德利亚斯国王统领敌军右翼,昆格拉斯则指挥左翼,这样的安排显示了高菲迪特并没有上我们的当,而是决意全线进攻。"你们要在这里坚守!"塞格拉莫向我们的枪兵喊道,"你们是战士!你们现在就要证明这一点!你们在这里坚守,在这里杀敌,在这里获得胜利!"墨凡斯强迫自己受伤的战马爬上西面的山丘,他在那里向溪谷的北面望去,判断何时吹响号角召唤亚瑟,但敌人的援军仍在陆续渡过浅滩,于是他没有吹响银号角便回来了。

高菲迪特的号角倒响了。那是一个刺耳的羊角号,他的盾墙没有随之前进,却有几个赤身裸体的疯子冲出敌阵,奔向我们的中央防线。这些人已将他们的灵魂交与诸神保管,用蜜酒、曼陀罗汁、曼德拉草和颠茄的混合饮料麻醉了自己的感官,这会给他们带来不眠梦魇,但也能让他们无所畏惧。这些人也许是疯子、醉鬼、裸汉,但他们同样很危险,因为他们只有一个目的,就是杀掉敌军的首领。他们向我冲来,嘴里嚼着魔法草药,吐着白沫,长枪高举过头顶,准备刺下。

我的狼尾枪兵们上前迎战。那些赤裸的人根本不在乎死亡,他们将自己投向我的枪兵,就好像是在欢迎他们的枪尖。其中一只赤裸的野兽抓向我手下一名枪兵的眼睛,朝他吐口水,将他逼退。伊撒杀死了那个魔鬼,但另一只杀了我的一名好战士,尖叫喊出他的胜利,双腿大张,双臂高举,满是鲜血的手上握着满是鲜血的长枪,我所有的士兵都觉得诸神一定已经抛弃了我们,但塞格拉莫将那个赤裸的人开膛破肚,在尸体倒下前将他的头颅砍掉了一半。塞格拉莫朝那肚肠横流的赤裸尸体啐了一口,随后又朝敌人的盾墙啐了一口。那面盾墙,注意到我们的战线中央乱了阵脚,于是便进军了。

大量枪兵猛砸过来时,我们的中部刚刚急急忙忙地重新列队锁死。薄盾墙沿路延伸,像棵树苗般被冲弯,但我们还是设法守住了。我们给彼此打气,喊着诸神的名字,猛刺猛砍。墨凡斯和他的骑兵沿着盾墙骑行,将

亚瑟王

自己投入到敌人快要击破之处的战斗中。我们盾墙的两翼被屏障所保护，但在中部的战斗几近绝望。战至现在我已彻底疯狂，迷失于战斗的快感中。一个敌人夺去了我的长枪，于是我拔出海威贝恩，但没有立刻刺出，而是等一个敌人的盾牌重重地撞上了亚瑟的光亮银盾。两盾相撞，敌人的脸露出的一瞬间，我刺出海威贝恩，感觉盾牌上的重压消失了。敌人倒地，他的身体成为了他同伴不得不跨过的障碍物。伊撒杀了一个人，随后右手中枪，鲜血浸湿了袖子。但他坚持战斗。我疯狂地朝那个倒下敌人制造的盾墙缺口中猛刺。我看了高菲迪特一眼——我高喊猛刺，挑战他的士兵前来取走我的命时，他就坐在他的马上盯着我看。一些人确实接受了挑战，想让自己成为诗歌的主角，但他们却成为了尸体。海威贝恩已被鲜血浸没，我的右手因此变得黏糊糊，沉重鱼鳞甲的袖子污迹斑斑，但没有一丝鲜血是我的。

我们阵线的正中没有纠结的树木保护，又一次差点被攻破了，但墨凡斯的骑兵用他们战马的身体堵住了那个缺口，一匹马快死了，嘶叫着，乱踢着蹄子，最后在路中流血至死。我们填补上了盾墙的缺口，向敌人猛推过去。他们已渐渐地，渐渐地被躺卧在两条战线当中的死者尸体和垂死身体堵住。妮慕在我们身后，颤抖地高喊着诅咒。

敌人后撤，我们得以休整。所有人身上满是血迹和泥印，全都大口大口地喘着气，持枪持盾的手臂实在太疲累。同伴们的消息在队伍中传来，米奈克死了，这个人受伤了，那个人已经垂死。男人们为身旁的人包扎伤口，然后许下誓言要至死守护彼此。我试图缓解亚瑟盔甲带来的恼人压力，按揉着自己酸痛无比的肩膀。

敌人也累了。这些疲劳的人们面对过我们，感受过了我们的利剑，学会了害怕，但他们还是再次发动了攻击。这次，袭击我们中部的是甘德利亚斯的王家卫队，我们在上一次攻击时留下的血迹斑驳的死人堆处迎战，那残酷的屏障救了我们，因为敌人的枪兵不能同时越过尸体和保护自己。

我们击碎他们的脚踝，切开他们的双腿，然后用长枪刺进他们的身体，他们倒下的躯体让血肉围栏堆得更高。黑色的渡鸦在浅滩上空打转，翅膀划破微暗的天空。我看见了莱加塞特——将诺维娜出卖给甘德利亚斯的利剑的叛徒——试图杀出一条路到我面前，但战场的潮水将他冲离了海威贝恩。敌人再一次后撤，我用沙哑的声音让一些手下去河里盛几袋水。我们都渴了，汗水混着鲜血从我们的身体中流出。我的右手上有一道划伤，除此之外完好无损。我曾身处死人坑，一直觉得这就是我武运甚佳的原因。

敌人开始将新部队补充进他们的前线。一些人的盾上画着昆格拉斯的雄鹰，一些人的是甘德利亚斯的狐狸，还有一些人使用他们自己的纹章。我的身后突然响起了一声欢呼，我转过身，希望看见图锥克那些身着罗马制服的士兵，却只看见了身骑汗流浃背的马，只身前来的加拉哈特。他在我们的阵线后方勒马停住，在匆忙中跌跌撞撞地下了马。"我以为自己来晚了。"他说。

"他们来吗？"我问。

他停顿了一下，在他开口前我已知道，我们被抛弃了。"不。"他最终说道。

我咒骂了一句，看向敌人。上一次攻击是诸神救了我们，但只有诸神知道我们还能挺住多久。"一个人都不来？"我心寒地问。

"也许有几个人会来。"加拉哈特小声地说出坏消息，"图锥克相信我们已经完了，阿格里科拉说他们应该帮我们，但莫里格说不必管我们，让我们去死。他们争吵不休，但图锥克说了，如果任何想死在这里的人都可以跟我来。也许有一些人正在路上？"

我祈祷有人正赶来。高菲迪特的民兵现在已经爬上了西面的山丘，虽然那一群衣衫褴褛的乌合之众中还没有人敢穿越妮慕的鬼墙。我们还能再支持两个小时，我想，之后我们就完了，虽然亚瑟会在此前就到来。"爱尔兰黑盾族没有动静？"我问加拉哈特。

433

亚瑟王

"没有，感谢上帝。"他回答。这是这几乎失去希望的日子里唯一的一点小小幸运。不过加拉哈特到达后半个小时，真的来了一些援兵。七个人由南面走来，靠近了我们伤痕累累的盾墙，七个身着盔甲、带着长枪盾牌和利剑的人，他们的盾牌上画着我们的敌人康沃尔的隼纹章。但这些人不是敌人。六名经验丰富、意志顽强的战士，由他们的王储，崔斯坦王子带领前来。

欢迎的兴奋劲儿过去之后，他解释了自己来的原因。"亚瑟曾经为我战斗，我很早就想回报这份恩情了。"

"用您的生命？"塞格拉莫的问题很残酷。

"他当时也冒着生命危险。"崔斯坦简短地回答。我印象中他是个高大英俊的男子，他现在仍然是，只不过岁月在脸上添加了一种疲惫，就好像他经历了太多失望。"我的父亲，"他难过地补充，"永远不会原谅我来这里的事，但如果我不来，我永远无法原谅自己。"

"莎玲娜还好吗？"我问他。

"莎玲娜？"他花了几秒钟回忆那个前来卡丹城堡指控欧文的小女孩。"哦，莎玲娜！已经结婚了。嫁了个渔民。"他微笑道，"你那时候给了她一只小猫，是吗？"

我们将崔斯坦和他的人安排在我们的中部——战场上最光荣的地方，但敌人的下一轮攻击却没有针对中部，而是冲着保护我们侧翼的树栏而去。一开始，浅沟和树栏纠结的枝干让敌人死伤惨重，但他们很快学会了用那些树来保护自己，他们猛地冲击了几处，再次将我们的阵线向后压弯。但我们又一次挡住了他们，我以前的敌人格里菲击倒了甘德利亚斯的勇士纳幸斯，打响了自己的声名。盾牌不停地碰撞。长枪折断，利剑破损，盾牌被劈开，疲乏对抗劳累。敌人的民兵聚集在山顶上，从妮慕的鬼墙之外观看战斗。墨凡斯再次强迫他疲累的战马爬上危机四伏的斜坡。他朝北望去，我们看着他，希望他能吹响号角。他盯了很长时间，敌人的军队一定都已经陷入了溪谷的陷阱,他满意地将银号角放在唇边,在战场的喧嚣中吹响了这神佑的集结号。

从没有比这更受欢迎的号角声。我军整个战线向前压去,挥舞着利剑砍向敌人,拥有了一股新的动力。银号角的声音如此纯净清澈,一声又一声地响起,这是召唤我们前去杀敌的猎号,它每响一次,我们的人就向前推进,从木栏树枝中向敌人砍、刺、尖叫,敌人怀疑有什么圈套,一边自卫,一边紧张地朝溪谷四周张望。高菲迪特命令他的人立刻击破我们,他的王室卫队朝我们的防线正中发动了攻击。我听见康沃尔的人大喊着他们的战斗口号,为他们的王储偿还恩情。妮慕也在我们的枪兵阵中,双手挥舞着一把剑。我朝她大喊,让她退下去,但嗜血的欲望已经占据了她的灵魂,她犹如魔鬼一般战斗。敌人害怕她,知道她是诸神的女祭司,男人们都试图避开她而不是与她战斗,但不管怎样,看到加拉哈特把她拖离战场,我还是很高兴的。加拉哈特也许加入战斗晚了点,但他带着一种狂暴的欢欣作战,在那堆死人和将死之人组成的扭曲尸山前将敌人们打退。

号角最后响了一声,亚瑟终于来了。

他全副武装的长枪兵从北岸的躲藏处现身,战马像阵惊雷般渡过河,激起层层白沫。他们跃过之前战斗遗留下的尸体,手持长枪向下冲来,攻向敌人的后方部队。这些铁蹄战马冲入高菲迪特军队的深处,将敌人打散,犹如谷壳。亚瑟的人分成两组,在敌军的队列中深切出两条通道。他们进攻,将长枪留在死者的身体中,然后用剑制造更多的尸体。

有一瞬间,光荣的一瞬间,我以为敌人会被击破,但高菲迪特察觉到了危险,他叫他的人面北组成了一道新的盾墙。他宁愿牺牲自己后阵,在自己的前军后方组成了一道枪阵。而这道新的阵线撑住了。很早以前,欧文就告诉过我,即使是亚瑟的战马也不可能冲破一道防守严密的盾墙,他是对的。他们的确冲不破。亚瑟给高菲迪特三分之一的军队带去了恐慌与死亡,但其余的士兵已列阵完毕,他们毫不畏惧亚瑟几十名骑兵的攻击。

亚瑟王

而且，依然敌众我寡。

树栏之后，我们的战线已没有一处超过两个人的厚度了，有些地方只有一人。亚瑟冲破敌人与我们会合的计划失败了，高菲迪特知道，只要他保有一面对着骑兵的盾墙，亚瑟就永远也冲不过来。他组织起这面盾墙，将三成的军队抛弃，送给亚瑟屠杀，然后让其余的人再次前来冲击塞格拉莫的盾墙。高菲迪特现在知晓亚瑟的战略，且已破解了这战略，所以他带着新的自信将兵力投入战场，这次他不再攻击我们的整条战线，而是集中兵力沿溪谷西面山崖进攻，试图打破我们的左翼。

我们左翼的战士砍杀，死去，只有极少数人能长时间地坚守战线。当甘德利亚斯的瑟卢瑞亚人从鬼墙下方登上低坡由侧面包围时，我们已没有一个人能守住了。进攻十分凶猛，防守也同样顽强。墨凡斯剩下的骑兵向瑟卢瑞亚人冲去，妮慕朝瑟卢瑞亚人口吐诅咒的唾沫，崔斯坦他们个个战斗得像国王勇士，但即使我们人数翻倍，也不可能阻止敌人包抄我们。我们在河岸边如一条盘起的蛇般组成一个半圆形的防御圈，中心是两面旗帜与我们抢救回来的几个伤者，但我们还是被击破了。这是一个可怕的时刻，我目睹盾墙被攻破，目睹敌人开始屠杀分散的同伴，我和其余人一起逃跑，跑去和绝望的幸存者们聚成一团。时间只够我们粗略地组成一面新的盾墙，接着就只能眼睁睁地看着高菲迪特胜利的军队追赶杀害我们逃跑的同伴。崔斯坦幸存，加拉哈特和塞格拉莫也活了下来，但这对我们来说只是极小的安慰，因为这场战役我们已经输了，剩下来唯一能做的就是像英雄般死去。溪谷中部，亚瑟依旧被盾墙挡在北面；而在南面，阻挡了敌人整整一天的我军盾墙已被攻破，其余人都已经投降。我们有二百名精锐战士参加战斗，现在数下来不过一百零几人了。

昆格拉斯骑马前来，要求我们投降。他的父亲正在指挥战士去攻击亚瑟，波伊斯国王打算把消灭塞格拉莫剩余枪兵的任务交给他的儿子和甘德利亚斯国王。昆格拉斯至少没有侮辱我的人。他在离我们战线十几步的地方勒马停下，抬起空无一物的右手以示他为休战而来。"德莫尼亚的战士们啊！"昆格拉斯喊道，"诸位战斗得很英勇，但继续下去只会死亡。我前来饶过你们的性命。"

"在要求勇士们投降之前，至少用一次你的剑！"我冲他喊道。

"害怕战斗吗，你？"塞格拉莫嘲笑道。因为到目前为止，我们没人看见高菲迪特、昆格拉斯或甘德利亚斯在敌人盾墙的前排出现过。甘德利亚斯国王骑着马，在昆格拉斯王子身后几步。妮慕正在诅咒他，但我不知道他是否注意到了她。即使注意到了，他看起来也毫不担忧，因为我们已被包围，注定灭亡了。

"或者现在和我战斗！"我冲昆格拉斯喊，"男人对男人，如果你敢的话！"

昆格拉斯忧郁地看着我。我满身都是血污、泥土、汗水、瘀青和伤口，而他穿着一套鱼鳞短甲，戴着鹰毛装饰的头盔，看上去优雅高贵。他冲我微微一笑。"我知道您不是亚瑟，"他说，"我看见他骑在马上，但不管您是谁，您作战英勇。我不会杀你。"

我脱下被汗水浸没的窄小头盔，将它扔到我们半圆盾墙的中心。"您认识我的，王子殿下。"我说。

"德瓦阁下！"他叫出了我的名字，向我行礼。"德瓦·卡丹阁下，"他说，"如果我保证不伤害您和您的战士们，您会投降吗？"

"王子殿下，"我说，"我不是这里的指挥官。您必须与塞格拉莫阁下说。"

塞格拉莫走上前，站在我的身边，取下了他带有尖角的黑色头盔，头盔已被一支长枪击破，他黑色的卷发因鲜血而暗淡。"王子殿下。"他谨慎地说。

"我不会伤害你们，"昆格拉斯说，"只要你们投降。"

塞格拉莫用曲剑一指溪谷的北方，亚瑟的骑兵正在那里战斗。"我的

亚瑟王

主人还没有投降。"他对昆格拉斯说。"所以我也不能。尽管如此——"他提高了嗓门,"我解除我手下人的效忠誓言。"

"我也是。"我对我的人说。

我敢肯定,有几个人试图离开队伍,但他们的同伴怒吼着叫他们留下,又或者,那些咆哮只是这些疲惫战士们的挑衅。昆格拉斯王子等了几秒钟,从他皮带上的一个小口袋中取出了两枚薄薄的黄金项圈。他对我们微笑。"向您的勇敢致敬,塞格拉莫阁下。也向您致敬,德瓦阁下。"他将金子扔到我们的脚边。我捡起了我的,将末端拉开,戴上自己的脖子。"还有,德瓦·卡丹。"昆格拉斯友善的圆脸带着微笑。

"王子殿下?"

"我的妹妹说过,如果我见到您,替她向您问好。"

我的灵魂在如此接近死亡的时刻,却因为这问候而快乐地起舞。"请向她转达我的问候,王子殿下。"我回答说,"告诉她,我期待与她再次相会于彼世。"之后,此生再也不能见到夏汶的念头盖过了我的喜悦,我突然想要哭泣。

昆格拉斯看出了我的悲伤。"您可以免于一死,德瓦阁下,"他说,"我向您保证,绝不会让您受到伤害,如果您愿意,我还想成为您的朋友。"

"我很荣幸,王子殿下。"我说,"但只要我的主君还在战斗,我也会战斗。"

塞格拉莫戴上头盔,金属擦过头皮伤口时,他皱了皱眉。"我感谢您,王子殿下。"他对昆格拉斯说,"也决定跟您战斗。"

昆格拉斯调转马头离开。我看着自己的佩剑因撞击而磨损,因鲜血而黏手,又看着我幸存下来的战士。"即使我们没有胜利,"我对他们说,"至少我们保证了高菲迪特向德莫尼亚进军的时间晚了整整一天。也许他永远也不会进军!谁会想要和我们这样的人战斗两次?"

"爱尔兰黑盾族会!"塞格拉莫咆哮道,脑袋向着山丘猛地指了指,那是保护了我们侧翼一整天的鬼墙所在地。在那里,充满法术的鬼墙之外,出现了一队士兵,他们手持黑色圆盾和邪恶的爱尔兰长枪。那是科伊尔山的驻军,伊仑之子欧依戈斯的爱尔兰黑盾族,他们也终于前来参加屠杀。

亚瑟还在战斗。他将三分之一的敌军撕裂成血海,但其余的敌人困住了他。他一次又一次地拼命冲锋,想要打破盾墙,但世上没有一匹马能够冲破这片人、枪、盾所组成的森林。连勒姆芮都辜负了他。我想,他现在唯一能做的,就是将王者之剑深深地插进被鲜血染红的土地,祈求铁匠之神戈万南从彼世那黑暗的深渊中亲自前来拯救他。

但没有神祇前来,也没有任何人从马格尼斯前来。我们后来知道,有一些志愿者前来,但到达得太晚了。

波伊斯的民兵还待在山丘上,不敢穿越鬼墙,在他们身边聚集了超过一百名的爱尔兰战士。那些人开始向南走去,目的是绕过鬼墙的那些复仇怨魂。我估计再过半个小时,那些爱尔兰黑盾族就会加入昆格拉斯的最后总攻,所以我来到妮慕身边。"游过河,"我催促她,"你会游泳的,不是吗?"

她举起带着伤疤的左手。"你死在这里,德瓦,"她说,"我也死在这里。"

"你必须——"

"闭嘴,"她说,"这是你必须做的。"她踮起脚尖,亲吻了我的嘴唇。"在你死之前,为我杀了甘德利亚斯。"她恳求道。

我们的一名枪兵开始唱起《薇琳娜挽歌》,其余的人也加入了这缓慢悲伤的旋律。卡文的披风已被鲜血染黑,他正用石头捶打着枪尖底座,试图让枪尖与枪杆连接得紧些。"我从未想过会到这番地步。"我对他说。

"我也是,阁下。"他从工作中抬起头。他的狼尾装饰也浸透了鲜血,

亚瑟王

头盔凹了一块，左大腿上有一个草草包扎的伤口。

"我本来认为自己很幸运。"我说，"我总是这么认为，但也许每个人都这样。"

"不是每个人，阁下，但最好的首领都是这样的。"

我微笑表达谢意。"我很想看到亚瑟的梦想实现。"我说。

"如果实现了，战士们就没工作了。"卡文闷闷不乐地说，"我们都会成为抄写员或是农夫。也许这样更好。最后一场战斗，然后坠入彼世，去为密特拉效力。我们在那里会过得不错，阁下。丰满的女人、过瘾的战斗，烈酒黄金，永生永世。"

"在那里能有你为伴，我很高兴。"但事实上，我没有感到一丝快乐。我还不想前往彼世，因为夏汶还活在这个世界。我按了按胸前的盔甲，感觉着她的小小胸针，我的疯狂将永远也不会有实现的机会。我大声地念着她的名字，让卡文一头雾水。我坠入爱河，但却连我爱人的手都没有牵过，不能再见她一面，就将死去。

随后，我被迫不再去想夏汶，因为德米缇亚的爱尔兰黑盾族不再试图绕过鬼墙，而是决定冒险直接穿过它。接着我知道原因了。一名德鲁伊出现在山丘上，领着他们越过鬼墙的边界。妮慕走过来站在我身边，盯着山丘上那个戴着白色兜帽、穿着白色长袍的颀长身影迈开长腿走下斜坡。爱尔兰人跟着他，而在他们的黑盾和长枪之后，是带着各式各样武器——弓、锄、斧、枪、木棍和干草叉——的波伊斯民兵。

我方战士的歌声渐弱消失。他们拿起长枪，碰了碰彼此盾牌的边缘，确保盾墙紧密。已经排列好自己的盾墙准备攻击我们的敌人，现在转身看着德鲁伊带爱尔兰人走进溪谷。路万斯和坦纳波斯跑去迎接，但新来的德鲁伊挥舞手杖命令他们让开路，然后他拉下了长袍的兜帽，我们看见了那编成辫子的白色长胡子和在后脑摇晃、用黑色带子扎着的马尾辫。那是梅林。

看见梅林，妮慕哭了，她向他跑去。敌人散开让她通行，也让路给走向她的梅林。即使是在战场上，一名德鲁伊也可以去任何他想去的地方，而这一位是世间最著名最强大的德鲁伊。妮慕奔跑，梅林展开了手臂迎接，她将自己瘦弱苍白的手臂环住他的身体时还在哭泣，但她终于找到他了。突然之间，我为她而感到高兴。

梅林单手搂着妮慕，向我们走来。高菲迪特看见这位德鲁伊的来到，骑马向我们这边的战场飞奔而来。梅林举起手杖向国王致意，但无视了他的问题。爱尔兰军队停留在山脚下，组成了一道坚实的黑盾墙。

梅林走向我，就像他在司乌思城堡救了我的那天一样，他展示出刻板冰冷的威严。板着的脸上毫无笑容，深邃的眼中没有一丝快乐，只有一种狂暴的愤怒。他走近时，我双膝跪下，低头行礼。塞格拉莫也这么做了，突然之间我们整个队伍的枪兵都向德鲁伊跪倒了。

他伸出黑色手杖，先碰了碰塞格拉莫的肩膀，然后碰了碰我的。"起身。"他的声音低沉严肃，随后他转身面向敌人。他将妮慕放开，双手水平举起手杖，与他削过发的头平行。他盯着高菲迪特的军队，慢慢放低了手杖，他那张苍老愤怒的长脸和那缓慢坚决的动作中所包含的权威让所有的敌人都跪下了。只有两名德鲁伊还站着，还有几个骑兵仍坐在他们的马鞍上。

"七年了。"梅林的声音在山谷中清晰地回响，连亚瑟和他的人都能听见，"我一直在寻找不列颠真知。我一直在寻找我们祖先的力量，当罗马人来时我们抛弃的力量。我一直在寻找能将这片土地交还给正确神祇的物品，这块土地自己的神、我们的诸神、创造我们的神灵、能够回来帮助我们的神祇。"他的话语缓慢简洁，让每个人都能够听见并听懂。"现在，"他继续说，"我需要帮助。我需要佩剑的人，持枪的人，拥有无畏心灵的人，与我一同前往敌人的土地，去寻找不列颠的最后一件珍宝。我要去寻找克莱德诺·艾丁的圣锅。它是我们的力量，我们失去的力量，我们让不

亚瑟王

列颠再次成为神之岛的最后希望。除了艰难险阻，我不能向你们做任何保证；除了死亡，我不能给你们任何奖赏；除了苦涩，我不会喂你们吞下任何东西；除了你们自己的胆汁，也不会请你们喝任何饮品，但作为交换，我要你们的剑和生命。谁愿意和我一起去找它？"

他突然问出这个问题。我们本希望他讲述一番"这样愚蠢的流血将一座绿色的溪谷染红"这类的言语，但他却无视了战斗，就好像它根本无关紧要，就好像他根本没意识到自己站在一片战场上。"谁？"他再次问道。

"梅林阁下！"高菲迪特在任何人能够回应之前就大喊道。敌人的国王驭马穿过他那些下跪的枪兵前来。"梅林阁下！"他的声音很愤怒，表情很狰狞。

"高菲迪特。"梅林向他打招呼。

"您寻找圣锅的冒险能再等上短短一个小时吗？"高菲迪特语带挖苦地问。

"可以等上一年，卡德尔之子高菲迪特。可以等上五年。可以永远等下去，但不应该再等。"

高菲迪特骑马进入两道盾墙之间的空地。他意识到自己的伟大胜利和成为至尊王的机会被一个德鲁伊威胁到了，于是他掉转马头，面对他的士兵，推开饰有翅膀头盔的面具，高声说："将来有时间让你们为这冒险奉上长枪！"他对他的士兵说："但必须等到你们惩罚了那个嫖客，将你们的长枪埋入他手下们的灵魂之后。我有一个誓言要完成，我不会让任何人，即使是梅林阁下，阻碍我兑现誓言。只要那个婊子爱人还活着，就没有和平，没有圣锅。"他转身盯着巫师，"您此番是前来救那个婊子爱人的吗？"

"卡德尔之子高菲迪特，"梅林说，"即使大地裂开吞噬亚瑟和他的军队，我也不在乎。又或者它将你吞噬，也一样。"

"那我们开战吧！"高菲迪特大喊，单手从剑鞘中拔出剑。"这些人——"他对他的军队说，但用剑指着我们，"是你们的。他们的土地、羊群、黄金、家园都是你们的。他们的妻子和女儿都是你们的婊子了。你们已经与他们作战到此刻，能让他们现在安然无恙地离开吗？圣锅不会和他们的生命一起消失，但如果我们不完成我们今天前来做的事，你们的胜利就会消失。战斗吧！"

一瞬间的安静，然后高菲迪特的人站起身，开始用枪柄敲打他们的盾牌。高菲迪特得意扬扬地看了梅林一眼，随后一踢马腹，回到了他吵闹的军队中。

梅林转身面对塞格拉莫和我。"爱尔兰黑盾族，"他满不在乎地说，"是站在你们这边的。我和他们谈过了，他们会攻击高菲迪特的人，你们会获得伟大的胜利。愿诸神赐予你们力量。"他再次转过身，单臂环着妮慕的肩膀，大步从敌人们为他让开的道路中离去。

"想得美！"甘德利亚斯①冲梅林喊道。波伊斯国王身处他伟大胜利的门槛上，那令人目眩的前途已给了他信心去挑衅德鲁伊。但梅林无视了这高声喊出的羞辱之词，只是同坦纳波斯、路万斯一同离开了。

伊撒将亚瑟的头盔拿给我。我重新戴上，在这战斗的最后时刻，我很高兴有它的保护。

敌人重新排列起盾墙，现在几乎无人叫骂挑衅，已几乎无人还有精力去做任何事，除了河岸边不断循环的冷酷屠杀。高菲迪特今天首次下马，在盾墙中就位。他没有盾牌，但还是带领了这最后一次将摧毁他痛恨的敌人力量的攻击。他举起剑，在空中举了几次心跳的时间，接着挥下。

敌人冲锋了。

我们刺出长枪，举起盾牌前去迎战，两面盾墙碰撞发出巨大的声响。高菲迪特试图刺穿亚瑟的盾，但我挡开他的剑，并用海威贝恩向他砍去。剑擦过他的头盔，割下了一只雄鹰的翅膀，然后我们就被后面冲击的压力

---

① 此处原文是甘德利亚斯，疑为作者笔误，联系上下文此处应为高菲迪特。

亚瑟王

紧锁在了一起。

"推!"高菲迪特向他的人喊道,随后从盾牌上方朝我啐了一口。"你这个婊子爱人,"他又开始喋喋不休地对我说,"作战时也要藏起自己。"

"她不是婊子,国王陛下。"我一边说着,一边试图将海威贝恩从碰撞中抽回来,给他一剑,但剑在盾牌和人们的压迫之下被困得死死的。

"她从我这里拿了够多金子,"高菲迪特说,"我从不付钱给不张开大腿的女人。"

我举起海威贝恩,想要刺高菲迪特的脚,但剑只是擦过了他盔甲的下沿。他嘲笑我的失败,又向我啐了一口,这时一个可怕的尖叫声呼喊起了战号。

爱尔兰人进攻了。伊仑之子欧依戈斯的黑盾族的冲锋总是伴随着尖叫——一声可怕的战号——似乎暗示了一种在屠戮中获得的野蛮乐趣。高菲迪特叫他的人投出长枪,劈砍前进,以此来打破我们渺小的盾墙,有那么几秒钟,波伊斯和瑟卢瑞亚的人新生出一股狂暴,向我们袭来。这是因为他们相信黑盾会来帮助他们,但随即队伍后方传来的几声尖叫让他们意识到,背叛已改变了黑盾的同盟。爱尔兰人切入高菲迪特的军队,他们特殊的长枪寻找着容易击中的目标,忽然之间,高菲迪特的人便像只被刺破的皮水袋一般,急剧地垮了。

我看见高菲迪特的脸上现出愤怒与慌张的神色。"投降吧,国王陛下!"我对他喊道,但他的护卫寻到了空间出剑,我在这紧张的几秒钟内努力地防卫,并没有看见国王发生了什么事。不过伊撒倒是大喊说他看见高菲迪特受伤了。加拉哈特在我的身边刺杀、格挡,之后,魔法般不可思议的,敌人开始逃窜了。我们的人追上去和黑盾会合,像赶羊一般,把波伊斯和瑟卢瑞亚的人赶到了亚瑟骑兵的剑刃之下。我寻找着甘德利亚斯,在一大群满身血污的逃兵中看到了他一眼,接下去就失去了他的踪影。

那一日,溪谷见证了太多的死亡,但现在它正目睹着一场大屠杀,没有比被击破盾墙后的人更好杀的目标了。亚瑟试图要阻止这场屠杀，然而，没有任何事能限制这压抑已久后终于释放的野性，在慌乱的人群中，他的骑兵们就像复仇的神祇一般骑着马，我们则追赶砍杀着逃兵，进行一场嗜血的狂欢。数十名敌人成功逃离了骑兵，越过浅滩，得以活命，但更多人被迫在村子里躲避，在那里他们终于得到时间和空间，组成一道新的盾墙。现在轮到他们被劝降了。傍晚的光线沿着峡谷延伸，这个漫长而血腥的白日中第一道消散的黄色日光照耀着树林，我们进入了村庄。大家气喘吁吁，剑和枪上沾满血液。

亚瑟——他的剑与我的一样鲜红——从勒姆芮的背上重重地滑了下来。这匹黑色的母马因为汗水而反着白光，全身发抖，浅色的眼睛瞪得很大，亚瑟自己也因为他孤注一掷的战斗而疲惫不堪。他一次又一次地试图突围，与我们会合，他的人告诉我们，他像是被诸神附体一般战斗，虽然整个下午，诸神似乎都遗弃了他。现在，尽管成为了这天的获胜者，他拥抱塞格拉莫，随后拥抱我时，依旧一脸痛苦。"我辜负了你，德瓦，"他说，"我辜负了你。"

"不，殿下，"我说，"我们赢了。"我用伤痕累累、沾满鲜血的剑指着高菲迪特的幸存者。他们在身陷绝境的国王的雄鹰旗帜周围集结，甘德利亚斯的狐狸旗也在，但两位敌军的国王都不见踪影。

"我失败了，"亚瑟说，"我一直没能破阵。敌人太多了。"那失败让他备受打击，因为他很清楚我们离彻底失败曾有多近。他真的觉得自己失败了，因为他自傲的骑兵被挡住，他所能做的就是眼睁睁地看着我们被砍杀，但他错了。胜利是属于他的，全都属于他，因为亚瑟是德莫尼亚和格温特所有人中唯一一个有自信迎接战斗的人。这场战斗并没有按照亚瑟计划中的那样发展，图锥克没有来援，亚瑟的战马也被甘德利亚斯的盾墙所困，但这仍然是一场胜利。之所以会有这场胜利只有一个原因，那就是亚瑟进行这场战斗的勇气。当然，梅林出手干预了，但梅林从未宣布这场胜

亚瑟王

利是他的。那是亚瑟的胜利，虽然那个时候亚瑟充满了自责，但正是勒格溪谷——亚瑟一直鄙视的这场胜利——使他变成了不列颠最终的统治者。诗人们的亚瑟、让吟游诗人因颂唱而疲累的亚瑟、在这些黑暗的日子中回应所有人祈祷的亚瑟，正是由这场多番波折的战斗所造就的。如今，诗人们自然不会再唱出勒格溪谷的真相，在他们的口中，这场战役就像之后的战役一样，是全面的胜利。也许他们有权利修饰自己的故事，因为在这些艰难的日子里，我们需要亚瑟成为一名最伟大的英雄，但事实上在那些早年的岁月中，亚瑟是脆弱的。他之所以能统治德莫尼亚，是因为欧文的死和白德文的支持，但那些战火纷飞的岁月中，有许多人希望他消失。高菲迪特在德莫尼亚有他的支持者，而——愿上帝原谅我——太多基督徒祈祷亚瑟能战败。但那就是亚瑟战斗的原因，因为他知道自己太弱，不能不战。他必须赢得胜利，否则就会失去所有。最后他的确赢了，但之前他经历了只有一剑之隔的灾难。

亚瑟走过去拥抱崔斯坦，然后向伊仑之子欧依戈斯问好。正是这位德米缇亚爱尔兰国王的军队拯救了这场战役。亚瑟一如往常，在一位国王面前下跪行礼，但欧依戈斯将他拉起身，给了他一个熊抱。那两人交谈时，我转过身，盯着溪谷。它被人的肢体所污染，因将死的马儿而凄惨，布满尸体和被遗弃的武器。鲜血发出恶臭，伤者发出哭喊。我有生以来从未这么累过，我的手下们也是，但我看见高菲迪特的民兵下了山，开始从死者与伤者身上抢夺战利品，于是我派卡文和二十名枪兵去驱赶他们。渡鸦扇动着黑色的翅膀，越河而来撕咬死者的肠子。我看见我们早晨放火烧了的小屋还在冒烟。然后我想到了夏汶，虽然身处这些残酷的景象之中，我的精神还是突然一振，就像是长了双洁白巨大的翅膀。

我转过身，刚好看见梅林和亚瑟拥抱在一起，亚瑟几乎是倒在了梅林的怀中，但梅林托起他，紧紧抱着他，随后那两个人一同走向了敌人的盾墙。

昆格拉斯王子和路万斯德鲁伊走出了圆形的盾墙。昆格拉斯手持长枪,但没有拿盾牌,而亚瑟除了在剑鞘中的王者之剑,也没有佩戴任何武器。他走在梅林前面,靠近昆格拉斯时,单膝下跪,低头行礼。"王子殿下。"他说。

"我的父亲快死了。"昆格拉斯说,"一支长枪从背后刺中了他。"他说这话的语气让它听上去像是控诉,然而所有人都知道,一旦盾墙被打破,许多人都会背后受伤而死。

亚瑟依然单膝跪地。有一瞬间,他看上去像是不知该说什么,他抬头看着昆格拉斯。"我能见他吗?"他问,"我冒犯了您的家族,王子殿下,玷污了它的名誉,虽然并不是故意造成的,我还是恳求您父亲的原谅。"

这回轮到昆格拉斯变得茫然无措了,他耸了耸肩膀,就好像他不确定自己能否做出正确的决定,不过最终他朝盾墙内指了指。亚瑟站起身,与王子肩并肩地前去看望临死的国王,高菲迪特。

我想叫亚瑟别去,但在我糊涂的头脑恢复理智之前,亚瑟就已被敌人的部队所淹没了。我想到高菲迪特会对亚瑟说的话,感到难堪,我知道高菲迪特会说那些事情,那些他隔着被长枪刺得伤痕累累的盾,啐我时所说的话。高菲迪特国王不是会原谅敌人的那种人,他会尽可能地伤害敌人,即使他奄奄一息。应该说,尤其是他奄奄一息的时候,这会是高菲迪特在这个世界上最后的快乐——知道他伤害了他的仇敌。塞格拉莫与我担心的是同一件事,我们两人都痛苦地看着亚瑟在片刻之后冲出战败者的军队,神情像库垫之穴一般阴沉。塞格拉莫走上前。"他撒谎了,殿下,"塞格拉莫轻声说,"他总是撒谎。"

"我知道他是在撒谎。"亚瑟愤怒得发抖,"但有些谎言很难听,而且不能被原谅。"亚瑟突然深吸一口气,拔出了王者之剑,狂怒地转身面对被围困的敌人。"你们有人要为维护你们国王的谎言而战吗?"他大喊着,在他们的战线前来回踱步,"没有一个人?没有一个人愿意为了你们身边

亚瑟王

临死的这邪恶玩意儿战斗？一个都没有？否则我将诅咒你们国王的灵魂，让他进入最后的黑暗之中！来呀，战斗吧！"他用王者之剑敲击着他们举起的盾牌。"战斗啊！你们这些渣滓！"他的愤怒和这个溪谷今天一整日所见证的所有事情一样可怕。"以诸神的名义！"他喊道，"我宣布你们的国王是个骗子，是个杂种，是个毫无荣誉感的东西，什么都不是！"他朝他们啐了一口，然后单手笨拙地想要解开身上我那件皮胸甲的带扣。他成功解开了肩带，但解不开腰部的，于是胸甲垂在他的身前，就像是铁匠的围裙。"我会让着你们！"他叫喊着，"不穿盔甲。不拿盾牌。来与我决斗！向我证明你们那下流的杂种国王说的是实话！没人吗？"他的愤怒已经失去了控制，现在他完全疯了，向整个为他可怕力量而抖缩的世界宣泄着怒气。他又啐了一口。"你们这些令人作呕的婊子！"昆格拉斯再次出现在盾墙中时，亚瑟正绕着圈子踱步。"你，小兔崽子？"他用王者之剑指向昆格拉斯，"你要为那个正在死去的污秽之人战斗吗？"

昆格拉斯和在场所有人一样，都在亚瑟的盛怒下颤抖，但他空手从盾墙中走了出来，来到亚瑟面前，双膝跪下。"我们的生死握在您的手中，亚瑟殿下。"亚瑟盯着他，身体因愤怒而绷直，今日战斗所遇到的挫折在他的体内沸腾，有一瞬间我觉得王者之剑将于黄昏中嘶嘶作响，从昆格拉斯的肩膀上砍下他的头，但昆格拉斯抬起了头。"我现在是波伊斯的国王了，亚瑟殿下，但我请求您的饶恕。"

亚瑟闭上双眼。他闭着眼摸到王者之剑的剑鞘，然后插回了剑。他转身不去看昆格拉斯，睁开眼，盯着我们——他的士兵，我看见他的疯狂渐渐退去。他依然因愤怒而激动，但那不可控制的盛怒已经过去，他的声音恢复了平静。他叫昆格拉斯起身，然后召来了执旗手，让他的龙旗与熊旗为他将要说的话增加威严。"以下是我的条件，"每个身处那黑暗溪谷的人都能听见他的声音，"我要甘德利亚斯的头。他已经苟活太久了，谋杀我们国王母亲的罪行必须受到正义的制裁。满足了这一点，我只要求昆格拉斯国王与我的国王,以及昆格拉斯国王和图锥克国王之间的和平。我企求所有不列颠人之间的和平。"

全场陷入了震惊的沉默。亚瑟是战场的胜利者。他的军队已经杀死了敌人的国王,俘虏了波伊斯的继承人,溪谷中的所有人都猜测亚瑟会提出以王室赎金来交换昆格拉斯的性命,但他除了和平一无所求。

昆格拉斯皱起眉头。"我的王位呢?"他问。

"您的王位就是您的,国王陛下。"亚瑟说,"还能有谁来坐呢?接受我的条件,国王陛下,您就能自由地回去继承它。"

"甘德利亚斯的王位呢?"昆格拉斯问,也许觉得亚瑟想自己占有瑟卢瑞亚。

"不是您的。"亚瑟严肃地回答,"也不是我的。我们会一起找到人坐上它的。一旦甘德利亚斯死去。"他不祥地补充道,"他在哪里?"

昆格拉斯指向村子:"在某一座建筑中,殿下。"

亚瑟转身看向波伊斯的败军,提高声音让每个人都能听见。"这场战争从来就不该打!"他说,"这是我的错,我承认这错,愿意以生命之外的所有代价去偿还。对于夏汶公主,我亏欠的不仅仅是道歉,无论她要什么,我都会补偿她,我现在所要求的只是我们成为同盟。每天都有新的撒克逊人来到我们的土地,将我们的女人抓去做奴隶。我们将与他们战斗,而不是自相残杀。这既不是胜利也不是失败——"他指着烟雾迷漫的血腥山谷,"这是和平。我所要求的只是和平与一个人的性命,那就是甘德利亚斯。"他回头看向昆格拉斯,压低了声音。"我等待着您的决定,国王陛下。"

德鲁伊路万斯匆忙走到昆格拉斯的身边,与他一起商议。两个人似乎都不相信亚瑟的要求,军阀很少在获得胜利之后如此宽宏大量。战场的胜利者会要求赎金、黄金、奴隶和土地,而亚瑟只想要友谊。"格温特呢?"昆格拉斯问亚瑟,"图锥克想要什么?"

亚瑟王

亚瑟做了个扫视黑暗山谷的动作。"我没有看见格温特的人，国王陛下。如果一个人没有参加战斗，那他也不能参与之后的处理。但我可以告诉您，国王陛下，格温特渴望和平。除了您的和我国王的友谊，图锥克国王不会要求别的东西。我们应互相许下誓言，永不破坏这友谊。"

"只要我向您如此发誓，我就能全身而退？"昆格拉斯怀疑地问。

"随时随地，国王陛下，不过我请求您允许我与您同行去司乌思城堡，进一步商谈。"

"我的人都可以安全离开？"昆格拉斯问。

"带着他们的武器、黄金、生命和我的友谊。"亚瑟回答。他以最诚恳的态度，想要确保这是不列颠人之间所进行的最后一场战斗，但我注意到，他很精明地没有提到莱地。这个意外可以等一等再说。

昆格拉斯似乎还是不敢相信如此宽容的条件是真的，但也许是想起了从前他与亚瑟的交情，他微笑起来。"您将获得您的和平，亚瑟殿下。"

"最后一个条件。"亚瑟出其不意地严厉地说，声音不响，只有我们几个人能听见。昆格拉斯警惕地看着他，等他说下去。"向我保证，国王陛下，"亚瑟说，"以您的荣誉向我发誓，您父亲临死前对我说的是谎话。"

和平系于昆格拉斯的回答。他闭上双眼，就好像受到了伤害，然后他开口说道："我的父亲从不在意真相，亚瑟殿下，只在乎言语是否能实现他的野心。我的父亲是个骗子，我向您发誓。"

"那我们就拥有和平了！"亚瑟宣布。他比此刻还要快乐的时候，我只见过一次，那就是他娶格温薇儿之时，但现在，在一场战争胜利后的烟雾与恶臭中，他看上去几乎和他在鲜花点缀的河边林间空地时一样快乐。他快乐得几乎不能言语，因为他得到了这个世界上他最想要的东西——他建立了和平。

信使们北上南下，前去司乌思城堡、杜诺维瑞阿、马格尼斯、瑟卢瑞亚。勒格溪谷因鲜血和烟雾散发恶臭。许多伤者在他们倒下的地方渐渐死去，他们的哭喊声在夜里听来十分可怜。活下来的人则聚集在火堆旁，聊着狼群下山来享用战场上的尸体之类的话题。

这巨大的胜利似乎让亚瑟几近困惑。他现在是——即使他自己还几乎不知道——不列颠南方实际上的统治者了，没有任何人胆敢挑战他的军队，虽然它已破烂不堪。他需要去和图锥克谈谈，需要派枪兵回到对抗撒克逊人的前线，他渴望能让格温薇儿知道他的好消息，而人们还一直请求他赐予恩惠与土地、黄金和地位。梅林要和他说圣锅的事，昆格拉斯要和他谈阿尔的撒克逊人，而亚瑟则想要提出兰斯洛特和夏汶的事，伊仑之子欧依戈斯则要求从瑟卢瑞亚获得土地、女人、黄金和奴隶。

那天晚上，我只要求了一件东西，亚瑟给了我。

他给了我甘德利亚斯。

瑟卢瑞亚国王躲在小村庄中那座大罗马建筑附属的一座小神庙里。神庙是石头建造的，没有窗户，只在山形墙高处开了一个简陋的通气小孔，还有一扇通往马厩院子的门。甘德利亚斯曾尝试逃离溪谷，但他的马被亚瑟的一名骑士砍倒，而现在，就仿佛躲在最后藏身洞里的一只老鼠，国王在他的房间中等候。几个瑟卢瑞亚王室枪兵守卫着神庙的大门，但当他们看见我的战士从黑夜中走来时，便纷纷逃跑了。

坦纳波斯独自守着生了火的神庙，他在门外地上对称的两个位置放置了两个新砍下的脑袋，做了一道小型鬼墙。当看见我们的枪尖在马厩院子的大门处闪耀时，他举起他的弯月手杖，朝我们啐出诅咒，召唤诸神吸干我们的灵魂，但他尖锐的声音戛然而止。

他住口，是因为听见了海威贝恩出鞘的声音。他紧盯着黑暗的院子，伴随这声音，妮慕和我一同走了进去。认出是我，他发出了一声恐惧的尖叫，声音很小，像是一只野兔被野猫抓住时的叫声。他知道我拥有他的灵魂，于是急忙逃进了神庙里。妮慕轻蔑地将两个头颅踢去一旁，跟随我进

亚瑟王

入庙中。她也带着一把剑。我的手下们等在门外。

神庙曾经用于膜拜某位罗马神明,但现在它属于不列颠诸神。它光秃秃的石墙上高挂着许多头骨,黑色的眼窝茫然地盯着狭窄房间中的两团对称摆放的火堆。坦纳波斯在此处用一圈黄色的头骨为自己摆了一个力量圈,他正站在这圆圈中,念着咒语。在他身后靠墙处,有一个被献祭的鲜血染成黑色的低矮石祭台,甘德利亚斯手持出鞘的宝剑,等在那里。

坦纳波斯绣着花纹的长袍上溅满了泥土和血水,他举起手杖,朝我口吐恶毒的诅咒。他以水与火、大地与空气、石头与血肉、露水与月光、生与死的名义诅咒我,这些没有一个能阻止我慢慢地走向他,妮慕身着沾有血污的白色长袍,走在我身侧。坦纳波斯吐出最后一个诅咒,手杖直指我的脸。"你的母亲还活着,撒克逊人!"他叫道,"你的母亲还活着,而她的命在我的手中。你听见了吗,撒克逊人?"他站在他的圈里充满恶意地看着我,神庙中的两团火焰在他年迈的脸上投下阴影,让他的眼睛闪耀着带有威胁的凶猛红光。"你听见了吗?"他再次大叫,"你母亲的灵魂是我的!我跟她交合,让她属于我了!我和她交合,让她流血,让她的灵魂成了我的!撒克逊人,伤害我,你母亲的灵魂就会受火龙的折磨。她会被大地诅咒,被空气灼烧,被水窒息,永远身处痛苦之中。而且不光光是她的灵魂,还有所有从她下体中滑出的生命。撒克逊人,我将她的血洒在大地,将我的力量射入她的体内!"他大笑着冲神庙昏暗的屋顶举起手杖。"撒克逊人,伤害我,诅咒将要了她的命,并通过她要了你的命!"他再次用手杖指向我,"让我离开,你和她都能活命。"

我在圆圈的外沿停下。头骨并没有排成鬼墙,但它们的排列中依然蕴藏着可怕的力量。我能感觉到这力量犹如无形的翅膀扇动阻挡我。我想,穿过这头骨圈,我就进入了诸神的游乐场,将与我无法想象更无法理解的事物战斗。坦纳波斯看出了我的犹豫,露出了胜利的微笑。"你母亲是我的,撒克逊人。"他低吟,"是我的,全部都是我的,她的血液、灵魂和身体都是我的,这样你也是我的,因为你由我身体的鲜血和痛苦中诞生。"他用手杖的新月杖头碰触我的胸口。"要我带你去见她吗,撒克逊人?她知道你还活着,两天的旅程就能让你重回她的怀抱。"他邪恶地微笑。"你是我的!"他大喊,"全都是我的!我是你的母亲、你的父亲、你的灵魂和你的生命。我在你母亲的子宫中种下了合而为一的咒语,你现在是我的儿子了!问她!"他用手杖指向妮慕。"她知道那个咒语!"

妮慕一言不发,只是恶毒地盯着甘德利亚斯,我则看向德鲁伊那双可怕的眼睛。我害怕越过他的圈,畏惧他的威胁,然而,一阵令人恶心的感觉,让我想起了很早以前的那个夜晚,栩栩如生有如昨夜。我记起我母亲的哭喊;我记起她向那些士兵求情把我留在她身边;我记起那些枪兵大笑着用枪柄击打她的头;我记起这个咯咯笑着的德鲁伊身上野兔月亮图案的长袍,发中绑着的骨头;我记起他拎起我,摸着我,说我会成为敬献给诸神的一个好礼物。这些我全都想起来了,就像我也记起自己被举高,呼唤着我那无能为力的妈妈;我记起被带着穿过两排火焰之间,战士在那里舞蹈,女人在那里呻吟;我记起坦纳波斯将我举过他剃了发的头顶,走到地上一个黑色圆坑的边缘,坑边燃着火焰,火光足够明亮,照亮了黑暗坑底突出的一根根削尖木桩上带着血迹的尖头。记忆像痛苦的大蛇噬咬着我的灵魂,我记起火光照亮的木桩上挂着的一片片鲜血淋漓的皮肉,破碎的肢体在痛苦的煎熬下扭动,在德鲁伊死人坑血腥的黑暗中慢慢死去。我记起当坦纳波斯将我举向星空,准备将我进献给他的神明时,我还在哭喊要妈妈。"献给戈万南!"他吼着,我的母亲尖叫是因为她正在被强暴,而我尖叫是因为知道自己马上会死去。"献给罗劳!"坦纳波斯喊道,"献给色纳诺思,献给塔拉尼斯,献给苏克鲁斯,献给贝尔!"大叫着最后这个伟大的名字,他将我扔向那些杀人木桩。

然后,他失手了。

我的母亲曾经那样尖叫,我踢开坦纳波斯的头骨圈时,还能听见她的

亚瑟王

叫声，她的尖叫融入了德鲁伊的尖叫，我重复了当年他杀我时的叫喊。"献给贝尔！"我喊道。

海威贝恩向下砍去。我没有失手。海威贝恩从坦纳波斯的肩膀劈入，切过他的肋骨，我灵魂中的嗜血愤怒让海威贝恩继续切过他消瘦的腹部，切入他恶臭的肠子。他的身体犹如一具腐烂的尸体般炸裂分开，整个过程中，我都尖叫得像一个被扔入死人坑的小孩子。

头骨圈中满是鲜血，而我的眼中全是泪水。我抬头看着那个杀死了蕊拉孩子、莫德雷德母亲的国王。这个国王曾经强暴妮慕并夺走了她一只眼睛，回忆起这些痛苦，我双手握住海威贝恩的剑柄，将剑刃上肮脏的内脏甩到脚边的地面，跨过德鲁伊的尸体，准备将死亡带给甘德利亚斯。

"他是我的！"妮慕冲我喊。她已拿下了眼罩，空洞的眼眶在火光的照耀下泛着红光。她走过我的身旁，脸上带着微笑。"你是我的，"她柔声说着，"全都是我的。"甘德利亚斯发出了惨叫。

也许，在彼世，诺维娜会听见那惨叫声，知道她的儿子，她那冬日降临的小小儿子，依旧是国王。

第一部完

后　记

英国历史中的亚瑟时代被称作"黑暗年代",这并不奇怪,因为我们几乎不清楚那段岁月中的任何人或事。我们甚至不能肯定亚瑟是否存在,但总之,公元六世纪初,似乎真的曾有一位名叫亚瑟(或阿图尔①、阿托里斯②)的英雄短暂地拖住了撒克逊侵略者的脚步。有关那场冲突的一段历史记载来自吉尔达斯③于六世纪40年代撰写的《论英国的毁灭与征服》④,我们原本指望这部作品成为亚瑟成就的权威性证据,但吉尔达斯根本没有提到亚瑟,这让那些质疑亚瑟存在的学者津津乐道。

然而还是有一些古早的证据证明亚瑟是存在的。大约在六世纪中叶,吉尔达斯撰写他的历史期间,一些残留的记录显示当时突然异常地出现了许多叫亚瑟的人,这暗示了一股为男孩起名的风潮,原名或许来源于一位有影响力的名人。这不是什么确凿的证据,同理还有最早提到亚瑟的文字资料。在著于公元600年左右的伟大史诗《戈多丁纪》⑤中,记载了一场北不列颠人⑥和撒克逊人之间的战役,这首诗中曾粗略地提到亚瑟,但更

---

① 原文 Artur。
② 原文 Artorius。
③ 原文 Gildas。
④ 原文 De Excidio et Conquestu Britanniae。
⑤ 原文 Y Gododdin。
⑥ "A mead-nourished host"。

亚瑟王

多的学者相信那段关于亚瑟的描写是后世的杜撰。

在《戈多丁纪》那存疑的提及之后,又过了两百年,亚瑟的存在才被一位历史学家载入史册。这段空白岁月让这证据的权威性大打折扣。然而不管怎样,南尼厄斯[1]在八世纪末编写的不列颠历史中,大量描写了亚瑟其人。值得注意的是,南尼厄斯从未称呼亚瑟为国王,而是形容他为战争领袖[2]、战役的首领——我将这头衔译为"军阀"。南尼厄斯无疑引用了一些古老的民间故事,它们为越来越多亚瑟故事的重述提供了丰富的土壤。终于在十二世纪,这样的改编到达了巅峰,两个不同国家的作者让亚瑟成为了永恒的英雄:英国蒙默思的杰弗里[3]写下了他辉煌的神话《不列颠诸王纪》[4],法国诗人克雷蒂安·德·特罗亚[5]则特别将兰斯洛特和卡米洛特加入了王室传说。卡米洛特这个名字也许是纯粹的原创(又或者是随意地改写自科尔切斯特的罗马名称——洛杜努姆[6]),否则克雷蒂安·德·特罗亚几乎肯定是引用了法国布里多尼传说中某位古代英雄的真正事迹,正如杰弗里撰写的历史来源于威尔士民间故事那般。之后在十五世纪,托马斯·马洛礼爵士[7]写下了《亚瑟王之死》[8],这就是我们华丽亚瑟传说的原始版本,其中有圣杯、圆桌、轻盈的少女、嗥兽、强大的巫师和魔法剑。

也许人们无法在不理会五花八门传说的前提下找到亚瑟的真相,很多人试过,之后无疑也会有很多人将持续尝试。有人说亚瑟是英国北方人,

---

[1] 原文 Nennius。
[2] 原文 Dux Bellorum。
[3] 原文 Geoffrey of Monmouth。
[4] 原文 Historia Regum Britanniae。
[5] 原文 Chrétien de Troyes。
[6] 原文 Camulodunum。
[7] 原文 Sir Thomas Malory。
[8] 原文 Le Morte d'Arthur。

有人说他是埃塞克斯①人,也有人说他是个西方农夫。一份最新的研究断言亚瑟是一名六世纪的威尔士统治者,名叫欧文·丹特格温②,但作者随后就写道"并没有什么关于欧文·丹特格温的文字记录",这可算不上一个有力的佐证。卡米洛特曾被安置在卡莱尔、温彻斯特、南卡德伯里、科尔切斯特和许多其他地方。我在这件事上的选择很任性,我认为真正的答案根本不存在。我给了卡米洛特一个虚构的名称——卡丹城堡——将它设置于萨默塞特郡的南卡德伯里,并非因为我认定这是卡米洛特的地点(我不认为它是最可能的地点),而是因为我熟知且深爱英国的这一地区。不论我们如何深究,从历史上能推测出的只有——曾经有一名名叫亚瑟的男子,大约生活在五六世纪,他是个伟大的军阀,却从未成为国王;他最伟大的战役是对抗那些讨厌的撒克逊入侵者。

我们对亚瑟所知甚少,但根据他传说的生活时代可以推想出许多。五六世纪的英国是一个可怕的地方,罗马保护者在五世纪初离开,抛弃了已经罗马化的不列颠人。周围强敌环伺,西方来了四处劫掠的爱尔兰人,他们与不列颠人同为凯尔特血脉,但同时也是侵略者、殖民者和奴隶主;北方有苏格兰高地的陌生人,时刻准备着南下大肆抢劫。但这些敌人都没有撒克逊人那么可怕,他们先是洗劫、殖民、占领了不列颠东部地区,最后占据了不列颠的中心地带,将它重命名为英格兰。

面对这些敌人的不列颠人非常不团结。比起抗击侵略者,这些王国似乎花费了更多精力互相作战;从意识形态而言,他们无疑也有很大区别。罗马人留下了遗产,法律、工业、学识和宗教,但这遗产必定与本土的传统相对立。那些本土传统在罗马长期的占领中被压制,但从未完全消失,它们中最重要的就是德鲁伊教。因为德鲁伊教与不列颠(也就是反罗马)

---

① Essex,位于英国东南部
② 原文 Owain Ddantgwyn。

亚瑟王

民族主义之间的联系,罗马人将其狠狠摧毁,然后用其他宗教取而代之,其中当然就包括基督教。学者认为,在后罗马时代的不列颠,基督教传播得很广(当然不是我们现代人认为的基督教),但异教毫无疑问依然存在,尤其在乡村一带("异教徒"这个词就来源于拉丁语中的"乡下人"),而随着后罗马政权的摇摇欲坠,人们只能抓住超自然假说提供给他们的救命稻草。有现代学者认为,基督教和残余的不列颠德鲁伊教之间很和谐,两者和平共处,但教会一向不太能容忍其他宗教,所以我对那位学者的看法存疑。我相信,亚瑟时期的不列颠受累于宗教冲突,正如它被侵略和政治所折磨。毫无疑问,亚瑟的故事随着时间变得越来越有基督教色彩,尤其是对圣杯的执着。我们可以怀疑,亚瑟可能并没见过这样的杯子。然而,"寻找圣杯"的传说未必全然是后来捏造的,因为这些传说和流传已久的凯尔特民间故事"战士探寻魔法圣锅"非常相似。正如其他许多亚瑟传说中的事物,这异教的故事被后来的基督徒作者虔诚地改头换面,于是掩藏了一个古早的亚瑟传说——到如今,这传说只存在于一些古老无名的凯尔特圣徒的生平中。令人惊讶的是,这传说将亚瑟描述成一个恶人,一位基督教敌人。凯尔特教会似乎并不喜欢亚瑟,从那些圣人的生平中可以得知,那是因为亚瑟征收了教堂的钱来支持自己的战争。这也就解释了为什么身为教徒和与亚瑟时代最接近的历史学家的吉尔达斯,拒绝将不列颠短时间抵御住撒克逊侵略的胜利归功于亚瑟。

神圣荆棘很可能存在于怀君岛(格拉斯顿伯里)——如果我们相信传说中在公元63年,亚利马太的约瑟曾将圣杯带到过格拉斯顿伯里的话。然而这故事直到十二世纪才真正出现,所以我在《凛冬王》中写到神圣荆棘,是一个故意犯下的时代错误。我刚开始写这本书时,决心要排除每一个时代错误,包括克雷蒂安·德·特罗亚的润色,但这样就不会有兰斯洛特、加拉哈特、誓约胜利之剑和卡米洛特,更不用说像梅林、莫甘、妮慕这样的人物。梅林存在吗?他存在的证据比亚瑟还要不可靠,而且这两人身处同一时代是不大可能的,然而他们两人密不可分,我意识到不可能不写梅林。但是,有不少时代错误我愉快地舍弃了,五世纪的亚瑟不可能穿着板甲或手持中世纪长枪;他没有圆桌,但在凯尔特传统中,他的战士们(并不是骑士)的确会在地上坐成一圈用餐;他的城堡是由泥土和木头建造的,而不是高大的石头塔楼。我遗憾地认为,不可能有什么神秘或神奇的手臂,身着白色的锦绣,自薄雾笼罩的小河中将他的佩剑夺走,带去来世。但几乎可以肯定的是,一位伟大领袖的个人财宝,在他死后会被扔入湖中,献祭诸神。

书中大多数角色的名字来自十五和十六世纪的文献,但我们几乎不知道这些人物的任何故事,正如我们不知道后罗马时代的不列颠到底是怎样的,现代历史甚至对那些王国的数量和它们的名字都有争议。德莫尼亚是存在的,波伊斯也是。在一些古老的传说中,这个故事的叙述者德瓦[①]是亚瑟的一位战士,后来成为了一名修道士,但我们不知道他任何别的事情。其他人,像是桑森主教,肯定是存在的,而今也被认为是圣人,不过对于那些早期的教士来说,美德似乎也并不是那么重要。

《凛冬王》是一个关于"黑暗年代"的故事,那一时期的历史记载太少,只能用传说和想象去弥补。只有一件事,我们可以明确地肯定,那就是大的历史背景。那时的不列颠还存在着罗马城市、罗马道路、罗马建筑和一些罗马习俗,但它很快被侵略和文化冲突所毁灭。一些不列颠人已经放弃了战斗,前往阿莫里凯和布列塔尼[②],这就解释了为什么亚瑟的传说会在法国的那些地区留存至今。但对于那些还留在他们心爱岛屿上的不列颠人,那是一段绝望地寻求精神和军事救赎的时代。就在这痛苦的情形下,出现了一个人,至少在一段时间内,击退了敌人。那个人就是我的亚

[①] 原文 Derfel,在英文中发音为德弗,但在威尔士语中,念德瓦(Dervel)。
[②] 二者均位于现在的法国境内。

亚瑟王

瑟,一位伟大的军阀,一位英雄。他在胜机渺茫的情况下英勇作战,甚至让他的敌人都在五百年后,还爱戴敬畏着他。

伯纳德·康威尔

美国亚马逊畅销魔幻小说
《出版人周刊》《幻想批评》等重点推荐图书

渡鸦之影 系列（全三卷）

信仰与现实之间 天平因残酷的真相倾斜

[英] 安东尼·瑞恩 / 著
露可小溪 / 译

自幼年被送入战士修道会以来，维林牢记"忠于信仰，忠于国王"之训诫，从未动摇。然而历经数次生死劫难后，他开始听到一支持续不断的歌曲。

歌曲引导他寻得昔日同袍，封疆拓土，预警未来……但这令他成为英雄的神秘力量，却是信仰之禁忌。

为解心头之惑，维林追溯过去，以求明了未来。紧握手中之剑，他已无限接近真相诞生的瞬间……

"这个世界"没有正义,金钱乃是此地的唯一法则……

《黑狱谜局》

[英]安东尼娅·哈吉森 / 著　程闺闺 / 译

▲荣获2014年英国推理作家协会历史匕首奖
▲入选2014年5月英国《卫报》推理小说推荐榜
▲入围2014年约翰克里西新血匕首奖
▲入选2014年英国最具影响力的读书俱乐部"理察与茱蒂"读书俱乐部

凭赌运一举扭转债务的汤姆·霍金斯,刚踏出赌馆,便被恶徒洗劫一空。再掏不出半枚铜板的年轻人被债主送往马夏尔西监狱,可荒诞的是,这座监狱并非正义之所,金钱才是此地唯一的法则与通行证——高墙隔开两个世界,穷富之间天悬地隔。

正当此时,一桩可怕的谋杀发生在监狱中。以调查凶案为由,好友巴克利为汤姆支付了狱中花费,使其暂居富人监狱。汤姆穿梭两座监牢,目睹种种人间怪行,而神出鬼没的凶手,早已将目光锁定到他身上……

《都铎疑云》系列

[英] C.J.桑森 / 著　曹茜 / 译

一位身处英国变革节点的驼背侦探！
剥开历史洪流下的重重谜案，直击动乱之下的都铎时代！

16世纪，英国人民迎来国王与教皇史无前例的决裂，亨利八世的反对者们被相继送上断头台。改革引发数起叛乱，一时间风云变幻，震动朝野。

驼背侦探马修·夏雷克奉国务大臣克伦威尔之命，彻查一起修道院连环谜案。在层层剥落修道院那慈悲虔诚的面纱后，夏雷克愕然发现，他立足之处并非真相的终点，而是更为沉重复杂的悲剧源头。

夏雷克因而有意拒绝与王室再牵瓜葛，但克伦威尔因古代传奇武器"希腊火"的现身，再三要求他紧急调查。侦探心知肚明，伯爵的急迫既为军备，也为阻挠老对手诺福克公爵的上位。此时，英国迎来了令人惊愕的变局。

而这一次，一个秘密可能会夺走夏雷克的性命——他得知了亨利八世讳莫如深的身世血统之谜……

英国国民级历史推理小说，售出22国版权，数十年间畅销英伦荣获历史匕首奖桂冠，多次入围金匕首奖、匕首奖图书馆奖！

跨越无穷的思维迷宫和剧情反转，
赢下两种文明的命运死斗……
颠覆托尔金的奇幻帝国，欧美最强黑暗系奇幻！

《乌有王子》系列

[加拿大]R.斯科特·巴克/著
王阁炜/译

两千年前，浩劫过去，战火渐熄。
古老的库尼乌里王国毁于一旦，至高王仅存的血脉被历史藏匿掩埋，在漫长的时光里，世界几乎遗忘了他们。
自称库尼乌里王子的安那苏里博·凯胡斯在圣战一触即发之时现身。
他与生俱来的神奇力量足以操纵人心，改变命运。
人心太易看透，规则太易洞穿，凯胡斯将圣战军牢牢握于掌中，成为所向披靡的伟大战士先知。
他所面对的最大考验，是探究深藏于行军终点之地的秘密——
关于父亲，关于血脉。父与子的宿命对决一触即发，然而，一切并非终结……